U0077282

【臺灣現當代作家
研究資料彙編】54

謝冰瑩

國立台灣文學館
出版

部長序

時光的腳步飛快，還記得去年「臺灣現當代作家研究資料彙編第三階段」成果發表會當天，眾多作家、文友，以及參與計畫的學者專家齊聚一堂，將小小的紀州庵擠得水洩不通，窗外是陰雨綿綿的冬日，但溫潤燦麗的文學燭光，卻點燃了滿室熱情與溫馨。當天出席的貴賓，除了表達對資料彙編成書的欣喜之情，多半不忘殷殷提醒，切莫中斷這場艱鉅卻充滿能量的文學馬拉松，一定要再接再厲深入梳理更多資深作家的創作與研究成果，將其文學身影烙下鮮明的印記。

就在眾人引頸期盼與祝福聲中，國立臺灣文學館以前此豐碩成果為基礎，於 2014 年持續推動「臺灣現當代作家研究資料彙編計畫」第四階段，出版刻正呈現於讀者眼前的蘇雪林、張深切、劉吶鷗、謝冰瑩、吳新榮、郭水潭、陳紀瀅、巫永福、王昶雄、無名氏、吳魯芹、鹿橋、羅蘭、鍾梅音共 14 位前輩作家的研究資料專書。看到這份名單，想必召喚出許多人腦海中悠遠而美好的閱讀記憶：蘇雪林的《綠天》、《棘心》，謝冰瑩的《從軍日記》、《女兵自傳》，為我們勾勒了 20 世紀初現代女性的新形象；臺灣最早的「電影人」黑色青年張深切、上海名士派劉吶鷗的風采；人人都能琅琅上口的王昶雄《阮若打開心內的門窗》；無名氏純情而又淒美的《塔裡的女人》；鹿橋對抗戰時期西南聯大青年學子生活和理想的詠歎《未央歌》、鍾梅音最早的女性旅遊書寫《海天遊蹤》……。每一部作品，都是一幅時代風景，是臺灣人共同走過的生命絮語，也是涓滴不息的臺灣文學細流。只是，隨著光陰流轉，許多資深前輩作家逐漸滑進歷史的夾縫，淡出了文學的舞臺。

而「臺灣現當代作家研究資料彙編」叢書的出版，無疑正是重現這些文學巨星光芒的一面明鏡，透過相關資料的蒐集、梳理、彙整，映現作家的生命軌跡、文學路徑；評論者巧眼慧心的析論，則為讀者展開廣闊的閱讀視野，讓文本解讀的面向更加豐富多元。這不僅是對近百年來臺灣新文學的驗收或檢視，同時也是擴展並深化臺灣文學研究的嶄新契機。在此特別感謝承辦單位台灣文學發展基金會所組成的工作團隊，以及參與其事的專家、學者，當然更要謝謝長期以來始終孜孜不倦、埋首於文學創作的前輩作家們，因為有您們，才讓我們收穫了今日這一片臺灣文學的繁花似錦。

文化部部長　**龍應台**

館長序

作家站在文學與時代的樞紐，在時代風潮、社會脈動中，用文字鋪展出獨具個人風格的作品。透過心與筆，引領讀者進入真與美的世界，與充滿無限可能的人生百態。而作家到底是什麼樣的一群人？他們寫什麼？如何寫？又為何寫？始終是文學天地裡相當引人入勝的問題之一。此所以包括學院裡的文學研究者和文壇書市中的讀者書迷，莫不對「作家」充滿好奇與興趣，想要一窺其人生之路的曲折、梳理其心靈感知的走向、甚至是挖掘、比較其與不同世代乃至同輩寫作者的風格異同。這些面向，不僅關乎作家自身的創作經歷和文學表現，更與文學史的演進有密不可分的關係。

作為一所國家級的文學博物館，國立臺灣文學館除了致力於臺灣文學的教育、推廣，舉辦各項展覽，另一項責無旁貸的使命即是文學史料的蒐集、整理、研究，並將這些資源和成果與社會大眾分享，以促進臺灣文學的活絡與發展。懷抱著這樣的初衷，本館成立11 年以來，已陸續出版數套規模可觀的文學史料圖書，其中，以作家為主體，全面觀照其文學樣貌與歷史地位的「臺灣現當代作家研究資料彙編」系列叢書，可說是完整而貼切地回答了上述問題，向讀者提出對作家及其作品的理解與詮釋。

「臺灣現當代作家研究資料彙編計畫」啟動於 2010 年，先後分三階段纂輯、彙編、出版賴和等 50 位臺灣重要現當代作家研究資料專書，每冊皆涵蓋作家影像、生平小傳、作品目錄及提要、文學年表以及具代表性的評論文章和研究目錄。由於內容翔實嚴謹，一致獲得文學界人士高度肯定，並期許持續推展，以使臺灣作家研究累積更為深化而厚實的基礎。職是之故，臺文館於 2014 年展開第四階段計畫，承續以往，以經年的時間完成蘇雪林、張深切、劉吶鷗、謝冰瑩、吳新榮、郭水潭、陳紀瀅、巫永福、王昶雄、無名氏、吳魯芹、鹿橋、羅蘭、鍾梅音共 14 位資深前輩作家研究資料彙編。本計畫工程浩大而瑣碎，幸賴承辦單位秉持一貫敬謹任事的精神，組成經驗豐富的編輯團隊，以嫻熟縝密的工作流程，順利將成果呈現於讀者眼前；在此也同時感謝長期支持參與本計畫的專家學者，齊為這棵結實纍纍的文學大樹澆灌滋養。

國立臺灣文學館館長　**翁誌聰**

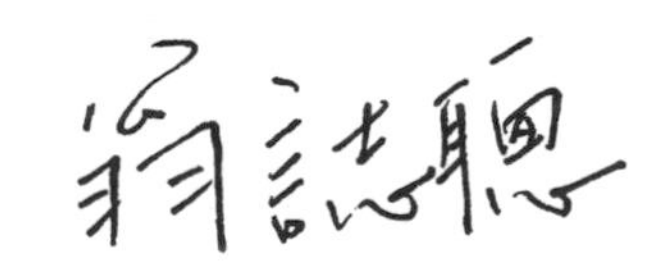

編序

◎封德屏

緣起

1995 年 10 月 25 日，在臺灣師範大學教育大樓的 201 室，一場以「面對臺灣文學」為題的座談會，在座諸位學者分別就臺灣文學的定義、發展、研究，以及文學史的寫法等，提出宏文高論，而時任國家圖書館編纂張錦郎的「臺灣文學需要什麼樣的工具書」，輕鬆幽默的言詞，鞭辟入裡的思維，更贏得在座者的共鳴。

張先生以一個圖書館工作人員自謙，認真專業地為臺灣這幾十年來究竟出版了多少有關臺灣文學的工具書，做地毯式的調查和多方面的訪問。同時條理分明地針對研究者、學生，列出了十項工具書的類型，哪些是現在亟需的，哪些是現在就可以做的，哪些是未來一步一步累積可以達成的，分別做了專業的建議及討論。

當時的文建會二處科長游淑靜，參與了整個座談會，會後她劍及履及的開始了文學工具書的委託工作，從 1996 年的《臺灣文學年鑑》起始，一年一本的編下去，一直到現在，保存延續了臺灣文學發展的基本樣貌。接著是《中華民國作家作品目錄》的新編，《臺灣文壇大事紀要》的續編，補助國家圖書館「當代文學史料影像全文系統」的建置，這些工具書、資料庫的接續完成，至少在當時對臺灣文學的研究，做到一些輔助的功能。

2003 年 10 月，籌備多年的「臺灣文學館」正式開幕運轉。同年五月《文訊》改隸「財團法人台灣文學發展基金會」，為了發揮更大的動能，開始更積極、更有效率地將過去累積至今持續在做的文學史料整理出來，讓豐厚的文藝資源與更多人共享。

於是再次的請教張錦郎先生，張先生認為文學書目、作家作品目錄、文學年鑑、文學辭典皆已完成或正在進行，現在重點應該放在有關「臺灣現當代作家評論資料目錄」的編輯工作上。

很幸運的，這個計畫的發想得到當時臺灣文學館林瑞明館長的支持，於是緊鑼密鼓的展開一切準備工作：籌組編輯團隊、召開顧問會議、擬定工作手冊、撰寫計畫書等等。

張錦郎先生花了許多時間編訂工作手冊，每一位作家的評論資料目錄分為：

（一）生平資料：可分作者自述，旁人論述及訪談，文學獎的紀錄。

（二）作品評論資料：可分作品綜論，單行本作品評論，其他作品（包括單篇作品）評論，與其他作家比較等。

此外，對重要評論加以摘要解說，譬如專書、專輯、學術會議論文集或學位論文等，凡臺灣以外地區之報刊及出版社，於書名或報刊後加註，如中國大陸、香港、新加坡等。此外，資料蒐集範圍除臺灣外，也兼及中國大陸、香港、新加坡、日本、韓國及歐美等地資料，除利用國內蒐集管道外，同時委託當地學者或研究者，擔任資料蒐集工作。

清楚記得，時任顧問的學者專家們，都十分高興這個專案的啟動，但確定收錄哪些作家名單時，也有不同的思考及看法。經過充分的討論後，終於取得基本的共識：除以一般的「文學成就」為觀察及考量作家的標準外，並以研究的迫切性與資料獲得之難易度為綜合考量。譬如說，在第一階段時，作家的選擇除文學成就外，先考量迫切性及研究性，迫切性是指已故又是日治時期臺籍作家為優先，研究性是指作品已出土或已譯成中文為優先。若是作品不少而評論少，或作品評論皆少，可暫時不考慮。此外，還要稍微顧及文類的均衡等等。基本的共識達成後，顧問群共同挑選出 310 位作家，從鄭坤五、賴和、陳虛谷以降，一直到吳錦發、陳黎、蘇偉貞，共分三個階段進行。

「臺灣現當代作家評論資料目錄」專案計畫，自2004年4月開始，至2009年10月結束，分三個階段歷時五年六個月，共發現、搜尋、記錄了十餘萬筆作家評論資料。共經歷了三位專職研究助理，近三十位兼任研究助理。這些研究助理從開始熟悉體例，到學習如何尋找資料，是一條漫長卻實用的學習過程。

接續

「臺灣現當代作家評論資料目錄」的專案完成，當代重要作家的研究，更可以在這個基礎上，開出亮麗的花朵。於是就有了「臺灣現當代作家研究資料彙編暨資料庫建置計畫」的誕生。為了便於查詢與應用，資料庫的完成勢在必行，而除了資料庫的建置外，這個計畫再從310位作家中精選50位，每人彙編一本研究資料，內容有作家圖片集，包括生平重要影像、文學活動照片、手稿及文物，小傳、作品目錄及提要、文學年表。另外每本書分別聘請一位最適當的學者或研究者負責編選，除了負責撰寫八千至一萬字的作家研究綜述外，再從龐雜的評論資料中挑選具有代表性的評論文章，平均12～14萬字，最後再附該作家的評論資料目錄，以期完整呈現該作家的生平、創作、研究概況，其歷史地位與影響。

第一部分除資料庫的建置外，50位作家50本資料彙編（平均頁數400～500頁），分三個階段完成，自2010年3月開始至2013年12月，共費時3年9個月。因為內容充實，體例完整，各界反應俱佳，第二部分的50位作家，接著在2014年元月展開，第一階段計畫出版14本，預計在2015年元月完成。超量的出版工程，放諸許多臺灣民間的出版公司，都是不可能的任務。

首先，工作小組必須掌握每位編選者進度這件事，就是極大的挑戰。於是編輯小組在等待編選者閱讀選文的同時，開始蒐集整理作家生平照片、手稿，重編作家年表，重寫作家小傳，尋找作家出版品的正確版本、版次，重新撰寫提要。這是一個極其複雜的工程。還好有宇霈帶領認真負責的工作同仁，以及編輯老手秀卿幫忙，才讓整個專案延續了一貫的品質及進度。

成果

雖然過程是如此艱辛，如此一言難盡，可是終究看到豐美的成果。每位編選者雖然忙碌，但面對自己負責的作家資料彙編，卻是一貫地認真堅持。他們每人必須面對上千或數百筆作家評論資料，挑選重要或關鍵性的評論文章，全面閱讀，然後依照編選原則，挑選評論文章。助理們此時不僅提供老師們所需要的支援，統計字數，最重要的是得找到各篇選文作者，取得同意轉載的授權。在起初進度流程初估時，我們錯估了此項工作的難度，因為許多評論文章，發表至今已有數十年的光景，部分作者行蹤難查，還得輾轉透過出版社、學校、服務單位，尋得蛛絲馬跡，再鍥而不捨地追蹤。有了前面的血淚教訓，日後關於授權方面，我們更是如臨深淵、如履薄冰，希望不要重蹈覆轍，在面對授權作業時更是戰戰兢兢，不敢懈怠。

除了挑選評論文章煞費苦心外，每個作家生平重要照片，我們也是採高標準的方式去蒐集，過世作家家屬、友人、研究者或是當初出版著作的出版社，都是我們徵詢的對象。認真誠懇而禮貌的態度，讓我們獲得許多從未出土的資料及照片，也贏得了許多珍貴的友誼。許多作家都協助提供照片手稿等相關資料，已不在世的作家，其家屬及友人在編輯過程中，也給予我們許多協助及鼓勵，藉由這個機會，與他們一起回憶、欣賞他們親人或父祖、前輩，可敬可愛的文學人生。此外，還有許多作家及研究者，熱心地幫忙我們尋找難以聯繫的授權者，辨識因年代久遠而難以記錄年代、地點、事件的作家照片，釐清文學年表資料及作家作品的版本問題，我們從他們身上學習到更多史料研究可貴的精神及經驗。

但如何在規定的時間內，完成每個階段資料彙編的編輯出版工作，對工作小組來說，確實是一大考驗。每一冊的主編老師，都是目前國內現當代臺灣文學教學及研究的重要人物，因此都十分忙碌。每一本的責任編輯，必須在這一年多的時間內，與他們所負責資料彙編的主角——傳主及主編老師，共生共榮。從作家作品的收集及整理開始，必須要掌握該作家所有出版的作品，以及盡量收集不同出版社的版本；整理作家年表，除了作家、研究者已撰述好的年表外，也必須再從訪談、自傳、評論目錄，從作品出版等線索，再作比對及增刪。再來就是緊盯每位把「研究綜述」放在所有進度最後一關的主編們，每隔一段時間提醒他們，或順便把新增的評論目錄寄給他們（每隔一段時間就有新的相關論文或學位論文出現），讓他們隨時與他們所主編的這本書，產生聯想，希望有助於「研究綜述」撰寫的進度。

在每個艱辛漫長的歲月中，因等待、因其他人力無法抗拒的因素，衍伸出來的問題，層出不窮，更有許多是始料未及的。譬如，每本書的選文，主編老師本來已經選好了，也經過授權了，為了抓緊時間，負責編輯的助理們甚至連順序、頁碼都排好了，就等主編老師的大作了，這時主編突然發現有新的文章、新的資料產生：再增加兩三篇選文吧！為了達到更好更完備的目標，工作小組當然全力以赴，聯絡，授權，打字，校對，重編順序等等工作，再度展開。

此次第二部分第一階段共需完成的 14 位作家研究資料彙編，年齡層較上兩個階段已年輕許多，因此到最後的疑難雜症，還有連主編或研究者都不太清楚的部分，譬如年表中的某一件事、某一個年代、某一篇文章、某一個得獎記錄，作家本人絕對是一個最好的諮詢對象，對解決某些問題來說，這是一個好的線索，但既然看了，關心了，參與了，就可能有不同的看法，選文、年表、照片，甚至是我們整本書的體例，於是又是一場翻天覆地的大更動，對整本書的品質來說，應該是好的，但對經過多次琢磨、修改已進入完稿階段的編輯團隊來說，這不啻是一大挑戰。

1990 年開始，各地縣市文化中心（文化局），對在地作家作品集的整理出版，以及臺灣文學館成立後對日治時期作家以迄當代重要作家全集的編纂，對臺灣文學之作家研究，也有了很好的促進作用。如《楊逵全集》、《林亨泰全集》、《鍾肇政全集》、《張文環全集》、《呂赫若日記》、《張秀亞全集》、《葉石濤全集》、《龍瑛宗全集》、《葉笛全集》、《鍾理和全集》、《錦連全集》、《楊雲萍全集》、《鍾鐵民全集》等，如雨後春筍般持續展開。

經過近二十年的努力，臺灣文學的研究與出版，也到了可以驗收或檢討成果的階段。這個說法，當然不是要停下腳步，而是可以從「臺灣現當代作家評論資料目錄」所呈現的 310 位作家、10 萬筆資料中去檢視。檢視的標的，除了從作家作品的質量、時代意義及代表性去衡量外、也可以從作家的世代、性別、文類中，去挖掘還有待開墾及努力之處。因此在這樣的堅實基礎上，這套「臺灣現當代作家研究資料彙編」，每位編選者除了概述作家的研究面向外，均有些觀察與建議。希望就已然的研究成果中，去發現不足與缺憾，研究者可以在這些不足與缺憾之處下功夫，而盡量避免在相同議題上重複。當然這都需要經過一段時間去發現、去彌補、去重建，因此，有關臺灣文學的調查與研究，就格外顯得重要了。

期待

感謝臺灣文學館持續支持推動這兩個專案的進行。「臺灣現當代作家評論資料目錄」的完成，呈現的是臺灣文學研究的總體成果；「臺灣現當代作家研究資料彙編」套書的出版，則是呈現成果中最精華最優質的一面，同時對未來臺灣文學的研究面向與路徑，作最好的建議。我們可以很清楚的體會，這是一條綿長優美的臺灣文學接力賽，我們十分榮幸能參與其中，更珍惜在傳承接力的過程，與我們相遇的每一個人，每一件讓我們真心感動的事。我們更期待這個接力賽，能有更多人加入。誠如張恆豪所說「從高音獨唱到多元交響」，這是每一個人所期待的。

編輯體例

一、本書編選之目的，為呈現謝冰瑩生平、著作及研究成果，以作為臺灣文學相關研究、教學之參考資料。

二、全書共五輯，各輯內容及體例說明如下：

輯一：圖片集。選刊作家各個時期的生活或參與文學活動的照片、著作書影、手稿（包括創作、日記、書信）、文物。

輯二：生平及作品，包括三部分：

1.小傳：主要內容包括作家本名、重要筆名，生卒年月日，籍貫，及創作風格、文學成就等。

2.作品目錄及提要：依照作品文類（論述、詩、散文、小說、劇本、報導文學、傳記、日記、書信、兒童文學、合集）及出版順序，並撰寫提要。不收錄作家翻譯或編選之作品。

3.文學年表：考訂作家生平所進行的文學創作、文學活動相關之記要，依年月順序繫之。

輯三：研究綜述。綜論作家作品研究的概況，並展現研究成果與價值的論文。

輯四：重要文章選刊。選收國內外具代表性的相關研究論文及報導。

輯五：研究評論資料目錄。收錄至 2014 年 11 月底止，有關研究、論述臺灣現當代作家生平和作品評論文獻。語文以中文為主，兼及日文和英文資料。所收文獻資料，以臺灣出版為主，酌收中國大陸、香港、日本和歐美國家的出版品。內容包含三部分：

1.「作家生平、作品評論專書與學位論文」下分為專書與學位論文。

2.「作家生平資料篇目」下分為「自述」、「他述」、「訪談」、「年表」、「其他」。

3.「作品評論篇目」下分為「綜論」、「分論」、「作品評論目錄、索引」、「其他」。

目次

部長序　龍應台　3
館長序　翁誌聰　5
編序　封德屏　7
編輯體例　13

【輯一】圖片集
影像・手稿・文物　18

【輯二】生平及作品
小傳　43
作品目錄及提要　45
文學年表　79

【輯三】研究綜述
女性自傳散文的開拓者
——謝冰瑩的散文研究與歷史定位　周芬伶　117

【輯四】重要評論文章選刊
冰瑩《從軍日記》序　林語堂　143
謝冰瑩與她的《女兵自傳》　蘇雪林　145
記謝冰瑩先生　劉心皇　149
我是中國人
——謝冰瑩的〈西雅圖之夜〉　季　薇　155

她塑出「女權運動者」造型　黃麗貞　163
熱情擁抱時代生活　徐永齡　167
——論冰瑩創作的藝術個性
崇高美　游友基　193
——走向崇高美的謝冰瑩
從強種到雜種　范銘如　209
——女性小說一世紀（節錄）
沙場女兵　朱嘉雯　213
——謝冰瑩論（一九〇六～二〇〇〇）
紅花還須綠葉扶　李夫澤　225
——孫伏園、林語堂、柳亞子對謝冰瑩的關愛
從自傳到他傳　朱旭晨　241
——謝冰瑩傳記研究
謝冰瑩的《女兵自傳》　張建秒　279
——封建叛女與傳統母親的長久鬥爭
謝冰瑩　應鳳凰　283
——馳騁沙場與文壇的不老女兵
謝冰瑩　黃麗貞　287
——中國婦女新生的領航人（節錄）
戰爭體驗與謝冰瑩的戰地小說　丁金花　297
謝冰瑩研究綜述　李夫澤　335
時會之趨　陳昱蓉　347
——謝冰瑩的足跡以及遊記

【輯五】研究評論資料目錄

作家生平、作品評論專書與學位論文 357
作家生平資料篇目 362
作品評論篇目 375

輯一◎圖片集

影像◎手稿◎文物

1914年，時年八歲的謝冰瑩。（翻攝自《女兵自傳》，晨光出版公司）

1927年，謝冰瑩隨救護隊前往鄂西前線服務。（文訊文藝資料中心）

1929～1931年間，就讀北京女子師範大學的謝冰瑩。（賈文輝提供）

1935年秋，時年29歲的謝冰瑩，攝於日本三原山。
（成功大學蘇雪林研究室提供）

1935年，於日本早稻田大學攻讀西洋文學的謝冰瑩。
（賈文輝提供）

1937年9月，謝冰瑩組織「湖南婦女戰地服務團」前往東戰場救援負傷戰士前夕，攝於長沙。（文訊文藝資料中心）

1937年9月14日，謝冰瑩率領「湖南婦女戰地服務團」由長沙出發前往東戰場。（文訊文藝資料中心）

1937年秋，謝冰瑩（左）於江蘇羅店寫《新從軍日記》的情景。（文訊文藝資料中心）

1947年，至天津遊玩的謝冰瑩。
（成功大學蘇雪林研究室提供）

1950年代前期，謝冰瑩（中）、徐鍾珮（左）、劉枋（右）代表中國文藝協會參訪高雄鳳山陸軍軍官學校。（國立臺灣文學館提供）

1940年代後半期，謝冰瑩與次子賈文湘（右）、女兒賈文蓉（前中）合影。（文訊文藝資料中心）

1954年10月，時任臺灣省立師範學院（今臺灣師範大學）教授的謝冰瑩，攝於臺北寓所。（文訊文藝資料中心）

1950年代中期，應邀出席闞漢騫伉儷宴請名畫家與作家聚會，攝於臺北龍泉別墅。右起：曹先昆、虞君質（後）、張大千、溥心畬、鄭學稼（後）、謝冰瑩、闞夫人楊如、闞漢騫（後）、于右任、鄭曼青。（賈文輝提供）

1956年3月14日，出席由蔣經國宴請「44年度全國青年最喜閱讀文藝作品及最推崇文藝作家測驗」入選作家餐會，與其中十位女作家合影於臺北「婦女之家」。右起：蘇雪林、謝冰瑩、徐鍾珮、王潔心、李曼瑰、艾雯、孟瑤、許素玉（後）、張漱菡、章一萍。（文訊文藝資料中心）

1950年代，謝冰瑩與女兒賈文蓉（左）合影。（文訊文藝資料中心）

1963年4月，謝冰瑩與胡適夫人江冬秀（左）合影。（成功大學蘇雪林研究室提供）

1963年7月25日，謝冰瑩（前排立者右九）擔任中國青年反共救國團「暑期青年訓練活動文藝寫作研究隊」講師，師生合影。前排立者右四起：符兆祥、許希哲、郭嗣汾，王藍（左三）、南郭（左六）、王平陵（左九）。（文訊文藝資料中心）

1965年5月9日，謝冰瑩（中）應韓國《女苑》雜誌社之邀，與蓉子（右）、琦君（左）共組「中國女作家大韓民國訪問團」，代表中國婦女寫作協會訪韓。（文訊文藝資料中心）

1965年5月18日，謝冰瑩（中）接受韓國慶熙大學校長趙永植（右）頒贈文學獎章。（賈文輝提供）

1965年10月，韓國女作家訪臺，由謝冰瑩等人接待，攝於中央日報社大樓前。右起：王琰如、崔貞熙、謝冰瑩、朴花城、金淑經、琦君。（翻攝自王琰如《文友畫像及其他》，大地出版社）

1965年10月，謝冰瑩率韓國女作家拜訪羅門夫婦，攝於燈屋。左二起：蓉子、謝冰瑩、朴花城、崔貞熙、金淑經（後）、許世旭、羅門。（羅門提供）

1966年6月5日，臺灣省立師範大學成立20周年校慶，全體同仁於師大禮堂前合影。前排左起：葉九如、黃麗貞、謝冰瑩、陳泮藻、聞汝賢、林尹、程發軔、高明、陳蔡煉昌、唐傳基、金夢華、黃淑灌、袁乃瑛；後排左起：黃少甫、方祖燊、鍾露昇、張孝裕（後）、邱燮友（後）、王忠林、汪中（後）、婁良樂、林耀曾（後）、胡自逢、劉正浩（後）、李鍌、曾忠華、張鍔鋒（後）、黃錦鋐、饒彬、鄭奮鵬、謝新瑞、張文彬。（臺灣師範大學國文學系提供）

1969年9月，謝冰瑩獨影。（賈文輝提供）

1960年代，與文友合影。左起：謝冰瑩、蘇雪林、褚問鵑。（賈文輝提供）

1960年代，謝冰瑩（右二）與華嚴（左二）等文友於「以文會友」會場合影。（國立臺灣文學館提供）

1970年6月，與文友同赴「中國古畫討論會」探訪凌淑華，攝於臺北中山樓。前排左起：謝冰瑩、凌淑華、林海音；後排左起：王怡之、張秀亞、琦君。（于德蘭提供）

1970年代中期，全家福照片。前排左起：孫子賈弘瑄、孫女賈弘媛、孫女賈弘玢、孫子賈弘琨；後排左起：長子賈文輝、女婿白瑞、夫賈伊箴、謝冰瑩、女兒賈文蓉、次媳沈力良、次子賈文湘、長媳寧秀冬。（賈文輝提供）

1978年12月29日，謝冰瑩與女兒賈文蓉（左）合影，攝於臺北花園酒店。（賈文輝提供）

1987年8月，全家福照片。前排左起：長媳寧秀冬、夫賈伊箴、謝冰瑩、長子賈文輝、次子賈文湘；後排左起：次媳沈力良、孫子賈弘瑄、孫子賈弘琨、孫女賈弘玢、孫女賈弘媛。（賈文輝提供）

1987年6月21日，謝冰瑩（前排中）與林金悔（立者右）、林昌杰（前排右）等文友合影。（國立臺灣文學館提供）

1980年代後期，謝冰瑩夫婦合影。（賈文輝提供）

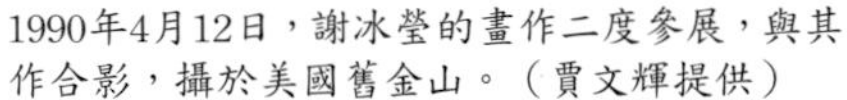

1990年4月12日，謝冰瑩的畫作二度參展，與其作合影，攝於美國舊金山。（賈文輝提供）

1990年11月27日，謝冰瑩（左）返臺，參加由國民黨文工會、中國婦女寫作協會與文訊雜誌社於文苑舉辦之「謝冰瑩教授返臺歡迎茶會」，與林海音（右）合影。（文訊文藝資料中心）

1990年11月27日，謝冰瑩返臺，於「謝冰瑩教授返臺歡迎茶會」中，與柴扉（右）、秦嶽（左）合影。（文訊文藝資料中心）

1990年12月2日，謝冰瑩返臺，與睽違12年的蘇雪林（右）歡聚，
攝於成大宿舍。（賈文輝提供）

1990年12月3日，謝冰瑩（右二）參觀位於高雄鳳山的中華民國陸軍軍官學校，由校長胡家麒夫婦親自接待。（賈文輝提供）

1990年12月9日，與中國婦女寫作協會同仁餐敘。前排右起：葉蟬貞、謝冰瑩、呂潤璧、林海音、張明；後排右起：艾雯、張漱菡、王琰如、邱七七、余宗玲、蓉子、丘秀芷、趙淑敏。（國立臺灣文學館提供）

1990年代前半期，謝冰瑩攝於美國舊金山老人公寓。（賈文輝提供）

1990年代，謝冰瑩與黃麗貞（右）合影。（黃麗貞提供）

1995年8月，謝冰瑩和葉蟬貞（左）合影於美國舊金山老人公寓。（文訊文藝資料中心）

謝冰瑩畫像。（翻攝自《謝冰瑩自選集》，黎明文化公司）

臺灣省立師範大學用箋

嶽修仁棣：

金門某戰士的文章一段都沒有了，明日（十六）下午二點請送來，我只休息這時間，因我家有客要送他。沒有改好，也沒關係。

即祝

近好

謝冰瑩 五六、六、十五、

51. 2. 20.000　地址：臺北市和平東路

國立臺灣師範大學

嶽修
雋年仁棣：

恭喜恭喜！西園這名字太美太好了！我祝福她長命百歲，很快長大。自從我去年做了祖母之後，也高興極了，逢人便拿相片給他們看，那是一個胖娃娃，淘氣得很。

等西園長大之後，我家要送她伴娃娃。

你又有好詩寫了，我等著拜讀。

關于大作事，還沒有人來找我，我想不會有問題。

你放心好了。即祝

雙佳

謝冰瑩 六十、三、廿八夜

1967年6月15日、1971年3月28日，謝冰瑩致作家秦嶽函兩封。（文訊文藝資料中心）

國立臺灣師範大學

林姊：　五月十一日信收到，謝謝！

我前些日子寫了九篇文章，有一篇[illegible]之間，不知你在中央日刊上看到沒有？如沒有，可以寄你參考。這是給少女的信，看後請指教，告訴我。

大作奉還，希望你不要拋棄，好好保存。

要開作家會議，你收到開會通知沒有？一定參加，我們又有一星期可以相聚了。

師大校友要開展覽會，作文要參加，我忙死了，天天日夜在趕，下次再談，祝

健康

冰瑩上　五九，五，十三。

你的眼睛千萬要當心，最好開刀，李曰剛昨天開刀，是口腔癌，程發軔已開刀，現已恢復健康。

1970年5月13日，謝冰瑩致蘇雪林函。（成功大學蘇雪林研究室提供）

1973年，謝冰瑩為《舊金山的四寶》一書手繪插圖。（翻攝自《舊金山的四寶》，國語日報附設出版部）

淑敏如晤：　您好！

謝謝您的大作（三部），充實了我的精神食糧，不知要怎樣感謝您才好。

拙作要稍緩才能寄上，因有台南之行，還有天文有他事耽擱，相信您會原諒的。

此祝

筆健　並頌

潭福

謝冰瑩敬上

六七，十一，一夜

1978年11月1日，謝冰瑩致趙淑敏函。（國立臺灣文學館提供）

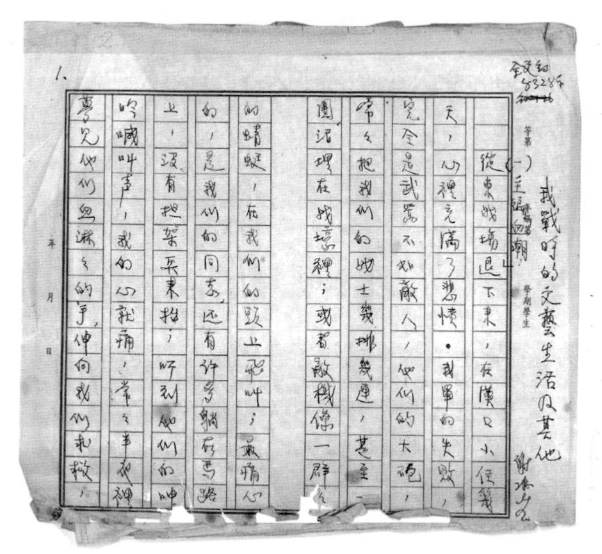

我戰時的文藝生活及其他　　謝冰瑩

（一）

從東戰場退下來，在漢口小住幾天，心裡充滿了悲憤。我軍的失敗，完全是武器不如敵人，他們的大砲，常常把我們的戰士幾排幾連，甚至一團活埋在戰壕裡；或者敵機像一群的蜻蜓，在我們的頭上飛叫；最痛心的，是我們的同志，還有許多躺在馬路上，沒有抬架兵來救；呼痛的呻吟喊叫聲，我的心就痛！常常半夜裡夢見他們血淋淋的手，伸向我們求救，

1984年1月11日，謝冰瑩發表於《文訊》第7、8期〈我戰時的文藝生活及其他〉手稿。（文訊文藝資料中心）

文甫先生：

很久以前，我下決心要給您寄這篇稿補白，只因眼疾不能如願。現在稍為好了一點，我下決心從三月開始寫稿，一定先寄給先生。

今天忽然心血來潮，剪了發表在中華報副刊上的李銘瓊女士的作品〈我的外婆們〉，要寫和她通信，請您轉寄，希望您不嫌麻煩。

這篇是由南投康谷中學校的老師柴世華先生轉來的，還圈了許多地方，可見他的熱心。

下次再談，即祝

健康

謝冰瑩敬上

76.2.8夜

1987年2月8日，謝冰瑩致蔡文甫函，蔡文甫當時擔任《中華日報》副刊主編及九歌出版社發行人。（國立臺灣文學館提供）

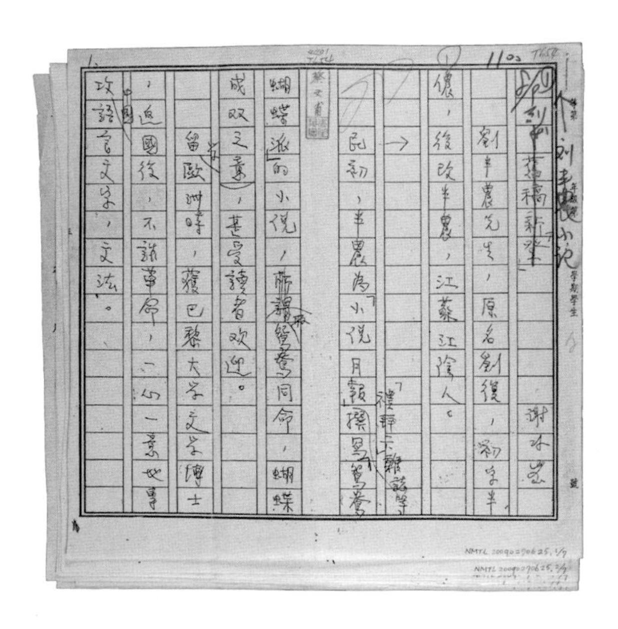

劉半農小記　　謝冰瑩

劉半農先生，原名劉復，字半儂，後改半農，江蘇江陰人。

民初，半農為小說月報、禮拜六雜誌等寫鴛鴦蝴蝶派的小說，所謂鴛鴦同命，蝴蝶成雙之意，甚受讀者歡迎。留歐洲時，獲巴黎大學文學博士，返國後，不談革命，一心一意地專攻語言文字，文法。

1991年5月23日，謝冰瑩〈劉半農小記〉手稿。（國立臺灣文學館提供）

輯二◎生平及作品

小傳◎作品◎年表

小傳

謝冰瑩（1906～2000）

謝冰瑩，女，乳名鳳英，學名謝鳴岡，又名謝彬，筆名閒事、微波、蘭如、無畏、碧雲等。籍貫湖南新化，1906 年 10 月 22 日（農曆 9 月 5 日）生。1948 年 9 月來臺。2000 年 1 月 5 日逝世，享壽 94 歲。

北平女子師範大學（1931 年併入北平師範大學，即今北京師範大學）國文系畢業。1926 年考入武漢中央軍事政治學校（今黃埔軍校武漢分校）第六期，次年參加北伐。1931 年及 1935 年曾兩度赴日研究西洋文學。1937 年中日戰爭爆發，組織「湖南婦女戰地服務團」至前線服務，並於戰時主編《廣西婦女》、《黃河》等雜誌。戰後，曾任漢口《和平日報》及《華中日報》副刊主編。曾任中國文藝協會第一任理事、臺灣省婦女寫作協會監事、美國華文文藝界協會名譽會長、美國國際孔子基金會顧問。曾任教於西北師範學院、華北文化學院、臺灣省立師範學院（今臺灣師範大學）、前往馬來西亞及菲律賓講學。曾獲中國文藝協會文藝獎章、韓國慶熙大學文學獎章。

謝冰瑩創作文類以傳記、散文、小說為主，兼及論述、兒童文學、報導文學、佛教文學，其作品依創作內容大致可分為前、中、後三階段。前期自 1929 年出版《從軍日記》始，至 1948 年來臺止，寫作題材以戰地相關的傳記、報導文學及散文為主，著力描寫其於戰地前線的所見所聞，並以周遭人物為主角，敘寫大環境下各色人物的真實經歷。《女兵自傳》為此階段代表作，以不加粉飾的真切筆觸，自述其成長、求學至從軍等二十多年的親身經歷。整部作品具濃厚的時代色彩，不僅為個人自傳，亦反映出當時女性從軍的自我意識與舊社會及戰亂時的各種社會問題及現象。蘇雪林曾以「這本洋洋三十萬言的巨著，並不是一個人的傳記，而是中國近半世紀以來奮鬥史的寫真。」形容此書。中期為 1948 年起，任教臺灣省立師範學院時期，創作主題以思鄉、懷舊為主，字裡行間透露出濃烈的思鄉情感，如《愛晚亭》、《故鄉》等。此時，謝冰瑩也開始創作一系列兒童文學作品，如《愛的故事》、《小冬流浪記》等。寫作之餘，謝冰瑩更以傳播文學為己任，設立「新文藝寫作」課程，開白話文寫作課程之風。後期為 1973 年自教職退休、赴美定居期間，除承續上述創作題材外，晚年亦改寫佛經故事、撰寫與佛教相關文章，宣揚佛教思想，如《觀音蓮》、《新生集》等。

謝冰瑩的一生顛簸曲折、歷經重重難關，卻從未向命運屈服，在傳統禮教束縛與戰爭動盪的年代，謝冰瑩熱愛自由、尊重人權，勇敢選擇自己的人生，並始終保持「直」、「真」、「誠」三項處世原則。由於她豐富獨特的生活經歷，增廣了其寫作題材及靈感，使其有別於其他 1950 年代女性作家的美文風格，造就獨樹一幟的藝術特色。熱愛寫作的她，晚年雖受眼疾與腿傷所苦，仍筆耕不輟，著作產量極豐。謝冰瑩以剛直無華、真摯細膩的風格，筆下傳達無窮的熱情與頑強的精神。誠如馮馮所言：「謝教授的文字，在平淡樸實中，蘊藏著無限的力量和民族的熱烈感情，她的文字，是不受時間影響的，抗戰時代寫的故事，今日讀者仍然是一樣新鮮，這是一支永恆的光明的火炬。」

作品目錄及提要

【論述】

自印 1961

自印 1962

自印 1963

學生出版社 1974

我怎樣寫作

臺北：自印
1961 年 10 月，32 開，218 頁

臺北：自印
1962 年 3 月，32 開，218 頁

臺北：自印
1963 年 8 月，32 開，218 頁

臺北：學生出版社
1974 年 10 月，32 開，218 頁

本書漫談文學與寫作，探討寫作理念、創作方法等內容。全書收錄〈一個青年作家的夢〉、〈文學淺論〉、〈青年作家的修養〉等 24 篇。正文前有謝冰瑩〈自序〉。正文後有謝冰瑩〈後記〉、〈本書作者在臺出版書目〉。

1962 年自印版：正文與 1961 年自印版同。正文前新增謝冰瑩〈再版贅言〉。正文後新增季薇〈勘誤表〉。

1963 年自印版：正文與 1961 年自印版同。正文前新增謝冰瑩〈再版贅言〉、〈三版的話〉。正文後新增季薇〈勘誤表〉。

1974 年學生出版社版：正文與 1961 年自印版同。正文前新增謝冰瑩〈再版贅言〉、謝冰瑩〈三版的話〉、謝冰瑩〈五版訂正序言〉。正文後刪去〈本書作者在臺出版書目〉。

【散文】

春潮書局 1929

開明書店 1930

光明書局 1931

從軍日記

上海：春潮書局
1929 年 3 月，32 開，110 頁

上海：春潮書局
1929 年 9 月，32 開，153 頁

上海：開明書店
1930 年，32 開，211 頁
林語堂時事述譯彙刊
林語堂譯

巴黎：Librairie Valois
1930 年 8 月，32 開，189 頁
Romans de la vie nouvelle
汪德耀譯

上海：光明書局
1931 年 9 月，32 開，139 頁

本書集結作者 1927 年第一次隨軍前往新堤參加平息鄂西叛亂，沿途所寫日記。全書收錄〈行軍日記〉、〈一個可愛又好笑的故事〉、〈行軍日記三節〉等六篇。正文前有編者〈編印者的話〉、謝冰瑩〈幾句關於封面的話〉、林語堂〈冰瑩《從軍日記》序〉。正文後有〈寫在後面〉、〈給 KL〉。
1929 年 9 月春潮版：正文與 1929 年 3 月春潮版同。正文前新增謝冰瑩〈再版的幾句話〉。正文後新增附錄謝冰瑩〈出發前給三哥的信〉、謝冰瑩〈給女同學〉、謝冰瑩〈革命化的戀愛〉共三篇。
1930 年開明版：英譯本 *Letters of a Chinese Amazon and War Time Essays*。（今查無傳本）
1930 年 Librairie Valois 版：法譯本 *Une jeune chinoise à l'armée révolutionnaire*。（今查無傳本）
1931 年光明版：正文與 1929 年 3 月春潮版同。正文前新增作家照片一幅、林語堂及汪德耀英、法兩段譯文、謝冰瑩〈再版的幾句話〉，刪去謝冰瑩〈幾句關於封面的話〉。正文後新增附錄謝冰瑩〈出發前給三哥的信〉、謝冰瑩〈給女同學〉、謝冰瑩〈革命化的戀愛〉等四篇。

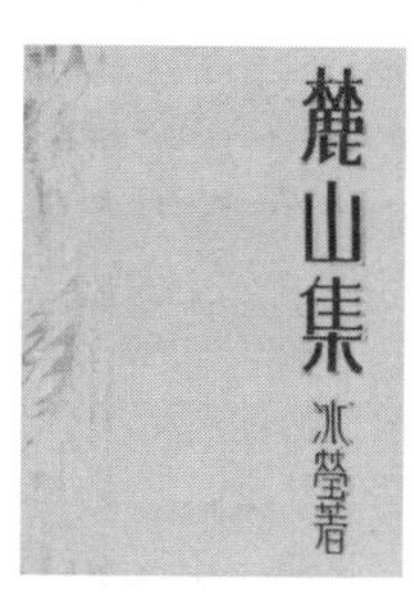

麓山集

上海：光明書局
1932 年 10 月，32 開，209 頁

本書集結作者 1926～1931 年間的散文作品，內容以抒情為主。全書收錄〈愛晚亭〉、〈不自由，毋寧死！〉、〈一頁日記〉等 14 篇。正文前有謝冰瑩〈關於《麓山集》的話〉。

湖南的風

上海：北新書局
1936 年 5 月，40 開，194 頁
創作新刊

本書集結作者 1927～1935 年間的散文餘稿。全書收錄〈女苦力〉、〈有趣的離婚〉、〈挑煤炭的小姑娘〉等 24 篇。正文後有黃維特〈編後〉。

良友圖書印刷公司 1936

青年書房 1939

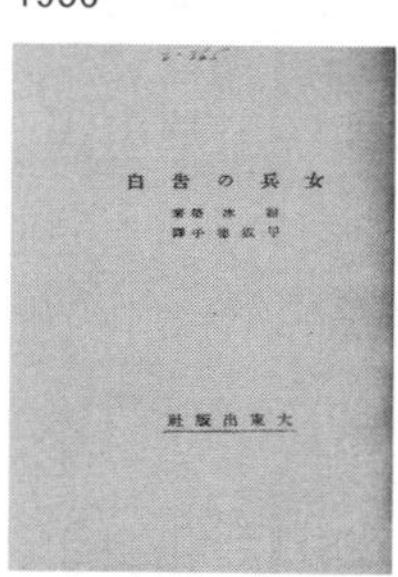

大東出版社 1941

George Allen & Unwin Ltd 1943

一個女兵的自傳

上海：良友圖書印刷公司
1936 年 7 月，32 開，388 頁
良友文學叢書之廿七

東京：青年書房
1939 年 6 月，32 開，447 頁
諸星あきこ譯

東京：大東出版社
1941 年 2 月，32 開，283 頁
甲坂德子譯

倫敦：George Allen & Unwin Ltd
1943 年，新 25 開，216 頁
Tsui Chi 譯

倫敦：Pandora Press
1986 年，新 25 開，216 頁
Tsui Chi 譯

北京：中國國際廣播出版社
2013 年 1 月，25 開，247 頁
人文閱讀與收藏・良友文學叢書

Pandora Press 1986

中國國際廣播出版社 2013

本書作者以寫實筆調，自述其幼年、求學、從軍、任教的曲折經歷，具時代意義。全書計有：1.幼年時代；2.小學時代；3.中學時代；4.從軍時代；5.家庭監獄等六章。正文前有謝冰瑩〈寫在前面〉、作者近照及手稿各一張。

1939 年青年書房版：日譯本《女兵士の自传》。正文與 1936 年良友版同。正文前新增新居格〈序〉。正文後新增諸星あきこ〈あとがき（譯者から）〉。

1941年大東版：日譯本《女兵の告白》。正文略有刪節。正文前刪去謝冰瑩〈寫在前面〉、作者近照及手稿各一張，新增林語堂〈冰瑩「女兵の告白」の《從軍日記》序〉。正文後新增甲坂德子〈譯者のことば〉。

1943 年 George Allen & Unwin Ltd 版：英譯本 *AUTOBIOGRAPHY OF A CHINESE GIRL: A genuine autobiography*。內容略有增刪。正文前新增 Gordon Bottomley “Preface” 、Tsui Chi “Introduction”。

1986 年 Pandora Press 版：英譯本 *AUTOBIOGRAPHY OF A CHINESE GIRL: A genuine autobiography*。正文與 1943 年 George Allen & Unwin Ltd 版同。正文前刪去 Gordon Bottomley “Preface”、Tsui Chi “Introduction”，新增 Elisabeth Croll “Introduction” 。

2013 年中國國際廣播版：正文與 1936 年良友版同。正文前刪去作者近照及手稿各一張。

John Day Company 1940

民光書局 1940

GIRL REBEL／Adet Lin（林如斯）、Anor Lin（林無雙）譯

紐約：John Day Company
1940 年，25 開，270 頁

〔廣西〕：民光書局
1940 年 12 月，32 開，159 頁

重慶：求知圖書社
1945 年 3 月，32 開，227 頁

上海：國際書局
1946 年 1 月，32 開，79 頁

紐約：Da Capo Press
1975 年，14.5x22.3 公分，270 頁

求知圖書社 1945

國際書局 1946

Da Capo Press 1975

本書為《一個女兵的自傳》英譯版，內容略有增刪，章節亦有調動。全書分“AUTOBIOGRAPHY”、“THE NEW WAR DIARY”兩部分，計有：1.My Childhood；2.School Life；3.In the Army；4.The Family Prison；5.Escape 等九章。正文前有 Lin Yutang “INTRODUCTION”。

1940 年民光書局版：正文新增中文對照部分。正文前刪去 Lin Yutang “INTRODUCTION”，新增〈關於本書〉。

1945 年求知圖書版：正文新增中文對照部分。正文前刪去 Lin Yutang “INTRODUCTION”，新增〈關於本書〉。

1946 年國際書局版：正文僅收錄中文部分。正文前刪去 Lin Yutang “INTRODUCTION”，新增〈關於本書〉。

1975 年 Da Capo Press 版：與 1940 年 John Day Company 同。

冰瑩抗戰文選集

西安：建國出版社
1941 年 10 月，32 開，290 頁

全書收錄〈抗戰期中的婦女訓練問題〉、〈葉縣之夜〉、〈野戰醫院〉等 32 篇。正文前有謝冰瑩〈序〉。

華北新聞社 1943

遠東圖書公司 1948

在日本獄中

西安：華北新聞社出版部
1943 年 1 月，32 開，90 頁

上海：遠東圖書公司
1948 年 6 月，32 開，154 頁

臺北：遠東圖書公司
1953 年 4 月，32 開，154 頁

遠東圖書公司 1953

本書為作者憶述 1936 年被捕入獄，拘禁三周的獄中經歷及重獲自由的過程。全書計有：1.櫻花開的時候；2.入獄的第一夜；3.會心的微笑；4.一天的生活；5.「你是女兵嗎？」；6.補襪子；7.板壁上的標語；8.折草紙等 23 章。正文前有謝冰瑩〈前奏曲〉。正文後有謝冰瑩〈後記〉。
1948 年上海遠東版：內容與 1943 年華北新聞版同。
1953 年臺北遠東版：內容與 1943 年華北新聞版同。

紅藍出版社 1946

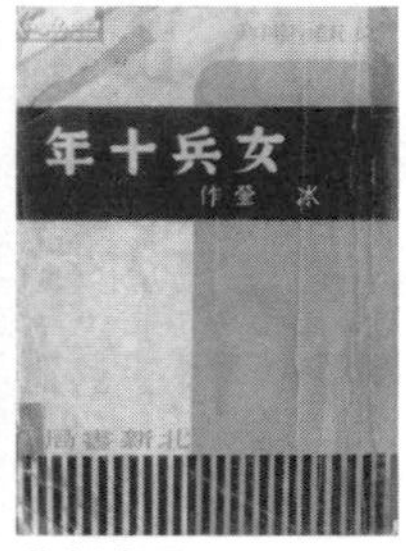

北新書局 1947

河出書房 1954

女兵十年

漢口：自印
1946 年 4 月

重慶：紅藍出版社
1946 年 8 月，32 開，227 頁

上海：北新書局
1947 年 1 月，32 開，227 頁
文藝新刊

東京：河出書房
1954 年 2 月，32 開，147 頁
共田晏平、竹中伸譯

本書延續《一個女兵的自傳》，作者敘寫上海求學、兩度赴日留學及再度赴前線服務的經歷。（今查無傳本）
1946 年紅藍版：全書計有：1.來到了上海；2.窮困的大學生生活；3.在痛苦中掙扎；4.南歸；5.東渡等十章。正文前有〈本書前集《一個女兵的自傳》題要〉、謝冰瑩〈《女兵十年》再版序〉。正文後有〈勘誤表〉。
1947 年北新版：正文與 1946 年紅藍版同。正文前改謝冰瑩〈《女兵十年》再版序〉為〈寫在前面〉。
1954 年河出書房版：日譯本《女兵十年》。內容與 1946 年紅藍版同。

生日

上海：北新書局
1946 年 6 月，40 開，186 頁
創作新刊

本書作者記錄中日戰爭勝利後的社會氛圍與戰後生活的社會景況，及其自成都前往漢口的沿途見聞。全書收錄〈狂歡之夜〉、〈再會吧，成都！〉、〈偉大的行列〉等 17 篇。正文前有謝冰瑩〈序〉。正文後附錄謝冰瑩〈我的戰時生活〉、謝冰瑩〈我是怎樣寫《女兵自傳》的〉。

晨光出版公司 1948

力行書局 1956

乙酉文化社 1964

學園社 1971

力行書局 1978

東大圖書公司 1980

女兵自傳

上海：晨光出版公司
1948 年，12x17.2 公分，536 頁
晨光文學叢書第二十四種

東京：岩波書局
1948 年
魚返善雄譯

臺北：力行書局
1956 年，32 開，278 頁

首爾：乙酉文化社
1964 年 5 月，32 開，491 頁
世界文學全集 19
金光洲譯

首爾：學園社
1971 年 12 月，32 開，373 頁
世界의　全集 11
李益成譯

臺北：力行書局
1978 年 5 月，32 開，278 頁

臺北：東大圖書公司
1980 年 10 月，25 開，396 頁
滄海叢刊

成都：四川文藝出版社
1985 年 3 月，32 開，353 頁

巴黎：Rochevignes
1985 年，新 25 開，178 頁
Marie Holzman 譯

四川文藝 1985

Rochevignes 1985

中國華僑 1994

Columbia University 2001

北京：中國華僑出版社
1994 年 9 月，32 開，274 頁
中國現代作家自述文叢

紐約：Columbia University Press
2001 年 9 月，新 25 開，281 頁
Lily Chia Brissman, Barry Brissman 譯

本書為作者整理修訂自《一個女兵的自傳》、《女兵十年》兩書，詳述其從軍、北伐、抗戰二十多年來的生活實況，字裡行間透露出其生命韌性與熱情。此書不僅為其個人故事經歷，亦反映當時女性從軍和自我意識的問題及時代精神。全書計有：1.幼年時代；2.小學時代；3.中學時代；4.從軍時代；5.家庭監獄等 16 章。正文前有謝冰瑩〈《女兵自傳》新序〉。

1948 年岩波書局版：(今查無傳本)。

1956 年力行版：為在臺發行首版。正文刪去 1948 年晨光版各章章名，內容略有增刪。正文前刪去謝冰瑩〈《女兵自傳》新序〉、新增謝冰瑩〈《女兵自傳》臺版序〉。

1964 年乙酉文化社版：韓譯本《女兵自傳・紅豆・離婚》。正文新增長篇小說〈紅豆〉、短篇小說〈離婚〉。正文前新增金光洲〈解說〉。

1971 年學園社版：韓譯本《女兵自傳・나의回顧，其他》。正文新增《我的回憶》部分內容、短篇小說〈一個韓國的女戰士〉、〈文竹〉。正文後新增李益成〈解說〉。

1978 年力行版：正文刪去 1948 年晨光版各章章名，內容略有增刪。正文前刪去謝冰瑩〈《女兵自傳》新序〉，新增謝冰瑩〈關於《女兵自傳》與《女兵日記》〉、謝冰瑩〈《女兵自傳》臺版序〉。

1980 年東大版：正文刪去 1948 年晨光版各章章名，內容略有增刪。正文後新增附錄謝冰瑩〈我的青年時代〉、謝冰瑩〈女兵生活〉、謝冰瑩〈大學生活〉。

1985 年四川文藝版：正文刪去 1948 年晨光版各章章名，內容略有增刪。正文前刪去謝冰瑩〈《女兵自傳》新序〉，新增謝冰瑩〈關於《女兵自傳》〉。正文後新增魏中天〈記謝冰瑩〉。

1985 年 Rochevignes 版：法文版 *Une femme en guerre : récit*。

1994 年中國華僑版：正文刪去 1948 年晨光版各章章名，內容略有增刪。正文前刪去謝冰瑩〈《女兵自傳》新序〉，新增編者〈「中國現代作家自述文叢」總序〉。正文後新增〈謝冰瑩著作生平簡表〉。

2001 年 Columbia University Press 版：英譯本 *A Woman Soldier's Own Story :THE*

AUTOBIOGRAPHY OF XIE BINGYING。正文內容略有增刪。正文前新增 Xie Bingying"Preface to the New Traslation of My Autobiography"、Barry Brissman&Lily Chia Brissman"Introduction"、"Main Events in Xie Bingying's Life"、"A Note on Chinese Names"、"Maps"。

暢流月刊社 1954

三民書局 1969

三民書局 2006

愛晚亭

臺北：暢流月刊社
1954 年 4 月，32 開，164 頁
暢流叢書第六種

臺北：三民書局
1969 年 9 月，40 開，223 頁
三民文庫 66

臺北：三民書局
2006 年 6 月，25 開，212 頁
人文叢書文學類 6

本書作者以抒情之筆，記述生活雜感、懷舊憶往等內容。全書分「抒情小品」、「描寫記敘」、「雜感隨筆」、「閱讀寫作」四輯，收錄〈偉大的母親〉、〈哀思〉、〈海天遼闊弔忠魂〉、〈紅豆戒指〉等 40 篇。正文前有謝冰瑩〈寫在前面〉。

1969 年三民版：改〈哀思〉篇名為〈兩塊不平凡的刺繡〉，正文與 1954 年暢流月刊版同。正文前刪去謝冰瑩〈寫在前面〉，新增三民書局編輯委員會〈三民文庫編刊序言〉、謝冰瑩〈九版序〉。

2006 年三民版：內容與 1969 年三民版同。正文前刪去三民書局編輯委員會〈三民文庫編刊序言〉、改謝冰瑩〈九版序〉篇名為〈二版序〉。

勝利出版社 1954

神州出版社 1959

新陸書局 1961

新陸書局 1966

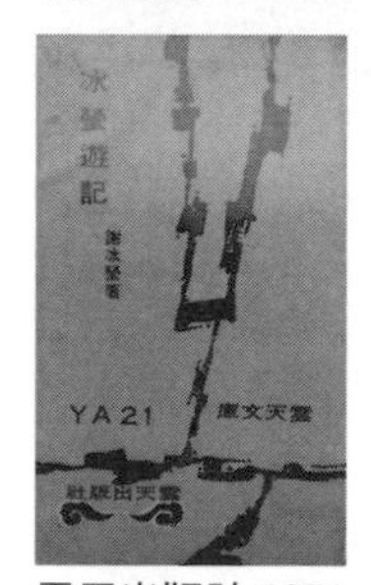

雲天出版社 1971

冰瑩遊記

臺北：勝利出版社
1954 年，32 開，143 頁

臺北：神州出版社
1959 年 5 月，32 開，143 頁

臺北：新陸書局
1961 年 1 月，32 開，143 頁

臺北：新陸書局
1966 年 5 月，32 開，143 頁

臺北：雲天出版社
1971 年 7 月，40 開，207 頁
雲天文庫 21

本書集結作者至北京、花蓮、東京等地行旅覽勝的記遊文章。全書收錄〈北平之戀〉、〈故宮巡禮〉、〈頤和園攬勝〉等 27 篇。正文前有作家遊蹤照片、謝冰瑩〈錦繡江山憶舊遊〉。

1959 年神州版：正文與 1954 年勝利版同。正文前新增謝冰瑩〈再版序〉。

1961 年新陸版：正文與 1954 年勝利版同。正文前新增謝冰瑩〈再版序〉。

1966 年新陸版：正文與 1954 年勝利版同。正文前刪去作家遊蹤照片。正文後新增謝冰瑩〈再版序〉。

1971 年雲天版：正文與 1954 年勝利版同。正文前刪去作家遊蹤照片。

菲島記遊

臺北：力行書局
1957 年 4 月，32 開，93 頁

本書為作者 1956 年至菲律賓遊歷的紀錄，除記遊外，也對異國的文化、生活有所描繪。全書收錄〈第一次乘軍艦〉、〈海上看日出〉、〈海上明月共潮生〉等 26 篇。正文前有作者遊玩照片、謝冰瑩〈我是怎樣搜集材料的？〉。

故鄉

臺北：力行書局
1958 年 10 月，32 開，181 頁

本書內容以抒情雜憶、閱讀心得為主。題名「故鄉」不僅指作者幼年居住的湖南新化謝鐸山，亦指臺灣。全書分「抒情」、「人物」、「山水」、「生活雜憶」、「雜文」、「閱讀與寫作」六輯，收錄〈母親的生日〉、〈故鄉〉、〈含淚的微笑〉、〈祖國之戀〉等 39 篇。正文前有謝冰瑩〈寫在前面〉。

馬來亞遊記

臺北：海潮音月刊社
1961 年 1 月，32 開，145 頁

本書為作者旅居馬來西亞三年多的見聞閱歷，除介紹大馬風光、古蹟名勝外，也描寫當地人情風俗、教育文化等情形。全書收錄〈出國前夕〉、〈曼谷剪影〉、〈春莊之夜〉、〈太平湖四景〉等 30 篇。正文前有馬來亞相關照片、謝冰瑩〈自序〉。

作家印象記

臺北：三民書局
1967 年 1 月，40 開，191 頁
三民文庫 7

本書為作者記錄與王平陵、朱自清、李青崖等多位作家的交遊往事。全書收錄〈王平陵〉、〈王獨清〉、〈方瑋德〉等 29 篇。正文前有三民書局編輯委員會〈三民文庫編刊序言〉、謝冰瑩〈前言〉。

夢裡的微笑

臺中：光啟出版社
1967 年 7 月，32 開，264 頁
文藝叢書之二十三

本書為作者紀念花甲之作，有遊記、書信、評論、隨筆等內容。全書分「錦繡河山」、「青年書信」、「抒情小品」、「閱讀心得」、「生活雜感」五輯，收錄〈臘鼓聲中金門行〉、〈兩個金門〉、〈馬祖風光〉、〈澎湖七小時〉等 43 篇。正文前有謝冰瑩〈自序〉。

三民書局 1967

三民書局 2004

我的回憶

臺北：三民書局
1967 年 9 月，40 開，216 頁
三民文庫 23

臺北：三民書局
2004 年 9 月，新 25 開，237 頁
三民叢刊 284

本書為作者自述其飽經風霜的人生。自幼年、求學、從軍、來臺，為其一生經歷的縮影。全書收錄〈平凡的半生〉、〈我的青年時代〉、〈過年〉等 19 篇。正文前有三民書局編輯委員會〈三民文庫編刊序言〉。正文後附錄贊篁〈鵠磯憶語〉。

2004 年三民版：正文內容與 1967 年三民版同。正文前新增三民書局編輯委員會〈新版說明〉。

海天漫遊

臺北：自印
1968 年 1 月，32 開，315 頁

本書為作者遊歷新加坡、香港、菲律賓、韓國等地的遊玩覽勝心得感想。全書分「星馬之部」、「菲律賓之部」、「韓國之部」三部分，收錄〈虎豹別墅〉、〈水族館〉、〈鬼城憶遊〉、〈正氣千秋〉、〈在海外度國慶〉等 53 篇。正文前有作者遊賞照片、謝冰瑩〈自序〉。

生命的光輝

臺北：三民書局
1971 年 12 月，40 開，225 頁
三民文庫 144

本書集結作者 1950～1970 年間的散文文章，內容以懷舊憶往為主。全書收錄〈國慶的懷念〉、〈可愛的農曆年〉、〈美麗的回憶〉、〈林語堂先生談語文問題〉等 31 篇。正文前有三民書局編輯委員會〈三民文庫編刊序言〉、謝冰瑩〈序〉。

舊金山的霧

臺北：三民書局
1974 年 4 月，40 開，227 頁
三民文庫 189

本書為作者 1968 年 6 月與 1971 年 8 月兩度赴美的見聞紀實，除寫景外，亦記述異國間的文化差異。全書分「上卷」、「下卷」兩部分，收錄〈西雅圖之夜〉、〈舊金山之旅〉、〈美國的大學生〉、〈美國學生與戀愛〉等 34 篇。正文前有三民書局編輯委員會〈三民文庫編刊序言〉、謝冰瑩〈自序〉。

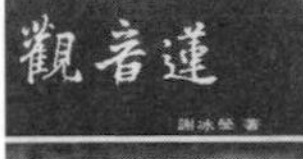

玄奘寺 1976

大乘精舍印經會
1985

慈心佛經流通處
1989

大乘精舍印經會
2002

觀音蓮

南投：玄奘寺
1976 年 6 月，40 開，269 頁

臺北：大乘精舍印經會
1985 年 6 月，32 開，205 頁
大乘叢書 D-070

臺北：慈心佛經流通處
1989 年 6 月，32 開，205 頁
慈心叢書之八十五

臺北：大乘精舍印經會
2002 年 8 月，25 開，303 頁
大乘叢書 D-070

本書集結作者發表於雜誌中與佛教有關的文章。全書收錄〈論積極培養佛教人才〉、〈慈航法師——我的師父〉、〈偉大的鑑真和尚〉等 26 篇。正文前有謝冰瑩〈自序〉。

1985 年大乘經舍印經會版：正文與 1976 年玄奘寺版同。正文前刪去謝冰瑩〈自序〉，新增謝冰瑩〈《觀音蓮》再版序〉。

1989 年慈心佛經流通處版：正文與 1976 年玄奘寺版同。正文前刪去謝冰瑩〈自序〉，新增謝冰瑩〈《觀音蓮》再版序〉。

2002 年大乘經舍印經會版：正文與 1976 年玄奘寺版同。正文前刪去謝冰瑩〈自序〉，新增謝冰瑩〈《觀音蓮》再版序〉。

謝冰瑩選集

香港：香港文學研究社
1978 年 4 月，13.8×20.3 公分，151 頁
中國現代文選叢書

全書收錄〈李媽〉、〈兩塊不平凡的刺繡〉、〈流星〉等 26 篇。正文前有梅子〈《謝冰瑩選集》前言〉。

謝冰瑩散文集／李德安（彬星）主編

臺北：金文圖書公司
1982 年 8 月，32 開，277 頁
金文叢書 115

本書將《湖南的風》與《生日》兩書集結成冊。全書分「湖南的風」、「生日」兩輯，收錄〈女苦力〉、〈有趣的離婚〉、〈挑煤炭的小姑娘〉、〈小土豪〉等 41 篇。正文前有李德安〈新序〉、謝冰瑩〈原序〉、作家身影照片手稿。正文後附錄謝冰瑩〈我的戰時生活〉、謝冰瑩〈我是怎樣寫《女兵自傳》的〉、黃維特〈編後〉、〈謝冰瑩教授作品目錄〉。

謝冰瑩散文選／何紫主編

香港：山邊社
1983 年 5 月，32 開，122 頁

本書集錄散文作品，以抒情、懷舊、記遊等內容為主。全書收錄〈偉大的母親〉、〈流星〉、〈愛晚亭〉等 22 篇。正文前有〈作家與作品介紹〉。

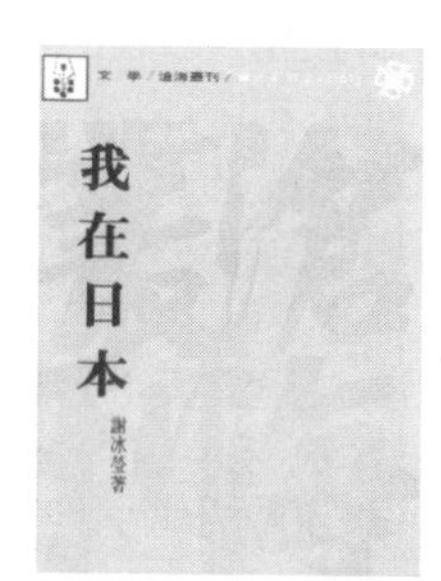

我在日本

臺北：東大圖書公司
1984 年 9 月，25 開，217 頁
滄海叢刊

本書內容為作者兩次赴日留學的經歷，記述在日本所遭遇的人、事、物。全書分「上集」、「下集」兩部分，收錄〈第一次去日本〉、〈櫻之家〉、〈懷念幾位日本朋友〉、〈癡情受騙的于立忱〉、〈王瀅在東京〉等 31 篇。正文前有謝冰瑩〈自序〉。正文後有謝冰瑩〈後記〉。

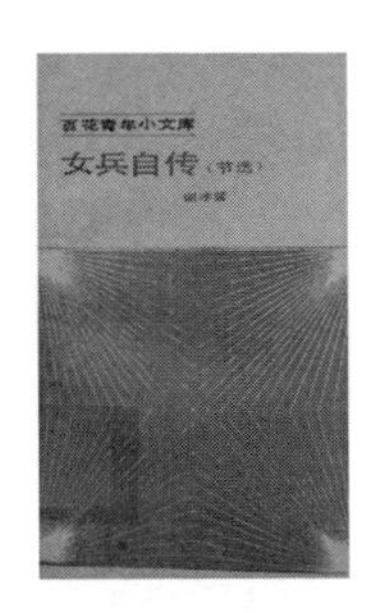

女兵自傳（節選）／熊融編

天津：百花文藝出版社
1985 年 6 月，40 開，165 頁
百花青年小文庫

本書節選《女兵自傳》至八萬字左右。全書計有：1.幼年時代；2.小學時代；3.中學時代；4.從軍時代；5.家庭監獄等 16 章。正文前有〈編輯例言〉、熊融〈小引〉。

作家與作品

臺北：三民書局
1991 年 5 月，新 25 開，204 頁
三民叢刊 26

本書集錄作者記述作家文章，道出不為讀者所知的文人印象，另有作品讀後感，兼談寫作方法。全書收錄〈記孫伏園〉、〈憶林語堂先生〉、〈記林語堂先生〉、〈林語堂先生的為人和著作〉等 33 篇。

冰瑩遊記

臺北：三民書局
1991 年 5 月，新 25 開，170 頁
三民叢刊 28

本書集錄作者遊歷美國的心得紀錄。全書收錄〈芝加哥記遊〉、〈華盛頓散記〉、〈華盛頓 D.C.的氣候〉等 23 篇。

冰瑩憶往

臺北：三民書局
1991 年 5 月，新 25 開，253 頁
三民叢刊 29

本書集錄作者回憶少年到晚年豐富經歷的文章。全書收錄〈我的少年生活〉、〈中學生活的回憶〉、〈投考軍校的回憶〉、〈北伐時代的女兵生活〉等 38 篇。

冰瑩懷舊

臺北：三民書局
1991年5月，新25開，246頁
三民叢刊30

本書集錄作者追悼親友的悼念文章。全書收錄〈悼念仁慈的校長　蔣公〉、〈慈湖謁靈記〉、〈敬悼兩位國語導師〉等28篇。

百花文藝1992

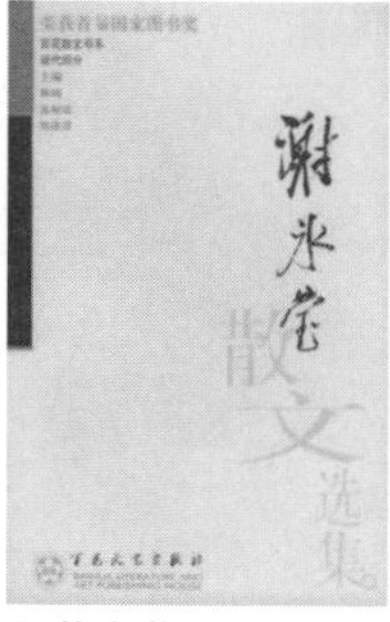

百花文藝2004

謝冰瑩散文選集／傅德岷編

天津：百花文藝出版社
1992年1月，新25開，285頁
百花散文書系

天津：百花文藝出版社
2004年8月，新25開，357頁
百花散文書系・現代部分

本書選收作者不同時期的散文文章，呈現其各時期的多樣風貌。全書收錄〈愛晚亭〉、〈當兵去〉、〈從軍日記〉、〈寄自嘉魚〉等47篇。正文前有〈編輯例言〉、傅德岷〈序言〉。
2004年百花文藝版：內容與1992年百花文藝版同。

上集

謝冰瑩散文（上、下）／范橋、王才路、夏小飛編

北京：中國廣播電視出版社
1993年9月，32開，414頁、519頁
二十世紀中國文化名人文庫

本書分上、下兩集。上集分「從軍日記」、「麓山集」、「湖南的風」、「生日」、「愛晚亭」、「綠窗寄語」、「作家印象記」、「生命的光輝」、「菲島記遊」、「舊金山的霧」十部分，收錄〈從軍日記〉、〈從軍日記三節〉、〈寄自嘉魚〉、〈說不盡的話留待下次再寫〉、〈從峰口至新堤〉等74篇。正文前有作家素描畫像及手稿、編者〈序〉；下集分「女兵自傳」、「戰士的手」、「在日本獄中」、「抗戰日記」四部分，收錄〈關於

下集

《女兵自傳》〉、〈祖母告訴我的故事〉、〈我的家庭〉、〈黃金的兒童時代〉、〈採茶女〉等 113 篇。正文前有作家身影照片。

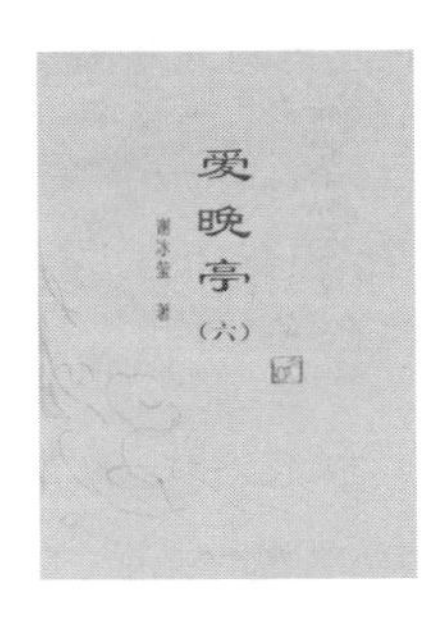

愛晚亭／榮挺進選編

北京：北京廣播學院出版社
1994 年 5 月，32 開，239 頁
現代女作家美文 6

全書收錄〈一個可喜而又好笑的故事〉、〈寄自嘉魚〉、〈給KL〉、〈愛晚亭〉等 33 篇。正文前有朱金順〈序引〉、榮挺進〈前言〉。

謝冰瑩集／陳漱渝編

北京：知識出版社
1997 年 5 月，14x20.5 公分，196 頁
二十世紀中國作家懷人散文

本書集錄作者懷人文章。全書收錄〈望斷天涯兒不歸〉、〈母親的死〉、〈兩塊不平凡的刺繡〉、〈姊姊〉等 40 篇。正文前有陳漱渝〈懷人以述志，紀實以明史——「二十世紀中國作家懷人散文」序〉。正文後有編者〈編後記〉。

一個女兵的自傳

南京：江蘇文藝出版社
2012 年 1 月， 32 開，234 頁
現代文化名人自傳叢書

本書節選自《一個女兵的自傳》、《女兵自傳》。全書計有：1.童年時代；2.小學時代；3.中學時代；4.女兵時代；5.家禁出逃等九章。

【小說】

中學生書局 1932　開華書局 1933

中學生小說

上海：中學生書局
1932 年 4 月，32 開，200 頁
中學生叢書

上海：開華書局
1933 年 2 月，32 開，200 頁

長篇小說。本書以民國初年的校園生活為背景，描寫兩位個性迥異的高中好友，努力擺脫舊社會的箝制，爭取戀愛、求知等自由的過程。
1933 年開華版：更名為《青年王國材》。正文與 1932 年中學生書局版同。

光明書局 1932　文听閣 2010

前路

上海：光明書局
1932 年 9 月，32 開，244 頁

臺中：文听閣圖書公司
2010 年 5 月，16 開，244 頁
民國小說叢刊第一編 88

短篇小說集。全書收錄〈拋棄〉、〈清算〉、〈給 S 妹的信〉、〈梅姑娘〉、〈林娜〉共五篇。正文前有作家身影照片一張。正文後附錄謝冰瑩〈寫在《前路》的後面〉。
2010 年文听閣版：內容與 1932 年光明版同。

血流

上海：光華書局
1933 年

短篇小說集。（今查無傳本）

梅子姑娘

西安：新中國文化出版社
1941 年 6 月，32 開，158 頁
新中國文化叢書 10

短篇小說集。全書收錄〈毛知事從軍〉、〈晚間的來客〉、〈伙伕的淚〉、〈三個女性〉、〈苗可秀〉、〈梅子姑娘〉、〈銀座之夜〉、〈夜半的哭聲〉共八篇。

姊姊

西安：建國出版社
1943 年 12 月，32 開，94 頁
建國文藝叢書

短篇小說集。全書收錄〈姊姊〉、〈炭礦夫〉、〈一個殉難者的妻〉、〈還俗〉、〈女客〉、〈兩個小鬼〉、〈李媽〉共七篇。正文前有謝冰瑩〈前言〉。

謝冰瑩佳作選／巴雷、朱紹之編選

上海：新象書店
1947 年 2 月，32 開，90 頁
當代創作文庫

中、短篇小說集。全書收錄〈拋棄〉、〈給 S 妹的信〉共兩篇。正文前有〈謝冰瑩小傳〉。

聖潔的靈魂

香港：亞洲出版社
1954 年 2 月，32 開，226 頁

香港：亞洲出版社
1955 年 10 月，32 開，226 頁

短篇小說集。本書內容皆取材自真人實事，描寫生活周遭小人物們，於動盪時代下的境遇與抉擇。全書收錄〈姊姊〉、〈詠芬〉、〈一個韓國的女戰士〉、〈聖潔的靈魂〉、〈英子的困惑〉、〈感情的野馬〉、〈愛的幻滅〉、〈斷指記〉、〈神祕的房子〉、〈煙囪〉、〈紅鼻子〉、〈王博士的魔術〉共 12 篇。

正文前有亞洲出版社編者識。正文後附錄謝冰瑩〈後記〉。
1955 年亞洲版：正文與 1954 年亞洲版同。正文前新增謝冰瑩〈三版贅言〉。

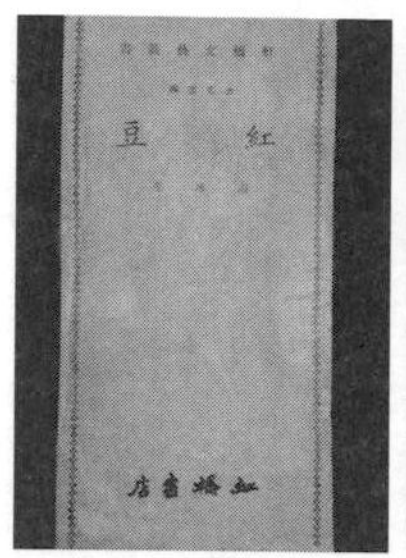
虹橋書店 1954

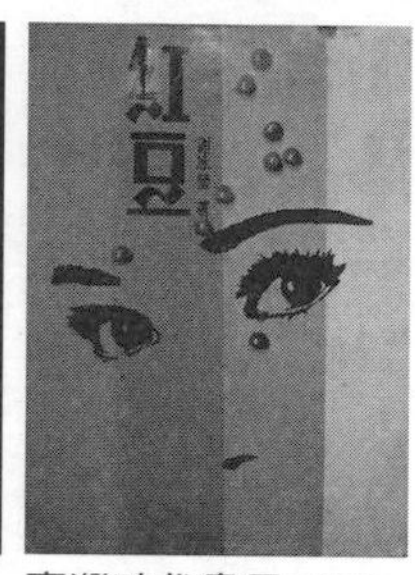
臺灣時代書局 1976

信宏出版社 1981

紅豆

臺北：虹橋書店
1954 年 3 月，32 開，162 頁
虹橋文藝叢書 1

臺北：臺灣時代書局
1976 年 9 月，32 開，162 頁
眾文叢書 8

臺南：信宏出版社
1981 年 7 月，32 開，162 頁
修養系列

長篇小說。本書以戰後的臺灣為背景，描寫一對因省籍問題而戀情受阻的兒女，經歷重重阻礙、終成佳偶的故事。正文前有方思〈虹橋文藝叢書總序〉、謝冰瑩〈自序〉。
1976 年臺灣時代書局版：正文與 1954 年虹橋版同。正文前刪去方思〈虹橋文藝叢書總序〉。
1981 年信宏版：正文與 1954 年虹橋版同。正文前刪去方思〈虹橋文藝叢書總序〉。

大方出版社 1955

力行書局 1959

霧

臺南：大方書局
1955 年 4 月，32 開，164 頁

臺北：力行書局
1959 年 10 月，32 開，164 頁

短篇小說集。本書各篇小說主角多以女性為主，敘寫於戰爭中小人物們的血淚故事。全書收錄〈霧〉、〈夜半的哭聲〉、〈李老太太〉、〈血的故事〉、〈當〉、〈慈母淚〉、〈疑雲〉、〈利瞎子〉、〈倩英〉、〈一個女游擊隊員〉、〈聾子〉、〈梅子姑娘〉、〈

晚間的來客〉、〈毛知事從軍〉、〈苗可秀〉共 15 篇。正文後有謝冰瑩〈後記〉。
1959 年力行版：內容與 1955 年大方版同。

碧瑤之戀

臺北：力行書局
1957 年 2 月，32 開，192 頁

長篇小說。本書以菲律賓為背景，刻劃青年陳克強與楊淑美的愛情悲劇。

空谷幽蘭

臺北：廣文書局
1963 年 9 月，32 開，229 頁

中、短篇小說集。本書主要集結以愛情及婚姻為主題的故事，刻劃男女面臨愛情與婚姻的問題與抉擇。全書收錄〈離婚〉、〈失足〉、〈愛與恨〉、〈元宵夜〉、〈玲玲〉、〈空谷幽蘭〉、〈文竹〉、〈林覺民之死〉共八篇。正文前有謝冰瑩〈序〉。

在烽火中

臺北：中華文化復興出版社
1968 年 7 月，32 開，217 頁

中、短篇小說集。全書收錄〈在烽火中〉、〈伙伕李林〉、〈怪醫生〉、〈道是無情卻有情〉、〈訴〉、〈美容〉、〈一個家庭教師的日記〉、〈金門之鶯〉、〈翠谷常春〉共九篇。正文前有謝冰瑩〈自序〉。

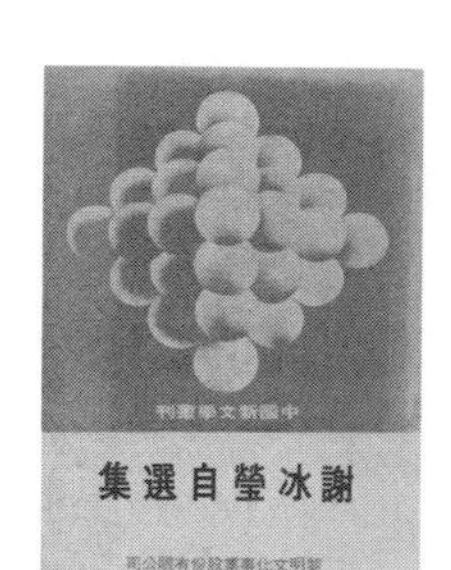

謝冰瑩自選集

臺北：黎明文化公司
1980 年 5 月，32 開，288 頁
中國新文學叢刊 84

中、短篇小說集。全書收錄〈姊姊〉、〈聖潔的靈魂〉、〈疑雲〉、〈壯烈犧牲的林覺民〉、〈一個韓國的女戰士〉、〈苗可秀〉、〈梅子姑娘〉、〈煙囪〉、〈斷指記〉、〈離婚〉共十篇。正文前有作家身影照片、〈作者略傳〉、謝冰瑩〈自序〉。正文後有〈作者書目〉。

【報導文學】

抗戰女兵手記

上海：明明書局
1937 年，32 開，48 頁

全書收錄〈戰地之夜〉、〈中國人不打國人〉、〈往那裡逃〉等九篇。

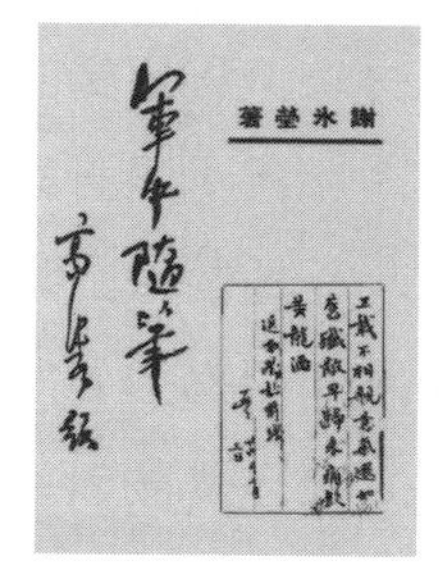

軍中隨筆

廣州：抗戰出版部
1938 年 1 月，32 開，66 頁
抗戰文藝小叢書

全書收錄〈不做俘虜的戰士〉、〈前方的漢奸〉、〈偉大的戰士〉、〈中國人不打中國人〉等十篇。正文後附錄謝冰瑩〈代表前方受傷將士呼籲〉。

第五戰區巡禮（與黃維特合著）

桂林：生路書店
1938 年 9 月，32 開，頁 136

全書收錄〈來到了潢川——第五戰區抗敵青年軍團巡禮〉、〈廣西健兒在淮上〉、〈李宗仁將軍會見記〉等 20 篇。正文後有謝冰瑩〈後記〉。

在火線上

上海：生活書局
1938 年

（今查無傳本）

天馬書店 1938

三省堂 1940

新從軍日記

漢口：天馬書店
1938 年 7 月，32 開，308 頁

東京：三省堂
1940 年 2 月，32 開，336 頁
中山樵夫譯

本書為作者記錄其 1937 年間組織「湖南婦女戰地服務團」，隨軍至前線服務的所見所聞。全書收錄〈重上征途〉、〈在車箱裏〉、〈舊地重臨〉、〈南京一瞥〉、〈恐怖的九一八〉等 86 篇。正文前有作家身影照片、謝冰瑩〈自序〉、維特〈寫在前面〉。

1940 年三省堂版：日譯本《女兵》。正文與 1938 年天馬書店版同。正文前新增中山樵夫〈譯者の言葉〉，將維特〈寫在前面〉移至正文後。

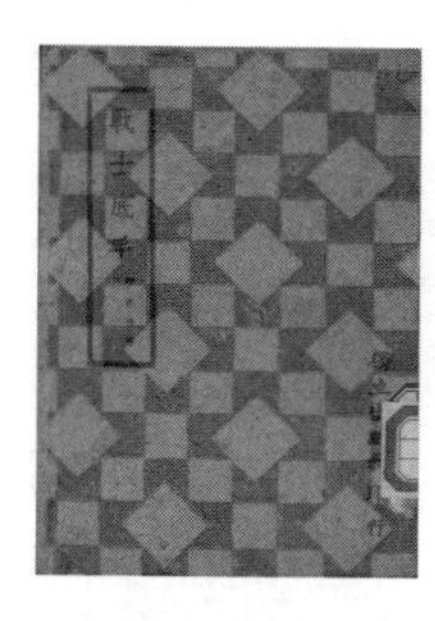

戰士底手

重慶：獨立出版社
1941 年 4 月，32 開，59 頁
抗戰文學叢刊

本書集錄作者於東戰場及第五戰區服務時所寫的文章。全書收錄〈戰士底手〉、〈俘虜〉、〈三個老太婆〉等十篇。正文後有謝冰瑩〈寫在《戰士底手》之後〉。

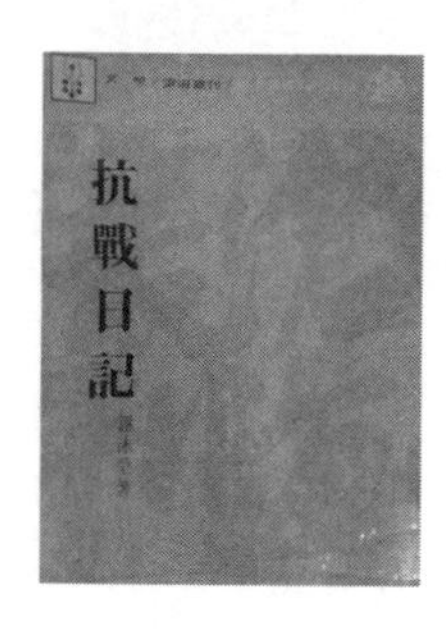

抗戰日記

臺北：東大圖書公司
1981 年 6 月，25 開，453 頁
滄海叢刊

本書以《新從軍日記》、《第五戰區巡禮》為基礎，另整理三次上前線所寫的日記及報導性文章。全書分「上集・抗戰日記」、「中集・在火線上」、「下集・第五戰區巡禮」三部分，收錄〈重上征途〉、〈在車廂裏〉、〈舊地重臨〉、〈南京一瞥〉、〈恐怖的「九一八」〉等 123 篇。正文前有作家身影照片、謝冰瑩〈《抗戰日記》新序〉、謝冰瑩〈《新從軍日記》原序〉。正文後附錄謝冰瑩〈抗戰期中的婦女訓練問題〉、謝冰瑩〈怎樣發動廣大的婦女參加抗戰〉、謝冰瑩〈後記〉。

【書信】

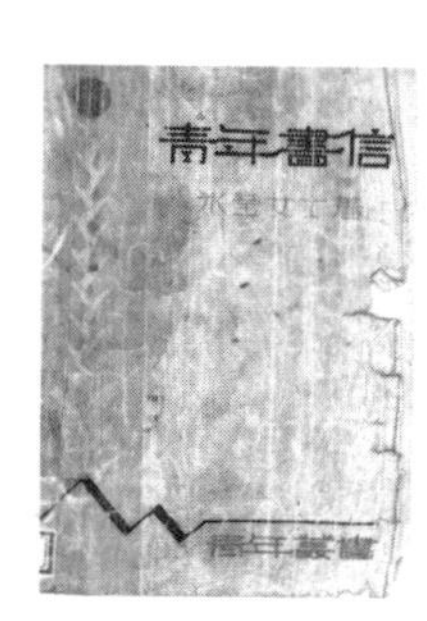

青年書信

上海：北新書局
1933 年 2 月，32 開，191 頁
青年叢書

本書為作者模仿青年的語氣，撰寫一封封來往信函，信中涵蓋求學、婚姻、為人處世等各種問題。全書分「青年升學問題」、「青年出路問題」、「青年自殺問題」、「青年職業問題」、「青年讀書問題」、「青年戀愛問題」、「青年與結婚」、「同性戀愛問題」、「寒暑假工作問題」、「師生合作問題」、「男女同學問題」、「青年與社會」、「青年與體育」、「青年與藝術」14 部分，收錄〈畢業以後〉、〈選科問題〉、〈掙扎〉、〈一個工讀生的出路〉等 43 篇。

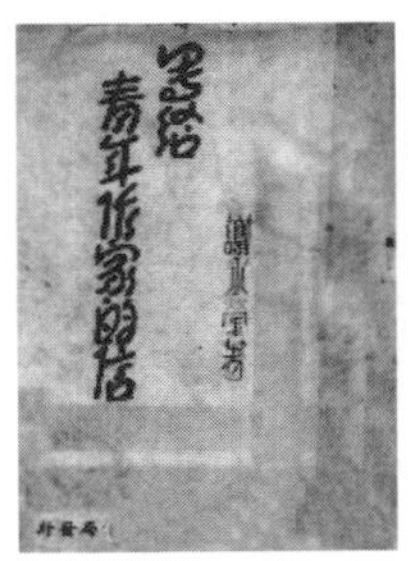

大東書局 1942

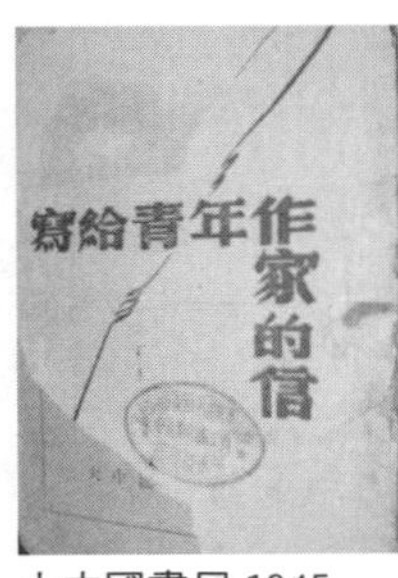

大中國書局 1945

寫給青年作家的信

西安：大東書局
1942 年 6 月，32 開，154 頁

重慶：大中國書局
1945 年 9 月，32 開，138 頁

本書探討文學與人生、寫作材料的搜集、文學的創作方法等問題。全書收錄〈一個青年作家的夢〉、〈文學與人生〉、〈作家的修養〉等 20 篇。
1945 年大中國書局版：內容與 1942 年大東版同。

綠窗寄語

臺北：自印
1955 年 10 月，32 開，87 頁

本書集結作者多年與讀者們通信的內容。全書分「閱讀與寫作」、「名著欣賞」、「生活漫談」三輯，收錄〈和女青年們談寫作〉、〈關于十個問題的答案〉、〈怎樣搜集材料〉等 22 篇。正文前新增謝冰瑩〈寫在前面〉。

三民書局 1971

三民書局 2008

綠窗寄語

臺北：三民書局
1971 年 11 月，40 開，162 頁
三民文庫 136

臺北：三民書局
2008 年 3 月，25 開，147 頁
人文叢書文學類 9

本書為 1955 年力行版《綠窗寄語》增補修訂版。全書收錄〈和女青年們談寫作〉、〈關於十個問題的答案〉、〈怎樣搜集材料〉、〈怎樣處理題材〉等 40 篇。正文前有三民書局編輯委員會〈三民文庫編刊序言〉、謝冰瑩〈序一〉、謝冰瑩〈序二〉。
2008 年三民版：正文與 1971 年三民版同。正文前刪去三民書局編輯委員會〈三民文庫編刊序言〉，新增三民書局編輯委員會〈再版說明〉，改〈序二〉篇名為〈新版序〉、〈序一〉篇名為〈原序〉。

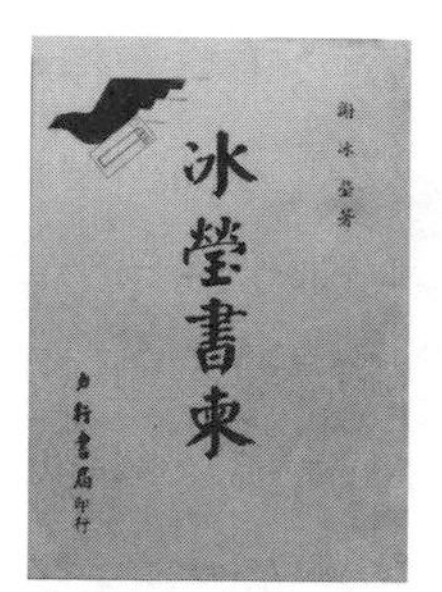

力行書局 1975

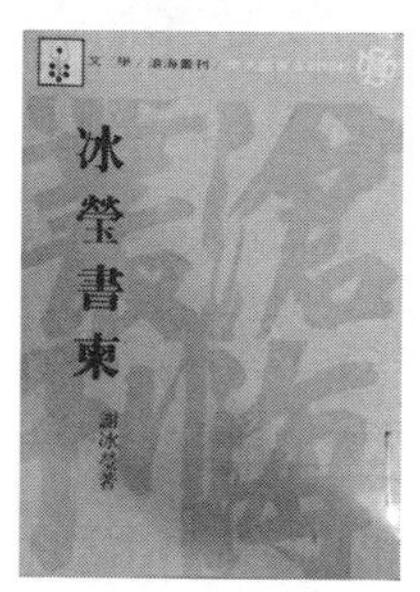

東大圖書公司 1987

冰瑩書柬

臺北：力行書局
1975 年 9 月，25 開，176 頁

臺北：東大圖書公司
1987 年 2 月，25 開，257 頁
滄海叢刊

本書集結自作者於《慈航月刊》回應讀者的專欄文章。全書分「關於讀書」、「關於寫作」、「其他」三部分，收錄〈讀書的方法（一）〉、〈讀書的方法（二）〉、〈書到用時方恨少〉、〈怎樣改正閱讀不好的習慣？〉、〈怎樣自修？〉等 88 篇。正文前有謝冰瑩〈自序〉。正文後附錄謝冰瑩〈我所認識的林語堂先生〉、謝冰瑩〈送雪林告別杏壇〉、謝冰瑩〈我讀麗貞的《李漁研究》〉等五篇。
1987 年東大版：正文與 1975 年力行版同。正文前刪去謝冰瑩〈自序〉，新增謝冰瑩〈再版序〉。

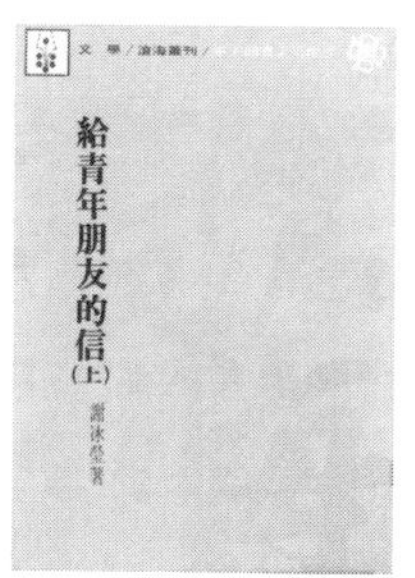

上冊

下冊

給青年朋友的信（上、下）

臺北：東大圖書公司
1981 年 12 月，25 開，301 頁、〔263 頁〕
滄海叢刊

本書分上、下兩冊。上冊以書信方式答覆年輕人文藝寫作等理論。全書收錄〈關於十個問題的答案〉、〈和女青年們談寫作〉、〈女人讀書有什麼用？〉、〈從投稿談起——兼答周智健先生〉等 47 篇。正文前有謝冰瑩〈新序〉、謝冰瑩〈原序一〉、謝冰瑩〈原序二〉。正文後附錄謝冰瑩〈林語堂先生談語文問題〉、謝冰瑩〈我國初期的白話詩〉、謝冰瑩〈一本最珍貴的書〉等 15 篇，謝冰瑩〈後記〉；下冊大多探討交友、戀愛、失戀、離婚等問題。全書收錄〈一個青年作家的夢〉、〈祝福你成功〉、〈文學淺論〉等 18 篇。正文前有謝冰瑩〈新序〉、謝冰瑩〈原序〉。正文後附錄謝冰瑩〈約翰・克利斯朵夫〉、謝冰瑩〈莫泊桑的寫作生涯〉、謝冰瑩〈《波華荔夫人》〉等 15 篇。

冰瑩書信

臺北：三民書局
1991 年 5 月，新 25 開，287 頁
三民叢刊 27

本書集結作者與友人、讀者通信的信函。全書分「半世紀前的一封信」、「賈奶奶信箱」、「未付郵的信」、「給女兒的信」、「給臺灣的朋友們」、「海外寄英英」、「附錄」七部分，收錄〈半世紀前的一封信〉、〈怎樣應付男同學？〉、〈我為什麼愛交小朋友〉、〈一封信〉等 51 篇。

永恆的友誼——謝冰瑩致魏中天書信集／欽鴻編

北京：中國三峽出版社
2000 年 12 月，25 開，250 頁
三峽作家自選文庫

本書集結作者寄給魏中天的信，並收錄多位學者、作家追憶謝冰瑩的文章。全書分三部分，「謝冰瑩致魏中天的信」收錄〈第一封信（1980 年 11 月 28 日）〉、〈第二封信（1980 年 12 月 5 日）〉、〈第三封信（1980 年 12 月 23 日）〉、〈第四封信（1981 年 1 月 7 日）〉、〈第五封信（1981 年 1 月 22 日）〉等 56 封；「魏中天筆下的謝冰瑩」收錄魏中天〈記謝冰瑩〉、魏中天〈別時容易見時難——遙念謝冰瑩〉、魏中天〈「月亮也是故鄉的圓」——懷冰瑩〉等 12 篇；「朋友們憶念謝冰瑩」收錄楊纖如〈我說謝冰瑩〉、符號〈我與謝冰瑩及其他〉、符號〈勞燕分飛天海闊・沈園柳老不吹綿——回憶謝冰瑩和我的一段婚姻史〉等 22 篇。正文前有欽鴻〈謝冰瑩與魏中天的深厚友誼（代前言）〉。正文後有欽鴻〈編後記〉。

【兒童文學】

愛的故事

臺北：正中書局
1955 年 1 月，32 開，40 頁
新中國兒童文庫第三十三種

本書為作者出版第一本兒童文學作品集。全書收錄〈我愛爸媽更愛國家〉、〈偉大的海〉、〈看守燈塔的王阿七〉、〈勝利還鄉〉、〈一隻血掌〉、〈賣油條的孩子〉、〈阿金的死〉、〈流浪兒林小二〉、〈勤務兵李十碗〉、〈找到了爸爸的江小玉〉共十篇。正文前有〈新中國兒童文庫編輯旨趣〉。

正中書局 1955

正中書局 1988

太子歷險記

臺北：正中書局
1955 年 8 月，13×16.5 公分，122 頁

臺北：正中書局
1988 年 7 月，25 開，154 頁

本書由作者自身創作及外國故事改寫邊綴而成，篇篇蘊涵深刻寓意。全書收錄〈成功城〉、〈三個小石匠〉、〈一隻神祕的金碗〉、〈三個願望〉、〈神祕的鏡子〉、〈燒掉自己翅膀的仙女〉、〈兩個花瓶〉、〈小牧童〉、〈骯髒的仙女〉、〈謝謝您〉、〈咪咪的兒子〉、〈驕傲的火雞〉、〈兩隻青蛙〉、〈強盜的故事〉、〈一個仙國的西瓜〉、〈生活的鞭子〉、〈天才的故事〉、〈三堂課〉、〈太子歷險記〉共 19 篇。正文前有謝冰瑩〈寫在前面〉。
1988 年正中版：正文與 1955 年正中版同。正文前刪去謝冰瑩〈寫在前面〉。

我的少年時代

臺北：正中書局
1955 年 11 月，32 開，104 頁

本書以淺白的筆調記敘少年時期的生活。全書計有：1.一個女孩子的故事；2.愛喝酒的祖父；3.祖母的拐杖；4.父親的花園；5.讀唐詩；6.我進了私塾；7.被《水滸》迷住了；8.捉麻雀等 26 章。正文後有謝冰瑩〈後記〉。

動物的故事

臺北：正中書局
1959 年 3 月，32 開，46 頁
新中國兒童文庫第三十五種

本書以十種動物為主角，撰寫一篇篇發人深思的寓言故事。全書收錄〈三弟和狗〉、〈鴿子公主〉、〈愛靜的山羊〉、〈驕傲的海豹〉、〈送牛奶的白馬〉、〈小公雞的覺悟〉、〈不知足的小豬〉、〈咪咪的乾兒子〉、〈鵝媽媽逃難記〉、〈大笨象和花生〉共十篇。

給小讀者

臺北：廣文書局
1963 年 9 月，32 開，45 頁
廣文兒童叢書

本書為作者寫給小讀者們的公開信，為小讀者們解答生活與寫作中的困惑。全書收錄〈為什麼我寫不出文章〉、〈怎樣蒐集作文材料〉、〈怎樣觀察人物〉等 16 篇。正文前有廣文編譯所〈敬告各位老師及家長〉。

仁慈的鹿王

臺中：慈明雜誌社
1963 年 11 月，32 開，171 頁
慈明月刊叢書之二

本書為作者重新謄寫佛經故事，當中亦有作者新作故事。全書收錄〈鹿野苑〉、〈仁慈的鹿王〉、〈母鹿的愛〉、〈九色鹿〉、〈象護〉、〈尸毗王救鴿命的故事〉、〈大意的奇遇〉、〈賴提公主〉、〈長壽王〉、〈須太拏太子施捨記〉、〈逆婦升天〉、〈吹破了〉、〈庸人自擾〉、〈我的希望〉、〈貓的自述〉、〈蓋樓的故事〉、〈強中更有強中手〉、〈殺雞記〉、〈神奇的舍利子〉、〈兩個夢〉、〈慈航法師——我的師父〉、〈小孩與老牛〉共 22 篇。正文前有謝冰瑩〈自序〉。

南京與北平

臺北：財團法人全知少年文庫董事會
1964 年 1 月，32 開，49 頁
全知少年文庫第一輯第七集之一・中國名勝遊記類之一

本書以蓮生、宜生兩姊弟與父親的行旅為主軸，敘寫南京和北平兩地風光、名勝古蹟與文化。全書計有：1.回到祖國的懷抱；2.陵園勝地；3.後湖採菱；4.鼓樓公園；5.燕子磯等 18 章。

林琳／楊震夷圖

臺中：臺灣省教育廳
1966 年 9 月，18x21 公分，88 頁
中華兒童叢書

本書敘寫 13 歲女孩林琳，在父母相繼過世後，以其聰明、堅強的性格，一肩扛起照顧家人的重擔，期間遭受挫折、屈辱，最終克服困難的故事。正文前有潘振球「引言」。

國語日報社
1966

國語日報社 1993

小冬流浪記

臺北：國語日報社
1966 年 11 月，40 開，306 頁
兒童文學創作叢書

臺北：國語日報社
1993 年 2 月，25 開，290 頁
文學創作叢書

本書取材於現實生活，記敘八歲的汪小冬離家出走，流落臺北街頭，歷經人情冷暖，後經好心人士協助，奮發向學的過程。全書計有：1.逃走；2.小冬的家庭；3.飢餓；4.恐怖之夜；5.早餐；6.抓進了警察局；7.可愛的小黃狗；8.第一次坐火車等 32 章。正文前有何容〈《小冬流浪記》序〉、謝冰瑩〈關於《小冬流浪記》〉。
1993 年國語日報社版：內容與 1966 年國語日報版同。

善光公主

臺北：慈航雜誌社
1968 年 12 月，32 開，279 頁
慈航叢書之一

本書以淺白文字改寫佛經故事，提供小讀者閱讀，各篇皆寄寓勸善思想。全書收錄〈孝敬盲父母的白香象〉、〈九色鹿感動了國王〉、〈善光公主〉、〈如意珠〉、〈金城〉、〈十車王〉、〈棄老國〉、〈檀膩䩭〉、〈巨鼈報恩〉、〈舍利弗的由來〉、〈受罪的法官〉、〈羅剎鬼〉、〈慈童女〉、〈仁王讓國〉、〈變〉、〈一牛殺三人〉、〈身香〉、〈真正致富的故事〉、〈聖水養命〉、〈放下屠刀，立地成佛〉、〈猴王〉、〈聰明仁慈的馬湯〉、〈妙色王〉、〈龍子與獼猴〉共 24 篇。正文前有謝冰瑩〈自序〉。正文後附錄謝冰瑩〈三升黃豆〉、謝冰瑩〈朱買臣的妻子〉、謝冰瑩〈管寧割席〉等四篇。

給小讀者

臺北：蘭臺書局
1972年5月，32開，154頁

本書擴充 1963 年廣文版《給小讀者》內容。全書收錄〈為什麼我寫不出文章？〉、〈怎樣蒐集作文材料？〉、〈怎樣觀察人物？〉、〈怎樣寫遊記？〉等 37 篇。

舊金山的四寶

臺北：國語日報附設出版部
1981年4月，32開，133頁

本書集結作者發表於《小讀者》月刊及其他文章。全書收錄〈毛筆字〉、〈聖地牙哥的動物園〉、〈海的世界〉等 20 篇。正文前有謝冰瑩〈關於《舊金山的四寶》（代序）〉。

小讀者與我

香港：文化互助社
1984年11月

本書彙集作者於美國《世界日報》開闢的「賈奶奶信箱」專欄文章出版。（今查無傳本）

【合集】

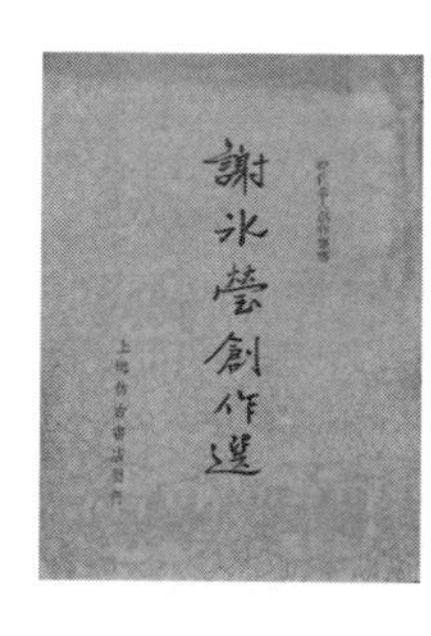

謝冰瑩創作選／少侯編

上海：仿古書店
1936年9月，32開，194頁
現代名人創作叢書

本書為散文、小說合集。全書分兩部分，「散文」收錄〈從軍日記〉、〈從軍日記三節〉、〈出發前給三哥的信〉等 11 篇，「小說」收錄〈給 S 妹〉、〈青年王國材〉、〈拋棄〉共三篇。

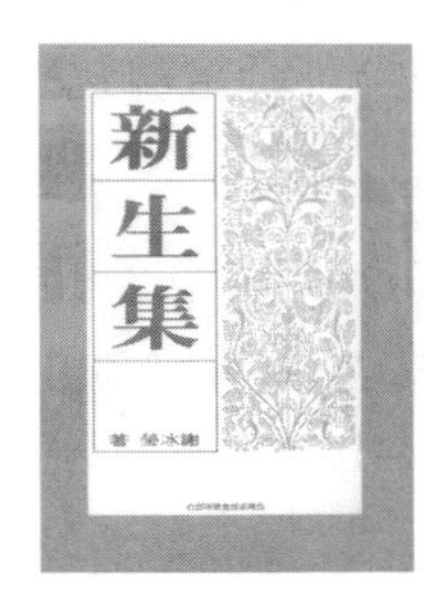

新生集

臺北：北投普濟寺
1983 年 3 月，32 開，255 頁

本書散文、小說、日記合集，內容多與佛教相關。全書分三集，「上集・新生（中篇小說）」收錄中篇小說〈新生〉一篇，文後有謝冰瑩〈後記〉、〈讀〈新生〉後記〉；「中集（散文）」收錄〈也談佛教文藝〉、〈紀念慈航師父冥誕〉、〈敬悼道安法師〉等 14 篇；「下集（日記）」收錄〈獨眼龍日記〉、〈南遊日記〉共兩篇。正文前有謝冰瑩〈自序〉。

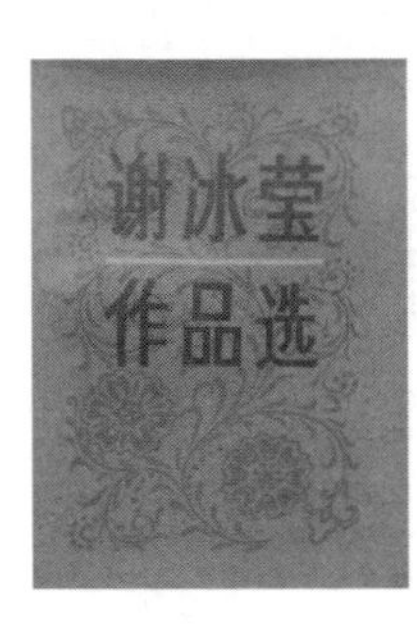

謝冰瑩作品選／劉加谷編

長沙：湖南人民出版社
1985 年 9 月，32 開，750 頁

本書為散文、小說合集。全書分四輯，「第一輯」收錄散文〈從軍日記〉、〈從軍日記三節〉、〈寄自嘉魚〉、〈說不盡的話留待下次再寫〉等 36 篇；「第二輯」收錄散文〈從軍時代〉、〈家庭監獄〉、〈漂流〉等四篇；「第三輯」收錄散文〈愛晚亭〉、〈不自由，毋寧死〉、〈望斷天涯而不歸〉、〈海上孤鴻〉等 37 篇；「第四輯」收錄小說〈拋棄〉、〈給 S 妹的信〉、〈新婚之夜〉、〈毛知事從軍〉、〈晚間的來客〉、〈梅子姑娘〉、〈三個女性〉、〈「銀座」之夜〉、〈夜半的哭聲〉、〈姊姊〉共十篇。正文後附錄謝冰瑩〈關於《麓山集》的話〉、謝冰瑩〈《從軍日記》與《女兵自傳》〉、謝冰瑩〈《在日本獄中》〉、謝冰瑩〈焚稿記〉、劉加谷〈編後小記〉。

北京燕山 1998

北京燕山 2001

解除婚約／李家平選編

北京：北京燕山出版社
1998 年 2 月，25 開，383 頁
中國現代才女經典文叢

北京：北京燕山出版社
2001 年 4 月，32 開，396 頁
中國現代才女經典文叢

北京：北京燕山出版社
2007 年 6 月，25 開，383 頁
中國現代才女經典文叢

北京燕山（上）
2007

北京燕山（下）
2007

本書為散文、小說合集。全書分「小說」、「散文」兩部分，小說收錄《女兵自傳》一書內容；散文收錄〈愛晚亭〉、〈不自由，毋寧死〉、〈二兩豬油〉等 29 篇。正文前有傅光明〈「中國現代才女經典文叢」總序〉。

2001 年北京燕山版：改書名為《謝冰瑩文集》。正文與 1998 年北京燕山版同。

2007 年北京燕山版：改書名為《謝冰瑩文集》，分上、下兩冊。正文與 1998 年北京燕山版同。

紅豆戒指

呼和浩特：內蒙古人民出版社
1998 年 11 月，32 開，477 頁
中國現代經典文庫

本書為散文、小說合集。全書分兩部分，「散文」收錄〈女苦力〉、〈有趣的離婚〉、〈挑煤炭的小姑娘〉、〈小土豪〉、〈別矣　可愛的孩子們〉等 59 篇；「小說」收錄〈拋棄〉、〈清算〉、〈給 S 妹的信〉、〈梅姑娘〉、〈林娜〉、〈晚間的來客〉、〈初得到異性的溫柔〉、〈月〉、〈巧雲之死〉、〈老五與妻〉、〈刑場〉共 11 篇。

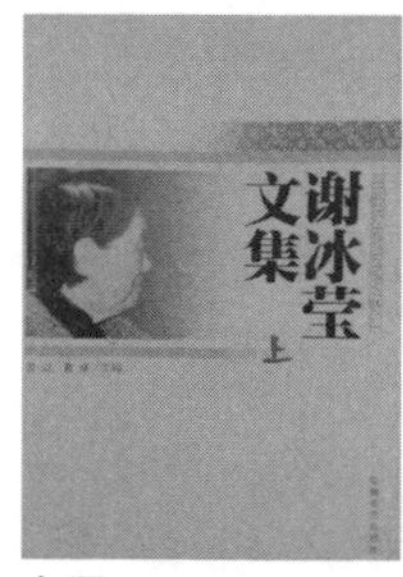

上冊

中冊

謝冰瑩文集（上、中、下）／艾以、曹度主編

合肥：安徽文藝出版社
1999 年 8 月，32 開，517 頁、503 頁、463 頁

本書分上、中、下三冊。上冊分「女兵自傳」、「從軍日記」、「在日本獄中」、「抗戰日記」四部分，收錄〈關於《女兵自傳》〉、〈祖母告訴我的故事〉、〈我的家庭〉、〈黃金的兒童時代〉等 75 篇。正

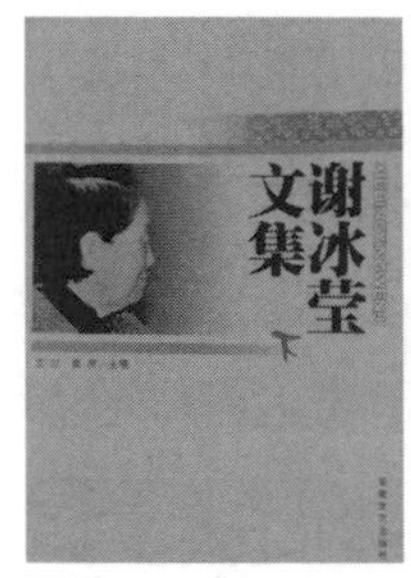

下冊

文前有作家身影照片、〈作者簡介〉、杜重石〈記謝冰瑩〉；中冊分「冰瑩憶往」、「文壇懷舊」、「域內外記游」三部分，收錄〈我的少年生活〉、〈中學生活的回憶〉、〈投考軍校的回憶〉、〈北伐時代的女兵生活〉、〈血肉鋪成的勝利路——抗戰時的我〉等 96 篇；下冊分兩部分，「小說」收錄〈拋棄〉、〈清算〉、〈給 S 妹的信〉、〈梅姑娘〉、〈林娜〉、〈晚間的來客〉、〈初得到異性的溫柔〉、〈月〉、〈巧雲之死〉、〈老五與妻〉、〈刑場〉共 11 篇；「散文」收錄〈女苦力〉、〈有趣的離婚〉、〈挑煤炭的小姑娘〉、〈小土豪〉、〈別矣　可愛的孩子們〉等 68 篇。正文後有艾以〈編後記〉。

華夏出版社 1999

華夏出版社 2009

謝冰瑩代表作／中國現代文學館編；程丹編選

北京：華夏出版社
1999 年 10 月，14×20.3 公分，386 頁
中國現代文學百家‧自強文庫

北京：華夏出版社
2009 年 1 月，18 開，296 頁
中國現代文學百家

本書為散文、小說合集。全書分兩部分，「散文」收錄〈從軍日記〉、〈一個女兵的自傳〉、〈小學教員〉、〈恐怖之夜〉等 32 篇；「小說」收錄〈給 S 妹的信〉、〈拋棄〉、〈梅子姑娘〉共三篇。正文後有〈謝冰瑩小傳〉、〈謝冰瑩主要著作書目〉。

2009 年華夏版：更名為《謝冰瑩代表作——一個女兵的自傳》。正文與 1999 年華夏版同。正文前新增謝冰瑩手稿一幅、陳建功〈總序〉。原正文後〈謝冰瑩小傳〉移至正文前。

從軍日記

南京：江蘇文藝出版社
2010 年 3 月，25 開，322 頁
現代文庫

本書為散文、小說合集。全書分兩部分，「散文」收錄〈一個女兵的自傳〉、〈從軍日記〉、〈小學教員〉等 26 篇；「小說」收錄〈拋棄〉、〈梅子姑娘〉共二篇。

文學年表

1906 年	10 月	22 日，生於湖南新化縣大同鎮謝鐸山龍潭村（今冷水江市），乳名鳳英，學名謝鳴岡，又名謝彬，筆名閒事、微波、蘭如。父謝玉芝為前清時舉人，後任新化縣立中學校長，母劉喜貴。家中排行最幼，上有三兄一姊。
1908 年	本年	父母將她許配友人之子蕭明。
1910 年	本年	開始識字，曾有五十多種著作、在家鄉素有「活字典」之稱的父親，首先教她閱讀唐詩。
1913 年	本年	已能背誦《唐詩三百首》、《隨園女弟子詩》大半篇章。
1916 年	本年	向母親爭取讀書識字的機會。經絕食三日，母親終點頭答應其至私塾讀書。
1918 年	本年	就讀大同女校。學期中曾因參與學潮而半途停學，後隨校方平息學潮風波復課二周。
	秋	就讀新化縣立高等女子小學校。
1919 年	本年	開始寫日記，幾無一日間斷。
1920 年	本年	轉學至益陽信義女子中學（今益陽市第一中學），於五七國恥紀念日在校內遊行，遭學校開除。
1921 年	夏	考入湖南省立第一女子師範學校（簡稱女師，俗稱稻田師範）。
	本年	短篇小說〈剎那的印象〉以筆名「閒事」發表於《大公報》副刊，為其生平發表第一篇作品，由此漸露文學鋒芒。 因解剖課時有感而發，創作千餘字〈小鴿子之死〉，未發表。

1924年	秋	師從法國文學翻譯家李清崖（時任湖南省立第一女子師範學校國文教師），習作文。
	本年	被同學選為學術股幹事兼圖書管理員，大量閱讀世界名著。
1926年	11月	經二哥謝贊堯（承章）遊說投筆從戎，先以「鳴岡」之名考取中央軍事政治學校武漢分校（今黃埔軍校武漢分校），卻因反對複試遭開除。 25日，改以「冰瑩」之名重新報考中央軍事政治學校武漢分校，以第一名的成績考取第六期女生部，入伍接受三個月軍事訓練。
1927年	5月	與19位女同學獲選為第一批出發鄂西之救護隊，隨軍北伐，參與汀泗橋、新堤、廣濟之役。行軍中，隨身撰寫日記，不曾間斷。因保存不易，將日記寄給時任《中央日報》主編的孫伏園代為保管。 14日，〈從軍日記〉以筆名「冰瑩」連載於武漢《中央日報》副刊，至6月22日止。林語堂後將其譯為英文發表於《中央日報》英文版副刊。
	7月	中央軍事政治學校武漢分校女生部解散，返回故鄉。由於向父母提出與蕭家解除婚約的要求，被母親軟禁家中。
	10月	18日，為擺脫媒妁婚姻而逃奔，在渡船口被母親攔下。
1928年	1月	經三次逃奔失敗後，與蕭明成婚。
	春	以應聘擔任母校大同女校六年級級任老師為由，逃離蕭家。持續以通信的方式說服蕭明解除婚約，經同意後，登報離婚。 擔任湖南省立第五中學附小國文老師，任職三個月。
	夏	至上海。居於上海亭子間，為求便宜，不慎誤住盜匪之家，受牽連被拘押五天，經孫伏園營救後釋放。
	冬	考入上海藝術大學中國文學系二年級。

	本年	於《時事新報》和《申報》「自由談副刊」發表多篇短篇小說、散文。
1929 年	1 月	上海藝術大學解散。
	3 月	《從軍日記》由上海春潮書局出版。
	5 月	離開上海，前往北平。
	6 月	與陸晶清輪流主編《民國日報》副刊。兩個月後因言論激烈被迫停辦。
	夏	就讀北平女子師範大學國文系。
	9 月	《從軍日記》由上海春潮書局出版。
	本年	與符號（本名符業奇）結婚。 女兒符冰出生。
1930 年	8 月	15 日，夫符號被捕。 《從軍日記》法文版（*Une jeune chinoise à l'armée révolutionnaire*），由巴黎 Librairie Valois 出版。（汪德耀譯） 諾貝爾文學獎得主羅曼・羅蘭來函表示敬意與祝賀。
	9 月	與潘漠華、孫席珍、李俊民、李霽野、楊剛等發起「北方左翼作家聯盟」。
	10 月	「北方左翼作家聯盟」於北平正式成立。
	本年	《從軍日記》英文版（*Letters of a Chinese Amazon and War Time Essays*），由上海開明書店出版。（林語堂譯）
1931 年	3 月	畢業於北平女子師範大學國文系。
	7 月	11 日，撰寫〈清算〉，11 月發表於《小說月報》，聲明與符號離婚。
	9 月	首次赴日本東京留學。時值九一八事件，參加東京「中華留日學生抗日救國會」發起的「追悼東北死難同胞大會」，因而被驅逐出境，遣返上海。 《從軍日記》由上海光明書局出版。

1932年	1月	松滬戰爭爆發，加入「著作者抗敵協會」，並參與寶隆醫院組織的救護隊，推動中國婦女共同參與前線救護工作。
	4月	長篇小說《中學生小說》由上海中學生書局出版。
	秋	至廈門，於福建省立廈門中學擔任國文教師。
	9月	短篇小說集《前路》由上海光明書局出版。
	10月	《麓山集》由上海光明書局出版。
	本年	與謝文炳、方瑋德、郭莽西、游介眉於廈門創辦《燈塔》月刊，出刊兩期後便被迫停刊。
1933年	2月	長篇小說《青年王國材》（原《中學生小說》）由上海開華書店出版。
		書信集《青年書信》由上海北新書局出版。
	本年	短篇小說集《血流》由上海光華書局出版。
1934年	秋	再度赴日留學。
1935年	1月	開始於《人間世》發表作品，計有〈被母親關起來了！〉、〈第二次逃奔〉、〈別離之夜〉等多篇。
	春	就讀東京早稻田大學文學研究院，師從本間久雄、實藤惠秀，研究西洋文學。
1936年	4月	偽滿州國皇帝溥儀朝日，未赴歡迎。以「抗日反滿」之罪名被捕入獄，拘禁三周。
	5月	《湖南的風》由上海北新書局出版。
	夏	自東京返上海。
	7月	《一個女兵的自傳》由上海良友圖書印刷公司出版。
	9月	少侯編散文、小說合集《謝冰瑩創作選》，由上海仿古書店出版。
	本年	擔任《廣西婦女》周刊編輯。
		開始於《宇宙風》發表作品，計有〈自傳之一章〉、〈一個女

		兵的自傳〉、〈當兵去〉等多篇。
1937年	3月	19日，母親去世，悲傷過度至南嶽衡山休養。
	7月	盧溝橋事件戰起，決赴前線，辭別病中父親，前往長沙。隨即於《長沙報》登報號召、組織「湖南婦女戰地服務團」，任團長。
	9月	14 日，帶領「湖南婦女戰地服務團」隨第四軍部隊乘火車前往東戰場，為負傷將士服務，並協助宣傳抗日、組織民眾等工作。
	冬	隨第四軍由東戰場轉進漢口。
	本年	報導文學《抗戰女兵手記》由上海明明書局出版。
1938年	1月	報導文學《軍中隨筆》由廣州抗戰出版部出版。
	春	回到重慶，擔任國民政府教育部編輯工作。
	7月	報導文學《新從軍日記》由漢口天馬書店出版。
	9月	21日，〈憶正陽關的難童〉發表於《中央日報》第4版。 報導文學《第五戰區巡禮》由桂林生路書店出版。
	本年	赴第五戰區（天津至南京浦口之華東一帶）。以戰地記者的身分，抵達臺兒莊前線。 主編《新民日報》文藝副刊「血潮」。 開始於《時事類編》發表作品，計有〈敵人的祕密〉、〈來到了曹縣〉、〈浠水的漢奸〉等多篇。 報導文學《在火線上》由上海生活書局出版。
1939年	4月	5 日，〈漢奸的兒子——紀念一個英勇孩子的死〉發表於《中央日報》第4版。 至宜昌，為九十四軍作講演，籌辦救護人員訓練班。認識基督教全國總會訓練主任賈伊箴。 〈野戰醫院〉發表於《彈花》第2卷第5期。
	6月	《一個女兵的自傳》日文版（女兵士の自传 ），由東京青年

		書房出版。（諸星あきこ譯）
	夏	應第五戰區司令長官部之聘，擔任祕書，兼任傷兵招待所婦女部主任。
	本年	至重慶，在報上發布動員民眾、組織婦女上前線為傷患服務的消息。
1940 年	1 月	應新中國文化書局之邀，赴西安主編《黃河》文藝月刊，至 1943 年春止。《黃河》文藝月刊於夏停刊。期間發表多篇作品，計有〈裸體殺敵的戰士〉、〈建立生產文學〉、〈敵人是怎樣虐待「俘虜」的〉等多篇。
	2 月	報導文學《新從軍日記》日文版（女兵），由東京三省堂出版。（中山樵夫譯）
	12 月	《一個女兵的自傳》中英對照版（*Girl Rebel*），由廣西民光書局出版。（林如斯、林無雙譯）
	本年	於陝西西安「香米園」與賈伊箴結婚。 《一個女兵的自傳》英文版（*Girl Rebel*），由紐約 John Day Company 出版。（林如斯、林無雙譯）
1941 年	2 月	《一個女兵的自傳》日文版（女兵の告白），由東京大東出版社出版。（甲坂德子譯）
	4 月	報導文學《戰士底手》由重慶獨立出版社出版。
	6 月	短篇小說集《梅子姑娘》由西安新中國文化出版社出版。
	8 月	2 日，〈《梅子姑娘》序言〉發表於《中央日報》第 4 版。
	10 月	《冰瑩抗戰文選集》由西安建國出版社出版。
	本年	長子賈文輝出生。
1942 年	6 月	書信集《寫給青年作家的信》由西安大東書局出版。
	10 月	4 日，父親病逝。
1943 年	1 月	《在日本獄中》由西安華北新聞社出版部出版。
	3 月	12 日，離開西安前往成都。

	春	由成都回鄉祭掃父母墓，途中在金城江遭竊，箱內之父親照片、文稿與日記皆遺失。
	秋	任教於成都製革學校，至 1945 年。
	12 月	短篇小說集《姊姊》由西安建國出版社出版。
	本年	《一個女兵的自傳》英文版（*Autobiography of a Chinese Girl*），由倫敦 George Allen & Unwin 出版。（Tsui Chi 譯） 次子賈文湘出生。
1945 年	3 月	《一個女兵的自傳》中英對照版（*Girl Rebel*），由重慶求知圖書社出版。（林如斯、林無雙譯）
	9 月	書信集《寫給青年作家的信》由重慶大中國書局出版。
	10 月	由成都至漢口，主編《和平日報》與《華中日報》副刊。
	本年	因喜愛兒童，創辦「漢口實驗托兒所」，萌發寫作兒童文學的興趣。
1946 年	1 月	《女叛徒》由上海國際書局出版。
	4 月	《女兵十年》由作者自印出版。
	6 月	《生日》由上海北新書局出版。
	8 月	《女兵十年》由重慶紅藍出版社出版。
	10 月	6 日，〈「夏聲」給我的印象〉發表於《中央日報》第 9 版。
	冬	由漢口遷回北平，應北平華北文化學院之聘，擔任教授，兼任西北師範學院講師，開授「新文藝習作」一課。 主編《文藝與生活》月刊。
	本年	女兒賈文蓉出生。
1947 年	1 月	《女兵十年》由上海北新書局出版。
	2 月	巴雷、朱紹之編選中、短篇小說集《謝冰瑩佳作選》，由上海新象書店出版。
1948 年	3 月	《黃河》文藝月刊於北平復刊，再度任主編。
	6 月	《在日本獄中》由上海遠東圖書公司出版。

	夏	因中央製片場導演徐昂千鼓勵，寫電影腳本《踩出來的路》，是年於《中央日報》副刊發表。
	9月	與女兒賈文蓉同赴臺灣，任臺灣省立師範學院（今臺灣師範大學）教授。
	本年	《女兵自傳》由上海晨光出版公司出版。
		《女兵自傳》日文版，由東京岩波書局出版。（魚返善雄譯）
1949年	1月	長子賈文輝、次子賈文湘隨友人關煥文來臺，賈伊箴亦輾轉來臺。
	2月	10日，〈從北平到臺灣〉連載於《臺旅月刊》第1卷第1、2、5、6期，至9月止。
	3月	13日，〈職業婦女的苦痛和矛盾〉發表於《中央日報》第6版，「婦女與家庭」第1期。
	5月	2日，〈怎樣修改自己的作品？——文藝漫談之五〉發表於《龍安文藝》第1期。
		7日，〈《錶》的教育意義——看了《錶》預演的感想〉發表於《中央日報》第4版。
		15、22日，〈漫談戀愛與結婚〉連載於《中央日報》第6版「婦女與家庭」第10、11期。
		23日，〈我領到了配給麵粉〉發表於《中央日報》第5版。
		26日，〈種菜記〉發表於《中央日報》第5版。
		29～30日，〈記白石老人〉連載於《中央日報》第5版。
	6月	19日，〈景山憶遊〉發表於《中央日報》第6版。
		21日，〈我的祖父〉發表於《中央日報》第6版。
		23日，〈我與冰心〉發表於《中央日報》第6版，「婦女與家庭」第15期。
		29日，〈記山海關〉發表於《中央日報》第6版。
	7月	21日，〈林語堂的烟斗〉發表於《中央日報》第6版。

		24 日，〈離婚以後怎麼辦？——潛齋書簡之一〉發表於《中央日報》第 5 版，「婦女與家庭」第 19 期。
		26 日，〈原子筆上當記〉發表於《中央日報》第 6 版。
		31 日，〈升學與就業——潛齋書簡之二〉發表於《中央日報》第 5 版，「婦女與家庭」第 20 期。
	8 月	21 日，〈婦女與兒童文學——潛齋書簡之三〉發表於《中央日報》第 6 版，「婦女與家庭」第 23 期。
	9 月	11 日，〈在堅苦中奮鬥——潛齋書簡之四〉發表於《中央日報》第 7 版，「婦女與家庭」第 26 期。
	10 月	2 日，〈失戀之後——潛齋書簡之五〉發表於《中央日報》第 7 版，「婦女與家庭」第 29 期。
		29 日，〈產婆〉發表於《中央日報》第 7 版，「婦女與家庭」第 32 期。
1950 年	1 月	5 日，〈高鴻縉先生的字〉發表於《中央日報》第 6 版。
	2 月	16 日，〈追念羅曼羅蘭〉發表於《暢流》第 1 卷第 1 期。
		25 日，〈我看《阿里山風雲》〉發表於《中央日報》第 6 版。
	3 月	1 日，〈由活動房子想起〉發表於《暢流》第 1 卷第 2 期。
	4 月	16 日，〈烏來鳥〉發表於《暢流》第 1 卷第 5 期。
	5 月	1 日，〈海濱拾貝殼〉發表於《暢流》第 1 卷第 6 期。
	5 月	4 日，「中國文藝協會」（簡稱「中國文協」）成立於臺北，任第一屆理事，後連任二、三屆理事。
		16 日，〈憶愛晚亭〉發表於《暢流》第 1 卷第 7 期。
	6 月	1 日，〈倩英〉發表於《暢流》第 1 卷第 8 期。
		5 日，〈下女〉發表於《中華日報》第 7 版。
	8 月	16 日，短篇小說〈愛與恨〉連載於《暢流》第 2 卷第 1 期～3 期，至 9 月 16 日止。
	10 月	16 日，〈寂寞〉發表於《暢流》第 2 卷第 5 期。

		23 日，〈悼念郝瑞桓先生〉發表於《中央日報》第 6 版。
	12 月	16 日，〈金城江失稿記〉發表於《暢流》第 2 卷第 9 期。
1951 年	1 月	1 日，〈新年處處〉發表於《暢流》第 2 卷第 10 期。
	2 月	28 日，〈忍耐是成功之母——潛齋書簡之六〉發表於《中央日報》第 6 版，「婦女與家庭」第 69 期。
	3 月	22 日，〈「婆婆經」——潛齋書簡之七〉發表於《中央日報》第 5 版，「婦女與家庭」第 71 期。
		29 日，〈看美展歸來〉發表於《中央日報》第 6 版。
		應邀擔任中國文藝協會第一期小說研習班講師。
	4 月	5 日，〈我怎樣利用時間寫作——潛齋書簡之八〉發表於《中央日報》第 5 版，「婦女與家庭」第 73 期。
		18 日，〈《征人之家》的故事〉（蕭傳文著）發表於《中央日報》第 6 版，「婦女與家庭」第 75 期。
	5 月	23 日，〈和女孩子們談寫作——潛齋書簡之九〉發表於《中央日報》第 6 版，「婦女與家庭」第 80 期。
	6 月	6 日，〈「女人讀書有什麼用？——潛齋書簡之十〉發表於《中央日報》第 6 版，「婦女與家庭」第 82 期。
	11 月	25 日，〈閱讀與寫作〉、〈怎樣蒐集材料〉、〈關於十個寫作問題的答案〉發表於《火炬》第 6 期。
	12 月	31 日，〈錢杏邨和他的辭典〉發表於《中國一周》第 88 期。
	本年	應中國文藝協會之邀，擔任「文藝講座」主講人，演講主題：「小說的取材」。
1952 年	1 月	1 日，〈夢〉發表於《暢流》第 4 卷第 10 期。
		10 月，〈貓〉發表於《新文藝》創刊號。
	3 月	1 日，〈聖潔的靈魂〉連載於《中國文藝》第 1 卷第 1～4 期，至 6 月止。
		10 日，〈咪咪的兒子〉發表於《臺灣兒童》第 23、24 期合刊

本。

4月　4 日，〈怎樣搜集作文材料？〉發表於《臺灣兒童》第 25 期。

9 日，〈論作家的修養〉發表於《公論報》第 6 版。

開始於《中國語文》發表作品，計有〈修改作文的苦樂〉、〈關於文字的洗鍊問題〉、〈斷指記〉等多篇。

6月　5 日，〈偉大的母親〉發表於《文壇》第 1 卷第 1 期。

14 日，〈繪畫與文藝——記張性荃先生的畫〉發表於《中央日報》第 6 版。

20 日，〈一個女孩子的故事〉發表於《臺灣兒童》第 27 期。

7月　15 日，〈怎樣寫遊記〉發表於《讀書》第 1 卷第 1 期。

8月　1 日，〈怎樣作國文的初步進修〉發表於《讀書》第 1 卷第 2 期。

15 日，〈怎樣寫小品文〉、〈怎樣讀古文？——請讀者仔細研究〉、〈文藝書籍太多應該讀那一類〉發表於《讀書》第 1 卷第 3 期。

19 日，〈關於讀書筆記〉發表於《中華日報》第 6 版。

〈編劇淺說〉發表於《海島文藝》第 2 輯。

〈英子的困惑〉發表於《中國文藝》第 1 卷第 6 期。

9月　25 日，〈海上黎明〉發表於《軍中文摘》第 43 期。

10月　1 日，〈孟媽〉發表於《暢流》第 6 卷第 4 期。

16 日，〈國文考題試釋〉發表於《讀書》第 1 卷第 7 期。

31 日，〈秋戀〉發表於《國風半月刊》第 1 期。

〈愛的幻滅〉連載於《中國文藝》第 1 卷第 8～11 期，至 1953 年 1 月止。

11月　1 日，〈怎樣用標點符號〉發表於《讀書》第 1 卷第 8 期。

16 日，〈幾個研究學問問題敬奉答劉在恕先生〉發表於《讀書》第1卷第9期。

〈病〉發表於《海島文藝》第4輯。

12月 1日，〈紅豆戒指〉發表於《國風半月刊》第3期。

1日，〈寫國文筆記的方法〉發表於《讀書》第1卷第10期。

7日，〈我看輝月的畫〉發表於《聯合報》第6版。

29日，〈談聲劇〉發表於《中央日報》第4版。

1953年 1月 1日，〈送病迎新年〉發表於《暢流》第6卷第10期。

1日，〈眼前萬里江山——新年遙寄鐵幕中的秀〉發表於《讀書》第1卷第11期。

15日，中篇小說〈紅豆〉連載於《讀書》第2卷第1期～第3卷第6期，至10月1日因右手風濕病而中止連載。

開始於《幼獅》發表作品，計有〈李老太太〉、〈由「百家爭鳴」說到迫害青年〉、〈關於人物的描寫〉等多篇。

2月 1日，〈故鄉的春天〉發表於《國風半月刊》第6期。

10日，〈新春試筆〉發表於《文壇》第1卷第4、5期合刊本。

16日，〈小黑蒂〉發表於《暢流》第7卷第1期。

16日，〈幾個有關寫作的方法〉、〈十七史廿五史有沒有錯誤呢？〉；與方妙才合撰〈木蘭辭裡的「唧唧復唧唧」〉發表於《讀書》第2卷第3期。

16日，〈神祕的女人〉發表於《國風半月刊》第7期。

3月 1日，〈種想思樹記〉發表於《晨光》第1卷第1期。

16日，〈什麼是新詩？新詩怎樣寫？〉連載於《讀書》第2卷第5～8期，至5月1日止。

4月 1日，〈春日訪友〉發表於《晨光》第1卷第2期。

16日，〈新詩和打油詩怎樣寫怎樣看？〉發表於《讀書》第2

卷第 7 期。

應邀擔任中國文藝協會第二期小說研習班講師。

《在日本獄中》由臺北遠東圖書公司出版。

5 月　短篇小說〈紅鼻子〉連載於《中國文藝》第 2 卷第 3～4 期，至 6 月止。

7 月　4 日，〈我讀國文的經驗〉發表於《正氣中華》第 2 版。

16 日，〈當我回到故鄉的時候〉發表於《讀書》第 3 卷第 1 期。

8 月　1 日，〈颱風之夜〉發表於《晨光》第 1 卷第 6 期。

〈茵夢湖〉發表於《自由青年》第 9 卷第 4、5 期合刊本。

應中國文藝協會之邀至臺北女師（今臺北市立大學）演講，演講主題：「怎樣寫小說」。

9 月　短篇小說〈王博士的魔術〉發表於《中國文藝》第 2 卷第 7 期。

11 月　16 日，〈成都雜憶〉發表於《暢流》第 8 卷第 7 期。

短篇小說〈慈母淚〉發表於《中國文藝》第 2 卷第 9 期。

12 月　28 日，〈我的新希望〉發表於《聯合報》第 6 版。

1954 年　1 月　16 日，〈妙媽媽〉發表於《暢流》第 8 卷第 11 期。

2 月　18 日，為完成長篇小說〈紅豆〉，至汐止靜修院閉關寫作。緣此與佛教結緣。

短篇小說集《聖潔的靈魂》由香港亞洲出版社出版。

《女兵十年》日譯本（女兵十年），由東京河出書房出版。（共田晏平、竹中伸譯）

3 月　22 日，〈我讀《秋瑾革命傳》〉（秋燦之著）發表於《中央日報》第 4 版。

長篇小說《紅豆》由臺北虹橋書店出版。

4 月　6 日，〈我讀《演說十講》〉（王壽康著）發表於《聯合報》第

6 版。

11 日，〈《坦白與說謊》讀後〉（梁容若著）發表於《中央日報》第 6 版。

《愛晚亭》由臺北暢流月刊社出版。其中，〈兩塊不平凡的刺繡〉、〈愛晚亭〉、〈盧溝橋的獅子〉、〈臺灣素描〉、〈雨港基隆〉、〈故鄉的烤紅薯〉六篇曾被選為國中國文課文。

5 月 1 日，〈觀音山遊記〉發表於《暢流》第 9 卷第 6 期。

〈我是怎樣寫《紅豆》的？〉發表於《中華文藝》創刊號。

16 日，短篇小說〈阿婆〉發表於《中國勞工》第 85 期。

25 日，〈我所知的林芙美子〉發表於《聯合報》第 6 版。

7 月 16 日，〈陌克〉發表於《自由青年》第 12 卷第 2 期。

8 月 25 日，〈三十年前話「女兵」〉發表於《軍中文藝》第 8 期。

9 月 1 日，〈衡山憶遊〉發表於《暢流》第 10 卷第 2 期。

13 日，〈虎跑泉的龍井〉發表於《正氣中華》第 3 版。

短篇小說〈疑雲〉連載於《中國文藝》第 3 卷第 7～8 期，至 10 月止。

11 月 1 日，〈怎樣講兒童故事〉發表於《廣播雜誌》第 86 期。

16 日，〈標點符號？用法及例證〉發表於《讀書》第 5 卷第 7 期。

12 月 10 日，短篇小說〈當〉發表於《文藝月報》第 1 卷第 12 期。

15 日，開始於《海洋生活》發表作品，計有〈怎樣搜集資料〉、〈遙寄海軍戰士〉、〈海上生活瑣憶〉等多篇。

16 日，〈聾子〉發表於《暢流》第 10 卷第 9 期。

本年 《冰瑩遊記》由臺北勝利出版社出版。

1955 年 1 月 1 日，短篇小說〈夜半的哭聲〉發表於《中國文藝》第 3 卷第 10 期。

6 日，與蘇雪林、李曼瑰、徐鍾珮、張雪茵等 32 人聯名發起組織「臺灣省婦女寫作協會」。

兒童文學《愛的故事》由臺北正中書局出版。

4 月 短篇小說集《霧》由臺南大方書局出版。

5 月 1 日，〈三點小小的意見〉發表於《文壇》第 3 卷第 8 期。

5 日，臺灣省婦女寫作協會正式成立，並於臺北濟南路社會服務處召開會員大會，擔任監事。

6 日，〈《錦繡河山》〉（丁星五主編）發表於《聯合報》第 6 版。

22 日，〈讀《臺島攬勝》〉（伍稼青著）發表於《中央日報》第 6 版。

7 月 13 日，〈國文走上了末路嗎？〉發表於《聯合報》第 6 版。

21 日，〈送行〉發表於《聯合報》第 6 版。

8 月 1 日，〈麓出掇拾〉發表於《暢流》第 11 卷第 12 期。

30 日，〈憶香米園〉發表於《中國文藝》第 4 卷第 5 期。

兒童文學《太子歷險記》由臺北正中書局出版。

10 月 書信集《綠窗寄語》由作者自印出版。

短篇小說集《聖潔的靈魂》由香港亞洲出版社出版。

11 月 15 日，短篇小說〈伙伕李林〉發表於《文藝月報》第 2 卷第 11 期。

19 日，〈病〉發表於《聯合報》第 6 版。

兒童文學《我的少年時代》由臺北正中書局出版。

12 月 20 日，〈紅豆〉發表於《聯合報》第 6 版。

1956 年 1 月 1 日，〈莫泊桑的寫作生涯〉發表於《海風》第 1 卷第 2 期。

10 日，〈縣長和花匠〉發表於《婦友》第 16 期。

〈遊記文章怎樣寫〉發表於《讀書》第 5 卷第 11 期。

4 月 8 日，〈我愛作文〉發表於《聯合報》第 6 版。

17 日，隨迎接僑生回國之軍艦遊歷菲律賓馬尼拉。

		28 日，〈寫在《女兵自傳》的前面〉發表於《聯合報》第 6 版。
		短篇小說〈有毒的玫瑰〉發表於《中國文藝》第 4 卷第 11 期。
	5 月	30 日，〈訪菲散記〉連載於《聯合報》第 6 版，至 7 月 9 日止。
	7 月	5 日，〈我是怎樣蒐集材料的？〉發表於《自由青年》第 16 卷第 1 期。
		6 日，〈簡介師大畢業畫展〉發表於《聯合報》第 6 版。
	9 月	28 日，〈孔子的精神〉發表於《聯合報》第 6 版。
	12 月	19 日，〈也談開會〉發表於《聯合報》第 6 版。
	本年	皈依佛門，法名瑩慈。
		《女兵自傳》由臺北力行書局出版。
1957 年	1 月	10 日，〈「我的希望」〉發表於《婦友》第 28 期。
	2 月	1 日，〈無病呻吟〉發表於《文壇》特大號。
		長篇小說《碧瑤之戀》由臺北力行書局出版。
	3 月	1 日，〈寫作・教書・家事〉發表於《自由青年》第 17 卷第 5 期。
		1 日，短篇小說〈文竹〉發表於《海風》第 2 卷第 3 期。
		6 日，〈臺南訪友〉發表於《聯合報》第 6 版。
		16 日，〈鵝鑾鼻、四重溪、大貝湖遊記〉發表於《暢流》第 15 卷第 3 期。
		16 日，〈我怎樣整理《女兵自傳》〉發表於《筆匯》第 1 期。
	4 月	《菲島記遊》由臺北力行書局出版。
	6 月	17 日，〈母親的菜——豬肝麵〉發表於《聯合報》第 2 版。
	8 月	2 日，應馬來西亞霹靂太平僑校華聯中學之聘，與夫賈伊箴聯袂前往任教，擔任中文組主任。

		16日，〈小箱子〉發表於《暢流》第16卷第1期。
	10月	16日，〈《松窗憶語》序〉（蕭綠石著）發表於《暢流》第16卷第5期。
	11月	16日，〈曼谷剪影〉發表於《暢流》第16卷第7期。
	12月	16日，〈春莊之夜〉發表於《暢流》第16卷第9期。
1958年	2月	16日，〈美麗的胡姬〉發表於《暢流》第17卷第1期。
		21日，〈南遊寄語〉發表於《聯合報》第3版。
	4月	1日，〈馬來亞僑胞的口語〉發表於《暢流》第17卷第4期。
	5月	〈我怎樣教學生作文〉發表於《教育文摘》第3卷第5期。
	7月	17日，〈讀《心祭》〉（王琰如著）發表於《中央日報》第6版。
	9月	8日，〈故鄉〉發表於《聯合報》第7版。
	10月	《故鄉》由臺北力行書局出版。
1959年	1月	30日，〈年在馬來亞〉發表於《聯合報》第7版。
	3月	兒童文學《動物的故事》由臺北正中書局出版。
	5月	《冰瑩遊記》由臺北神州出版社出版。
	10月	短篇小說集《霧》由臺北力行書局出版。
1960年	3月	開始於《作品》發表作品，計有〈羅寶夫婦〉、〈我們在海上〉、〈我國初期的白話詩〉等多篇。
	5月	1日，〈訪問沙蓋族〉發表於《暢流》第21卷第6期。
	8月	29日，自馬來西亞返臺，重回臺灣省立師範大學（今臺灣師範大學）任教。
	10月	1日，〈我的中學生活〉發表於《中央日報》第3版。
		22日，〈榴槤和山竹〉發表於《聯合報》第7版。
		〈馬來亞的中國文藝〉發表於《亞洲文學》第13期。
		〈為死人伸冤〉發表於《幼獅文藝》第13卷第4期。

〈國慶的懷念〉發表於《革命文藝》第55期。

11月 20日，〈花蓮夜話——與青年談寫作〉發表於《亞洲文學》第14期。

12月 1日，〈追念朱湘〉發表於《暢流》第22卷第8期。

1日，〈馬來亞的僑生〉發表於《自由青年》第24卷第11期。

8日，〈從太平到檳城——馬來亞紀遊〉發表於《徵信新聞報》第7版。

12日，〈我與圖書館〉發表於《亞洲文學》第15期。

15日，〈馬來亞的中國學校〉發表於《徵信新聞報》第7版。

1961年 1月 《冰瑩遊記》由臺北新陸書局出版。

《馬來亞遊記》由臺北海潮音月刊社出版。

2月 7～8日，與中國青年寫作協會成員鳳兮（馮放民）、高陽（許晏駢）、墨人（張萬熙）、章君穀（張國鈞）、余光中、王鼎鈞等同赴金門，進行一連串的訪問行程。

6月 28日，〈菲律賓民間故事之二——馬大郎與依能〉發表於《民聲日報》第5版。

〈悼・念郁達夫先生〉發表於《亞洲文學》第19期。

8月 16日，〈福建才子林庚白〉發表於《暢流》第24卷第1期。

9月 1日，〈堅苦奮鬪的冷波〉發表於《文壇》第15期。

1日，〈多產作家沈從文〉發表於《晨光》第9卷第7期。

10日，短篇小說〈玲玲的困擾〉發表於《婦友》第84期。

16日，〈評《劫火》〉（江流著）發表於《自由青年》第26卷第6期。

〈記朱自清先生〉發表於《亞洲文學》第20、21期合刊本。

10月 《我怎樣寫作》由作者自印出版。

1962年　1月　〈論眼高手低〉發表於《幼獅文藝》第16卷第1期。

2月　5日，〈還鄉夢〉發表於《徵信新聞報》第2版。

3月　《我怎樣寫作》由作者自印出版。

5月　1日，〈藍色的手套〉發表於《暢流》第25卷第6期。

夏　與蘇雪林、孫多慈（韻君）同遊日月潭，並小住一時期。

8月　1日，〈游擊隊之母——記趙老太太〉發表於《暢流》第25卷第12期。

23日，〈我讀《征塵》〉（李升如著）發表於《中央日報》第6版。

9月　〈一個家庭教師的日記〉發表於《孔孟月刊》第1卷第1期。

10月　1日，〈馬來亞諺語〉發表於《暢流》第24卷第4期。

本年　〈羅曼・羅蘭〉發表於《野風》第168期。

1963年　2月　18日，〈我怎樣寫《從軍日記》和《女兵自傳》〉發表於《中華日報》第7版。

4月　16日，〈我讀《薔薇頰》〉（季薇著）發表於《中央日報》第6版。

5月　1日，〈給郭良蕙女士的一封公開信〉發表於《自由青年》第29卷第9期。

9～12日，短篇小說〈金門之鷹〉連載於《正氣中華日報》第3版。

〈記盧冀野先生〉發表於《傳記文學》第12期。

夏　應邀前往菲律賓首都馬尼拉，為僑團之文藝研習班講課。

8月　1日，〈青年作家的修養〉發表於《野風》第177期。

《我怎樣寫作》由作者自印出版。

9月　1日，〈菲華青年的文藝熱〉發表於《野風》第178期。

短篇小說〈馬尼拉動物園記遊〉發表於《幼獅文藝》第19卷

第3期。

中、短篇小說集《空谷幽蘭》、兒童文學《給小讀者》由臺北廣文書局出版。

10月 31日，〈兩個金門〉發表於《婦友》第110期。

11月 1日，〈祝福〉發表於《野風》第180期。

兒童文學《仁慈的鹿王》由臺中慈明雜誌社出版。

12月 與左松超合編《文學欣賞》，由臺北三民書局出版。

本年 開始執筆《慈航季刊》專欄，為青年讀者解答各式疑惑。

1964年 1月 1日，〈我所知道的蘇雪林——答王忠仁同學〉發表於《文壇》第43期。

18日，〈王平陵先生之死〉發表於《中華日報》第8版。

兒童文學《南京與北平》由臺北財團法人全知少年文庫董事會出版。

2月 1日，〈小說的背景〉發表於《野風》第182期。

5月 〈野餐（旅菲散記）〉發表於《現代學苑》第1卷第2期。

《女兵自傳》韓文版（女兵自傳・紅豆・離婚），由首爾乙酉文化社出版。（金光洲譯）

8月 10日，〈菲馬遊踪〉連載於《中國一周》第746～753期，至9月止。

10月 27日，〈我讀《微曦》〉（馮馮著）發表於《中央日報》第6版。

1965年 1月 10日，〈訴〉發表於《婦友》第124期。

〈沙漠的綠洲：澎湖〉發表於《幼獅文藝》第22卷第1期。

4月 12日，〈救救孩子〉發表於《中國一周》第781期。

16日，〈一朵國畫的奇葩——李奉魁畫展印象記〉發表於《暢流》第31卷第5期。

5月 9～18日，應韓國《女苑》雜誌社之邀，與蓉子、琦君共組

「中國女作家大韓民國訪問團」代表中國婦女寫作協會赴韓訪問。

18日，獲贈韓國慶熙大學文學獎章。

	7月	10日，〈韓國訪女兵〉發表於《婦友》第130期。
		19日，〈韓國的生活水準〉發表於《徵信新聞報》第7版。
	9月	13日，〈歷史悠久的韓國成均館大學校〉發表於《中國一周》第803期。
		〈小品文和散文有什麼不同〉、〈心靜自然涼〉發表於《亞洲文學》第60、61期合刊本。
	10月	1日，〈國文程度為什麼會低落？〉發表於《自由青年》第34卷第7期。
		〈韓國的華僑教育〉發表於《臺灣教育輔導月刊》第15卷第10期。
	11月	10日，〈女兵第一課〉發表於《婦友》第134期。
		〈創作與準備〉發表於《國教世紀》第1卷第2期。
1966年	1月	1日，〈訪韓國國樂院〉發表於《暢流》第32卷第10期。
		10日，〈雞蛋的故事——戰時生活回憶〉發表於《亞洲文學》第65期。
		27日，〈《逃向自由城》的主題與技巧〉（林語堂著）發表於《中央日報》第6版。
		31日，〈文學淺論〉發表於《中國一周》第823期。
	3月	14日，〈怎樣欣賞世界名著〉發表於《中國一周》829期。
	4月	11日，〈怎樣寫短篇小說〉發表於《中國一周》第833期。
	5月	《冰瑩游記》由臺北新陸書局出版。
	7月	11日，〈談小說的寫作技巧〉發表於《中國一周》第846期。
	8月	〈憶二哥——關於鵠磯憶語〉發表於《傳記文學》第51期。

	9月	兒童文學《林琳》由臺中臺灣省教育廳出版。 與李鎏、劉正浩、邱燮友編譯《新譯四書讀本》，由臺北三民書局出版。
	10月	1日，〈三升黃豆的故事〉發表於《徵信周刊》第8版。 7日，〈老舍和他的作品〉發表於《中央日報》第6版。 8日，〈平凡的半生〉發表於《書和人》第42期。 20日，〈在火車上〉發表於《亞洲文學》第73期。
	11月	7日，〈《半個地球》序〉（鄭向恆著）發表於《中國一周》第863期。 兒童文學《小冬流浪記》由臺北國語日報社出版。
	12月	1日，〈悼趙君豪先生〉發表於《自由談》第17卷第12期。 10日，〈韓國的元老女作家——朴花城〉發表於《婦友》第147期。
1967年	1月	5日，〈我為什麼寫《作家印象記》〉發表於《中央日報》第6版。 《作家印象記》由臺北三民書局出版。
	3月	10日，短篇小說〈美容〉發表於《婦友》第150期。
	4月	〈我的青年時代〉發表於《中外雜誌》第2期。
	7月	《夢裡的微笑》由臺中光啟出版社出版。
	9月	1日，〈虎豹別墅〉發表於《暢流》第36卷第2期。 20日，〈臺中給我的印像〉發表於《亞洲文學》第81、82期合刊本。 《我的回憶》由臺北三民書局出版。
	11月	主編《青青文集》並為其撰序，由臺北臺灣文源書局出版。
	12月	〈馬祖散記〉發表於《幼獅文藝》第27卷第6期。
1968年	1月	8日，〈懷念幾位日本友人〉發表於《中國一周》第924期。 短篇小說〈九色鹿感動了國王〉發表於《海潮音月刊》第49

		卷1月號。
		《海天漫遊》由作者自印出版。
	5月	1日，〈生命力〉發表於《自由青年》第39卷第9期。
	6月	首次赴美，停留三個月。
	7月	中、短篇小說集《在烽火中》由臺北中華文化復興出版社出版。
	9月	29日，〈在洛杉磯聽京戲〉發表於《中央日報》第9版。
	11月	10日，〈美國的家庭婦女〉發表於《婦友》第170期。
		〈夢裡的天使〉發表於《文壇》第101期。
	12月	開始於《中央月刊》發表作品，計有〈旅美散記〉、〈美國的兒童圖書館〉、〈婆媳之間〉等多篇。
		〈記孫伏園〉發表於《純文學》第24期。
		兒童文學《善光公主》由臺北慈航雜誌社出版。
1969年	1月	1日，〈孫老太太〉發表於《海潮音月刊》第50卷元月號。
		10日，〈寫稿？離婚〉發表於《婦友》第172期。
	4月	1日，〈我最敬愛的太虛大師〉發表於《海潮音月刊》第50卷3、4月號合刊本。
		10日，〈家書〉發表於《婦友》第175期。
		12日，〈《漢武帝》重看記〉發表於《中央日報》第9版。
	6月	10日，〈怎樣欣賞小說〉由連鴛鴦筆記，發表於《婦友》第177期。
		24日，〈我讀：《我在利比亞》〉（王琰如著）發表於《中央日報》第9版。
	7月	〈我讀《紅蘿蔔》〉（李望如著）發表於《文藝月刊》第1期。
	8月	〈文壇回顧——四十年前我的暑期生活〉發表於《幼獅文藝》第188期。

9月　10日，〈從《愛晚亭》談起〉發表於《亞洲文學》第100、101期合刊本。
《愛晚亭》由臺北三民書局出版。
10月　10日，〈太平洋上歡度國慶〉發表於《婦友》第181期。
12月　〈漫談白話詩歌——獻給初學寫詩的青年朋友〉連載於《中華文化復興月刊》第2卷第12期～第3卷第3期，至1970年3月止。
〈卅年代文學對我國的影響〉發表於《文藝月刊》第6期。

1970年　1月　8日，〈參觀牙刻畫展記〉發表於《中央日報》第9版。
5月　10日，〈母親節，想媽媽〉發表於《中國時報》第9版。
7月　〈漫談兒童文學〉發表於《國教月刊》第17卷第6、7期合刊本。

1971年　1月　10日，〈故鄉，我想念你！〉發表於《婦友》第196期。
31日，〈美麗的回憶——新歲憶舊〉發表於《中國時報》第3版。
2月　1日，〈從紐約到華盛頓〉發表於《暢流》第42卷第12期。
1日，〈懷念農曆年〉發表於《自由談》第22卷第2期。
18日，〈以文會友〉發表於《中央日報》第9版。
〈我與飛蚊症〉發表於《婦友》第197期。
3月　16日，〈壯烈犧牲的林覺民〉發表於《暢流》第43卷第3期。
26日，〈我為什麼要翻譯《古文觀止》？〉發表於《中央日報》第9版。
4月　1日，〈愛迪生的避寒山莊〉發表於《自由談》第22卷第4期。
與邱燮友、林明波、左松超編譯《新譯古文觀止》，由臺北三民書局出版。

5月 16日，〈在美國看電影〉發表於《暢流》第43卷第7期。
〈《婦友》兩百期誌慶——祝福與希望〉發表於《婦友》第200期。
6月 1日，〈《文壇》堅強地站起來〉發表於《文壇》第132期。
〈悼念如斯〉發表於《傳記文學》第109期。
7月 隨「中國代表團」團長陳紀瀅前往韓國漢城（今首爾），參加「國際筆會」第37屆年會。
《冰瑩遊記》由臺北雲天出版社出版。
8月 31日，自臺赴美探親，在「復旦輪」船上跌斷右腿，於美國南灣開刀住院。
9月 1日，〈詩葉〉發表於《暢流》第44卷第2期。
11月 10日，〈憶兩位作家〉發表於《中國時報》第9版。
書信集《綠窗寄語》由臺北三民書局出版。
12月 《生命的光輝》由臺北三民書局出版。
本年 《女兵自傳》韓文版（女兵自傳・나의回顧，其他），由首爾學園社出版。（李益成譯）

1972年 2月 〈追念高鴻縉先生〉發表於《傳記文學》第117期。
3月 14日，〈從《我在美國》看海外國人的生活〉（楊弘農著）發表於《中央日報》第9版。
5月 1日，〈夏威夷的中國佛教〉發表於《海潮音月刊》第53卷5月號。
10日，〈舊金山的霧〉發表於《中央日報》第9版。
兒童文學《給小讀者》由臺北蘭臺書局出版。
6月 1日，〈大千居士與梅花〉發表於《暢流》第45卷第8期。
1日，〈夏威夷的天堂公園〉發表於《自由談》第23卷第6期。
5日，〈烏龍院是怎樣演出的？〉發表於《中國時報》第9

		版。
	7月	1 日，〈看海豚和鯨魚跳舞〉發表於《自由談》第 23 卷第 7 期。
		16 日，〈訪南灣老人院〉發表於《暢流》第 45 卷第 11 期。
	11月	開始執筆「海外寄小讀者」專欄，每月寄回一篇在《小讀者》月刊上發表，至 1973 年 11 月止。
1973年	4月	1 日，〈周作人先生印象記〉發表於《暢流》第 47 卷第 4 期。
	7月	1 日，〈閉關日記——一個夢的實現〉發表於《暢流》第 47 卷第 10 期。
	9月	16 日，〈紅學專家吳宓〉發表於《暢流》第 48 卷第 3 期。
	10月	回臺治理腿疾。
	本年	自臺灣師範大學退休。
1974年	3月	30 日，〈送雪林告別杏壇〉發表於《書和人》第 233 期。
		〈夢回臺北〉發表於《婦友》第 234 期。
	4月	〈不幸的昭昭〉連載於《婦友》第 235～237 期，至 6 月止。
		《舊金山的霧》由臺北三民書局出版。
	7月	1 日，〈我寫日記五三年〉發表於《文壇》第 169 期。
		16 日，〈舊金山漫遊〉發表於《暢流》第 49 卷第 11 期。
		〈拔牙記〉發表於《婦友》第 238 期。
	8月	1 日，〈華盛頓散記〉發表於《暢流》第 49 卷第 12 期。
		〈玻璃花〉發表於《婦友》第 239 期。
	9月	1 日，〈芝加哥給我的印象〉發表於《暢流》第 50 卷第 2 期。
		16 日，〈夏威夷世外桃源〉發表於《暢流》第 50 卷第 3 期。
	10月	《我怎樣寫作》由臺北學生出版社出版。
	11月	1 日，〈紐約遊蹤〉發表於《暢流》第 50 卷第 6 期。

		16日，〈紐奧良一日遊〉發表於《暢流》第50卷第7期。
	本年	與夫賈伊箴定居美國舊金山。旅美期間，除讀書寫作外，兼習畫自遣。
		開始執筆《世界日報》兒童世界版「賈奶奶信箱」專欄，不定期為青少年解答文學創作相關問題。
1975年	1月	〈關於《女兵日記》〉發表於《婦友》第244期。
	4月	〈舊金山的中國城〉發表於《婦友》第247期。
	5月	1日，〈尼加拉瀑布〉發表於《暢流》第51卷第6期。
	8月	1日，〈馬克吐溫和他的作品〉發表於《文壇》第182期。
		〈為愛犧牲的石評梅〉發表於《傳記文學》第159期。
	9月	書信集《冰瑩書柬》由臺北力行書局出版。
	12月	1日，〈淒風苦雨哭多慈〉發表於《暢流》第52卷第8期。
	本年	《女兵自傳》由中國電影製片廠改編成電影《女兵日記》，由汪瑩執導，凌波、唐寶雲、歸亞蕾主演。獲第12屆金馬獎優等劇情片獎。
		《一個女兵的自傳》英文版（*Girl Rebel*），由美國 Da Capo Press 出版。（林如斯、林無雙譯）
1976年	3月	〈曼瑰！我望你回來〉發表於《婦友》第258期。
	5月	〈論積極培養佛教人才〉發表於《內明》第50期。
	6月	《觀音蓮》由南投玄奘寺出版。
	7月	〈憑君傳語報平安〉發表於《婦友》262期。
	9月	長篇小說《紅豆》由臺北臺灣時代書局出版。
1977年	1月	開始執筆《明道文藝》「海外寄英英」專欄，至1984年7月止。
		〈偉大的鑑真和尚〉發表於《內明》第58期。
	5月	1日，〈環球影城遊記〉發表於《暢流》第55卷第6期。
	6月	1日，〈《文壇》萬歲！——給中南老弟的信〉發表於《文

		壇》第204期。
	8月	〈清脆的風鈴聲〉發表於《婦友》第275期。 與邱燮友、劉正浩合編《中華文化基本教材》，由臺北三民書局出版。
	本年	再度與文友陸晶清、趙清閣等取得聯繫。
1978年	1月	〈憶林語堂先生〉發表於《傳記文學》第188期。
	2月	3日，〈敬悼馬壽華先生〉發表於《中央日報》第10版。 〈我讀《煙村夢曉》〉（日照法師著）發表於《內明》第71期。 〈《聖僧玄奘大師傳》讀後感〉（圓香居士著）發表於《菩提樹》第303、304期合刊本。
	3月	1日，〈《異國情深》序〉（楊弘農著）發表於《文壇》第213期。
	4月	16日，〈我愛「中國城」〉發表於《暢流》第57卷第5期。 〈《百喻新譯》序跋〉發表於《菩提樹》第305期。 《謝冰瑩選集》由香港香港文學研究社出版。
	5月	《女兵自傳》由臺北力行書局出版。
	8月	11日，〈敬悼曾寶蓀鄉長〉發表於《中央日報》第10版。 自美返臺五個月。留臺期間，參加軍校六期同學理監事聯誼會和聚餐會。
	9月	〈父親的花園〉發表於《婦友》第288期。
	10月	〈散佈中國文化的種子——楊弘農的〈我在海外教中國書法〉〉發表於《婦友》第289期。
	11月	1日，〈美國第一大城紐約〉發表於《暢流》第58卷第6期。 〈遊子思故鄉〉發表於《婦友》第290期。
	12月	8～9日，〈談小說主題〉連載於《青年戰士報》第11版。

		〈勇敢的臺灣前線的巾幗英雄〉發表於《婦友》第291期。
1979年	7月	1日，〈遙悼聶治安先生〉發表於《暢流》第59卷第10期。
	8月	13日，〈工作・寫作・生活〉發表於《聯合報》第8版。
	9月	11日，〈朱光潛的「無言之美」〉發表於《聯合報》第8版。
	11月	〈《百喻新譯》中集序〉發表於《菩提樹》第324期。
		〈怎樣才能寫好作文〉發表於《幼獅少年》第25期。
1980年	1月	1日，〈紐奧良憶遊〉發表於《暢流》第60卷第10期。
		中篇小說〈新生〉連載於《內明》第94～108期，至隔年3月止。
	2月	8日，〈大地的桂冠——《移山記》的主題與寫作技巧〉（涂翔宇著）發表於《聯合報》第8版。
	3月	1日，〈為《暢流》祝福〉發表於《暢流》第61卷第2期。
		〈憶柳亞子先生〉發表於《傳記文學》第214期。
	5月	中、短篇小說集《謝冰瑩自選集》由臺北黎明文化公司出版。
	6月	12日，〈看《清宮殘夢》後的感想〉發表於《中央日報》第12版。
	9月	7日，〈我讀《寂寞的三十七歲》〉（魯肇煌著）發表於《中央日報》第12版。
		15日，〈李莎的詩〉發表於《文壇》第243期。
	10月	《女兵自傳》由臺北東大圖書公司出版。
1981年	1月	16日，〈我讀《稼青遊記》〉（伍稼青著）發表於《暢流》第62卷第11期。
	4月	兒童文學《舊金山的四寶》由臺北國語日報附設出版部出版。
	5月	〈半世紀前的一封信〉發表於《婦友》第320期。
	6月	報導文學《抗戰日記》由臺北東大圖書公司出版。

	7月	7 日，〈血肉鋪成勝利路——抗戰時的我〉發表於《聯合報》第8版。
		長篇小說《紅豆》由臺南信宏出版社出版。
	9月	14 日，〈為聯副祝福〉發表於《聯合報》第 8 版，此為「聯副與我」專題，與梁實秋、鍾肇政、陳若曦、思果、蕭颯、鄭清文等聯合發表。
		〈牛鼻子（黃堯）其人其書〉發表於《新文藝》第306期。
	10月	24日，〈滿園錦繡〉發表於《聯合報》第8版。
	12月	〈七十國慶在金山〉發表於《婦友》第327期。
		書信集《給青年朋友的信》（上）、（下）由臺北東大圖書公司出版。
1982年	1月	15 日，〈我讀《重逢》〉（汪濱著）發表於《文壇》第 259 期。
	3月	26日，〈哀一面之緣〉發表於《聯合報》第8版。
	4月	15 日，〈有中國人的地方就有中國文化！〉發表於《中央日報》第10版。
	7月	15 日，〈國破山河在——讀《八千里路雲和月》有感〉（莊因著）發表於《聯合報》第8版。
	8月	〈淒風苦雨弔月卿〉發表於《婦友》第335期。
		李德安（彬星）主編《謝冰瑩散文集》，由臺北金文圖書公司出版。
1983年	3月	散文、小說、日記合集《新生集》由臺北北投普濟寺出版。
	5月	2 日，〈《法海點滴》書後〉（釋惟明著）發表於《中央日報》第10版。
		何紫主編《謝冰瑩散文選》，由香港山邊社出版。
	6月	13 日，〈生命的船艙——憶王統照〉發表於《聯合報》第 8 版。

	10月	4日，〈憶許欽文〉發表於《聯合報》第8版。
1984年	1月	中篇小說〈巾幗英雄秦良玉〉連載於《婦友》第352～355期，至4月止。
	2月	〈我戰時的文藝生活及其他〉發表於《文訊》第7、8期合刊本。
	4月	9日，〈文學的清教徒——憶李長之〉發表於《聯合報》第8版。
	5月	16日，〈王瑩之死——從我們初識開始〉發表於《聯合報》第8版。
	6月	15日，〈于立忱之死——是郭沫若害死她的〉發表於《聯合報》第8版。
	9月	〈語體文大乘本心地觀經序〉發表於《獅子吼》第23卷第9期。 《我在日本》由臺北東大圖書公司出版。
	10月	〈為《婦友》祝福——懷念編輯會議〉發表於《婦友》第361期。
	11月	兒童文學《小讀者與我》由香港文化互助社出版。
	本年	獲中國文藝協會榮譽文藝獎章。
1985年	3月	《女兵自傳》由成都四川文藝出版社出版。
	4月	〈先父謝玉芝先生傳記〉發表於《湖南文獻季刊》第50期。
	6月	熊融編《女兵自傳（節選）》，由天津百花文藝出版社出版。 《觀音蓮》由臺北大乘精舍印經會出版。
	9月	劉加谷編散文、小說合集《謝冰瑩作品選》，由湖南人民出版社出版。
	本年	《女兵自傳》法譯本（*Une femme en guerre : récit*），由巴黎Rochevignes出版。（Marie Holzman譯）
1986年	7月	31日，〈美人名馬・佳話留痕——《花落春猶在》讀後〉（褚

問鷗著）發表於《中央日報》第12版。

9月 24日，〈無聲的老師——《大辭典》〉發表於《中央日報》第12版。

〈如飲蒲桃漿：讀《瓔珞集》〉（李瑞爽著）發表於《菩提樹》第406期。

本年 《一個女兵的自傳》英文版（*Autobiography of a Chinese Girl*），由倫敦 Pandora Press 出版。（Tsui Chi 譯）

為飛蚊症等眼疾所苦因而停筆兩年多。但仍勤寫日記，樂此不疲。

1987年 2月 書信集《冰瑩書柬》由臺北東大圖書公司出版。

4月 27日，〈我為什麼要寫作〉發表於《聯合報》第8版。

10月 28日，〈廣結墨緣一藝僧〉發表於《中央日報》第10版。

12月 7日，〈可憐的小腳姑娘〉發表於《聯合報》第8版。

1988年 2月 14日，〈無盡的哀思〉發表於《中央日報》第6版。

7月 28日，夫賈伊箴因心臟病猝發，病逝於美國舊金山，享壽84歲。

兒童文學《太子歷險記》由臺北正中書局出版。

1989年 6月 《觀音蓮》由臺北慈心佛經流通處出版。

1990年 11月 21日，返臺。接受國民黨文工會頒贈實踐獎章及證書。

27日，文訊雜誌社與中國婦女寫作協會在臺北「文苑」聯合舉辦「謝冰瑩先生返國歡迎茶會」，近兩百位藝文人士參加。

12月 2日，由王藍、邱七七、丘秀芷等文友陪同至成功大學探視12年未見的好友蘇雪林。

3日，參觀鳳山陸軍軍官學校，拜訪胡家麒校長，胡校長影印其在黃埔軍校武漢分校第六期女生隊之畢業證書相贈。

18日，結束在臺行程，返美。

1991年 4月 8日，〈九五歲月百萬言——為雪林姊祝福〉發表於《中央日報》第16版。

15日，為悼念亡夫，撰〈最後的遺言〉。

5月 《作家與作品》、《冰瑩遊記》、《冰瑩憶往》、《冰瑩懷舊》；書信集《冰瑩書信》由臺北三民書局出版。

1992年 1月 傅德岷編《謝冰瑩散文選集》，由天津百花文藝出版社出版。

9月 3日，〈小橋、流水、人家〉發表於《聯合報》第25版。

1993年 2月 兒童文學《小冬流浪記》由臺北國語日報社出版。

9月 范橋、王才路、夏小飛編《謝冰瑩散文》（上、下），由北京中國廣播電視出版社出版。

1994年 3月 7日，「美國華文文藝協會」於美國舊金山成立，被薦舉為名譽會長。

5月 榮挺進選編《愛晚亭》，由北京廣播學院出版社出版。

6月 應聘為美國舊金山中美文化交流協會第二屆理事會顧問。

9月 《女兵自傳》，由北京中國華僑出版社出版。

1997年 5月 陳漱渝編《謝冰瑩集》，由北京知識出版社出版。

1998年 2月 李家平選編散文、小說合集《解除婚約》，由北京燕山出版社出版。

11月 散文、小說合集《紅豆戒指》由呼和浩特內蒙古人民出版社出版。

1999年 8月 艾以、曹度主編散文、小說合集《謝冰瑩文集》（上、中、下），由合肥安徽文藝出版社出版。

10月 程丹編選散文、小說合集《謝冰瑩代表作》，由北京華夏出版社出版。

2000年 1月 5日，因病於美國舊金山辭世，享壽94歲。依遺願將骨灰灑於太平洋，由海水將骨灰帶回故鄉。

3月 6日，〈關於《小冬流浪記》〉刊載於《國語日報》第6版。

12月 欽鴻編書信集《永恆的友誼——謝冰瑩致魏中天書信集》，由

		北京中國三峽出版社出版。
2001 年	4 月	李家平選編散文、小說合集《謝冰瑩文集》（原《解除婚約》），由北京燕山出版社出版。
	9 月	《女兵自傳》英文版（*Autobiography of a Chinese Girl*），由紐約 Columbia University Press 出版。（Lily Chia Brissman ,Barry Brissman 譯）
2002 年	8 月	《觀音蓮》由臺北大乘精舍印經會出版。
2004 年	8 月	傅德岷編《謝冰瑩散文選集》，由天津百花文藝出版社出版。
	9 月	《我的回憶》由臺北三民書局出版。
2006 年	6 月	《愛晚亭》由臺北三民書局出版。
2007 年	6 月	李家平選編散文、小說合集《謝冰瑩文集（上、下）》（原《解除婚約》），由北京燕山出版社出版。
2008 年	3 月	書信集《綠窗寄語》由臺北三民書局出版。
2009 年	1 月	程丹編選散文、小說合集《謝冰瑩代表作——一個女兵的自傳》（原《謝冰瑩代表作》），由北京華夏出版社出版。
2010 年	3 月	散文、小說合集《從軍日記》由南京江蘇文藝出版社出版。
	5 月	短篇小說集《前路》由臺中文听閣圖書公司出版。
2012 年	1 月	《一個女兵的自傳》由南京江蘇文藝出版社出版。
2013 年	1 月	《一個女兵的自傳》由北京中國國際廣播出版社。

參考資料：

・謝冰瑩，《作家印象記》，臺北：三民書局，1967 年 1 月。

・謝冰瑩，《我的回憶》，臺北：三民書局，1967 年 9 月。

・謝冰瑩，《生命的光輝》臺北：三民書局，1971 年 12 月。

・謝冰瑩，《舊金山的霧》，臺北：三民書局，1974 年 4 月。

・謝冰瑩，《女兵自傳》，臺北：東大圖書公司，1980 年 10 月。

・謝冰瑩，《給青年朋友的信》，臺北：東大圖書公司，1981 年 12 月。

- 閻純德，《作家的足迹（續編）》，北京：知識出版社，1988 年 8 月。
- 楊義，《中國現代小說史（第二卷）》，北京：人民文學出版社，1988 年 10 月。
- 崔家瑜，《謝冰瑩及其作品研究》，臺北：文史哲出版社，2008 年 3 月。
- 謝冰瑩，〈平凡的半生〉，《書和人》第 42 期（1966 年 10 月 8 日），頁 1～6。
- 姜穆，〈謝冰瑩與《女兵自傳》〉，《中華文藝》第 3 期（1971 年 5 月），頁 203～215。
- 孫曉婭，〈謝冰瑩與《黃河》月刊〉，《中國現代文學研究叢刊》2001 年第 3 期（2001 年），頁 216～233。
- 關國煊，〈民國人物小傳——謝冰瑩〉，《傳記文學》第 490 期（2003 年 3 月），頁 140～152。
- 汪烈九，〈符號及「北方書店」一案始末〉，《文史春秋》2004 年第 11 期（2004 年 11 月），頁 26～33。
- 黃麗貞，〈謝冰瑩——中國婦女新生的領航人〉，《中國語文》第 100 卷第 3 期～第 101 卷 3 期，2007 年 3～9 月

輯三◎
研究綜述

女性自傳散文的開拓者
謝冰瑩的散文研究與歷史定位

◎周芬伶

一、自傳散文的發端與演變

在現當代散文中，自傳散文會演變為散文中的大宗，跟五四大家熱衷於書寫自傳有關，最早是正傳與準自傳，最後變成帶有自傳色彩的散文，他們從自傳或自傳散文中熱切挖掘自我的存在，勇於剖析自我，謝冰瑩即是其中的代表性作家。

從新文學初期，自傳書寫就很盛行。胡適有自傳，沈從文也有長篇自傳，徐志摩有〈自剖〉，剖完了還有〈再剖〉，在那個時代，是自我得到強調的年代。散文因大多以自我為出發，多少帶有自傳性質，自傳散文，即是指那些帶有自傳色彩全面描寫自我的散文。同時日記體與書信體也很多，如郁達夫一系列的日記與書簡，還有魯迅的《兩地書》，然這些文體看來都擴大了「我」的書寫，卻也有一些變形，如出之以小說，像魯迅《狂人日記》、丁玲《沙菲女士日記》，或指向客觀的報導，如以《從軍日記》出名的謝冰瑩，作為第一本作品，較接近報導文學。

然而，她一生不斷在自傳散文上挖掘種種可能，如抒情、懷舊、報導、追憶、速寫……，觸及各種自我生命書寫的可能，她不是最早的一個，卻是將此文體擴大，上承歸有光、公安派，承接盧梭以下的《懺悔錄》與告白體，並彰顯現代文學精神，尤其在女性書寫上，剛柔並濟，描寫女性之憂鬱與迷宮般的特質，可說是開拓者。

她的年紀比廬隱、冰心、丁玲小，但出名的時間相當，1925 年廬隱的

《海濱故人》，1928 年丁玲的《沙菲女士日記》震爍文壇，然兩者皆是小說；冰心的《寄小讀者》成書於 1925 年，謝冰瑩的《從軍日記》是 1929 年，驚動海內外，我們可以想像那短短幾年內，女性作家的發聲如此集中且激切，那樣的時代氛圍，可說是女性書寫的高峰，同為 1920 年代的女作家，是新文學的先行者，謝的文學地位最不確定，也最為懸拓。

關鍵總是矛盾的，她最為可貴的寫實精神，可能正是她的致命傷，過度追求寫實的同時，當時代變異，考驗著作品的藝術性，我們會問，她的作品夠文學夠藝術嗎？

自傳與自傳散文的必須先區隔，前者是以自我的歷史為前提，故較全面；後者以自我的抒發為前提，是局部性的生命細節描寫。

若將「自傳」的英文 AUTOBIO-GRAPHY 作拆字遊戲，意思更明白，AUTO－自我；BIO－生命；GRAPHY－書寫；也就是說，「自傳」是「自我生命的書寫」，凡是跟自我密切相關的事物，把它寫下來，就是自傳。依據《自傳契約》一書的界定，自傳在語言形式上以敘事為主；在文體上必須是散文；在主題上，以「個人生活或歷史」為主軸；在視角上，作者與敘述者及其中的主角，必須是同一人；在時間上，採回顧視角。[1]不符合這些條件的，我們稱之為「準自傳」或「偽自傳」。從此標準來看謝冰瑩散文的諸多自傳，有些在書名上直接標示自傳（或日記，或回憶或懷舊，也是自傳散文重要的一種），最具代表性的即為《女兵自傳》，因此書之成功，流行廣大，作者因此擁有「永遠不老的女兵」之稱，它代表著新文學自傳書寫的典型，因其獨特性與流傳性，作者可能因此成為「永恆的女兵」。女兵不老，作者的作品數量雖驚人，重複的地方不少，尤其固著在童年與家族、逃婚與從軍這一塊，像迴旋曲般縈繞不已；中晚年到臺灣之後的懷舊文章仍以此為基底，在轉向純散文的書寫時，如重要代表作《愛晚亭》，文字變美，技巧更好，最動人的篇章仍在自傳與懷舊之間，她的生命圖象已

[1]菲利浦・勒熱訥著；楊國政譯，《自傳契約》（北京：生活・讀書・新知三聯書店，2001 年 10 月），頁 1。

然固定，讀者對她的印象也已固著，因此在研究上，傳記研究占很大一部分，散文的美學也在她自言的「我為人處世只有三個字：『直』、『真』、『誠』，寫文章也是如此」[2]上一再探討，可說是特色，也是局限。

在白話文要求「我手寫我口」的主張下，謝氏散文可說完全符合此美學要求，然「我手寫我口」不等於口語文學或大白話文學，五四若干文學可說走了一個偏鋒，謝的散文最上之作品如《女兵自傳》、《愛晚亭》就有極漂亮的創造語言，而其他作品有些較直白，這也是時代的痕跡。

作者早期作品集中在傳記的書寫，可說為傳記散文豎立良好的典範，因為其用心之深，數量之大，可說是當時少有的，這讓她在文學史上具有一定的地位。

自傳並非都以文學為目的，只有自傳散文強調散文的透明度、真誠與生動性，才能納入美文傳統。

謝冰瑩的作品多達七十幾種，其中有許多新版或增訂版，光《女兵自傳》就增訂好幾次，《從軍日記》也有好幾個版本，評價頗高的《愛晚亭》與《我的回憶》讓女兵的熱潮再創高鋒，然自現當代散文研究興盛之時，謝冰瑩顯然是被輕忽的作家，研究的論文少到不可思議，議題也都在「直、真、誠」打轉，大陸的研究多些，大抵集中其「男性氣質」與「陽剛之美」的探討，並歸諸於湖南女性的特質，意圖把她收編為五四地方作家，與丁玲、白薇一路，而且因兩岸分革太久，她晚期的作品與資料難尋，局限於早期作品之研究，難以觀其全面。

其中大陸學者兼傳記作者李夫澤的研究較為集中。他自 1999 年發表第一篇謝冰瑩研究論文到 2004 年《從「女兵」到教授》的出版，五、六年間先後在各類學術期刊上發表相關研究論文十餘篇，這些論文比較全面地串聯了傳主的生平、情感和創作經歷，傳主思想的逐漸成熟及前後期的轉變，傳主與「左聯」的關係，傳主在文學創作上的成就及對其具體作品的

---

[2]謝冰瑩，〈平凡的半生〉，《我的回憶》（臺北：三民書局，1967 年 9 月），頁 11。

分析等。

這迂迴的研究如何回到現實，並納入臺灣當代的文學脈絡中，恐怕是後繼者要面對的問題。將此論文集中在散文的討論上，或許不夠全面，然她的散文成就遠勝於小說，會留下來的散文比小說多，為深入討論，也只有就單一文類討論，小說研究只有等待來者。

二、女／兵——一種性別的解構

一般探討謝冰瑩散文的女性意識，都集中在拒絕纏足、爭取求學、追求婚姻自主、經濟獨立之上，當她選擇當兵作為出口，即突破當時女性的限制，女人作為軍人，去性別化為首要，軍事化的鍛鍊目的是讓受訓者成為最剛強的男人，這連一般男人都很難作到，更何況民間有「好男不當兵」之說，因此女人當兵只存在神話或特例裡。在字義上「兵者，兇器也。」(《國語‧越語》)；「兵者，不祥之器。」(《老子》)；「兵者，國之爪也。」(《墨子‧七患》)，都指向殺戮、暴力之象徵，女人拿武器自古有之，然自女教興盛，女性纏足、守節、避門不出為首要規訓，女人為守節而斷手自盡者比比皆是，在嚴格遵守女教的家庭中成長，謝冰瑩藉當兵逃出女教的規範，也藉女兵這身分翻轉女性的命運，更藉女兵的書寫改寫閨閣文章之纖細柔美，走向明朗剛健之男性文學傳統，亦即書寫中的她同時具有男性與女性的身分，當她穿著軍裝低頭寫作的身影照片傳出，其魅力可謂驚人，一個現代花木蘭，雌雄莫辨，簡直是神話的再現。這種以身分改寫性別與文學典範，具有多重文化與文學意義，這說明謝冰瑩其人其文在文學史上的特殊意義。這種閱讀可以林語堂為代表：

> 我們讀這些文章時，只看見一位年輕女子，身穿軍裝，足著草鞋，在晨光熹微的沙場上，拿一根自來水筆靠著膝上振筆直書，不暇改竄，戎馬倥傯，束裝待發的情景。或是聽見在洞庭湖上，笑聲與河流相和應，在遠地軍歌及近旁鼾睡的聲中；一位蓬頭垢面的女子軍，手不停筆，鋒發

韻流的寫敘她的感觸。這種少不更事，氣概軒昂，抱著一手改造宇宙決心的女子所寫的，自然也值得一讀……這些文章，雖然寥寥幾篇，也有個歷史。這可以說明我想把它們集成一書的理由。[3]

女兵的身分在性別上是在男性與女性之間位移，在語言上則是多重的，尤其是日記體，它的讀者原來僅限作者本人，他人不得窺視，應該是封閉系統，卻因公開發行，而成為人人皆可閱讀的僭越者亦是窺視者；作者的血淚史改寫小寫的我成為大寫的我，因此她的文本不僅開放，而且可以再開放直至解讀暢行無阻，這是她作品魅力的重要來源。

作者藉日記書寫的軍中生活，經過近一個世紀，似乎失去了一些光環與魅力，這怎麼說呢？當寫實的意圖越強，事件時移事往，檔案資料也許比文學更真實：說明女／兵是種性別的解構，也可能存在一些幻象，再讀以下文字會受感動的不再是多數：

上午十點半鐘，帶着王雁虹，歐陽岑澈去六十師指揮部慰勞，地點在顧家村。張秘書宗騫因為我們不認識路，所以特地來到嘉定南站接我們。

張秘書和陳副師長，都是以前十九路軍的老將，「一二八」抗戰時，我們在上海就認識了的，所以見面的第一句話，都是不約而同地說：

「我們又在戰場上見面了！」

談到抗戰前途，陳副師長說：

「我最擔心的，是沒有民衆來幫助軍隊，這的確是太危險了！全民抗戰是要動員全國的民衆，不論男女老幼，都要對抗戰有深刻的認識，有犧牲一切奮鬪到底的決心，才能爭取勝利；否則，單靠武力是絕對不行的！「一二八」那次抗戰，如果不是民衆統統起來幫助我們，怎麼能支持這麼久？這回我們到前方來，情形與五年前大不同了，一個帶路的嚮

---

[3]林語堂，〈冰瑩《從軍日記》序〉，《林語堂文選》（臺北：平平出版社，1967年10月），頁1。

導都不容易找，到處都是漢奸……。」[4]

這些文章可能是在倉促中完成的急就章，每篇短則兩三百，長至多兩千，偏向印象似的報導或紀錄，因而得到這樣的批評：「……《從軍日記》，只是內容不尋常而已，如論文章的技巧，似乎是不相稱的。」劉心皇以「先驅者」之文壓過藝術性論之。[5]說其生動，只因她好寫對話也愛寫對話，散文中的對話原非必要，但在報導中往往成為警句或金句，這已過渡到小說的精髓，怪不得她能同時寫小說。

研究者因其真實而過度美化實無必要，如大陸學者徐永齡強調她的現實主義精神，「只要打開她寫於民族民主鬥爭激烈時期的文學創作，無論戰地報告、傳記文學、散文隨筆、小說創作，都會有一種強烈的時代氣氛撲面而來，使人彷佛置身於歷史長河之中，深切地感受著時代浪濤的波動，頓生一種歷史的開闊感與縱深感」[6]，她真正會留下來的不是日記類，而是自傳或自傳散文，她寫的自傳與擬自傳數量之大，同代人少有人可相比，其中以《女兵自傳》的成就為最高，弔詭的是此書「兵」的書寫比例較少；而多為女／人的生命史，至此作者的創作能量才真正爆發，全書篇章經過設計，筆法也很講究，已超越「直」、「樸」的範疇，光是篇名就很吸引人，如〈痛苦的第一聲〉、〈未成功的自殺〉、〈外婆校長〉、〈被母親關起來了〉、〈入獄〉、〈饑餓〉……，文筆也很生動，用字淡雅，如〈紡紗的姑娘〉：

冬天在房子裏紡紗，有種種不方便，譬如母親為了省油沒有點燈，借着火光照耀，總是感到黑暗，背部也覺得寒冷；秋天的氣候既溫和，月光又特別純潔、清朗，再加以祖母講着牛郎織女、月裏嫦娥、王母娘

---

[4]謝冰瑩，〈又在戰場上見面了〉，《抗戰日記》（臺北：東大出版公司，1981 年 6 月），頁 48。
[5]劉心皇，〈記謝冰瑩先生〉，《亞洲文學》第 13 期（1960 年 10 月），頁 54。
[6]徐永齡，〈熱情擁抱時代生活——論冰瑩創作的藝術個性（上）〉，《安徽教育學院學報》1990 年第 4 期（1990 年 12 月），頁 38。

娘……的故事，更提起了我們紡紗的興趣。有時故事聽得入神了，大家不約而同地停止了紡車，爭問着：

「結果呢？」

「結果呢？偷懶的小姑娘都停止工作了。」

祖母這個幽默的結論，引得大家都哈哈大笑起來。

悠揚的紡車聲，在夜闌人靜的深夜裏響着，恰似空谷的琴音；微風從我們的頭上輕輕地掠過，還帶來了一陣陣的花香。

沉醉了，我們是這樣沉醉在美麗的夜色中。[7]

與《從軍日記》相比，此書引人入勝的程度遠遠超過前者，重點是它是女性成長史也是生命史，已溢出「兵」的範疇，朱旭晨就說「以幾十個小題目分鏡頭回溯追敘了自己三十多年不平凡的經歷，故事、細節、場面成為整部自傳的結構元素，人（傳主及他人）的性格、行蹤、經歷、思想情感的變化等成為表述的核心對象，風俗、觀念——新舊觀念、城鄉差別及國家種族觀念的衝突等共同構成故事展開及人物性格發展的背景。謝冰瑩以她慣會講故事的風格，時常在簡練的文字中道出情趣盎然或是有驚無險的真實故事。……正由於這種性格、經歷及文風的獨特，書出版不到半年，又再版了，當時的男女青年幾乎是人手一冊，許多女孩子甚至模仿她的方法脫離家庭，她的熱情和勇氣更帶給青年們極大的感動和鼓舞。」[8]朱文從傳記的角度研究謝冰瑩，說明散文中的傳記研究仍有很大的空間。

從女性生命史來看，謝的前半生在新舊價值的矛盾衝突中，以肉身殺出一條血路，而且獲得廣大共鳴。這代表當女性的教育、纏足、婚姻、經濟自主的問題解決，還有更大的問題要來。

[7]謝冰瑩，〈紡紗的姑娘〉，《女兵自傳》（臺北：力行書局，1974 年 10 月，九版），頁 13。

[8]朱旭晨，〈秋水斜陽芳菲度——中國現代女作家傳記研究〉（復旦大學中國現當代文學研究所博士論文，2006 年 4 月），頁 133～134。

三、愛情與道德的衝突——矛盾的女權觀

在愛情上，她有其前衛也有其保守面，說明她是在血淚中打滾的女人，這也許是她一生最大的磨難，在寫作上，她享有盛名，在危難中常有貴人相助，從年輕至老可謂順利，但在追求自由戀愛中，捲入三角、四角戀愛，在軍校同學艾斯、莫林、奇中她選擇了奇（符號）「他像是我的弟弟，唱起《棠棣之花》來時，我老把自己比聶瑩，將奇當作聶政；我應該用全副的愛去愛他，用全副的力量去幫助他，表面上我和奇是遠離着，而靈魂却一天比一天更接近了。」（《女兵自傳》，頁 182），聶政是《史記》載刺殺韓國宰相俠累的刺客，死前毀容只怕連累姐姐聶嫈（榮、荾），她卻不顧一切來認屍，並死在弟弟身邊，1925 年郭沫若曾據此創作《棠棣之花》，轟動一時。謝自比聶瑩，將符號比作聶政，兩人之間必定是肝膽相照的俠氣使然。這說明女兵在選擇男兵作為靈魂伴侶，「兵氣」意義勝過一切。然現實是殘酷的，兩人之間的殘酷與折磨讓俠義男女陷入困境。她多次想自殺，在奇入獄後，她選擇帶著孩子離去回到老家，一個離婚帶著孩子的女人回到當年逃離的娘家，這需要勇氣，然而她沒有退縮，還被母親的愛融化，這時期的她母性大於女性大於兵氣，兵氣不等於男性化，而是性別越界的另一種。崇高、陽剛、男性化是她常被提及的美學特質，如劉維指出：

> 有人說謝冰瑩的作品「不像女人寫的」、「多的是『兵』的率直豪爽，少的是『女』的溫柔委婉」。可見，男性化是謝冰瑩創作風格最鮮著的特徵，體現了她對傳統女性文學的反叛與超越，以往的女性文學都限於婉約纖秀的格局，「五四」女作家首開女性解放風氣，思想進步，但步履遲疑，謝冰瑩的創作成就雖未達到「五四」女性文學的藝術極致，但在擺

脫女性意識的傳統負累和束縛上，卻是最堅決、最徹底的。[9]

重讀這些自傳只感受到她的感受性、戲劇性與行動力，這不僅是男性化能說明，只能說她擴大女性的定義，或解構性別。在那革命的年代，當戰爭與愛情發生關聯，死亡的陰影揮之不去，如蕭紅、白薇……這些女作家，僅有比之更強悍的女性存留下來，在這點上她確實是兵氣勝於女質，反父權爭取情欲自主。因此在情場上也如戰場般豪氣干雲，1930 年代初她於廈門中學教書時，結識了生物學家黃雨辰，兩人曾一起回湖南教書，並攜手同赴東瀛留學，並寫下《在日本獄中》，之後並肩前往前線勞軍，卻於 1940 年代發生婚變。1940 至 1943 年她在西安主編《黃河》文藝月刊，復結識賈伊箴，當浪漫愛轉為理性愛，她終於享有溫馨的家庭生活。

她一生經歷三次婚姻，在情感上與婚姻上可說是前衛的，只是當身分轉變為兒童文學作家與文學教育者，並虔信佛教之後，出生儒學與女教家庭的她，思想變得保守，而以衛道姿勢捍衛文壇，這背後的思想背景是可以理解的。

1962 年郭良蕙出版《心鎖》，1963 年 1 月，內政部下令查禁，4 月，在中國文藝協會理事會上，謝冰瑩主張開除郭良蕙。理由是「提案人認為郭良蕙長得漂亮，服裝款式新穎，注重化妝，長髮垂到腰部，既跳舞又演電影，在社交圈內活躍，引起流言蜚語。當時社會淳樸，她以這樣一個形象，寫出這樣一本小說，社會觀感很壞，人人戴上有色眼鏡看男女作家，嚴重妨害文協的聲譽，應該把她排除到會外」，中國文藝協會中張道藩和陳紀瀅都覺得無須開除郭良蕙，卻都因當天缺席而不能阻止。接著，青年寫作協會及婦女寫作協會亦同時開除她的會籍，可見謝的意見影響廣眾。之後，謝冰瑩與郭良蕙之間互以公開信的形式進行論戰。蘇雪林亦撰文直指《心鎖》為黃色小說。

---

[9]劉維，〈謝冰瑩創作的風格特色——女的超越、兵的豪壯〉，《中央日報》，1995 年 4 月 12 日，19 版。

這種事件在威權時代屢見不鮮，在女權史上卻是一種後退，說明當兵氣大於女質時，出現的是「兇器」，或「國之爪」，更凸顯出她保守的道學基底，這點黃麗貞[10]、朱嘉雯說得勇敢：

> 她與蘇雪林同聲發表譴責郭良蕙《心鎖》的行動，則又呈現出當時女作家在新舊時代過渡期的躊躇心態，顯然這仍是她們生命與創作中無從跨越的關卡，猶如黃麗貞以謝冰瑩一雙裹過然後又放開的「改良腳」來形容她介於新舊時代交替的風格，她的女權運動，透過「女兵」、「教育工作者」等不同形象，展現其直率、熱忱，不假修飾的性格。然其面對女性書寫的尺度與態度卻又相當是保守而嚴肅的。[11]

新舊交替時代出身的女作家，或許就是這樣矛盾，那些越是曾經大開大闔的女性，撻伐的也許不是女性本身，而是曾有的浪漫愛。

為何當父權壓制女性情色書寫，女作家的態度比男性作家激烈，宗教信仰可能是重要因素，蘇雪林是天主教徒，謝冰瑩自皈依佛教之後文風也有轉變，1955 年，她與蘇雪林、李曼瑰、徐鍾珮、張雪茵等 32 人聯名發起組織「臺灣省婦女寫作協會」，同年成立，擔任監事，1956 年皈依佛門，法名「瑩慈」，並轉向宗教文學與兒童文學之寫作，如〈永恆的有情〉收入《佛教小說選集》；兒童文學《仁慈的鹿王》、《我的少年時代》、《小冬流浪記》、《善光公主》出版，這時她回到她的傳統道學基底，選擇了父權那一邊。然在威權體制下的女性，在白色恐怖的氣氛中，去情欲去身體恐怕也是全面的思想漂白的結果，能掙脫此天羅地網的畢竟是少數。只是對反父權、主張情欲自主的女權前衛者，這種翻轉令人深思。

在女性主義研究中，女性文學的發展有四個進程，第一個階段是抗議

---

[10]黃麗貞，〈她塑出「女權運動者」的造型〉，《中央日報》，1988 年 3 月 8 日，19 版。

[11]朱嘉雯，〈亂離中的追求——五四自由傳統與臺灣女性渡海書寫〉（中央大學中國文學系博士論文，2002 年 5 月）。

與反父權，跟其他弱勢文學類似，以女性悲慘受壓迫的描寫為主；第二階段是建構女性文學批評理論，臺灣因戒嚴時間太長，以女性為中心的批評在 1980 年代才興起，這是時代與體制的問題，對女性自身只能說是悲劇；第三階段是建構女性文學史，在這方面，臺灣也還未完成；第四階段是形成女性書寫特有的美學，這部分在上個世紀還有人有企圖嘗試，在這通俗文化當道，網路風靡的時代，哲學早已潰散，遑論美學，在這魂飛魄散的年代，回顧女性書寫的奮鬥與遺憾，格外令人感慨萬千。

四、抒情美文傳統的擴大——旅遊散文的先鋒

將謝冰瑩的散文列入抒情美文中，或許有點勉強，日記與傳記既是散文的邊緣文類，如果郁達夫、徐志摩可為五四日記散文的代表，謝冰瑩的自傳納入抒情美文也無不妥，它的筆法表面是寫實主義強調的客觀與歷史性，內在卻是浪漫主義的狂飆精神，她的情感強烈有時近乎吶喊與瘋狂，抒情的欲望勝於一切，雖然作者口口聲聲說這一切都是真的，但其情感的感染力卻是最強的，這也許是五四文體的特色。而日記體與傳記體是在歷史時間軸在進行的創作，是更具時間意義的，如果沈從文的《自傳》可作為那時男兵散文的代表，那麼謝的自傳也可作為女兵散文的代表，它們都在抒情美文的脈絡中而別出新裁，有關女性自傳的意義，主要是主體的建構，美不美可能是次要的，這在較近的研究中，朱崇儀在〈女性自傳：透過性別來重讀／重塑文類？〉中說：

> 自傳如今被理解為一個過程，自傳作者透過「它」，替自我建構一個（或數個）「身份」（identity）。所以自傳主體並非經由經驗所生產；換言之，必須利用前述自我呈現的過程，試圖捕捉主體的複雜度，將主體性讀入世界中。寫作自傳之舉，因而是創造性或詮釋性的，而非述「實」。[12]

[12]朱崇儀，〈女性自傳：透過性別來重讀／重塑文類？〉，《中外文學》第 26 卷第 4 期（1997 年 9 月），頁 133～150。

大寫的我取代小寫的我，從中散發的獨特詩意，跟大兵文學相去遙遠，不斷逃離的女性，從被定義的女兒與妻子，改寫為革命女性，而她定義自己為「女兵」，這兩個字有多威重的意思存在，從現實的眼光中她是不同於真正士兵的「女兵」，畢竟她並沒有真正拿著槍桿殺人，充其量是後援的護理兵；從社會的角度看，她是新時代的產物；從女人的角度看，她是有著男性氣質的男半女半；從自我的角度看，她是自我實現的一部分；於是故對此多元「書寫」本身帶著富於層次的意義的印記，不僅只是抵抗，還是改寫與命名。女作家因此透過文類互涉和語言的運作，達到形象生動地書寫自我，並塑造主體性，並將主體性賦予總體意義，跟時代相呼應。

她的日記文學性略低，令人注意的是她的旅遊散文，在女性旅遊尚不發達時，她可謂在來臺女作家中開風氣之先，早於鍾梅音與徐鍾珮，在師範學院任教其間，到過菲律賓、馬來西亞教學，將旅遊的異國經驗寫成《菲島遊記》、《冰瑩遊記》、《馬來亞遊記》、《海天漫遊》等書。她擅長寫雨，雨於她原是創傷的的來源，在 1936 年〈雨〉一文中寫著「那也是這樣的一個雨天，我們被鎖在牢獄裡，那絲絲的雨像門簾似的垂在窗外，我和五個××女人縮做一團，警犬——看守的警察——穿上了大衣，頭縮在衣領裡，兩手互相摩擦著，他走近鐵門來用輕蔑的語氣問著：『支那姑娘，你也冷不？』、『我不冷！我的熱血在沸騰，我的心在燃燒！』」開頭她描寫她愛傾盆大雨不愛毛毛雨，再寫從毛毛雨中看到的世界，然後跳接到牢獄中的情景，頗為迂迴而有層次，雨在她的書寫中可以成為一種「情結」，出現在文字中則為「意象」；如她寫〈雨港基隆〉：

> 正在這時，雨忽然停住了，海裡翻滾着洶湧的浪濤，樹上滾下亮晶晶的水珠，碧草搖擺着柔輭的軀幹，棲息在枝葉下的小鳥振一振兩翼，啪的一聲又向遠方飛去了。這時一輪強烈的日光，衝出了雲層，像向大地示威似的照得滿山遍野通紅。在海上，又是另一番景色，海濤在日光的反照之下，現出五色燦爛的花紋，恰像孩子們玩的萬花筒，起着各種不同

> 的變化；假如是晚上，基隆的雨景更美更壯麗，更令人感到驚奇！那一艘艘昂然地泊在海裏的軍艦，它們像神話中的龍船。那些透亮的電燈，照耀得海上如同白晝，倒映在水裏的光影，不住地搖晃着，恰像海龍王宮殿裏的神燈；再把視線轉移到街市吧，那燈光輝煌的地方，並沒有什麼稀奇，倒是那兩排特別整齊有三個地球燈連在一起的路燈，實在太美，太神秘，它們是指引迷途者走向光明之路的象徵。每次到基隆，晚上回來的時候，我特別欣賞這兩排路燈，這是基隆市上特有的景物，也是給與旅客印象最深的地方。[13]

其中像 「基隆的雨是十分有名的，突如其來沒有任何徵兆。」、「 當別人抱怨的時候，我卻最喜歡看雨，沒有什麼比基隆的雨更為美麗的了。」、「回憶起前三次到基隆的經歷，雨景和海嘯給我留下深刻印象，因為它們能滌蕩世間醜惡的東西。」這些句子成為常被引用的句子，也成為來臺女作家早期的自然書寫。在對岸則將她納入旅遊文學史中，梅新林、俞樟華主編的《中國遊記文學史》中即肯定了謝冰瑩是傳統式中國遊記的書寫大家，作品多樣，且文風鮮明代表作有：〈黃昏〉、〈愛晚亭〉、〈秋之晨〉、〈獨秀峰〉、〈龍隱岩〉、〈乳花洞〉、〈華山遊記〉、〈珞珈之遊〉、〈濟南散記〉等，都是「在執著的愛的信念、愛的追求中顯示了優美和諧的風格」[14]。

作者在年少時逃家，她的逃亡路線遠至日本，以放開的改良腳成為「遊女」，來臺之後展開的「女遊」更是多采多姿，她的空間自由度高，常把空間感改寫為地方感，[15]空間是無感情的，地方卻富於情感；這種處處無家處處家的豪情是一般女性少有的，當她回眸自己的故鄉，因而產生既遠又近的美感，如〈愛晚亭〉：

---

[13]謝冰瑩，〈雨港基隆〉，《愛晚亭》（臺北：三民書局，1969 年 9 月），頁 62。
[14]梅新林、俞樟華主編，《中國遊記文學史》（上海：學林出版社，2004 年 12 月），頁 465。
[15]段義孚，《經驗透視中的空間和地方》（臺北：國立編譯館，1998 年 3 月）。

> 愛晚亭，我真太愧對你了。十五歲的那年，當我還是梳着兩條小辮子的時候，我第一次和你結下因緣，一直到今天，我沒有一時忘記過你！記得那時候，我曾寫下這樣的句子：
> 「我願永遠安靜地躺在青楓峽裏，讓血紅的楓葉為我做棺蓋，潺潺的流水，為我奏着淒切的輓歌。」
> 一直到今天，我還沒有把你的美，你的深情，你給與遊人的快樂和安慰寫出來。我真不知要怎樣來描寫你；不知有多少初戀的情人，願意永久躺在你的懷抱？不知有多少失戀的人，跑去你那兒哭訴他傷心的遭遇？不論春夏秋冬，你有四時不同的姿色。[16]

她寫出了愛晚亭，卻也寫不出愛晚亭，它已經變成一個無限的符號，傷痛的能指，謝冰瑩最跟其他女遊者不同的是，自我的旅行意識就相當明顯，她曾自言：

> 我的性情好動，生平喜歡旅行，青年時代曾有周遊世界的幻想，如今知道這是經濟力量不能達到目的的事情；但願打回大陸之後，周遊全國的名山大川，學徐霞客、老殘他們的榜樣，寄情於山水之間。[17]

她以徐霞客、老殘為師，以傳統山水作為遊覽觀看的客體；她則在異國山水中找回主體，因為她的主體早已建立穩定，因此為文都是謝氏風格，與其說她「呈露出突破感情壓抑和女性固有的陰柔之美的傾向，體現出一定的觀照人生、高揚主體的現代性。」[18]，不如說她處處無家處處家的情懷，常把異地與家鄉融為一體，來回往覆成為互文，因此愛晚亭無異基隆無異菲島無異舊金山，她的離散是永不離散。

---

[16]謝冰瑩，〈愛晚亭〉，《愛晚亭》，頁49～50。
[17]謝冰瑩，〈平凡的半生〉，《我的回憶》，頁14。
[18]梅新林、俞樟華主編，《中國遊記文學史》，頁466。

她的遊記作品既是如此重要，為何無法成為讀者的記憶點或重返昔日榮光，得到大眾的關注？

可以說女性旅遊散文在現代散文的地位十分獨特，尤其在戰後，以謝冰瑩的遊記為前導，鍾梅音、徐鍾珮追隨其後，下接三毛、黃寶蓮、張讓，之後是鍾文音、郝譽翔、鍾怡雯……，女性最早是以生活家與情趣家出發，著重景物與人情之靜態描寫，之後加入敘事與小說情節等動態描寫，或多或少兼具冒險家與波希米亞風格，這其中的轉變以三毛為分水嶺，她承襲的是父祖，也是女超人的性格，三毛的祖父是探險家，她身上也流著探險家的血液：

> 我既然居留證不下來，沒有什麼事做，但現在有一個很好的機會去非洲撒哈拉沙漠，西屬，不用簽證，我計劃今年二月二十日左右去，已申請雜誌社，請求路費，旅館錢。……如果我去了，台灣報紙要發新聞：中國歷史第一個女性踏上「撒哈拉沙漠」！不是非洲，非洲很多人去過，無形中也替《實業世界》大做廣告，我會寫得非常動人。[19]

其中提到去撒哈拉沙漠的理由，是刻意且實際的，她想藉此成為史上第一個踏上撒哈拉沙漠的女性，她已經寫很久還沒被注意，這是她突圍之舉。而早期的女性遊記散文是隨興而非計畫性的，其戲劇張力自然不強，奇特的是謝同時擁有冒險家、生活家、情趣家的綜合體，只是她不強調流浪或波西米亞風，自然跟後來的旅遊散文有所不同。

謝氏發揚光大自傳、日記、遊記等文體，讓這些散文邊緣文類成為主流，到現在仍影響深遠，尤其在女性書寫上，豎立強烈的風格。

[19] 三毛家書，〈1974 年 1 月 1 日〉。轉引自林倖儀，〈三毛傳記與異鄉書寫〉（東海大學中國文學系在職專班碩士論文，2012 年 2 月），頁 59。

五、文學的清教徒——創作教學與思想底蘊

早在 1946 年，謝對新文藝的教學踏出第一步，她兼任母校國立西北師範學院（今北平師範大學）講師，開授「新文藝習作」課程；來臺後在師範大學任教數十年，尤其「新文藝」課程開現代文學與創作課程之先河，其學生廣眾，有許多門生成為作家，她的文藝觀也影響許多人，這是她開創性的又一面。

在她所處的教學年代中，雖已到五四之後，許多人還是排斥白話文與寫作，她曾自述民國十年她開始教書時，就曾與這些人對抗與辯駁，來臺之後她是第一個在大學開「新文藝」課程的，同樣受到老教授的質疑，她的態度很堅定也很頑強，她認為白話文被接受已是事實，她不僅要教學生讀，也教學生寫，她根據學生的投票決定要教什麼篇章，通常白話抒情文最受歡迎，依此教導效果大增；又教學生寫作，認為題材最重要，要有寫作題材就要養成隨時作筆記的習慣，她自己就有三本筆記記錄不同的材料：對文學定義是「文學是以熱烈的感情，正確的思想，豐富的經驗、優美的文字來描寫社會，表現人生，批評人生的一種學問。」[20]她主張好的文學必須包含幾個要素，「要有強烈的情感、要有正確的思想、要有豐富的想像、要有實際的生活經驗、內容決定形式」，最後一點最能代表她的文學觀：

> 文學既然是現實的一面鏡子，社會上的一切現象，不論是美的、醜的、惡的、善的，文學都能真實地把它反映出來，影響人生。由此，我們可以得到一個結論：文學的使命，不單在表現人生；主要的是批評人生，指導人生，增進人生的快樂幸福，消滅社會的黑暗罪惡。[21]

---

[20]謝冰瑩，〈文學淺論〉，《給青年朋友的信（下）》（臺北：東大圖書公司，1981 年 12 月），頁 318。

[21]同前註，頁 323。

她的文學觀建立在寫實主義與人道主義之上，強調客觀真理，作家的使命感，指導人生。這些觀點到現在仍然是主流，然在現代主義引進後，其文學主張就顯得較為保守。

對於年輕作家的修養，她認為必須具有高尚的人格、科學家的研究精神、養成良好的習慣、鍛鍊健康的體格、虛心接受批評、有恆、不灰心、克服困難，看來精神涵養重於一切，對於理論與技巧少有論及。她自身的經歷已成典範，以身教感化學生，並鼓勵他們投投稿，如此一時多少風流才俊，說她是「新文藝教母」實不為過。

她創作兒童文學作品之後，也大力提倡兒童文學，是一個擅於下定義的作家，她認為兒童文學是「以真摯的感情，豐富的想像，優美的文字，有系統地敘述一個含有教育意義的故事；而能引起兒童的興趣，啟發兒童的智慧，培養兒童的品德者，便是兒童文學。」她把它分為十類：神話、童話、故事、寓言、歌劇、話劇、電影、謎語、童謠、笑話。可說是戰後初期較有系統的評論者，她呼籲政府與學校重視兒文，在大學開兒文課，並鼓勵青年作家創作兒文。

她能寫能教，對當時的文壇造成一定的影響，1950、1960 年代的散文，其美學仍然距離「我手寫我口」與「獨抒性靈」等主張不遠，亦即散文向口語學習，然過於口語並非文學，語言分書面語言、口頭語言、創作語言，小說中的對話是口語，然也必須精心挑選過，這個問題要到余光中提出散文的文字需有密度、彈性、質料，散文語言才往詩靠攏，總之，散文是個主體不明確卻富於包容性的容器，在 21 世紀我們回顧白話文的初始，確實走了一個偏鋒，因為太白話，而具有兒語的特色，那些不必要的發語辭「啊，喔、哇……」；那些顯得稚氣的語尾語氣辭「嗎、呢、呀、哦……」，這代表的是新語言的兒童期。

她也將自身的創作經驗傳授給年輕人「青年朋友問我，文章寫得好，有什麼祕訣嗎？我告訴他們，一點沒有祕訣，只要把嘴裏所說的話，移到紙上筆談，就是一篇好文章。」[22]這種直白的筆法顯現在詩中就有點問題，如：

他是上帝驅使下凡的天使，
他是手持利箭的愛神，
愛神呵！
你一箭射穿了我的心，
奪去我的靈魂！
你是吃人惡魔，
我要殺掉你才甘心。……[23]

謝冰瑩的文學建立在「我手寫我口」與紀實之上，介於報導與日記之間，她的創作觀是：「我的作品主要是紀實的。日記、傳記文學當然必須完全真，就是小說也都有真實的模子。」她從不創作虛假的故事，沒有經歷過的她絕對寫不出來，她認為這樣「沒有感情」，因此文壇上常用「文如其人」形容謝冰瑩，而她的文章也確實作到「直、真、誠」。這種創作觀多少也造成一定的影響，當時文壇在「直、真、誠」上多作追求，五四以來，胡適講「真」，張愛玲講「實」，「真」、「誠」在散文上是好的；在小說上太「直」未必是好事。她的小說都是建立在真人實事上。如《梅子姑娘》、〈三個女性〉〈給 S 妹的信〉等小說很明顯的都是從真實經驗中取得，用直接的方法寫成的故事，有些人事物與自傳重疊，她的寫作習慣是，凡是抒情性強的以傳記或日記寫成，故不離溫柔敦厚之旨，社會意識較強欲加批判的則以小說寫成，故諷喻性較強。

她的文學觀直接繼承五四，在散文語言，意象的經營上顯然轉進不大，然在文學的歷史研究上則有一功，出版於 1967 年的《作家印象記》，

[22]謝冰瑩，〈林語堂先生談語文問題〉，《生命的光輝》（臺北：三民書局，1971 年 12 月），頁 19。
[23]謝冰瑩，〈初戀〉，《女兵自傳》，頁 45。

為青年謝冰瑩為了考證莫泊桑的死，當時就生起編寫一本作家印象記的念頭，藉編輯之便，先前就作了一點搜集工作，向重要作家發出調查表，幸虧都保存下來：後來到臺灣任教時，許多學生都不知道「五四」以後，中國大陸究竟有多少重要作家，她費了一番力氣把舊資料編纂成一本。在《作家印象記》這本集子裡，每篇文章的原始資料，都是力求真實完備，而且都是經過每位作家親自填寫的，自然忠實可靠。資料表格形式，共分 12 項，包括：真實姓名、字號、筆名、生平、籍貫、學歷、履歷、著作及譯作、抗戰期間活動、所加入之社團、評傳資料、現在職業及住址。她記得朱自清先生把表寄來時，附了一封信，說他本來最不喜歡填表，但當他講授某個作家作品時，因很難找到他的資料，對學生無從介紹，因此很贊成她對作者作詳細的調查，希望她的這本書趕快出版，且要先預約一本。此書共提供了王平陵、王獨清、方瑋德、朱自清、朱湘等 26 個中國五四作家資料；另外三位是外國作家：一位是韓國的崔貞熙、一位是菲律賓的康沙禮士、最後一位是 1915 年諾貝爾文學獎得主的法國作家羅曼・羅蘭。

這算是現代作家較有系統的傳記研究，從寫自傳起家的她，對作家的小傳、他傳特別有興趣，這可說是現代傳記文學研究的奠基者。

1977 年，她與邱燮友、劉正浩、李鍌合著《中華文化基本教材》[24]，她不僅編選還注釋。此書選錄儒家典籍《四書》，編選方式打散《四書》原有篇章次第，改採分類編輯的形式，以為人、為學、論仁、士、君子與小人等主題，講述道德修養、教學、倫理、政治、禮樂文化等內容，解釋則多依朱熹《四書集註》解釋，這套書影響學子道德教養頗為深遠，這時 71 歲的她，已回歸父家的道學傳統，她的重心已擺放在固有傳統道德的教養中。1976 年《觀音蓮》由臺北大乘精舍印經會出版，她的佛學著作表現她的思想底蘊。當年她從道德禮教的父家叛逃，如今她已成為現代的道學家。1984 年撰〈先父謝玉芝先生傳記〉，她又再一次藉傳記回歸父系，在

[24]謝冰瑩等註譯，《中國文化基本教材》（臺北：三民書局，1977 年 8 月）。

新化的近代學術中，謝玉芝的《羅瓻文存》，被稱頌「亦大可觀」。[25]雖然在1990 年，她年已 84 歲，在訪問鳳山中央陸軍軍官學校時，校長特別翻出冰瑩在黃埔軍校武漢分校第六期女生隊之畢業證書，影印一份相贈，離去時冰瑩激動地說：「如果讓我重活一次，我還是要當一個女兵」。

從她的好學與會教，勇於反叛，也勇於付出，自律甚嚴的她，有其守舊的一面，可用她形容李長之的一句話形容她自己——文學的清教徒。[26]

六、傳記的傳記研究——研究局限與突破

謝冰瑩的研究是與謝冰瑩創作可以說是同時與同步。1927 年孫伏園先生將〈從軍日記〉單篇在《中央日報》副刊發表時，林語堂便在此報的英文版上連載。1929 年林語堂又將這些日記編成單行本出版，並作序。序中已論及其作品之歷史意義「這些文章，雖然寥寥幾篇，也有個歷史。這可以說明我想把它們集成一書的理由。」[27]

當時謝冰瑩富於傳奇性的創作，評論文章便接連不斷，並且其影響迅速擴展到了國外。著名的生物學家、廈門大學教授汪德耀先生看了《從軍日記》之後，馬上將其譯成法文。1930 年初，汪將譯文寄給羅曼・羅蘭先生，羅曼・羅蘭先生馬上將《從軍日記》在法國出版。1930 年 8 月初，著名的《小巴黎人日報》在頭版顯著位置發表了題為〈參加中國革命軍的一個女孩子〉的評論文章，隨後，其他多家報紙也對此書作了報導。羅曼・羅蘭曾親自給謝冰瑩寫信，對她的精神表示欽佩，鼓勵她繼續奮鬥。

一個二十初頭歲的第一部作品得到國際注意，在彼時可謂少有，1931 年 8 月，柳亞子撰寫了〈新文壇雜詠〉十首，分別贈詩魯迅、郭沫若、茅盾、田漢、陽翰笙、葉紹鈞、謝冰瑩、丁玲等人，肯定他們的文學貢獻。柳亞子在〈雜詠〉中為謝冰瑩寫道：「謝家弱女勝奇男，一記從軍膽氣憨。

[25]陳立羣，〈新化縣古近代學術概要〉，http://blog.sina.com.cn/s/blog_446eb6c50101c6qm.html。
[26]謝冰瑩，〈文學的清教徒——憶李長之〉，《聯合報》，1984 年 4 月 9 日，8 版。
[27]林語堂，〈冰瑩《從軍日記》序〉，《林語堂文選》，頁 1。

誰遺寰中棋局換，哀時庾信滿江南。」[28]表達了對謝冰瑩的感佩。

1936 年，上海良友圖書印刷公司出版了謝冰瑩的自傳體散文《一個女兵的自傳》（後改為《女兵自傳》）。此書一出版就成為暢銷書，並被譯成英、日、德、法、西、葡、義等多種文字，先後再版二十多次。就當時中國文壇上女性文學所產生的廣泛的國際影響而言，可謂空前。

1948 年 8 月，謝冰瑩應臺灣師範大學之聘赴臺任教，一直到 1972 年退休，在臺居住近四分之一世紀。1974 年定居美國，書寫的依然是臺灣與故鄉。大陸與臺灣的長時間的封閉狀態，長達三十幾年幾乎被大陸文壇與學界所遺忘，1980 年開始，才又引起大陸文壇的關注。

20 世紀 80 年代，消沉了 30 年的謝冰瑩作品開始在大陸重新出現，使廣大讀者特別是年輕讀者能夠有機會接觸到謝冰瑩的文章，因此掀起新一波女兵熱。

此後的研究重心轉往大陸，只可惜集中在早期作品，每一次的研究，都要把她的生平或傳記重寫一遍，她的傳記因過於突出，因此她的文學研究就容易成為傳記的傳記研究，如張建秒的〈謝冰瑩的《女兵自傳》〉、朱旭晨〈從自傳到他傳——謝冰瑩傳記研究〉對中晚期作品幾乎沒有涉及。

臺灣的系統研究較早有黃麗貞作其傳記研究，並強調她的「女權運動者」造型，[29]這已是 1980 年代底的事，朱嘉雯、崔家瑜研究已到 21 世紀初，重點還是在傳記研究，朱提到其渡海與離散研究；因此，陳昱蓉的〈時會之趨——謝冰瑩的足跡以及遊記〉論及遊記書寫，格外令人驚喜。在來臺第一代女作家中，可說並為受重視，除了傳記與歷史研究，謝的研究空間還很大。

主要是她來臺後的寫作，與同期作家已無太大分別，那時代的女作家共同特色是以懷舊或鄉愁為主軸，同質性高，蘇雪林、張秀亞、胡品清、

---

[28]中國革命博物館編，《柳亞子文集——磨劍室詩詞選集（上）》（上海：上海人民出版社，1985 年 1 月），頁 670。

[29]黃麗貞，〈她塑出「女權運動者」的造型〉，《中央日報》，1988 年 3 月 8 日，19 版。

琦君、潘人木、孟瑤、鍾梅音、艾雯⋯⋯，除了林海音、徐鍾珮作品量略少，她們雖各有特色，然同一作家的作品量大同質性高，也就是風格固定與單一，在作研究時容易導致事倍而功半，其中謝冰瑩算是少有題材與風格有轉化的，過於集中於自傳與傳記研究，局限了我們的研究視野。

另外是她的文學地位似乎有所轉移，來臺女作家中，她可是領頭軍之一，連蘇雪林都敬她三分：

> 她來臺灣已七年了。一面在師範大學教書，一面撰寫反共抗俄的文藝，她的生活是清苦的，年來身體又多病，但她的志氣還是女兵時代一般的堅強，愛國家民族的心，與她過去反抗國內軍閥和日本帝國主義者一樣熱烈。去年她與文藝同志們拜訪三軍基地對武裝同志們講演，有幾句話，我永遠記得，這便是：「一旦反攻令下，我謝冰瑩要第一個歸隊與諸君一起奮鬥！」[30]

與時代同脈動，或與文藝政策過於接近，當政黨更替，文風丕變時，最容易被遺忘，這是政治與文學交會的殘酷性。

如今反共文學的大帽子已被摘除，重新審視其文學實有必要，她的影響會是文學傳統中的一脈，在女權與女性書寫中亦有其意義。

七、結語

總結謝冰瑩的文學之路，是一條性別越界之旅；也是流亡與離散之旅；也可說是寫實美學與抒情傳統的交織；在新世紀初，讀其文字與思想還是有新意，她不只是永恆的女兵；還是文學的戰將與新文藝理論的催生者。她是來臺女作家的一種典型，她跟那些在她建立臺灣新故鄉的女作家有些微不同，她是停不下來的流動者，自她逃出父家，她已逃離為人女為

[20]蘇雪林〈謝冰瑩與她的《女兵自傳》〉，《聯合報》，1955年12月1日，6版。

人妻為人母的傳統角色，她成為她自己，然後在離散中建立家庭，又一再拆離家庭，她跟一般的移民者不同的是她並非是完全的「自動他者」，而是在「主動」與「被動」之間掙扎、矛盾不已，她的當兵，在主動與被動（二哥的鼓勵、逃婚）之間：她的多次入獄與探監，更是不能作主的悲劇，她的移民美國，也有些許不能自己的選擇。她的摔傷與疾病讓她的創作力大為衰退。

她深愛家庭，卻有總總原因而不得不逃離。她好動愛玩，是個行動家，因此她腿傷的痛苦就比別人更為痛苦，那代表她失去她所熱愛的自由：

> 〈斷腿記〉的幾篇文章，記錄了冰瑩因腿斷所受的折磨與痛苦，因為腿痛，行動不便，也影響到她的精神，使她煩悶，消極，甚至於有時很悲觀，一些寫作的材料，也相繼悶死在她腦海中；可是當她讀到一封封來自朋友、讀者，充滿了熱情和關懷的信時，使她又有活下去的勇氣了，並且自勉要和病魔奮鬥到底，絕不輕易放下筆。這些心路歷程，此書都娓娓道來，使讀者深深為之感動。[31]

她每至一處，總深情地融入在地，為當地寫下優美的景色描寫，不管是《從軍日記》、《女兵自傳》到《碧瑤之戀》、《舊金山的霧》，她的擅於寫人描物，熱情洋溢，說明了在流放中的人、是最頑強的人，也是最深情的人，他們把創傷化為血淚書寫，同時留下土地的歷史。就這點上，說她是在田野中的女史也不為過。

女兵加上女史成就的文學，不能說是絕後，但有可能空前，在這點意義上她就值得大書一筆。

---

[31]崔家瑜，《謝冰瑩及其作品研究》（臺北：文史哲出版社，2008 年 3 月），頁 68～69。

輯四◎

重要評論文章選刊

冰瑩《從軍日記》序

◎林語堂*

冰瑩女士的《從軍日記》，是我慫恿她去刊成單行本的。所以有說幾句話的義務。其實慫恿她發行專書的，不僅我一人；據我所知，還有孫伏園先生。但要不是我堅持力爭的毅力，冰瑩的書也就不會於此時與讀者相見了。

冰瑩以為她的文章，無出單行本的價值，因為她「那些東西不成文學」。這是冰瑩的信中語。自然，這些〈從軍日記〉裡頭找不出「起承轉合」的文章體例，也沒有吮筆濡墨，慘澹經營的痕跡；我們讀這些文章時，只看見一位年輕女子，身穿軍裝，足著草鞋，在晨光熹微的沙場上，拿一根自來水筆靠著膝上振筆直書，不暇改竄，戎馬倥傯，束裝待發的情景。或是聽見在洞庭湖上，笑聲與河流相和應，在遠地軍歌及近旁鼾睡的聲中；一位蓬頭垢面的女子軍，手不停筆，鋒發韻流的寫敘她的感觸。這種少不更事，氣概軒昂，抱著一手改造宇宙決心的女子所寫的，自然也值得一讀。冰瑩說她的東西不成文章，伏園先生與我私談時就生怕她專做文章。一位武裝的冰瑩，看來不成閨淑，我們也捏著一把汗等著看她在卸裝歸里後變成一位閨淑。但是這些已屬題外閒話了……

這些文章，雖然寥寥幾篇，也有個歷史。這可以說明我想把它們集成一書的理由。大概在漢口辦事而看那時《中央日報》副刊的讀者，都曾賞識過冰瑩這幾封通信，都曾討論過「冰瑩是誰」的問題。說也奇怪，連某

*林語堂（1895～1976），福建龍溪人。學者、文學家、發明家。發表文章時為中研院史學特約研究員、上海東吳大學法律學院英文教授。

主席也要向副刊記者詢問到冰瑩的真性別。這大概是在革命戰爭時期，「硬衝前去的」同志對於這種戰地的寫實文字，特別注意而歡迎。更奇異的，我曾譯其中一篇為英文，登英文《中央日報》，過了兩月，居然也有美國某報主筆函請英文《中央日報》多登這種文字。這真有點像《少女日記》的不翼而飛了。我因此想這也許是冰瑩文章的「骨氣」作怪。總而言之，這幾篇文章的確有過這種影響。至於今日太平無事的讀者，讀了會不會引起同樣的興奮，那就無從預卜了。

冰瑩現在沉寂下去了。文章既不肯做，又絕無「硬衝前去」的精神。我知道她正在安分守己，謀「讀書救國」，及修練「薄弱的心志」了。許多認得她的朋友都是勸她不要這樣自暴其天才。但是這有什麼法子？閨秀的文章既不便做，「革命文學」又非坐在租界洋樓所能嚮壁虛構。我想革命文學只有兩種意義。一是不要頭顱與一切在朝在野的黑暗、頑固、腐敗、無恥、虛偽、卑鄙反抗的文學；一是實地穿丘八之服，著丘八之鞋，食丘八之糧，手拿炸彈，向反革命殘壘拋擲，夜間於豬尿牛糞的空氣中，睡不成寐，爬起來寫述征途的感想。不要頭顱的文學既非妙齡女子所應嘗試，而保守頭顱的「革命文學」也未免無聊。至於實地描寫革命生活的文字，唯有再叫冰瑩去著上武裝去過革命健兒生活。但是我們已替她覺得，未免懶得很吧！

——選自林語堂《林語堂文選》

臺北：平平出版社，1967 年 10 月

謝冰瑩與她的《女兵自傳》

◎蘇雪林*

在冰瑩最近出版的《綠窗寄語》裡，知道短期內她又將有許多作品出版，而《女兵自傳》的修正本也將問世了。這真是一個令人興奮的消息！

冰瑩的散文集我愛讀的是《愛晚亭》；小說體的傳記，我愛讀的是《女兵自傳》。這本《女兵自傳》確有一種難以形容的魔力，打開了，你便不忍再合攏，開始讀了幾行，你便要廢寢忘餐讀下去，一直讀到最後的一頁，才戀戀若有餘味地放下。原來這本洋洋 30 萬言的巨著，並不是一個人的傳記，而是中國近半世紀以來奮鬥史的寫真。這本書的一呼一吸，一滴血液的流注，一個脈搏的跳動，無不與時代相接合，相呼應。書中有失敗痛苦的呻吟，也有勝利快樂的狂笑；有舊時代黑暗的描繪，也有新中國輝煌的遠景。我們讀了以後不由得要伸出拇指讚歎一聲：「謝冰瑩女士真算得一個真正革命者，一個時代的女兒！」

每當國家民族遭遇艱危之時，總有一群革命志士，奮起作救亡圖存的運動。譬如滿清末年，秋瑾、徐錫麟在安徽的起事，吳樾的謀刺五大臣，熊成基的起義東三省，直到黃花崗七十二烈士的慷慨成仁，那一幕一幕悲壯激昂的史蹟，的確可以興頑立懦，令人謳歌詠歎於無窮。這些人都是比較年輕的一群，頭腦比較敏感，血液也比較易於騰沸，他們總是站在時代尖端的，可說是時代的驕子。在當時也許被老成持重的人批評為淺薄、浮躁，但沒有他們，則中國永遠像一泓死水，腐敗的滿清政府怎樣能被推

*蘇雪林（1896～1999），安徽太平人。學者、散文家、小說家。發表文章時為臺灣省立師範大學（今臺灣師範大學）國文系教授。

倒，可愛的中華民國怎樣會建立起來呢？我並不是說老成持重者都不是好人，他們當時代風雲緊張之際，雖徘徊審顧，踟躕不前，以後也能用其所長，對新中國貢獻他們一份力量，不過比起那赴湯蹈火，談笑就義的革命者來，我總覺得他們是差了一層。我個人欽佩秋徐吳熊以及黃花崗七十二烈士，勝於政治學術各方面大有成就的偉人，其故在此。

謝冰瑩女士自北伐以來，每遇國難，她總是投袂而起，無役不從，儘量貢獻她的精力，她的血汗，她整個生命似乎與中國融成了一片，再也分析不開。北伐時代，她第一個以女子從軍，從此掙得了一個寶貴的「女兵」頭銜。她兩次赴日留學，都因愛國的緣故，被迫返國。第一次是在民國 20 年，當她一在長崎登陸，便看見了驚心動魄東三省被擄的大字標題。她當時便氣得想立刻動身回來，但為同學所勸止。不久以後，為了一個留東學生發起的追悼東北淪陷時殉國烈士的大會，橫遭日本軍警干涉，她遂和一群愛國學生回到中國了。第二次東渡在民國 24 年，又以不肯歡迎東北偽組織首長溥儀之故，被逮下獄，幽禁數週，備受酷刑，日本人用大棍猛擊她的頭顱，使她終身留下了頭痛和易於昏暈的病根。她後來追記的《在日本獄中》是一本極好的寫實文章，便是日本人讀了也不免要流下幾滴懺悔之淚。一二八淞滬戰事爆發，冰瑩組織戰地服務隊，馳驅戰場，對於士氣的激勵，有著極大影響。民國 26 年全面對日抗戰如火如荼地展開了。那些平日大言炎炎，抵掌高談，痛詆政府沒有抗日誠意的知識階級，亡魂失魄地挈帶妻孥，挾攜行李，向比較安全的後方撤退，但我們愛國女兵謝冰瑩卻斥其平日教書賣文得來的薄薄資財，組織了一個湖南婦女戰地服務團，跑到砲火連天的最前線，為傷兵服務。她率領著 16 個英氣勃勃的女青年，在嘉定的野戰醫院裡，無日無夜地在為傷兵工作著，在腥臭撲鼻的血泊裡生活著，有時每天只喫一頓，有時幾天幾夜沒法睡眠。救護傷兵之餘，她們還替軍隊兼做民眾工作，因為老百姓並不害怕女兵，於是她們無形中給與軍隊許多有力的幫助。每到一處，雇挑夫、雇船、宿營、借用東西，經他們一解釋，便順利地辦成功了。這是何等感人的記述！

這支服務隊在南北戰場工作了幾年，一直到民國 29 年始行解散。我們的女兵脫下戎裝，又再度拿起筆桿，在長安主編《黃河》文藝周刊，直到勝利來臨為止。長安與延安相距不遠，赤色文藝勢力又是如火燎原，無處不燃燒到，冰瑩守住了黃河的那個小小陣地，極力與左派抗衡，她堅苦卓絕的精神，比之她戰地救護，只有過之無不及。但也因此受了共匪的注意，把她當作最大反動分子看待，所以冰瑩不得不見機而作，於大陸尚未整個淪陷前，便來到了臺灣。

她來臺灣已七年了。一面在師範大學教書，一面撰寫反共抗俄的文藝，她的生活是清苦的，年來身體又多病，但她的志氣還是女兵時代一般的堅強，愛國家民族的心，與她過去反抗國內軍閥和日本帝國主義者一樣熱烈。去年她與文藝同志們拜訪三軍基地對武裝同志們講演，有幾句話，我永遠記得，這便是：「一旦反攻令下，我謝冰瑩要第一個歸隊與諸君一起奮鬥！」

這幾句話是何等的壯烈動人呀！謝冰瑩可說是一個未成仁的秋瑾，她若生於秋瑾時代，像她這種見義勇為，奮不顧身的天性，我知道她也可以幹出一番可歌可泣的轟烈事業，不讓「鑑湖女俠」專美於現代史乘的。她的一生行藏，都寫在《女兵自傳》裡，故這本書可說是冰瑩的代表作。

這本書的文筆誠然是顯淺平易的一路，遣辭造句有時也不免偶存疏忽粗糙之病，不如冰瑩近年作品的圓瑩精鍊，但因其事跡之足以感動人心，並且充滿時代氣息，這書便不是尋常作品所能比擬的了。即以文筆而論：與其叫我去讀那堆滿了俏皮話而毫無內容的文字，無寧讀這本亂頭粗服，自然秀美並具深刻內含的《女兵自傳》。與其叫我欣賞那些專門塑造驕傲狂妄的典型人物，傳播毒素於青年的作品，無寧讚美這本富有革命精神，表彰人生價值的《女兵自傳》。這或者是我個人的偏愛，但這書印成後，短期內在大陸銷行了四版，坊間各種版本的偷印本尚不在其內。而且被譯為英、日各國文字，至今風行海外不衰，可見好的作品究竟是有目共賞。請問《女兵自傳》還用得著我來推薦嗎？

——選自《聯合報》，1955 年 12 月 1 日，6 版

記謝冰瑩先生

◎劉心皇*

我在這裡，先介紹謝冰瑩先生的「小傳」，使大家對她先有一個認識，再說我對她的印象。

這個「小傳」，是在《無題集——中國女作家小說專集》裡引錄來的，它是這樣的寫著：

> 冰瑩湖南人，卒業北平女師大，留學日本，北伐時代從軍參戰，「女兵」之名遂起。退伍後，即以此次經驗，寫成《從軍日記》（光明書局），震爍文壇，中外稱道。所著多為小說，散文。如《女兵自傳上卷》（良友），《湖南的風》（北新），《在火線上》（生活），《在日本獄中》（耕耘）、《梅子姑娘》（新中國文化出版社）、《生日》（北新）、《給小朋友們》（北新）、《從西北到西南》（耕耘）等，均取材戰地生活。抗戰期間，曾馳騁前方，從事宣傳救護工作，不遺餘力。其創作有似其人之熱情，潑剌。勝利後，赴北平，主編文藝生活月刊及××日報副刊。現正執筆《女兵自傳下卷》，即寫其中日戰爭時代之從軍生活實錄。《女兵自傳》的上卷，和以後出的中卷，已重加改訂，合成一冊，將由晨光出版公司印行。

它，只敘述到勝利後的經驗。至於在謝先生於民國38年，來臺灣後的一切，則沒有敘及，現補充說明於後：

---

*劉心皇（1915～1996），河南葉縣人。作家、評論家。發表文章時為國民大會代表。

她來臺後，即任師範大學教授，在著作方面，有《聖潔的靈魂》（亞洲出版社），《愛晚亭》（暢流半月刊社），《紅豆》（虹橋），《綠窗寄語》（力行），《冰瑩遊記》（勝利），《碧瑤之戀》（力行），《我的少年時代》（正中），《太子歷險記》（正中）等多種。四十六年曾赴馬來亞，從事僑教。現（四十九年十月）已歸國，仍在師範大學任教。她在國外三年多的時間，當搜集資料不少，將來一定會有令人滿意的著作出版，自在意料之中。

這裡，還需要補充一句的，是她乃湖南新化人，民前五年生。

我對謝冰瑩先生的印象，可分為會晤以前同會晤以後的兩個時期來說。

在會晤以前：第一次的印象，是看到《從軍日記》的廣告，著者署名為「謝冰瑩女士」。當時，便誤會了，認為她這個名字與「謝婉瑩」之筆名「冰心」有關，內心裡很不以為然，因為我很早便不諒解模仿別人名字的人，尤其對於作者。當時我的意思是：連筆名就要模仿，還要保證作品不模仿嗎？其實，這個疑問是有問題的，作者隨便起一個筆名時，怎能和作品的模仿與否拉在一起。後來，看到她在〈我的寫作生活〉裡，曾說到名字的一項，她說：

……還記得我生平第一篇作品——〈剎那的印象〉發表時，是用的「閒事」做筆名，後來有位哥哥的朋友，在武昌高師（那時還沒有改武大）辦了一個文藝週刊，他來信索稿，我寄了一篇去，用的筆名是「微波」，等到發表時，竟改了「冰瑩」二字。這位先生還給我寫了一封信，說明改「冰瑩」二字的理由。那時候，我還沒有讀過冰心的作品，根本不知世間有冰心其人，後來有人問我是否因為前有冰心，後取冰瑩，實在絕無此事，我應該鄭重聲明的。

我的名字，本來是鳴岡，因為投考中央軍校時為了當代表反對覆試而遭開除，只好改了冰瑩又去報名，參加第二次考試，從此就用這名字發表〈從軍日記〉，一來紀念這位朋友，二來，名字多了也不大好，儘管後來被我用過的筆名有二十幾個之多，但用得最多的還是這兩個字。

她有這樣的話，就證明了從前是有不少人對她的名字起過懷疑的。至於這冊震爍文壇的《從軍日記》，曾有人這樣批評：

……《從軍日記》，只是內容不尋常而已，如論文章的技巧，似乎是不相稱的。……

這一點批評，雖說很恰當，我卻另有看法，那便是先驅者的珍貴，我記得有人曾這樣說過：「當很少人肯作白話文的時期，只要是白話文章就都是可貴的，這和前幾年只要××意識就應享優遇一樣，這優遇是只有先驅者才能享受，跟隨在歷史後面的不能援引。」你想，當很多女子處在深閨裡的年代，而她竟當了兵，她的作品享受優遇，甚至馳名國外，都是應當的。

第二次的印象，是在抗戰時期，曾看到一種在西安出版的文藝雜誌，名字大約是《黃河》文藝吧，是她主編的。當時交通不便，在北方很難看到重慶一帶出版的雜誌，而西安的出版物，倒經常看到，《黃河》文藝就是其中的一種。我對這個刊物的印象還不算壞。——時間久了，詳細內容當然記不清楚，只記得是一個夠水準的雜誌。

在會晤之後：我和她的認識，是在文藝協會成立以後，她具有中等身材，面孔稍長，兩眼有神，衣著樸素大方。說話非常直率，絲毫沒有做作的態度。和她談話就和男子談話一樣，不必顧忌，實在有「女兵」的風度，應該算一個「女中丈夫」了。

這時，我看到一冊《文人印象》（民國 35 年 4 月出版），該書作者對她的描述是這樣的：

冰瑩的孩子氣很重，寫稿時要在桌上排滿洋囝囝才能下筆，一時成為文壇上的逸話。她給我的信上也曾說過：「我正在那張擺滿了小玩意的桌上，給廣西小朋友寫信。」又說：「瑩在長沙結識了一群小朋友。」另一封信尤其有趣：「……哈哈，說到吃，就寫了這許多，我真是個孩子。」唯其是孩子，所以她的作品寫她自己的從軍生活，很是真摯，也就能深深的動人，作家最寶貴的就是這未失去的赤子之心啊！

從她的作品和為人處事上看：她的確是沒有失去赤子之心的人。

記得有一次，我和鳳兮一同去拜訪她，目的是在為《幼獅文藝》拉稿子；誰知到她的和平東路寓所時，她去師大上課，還未回來，我們也不便多坐，便留下名片與她的家人告辭了。在返回的路上偏偏遇見了她，真是喜出望外，她要我們再到她家裡去坐去吃晚飯，一種爽朗、熱情的表示，真是感人。我們謝了她的好意，說：「就在路上談談吧！」便把「來意」說明，她慨然答允，又送我們一段路，方鄭重告別。鳳兮曾說：「她是湖南人，自然和別人不一樣，對人自然，熱情，大方，沒有矯揉造作的『小家子』氣！」

另有一次，我單獨去拜訪她，談到她的寫作生活，她曾把怎樣對文藝發生興趣，《從軍日記》的成因，她所受到打擊，怎麼寫稿，怎麼修改，以及寫作的苦樂，都詳細的談了出來。當時，我的感覺是：從這些談話裡才體味到「事無不可對人言」的道理是正確的。接著，談到一位在報紙雜誌上用種種化名寫黃色小說的人，她對那人的歷史，——巧妙的運用人類的弱點，巧妙的玩女人，巧妙的跳進官場，巧妙的經商，巧妙的寫作，以至巧妙的一切，那人都能運用自如，她說她有機會時要寫寫他，那將是一冊暴露文學。我笑著說：「我想起一個好題目，那便是：一個壞人的生活史。」

這次談話，真可以用「賓主愉快」四字來形容，我在告辭時，她送我四種書：——《愛晚亭》、《紅豆》、《綠窗寄語》、《冰瑩遊記》。還讓我看了她的一張著作的照像。這張照像，是把她的三十餘種著作，不規則的排切在一起，把每一種的封面照上一部分，書名則是全部照上的。我對這張照像很欣賞，想把它印在刊物上，她說：現在印它，怕是「師出無名」吧。

另有一次印象，也是使我不能忘記的，那便是有一次，在我主編的《幼獅文藝》上「今日論壇」欄內，批評了慶祝 30 年、35 年等等的作家，那個執筆的朋友，興之所至的，寫出了「人老珠黃」一類的詞句。這在作家們來說，我想都是用筆的朋友，應該是有此雅量的。誰知另一位女作家去聯合她，非藉這個機會「整」一下《幼獅文藝》不可。據說還提出許多苛刻的條件。我想去找那位對此事採取主動的女作家談談，便有朋友勸我不要去，說那是只有壞處的。我沒聽，便以「單刀赴會」的心情，去拜訪了，適逢她也在場。我便說：「正好，你們兩位都在，我把你們所氣憤的事，來加說明。」這一次談話，並沒有什麼結果，因為那一位的話，很難說，事後我才知道那一位還有一封「刀筆」式的信，在發行人那兒的。我告辭出來時，謝先生同我一起出來的，她說她沒有什麼，這種事，是應該有雅量的。否則的話，終日鬧文字糾紛，別的事都不要作了。何況我們自己的筆也不知在什麼地方開罪人呢？

你看：這種胸襟多麼大！不愧做過「女兵」吧！

現在，謝冰瑩先生從馬來亞回國了，我因為忙，還沒有去拜訪她，只見《徵信新聞》（民國 49 年 9 月 22 日）上刊載一篇有關她的訪問。

在那篇訪問裡，那位記者把冰瑩先生出國後的一切，都報導的很清楚，我相信關心謝先生的人，讀到了一定很欣慰。等我稍微把瑣事推開一些時，我要去和她談談呢。

——民國 49 年 10 月 3 日

——選自《亞洲文學》第 13 期，1960 年 10 月

我是中國人
謝冰瑩的〈西雅圖之夜〉

◎季薇*

原作

下午三點一刻的飛機，把我送上了天空。隔著玻璃窗，望到站在看臺上送行的朋友，我的視線模糊了；人影越來越小、飛機越升越高。突然兩顆熱淚滾了下來，我立刻用手帕堵住，因為我知道接著還會大量地湧出淚泉的。

——三個月，僅僅只有短短的三個月別離，難過什麼呢？

我責問自己。

——人永遠是矛盾的，一面是歡聚、一面是別離；想到快和兒女們見面了，應該高興的，為甚麼要流淚呢？

彷彿有人在責備我，於是我壓制了感情，忍住眼淚，儘量放開眼界，欣賞飄渺的雲海風光。

四點二十分抵沖繩島。休息半小時後，飛往東京。本來今夜要住東京的，我計劃好了，要去找伯京夫婦；誰知臨時改變計劃，只在東京機場休息一小時，直飛西雅圖。

——西雅圖，我沒有一個朋友在那裏，這一晚如何度過呢？

我開始發愁。

飛機在西雅圖降落時，同機來的唯一的中國旅伴吳君實先生，另搭機飛

---

*季薇（1924～2011），本名胡兆奇，浙江臨安人。散文家、評論家。發表文章時為《中國時報》通信組副主任。

華盛頓了。坐在我對面的一位美國小女孩和她的母親，也提着箱子走了，剩下我孤零零地站在候機室等行李。

所有同機來的客人都走光了，只有我呆在那裏着急、發愁。

「可能你的行李留在東京了，也許明天纔能到。」

我發現救星了！當我聽到這位穿旗袍的中國小姐向我這樣說時，我高興極了，連忙拜託她替我打電話。她說：

「不必打電話，我去關照他們，要他把行李替你運到舊金山去。今晚為你安排旅館，你就好好地休息一夜，明天下午四點十五分再飛舊金山。」

這位中國小姐，名叫冼阮鳳愛，長得嬌小玲瓏、精明能幹。她不但負責詢問的工作；而且替旅客找行李、抱小孩，解決許多旅客困難的問題。

我是生平第一次來到這看不見中國人的地方，心裏有一種說不出來的寂寞凄涼。

冼太太替我向航空公司要了餐券和住旅館的卡片來，我可以免費住五元一夜的旅館，吃三元五角以內的餐點。一位六十多歲的司機，把我送進了旅店，開了十五號房間，我走進去，開了電燈，一個人頹然地坐在沙發上，對着潔白的被單、潔白的窗簾，我難過得只想流淚，為甚麼？簡單的一句話：我看不見一個中國人，我太寂寞了！

衣服都在箱子裏，帶了一盒朋友送的肉脯被沒收了，沒有一點可吃的東西。走進咖啡店，叫了一份三明治，不知怎的，一點也吃不下，勉強把咖啡喝完了，看見同座的黑人、白人，都用好奇的眼光，望着我這穿旗袍的中國人，我這時多麼希望看到我們的同胞啊！

好容易等到十二點，實在忍不住了！我跑去找那司機，他也是這家旅館的老闆，請他接通長途電話，和文輝講了話，聽到他的聲音，我全身血液都熱起來，彷彿他就站在我的身邊，我想去抓住他、抓住他緊緊地不放；可是握在我手裏的，只是一個傳聲的電話筒。

我知道長途電話很貴，不敢多說話，要他告訴湘、莉我來美國了。

他的電話機放下了，我還在聽着，好像還聽得見叫喚媽媽的聲音。

——應該睡得着了，我已經和兒子說了話。

我安慰自己，但是沒有用，一絲睡意也沒有。我和衣躺在床上，望着天花板發呆，我起來扭開了電視機，正播放着花車選美的節目。看了一會兒，在羣衆當中，我發現好幾個中國人，於是稍微好過了一點。

關了電視機，仍然睡不着。只好起來寫信，信寫完了，開了門走到院子裏去散步；忽然發現辦公室的電燈明亮，我走近門邊，輕輕地敲門，一位五十歲左右的太太在值班。

「晚安，太太，我可以進來坐坐嗎？」

「當然可以，請坐，請坐，有什麼事我可以幫忙的嗎？」

她非常客氣地回答我。

「謝謝你，我睡不着，想和你談談。」

「想家嗎？」

「有一點。」其實我心裏很想說：「想得厲害」的。

「初次來美國嗎？」

「是的。」

這是一座兩層樓的小旅館，可是因為靠近飛機場，所以生意很好，日夜都有客人來住。這位太太一會兒接電話，一會兒有人來找她要房間。我連忙告辭出來，仍然回到我的房裏。

常言道：度日如年。我如今是過一小時好比一個世紀那麼長。

——中國人到那裏去了？為甚麼我看不見一個？

我第一次嘗到真正的孤獨滋味，我相信所有的留學生來到異國，假如是孤零零的一個人，都會有這種感覺的。

「長夜漫漫何時旦？」

我像個患神經病的人，自言自語地在房子裏來回踱着，直到疲倦得睜不開眼睛了，纔躺下來休息。

——民國57年6月7日夜於西雅圖

欣賞

這是謝冰瑩教授所著「旅美遊記」的首篇，也等於是一系列作品的一個楔子。

文如其人，樸實、親切、自然，而非常熱情。敘事抒情，走筆從容，處處顯示這位前輩作家的火候和功力。

謝先生是在去年暑假，利用假期訪問美國，考察文教，並探視她在美留學的子女，一舉兩得；所以，這一次長途旅行，雖然相當辛苦，還是十分愉快。

既然是愉快的旅行，為甚麼一上飛機就掉眼淚呢？

這正是因為情感真摯而充沛，機場送行的場合，難免有所感觸：一面是小別臺灣親友，一面是即將與久別的兒女團聚；是別離的眼淚，也是歡聚的眼淚——溶化起來，是親情淚；這種寶貴的眼淚，讓它痛痛快快流下來，那又何妨！

謝先生出國，這不是第一次。而萬里壯遊，到美國，卻是頭一次。西雅圖是抵美第一站，第一站的漫長一夜，留給她的是不可磨滅的景象。

信筆寫來，她不描寫風景，而著力於心理刻劃——在家千日好、出門一時難，旅途的寂寞況味，在平易的筆觸中流露無遺。

不少留學生的信札和作品中，鄉愁濃重，孤單寂寥的情意，彌漫字裡行間。謝先生纔小別一日，即有此強烈感觸，何況去國多年的遊子！

這也難怪，飛機在西雅圖降落，同機的唯一中國旅伴轉機直飛華府，同機的旅客們都走完之後，謝先生孤零零在機場等候行李時，一股難言的淒絕直撲心坎。更難怪看到那位穿旗袍的機場服務小姐，眼睛一亮、心頭一熱，彷彿看見了親人。

——她把她形容成「救星」。「救星」這兩個字，畫龍點睛，何等傳神；即使再用許多動人的詞藻，來描繪刻劃，遠不如這兩個簡捷的字眼，來得有力，而寓意深遠。

（散文貴用字簡鍊，而又不妨礙文意的運行，尤其是重要關節所在，輕輕一點，立刻有生動親切之感。）

表面上看來，這是一篇平鋪直敘的文章。好也正好在平鋪直敘，彷彿坐在謝先生寧靜的書齋裡，面對面聽她說，她是怎麼樣熬過西雅圖最長的一夜。

西雅圖的夜，真是最長的麼？查對東半球和西半球的時差，答案是否定的。那裡的夜，和臺北的一樣長。只是作者急急乎想早些見著相別多年的兒女，越想越睡不著，夜就顯得很長很長了。

想見明天的骨肉團聚，此刻卻處身孤寂的夜店；白牆壁、白被單、白窗簾，空空洞洞，好孤單的母親。於是，她又幾乎要掉眼淚了。

——但這不是軟弱的眼淚，應該是高高興興的眼淚，是慈母的眼淚。

去國萬里而親子相見在即，做為一個母親，怎能不興奮？電話線的那一端，母親的兒女們，又怎能不興奮？

接通長途電話的一剎那，是神奇瑰麗的一剎那，難怪「全身的血液都熱起來」了；母親緊緊抓住兒子的胳膊，那是自己的骨肉；緊緊抓住不放而不得不放的，正是電話機的聽筒。這簡略的幾筆，看似平淡無奇，卻是全文的頂點。在近兩千字的篇幅中，這彷彿是一座拔地而起的青峰。

環繞這座青峰的，是一團濃烈而醇厚的骨肉之情、家國之思，和同胞之愛。作者在這裡處處不忘記自己是中國人——道道地地的中國人。中國人的忠恕和敦厚篤實，也正可以從敲開旅館值夜室的門，而不敢過分打擾那值班的美國太太這件事上體會出來：自己固然很寂寞，但人家很忙碌，不忍心去殺人家的時間；忠厚之情，躍然紙上。

「長夜漫漫何時旦？」眼巴巴等待天明，這一份心情，很值得同情。但是，旅途勞累，明天還有長途飛行，不能不躺下來休息一會兒；緊張忙碌的日程，也著實夠她辛苦的呢。

西雅圖漫長的一夜，至此告一結束，相信留在作者記憶中，卻也有一份親切。

綜觀全文，從頭到尾，所記述的不過是半天一夜之間的事。不過是十多個小時，從東半球到了西半球，地理環境和人文環境，都有了絕大的變更，在白人和黑人之海裡，一位穿旗袍的中國老太太，真的那麼孤單麼？她何以覺得自己孤單呢？說穿了，無非是心理一時難以適應陌生的環境而已。

三明治和咖啡，在中國人的胃口，遠不如豆漿大餅夾油條來得對勁，生活習慣的突然改換，難免令人感覺此身如寄。分明是做客，入境問俗，假以時日，這一份孤寂，會逐漸被沖淡。

做三個月客人，一眨眼就會期滿，到時候高高興興坐飛機回臺灣。西雅圖的一夜，又將成為美好回憶了。真的，人的心理就是如此奇妙、矛盾，而複雜呢。

這篇文章的布局結構十分自然，親親切切的，好像和老朋友話家常。這種平易樸實的文字，讀起來很流暢順當。這是一盅清茶，在平平淡淡之中，有著清香和回味。

現在我們簡單地來分析它的組織技巧：看起來似乎是一個平面，實際上，卻是很有立體感的。全篇之中，三次出現了旗袍，兩次是明的，一次是暗的——西雅圖機場的中國服務小姐穿旗袍；作者進咖啡店時，引起友邦人士注意的是身上的旗袍，這都是明的；旅館房中電視機播映花車選美節目裡，參加選美的中國小姐，也必然穿著旗袍，這是暗的。同樣是旗袍，在國內隨時隨地可以見到，在國外竟然顯得如此觸目而親熱，這究竟是甚麼原因？讀者們請稍加思索理解，不難找出答案，輕輕的三筆，卻有深邃的含蓄和暗示，請勿忘記：我們是中國人。

國家深情民族愛，我們無論如何是不能夠忘本的啊！作者雖然沒有明白直說，而墨瀋筆觸之間，處處都在提醒著我們；西方的高度物質文明，萬紫千紅，幾乎使人眼花撩亂，我們千萬不可因此迷失了自己。

看友邦的富強，光是羨慕眼熱就夠了嗎？有沒有研究過他們富強的原因？我們自己的國家雖然積弱多難，看人家、想自己，處處地方值得我們奮發努力！

謝先生羈旅客邦，時時渴望看見自己的同胞，喊著「中國人到哪裏去了呢？」這是甚麼心情呢？有心人不難索解。

多次提到旗袍，多次呼喚同胞，充分表現了愛國心；誰不愛自己的國家呢？這也正是全文的主題所在。

平平淡淡、樸樸實實的文章，有著如此莊嚴豐富的內涵，值得我們細細把玩、深深體會。

——民國 58 年元月 8 日

——選自季薇《劍橋秋色——精選散文欣賞》
臺北：自由青年社，1973 年 4 月

她塑出「女權運動者」造型

◎黃麗貞*

謝冰瑩是 1920 年代崛起於我國新文學文壇的著作女作家，她的人生、她的成名作品《女兵自傳》，都具有時代性的代表意義。

民國 15 年，正當國民革命軍北伐的戰火如荼地展開之時，全國青年的心海，都激盪著革命思潮的浪濤。當時年方二十的謝冰瑩，毅然放棄了她湖南省立第一女子師範的學業，在武漢加入中央軍校第六期的學生行列，成為中國革命史上第一批女兵（二百人）的一員，達成她獻身革命的人生志業。

從軍不但開展了謝冰瑩人生歷程的新里程，在短短一年的軍旅生涯中，她更收穫到奠立輝煌事業的碩果。民國 16 年，她從武漢隨軍出發北伐後，一路上把握住她在前方、後方所目睹親聞的種種情況，寫成《從軍日記》，後來改寫為《女兵自傳》(初版時定名為《一個女兵的自傳》)。

《從軍日記》最初發表於武漢的《中央日報》上，林語堂將她譯成英文，也在該報英文版上刊出，一時備受國內外人士所欣賞與重視。《從軍日記》的內容所以動人的地方有三：

一、她反映出無數青年為忠愛國家而矢志革命的熱誠，與廣大群眾竭誠擁護革命政府的決心。

二、她的從軍，代表了當日少數新生代的婦女的覺醒，勇敢地為掙脫幾千年來的封建枷鎖和舊禮教的束縛，投身於革命洪爐，與男子並肩作戰，為爭取國家與個人的自由，作捨死忘生的奮鬥。當日一同從軍的女兵

---

*發表文章時為臺灣師範大學國文學系教授，現已退休。

雖有兩百多人，只有她捕捉住這種劃時代的題材，寫下中國女性昂首邁入新時代的史頁。

三、她以親身的經驗，寫出當日婦女所受舊家庭的壓力，婚姻的不自由，為求獨立生活的艱苦奮鬥，深刻感人。

法國名作家羅曼・羅蘭讀到謝冰瑩的作品，深受感動，特別給謝冰瑩寫了一封信，說：「我從汪德耀先生譯的法文《從軍日記》裏面，我認識了你——年輕而勇敢的中國朋友，你是一個努力奮鬥的新女性，你現在雖然像一隻折了翅膀的小鳥，但我相信你一定能衝出雲圍，翱翔於太空之上的。朋友，記著，不要悲哀，不要消極，人類終久是光明的，我們終會得到自由的。」由這些溫馨的慰勉話，可以想見這部作品的感人之深；美國高爾德，也要和她通信交友，日本藤枝丈夫並選取為教材，於是，法文、俄文、日文、德文、韓文譯本，先後問世，這部著作，使她躍升為知名於國際文壇的作家；政府遷臺後，美國的白鴿小姐 Magrate 和法國的馬可琳小姐 Copinne Marcel 同以研究《女兵自傳》獲得碩士學位。

民國 21 年，謝冰瑩答應良友圖書公司寫自傳，一直拖延到民國 25 年 3 月，《一個女兵的自傳》上卷才出版；民國 35 年 4 月，中卷完稿，在北平、上海、漢口同時發行，讀者比上卷新增一萬多。她記述寫作這部作品的過程說：「在我寫過的作品裏面，再沒有比寫《女兵自傳》更痛苦的了！我要把每一段過去的生活閉上眼睛來仔細地回憶一下，讓那些由苦痛裏擠出來的眼淚，重新從我的眼裏流出來。記得寫上卷的時候，裡面有好幾處非常有趣的地方，我一面笑，一面寫，自己好像變成了瘋子；可是輪到寫中卷時，裏面沒有歡笑，只有苦痛，只有悲哀。寫的時候我不知流了多少眼淚，好幾次淚水把字沖洗淨了，一連改寫了三四次都不成功；於是索性把筆放下，等到大哭一場之後再來重寫。」尤其是寫後半時，抱病工作，使病情加重，醫生也生氣；而日間兩個孩子因為媽媽鎖了房門寫作，不時打門、叫喊、啼哭，她無法安心工作，只好在晚上十一點以後，或早晨六點以前，於人人沉睡的寧靜中，埋首專心工作。

她又記述她的寫作態度說：「我把思想回復到十多年前的環境裏，我站在純客觀的地位，來描寫《女兵自傳》的主人翁所遭遇到的一切不幸的命運。在這裏，沒有故意的雕琢，更沒有絲毫的粉飾，只是像盧梭的《懺悔錄》一般，忠實地把自己的遭遇和反映在各種不同時代、不同環境裏的人物和事件敘述出來，任憑讀者去欣賞，去批評。」她是用整個的心力貢獻給文學的。

這部作品的內容，絕對真實，也是謝冰瑩所強調的，她說：「我要百分之一百的忠實，一句假話也不寫，完全根據事實，不渲染、不誇張，只有絕對忠實，才有價值，才不騙取讀者的熱情。」由於她的生活豐富，為人熱情奔放，在當日社會風氣仍相當閉塞保守的情況下，一個弱女子經歷了極端艱難困苦的際遇，而能依然保有一份堅強不屈的振奮精神，加上流暢的文章，因此寫成扣人心弦、賺人眼淚的佳作。

《一個女兵的自傳》出版後，謝冰瑩有著一份憂喜不定的心情，她說：「當時我懷着惴惴不安的心情，從書局接過來二十本贈書，除了幾個最知己的朋友外，我一本也不敢拿來送人。我想，看了這本書，一定有不少的人罵我是叛徒，是怪物，是一個不安分的女孩子；更有不少道學先生，會給我加上許多罪名。我難過極了，可是一點也不害怕。我想：以一個天真純潔的鄉下姑娘，要和有五千多年歷史的封建思想作戰，她怎能不遭人忌妒，不遭人物議呢？我當時要跑到外面來的主要目的是求學，尋找自由，求自我獨立，不倚賴別人。」

的確，以當時女子還有不少仍受纏足之苦，仍以深閨庭院為生活範圍的時代環境來說，一個女孩子敢於四度逃家，敢於反對父母之命的婚姻，敢於隻身千里迢迢兩度去日本，敢於投筆從戎，換上軍裝，和男人一起去作戰，可說是亙古無二的「叛逆女性」，連最愛她的母親，也不得不對她「另眼看待」。

因此，親情的體會，現實的壓力，凝為一種深潛的負擔，使她不敢放手寫作，她「有時把寫好了的重看一遍，又覺得太傷母親的心，沒有勇氣再繼續寫下去。中間有一段時間……完全把《女兵自傳》擱在一邊」，另外寫些小品散文、短篇小說，以維持生活。

果然，她的書出版後，她這種走在時代尖端的行為，就引發了兩種相反的情形：一是「書出版不到半年，又要再版了，青年男女讀者們寄來許多鼓勵我的信……說我的熱情和勇氣，感動了他們，鼓舞了他們；更有些小姑娘，也要模仿我的方法脫離家庭」；一是「好幾位主張『識時務者為俊傑』的女朋友，都和我分道揚鑣了」。

近一個世紀以來，是我國社會變遷最劇烈、也最動盪的時期，有幸生在這樣一個大時代的人，經過時代洪爐的烈燄所鍛鍊，不但堅強壯實，更煥發出熠耀的生命光輝。謝冰瑩從這個大時代走過來時，為實現自我的理想，以不屈不撓的努力，創造出她年輕時期一段近乎傳奇式的生活，《女兵自傳》就是那段經歷的真實紀錄。在這本傳記裡，有關這個原名鳴岡，乳名叫做鳳寶的湖南小姐，她的出生、她的家庭、童年、少年以至成年，她為爭取受教育而接受裹腳的痛苦，為爭取婚姻自由而四次逃家，為實現理想而獻身革命，為自求獨立而忍饑受寒，她寫她對求知的渴切，對親情的體認，對世事人情的處理觀會，與隨軍所見的種種等，而一個大時代的社會情態，便隱然縮影在其中。

本書所以能震撼一時，並歷時愈久而愈受國際文壇的重視，因為我們從這本書中，彷彿看到中國女性像一隻衝破蛋殼兒的小雞，艱難而勇毅地掙扎著，要脫離包裹著她的綑束，雖然軟弱，仍要勉力站起來。

我又記起謝冰瑩那一雙裹過然後放開的「改良腳」，它雖然已經有些兒變了形，但它曾經走過許多地方，並且它踏出的每一個印痕，都是後來婦女昂然走向社會、服務人群、開創一己事業的軌轍，因為她踏穩了腳步，跟在後面的人便履險如夷了。

她塑造出一個女權運動者的典型。

她是一個永遠的女兵。

——選自《中央日報》，1988 年 3 月 8 日，19 版

熱情擁抱時代生活
論冰瑩創作的藝術個性

◎徐永齡*

謝冰瑩是我國現代文學史上屈指可數的特有個性的女作家之一，早在1927 年就以〈從軍日記〉顯露了她獨特的藝術個性，直至 1940 年代末，她都始終如一地活躍在我國的民主革命鬥爭中，耕耘在現代文學園地裡，創作斐然，名聞遐邇。

由於冰瑩早年去臺，在大陸已漸為人所淡忘，對她的文學創作的研究亦很不充分，文學史著幾乎隻字不提這位當年曾引起過轟動效應的傳奇性女作家。但是，冰瑩確乎是不應該被遺忘的。

本文旨在通過民主革命時期冰瑩部分作品的分析研究，探索這位曾經叱咤風雲的女作家創作的藝術個性，以就正於廣大讀者。

一、

熱情擁抱時代生活，真實記錄時代風雲，是冰瑩創作藝術個性的一個重要表現。

反映時代生活，是新文學史上許多作家都極注重的一大課題，但像冰瑩那樣直接投身時代洪流並與時代同步地反映現實生活和歷史風貌的作家，為數是不多的。只要打開她寫於民族民主鬥爭激烈時期的文學創作，無論戰地報告、傳記文學、散文隨筆、小說創作，都會有一種強烈的時代氣氛撲面而來，使人彷彿置身於歷史長河之中，深切地感受著時代浪濤的

*徐永齡（1937～2014），江蘇南京人。中國現代文學學者。發表文章時為安徽師範學院中文系副教授。

波動，頓生一種歷史的開闊感和縱深感。

冰瑩非常重視文學創作的時代精神，她嚴格要求自己的文字真實而具體地去表現時代生活，顯示時代精神和歷史特點。她的《從軍日記》所以一舉成名，根本原因正在於這些短文非常及時地反映了大革命時代的風雲激盪的現實生活，顯示了那個時代的高昂的革命精神。「能夠代表那個時代，不管經過多少年，它還是有價值的。」(《謝冰瑩作品選》) 當年對這部成名作的讚譽，正表明了讀者對冰瑩創作的時代精神和藝術價值的充分體認。

反映大革命時期的生活，是冰瑩文學創作的重要內容。《從軍日記》雖非鴻篇鉅制，卻是最早直接反映大革命時期我國社會生活的最真實的文學作品。特別在當時「對於前線的生活和當時的民眾，那種如火如荼的革命熱情，很少有報導的」情況下，冰瑩這數量不多的來自戰地的真實報導，就更顯得彌足珍貴。

《從軍日記》和《女兵自傳》中的部分章節，對大革命時期的沸騰生活雖然還缺乏全景反映，但從作品所描寫的一些生活片斷中，還是可以看到中國工農大眾反帝反封建鬥爭的宏大聲勢和緊張而熱烈的時代情境。

最使冰瑩感奮的是民眾對大革命和革命軍的熱誠歡迎，她的作品曾多次描述這種感人的情景。《從軍日記》開頭就寫到：「我真高興，無論跑到什麼地方，看見的都是為主義為民眾戰鬥的革命軍，都是含笑歡迎我們的老百姓。」、「他們的誠懇，他們的殷勤，真是形容不出，他們見了我們的快樂，是從心坎深處發出來的，我們一定難以想像他們那種眉開眼笑的樣兒。」民眾像對待自己的子弟一樣歡迎和關心革命軍，革命軍也生活在民眾之中，親密無間，水乳交融。此情此景不但使冰瑩激動，「有種從心坎深處發出來的快樂」，而且也使讀者為之神往。

大革命時期工農民眾的革命覺悟，還表現在對帝國主義、封建軍閥土豪劣紳的無比仇恨以及革命意義的深刻認識上。冰瑩的作品曾記述了一位農協常委的弟弟的談話，在哥哥的教育下董海雲的不但「知道自己的貧窮，不是『天賦之命』，而是軍閥、土豪劣紳、地主買辦資本家剝削使然」，而且能說出「現在我們要消滅家族觀念」的話來。他不僅敢於揭發勾結軍閥部隊搗毀農協的土豪劣紳，而且還提出了給農協發槍以「殺敵救己」的革命要求。冰瑩作品所記載的一位 12 歲的小女孩張青雲被冤告為婦協幹事被捕後的勇敢堅強，也同樣表現出民眾的高度革命覺悟。「母親！不要哭吧！即使槍斃我，我也要呼幾個口號才死的！」她對媽媽說的這段話真是英勇無畏、錚錚作響，足見大革命對工農民眾的影響何等深入人心。

中國人民反帝鬥爭的壯麗畫面在冰瑩作品中也有所展現。《從軍日記》記述了對洋鬼子及其走狗的鬥爭，《女兵自傳》謳歌了武漢人民收回租界的偉大勝利，這些描寫既顯示了中國人民的革命覺悟，又表現了「偉大的，不可抵禦的民眾之力」。

冰瑩作品很少直接描寫革命軍槍林彈雨的火線生活，但對他們行軍打仗、鎮壓土豪劣紳、消滅反革命、打擊帝國主義分子及其走狗和發動民眾、宣傳民眾的緊張而熱烈的戰鬥生活，卻做了真實的紀錄。嚴肅的革命工作，濃烈的戰鬥氣氛和不怕流血犧牲的革命精神，都相當真切地表現在作家那些片斷式的戰地生活的報導之中了。

冰瑩的作品還滿懷深情地描寫了革命軍中的那支女兵隊伍的活動，不但敘述了她們由女學生變成革命女戰士的成長過程，而且寫出了他們反帝反封建的革命立場，飽滿的政治熱情和有些羅曼蒂克的理想世界，以及在救護傷兵、發動民眾等革命工作中所經受的鍛鍊與考驗。

這就是冰瑩筆下的大革命時代，一個交織著光明與黑暗，充滿著生機、希望與革命精神，歷經著生與死的劇烈鬥爭的大時代。雖然冰瑩的文學創作遠不足以描繪大革命壯麗畫卷的全貌，但卻能使人對這一歷史時期的社會生活和時代氣氛產生些真切的感受。

對大革命失敗後的中國社會狀況，冰瑩的作品也做了側面的反映。這裡有反革命政變所造成的白色恐怖，有反動勢力向革命的瘋狂反撲，有革命者的被捕和犧牲，有女兵隊的被迫解散，有革命團體的被查封，有反革命的文化「圍剿」，有失業貧困、飢餓死亡。但是大革命時期播下的種子還是在民眾中頑強地生根發芽，反帝反封建的民主革命仍然在繼續進行。這些側面描寫雖是片斷記載，但畢竟一定程度地反映了大革命失敗後的中國社會的黑暗情狀，同時也透露了革命繼續前進的某些信息。

抗日戰爭，是冰瑩創作注重反映的一個嚴峻的時代。由於她親身經歷了抗戰生活，抗戰時期中國社會的面面觀便很自然地構成了她 1930、1940 年代文學創作的中心內容。

抗戰初期全民奮起的救亡熱潮，在冰瑩創作中的反映是相當充分的，她的許多散文、報導都突出了這一內容。短文〈重上征途〉不僅使我們感受了作家重上前線的快樂和激動，而且讓我們看到了 17 位戎裝女子高舉鮮紅的團旗，高唱《義勇軍進行曲》，高呼「打倒日本帝國主義，中華民族解放萬歲」口號，行進在長沙大街上的英姿，看到了廣大民眾對抗日娘子軍的熱情注目致敬，和男女學生與女戰士們同呼同唱的熱烈情景，還讓我們聽到了一位「親自送女兒赴前線」的「偉大的父親」說出的肺腑之言：「我年紀老了，不能到戰地去服務，只好把孩子送去。」、「如果萬一她受了傷或者死了，我不但不悲痛，而且會感到光榮的！」愛國老人傅曉雲贈送給女戰士的「犧牲一切為國奮鬥」的慰勉之言，也會讓讀者刻骨銘心久久不絕於耳。四個愛國女孩「流著淚要求去前線」，「從下午六點一直到晚上一點半，始終不肯回去，車子開了；她們還在想跳上來」的動人情景，也正表達了抗戰初期億萬中華兒女要求抗日救亡的心聲。

〈到上海去〉和〈蘇州的警報〉這類報導文字，都相當廣泛地反映了各階層人士支援抗戰的熱烈情景。

由於個人經歷的局限，冰瑩的抗日前線戰地報導主要集中反映了松滬地區國民黨軍的抗日情形。但是由於日寇入侵大敵當前，中華民族到了最危險的時刻，即使國民黨軍隊也有許多愛國將士滿懷民族義憤投身於抗日救亡的戰場，他們的浴血抗戰也同樣表現了中國人的民族精神和愛國熱忱。冰瑩的許多戰地報告，都報導了他們的抗日行動：敵機臨空，「士兵們有很多用步槍瞄準，要不是有長官在旁邊，我想他們的槍早就像鞭爆似的響起來了。」(〈戰地中秋〉) 在軍醫處，一位被打斷右手腕的迫擊炮連連長。「好像絲毫也不感到痛苦，很有精神地和我談到作戰時的壯烈」，並說出「右手雖然打斷了，我還有左手呀！」這樣一句話來。這句話確實表現了「我們中華民族偉大的犧牲精神」。(〈戰士的血染紅了我們的手〉) 在瀏河，一位正在做工事的士兵對作者的問候回答是：「辛苦倒不覺得，替國家做事，我們只有覺得高興的。」也是在瀏河，一位高射炮團團長發表演說，要求士兵「要時時刻刻想到打落敵人的飛機，夢中都應當不忘記和敵人拚命。」並告誡士兵「記著，如果不打下敵機，徒然耗費子彈，不但是你們的恥辱，而且是中華民族的罪人。」(〈瀏河的彈痕〉)

轟動世界的臺兒莊大戰剛剛結束，冰瑩便踏進了這「偉大的戰場」，非常及時地報導了中國軍民的這一重大勝利。在通向臺兒莊的路上，沿途可見一派抗日景象：「兵車真多……雄壯的救亡歌曲，由每個英勇的戰士嘴裡唱出，特別有一種力量和勇氣傳達到每個人的耳鼓裡。他們一個個漲紅了臉，放開嗓子怒吼著，車站上的小販和我們也都唱和著：『犧牲已到最後關頭，犧牲已到最後關頭！』」到臺兒莊後的「戰地巡禮」不僅展示了幾成廢墟的臺兒莊戰後情景，而且敘述了攻占日寇司令部所在地天主堂的攻堅戰和固守焦土的保衛戰，講述了許許多多抗日軍民英勇犧牲的悲壯故事，讚美了中華民族的偉大愛國精神和鬥爭精神。冰瑩這篇題為〈踏進了偉大的戰場——臺兒莊〉的報導文學作品，將臺兒莊那「滿目淒涼而又悲壯勇敢的印象」，深深地印在讀者的腦海之中，它告訴人們：臺兒莊「雖然成了一片焦土」，但它「是屬於大中華民族的」。

〈曹縣給我的印象〉在描述山東各界一次抗敵宣傳大會的動人情景時，突出地寫到了八路軍宣傳隊代表的講演所引起的熱烈反響。冰瑩的作品就這樣真實地把中國人民的抗日熱潮、殺敵行動及時地報告給廣大民眾和世界輿論界。

冰瑩不是那種迴避陰暗面的作家。在反映大革命時期的社會生活時，就曾對當時中國社會的許多消極現象加以暴露，甚至對革命途程中的某些困難和失誤，也都一一地留下紀錄。在反映抗戰生活時，也同樣沒有放過與光明同時存在的某些陰暗現象。如國民黨軍隊的東線大潰退，國民黨當局對抗戰的缺乏決心、準備和組織動員以及置廣大民眾的生死存亡於不顧，在冰瑩的作品中都有所披露。〈撤退〉、〈散兵〉、〈擄船〉等短文，就報導了國民黨軍東線潰退的情形：「從前方退下來的隊伍如潮湧在馬路上波動著」,「馬路的兩邊躺著許多傷兵和病兵」誰也不管。許多士兵死於敵機的跟蹤轟炸和飲用敵人投毒的河水，散兵打開店鋪取食，搶掠交通工具，秩序一片混亂。而難民成堆更是無人過問。〈戰地中秋〉、〈再渡瀏河〉、〈往哪裏逃〉等文章則在報導抗日戰況的同時，也披露了民眾沒有起碼的戰時動員、缺乏組織、無人過問，只是東躲西藏驚恐不安、消極被動地承受民族災難的情形。這裡寫的只是現象，但讀者會由現象聯想到國民黨當局對抗戰的消極態度和曖昧立場。冰瑩還在自己的文章中批評了少數民眾對抗戰意義認識不清和「女人還抗什麼戰」等胡塗觀念，並用前線軍民流血犧牲與上海一些摩登男女出入舞場影院的醉生夢死相對比，反映了戰時生活的別一種現象。

抗戰後期國統區的社會相，冰瑩的作品也有所描繪。〈我的戰時生活〉、〈雞蛋的故事〉、〈再會吧，成都〉等散文，就寫出了國統區人民極端貧困的狀況，揭露了因政治腐敗、社會混亂所造成的物價飛漲、奸商橫行、發國難財等社會黑暗現象。

收復了的失地又是怎樣一番情景呢？〈舊地重遊〉告訴我們，被收復一個月了的武昌竟是出乎意外的荒涼，十室九空，門可羅雀，「縣政府如像一所大監獄，裡面陰森森的，看不到一點活潑新生的氣象」，連敵人留下的處處汙痕也一如既往，原封未動。入夜，「武昌城更像死一般的靜寂，除了街燈，盡是一片黑暗。」

〈濟南散記〉給我們勾畫了戰後濟南的景象，勝利後的國統區社會狀況也由此可見一斑。商業蕭條，物價昂貴，煤更貴得驚人。濟南是泉城水都，可「誰也不相信，在水都的濟南，會鬧水荒」，因為缺煤，自來水公司「兩三天只能供給一兩小時的水。」戰前很熱鬧的濟南，「如今卻變成了寂寞的孤島。隨便走到哪兒，處處表現著貧困，每個住在濟南的人，都在咬著牙根過日子」，即使大學教授和教授夫人，也不能不以割草代煤，「在戰時，教授們的生活，是極清苦的；想不到勝利後的兩年，他們的生活比抗戰八年還要苦，還要沒有希望。」

從大革命時期到抗戰勝利之後，冰瑩的文學創作就這樣始終如一地為中國社會生活做著時代的紀錄，雖然由於種種局限使她的紀錄還缺乏應有的廣闊性和深刻度，但畢竟一定範圍、一定角度地反映了許多重要歷史現象，寫出了社會的風雲變幻，謳歌了革命的、愛國的時代精神。

二、

刻意塑造具有時代特色、歷史印記的人物形象，是冰瑩創作藝術個性的又一重要表現。

塑造人物形象是反映時代生活的藝術需要，因而在冰瑩描繪時代生活的作品中，就必然地活躍著各色各樣、形象迥異的人物。這些人物，無論真實的人、虛構的人、紀實作品中的人或小說創作中的人，都從各個不同側面、不同角度顯示著時代色彩。

冰瑩的創作，始終把最能體現時代精神的先進人物的形象塑造擺在重要的地位，即便那些急就的短文，也不忘描繪她所欽佩的人物形象。因此，大革命時期覺悟的工農，抗戰時期的愛國軍民，都因作家的精心塑造而熠熠生輝。這類人物早在《從軍日記》等報導文學中已初現丰姿，如覺悟農民董海雲、小英雄張青雲和愛國老人傅曉雲，以及優軍的老闆娘戎徐穎等人物，就已經把他們的形象留在讀者的印象中了，雖然這類形象描繪只是插入作品的總體敘述中的一些片斷、剪影，還缺乏精心的刻畫和藝術的完整。而在其後的一些人物特寫和小說創作中，作家對這類先進人物的形象的塑造就更趨完整、更具個性、顯示出較高的造型藝術水準了。

〈漢奸的兒子〉和〈怪醫生〉是兩篇重要的人物特寫，分別塑造了一個報仇雪恥、大義滅親的愛國少年和一位高風亮節、正氣凜然的愛國醫生形象。李海泉是一位 13 歲的少年，父親是縣裡一個趨炎附勢、欺壓百姓的劣紳。在日寇侵占縣城之後，為了巴結敵人，李父竟為虎作倀，甚至把自己的妻子也拱手送給敵酋蹂躪。奇恥大辱使小海泉血液沸騰、怒火中燒，不但當面痛罵父親漢奸，而且採取了復仇行動，放火燒死了正在作惡的日酋和漢奸父親。雖然小海泉被殺害了，但他在就義時喊出的三個口號「殺盡日本鬼！殺盡漢奸！中華民族萬歲！」卻表現出一個愛國少年的民族意識和不屈的性格，而這正是敵人殺不死的犧牲精神。陳大夫是位很「怪」的醫生，「從『七七』事變那天開始，他便蓄頭髮，留鬍子」，八年抗戰，始終如一，「他說這是為民族帶孝」。他關心抗戰，絕不為日本醫院做事，也「絕不願意看到一個日本人」，「聽到日本人的聲音心裡就發恨，因為在他們每個人的身上，都塗著我們同胞們的鮮血。」這位「怪醫生」絲毫也不害怕他這奇異的行為會引來敵人的迫害，「他只知道要這樣做，才能安慰自己的良心……才能無愧於國家民族。」為此，他默默地為抗戰做著貢獻：細心收集敵偽報紙資料，以備勝利後清算漢奸之用；他以抗戰必勝的信念，去幫助朋友堅定信心；他熱心地幫助好人，免費為他們治病。李海泉的英勇犧牲和陳大夫的默默奉獻，都具有很強的典型意義。

冰瑩小說創作中的愛國者形象，經過精心塑造就更見藝術光彩。〈毛知事從軍〉中的毛知事，〈三個女性〉中的咏芬、吳曼和李惠君，都是獨具個性、各現丰采的典型人物。

毛知事並不是縣大老爺，只是一個極普通而又有許多缺點、怪癖的中年農民。他不但「生著一副古怪的臉孔」，行為舉止也異常之怪。說話背向別人，眼睛永遠朝下，不愛說話，好吃而奇懶。大嫂替他完婚，他卻不要討老婆而罵長嫂。高興時也很能勞動，「不高興時，寧可坐著餓三天，也不肯為生活流一滴汗。」鄉長抓他去替富人當壯丁曾遭他痛罵，可他轉過身又自覺自願地去從了軍：「娘賣×的，你想找老子去做有錢人的替死鬼呀？

砍下我的頭也不去！打日本鬼，我是要去的，不過我要自己去，不許人家來抓我；也不許人家拿幾十塊錢來收買我。你們這些娘賣×的，哪裡是抽壯丁，簡直在發國難財呀。」小說著重寫了毛知事從軍後的表現：咸寧之戰，他打死十多個鬼子，重傷住院昏迷中還在罵日本鬼。當他得知右腿要鋸掉時，竟請求把他抬進戰壕：「我的兩隻手都是好好的，為什麼不讓我再多殺幾個呢？」、「死有什麼可怕呢……人是終歸要死的，只要死得值得，死得痛快！為了打日本鬼，就算我們都死光了，也是值得的，痛快的！」這種思想行為確實「包括著毛知事的人生哲學和對於堅持抗戰的簡單理論。」一個有很多缺點和怪癖的落後農民，何以能變成殺敵英雄？作者對人物的這種兩極轉化的內在原因做了比較充分的描寫和暗示。毛知事雖然貌似愚昧，但卻有著樸素的階級觀念和民族意識，有著鮮明的獨立自為的倔強性格。他反感於有錢人買壯丁替身的醜行，卻同情於難民的悲慘遭遇；他直覺地認識到不抗日殺敵，自己的妻子兒女也會遭受屠殺和蹂躪。因此，他發下「老子如果不殺死這班小鬼，死也不回家鄉」的誓言，以及英勇殺敵的行動產生，都是合乎其思想性格邏輯的。阿 Q 尚且還要革命，毛知事為什麼就不能為保家衛國而從軍殺敵呢！毛知事的形象固然凝聚了作者的抗日熱情，但也分明地顯示了中國農民所固有的樸素的愛國精神。

詠芬、吳曼和李惠君這三位愛國女性形象堪稱一腔熱血、犧牲奉獻、無私無畏的女知識青年的楷模，熱心抗日工作，勇於獻身祖國，是這三位戰地服務團女戰士共有的精神品質。冰瑩滿懷深情地描述了這三位少女的感人事蹟，讚美了中華女兒的偉大犧牲精神。詠芬和吳曼都有一個悲壯的結局：一個在被敵人包圍的緊迫情勢下，為免受敵人侮辱而與戰友自殺殉國；一個在同敵人火拼之後血灑戰場。李惠君雖然耳聾，但卻以強烈的愛國熱情和堅強意志克服了難以想像的困難，默默地為抗日做著無私的奉獻。三個女性都以自己的行動譜寫出一曲中華民族的正氣歌，樹立了自己聖潔的形象。

我們注意到，冰瑩筆下的人物形象特別那些時代的先進者和愛國者形象，都是普通的工農和知識分子，他們既非重要人物，亦非頭頂光華的傳奇英雄，而是生活中常見的極其平凡的人。但正是這些普通的工農大眾和知識分子，蘊藏著巨大的革命熱情和民族意識。他們中的許多人在大革命時期便熱情地投身於反帝反封建的革命鬥爭，一旦外敵入侵國難當頭，他們又萬眾一心，同仇敵愾。以自己的血肉築成一道保家衛國的銅鐵長城。冰瑩作品中的這些覺悟者愛國者形象，以其強烈的革命精神、愛國行動，表現著一個偉大的反帝反封建的革命時代，他們各自的思想性格、行為心態也因此而留下了深深的歷史印記。

在貧困中掙扎、在艱苦中行進的革命知識青年形象，在冰瑩作品中也有所出現，〈拋棄〉中的主人公若星、珊珊夫婦便是這類形象。他們是在革命工作中建立愛情的一對革命夫妻，他們堅信「我們的世界不久就要來到」。但是由於環境太惡劣，兩人一個因領導罷工而失業，一個因腦病發作而臥床，終於落到無以為食的困境，不能不在珊珊產後拋棄愛女，以便繼續前進。小說立意原在肯定革命知識青年為理想信仰而掙扎奮進的革命精神，但由於過分偏重了主人公貧困中掙扎的描寫，因而整個作品的基調較為低抑，主人公奮進的精神境界也缺乏充分的展示，雖有一定的真實性，但卻減少了形象的藝術感染力和鼓舞人心的藝術效果。

冰瑩作品的形象選取是非常廣泛的，除覺悟的先進分子、愛國的民族鬥士、掙扎奮進的革命青年而外，還塑造了其他多種類型的人物形象，以盡可能廣泛地、多視角地反映世態人生。在眾多形象中，有魯迅、柳亞子、朱自清、廬隱這樣的文化名人，也有勤勞、質樸、善良的普通勞動者；有同情中國革命和抗戰的日本友人和反戰者，也有賣身投靠、為虎作倀的敗類和渣滓；有大時代的落伍者，也有心地善良、溫柔敦厚的舊式婦女和頑固守舊的老一輩女性形象。這些形象，或淡筆輕寫，或濃墨重彩，或側面速寫，或正面刻畫，都神情畢現，形態各異，都具有各自的獨特性和典型意義。

在冰瑩的散文創作中，有不少刻劃普通勞動者形象的篇什，〈女苦力〉、〈挑煤炭的小姑娘〉、〈秋之景〉和〈李媽〉便是這類優秀篇章。這些作品，或為負重登山的女苦力寫真，或為挑煤炭的小姑娘留影，或為建築工人速寫，或為傭婦李媽立傳，無一例外地寫出了普通勞農的吃苦耐勞、淳厚善良的傳統美德，為讀者留下了日常習見的受苦的勞動者的可親可敬的形象。

冰瑩在塑造人物百態時，也沒有忘記她在日本受難時結交的那些關心愛護中國革命作家的日本朋友，和抗戰時期為數不少的日本反戰者。〈懷念幾位日本友人〉和小說〈梅子姑娘〉，就是寫日本友人和反戰者的佳品。懷念文章以敬佩和感激的心情描繪了幾位赤誠的日本朋友：「可親可敬、捨己為人的偉大女性」中竹繁子記者；《婦女文藝》主編、冰瑩的介紹者、「沉著而果敢的女性」神近市子；始終關心著冰瑩的「活潑、熱情、沉著、勇敢」的年輕女記者加藤英子；中國文學研究會的發起人竹內好和武泰田淳，都給讀者留下了美好的印象，使讀者更堅定了和平與正義必勝的信念。

〈梅子姑娘〉是一篇反戰題材的小說，塑造了梅子姑娘這個反戰者形象。梅子身世淒涼，是一個備受摧殘淪為營妓的日本少女。她和戀人飛行員中條知義，都有強烈的反戰思想，最終投向游擊隊而成為中國抗日隊伍中的一對日本戰士。主人公的故事似乎頗帶傳奇性，但其反戰思想行動卻很具真實性：梅子不但在國內飽受戰爭之苦，淪為營妓更是受盡凌辱摧殘，而且在中國又目睹了許多血的事實，「皇軍」強姦中國婦女、活埋壯丁、殺人放火、搶掠財物的暴行使她恨透了日本軍閥，因而產生反戰思想是十分自然的。像中條這樣的日本軍中的反戰者在抗戰時期更不罕見。這篇小說同其他一些散文作品，從另一個角度寫出了另一種日本人的形象。

對時代的落伍者，冰瑩是同情與否定的，那篇〈給 S 妹的信〉便塑造了 S 妹這樣的一個落伍者形象。這篇書信體小說的女主人公原是「我」在女師時代的摯友，「彼此的性情一樣，嗜好相同」，形影不離。但在大革命時代，當「我」走向革命的時候，S 妹卻在革命的時代，沉醉在愛情迷夢，對革命漠不關心，最終落到給軍閥作姨太太失去人格尊嚴和行動自由的地步。冰瑩通過「我」的批評與規勸，揭示了 S 妹一類的時代落伍者的思想性格弱點：「不能吃苦，不能忍耐，意志薄弱，思想動搖」。這篇小說很為人所稱道，其原因正在於形象塑造的真實典型，在階級鬥爭激烈複雜的大革命時代，像 S 妹這樣經不起考驗的小資產階級知識女性絕非個別的存在，這大概也是一種時代現象吧。

冰瑩善於塑造新舊轉換時期的新女性，也注意刻劃舊式婦女形象，這些女性形象都顯示著轉換時代的思想特徵。她筆下的舊式婦女形象有兩類特別成功，一類是小說〈姊姊〉中的姊姊那種溫柔敦厚的賢妻良母，一類是她的傳記文學作品中的母親那種頑固守舊的封建女家長，她們既是活生生的藝術形象，又是一定道德觀念、思想文化的產物。

封建女家長形象，以其自傳性作品中的母親為代表。冰瑩的母親不能說不愛女兒，但封建思想觀念和禮教習俗卻扭曲了她的人性，使她頑固地堅持封建婚姻制度，非要把女兒納入封建禮俗軌道不可，為此甚至幹出許多絕情的事來。這是一個浸透了封建傳統思想毒素的舊式婦女，封建家長制的藝術化身，同時也是一個受害者形象。誠如作家在致母親的一封信中所說，母親其實「還是個封建社會的被壓迫者哩」，她「之所以對我那樣殘酷，也無非為了維持封建關係的緣故」，她是「被封建思想蒙蔽了，麻醉了」的人物，心底何嘗又不愛女兒呢！（〈望斷天涯兒不歸〉）

作家筆下的姊姊和母親，已經不僅是親屬關係上的含義，她們是做為舊時代的留存，表現著轉變時期文化觀念的多元存在與新舊衝突，因而她們的思想性格、行為表現便極富時代特徵。

反面形象的塑造，也同樣為作者所注意。〈漢奸的兒子〉中的李富卿和〈銀座之夜〉中的于大這兩個民族敗類，就是抗戰時期漢奸形象的真實寫照。他們賣身投靠，為虎作倀，欺壓同胞，無惡不作，甚至無恥到把老婆送給日寇姦淫。可他們的下場並不美妙，李被自己的兒子處死，于則被日本人奪去了一切而成為街頭現醜的醉漢。

綜上可知，冰瑩的人物形象塑造是很有特點的，雖然缺乏非常成功的典型創造，但其筆下形象卻是多種多樣，多采多姿的，並且總是表現出一定的時代特徵。她的畫筆幾乎觸及到 1920 年代至 1940 年代末中國社會的各個階層、各種人物、各類性格。描繪出一個個、一群群真實性很強的藝術形象。她絕不去描寫超時代和非時代的人，因而她作品中的人物總是特定時代環境的產物並反映著時代社會生活，就總是蘊含著豐富的歷史內涵。

三、

注重敘寫個人經歷，真誠坦露主體感情，長於塑造自我形象，也是冰瑩創作藝術個性的突出表現。

讀冰瑩民主革命時期的創作，既感到像讀一部長卷的時代報告，又感到在讀作家的個人傳記。她的生活歷程、前進足印，都清晰可見；她的音容笑貌、心靈世界，也都親切可感，她的自我形象始終活躍在她的作品之中。

冰瑩自我形象的思想起點其實並不很高，在她投身大革命的前夕，「精神」還很「頹廢」，是她二哥的啟發和鼓勵，才使她開始讀「革命的作品」和「社會科學，革命理論方面的書」，並轉變寫作方向。也正是在初步覺醒的情況下，才報名考入軍校女生隊的。但即便從軍，也尚無明確的革命動機，所以投身革命，其實無非為了逃避母親的迫嫁。這種從軍動機，在那時的進步女青年中，可以說是很具代表性的。正如作者所說：「那時候女同學去當兵的動機，十有八九是為了想擺脫封建家庭的壓迫，和找尋自己出路的。」直到經受了革命生活的實際鍛鍊之後，她才真正理解只有參加革命才是唯一解放自己的道路這句話的正確性，才真正自覺地把「被壓迫民族解放的擔子放在自己的肩上」。

從軍後的冰瑩始終生活在激動和昂奮之中，有著無窮的希望和力量。雖然軍訓生活異常艱苦，但「誰也不感覺到苦痛，或者有什麼不舒服，更沒有人想開小差。」在「打破戀愛夢」的革命歌聲中，冰瑩們「一個個從粉紅色的宮殿裡跑出來，走向充滿了血腥氣味，橫陳著無數骷髏的社會戰場上去了！她們把狹義的愛的觀念取消了，代替著的是大眾的愛，民族的愛！」、「她們最迫切的要求，只有兩個字——革命！她們把自己的前途和幸福，都寄託在革命事業上面」，甚至偏激地認為「戀愛是個人的私事」，「是有閒階級的小姐少爺們的玩意兒」。即使戀愛，選擇對象的先決條件也要看對方「是不是真正為革命願意犧牲一切的人」！在這種思想觀念影響下，冰瑩也消滅了腦海中的「那個初戀的影子」。

由小姐變成女兵的冰瑩，雖然未能過上槍林彈雨的火線生活，卻也滿懷「沸騰騰的革命熱情，殺敵衝鋒的革命熱情」，做著救護和宣傳工作。救護工作使她了解了戰士，宣傳工作使她熟悉了工農，因此也更深入地認識了革命、時代和人民。在她的許多戰地報導中，都可以看到她工作和戰鬥的動人情景：那行軍途中的艱苦跋涉，那緊張嚴肅的工作、興奮激動的神情，那騎馬飛馳的雄姿，那與群眾親密無間的促膝談心，那面對軍閥土劣、洋人走狗的堅決鬥爭，都給人留下難忘的印象。林語堂先生曾經描畫過的「一位年輕女子，身穿軍裝，足著草鞋，在晨光熹微的沙場上，拿一根自來水筆，靠著膝上振筆直書，不暇改竄，戎馬倥傯，束裝待發的情景」，更感人至深，它最集中地表現了投身革命鬥爭後的冰瑩自我形象的本質特徵。

透過作家從軍生活經歷的敘寫，人們的確可以清晰地看到一個普通女學生，在時代精神的激勵下，一步步走上革命道路的思想歷程。這裡，作家著力地肯定了時代精神的決定意義。

從大革命失敗到抗戰爆發時期的生活經歷敘寫，又為讀者塑造了一個在逆境中勇敢奮進的富有反封建叛逆精神的冰瑩自我形象。

大革命失敗，黑暗中國代替了光明的中國，作家剛煥發出來的革命熱情也遭受了嚴霜的摧殘。女生隊被迫解散後，她懷著對戰鬥生活依依不捨的情緒和對革命未來的確信，回到了「家庭監獄」，去迎接那無法迴避的與母親為代表的封建勢力的正面衝突。正是在反抗封建婚姻的頑強鬥爭中，深化了冰瑩的新女性形象和叛逆性格。《女兵自傳》就生動地描述了這種強烈的叛逆性格和不屈的鬥爭精神的一次次閃光。面對封建家長的逼婚，冰瑩義正詞嚴地陳述拒婚理由，嚴正指出這種包辦婚姻的荒謬性，並下定決心，衝破封建牢籠，去從事改造舊社會，創造新社會的鬥爭。

四次出逃的描寫，把冰瑩反封建叛逆思想的表現推向了極致。三次逃奔的失敗並未使她氣餒，在被迫嫁蕭家做了封建家長導演的傀儡之後，終於第四次逃奔成功，永遠地離開了封建家庭。這是冰瑩反封建鬥爭的一大勝利。

以反對封建婚姻為契機而投身於社會革命的冰瑩，在經歷了大革命的洗禮之後，自然更不會再屈從父母之命去做封建禮教的犧牲品，叛逆性的逃奔是她思想性格的必然的、合乎邏輯的發展。她的作品也在寫出自己逃奔行動的同時，揭示了這種叛逆思想的內涵和產生依據：強烈的反封建思想，追求自由的願望，維護婦女人格尊嚴的新道德觀念，和獻身社會改造與新社會創造的革命信念。正是這種時代精神把她推向與封建家庭澈底決裂的地步。因此這種衝突，就不能不超越一般家庭矛盾的範疇，而表現出時代先進思想與封建思想體系、時代女性同封建衛道者之間的階級鬥爭實質。很明顯，從不滿於包辦婚姻而投入革命洪流，再前進到同封建家庭的澈底決裂，冰瑩的自我形象走過了一段不斷深化思想，強化性格的艱苦歷程，她的早期作品對此作了細緻、生動的描述。

衝破家庭牢籠走向廣漠的人生世界的冰瑩，並沒有受到鮮花和笑臉的歡迎，迎接這個舊禮教反叛者的是黑暗、冷漠、打擊和苛待。但嚴酷的社會現實不僅使作家更認清大革命失敗後的社會黑暗，得到很多金錢買不到的人生經驗，而且更加磨練了她的鬥爭意志，把她推上了繼續革命和奮進的路。我們注意到，冰瑩創作對自己叛離封建家庭之後的生活經歷的描述，便充滿了這種掙扎與奮進的抗爭精神，作家自我形象似乎也由封建禮教的叛逆者更趨向革命化了。

由於她的叛逆思想和爽直性格，不足三月的小學教員生活便因惡勢力的迫害而告結束。這不公正的對待，不但暴露了黑暗中國社會的腐敗，也客觀地表明了冰瑩與封建世俗的水火不容。這人生第一課，使作家更深刻地了解了社會黑暗，領略了世態人情，更促使她勇敢奮進繼續同舊勢力鬥爭。「不論前面是險灘也好，礁石也好，你只要像流水一般地，猛然地衝去，隨時都可發現你的新生命，實現你的志願的！」她抵達上海面對滾滾江水所發出的這段感想，正蘊含著這種繼續抗爭、百折不回的進取精神。由此可知，獨自闖蕩人生的冰瑩，對世事曾有過驚愕、迷惘和惶惑，但卻從沒有過猶豫，畏懼和退縮，更多的是那種擺脫了舊家庭束縛的解放感和掌握自己命運的無限欣喜。

冰瑩作品對漂泊之後的大學生活的描寫，始終周繞著自己對貧困的頑強鬥爭徐徐展開，具體生動地敘述了在極端困苦環境中的掙扎與苦鬥。這段生活經歷的描寫，相當鮮明地突現了作家自我形象那種樂觀高亢的精神狀態，覺悟女性的思想境界和自立自強的人格力量。謝絕孫伏園先生的幫助，堅持「自食其力」的信條，便是最好的例證。

在貧困中學習奮進，在逆境中自立自強，為堅持革命信仰不彎腰低頭，在政治經濟雙重壓迫下始終保持進取精神和昂揚的樂觀情緒，這就是大學生活時期冰瑩自我形象的重要性格特點。

《在日本獄中》的冰瑩，經受了另一種嚴酷的考驗。作品記述了作家1936 年在日本的獄中生活，使讀者在目睹日本當局拷打中國革命作家的暴行的同時，又看到冰瑩堅定的愛國立場，民族氣節和威武不屈，寧折不彎的英雄氣慨。

「七七」事變以後，冰瑩是最先衝上抗日前線的作家之一，由她發起和率領的湖南婦女戰地服務團在抗日前線做了大量傷兵救護和抗日宣傳工作。隨後她雖離開了戰地，卻始終熱誠地以自己的工作服務於抗戰，其創作也無不以抗戰為中心。這些作品雖然並不著重敘寫自己的經歷，但在反映抗戰生活的同時，依然較多地記錄了自己在抗戰期間的工作和戰鬥情況，不斷寫下自己的見聞和感受，因此作品中依然活躍著作家的英姿，展現著這位愛國者的新風采。如〈重上征途〉一文就畫出了作家在重上戰場這一莊嚴時刻「高舉著鮮紅的團旗，走在隊伍的最前面」的颯爽英姿，再現了滿懷愛國熱情準備獻身祖國的作家自我形象。

主體感情的抒寫，也是冰瑩塑造自我形象的重要藝術手段。在冰瑩的創作中，人們不但可以清晰地看到她的前進足跡，而且還可以清楚地透視她的心靈世界。這就使原本內涵豐富的作家形象更增強了透明度，更趨於立體化。

生活經歷是行為的歷史，行為是思想感情的外化，因此心靈世界的揭示與外在行為的描述，對形象的塑造具有同樣重要的意義。我們注意到，冰瑩的作品極善於打開自我形象心靈世界的窗口，毫不掩飾主體感情的自然流露，以相當充分的感情抒寫，來實現與讀者的感情交流，從而加深人們對作家心靈世界的理解。因此她的作品雖然往往以敘事為主，但卻絕不乏豐富的感情因素。《從軍日記》中的從軍時的無限喜悅和未能火線衝鋒的沮喪遺憾；因社會腐敗而產生的對黑暗現象的憎的發洩和在〈血的五月〉對「用革命先烈的血染成的五月」愛的謳歌；女生隊解散時的沉痛和對未來的確信；反抗封建婚姻鬥爭中的奔突的胸中熔岩和離家後對母親的交織著思念和怨憤的複雜情緒；漂泊途中的人生慨歎和對個人前途的迷茫與希望；飽嚐飢寒之苦時的萬千感受與逆境中奮進的諸多激情；因帝國主義走狗欺辱華人而引爆的衝天怒火和因禁日本獄中而強化的民族義憤；抗日戰場上的沸騰的熱血和大後方生活中的自我鞭策與慰勉等多種感情狀態，在冰瑩的創作中都真實地坦露了出來。這在客觀上有助於讀者熟悉作家、認識和理解作家。

冰瑩的作品曾經反覆地抒寫過自己的理想和信仰，比如北伐時期的一篇短文就寫到過她對「紅色」的嚮往和對「北京成為紅色的北京，快活的北京，革命空氣布滿全社會的北京」的渴望，並表示願以鮮血灌溉革命之花，衝開「封建勢力資本主義勢力」。《女兵自傳》也讚美了心目中的「明天」:「明天是我們的世界，明天是新社會產生的日子，明天是我們脫離奴隸的枷鎖，開始做人的一天。」她的反抗包辦婚姻，其實也正是「要將萬惡的封建社會，打個落花流水」。在寫信給母親的那封題為〈望斷天涯兒不歸〉的名信中，就說明了自己反抗鬥爭的目的是要創建一個理想社會，「建築起人間的天堂，從古未有的自由平等、親愛互助、光明完美的新社會。」這種理想和信仰的實質無疑是革命的。

這就是冰瑩作品中的自我形象：一個熱誠投身革命的女兵戰士和自覺地肩負起時代使命的前進作家；一個有著傳奇般的生活經歷和極其豐富的心靈世界的革命時代的新女性；一個勇敢的舊制度的叛逆者和堅強的反帝愛國的民族鬥士；一個堅韌不拔、百折不回的奮進者和光明與自由的追求者；一種具有鮮明的社會主義思想傾向，熱情坦誠、正直真率個性和陽剛正氣、獨立人格的性格存在。

四、

堅持現實主義的創作精神，是冰瑩創作藝術的最基本特徵。

讀冰瑩的作品，一個最突出的感覺就是她在藝術上的執著於現實主義的創作原則和寫實精神。不但現實主義創作方法成為她反映時代生活的最基本的方法，而且現實主義的寫實精神貫穿了她的全部創作過程，滲透了其創作的各個重要環節，從而形成了以寫實為基本特徵的創作總體風格。

現實主義的寫實精神，首先體現在這位作家的創作動機和目的性上。

冰瑩的文學創作，是以嚴格寫實為其根本目的的。從北伐時期開始動筆寫戰地通訊時起，她的創作就確立了真實記錄時代風雲，嚴格寫出社會生活實情的目的性。如她在給孫伏園先生的一封通信中就說過：「我的《從軍日記》……是我生活之寫真，絲毫假都沒有的寫真」，因為促使她拿起筆來反映大革命真實情形的「是沸騰騰的革命熱情，殺敵衝鋒的革命熱情」，是正在洶湧澎湃的革命洪流。由此可見，冰瑩是帶著嚴格寫真實的目的走上文學創作道路的，而使她確立寫實目的根本動因又是真實反映時代生活的藝術需要。

後來，冰瑩在回顧自己創作《從軍日記》的藝術經驗時，又一再重申她的寫作動機和目的是為了真實地反映當時的前線生活和如火如荼的民眾的革命熱情：「我只有一個希望，那就是把我所見所聞的事實，忠實地寫出來」。在談到《女兵自傳》的創作時，冰瑩又指出：「當我動筆寫這本書的時候，我就下了一個決心，我要百分之百的忠實，一句假話也不寫，完全根據事實，不渲染、不誇張，只有絕對忠實，才有價值，才不騙取讀者的熱情。」提到《在日本獄中》時，冰瑩又一次強調指出：「因為這不是一部小說，而是以報導文學的體裁寫的，我必須處處顧到真實，不能故意誇張」。可見，寫實的動機和目的，在作家的腦海裡和創作實踐中是極其明確而又根深柢固的，現實主義客觀而真實地反映社會人生的創作原則，是被冰瑩自覺地接受並用來做為規範自己的文學創作的藝術準則了。

現實主義的寫實精神，又體現在作家的忠實的人生態度和嚴肅的寫作態度上。

確立嚴格的現實主義的寫實目的，還僅僅是一種藝術觀念，要真正運用現實主義創作方法去真實反映社會人生，還必須具備忠實的人生態度和嚴肅的寫作態度，即真實地生活於時代懷抱之中並嚴肅真切地去反映時代生活。一個遠離社會人生、游離於時代洪流的作者，絕不能成為一個真正的現實主義作家；一個缺乏時代生活體驗而又沒有時代使命感的作者，也同樣不能成為一個嚴肅的現實主義作家。而冰瑩的文學創作之所以取得如此重大成就，正因為她具備了一個優秀的現實主義作家所必須具備的忠實的人生態度、強烈的使命感和嚴肅的寫實態度。

冰瑩不是那種藏在深閨、躲在象牙之塔中的遠離時代和社會人生的閨秀作家或唯美作家，而是一個滿懷真誠、積極自覺地投身於時代激流並在革命乳汁哺育下成長的作家。由於她忠實地生活在革命時代的懷抱中，實實在在地經受了時代生活的鍛鍊，所以時代不但造就了她的傾向革命的思想感情，賦予她記錄時代真實的歷史使命，而且為她的創作提供了最可寶貴的生活源泉和取之不盡的生動素材。正如她自己所說：「那時候，我要寫的材料實在太多了，即使我整天筆不停揮，也寫不完。使我這個初次走上寫作之路的黃毛丫頭，懂得一個原則，那就是沒有偉大的時代和社會背景，是不能寫出好作品來的。」、「假如不是參加北伐，我不會了解社會如此複雜，民間如此疾苦，革命如此重要，誠實的民眾和熱情的男女青年是這麼可愛的。」這正是一個時代生活的忠實參與者，一個被時代激流推上自覺地反映現實人生的創作之路的優秀作家的切身體驗。可見，沒有時代生活就沒有冰瑩的創作，沒有忠實的人生態度和對時代生活的全身心地投入，就不可能有深切的生活體驗，更談不上對時代生活的真實反映了。由此可知，冰瑩不是一個指手畫腳的歷史旁觀者，而是一個革命風濤中的弄潮兒，她不是為了當作家才去體驗生活的，而是在真實地搏擊風浪的途程中被歷史推上文學創作道路的。

忠實的人生態度和強烈的時代責任感，要求著反映時代生活的嚴肅性，冰瑩在創作實踐中也正是始終恪守著這種寫實的態度。絕對忠實於生活、努力寫出社會實情，似乎成了她創作實踐的行動法則了。正因為如此，1920 年代到 1940 年代中國社會的歷史變遷和風雲變幻，才有可能比較真切地展現在她的作品之中。我們自然不能把冰瑩的寫實作品系列，抬高到史詩的品位，但她的作品確實對中國這段歷史生活的某些重要方面，做了相當清晰的微觀描寫和宏觀展示，表現出相當鮮明的歷史真實性和嚴肅的歷史文學筆法。

嚴肅的寫作態度需要真實、真誠和真率，冰瑩正是這樣一個熱誠而率真的人。熱誠使她的創作總是能動地去反映社會生活，準確地把握時代的主流和基本精神，並把光明面做為描寫的重點、謳歌的對象；而真率則使她在反映生活現實時又絕不放過對社會的暗影的暴露與批判；甚至對自己思想中的小資產階級劣根性和內心曾有過的矛盾與苦悶以及感情的起伏波動，也都在自己的作品中被真率地揭示出來。誠如她在〈關於《麓山集》的話〉中所說的那樣：「我一生無論做事、說話、寫文章，都是純潔、坦白、赤裸裸的」。這種真率的個性不但表明著作家創作態度的嚴肅，而且必然使她的作品更加符合生活真實，更加表現出真誠，從而避免諸多思想內容的片面性。

冰瑩作品的反映現實生活一貫是嚴肅而又真率的。早在描寫北伐時期的社會生活時，就在著重反映大革命的大好形勢的同時，披露過革命行進中的某些問題和失誤。比如她曾報導過許多革命軍戰士「因為沒有人救護，打傷了的和打死了的通通丟在路旁，任他們怎樣痛哭，怎樣哀號，沒有人理會他們，因此誤死的很多」、「一個教導營的學生」被俘逃回，不經認真審查就被「冤枉打死」之類的令人感到沉重的現象；又比如在作品中她一方面寫出民眾運動的如火如荼、先進工農的高度覺悟，另一方面也真率地寫出了民眾發動的不平衡和許多不覺悟狀況的真實存在，如實地講述了許多婦女雖然剪了頭髮，但「她們不願意參加群眾運動，尤其不願意遊行呼口號」，「有少數人呼口號大多數就哈哈大笑」的現象。在反映抗戰生活的作品中，她一方面生動描繪，熱情讚美松滬戰場愛國軍民英勇殺敵、浴血奮戰的感人事蹟，另一方面她又如實地描述了國民黨軍隊東線退卻時的混亂情狀，不怕讀者看後有「淒涼」、「失望」之感；一方面著力表現了各行各業支援抗戰的動人情景，另一方面又真率地揭露了「作戰沒有廣大群眾參加」這一反常現象和群眾因無人過問而驚恐不安、四處逃亡的慘狀。在寫到自己思想情緒時，冰瑩也從不掩飾曾經出現過的某種失望和惶惑，比如在〈戰地中秋〉一文中，就寫到她因找不到群眾而深感失望的失落感：「怎麼北伐的時候，我們每到一個地方，就有成千成萬的群眾放起鞭炮來歡迎，現在是和倭奴作戰，民眾的情緒應該更熱烈，為什麼到處呈現著淒涼；他們大都到哪裡去了？」在〈往哪裡逃〉一文中，作家也坦露了自己無法回答驚恐不安的房東所提出的「我們往哪裡逃」這一問題時的痛苦心態：「現在整個的中國，到處都是日本強盜們的飛機大砲轟炸的目標了，可憐的老百姓啊，你逃到哪裡去呢？」冰瑩力戒自己說假話和文過飾非，《女兵自傳》甚至連自己窮困至極變相「偷飯吃」的過失也毫不隱諱地亮了出來。這一事實，就充分證明了她坦率的性格和嚴格寫真的創作態度。

現實主義的寫實精神，更集中地體現在作家各體文學創作的藝術上的紀實特徵和自然樸實的總體風格之中。

從 1920 年代到 1940 年代，冰瑩寫了幾百萬字的文學作品，其中有報導文學、傳記文學、散文、雜文和創作小說。這些不同文體的作品，卻共同顯示了現實主義創作的一個重要藝術特徵，既無可置疑的真實性，在冰瑩則表現為一種特有的紀實性。報導文學《從軍日記》和《新從軍日記》是寫於北伐前線和抗日戰地的通訊報導、新聞特寫、見聞實錄；《女兵自傳》是作家反抗封建包辦婚姻、漂泊生活和學習生活的經歷感受的紀實，書中女兵的故事，看來很帶傳奇色彩，其實卻沒有絲毫虛構，半點誇張，有的只是「百分之百」的真實；寫於各個時期的散文小品、人物特寫、也都是敘寫真人、真事、真情的紀實性作品。她的小說創作雖屬藝術虛構的產物，有些篇目如〈梅子姑娘〉、〈深夜來客〉等作品甚至帶有明顯的傳奇性和主觀性，但仍然體現了在生活真實基礎上進行典型化創造這一真實性原則，不少小說作品分明地揉進了作家本人的生活經歷，一些人物形象也似乎有著實有的生活原型，這就使得她的小說作品也同樣帶有真人真事紀實的特色。所以，我們可以實事求是地說，冰瑩的所有各體文學作品，除少數例外，大都呈現出一種冰瑩式的紀實性的藝術特徵，即便許多小說作品，似乎也是如此。

當然，比較而言冰瑩成就最高的還是報導文學和傳記文學創作，它們以近乎絕對的生活真實和藝術真實，給讀者一個直觀時代風貌的最佳窗口，以活脫的生活紀實給人以強烈的藝術實感。而她的小說成就相對較低，某些作品不僅藝術粗糙，而且還顯露出一些公式化、概念化傾向和主觀性過於外露的弊病。但刻意寫出生活真實的藝術努力，還是使她的小說創作取得了相當的成功，即使在她一些不太成功的小說作品中，也還是躍動著時代的脈搏，顯示著生活的情狀。

冰瑩創作的紀實特徵，在其各體文學創作的基本表述方式上也表現得相當明顯。由於記事寫人的需要，冰瑩的報導文學、傳記文學作品的表述方式往往多取報導式或講述式。這種表述方式的特點在於對事件發展和人物活動的如實報導，作者經常擔任的是新聞記者和故事講述人的工作，其長處在於強烈的新聞性和紀實性，弱點在於缺乏細膩的描寫和精微的刻畫，事件和人物的勾畫往往是粗線條的、輪廓式的。至於那些敘事抒情的散文小品，其基本表述方式又往往選用傾訴式，即在敘事和生活片斷的描寫過程中，側重傾訴個人生活感受與主體感情，表明對事物的態度和評價，特別那種書信體散文的表述方式，就更帶傾訴性。報導式和傾訴式這兩種主要表述方式，都服從於生活紀實的藝術需要而又顯示出寫真事、達真情的紀實文學的本質特點。

冰瑩創作的總體風格是自然樸實的，這種自然樸實正來源於嚴格紀實這一藝術特徵。讀冰瑩的作品，完全感覺不到不少作家往往難以避免的雕琢粉飾、過分講求技巧的弊病，只感到一種坦直樸實和懇切自然，只看到一種生活的本色和本色的生活。她的作品確如林語堂先生所說那樣：「找不出起承轉合的文章體例，也沒有慘澹經營的痕跡」，有的只是作者豐實的生活、深切的感觸和自然樸實的敘寫。「許多朋友看過那本書（指《從軍日記》——引者）的都說：『那是一部沒有經過雕琢最自然的作品，是青年人真情的流露，能夠代表那個時代。』」這種感覺正準確地概括了冰瑩創作的紀實特徵和樸實自然這一總體風格特點。

樸實自然其實反映了很高的藝術要求。如果說現實主義創作的最高要求是能動地真實反映社會人生，那麼樸實自然便是這種藝術要求的最高境界。魯迅式的白描的藝術表現，更是這種嚴格顯示生活本色的樸實自然風格的極致，一種絕不濫用技巧的最高意義上的藝術。冰瑩創作的總體風格自然不能同魯迅相提並論，但是她的樸實無華，自然本色，則與魯迅作品是完全相通的。

樸實自然在冰瑩創作中的表現是多方面的，它既表現在作品內容上，又表現在藝術傳達手段上。冰瑩作品的內容就是本色的生活，而傳達這種作品內容的藝術手段也是極其自然，極為樸實的。從藝術構思到結構形式，從表達方式到行文語言，無不呈現自然樸實這一根本特點。她的作品特別是早期作品，似乎從不作精密構思和過細布局，往往是依據生活的實情，以樸素的語言自然如實地寫來，幾乎是有什麼寫什麼，是怎樣就怎樣寫，幾乎完全是生活本色再現和藝術自然天成，絲毫看不出人為的痕跡。她自己也說過，那時的寫作往往「只要把要寫的題材，隨便想一下，便動起筆來，同時也不仔細推敲，想到哪裡，便寫到哪裡，寫完之後，也不重看一遍，更沒有想到過需要修改」。這種缺乏藝術構想的構思方法缺點似乎是明顯的，但卻造就了冰瑩作品的風格特點：內容的更富時代氣息、更現生活原色，藝術上的素樸自然、敘述描寫的「鋒發韻流」，行文的自由鮮活，不雕琢、不拘謹，不露刀劈斧鑿痕跡。

但是，講求藝術構思的樸實自然，不等於說冰瑩作品就不講究構思，更不能說作家創作藝術粗疏草率，相反，冰瑩對作品的構思其實是極其嚴肅認真的。她的作品有些雖貌似隨意之作，其實卻並非草率之筆，對表現內容不爛熟於心，不真切了解，不能達到「百分之百的忠實」，她是不會動手寫作的。如果說《從軍日記》還有某些「急就章」的粗疏，那麼《女兵自傳》以後的作品就更注意藝術構思和從容寫作了。比如當時有些朋友希望冰瑩盡快續寫《從軍日記》第二部，但作家卻「沒有勇氣答應下來」，因為她「覺得這責任太大了！因為這不是一部普通虛構的小說，這是傳記體裁；傳記，百分之百要真實才有價值，否則就成為傳記小說了。」經過深思熟慮後，才寫了《女兵自傳》。作品不但材料真實，而且作家感情也非常投入，為構思有時痛苦得「連飯也吃不下，甚至整夜失眠」。可見冰瑩並不忽視藝術構思。她說過：「我對於寫作態度，一向都是很認真的，我喜歡把故事裡面的情節和人物，翻來覆去地在腦子裡再三思索，一直到腹稿已經打好，許多對話，我都能朗誦出來，這才開始動筆。」這說明構思的樸實自然其實也是很高的藝術要求。

與樸實自然的藝術構思相適應，冰瑩作品的結構形式和行文方法，也大體呈現出那種樸素自然的藝術特色。她常取生活片斷自然組合的結構形式，以「我」為行文的貫串人物，無論報導文學、人物特寫、敘事抒情散文、敘議結合的雜文、傳記文學、甚至一些小說創作，總多以「我」的活動、行跡為線索，貫串並組合一些生活片斷，構成一篇作品或一個作品系列。或寫人寫事，或描景抒情，或議論風生，或創造典型，都像生活本身一樣順乎自然、樸素無華。這樣的結構形式和行文方法，似乎很帶隨意性，布局結構似乎也不見匠心，人物事件描述似乎也不具備完整性，作品中往往只見人物影象的閃動和事件的局部斷片，即使《女兵自傳》這樣的長篇傳記文學作品，也似乎並非完整嚴謹的作家傳記，仍然是一個個故事、一個個鏡頭、一個個片段，一個個匆匆而來又匆匆而去的人物活動的組合。但正是這種結構形式、行文方法，就更帶有時代氣息，更易於傳達時代精神，更便於反應急劇變化的時代生活。時代固然需要那種里程碑式的藝術鴻篇，但同樣需要冰瑩這種及時快捷地反映時代真實狀況的藝術傳達方法和表現形式。因此冰瑩以紀實為基本藝術特徵的樸實自然的文學創作，自有其不可替代的獨特意義。

冰瑩作品的語言風格也同樣以樸實自然為特徵，無論敘述語言、描寫語言、抒情語言或議論語言，都以清晰而準確地表情達意為根本目的，絕不大段描寫、長篇議論、冗長敘事，絕不堆砌詞藻、濫用修辭、亂加色彩，而力求以來自生活的生活化、口語化的文學語言，自然樸實地寫出生活的本色。因此，冰瑩作品的語言便必然地呈現出自然、親切、樸實、流暢、生活化和口語化的藝術特徵，這也從一個重要方面表現了作家的總體風格。

——選自《安徽教育學院學報》1990 年第 4 期～1991 年第 1 期，1990 年 12 月～1991 年 3 月

崇高美
走向崇高美的謝冰瑩

◎游友基*

一、和諧美向崇高美轉換的歷史進程

中國文學從古典和諧美向近代崇高美的轉換，經歷了漫長而艱難的歷程，《紅樓夢》問世，王國維悲劇理論誕生，標誌著中國文學近代崇高審美範式的初步確立。歷史演進到現代，「五四」新文化運動的先驅者李大釗原先也提倡「調和為美」，尚未逾越古典和諧美的藩籬，但他又看出「美非一類，有秀麗之美，有壯偉之美，前者即所謂美，後者即所謂高也。」[1]後來在〈犧牲〉中指出：「絕美的風景，多在奇險的山川，絕壯的音樂，多在悲涼的韻調。高尚的生活，常在壯烈的犧牲中。」開始傾向於悲劇與崇高的美。中國新文學隨著《狂人日記》的發表而呱呱墜地。魯迅批判粉飾缺陷，批判「無問題，無缺陷，無不平」[2]，反對「瞞與騙」，主張剖析國民性的弱點，提倡「真」的美學理想：「只有真的聲音，才能感動中國的人和世界的人」[3]，要求「發揚真美」[4]，褒揚「立意在反抗，指歸在動作」的「摩羅」精神，是「最雄傑偉美者矣」[5]。指出「平和之破，人道蒸也」[6]，

---

*福建師範大學文學院教授。

[1]《李大釗文集》（上）（北京：人民出版社，1984 年 12 月），頁 406。

[2]《魯迅全集》第 1 卷，頁 238。

[3]《魯迅全集》第 4 卷，頁 15。

[4]《魯迅全集》第 8 卷，頁 57。

[5]《魯迅全集》第 1 卷，頁 66。

[6]《魯迅全集》第 11 卷，頁 68。

號召「真誠地、深入地、大膽地看取人生並且寫出他的血和肉來」[7]。魯迅的審美理想已明顯地揚棄古典和諧型而倡導對立崇高型。魯迅、郭沫若為新文學鋪下了兩塊堅實的基石，也在小說、詩歌領域樹立了崇高美的範式。此後，茅盾、巴金、老舍、曹禺等人進一步豐富、完善、改進、發展了這種崇高美的範式。因此，應當說，新文學從一開始就突破了優美和諧的審美理想與形態，轉換為對立崇高型。而作為新文學組成部分的女性文學實現這種轉換，卻至少推遲了十年。由於女性反叛傳統的力量不如男性巨大，由於中國古典和諧美在女性作家意識中更加根深柢固，由於女性的天性更喜愛優美和諧，追求崇高的主動性、積極性不如男性，又由於新文學第一代女作家的代表人物冰心，其創作個性偏向於優美和諧，在她周圍形成了一批「新閨閣派」女性作家，所以，儘管有淦女士、石評梅等作過打破優美和諧型格局的嘗試，但未能扭轉局面。直至新文學的第二個十年，丁玲、謝冰瑩、白薇、蕭紅等共同努力，才使女性文學的審美範式從和諧美走向崇高美。丁玲的莎菲已失卻優美和諧，而成為扭曲、變態、衝突、對立的人物形象。沈從文說：「女作家筆底的愛；在冰心女士同綠漪女士的時代，是母親的愛，夫婦的愛；在沅君的時代，是母親的愛與情人的愛情相互衝突的時代；到了丁玲女士的時代，則純粹是『愛』了。」[8]莎菲的愛已無所顧忌，不存在母愛與情愛的衝突，只存在人物與環境的衝突、女性與男性的衝突，莎菲的悲劇已包含崇高美的意蘊。此後的〈韋護〉、〈田家衝〉、〈水〉顯示出對崇高美的傾斜。1940 年代的〈我在霞村的時候〉、〈太陽照在桑乾河上〉，更沿著崇高型的美學路線前行。白薇的小說〈炸彈與征鳥〉、〈悲劇生涯〉寫人生悲劇、革命悲劇，寫法也是「大刀闊斧」、熱烈、「赤裸裸毫不加掩飾地記錄」，[9]其劇本《打出幽靈塔》、《樂土》、《敵同志》等則更把刀光劍影、劍拔弩張引入舞臺，其衝突的嚴重

[7]《魯迅全集》第 1 卷，頁 240～241。
[8]沈從文，〈論中國現代創作小說〉。
[9]白薇，〈序〉，《悲劇生涯》(上海：文學出版社，1936 年 9 月)。

性，人物命運的悲劇性，悲劇性格的剛毅性，主題的正義性，使劇作的崇高美得到淋漓盡致的表現。蕭紅的《生死場》表現「北方人民對於生的堅強，對於死的掙扎」，往往「力透紙背」，[10]它寫出了倔強的男性女性，勾出了不屈的民族魂魄。謝冰瑩的創作，對女性文學有著獨特的貢獻，她自覺主動地拋棄了優美和諧，執著地追求對立崇高。她的作品表現出的崇高美比其他女作家更突出。當她 1927 年在平定楊森、夏斗寅叛亂途中寫作發表〈從軍日記〉時，早期的「普羅」小說正處於「革命的浪漫諦克」時代，男性作家中，茅盾創作《蝕》，描畫出時代新女性在大革命中「幻滅——動搖——追求」的心靈歷程。茅盾說他的女性形象「只有二型：靜女士、方太太屬於同一型；慧女士、孫舞陽、章秋柳屬於又一的同型。」[11]這東方型、西方型女性，實際上都不是革命者，最多只能說其中有人終於走上了革命道路。蔣光慈的《衝出雲圍的月亮》（1929 年）描寫大革命失敗後時代女性王曼英的幻滅、動搖，最終回歸革命的曲折道路，明顯地帶著「革命的浪漫諦克」的印痕。郁達夫《她是一個弱女子》（1932 年）表現大革命前後「三個意識志趣不同的女性」——李文卿的「醜」、鄭秀岳的「弱」、馮世芬的「剛」，分別代表著「土豪資產階級的墮落的女性」，「小資產階級的猶豫不決的女性」，「向上的小資產階級的奮鬥的女性」。[12]「表現了他在政治上的熱情與藝術上的困惑」，[13]郁達夫承認「這一篇小說」，「大約也將變作我作品之中最惡劣的一篇。」[14]同男性作家相比較，謝冰瑩描寫的時代新女性，已做為女軍人、女兵的形象踏入文學廟堂。這是同時期男性作家筆下的女性形象所缺少的。她所描寫的女兵形象十分真實、豐滿，栩栩如生，而絕無同時期男性作家的某種理念大於形象的概念化和

[10]魯迅，〈蕭紅作《生死場》序〉。
[11]茅盾，〈從牯嶺到東京〉。
[12]郁達夫，〈滬戰中的生活〉，《郁達夫文集——第 3 卷・散文》（廣州：花城出版社，1982 年 2 月），頁 194。
[13]許子東，《郁達夫新論》（杭州：浙江文藝出版社，1985 年，2 版），頁 85。
[14]郁達夫，〈後敘〉，《她是一個弱女子》（上海：現代書局，1928 年 12 月），頁 1～2。

「革命加戀愛」的模式化傾向。女性文學中的丁玲、白薇、蕭紅都有著女性意識、女性視角，她們的崇高美帶著較多的女性氣息。而謝冰瑩不同，她的女性美充分「異化」、「雄化」了。她的作品的美學形態更體現出「崇高」。丁玲莎菲式的女性處於醒了後無路走的「孤獨的憤懣、掙扎和痛苦」，[15]帶著濃厚的感傷色彩。麗嘉雖然缺乏婚後的溫柔蜜愛，但只有當韋護深感革命與戀愛的衝突無法調和而決然捨去時，她方才振作，決心投入革命運動。(〈韋護〉) 美琳也從追求個性解放換來的婚姻羅網中掙脫出來，「隨著大眾跑去了」(《一九三〇年春上海》)。丁玲筆下的這些女性處於方向轉換途中，她們還沒有在革命的大風暴中表現出崇高美與悲劇美來。白薇小說的崇高美不如劇本，劇本的崇高感、悲劇性往往跟浪漫抒情融為一體，具有一定的幻想成分。蕭紅小說的崇高體現在生與死的平凡與不凡，愛與恨的熱烈與粗獷，心靈的不屈與倔強。她的崇高偏於悲劇美。她筆下人物的反抗是自發的，尚未自覺地匯入整個民族解放的浪潮，她表現了「原生態」的生活。謝冰瑩作品的主人公有著反抗的艱辛磨難，卻沒有莎菲式的內心矛盾、惶惑、苦悶，也沒有麗嘉、美琳式的纏綿、徘徊，她是一往無前的，她對大革命、對抗日救亡，有著很強的自覺性，她是在硝煙烽火中煥發出精神、品格的崇高美的。她有理想，但沒有白薇式的浪漫幻想。謝冰瑩的作品有悲劇因素，但沒有蕭紅那樣濃重，她的作品充滿理性的樂觀與感情的明朗。她不像蕭紅那樣「憑個人的天才和感覺在創作」，[16]她是憑著豐富曲折的人生經歷和真誠的態度來表現崇高的。她的作品格調粗獷、雄渾、深沉、壯烈，也與丁玲的渾厚、深沉，白薇的奔放、浪漫，蕭紅的陽剛陰柔融為一體有其明顯的差異。我們無意對她們褒貶揚抑，我們只想通過比較，梳理出謝冰瑩創作的崇高美的獨特性來。這種獨特性，使得當時的一些讀者或批評家「偏愛著她」，讀了《從軍日記》後，不敢再

[15]丁玲，〈一個真實的人的一生〉。
[16]胡風，〈悼蕭紅〉。

說「丁玲是足以代表現時女作家的魁首了。」[17]、「愛她新鮮而活潑而且勇敢的文格」，認為「這不是一些專講技巧結構的文人所能寫得出來的。」[18]這種獨特性對今天的讀者也會產生鼓舞、激勵的作用。

二、崇高美的表現

文學作品的崇高跟作品題材、主題、結構、形式、語言有著十分密切的關係。換言之，是題材、主題、結構、形式、語言的崇高特徵融為一體，才構成了作品的崇高。

崇高形態的作品，總是具有題材與主題的重大性。謝冰瑩的創作大都表現重大的政治題材，革命題材，血與火的題材，閃射出時代精神的光芒，躍動著歷史的洪大脈搏。她所敘寫的絕非個人的遭際，一己的悲歡，她通過個人遭際的描述反映了一代新女性在不同歷史時期的共同命運，通過一己之悲歡的抒寫傾訴了一代新女性在不同歷史時期的共同感情。「這是唯一解放你自己的路，只有參加革命，婚姻問題和你未來的出路問題，才有辦法。」(《女兵自傳》) 她的成名作《從軍日記》充滿著投入大革命風暴的女性的解放感、自豪感與幸福感。面對鮮血，她產生的不是懼怕，而是殺敵的熱情，她丟了毯子、飯盒、水瓶、包袱，她感到那不重要，可是行軍日記丟了，卻感到十分傷心，因為「那些日記是我坐在地上按著膝頭寫的，有許多悲慘的、雄壯的、快樂的戰爭故事在裡面。」(〈從軍日記三節〉) 這幾句話，可視為她對《從軍日記》題材的概括。她個人的命運隨著時代浪潮的起落而起落。大革命失敗後，這個馳驅戰場的女兵歸來，卻「被母親關起來了」，封建家長強迫她與自己不愛的男子結婚。她成了家庭監獄的囚徒。覺醒並逃離過家庭的新女性，再度陷入封建家庭的樊籠，於是她還要進行第二次爭取個性解放、婚姻自由的鬥爭。四次逃奔都失敗

[17]荔荔，〈讀了《從軍日記》後的閑話〉，黃人影編《當代中國女作家論》(上海：上海書店，1985年5月)，頁79～87。
[18]衣萍，〈論冰瑩和她的《從軍日記》〉，《當代中國女作家論》，頁88～96。

了。她被迫嫁給蕭明。陰錯陽差，蕭明愛她。只有經過種種努力，她才出走，解除了婚約。這一切，都是大革命失敗後濃重的黑暗現實的折射。在新文學的第二個十年，在文壇積極鼓吹社會革命的背景下，謝冰瑩《一個女兵的自傳》卻在提醒人們：對於中國女性來說，爭取個性解放、婚姻自由的任務遠遠沒有完成，反封建的重要意義不容忽視；不能等待社會革命來拯救女性，女性必須自己奮起反抗，逃離家庭走向社會。這也許便是《女兵自傳》主題的獨特性與深刻性之所在吧。然而，女性逃離家庭，這只是在解放的道路上邁出第一步。社會並不接受、容納女性，她們面臨飢餓的威脅，必須「開始和貧困鬥爭」。婦女解放的基礎在於經濟獨立，要為取得職業而奔波，婦女只有努力奮鬥，自身的解放才有可能實現。《女兵自傳》，「主要是表現在那個時代的女性，如何地從封建的家庭裡衝出來，走進這五光十色的社會，吃過多少苦，受過多少刺激，始終不灰心，不墮落，仍然在努力奮鬥，再接再厲……」[19]婦女解放必須跟社會解放、民族解放緊密結合，才有光輝的前程。小說〈拋棄〉寫革命女性珊珊既有相濡以沫的丈夫若星，也捲入了罷工鬥爭，但做為工人代表與廠方交涉，卻被開除，於是陷入極端的貧困，靠典當、借債勉強度日。珊珊產下女嬰，丈夫不得不棄之街角，卻編造已把嬰孩送給育嬰院院長，長大後隨時可以接回的謊話，給珊珊以安慰。他們物質上極端匱乏，而精神卻十分豐富、樂觀，表現女性投入社會解放鬥爭的行列，雖然有苦惱，卻是正確的路徑。謝冰瑩有強烈的民族意識。留日期間，被日本小孩欺負，她產生民族的恥辱感，積極參加東京一千多人追悼東北死難同胞大會，拒絕迎接溥儀訪日，被投入日本監獄。她說寫《在日本獄中》，「我是在發洩我的悲憤，和滿腔的愛國熱情」[20]，抗戰爆發，謝冰瑩為愛國的熱情驅使，再度穿上軍裝，到野戰醫院當看護，救助傷員，還深入民眾，做抗日宣傳工作。(《女兵自傳》）她還寫了不少散文、報導文學：〈重上征途〉、〈戰地春秋〉、〈戰

[19]謝冰瑩，〈關於《女兵自傳》〉。
[20]謝冰瑩，《在日本獄中》。

士的血染紅了我們的手〉、〈恐怖的一日〉、〈到上海去〉、〈蘇州的警報〉、〈瀏河的彈痕〉、〈再渡瀏河〉、〈蘇州城的火焰〉、〈踏進偉大的戰場——臺兒莊〉、〈戰士底手〉等等，表現抗日救國的主題。她憤怒地揭露日本軍國主義的暴行，日機的轟炸，炸死了兒子，逼瘋了母親（〈夜半的哭聲〉）；日軍統治下的都市，交通警察指揮來往車輛，可汽車撞倒了洋車，日軍攤派款項，大戶也叫苦不迭，也有人在進行募捐（〈「銀座」之夜〉）。民族戰爭調動了人民的參與意識、憂患意識、抗爭意識。蠢笨的農民毛知事也積極從軍，表現出廣大農民抗日的積極性、自覺性，表現出中華民族的英雄氣概（〈毛知事從軍〉）。身世悲慘的妓女劉婉雲也覺醒，參加了抗戰（〈晚間的來客〉）；侵華戰爭不僅遭受中國人民頑強的抵抗，而且招致日本人民的反對，他們中有人參加了反戰工作（〈梅子姑娘〉）……由此可見，謝冰瑩的創作題材、主題跟時代、革命、民族密切相關。巨變時代火山爆發般的精神，革命戰爭、民族戰爭的硝煙烈火、流血犧牲，這些崇高的對象再現於謝冰瑩的筆下。正是從極其廣泛的題材中擇取重大題材並提煉出具有重大意義的主題，方使作品具有崇高美的。

悲劇往往跟崇高相聯繫。當悲劇不僅僅屬於個人而屬於社會、時代，它就跟崇高接通了線路。主人公的悲劇命運，其不屈不撓地同命運抗爭的性格，都體現崇高。謝冰瑩說：「在我寫作的作品裡面，再沒有比《女兵自傳》更傷心更痛苦的了！我要把每一段過去的生活，閉上眼睛來仔細地回憶一下，讓那些由苦痛擠出來的眼淚，重新由我的眼裡流出來。……寫的時候，我不知流了多少眼淚」。為什麼流淚？因為「遭遇的確太複雜，太悲慘，甚至太可怕了！」[21]母親的專制、幼時纏足的痛苦，為爭得讀書權利而進行的絕食，從軍後隊伍的解散，歸家後的囚禁，四次逃奔的折磨，二度入獄的不幸（上海的巡捕房與日本帝國的監獄），闖進社會後的飢餓，多次產生的死與自殺的念頭，愛情的波折……主人公傳奇般的遭際確實太悲慘

[21]謝冰瑩，〈關於《女兵自傳》〉。

了，那是種悲劇命運。然而主人公並非悲劇人物，因為她有倔強的靈魂，不屈的個性，在厄運面前，她抗爭不止，直至獲勝。光憑個人的反抗可能出現悲劇，所幸她生活的時代是大革命的時代，抗戰的時代，時代賦予新女性以拯救自我，並將自我跟社會相結合的機遇。她終於兩次在戰場上當了女兵，成為英雄，在反抗家庭，追求婚姻自由、個性解放的鬥爭中，她也是個不屈的戰士。

這是個頑皮的淘氣的小女孩，這是個叛逆的大膽的女青年，「孩子不是人嗎？」她問，「不，我是人，不是傢伙」，她抗議。這是個英姿颯爽的女兵，這是個救死扶傷的女看護，從軍是「唯一解放她自己的路」，她這樣認識：「革命的種子，散布在我們到過的任何地方」，她為此感到自豪。這是個抗婚逃奔的新女性，熱烈的愛情與思想的一致，這是婚姻的前提，她抱定這樣的信念。這是個在社會上左衝右突的時代新女性，「我明白了社會的黑暗」，但「我不能逃避現實過隱居的生活，我更不能消極，或者投降在舊勢力之下！」她這樣表示。這是個因愛情的痛苦而多次想到死亡和自殺的戀人、妻子，「我又怨恨起自己來了，為什麼這樣多情，這樣不能離開愛而生活」，她這樣自責。……總之，這個形象具有二重性。從性別上看，她是女性；從性格上看，她既有女性的，又有男性的，她的形象既有陰柔美，更有陽剛美，或者說，她的女性雄化了；從遭遇看，同樣不能擺脫被壓迫婦女的悲慘命運，她仍然是個受害的弱者，但她躍進於沙場，輾轉於民眾中宣傳鼓動，她又是一個出色的女丘八，生活的強者。

她身上，女丘八是主要的、本質性的，「她有的：是慷慨的，熱烈的，革命的思想。有的是：勇敢的，進取的，不屈不撓的精神。」[22]正如林語堂所描述的：「只看見一位年輕女子，身穿軍裝，足著草鞋，在晨光熹微的沙場上，拿一根自來水筆靠著膝上振筆直書，不暇改竄，戎馬倥傯，束裝待發的情景。或是聽見洞庭湖上，笑聲與河流相和應，在遠地軍歌及近旁軒

[22]荔荔，〈讀了《從軍日記》後的閑話〉，《當代中國女作家論》，頁 79～87。

睡的聲中，一位蓬頭垢面的女子軍，手不停筆，鋒發韻流地寫敘她的感觸。這種少不更事，氣宇軒昂，抱著一手改造宇宙決心的女子所寫的，自然也值得一讀……」[23]這個形象表現出的是崇高美。

這個新女性最突出的性格特徵是倔強反抗，不屈不撓。她同惡劣黑暗的環境相對抗，同忠於封建禮教、專制虛榮的母親相對立，同屈從於封建淫威、成了包辦婚姻犧牲品的翔相對照。她的反抗具有一貫性，從《從軍日記》到《女兵自傳》，她的半生都在不斷地反抗，絕不向環境低頭，絕不向封建禮教低頭。她的反抗具有剛烈性，一次失敗，再一次奮戰，不達目的，誓不罷休，「反抗——失敗——反抗——勝利」成了人物性格發展的四部曲。正是這一貫的反抗性與剛烈性，塑造出了一個崇高的女性形象。

康德認為崇高的特徵為「無形式」，即對象的形式無規律，無限制或無限大。也就是說它不受形式的限制。[24]謝冰瑩的創作正具有不受形式限制的特點，她說：「總覺得自己寫的不成文章，只是一堆未曾經過琢磨的粗硬石頭，或者是一束長在深山裡的青青野草，看來很自然，其實太缺乏藝術的剪裁了。」[25]她又說《從軍日記》：「沒有系統」，「沒有組織，沒有結構」，「談不上技巧」。[26]也正因為此，謝冰瑩的創作才顯示出崇高。

無形式實際上也是一種形式，崇高的具體形態也是豐富多樣的，數量上的無限大，力量上的無限大，粗礪，力的美……這些都是崇高的特徵與形態。謝冰瑩作品的崇高，主要表現為「直」、「真」、「誠」。她說：「『文如其人』這句話，我想大概是對的。我對人處世只有三個字，『直』、『真』、『誠』，寫文章也是如此。」[27]她寫《女兵自傳》時就追求直、真、誠：「我要百分之百地忠實，一句假話也不寫，完全根據事實不渲染，不誇張，只有絕對忠實，才有價值，才不騙取讀者的熱情。我站在純客觀的地位，來

---

[23]林語堂，〈冰瑩《從軍日記》序〉，《從軍日記》（上海：光明書局，1931 年 9 月）。
[24]康德，〈崇高的分析〉，《判斷力批判》。
[25]謝冰瑩，《女兵自傳》。
[26]謝冰瑩，〈《從軍日記》的自我批評〉，《從軍日記》，頁 131～139。
[27]謝冰瑩，〈平凡的半生〉，《書和人》第 42 期（1966 年 10 月），頁 1～6。

描寫《女兵自傳》的主人公所遭到的一切不幸的命運。在這裡沒有絲毫的雕琢、粉飾，更沒有絲毫的虛偽誇張，只是……忠實地把自己的遭遇，和反映在各不同時代、不同環境裡的人物和事件敘述出來。」[28]林語堂認為她的「氣概軒昂」，蘇雪林說她的文章有「魔力」、「簡潔流利，熱情感人」。[29]衣萍說她的文章有「特別的『氣骨』」，「勇敢而且活潑，幾乎一點兒女氣也沒有！」[30]有人說她的作品「充滿著真實，充滿著活力」，「它給我們整個的影像，是『活』的，不是『死』的。是『生動』的，不是『固滯』的。」，「她的文字正像一匹懸在提山頂上的瀑布，它根本無所顧慮，無所作態，永遠地活潑地向下隨意地狂瀉。」[31]這些論述都從不同側面揭示了謝冰瑩作品的崇高特徵。

謝冰瑩作品的崇高首先由於時代偉大。偉大的時代造就了崇高的美。她曾說：「沒有偉大的時代和社會背景，是不能寫出好的作品來的。」[32]其次是由於她男孩子般的個性，第三是由於她所受到的文藝薰陶。她說：「我最喜歡看小說，……我討厭林黛玉的哭，更討厭賈寶玉那種傻頭傻腦，整天只知道和女孩子鬼混的典型；我佩服《水滸》上所描寫的每個英雄好漢，他們那種勇敢俠義的精神，給了我後來從軍的許多影響。」[33]她又說：「也許這是我的性格，從少年時代開始，就喜歡看悲劇性的小說，越是情節悲慘淒涼的，我越喜歡看；常常把書中主人翁的遭遇，當做自己的遭遇，我為他們傷心落淚，有時甚至幾天都在難過。」[34]、「我的確是個奇怪的女子，無論在怎樣快樂和幸福的生活裏，我總感到人生是苦痛的！悲劇的！」[35]這種勇敢俠義的精神和悲劇感，引導她走向了崇高。而崇高感又使

---

[28]謝冰瑩，〈關於《女兵自傳》〉。
[29]蘇雪林，《三十年代的作家與作品》。
[30]衣萍，〈論冰瑩和她的《從軍日記》〉，《當代中國女作家論》，頁 88～96。
[31]荔荔，〈讀了《從軍日記》後的閑話〉，《當代中國女作家論》，頁 79～87。
[32]謝冰瑩，〈我怎樣寫《從軍日記》和《女兵自傳》〉。
[33]謝冰瑩，《女兵自傳》。
[34]謝冰瑩，《女兵自傳》。
[35]謝冰瑩，〈關於《麓山集》的話〉，《麓山集》（上海：光明書局，1932 年 10 月），頁 14。

她選取重大的政治性題材，表現嚴肅悲壯的主題，刻劃倔強反抗的性格，採取不受限制的自由形式和樸質、自然的語言，來共同營構崇高的美學形態。

三、女性的崇高美

「讀過謝冰瑩作品的，會感覺到她的文章是兼有湖南人本色的一股『蠻勁』和江南人典型的一種『秀氣』。有時她的文章不像女人寫的，有時又太像女人寫的。」[36]謝冰瑩擁有的是女性的崇高美，它跟男性的崇高美不同，她的崇高總是滲透著女性意識，總是跟女性的特徵荏弱、溫情、母性等割不斷聯繫，其崇高的美學形態中，總又包含著一定的優美，陽剛中又有幾分陰柔，形成以陽剛為主，以陰柔輔之的特色。

做為女性，謝冰瑩同樣存在「女性關注」。她關注著女性的個性解放與社會解放，關注著姐妹們的前途命運。《從軍日記》並非大革命的鳥瞰圖，它只是從女性的獨特視角觀察著大革命的某些側面，《女兵自傳》也是一部女性的奮鬥史與心靈史。她把目光更多地投向女性，女性在大革命中的覺醒、奮起，令她歡欣鼓舞，例如〈從軍日記三節〉慨歎丟了包袱、日記，描寫了咸寧的街景後，便描寫小女孩張青雲的豪邁語言：「母親，不要哭，即使槍斃我，我也要呼幾個口號才死的。」寫到婦協會長錢遠潔的努力工作。《女兵自傳》裡，「我」出走，還帶著另一女性——愛珍，「我」不僅為個人，而且為受苦姐妹而抗爭；「我」為翔的屈服而痛心，為一些女性的耽於衣著跳舞而惋惜；「我」關切「亭子間的悲劇」——曼曼、真真兩個女性與一個男性崔的三角戀愛。如果說《女兵自傳》從正面指出了女性解放的道路的話，那麼，小說〈給 S 妹底信〉則從反面告誡姐妹們不要成為金錢的犧牲品，成為環境的妥協者。小說中的激進女子 S 妹墮入軍閥的懷抱，當了姨太太。作者憤慨地說：「金錢，勢利，名譽，不知騙去了多少有志的

[36]易君左，《文壇懷舊錄》。

婦女？」她時時有女性的危機感。《女兵自傳》慨歎：「唉！女人，女人的一生都是痛苦的！」〈梅姑娘〉深深同情於女性的不幸婚姻，抨擊著封建婚姻制度。梅姑娘被賣給大財主的兒子，一個外號叫「軟子」的怪胎做媳婦，她三番五次地尋死。醜毀滅了美。〈姐姐〉寫女性在舊家庭中悲慘的一生，她毫無留戀地離開了人世。謝冰瑩有時把女性的危機感發展為女性恐懼。〈新婚之夜〉表現秀姑娘在月經初潮時的恐懼，對生育的恐懼。這個 16 歲的姑娘卻被迫嫁給了 48 歲又矮又醜的男子，她有著女性的性恐懼，在新婚之夜逃到媒人、大姨母家，拿頭撞牆上的鐵釘，以死抗爭。小說從女性性恐懼的視角切入包辦婚姻，抨擊其罪惡。

謝冰瑩在表現女性粗豪的一面時，也真實地表現女性荏弱的一面，例如，在她的自傳中多次寫到她多次想到自殺。在被家庭囚禁時，她有過生與死的思想鬥爭，第一次逃奔失敗，她又想到死，與鴻的愛情悲劇又使她想「一死了之」。奇的冷淡，又使她想上吊。生是太痛苦了，她因「情」欲自殺，也因「窮」欲自殺。然而，每次都以理智控制感情，以生戰勝死，顯示出柔弱中的剛強，剛強中的柔弱。

女性的心理特徵使之難於割捨愛情。謝冰瑩儘管性格剛毅、堅強，仍然難脫「情」的羈絆。她有新的愛情觀，認為愛情是婚姻的基礎，必須追求愛情、婚姻自由。但她跟一般女性一樣，容易溺於情。奇由於誤解，對她冷淡，她想自殺，自傳寫道：「當我第二次離開床要上吊的時候，我又想和奇做一次最後的吻別。」、「說句良心話，我實在愛他；雖然他對我這麼冷淡，我仍然愛他！」奇入獄，她去探監，儘管深感已無愛情可言，但有一次，只因奇說話特別溫柔，一剎那間，「突然恢復了對他的愛情。」離開奇後，紉追求他，她很討厭紉，但第二天，她又沒有勇氣躲避他了。作者感歎：「無用，無用，女人到底是個無用的人呵！她一輩子也逃不出愛的羅網。」能以理智駕馭、控制情感的女主人公尚且如此，那更溺於情無可自拔的曼曼、真真，釀成悲劇就更不必說了。

女性的天性之一母性，在謝冰瑩筆下也有明顯的流露，自傳裡的女主人公，當她還是個少女時，便當了教師，她從孩子們身上得到精神安慰，「孩子們的一舉一動，都是可愛的，天真的，他們的心是多麼純潔而坦白呵！」等當了母親後，母性更強烈了。為擺脫與奇的愛情痛苦，她要尋樑自盡，但忽然望見熟睡的孩子那樣美麗、恬靜、可愛，自殺的勇氣立刻消失。小說〈拋棄〉對珊珊迫於窮困拋棄親生嬰孩的痛苦心理作過生動的描繪，出色地展現了女性的母性特徵。自傳也表現了親情之愛。女兒遭到母親壓迫時，稱呼母親是故鄉的墨索里尼，但母女畢竟是母女，自傳特闢一章「慈母心」，寫母親對她的愛，當「我」假睡時，母親悄悄地爬起來，點燃小小的煤油燈，照著「我」，沉重地歎了一聲：「唉！瘦了，瘦了，比她離家時瘦得多了。」、「突然，一顆冰冷的淚珠，掉在我的嘴角上了。」、「我實在太受感動了。」於是，以往的一切嫌隙冰釋了，她感悟到「偉大的天性之母愛」，並以母愛作為重新振作，再赴上海的動力，滿懷新的希望，離開故鄉。

童心，兩性皆有，而女性尤甚。《從軍日記》寫兵車進發，「我為了愛綠的樹，紅的花，青的草，蔥翠的山，所以我總是站起來把頭伸出去」，把手伸出去折樹枝，這正是童心勃發的舉動，顯得多麼稚氣可愛。「自傳」中有「粉筆生涯」一節寫她對孩子的看法，「孩子們是可愛的，他們天真，坦白，熱情，心裡想到什麼就說什麼，沒有絲毫虛偽，沒有絲毫勉強。我愛他們，我願永遠和他們在一起生活。」她的心靈與孩子相通，她喜愛孩子，她始終保持著童心和赤子之心。

謝冰瑩喜愛自然，她說：「我是從小就喜歡遊山玩水的」。當她作閩西之行時，她說：「我對大自然發生了熱烈的情感。我願永遠做一個無休止的旅行家周遊世界，賞盡一切美麗的風景。」自傳〈海戀〉專寫對海的愛。「對於大自然的愛好，我是多方面的，我愛山，但更愛海。」這一節文字生動地描繪了廈門的旖旎海景，在海裡游泳的情致和海灘上拾貝殼的樂趣。應當說兩性對自然都喜愛，但女性對自然似更敏感，感受更細膩，更充滿喜愛的感情。謝冰瑩的寫景散文〈愛晚亭〉、〈秋之晨〉、〈黃昏〉、〈獨秀峰〉、〈龍隱岩〉、〈乳花洞〉、〈華山遊記〉、〈珞珈之遊〉、〈濟南散記〉等完全是另一副筆墨：優美和諧。

我們闡發謝冰瑩創作中女性柔美的一面，是想說明謝冰瑩作品的崇高自有其特徵，但這絕不影響其創作的基本形態——崇高。從總體上說，謝冰瑩的作品充溢著陽剛之氣。在特殊的大革命和抗日戰爭的年代，她的思想、情感、性格都「陽剛化」了。比如對於鮮血，一般女性比較懼怕，但面對北伐受傷同志的鮮血，「無論是什麼鐵石心腸的人看了，也會傷心，也會流淚，更會鼓起自己的勇氣，踏著死者的血跡，繼續傷者未完的工作，努力去與敵人奮鬥！」在傷心中卻湧起殺敵的豪情。抗戰更使其情感粗獷化，她一天 24 小時，在血泊裡生活著、工作著，「起初，我們的手染著血時，心裡非常難過，吃飯的時候，還要洗洗手；後來傷兵越來越多，戰士的血滴在我們的鞋上，衣上，塗滿了我們的兩手，這時對於血，我們不但不害怕，反而感到這是無上的光榮。有時一雙血淋淋的手，只有一點棉花醮酒精，馬馬虎虎地擦一下，就端起飯來吃飯。在那時候，我們吃的飯，喝的水，都好像帶著血腥氣似的；可是誰也不因此而減少食量，相反地，我們更吃得多了。」自傳裡對血的情感變化的描述，足以表明戰爭使女性雄化了，戰爭也使女性作品具有崇高的特質了。有人指出，謝冰瑩的作品亦有優美的一面，認為《從軍日記》有幾處表現出「生命在宇宙裡跳動的活躍的美，美的技巧」，是「情文並茂」的文字。[37]但這並未改變謝冰瑩作品形式不受限制，以粗獷、豪壯為主的總體特色。她的作品「有鋼鐵一般強固的反抗現實的理智」，又有「深入膝裡的博大的熱情」，「有了『摩頂放踵』為大眾犧牲的人生哲學，又有赤子思親，天真流露那樣的至情主義，而前後又都給它們一個適當的權限，由情感之極致見到理智，又由理智之中心引出情感。」、「冰瑩的偉大，也就在她能夠配制這心物二元，畫成以情感為中心，理智為半徑的渾圓曲線。」[38]這段話闡述了謝冰瑩作品理智與

[37]李白英，〈借著青潮給《從軍日記》著者〉，《當代中國女作家論》，頁 97～106。
[38]見深，〈讀冰瑩女士《從軍日記》〉，《當代中國女作家論》，頁 107～118。

情感的關係處理得多麼恰當！我們由此得到啟示：正因為謝冰瑩理智的強烈，才使作品顯示崇高，也正因為其情感強烈，而這情感不是纖細、微弱的，而是博大、豪邁的，所以，形成了作品雄渾、深沉、豪放的格調。

從大革命時代的女丘八，到 1930 年代初北方左聯的主要骨幹，再到抗戰期間的女救護，謝冰瑩跟隨時代的步伐邁進。但她也曾脫離過左聯，1948 年赴臺任教，寫於臺灣、美國的後期作品，如長篇小說《碧瑤之戀》、《紅豆》表現男女情愛，時代色彩已不像以前那樣濃烈，許多散文也優美流暢，委婉清麗，其美學形態已由過去的崇高變為優美和諧。1956 年皈依佛教，作品中有佛學氣息。謝冰瑩的人生道路、創作生涯在女性作家中頗為獨特。她在 1930 年代的文壇出現，促使當時的女性文學從和諧美走向崇高美，對新文學作出了出色的貢獻。

——選自游友基《中國現代女性文學審美論》
福州：福建出版社，1995 年 6 月

從強種到雜種

女性小說一世紀（節錄）

◎范銘如*

謝冰瑩的故事可視為女性知識分子對這一波運動的回應。受到新文化思潮的衝擊，謝冰瑩奮力地在鄉下保守的家庭中爭取受教育的機會，反抗舊禮教對女性的限制，例如纏足與禁足。當她品嘗著辛苦抗爭來的離家升學的甜蜜時，北伐建國的號召激勵她毅然投筆從戎；接受嚴格的女兵訓練後，上了戰場也獲得到勝戰的滋味，她以戰地背景發表的《從軍日記》（1928 年）亦備受歡迎。但是情節後來的發展並不像花木蘭傳說一樣：衣錦還鄉、名揚千里。上級突然下令解散軍隊，使得因為從軍而退學的謝冰瑩在無處可去的窘境下只好返家。回家，對謝冰瑩來說並不是駛進安全的避風港，而是正面迎戰她一直逃避的噩夢——父母在她三歲時訂下的婚事。幾番哀求父母解除婚約不果，她四度企圖逃家，卻一再被緝回鞭打監禁。在眾人押解下出嫁後，謝冰瑩居然伺機逃離而終於解除婚姻。此間一年，丈夫其實遠在外鄉工作，兩人並無溝通或相處上的具體磨擦。如此堅苦卓絕的謀求離婚，與其說是兩人性情不合，毋寧說是謝冰瑩對自己理念的申明。這種「敗壞門風」的舉動，自然也引來家人的不諒解，導致她幾年間有家歸不得。

在五四文化的論述時尚中，離家是新女性要求獨立自主的宣言，卻是謝冰瑩苦難的真正來臨。失卻家庭的經援，她艱困地籌措學費和生活費，屢屢無以為繼。她談了幾次新青年們嚮往標榜的自由戀愛，結果卻和大部

*發表文章時為淡江大學中國文學系副教授，現為政治大學臺灣文學研究所教授兼所長。

分情竇初開、缺乏性知識的少女一般，未婚懷孕而且獨自面對生產善後的局面。獨立育嬰一陣後，實在無力扶養，只得忍痛將嬰兒託付給已分手男友的家人。連番挫折並沒有動搖她對新文化的信念。為求更高的知識救國，她隻身赴日求學。學業未竟，日軍侵華愈甚，她投入抗議日本軍國主義的行動卻鋃鐺入獄，遭受日本軍方殘忍的刑求。從獄中逃出後，謝冰瑩潛回國內，愛國心不減，義無反顧地獻身抗日行列，出入前線後方從事各項醫療文化服務。

謝冰瑩堅毅果敢的個性和愛國的情操令人敬佩，女兵的「政治正確性」尤其吸引國家機器的注意，遷臺後一度強力宣傳，甚至成為大眾媒體的寵兒。謝冰瑩雖被塑造成忠黨衛國的新女性代表，但是在國族論述的主導詮釋下，她的經歷裡所呈現出女性身分與族群、種族複雜的關係卻常年被遮掩。謝冰瑩在最為人傳頌的《女兵自傳》中坦言，她選擇從軍的理由之一正是為了逃避她的婚約，而且當時軍中的女同袍大有著類似的家庭因素。[1]這一段話相當值得玩味，因為它提醒我們去留意，主導論述雖然推動婦女改革以促銷現代性，卻未同時給予女性資助或奧援。當女性以個體來對抗整個封建家庭制度而力猶未逮時，軍隊適時為她們提供一個庇護所。對軍隊來說，女性的身體象徵一種新的改革力量，強化軍隊的現代化形象，也更提高其剷除舊勢力的正當性，遑論占人口一半的女性人力資源能增添多少實質效益。對女性而言，從軍不僅僅是報效國家，保疆衛民，更可以將弱勢的個體置於公權力的保護下，讓更強勢的政府對抗家庭權威，合理化個體涉足公領域的欲望與想像；只要她們願意交付身體，為國捐軀。

秋瑾和謝冰瑩可說是辛亥以迄民初進步女性的典範。她們認同當時倡行的民族主義和新文化論述，投注她們的寫作和生命，呼應實踐現代化理念。不計犧牲代價，換取中國一定強。為什麼「民族」，這個在安德森的定

[1]謝冰瑩，《女兵自傳》（臺北：東大圖書公司，1980年10月），頁57。

義中只是一種「被想像為本質上有限的，同時也享有主權的共同體」[2]，具有這麼致命的吸引力？安德森指出：

> 儘管在每個民族內部可能存在普遍的不平等和剝削，民族總被設想為一種深刻的、平等的同志愛。最終，正是這種友愛關係在過去兩個世紀中，驅使數以百萬計的人們甘願為民族，這個有限的想像，去屠殺或從容赴死。[3]

讓我們看看強種論調給了這兩位支持者些什麼？一個年紀輕輕被處死，另一個則在各種抗爭中飽受折磨。對「吃人」論述最有心得的魯迅，在一次演講時被稱為「戰鬥者、革命者」，並獲得一陣響亮的掌聲，他忽然想起他的故友：「敝同鄉秋瑾姑娘，就是被這種劈劈拍拍的拍手拍死的。」[4]魯迅這樣一句話，表露出他對國族論述的負面作用有著深切的感觸。即使是服膺現代化論述的謝冰瑩，在悔婚逃家數年後與母親久別重逢，也不禁自問所為何來：

> 奮鬥了這麼多年，我得到了些什麼？從舊的婚姻制度下解放出來，又跌進戀愛的苦海裏去了。我想老實告訴她，四年來，我飽嘗了人間的酸苦，受盡了命運的折磨；我坐過牢，餓過飯，也生過孩子；現在還在過著流亡的生活，前途茫茫，母親呵！何日才是我真正得著自由和幸福的時候？[5]

她的親身經歷令這個問題特別驚心。到底中國的現代化，在誘導女性付出

---

[2]班納迪克・安德森著；吳叡人譯，《想像的共同體——民族主義的起源與散布》（臺北：時報出版公司，1999年5月），頁10。
[3]同前註，頁11～12。
[4]魯迅，〈通信〉，《而已集》，收於《魯迅全集》第3卷（臺北：谷風出版社，1980年），頁444。
[5]謝冰瑩，《女兵自傳》，頁256。

種種巨額代價後，是否真為婦女帶來自由幸福，如同當初的承諾？

謝冰瑩用女性經驗對國族論述發出的初步質疑並沒被重視，也許連她自己都不敢深入探詰，然而後起的女作家卻前仆後繼追上她的步履，甚至間斷性地投下一些負面的看法。

——選自范銘如《眾裏尋她——臺灣女性小說縱論》
臺北：麥田出版，2002 年 3 月

沙場女兵

謝冰瑩論（一九〇六～二〇〇〇）

◎朱嘉雯*

> 女同學們，誰也瞞著家庭，瞞著學校。偷偷地去投考軍校：錄取了的，那種眉飛色舞，得意洋洋的喜態，真是不能以言語形容。
>
> 「兵！」這一個多麼有力的字！真想不到數千年來，處在著禮教壓迫之下的中國婦女，也有來當兵的一天……。
>
> ——謝冰瑩《女兵自傳》

> 我從汪德耀先生譯的法文《從軍日記》裡面，我認識了你——年青而勇敢的中國朋友，你是一個努力奮鬥的新女性，你現在雖然像一隻折了翅膀的小鳥；但我相信你一定能衝出雲團，翱翔於太空之上的。朋友，記著，不要悲哀，不要消極，不要失望，人類終久是光明的，我們終會得到自由的。
>
> ——羅曼．羅蘭

第一節　五四第二代女作家的堅強與溫柔

中國女性小說的興盛，起於五四新文化運動反對封建制度及其倫理文化的浪潮。五四時期的女性小說家以其創作主題，大致可分為三類：一是帶有啟蒙主義思想，及問題意識的作家，如：陳衡哲和謝冰心。二是運用

*發表文章時為佛光人文社會學院文學系助理教授，現為佛光大學中國文學與應用學系副教授兼系主任。

有濃厚的自傳色彩與主觀抒情來書寫自我身世，以透視傳統舊禮教的殘酷與黑暗，從而產生率直反抗社會的情緒，與富有叛逆性的作品，這一類作家以：黃廬隱、馮沅君、石評梅為代表。最後是講究藝術性，世家門第中女性之鬱抑與煩憂，如：凌叔華和蘇雪林。綜觀上述，她們的創作特點往往緊扣時代思潮，充分表現個性主義，對自我追求學業及愛情等人生價值義無反顧。同時也表達相當高度的社會關懷。

特別值得注意的是，「五四」到「後五四」時期女性小說中的性別認同意識，一般而言，她們都偏愛婦女與兒童的題材，而且對中國文學傳統中溫柔婉約一格多有順向的繼承，最有名的便是為眾人稱道的：「冰心體」。此外，她們因受新式教育的啟發，是故作品中也不乏開闊的史觀，與男性化的人格與文學風格傾向。

到了 1920 年代末以迄 1930 年代，新文學第二代女作家躍居文壇，女性意識逐漸退燒，性別論述在文學中的篇幅也有漸次消減的趨向。此時謝冰瑩《從軍日記》、《女兵自傳》，以及丁玲《莎菲女士的日記》等，都頗能反映當時女性我行我素的形象，以及在都會生活中病態感傷的心態。

20 世紀末，臺灣興起女性生命故事文本的流行風潮，透過不同族裔的女性故事，包括多重殖民等經驗，於是阿媽們開始書寫回憶。這種女性書寫意識的勃興表現在有意識的自傳書寫上，例如：楊千鶴晚年有意將自己的一生做記錄。然而如果女性年輕時便為自己寫作自傳，或有長期寫日記的習慣，則我們又該如何看待這樣的女性書寫意識呢？謝冰瑩的《女兵自傳》與《從軍日記》，便在此間展現出女作家的前衛性格，而值得我們探究。

謝冰瑩，原名謝鳴岡，字鳳寶，1906 年出生於湖南新化。自幼隨父親讀四書五經，後畢業於長沙省立第一女師、武漢軍校、上海藝大，乃至日本早稻田大學的文學研究院。早年曾在北京、成都、廈門等地教書。1948 年來臺，在師範大學任教，晚年僑居美國舊金山。

她之蜚聲於大革命的時代，起自「女兵」的身分與文學所做的結合。

1920 年代，她與陳天華、成仿吾被譽為湖南新化「三才子」。她的自傳體著作《從軍日記》、《女兵自傳》曾被翻譯成十多國文字，風行國內外。其他短篇小說集，如：《前路》，長篇小說，如：《青年王國材》，散文集，如：《麓山集》等總計超過一千多萬字，可謂多產作家。

1920 至 1940 年代，是謝冰瑩的文學創作的頂盛期。不過她的婚姻問題，也在此時屢遭挫敗。當時她為一心嚮往的自由戀愛，與掙脫封建包辦婚姻而吃苦不少。其後曾一再失去親密伴侶。1930 年代初她於廈門中學教書時，結識了生物學家黃雨辰，兩人曾一度相偕回湖南教書，並攜手遠赴東瀛留學，也曾並肩前往前線勞軍，卻於 1940 年代發生婚變。1940 至 1943 年她在西安主編《黃河》文藝月刊，復結識賈伊箴，終與其白頭偕老，在美國安享晚年。

謝冰瑩的第一篇小說寫於「進了女師的第二年」，刊於在長沙《大公報》，她由此涉足文壇。

北伐時她和兩百多名熱血青年男女從長沙乘車去武漢報考黃埔軍校。因而於 1927 年起隨軍北伐，她的一系列〈從軍日記〉便是此時刊於《中央日報》副刊，一時洛陽紙貴，全國無數少男少女為之癡狂。《從軍日記》後被林語堂譯為英文，茅盾等人均有嘉評，謝冰瑩由此名聲大震。其後出版《女兵自傳》一書，更是為人稱許。謝冰瑩的一生遂以女兵見稱。1937 年她在長沙就組成「湖南戰地服務團」，動員婦女赴抗戰前線支援，便是以女兵自許的最佳證明。

2000 年她病逝於舊金山，大陸《福州日報》寫道：

> 繼去年冰心、蕭乾、蘇雪林相繼辭世後，文壇耆宿謝冰瑩的辭世，已使目前在世的五四時期新文學作家僅剩巴金一人。

據蔡慧瑛的回憶：

印象中的謝媽媽都是穿著旗袍，短直的頭髮看起來總是神采奕奕，對於我們叫她謝媽媽她非常高興。

謝冰瑩的赤子之心，經常表現在喜歡小朋友與從事兒童文學創作如：《小冬流浪記》、《給小讀者》等作品中。而她在《國語日報》上發表給小朋友的信，也確實篇篇真情流露，令人動容。

謝媽媽是我看過最愛小朋友的作家，30 年前當我還是小學 6 年級的鄉下女孩子的時候，雖然她是師大國文系的教授也是知名的作家，但是對於我寫給她的信都仔細閱讀並且幫我訂正錯誤。每次出國回來總會在信裡描述國外小朋友的生活狀況，並且寄當地的小禮物送給我。想想 30 年前出國還是一個遙不可及的夢想，而我卻能在南投縣一個偏僻的小村落透過謝媽媽認識世界各國的小朋友。

對於臺灣中生代的讀者而言，具有革命精神的女兵，和書寫兒童故事的謝媽媽，在他們心中永遠占有一致性的崇高地位。

第二節　戰爭的藝術

謝冰瑩曾指出，《女兵自傳》之增刪五次，其精神是在效法托爾斯泰著《戰爭與和平》的反覆思索與七次易稿的嚴謹創作態度。可見女作家對戰爭文學的經營與用心，較之男性並不遑多讓。

1944 年，張愛玲在〈談音樂〉一文裡形容她所感受的「五四」道：

大規模的交響樂自然有不同，都是浩浩蕩蕩五四運動一般地衝了來，把每一個人的聲音都變了它的聲音，前後左右呼嘯嚓的都是自己的聲音，人一開口就震驚於自己的聲音的深宏遠大；又像在初睡醒的時候聽見人向你說話，不知道是自己說的還是人家說的，感到模糊恐怖。

「五四」如此來勢洶洶，彌天蓋地，讓 1930 年代的作家都能感受到如此狂潮，更何況是身逢其時的人們。根據謝冰瑩的自述，及文本中所呈現的時間及情勢來分析。她寫《女兵自傳》的時間，大約在「寧漢分裂」到蘇共利用中國左派攘奪北伐進行之間。因為民國 13 年孫中山已於廣州成立了黃埔陸軍軍官學校，而謝冰瑩所說的在長沙招生，於武漢入學的「中央軍事政治學校」，其實很可能是當時為了混淆敵人視聽，而襲用與中央同名的組織團體。這便是《女兵自傳》中所描寫的場景。五四以來，許多作家的創作背景中都不免染上其濃厚的特色。劉維指出：

> 有人說謝冰瑩的作品「不像女人寫的」、「多的是『兵』的率直豪爽，少的是『女』的溫柔委婉」。可見，男性化是謝冰瑩創作風格最鮮著的特徵，體現了她對傳統女性文學的反叛與超越，以往的女性文學都限於婉約纖秀的格局，「五四」女作家首開女性解放風氣，思想進步，但步履遲疑，謝冰瑩的創作成就雖未達到「五四」女性文學的藝術極致，但在擺脫女性意識的傳統負累和束縛上，卻是最堅決、最徹底的。[1]

根據余英時〈「五四」文化精神的反省〉一文所示，「五四」的精神在於取西方的新文化替代中國的舊文化，其可貴處在於國人的文化自覺。由於 1919 年之前，中國已走過一連串的政治社會運動，包括：太平天國、洋務運動、立憲，以及辛亥革命等，然而均未如五四一般掀起整個民族普遍的覺醒。當時的口號如：「打倒吃人的禮教」等，亦顯示出那是一個「破壞」的階段，對於新的秩序，人們未暇顧及。以此破除舊禮教的精神檢視謝冰瑩的創作，則不難發現《女兵自傳》的確是一部反映五四反傳統觀念的具體實踐。謝冰瑩說：

---

[1]劉維，〈謝冰瑩創作的風格特色：女的超越、兵的豪壯〉，《中央日報》，1995 年 4 月 12 日，19 版。

> 封建社會，這殺人不見血的惡魔，每天都張開著血嘴，在吞吃這些沒有勇氣奮鬥的青年，你也甘願給它吞下去嗎？而且，你應該進一步想想，自殺是多麼愚笨的事呵，你死了，舊社會少了一個叛徒，即使你沒有勇氣拿著鎗，跑上戰場去衝鋒殺敵，也應該作一點於人類有益的工作呀。

這一段話為彭歌形容是「流露出五四時代的流行心態」[2]，就五四時期人們追求極端個人自由與個性解放，及反對一切權威的角度視之，謝冰瑩所創作的散文化小說，在藝術技巧上雖未達到高度的成就，然而她的不講究結構與格式，聽任情緒一瀉千里，使我們清楚地看到「五四」運動為中國的思想、文化深刻變革的時代，類似報導文學在題材和思想內容上所呈現的特殊意義。除了謝冰瑩之外，當時的作家，如：冰心、瞿秋白等人也都積極地從事戰時生活的寫作。其文中除了堅持一貫的愛國主義的宣揚外，並同情民生疾苦、揭露帝國主義與封建軍閥罪惡外，謝冰瑩更充分地表現了她所參與的北伐戰爭。正因為作家以其親身經歷做為文學素材，遂使作品的寫實性大為增強。儘管當時尚無報導文學一詞，然就題材與體例而言，謝氏的作品逕可以此文類的先驅視之。

渡海來臺後，她於成功大學任教，並因從事教育工作的關心，持續將滿腔的創作熱忱轉移到兒童文學上，她 1966 年《國語日報》連載、出版的《小冬流浪記》，曾於 1998 年文建會及臺東師院兒童文學研究所共同舉辦的「臺灣兒童文學一百」評選活動中入選為兒童文學的優秀作品。1960 年代以降，臺灣在全球化與區域文化的拉鋸中，愈來愈多的作家、學者們對於以美式好萊塢文化與其商品侵略逐漸關注。在積極界定自己的本土文化，珍視傳統再生契機的時刻。臺灣兒童文學評選所訴求的是尋求歷史的、本土的創作。亦即在世紀之交，尋回許多人對兒時的閱讀記憶。此次評選人員包括臺灣地區兒童文學民間團體、圖書館相關從業人員，以及兒

[2]彭歌，〈溫故知新——從《女兵自傳》看五四精神〉，《中華日報》，1988 年 4 月 1～2 日，17 版。

童文學教授等，由此陣容所顯示的專業性及活動訴求本土作家來看，謝冰瑩已成功地將其直爽俐落的女兵本色轉化為本土教育工作者的形象。

至於她與蘇雪林同聲發表譴責郭良蕙《心鎖》的行動，則又呈現出當時女作家在新舊時代過渡期的躊躇心態，顯然這仍是她們生命與創作中無從跨越的關卡，猶如黃麗貞以謝冰瑩一雙裹過然後又放開的「改良腳」來形容她介於新舊時代交替的風格[3]，她的女權運動，透過「女兵」、「教育工作者」等不同形象，展現其直率、熱忱，不假修飾的性格。然其面對女性書寫的尺度與態度卻又相當是保守而嚴肅的。

第三節　少女的日記

曾經分別獲得 1982 年及 1992 年英國布克獎（The Booker Prize）殊榮的兩部戰爭小說《辛德勒方舟》與《英國病患》在近年來陸續躍升大銀幕之後，都獲得佳評。然而另有一部名為《安・富蘭克：一位少女的日記》（*Anne Frank: The Diary of a Young Girl*）戰爭書寫，則以「日記體」的形式為此文類開闢了一個嶄新的世界。她脫離傳統男性對戰爭與流亡書寫所賦予的沉重陰影，從一個單純、平凡、私我的角度，趣味化了戰爭的意義。女作家活潑流暢的筆觸使人徜徉在她純真而又豐美的內心深處，並且透過她對周遭環境、人物細膩的觀察，與生動的刻畫，更能啟發讀者打開心門，開放對生命的愛與熱情，並對戰爭的醜陋有深入的反思與透視。

這部英倫少女的瑣言微語不禁令人想起中國的女兵文學的經典——謝冰瑩的《從軍日記》。根據她的同學回憶道：

> 謝冰瑩在文學上的成就，不能不歸功于她長年累月寫日記的習慣。她從十五歲寫日記起，至今不曾有一日間斷。[4]

[3]黃麗貞，〈她塑出「女權運動者」的造型〉，《中央日報》，1988 年 3 月 8 日，19 版。
[4]王人，〈謝冰瑩與長沙〉，《長沙晚報》。

「日記」幫助一個少女梳理她的情思，增長她的智力與提煉她的筆力。而《女兵自傳》則是她的另一種常用的文類。謝冰瑩在書名上直接明示了「自傳」性質，然而探討這一文類的人都在思索：真實再現的可能。李有成在〈論自傳〉一文中說：

> 撰寫自傳的過程，其實就是現在的「我」和過去的「我」之間互動的過程。自傳作者的過去生平既是猶待閱讀的文本，那麼此生平也和文本一樣，是個具有意義的表意系統。[5]

因此，自傳主體的「虛構性」其實是存在而可以被放在作者身處的特定時空下被討論的。它之作為一種「被書寫的建構」，雖然作者寫作過程中有所依憑（其生平記憶），但事實上我們並不能夠把生平作鉅細靡遺的呈現，換言之，這是一種記憶的擇選，也是一種有意識與策略的書寫。謝冰瑩及前述之蘇雪林等人將自己的生平經歷，無論是婚姻或參戰經驗，運用了向來被排擠到邊緣地位的自傳文體，同時加入了「虛構中帶有濃厚自傳性」的「小說體」，遂使其文本在「真實」與「虛構」間擺盪。她們創作的效果呈現出以有意識的文字書寫積極地表達女性的聲音，它之作為一種創作，而非直接、浮泛的生平紀錄，目的在於「自我呈現」，將「真實自傳」和「虛構小說」作有效的結合，以訴說女性在父權重重壓制下，從男性的手中取得發言權與詮釋權，透過書寫自我來改寫集體社會記憶。

以日據時期臺灣女作家楊千鶴為例，「自傳」、「散文」、「短篇小說」等體裁分類，其實並不是最重要的，我們回頭看她早期作品，將會發現：把做為「虛構」的小說〈花開時節〉，與作者少女時期的生平經歷可謂若合符節，因此只要是被作者所「書寫」，便是文學創作，也都是女性書寫的領域。站在女性視角自我陳述，讓人感受到女性真實生活裡辛酸與

[5]李有成，〈論自傳〉，《當代》第55期（1990年11月），頁28。

無奈的處境，並用以抵抗父權社會對她的消音。這個形象有別於傳統男性「擬女性」的文學形式所留給人們的刻板形象，而是具有真實性的女性視野。由此可以推知女作家創作時的傳世欲望亦是相當顯見的。此外，朱崇儀在〈女性自傳：透過性別來重讀／重塑文類？〉中說：

> 自傳如今被理解為一個過程，自傳作者透過「它」，替自我建構一個（或數個）「身份」（identity）。所以自傳主體並非經由經驗所生產；換言之，必需利用前述自我呈現的過程，試圖捕捉主體的複雜度，將主體性讀入世界中。寫作自傳之舉，因此是創造性或詮釋性的，而非述「實」。[6]

於此判讀女作家對傳統婚姻表現出的抗拒，以及對父權體制中的女性命運所作的批判，都在自傳體——「我」——這個主體詞彙的重複使用中，得到刻意強化的效力，成為一種主體的自我建構。是故對女性而言，「書寫」本身往往帶著性別的印記，具有抵抗的作用。女作家透過文類互涉和語言的運作，以便達到形象生動地書寫自我經驗，與塑造個體意識。

謝冰瑩來自傳統的舊家庭，人生的性格與道路泰半決定於童年時期，謝冰瑩曾自述，小學時期即愛上《水滸》，即使母親視之為「邪書」，百般阻撓，還是抵擋不住她閱讀的熱忱，她說：

> 禁止我看小說是不行的，即使成了瞎子，我也要看。
> 我完全像個男孩，一點也沒有女孩的習氣，我喜歡混在男孩子里面玩，排著隊伍手拿著棍子操練時，我總要叫口令，指揮人，於是他們都叫我總司令。我常常夢想著將來長大了帶兵，在高大的馬上，我佩著發亮的

[6]朱崇儀，〈女性自傳：透過性別來重讀／重塑文類？〉，《中外文學》第 26 卷第 4 期（1997 年 9 月），頁 134。

> 指揮刀，帶著手槍，很英勇地馳騁於沙場。[7]

她反對裹足，反對穿耳，儘管不知「男女平等」為何物，她依然以激烈的手段爭取上學的機會。在「五四」那個風起雲湧的時代，她奮勇地參與激烈的演講，因而治癒了口吃與緊張的毛病。她主張宗教自由，為了不在教會中學於國恥日做禮拜而遭到退學，她反對帝國主義的侵略而上街遊行，為了追求自由，她曾經一度自殺，四次逃婚……，這些激進的思想與言行，都被載於一位十來歲的少女日記裡，湘西家人說她是「不怕天不怕地的聰明女孩子」：

> 那時的黃花閨女是不能出門的。可鳳寶不管那個，家裡關不住她。她把家看成籠子，她非要出去不可。[8]

「家」在謝冰瑩眼中是女性的禁錮場，所以她要逃離。她在寫給母親的信上自稱「逆子」，她說：

> 時候到了，我有重要事去做，媽，不要拉住我吧！
> 五年前我之所以毅然決然脫離家庭關係的原因，完全為了你要送我入虎口，你要妨礙我做人的自由……，你硬要我跟著你過着封建社會的生活。[9]

在五四反封建禮教的啟發下，她忍痛叛離慈愛的母親，作一個逃家的逆女。她所要逃離的是媽媽一直以來的命運：「舊的腦筋，舊的思想，舊的生活……。」她要追尋、創造女性的完美與幸福，所以忍心讓牽掛她的

---

[7]閻純德主編，《20 世紀中國著名女作家傳》（北京：中國文聯出版公司，1995 年 9 月）。
[8]閻純德，〈謝鐸山之春——謝冰瑩家鄉行〉，《聯合報》副刊，2000 年 12 月 21 日，37 版。
[9]謝冰瑩，〈望斷天涯兒不歸〉，《麓山集》（上海：光明書局，1932 年 10 月），頁 37、43。

雙親度過了淒清的暮年，並且甘心在軍旅生涯及逃難過程中挨餓受凍。

作者以日記體的寫作方式寄託其新女性的自我意識處於思想上解放，行為上卻仍處於長期依賴男性的習慣模式中所形成的乖僻心境與行徑。《從軍日記》的寫作背景在五四到後五四時期，因而內容多與新文化運動中女性的解放有密不可分的關係。謝冰瑩在當時為追求新知識與逃避傳統的媒妁婚姻而離家出走。她之做為時代潮流下的新女性，表現在具體的行動中，便是實際參與戰事，每天行軍八、九十里路，晚上睡在稻草堆裡，抱著和男子一樣保衛國家的決心。而她的筆亦隨著她走到那裡，寫到那裡。

朱淑真的《斷腸詞》成了她的最愛，莫泊桑的愛國思想亦成為推動她前進的力量。她說：

> 我的作品主要是紀實的。日記、傳記文學當然必須完全真，就是小說也必須有真實的模子。

1930 年代的女性懷著滿腔叛逆的熱血，從鄉村來到大城市裡求學、謀生。她們所面臨的種種問題：理想之高遠，實際生活卻又捉襟見肘，再加上一介女流侈言對社會國家的貢獻，卻又不知從何做起。她們所擁有的是貧窮與熱情，前者使她們在長期戰亂流離的歲月中漂泊，甚至連回家探親都成了種奢靡的願望，後者則表現在落入愛情處境中的矛盾複雜心情，有時甚至比接受傳統的包辦婚姻更令人難堪。然而堅持「現實主義」書寫，確為她們共同的識見。

而謝冰瑩《從軍日記》中女兵的戀愛則更有另一層抵觸軍中文化的疑慮。文中記載著她與其他同袍們收到情書時羞赧又促狹的成長故事：

> 我彷彿在演戲，裝出無可奈何的樣子。
>
> 「你要知道你是個革命軍人，你的責任很大，不可以談戀愛……」

「報告連長，不要冤枉我，我是最討厭戀愛的，下次再有信來，由連長去代拆代行好了。」

……

「xx同志：

萬分感謝你的回信，我太高興了！你的筆跡是多麼娟秀而有力！你是個聰明的才女，又是個勇敢的戰士，我太欽佩你了！我想最近去看你，親自向你領教，不知你討厭不……？」

「當然討厭！」[10]

謝冰瑩以女性的感觀及書寫方式表達其鬆動傳統軍旅體制，並凸顯女性主權的意識，值得我們注意。舊時代的女性缺乏戀愛經驗，而新女性作家運用了日記體裁中特有的微觀視角與瑣言敘事來書寫女性特有的細膩情思，以表達她們在愛情關係中的徬徨與掙扎，此間的佼佼者尚有丁玲《莎菲女士的日記》。此外，日記的內容也印證了她們對一切自由的嚮往與熱烈追求。民國 15 年謝冰瑩投身中央軍事政治學校（前黃埔軍校），民國 16 年隨軍北伐，她的《從軍日記》亦於此時刊於武漢的《中央日報》，並獲林語堂的推賞，譯介到英語世界，國際知名作家如：羅曼‧羅蘭等人因而與她通信，表達賞識之意。日人枝籐大夫將其選為教材，美國及法國均有學生研究她的《女兵自傳》而獲得碩士學位。謝冰瑩於是創造出有別於古來中外男性戰爭藝術之強調戰略、兵法，形象充滿炮聲、煙硝，與內心積壓悲創情緒的制式書寫，為五四以來女性追求自由的文學道路另闢蹊徑。

——選自朱嘉雯〈亂離中的追求——五四自由傳統與臺灣女性渡海書寫〉
中央大學中國文學系博士論文，2002 年 5 月
——2014 年 10 月修訂

[10]謝冰瑩，〈女兵生活〉，《女兵自傳》（臺北：東大圖書公司，1980 年 10 月），頁 364～366。

紅花還須綠葉扶

孫伏園、林語堂、柳亞子對謝冰瑩的關愛

◎李夫澤*

一個人成才，個人的天賦才華固然重要，但別人的關懷幫助亦必不可少。謝冰瑩成為享譽中外的「女兵」作家就是如此。一方面，她有很好的文學才華，創作又非常勤勉，生活經歷也十分坎坷；另一方面，她又得到了文壇上許多著名作家的關懷幫助。在關懷幫助她的人群中，孫伏園、林語堂、柳亞子是非常重要的三位。謝冰瑩曾這樣說過：「說句真心話，我是幸運的，這一輩子我交了個忘年的朋友，順著秩序算來，第一、二位是孫伏園和林語堂兩位先生，第三位是柳亞子先生」，「沒有他們的提攜與鼓勵，我絕對不會有今天，飲水思源，我沒齒難忘他們的恩情」。[1]

一、忘年之交　亦師亦友

謝冰瑩第一次見到孫伏園、林語堂兩位先生是在 1927 年的武漢。那時革命軍剛由廣州打到武漢，孫先生在主編漢口《中央日報》副刊。謝冰瑩的同學冰川和小海，要帶她去看孫伏園，謝冰瑩這個鄉下姑娘不敢去，怕孫有架子。孫伏園，浙江紹興人。1921 年畢業於北京大學中文系，1920 年兼任北京《晨報》編輯，1924 年創辦《語絲周刊》。林語堂，福建龍溪人。1919 年留學美國哈佛大學，後轉德國研究語言學，獲哲學博士。1923 年任北京大學教授，後到廈門大學任文學院院長，並請孫伏園任中山大學

*湖南人文科技學院中文系教授兼系主任。

[1]謝冰瑩，〈憶林語堂先生〉，艾以、曹度主編《謝冰瑩文集（中）》（合肥：安徽文藝出版社，1999 年 8 月），頁 254。

教授。1927 年兩人同來武漢主編《中央日報》副刊。這時兩位都是很有名氣的作家、學者，謝冰瑩與他倆非親非故，自然不敢去見他們。後來在朋友的鼓勵下才打消這個顧慮。

一個星期天的下午，謝冰瑩和幾位同學走進了《中央日報》編輯室，經過介紹之後，孫伏園先生微笑地指著一位大約三十多歲的紳士說：「這位是林語堂先生，我叫孫伏園。」穿著一件藏青色的長衫，嘴裡含著一支雪茄，清秀的面龐，嚴肅中帶著微笑，個子中等，說話慢條斯理，聲音柔和，態度親切，這就是林語堂先生第一次給謝冰瑩的印象。孫伏園先生，比林先生要矮一點，而又胖得很多，一口黑黑的長鬍鬚，兩隻稍為凸出的大眼睛，很像個法國神父。他穿著西裝，打領帶，彷彿是林先生的客人。

「我長到這麼大，還是第一次看到女兵。」伏老首先望著謝冰瑩開玩笑地說。

「我也一樣。女兵真有精神，看起來和男兵一模一樣，沒有什麼分別。」林語堂先生也附和著說。[2]

第一次相見，幽默、和藹的孫、林兩位便給謝冰瑩留下了很深的印象，完全消除了她的緊張感。

那天孫先生很忙，同時還有別的客人在座，他沒有買糖招待謝冰瑩，謝後來很頑皮地寫了一封信向他「發牢騷」。孫立刻回了一信，保證「將來修一條糖馬路，由武昌的漢陽門起，到漢口的一號碼頭止。」[3]多麼有趣的初次相見。

1927 年，謝冰瑩隨國民革命軍北伐，馳騁沙場，從事政治宣傳工作，孫伏園先生為之送行。在緊張的軍旅生活中，謝冰瑩利用行軍、作戰的間隙，廢寢忘食地完成了隨筆式的從軍日記，並將這些日記陸續地寄給孫伏園。孫伏園看了後非常欣賞，隨即發表在 1927 年 5 月 14 日至 6 月 22 日的《中央日報》副刊上。林語堂先生隨即把它譯成英文，在《中央日報》英

[2]謝冰瑩，〈記林語堂先生〉，艾以、曹度主編《謝冰瑩文集（中）》，頁 260。
[3]謝冰瑩，〈記孫伏園〉，艾以、曹度主編《謝冰瑩文集（中）》，頁 191。

文版上連載。

據謝冰瑩回憶，「當初，寫這些日記和書信，寄給《中央日報》的副刊編者孫伏園先生的時候，我絕沒有夢想到會拿來發表的。我因為有了遺失包袱的經驗，害怕寫的日記再丟了，所以就陸續地寄給孫先生，請他代我保存；不料他居然把每一篇都發表出來。」[4]真是無心插柳柳成蔭。

這些日記文字不多，但內容卻非常豐富，尤其是作者站在女性的角度來觀察社會，深刻而獨特。〈從軍日記〉的發表，使謝冰瑩名聲大振，從而引導她走上了文學之路。當時中國軍政要人譚延愷看了謝的文章後曾打聽冰瑩是男是女。名記者史沫特萊譽她為「女性的驕傲」。謝冰瑩無限感慨地說：「首先讓我向孫伏園、林語堂兩位先生，致最誠懇謝忱和敬意，要是當初沒有他們兩位的愛護和栽培，我想也許不會走上寫作這條艱辛的道路。」[5]

1928 年，林語堂先生又將這些日記編成單行本出版，並作序。林語堂在序中說：「冰瑩以為她的文章，無出單行本的價值，因為她『那些東西不成文學』（這是冰瑩的信中語），自然，這些〈從軍日記〉裡頭，找不出『起承轉合』的文章體例，也沒有吮筆濡墨，慘澹經營的痕跡；我們讀這些文章時，只看見一位年輕女子，身穿軍裝，足著草鞋，在晨光熹微的沙場上，拿一枝自來水筆，靠著膝上振筆直書，不暇改竄，戎馬倥傯，束裝待發的情景；或是聽見在洞庭湖上，笑聲與河流相和應，在遠地軍歌及近旁鼾睡聲中，一位蓬頭垢面的女兵，手不停筆，鋒發韻流地寫敘她的感觸。這種少不更事，氣宇軒昂，抱著一手改造宇宙決心的女子所寫的，自然也值得一讀……」[6]

1978 年，謝冰瑩在〈記林語堂先生〉一文中又一次說到：「太巧了，我的寄自嘉魚的前線通信，本來是寄給孫伏園先生私人的，不料卻發表在

---

[4]謝冰瑩，〈關於《從軍日記》〉，艾以、曹度主編《謝冰瑩文集（上）》（合肥：安徽文藝出版社，1999 年 8 月），頁 287。
[5]同前註，頁 287～288。
[6]謝冰瑩，〈關於《從軍日記》〉，艾以、曹度主編《謝冰瑩文集（上）》，頁 289～290。

副刊上了；更令我不敢相信的是這些通信，林語堂先生居然把它一篇篇譯成英文發表了！以一個未滿二十的女孩，而又是從鄉下出來的十足土包子，中學還沒畢業，一點文學修養沒有，寫出來的文字，一定是不堪入目的，謬承孫、林兩位先生愛護與栽培，使我寫的那些歪歪斜斜的字，變成了正正當當的鉛字，我感到萬分惶恐，我不相信這是事實，只當做是一場夢，一場使我又興奮，又恐懼的夢。這夢是那麼長，一直到今天，我還沒有清醒過來。」[7]

謝冰瑩從認識孫、林兩位先生那天起，既把他倆當成老師，又當成朋友，一有困難時便向他倆求援，一有問題便向他倆請教。

北伐途中，謝沒有錢了，便向孫伏園先生寫信：「伏園先生，出發時沒有一個人知道，假若我不是在我的小朋友季黎那裡借五塊錢，我簡直要受經濟的壓迫而死了。」、「我一切的東西都失掉了，我的衣服通通要另做。」、「要回武漢來借又不能請假，寫信由郵匯來，又以行軍蹤跡不定，當然難以收到。在這裡又無從借起。伏園先生，你替我想什麼方法呢？」[8]

謝冰瑩從北伐從軍回到家裡，因反對封建包辦婚姻，被母親關起來了。寫出去的求救信都被沒收了，從外面寄來的信要經過父親嚴格的檢查。謝冰瑩「為了逃避，寫信託大哥帶到縣裡交給孫先生的信，幸而他藏在帽子底下，否則一定會被查出沒收的」。[9]

孫伏園接到謝的信後，迅速回了信，鼓勵謝冰瑩逃跑，並寄來了路費。可惜都被父母沒收了。據謝冰瑩回憶：「有天他們都出去了，我想法打開了那扇通母親睡房中的門，在父親的枕頭下，搜出了一封孫先生寄給我的掛號信，裡面說已寄來二十元，要我作為逃走到漢口去的路費，但並沒有看到匯票。」[10]

有一天黃昏，謝冰瑩又想偷偷地寫幾句話寄給孫先生，由朋友青青代

---

[7]謝冰瑩，〈記林語堂先生〉，艾以、曹度主編《謝冰瑩文集（中）》，頁 261。
[8]謝冰瑩，〈說不盡的話留待下次再寫〉，艾以、曹度主編《謝冰瑩文集（上）》，頁 305～306。
[9]謝冰瑩，〈被母親關起來了〉，艾以、曹度主編《謝冰瑩文集（上）》，頁 105。
[10]謝冰瑩，〈沒收信件〉，艾以、曹度主編《謝冰瑩文集（上）》，頁 108～109。

她設法找人帶去投郵；因為在房子裡不能寫，只好帶枝鉛筆跑去廁所裡寫，正在把草紙擺在腿上開始寫的時候，忽然廁所門開了，現出一個人頭來，原來她的母親在跟蹤她！

後來，謝冰瑩經過「四次逃婚」，終於在 1928 年來到上海。孫伏園兄弟非常高興，為謝冰瑩接風：「『哈哈，你到底逃出來了！我們慶祝你！從今天起，你獲得了自由，開始了新的生活！』」、「在明亮的電光下，孫伏園先生興奮地站了起來，高舉著玻璃杯向我敬酒」。[11]

來到上海的謝冰瑩，由於經濟窘迫，託一位朋友找到了一間最便宜的房子居住，誰知道竟是綁匪之家。等到有一天他們犯了案子，謝冰瑩竟糊裡糊塗地被巡捕房抓了起來，同時被抓的有給謝冰瑩送稿費的老孟。好在老孟先被釋放出去，他連忙將謝冰瑩入獄的消息告訴孫先生，請他營救。據謝冰瑩回憶：「孫先生知道我們會挨餓的，於是買了許多水果和麵包送來；不料可惡的看守不許他接見，也不讓送東西來。聽說如果希望能達到目的，至少要送三十元以上的賄賂，孫先生一氣就把東西提回去了，他在想種種方法保釋我們。」、「第五天，果然獲得了自由，隨著孫先生離開了巡捕房，又回到他的家裡來」。[12]謝冰瑩從法國巡捕房釋放出來後，孫伏園兄弟又特地為她再一次獲得自由而慶祝，可見其情意之深。

謝冰瑩曾就出路問題與孫先生商量，孫先生極力主張謝冰瑩進大學，以求更大的發展，並且願意替她去學校交涉，可以免收學費；至於膳費書籍費，由孫先生負完全責任。於是，謝冰瑩在孫先生的幫助下進入了上海藝術大學文學系。

在上海藝大學習期間，謝冰瑩生活非常苦。但謝冰瑩天生有一副硬骨頭，即使餓了三天三夜，只喝自來水充飢，也決不向任何人開口借錢，更不向兩位哥哥求援。「這時唯一的安慰，是去林語堂先生和孫伏園先生兩家打牙祭，每次只要我去，總是留我吃飯的，不論午餐、晚飯，不吃，他們

---

[11]謝冰瑩，〈來到了上海〉，艾以、曹度主編《謝冰瑩文集（上）》，頁 170。
[12]謝冰瑩，〈入獄〉，艾以、曹度主編《謝冰瑩文集（上）》，頁 173～174。

是不放我走的。」[13]後來，謝冰瑩感歎地說：「當我在上海藝大讀書時，過著窮愁潦倒、苦不堪言的生活，假若不是林、孫兩位先生給我安慰，給我鼓勵，也許我灰心洩氣，早做了黃浦江的幽靈。」[14]

謝冰瑩所在的上海藝術大學因為思想進步被查封後，孫先生轉來一封謝冰瑩三哥寄自北平的掛號信，三哥要她去北平升學。起初謝冰瑩有點遲疑，後來通過孫先生反覆做工作才堅定去北平的決心。孫先生曾責怪說：「你這人太古怪了，有機會讀書，為什麼要放棄？何況你三哥又是這麼愛護你。」[15]

1937 年，謝冰瑩組織「湖南婦女戰地服務團」，又一次上戰場，孫伏園又趕來相送。謝冰瑩回憶說：「十年前我出發北伐的時候，伏老曾經鼓勵我，歡送我；如今又輪到他們來歡送，來勉勵；在革命的浪濤中，我們又匯合了。」[16]

如果說孫先生主要給謝冰瑩以生活上的關照，那麼林先生主要給她創作上的指點，精神上的安慰。

謝冰瑩在第一次與林語堂見面時，林語堂便耐心細緻地指導她讀書和寫作的方法：「讀書，一定要選擇與自己興趣相投的；而且要專心一意地去讀，吸收他人著作中的精華；我相信用這種方法，讀一本書，抵得過別人讀十本書。」、「至於寫文章，最要緊的是寫你自己心裡的話，要自然，要誠實，不要無病呻吟，不要狂妄浮誇，腳踏實地寫去，一定會成功的。」[17]謝冰瑩後來的讀書和創作方法基本上是沿著林先生指導的方法去做的。她的文章顯示出「真」、「誠」、「直」的特點，受林先生的影響是很明顯的。

林語堂先生經常鼓勵謝冰瑩：「過去不好的事，千萬不要放在心上，犯過的錯誤，不要再懊悔，使自己困擾；要緊的是把握現在，展望將來；特

[13]謝冰瑩，〈憶林語堂先生〉，艾以、曹度主編《謝冰瑩文集（中）》，頁 248。
[14]同前註，頁 247。
[15]謝冰瑩，〈偷飯吃〉，艾以、曹度主編《謝冰瑩文集（上）》，頁 194。
[16]謝冰瑩，〈重上征途〉，艾以、曹度主編《謝冰瑩文集（上）》，頁 443。
[17]謝冰瑩，〈記林語堂先生〉，艾以、曹度主編《謝冰瑩文集（中）》，頁 260。

別是年輕人，不要失望、消極，天下沒有克服不了的困難，只要意志堅強，你的前途，完全把握在你自己的手裡！」[18]正是這些鼓勵，使謝冰瑩渡過了最痛苦的歲月。

1937 年，謝冰瑩再一次上戰場時，林語堂遠在國外，雖沒有送謝冰瑩上前線，但對謝冰瑩在長沙豎起大旗，召集成立「湖南婦女戰地服務團」的事充滿了敬意。林給謝冰瑩去信說：「你自稱小兵，我對你這小兵只有慚愧。新著小說名 *Moment in Peking*《瞬息京華》，即係紀念前線兵士。……弟在國外，惟有文字盡力而已，餘不足道；打勝仗還是靠諸位小兵。」[19]

林是知識淵博的大學者，但對人卻和藹可親，指導別人很耐心，一點架子也沒有，真正做到了誨人不倦。據謝冰瑩回憶：「我的年齡雖然只比林先生小十二歲；但在學問、道德、經驗各方面，我都只配做他的小學生。每當我有什麼問題向他請教時，他總是循循善誘地和我談，一談也許就是兩三小時。」[20]

在上海的那段日子，謝冰瑩認識的朋友並不多，而經常留下她足跡的，是愚園路的林公館，哈同路的「貢獻」社（孫伏園的住處，「貢獻」是孫主編的雜誌名字）。孫、林為她修改文章，指導寫作方法。

林語堂有兩位女公子，一個叫如斯，一個叫無雙，天賦聰慧，虛心好學，加上家學淵源，因此很早就學有成就，中英文造詣都很深。1940 年，林語堂先生的兩位女公子把《一個女兵的自傳》譯成英文，由語堂先生親自校正並作序文在美國的 JOHN DAY 公司出版，譯名為 *GIRL REBEL*。

謝冰瑩對兩位先生的關愛心存感激。她從日本出獄回國後，特意回到長沙拜望了她的老師孫伏園。遺憾的是，1948 年謝冰瑩去了臺灣，兩人便失去了聯繫。1950 年代初，作家白樺在北京見到孫伏園先生後，向他詢問謝冰瑩的情況時，孫伏園只是笑笑，沒有回答。由於謝冰瑩去了臺灣，他

---

[18]謝冰瑩，〈憶林語堂先生〉，艾以、曹度主編《謝冰瑩文集（中）》，頁 248。
[19]同前註，頁 250。
[20]謝冰瑩，〈憶林語堂先生〉，艾以、曹度主編《謝冰瑩文集（中）》，頁 248。

不好說什麼。從此便天各一方，音訊全無。林語堂先生 1936 年攜妻女前往美國，此後相繼在美國、法國、新加坡等地教書和寫作。1966 年回臺灣。1976 年病逝於香港。因林語堂先生後期住在海外，謝冰瑩後期與他的交往便多一些。1974 年 7 月 31 日謝冰瑩登門拜訪林語堂先生。1974 年 9 月 9 日謝為慶祝林八十壽辰在美國寫了〈遙遠的祝福〉。1978 年 1 月，謝在臺灣的《傳記文學》上發表〈憶林語堂先生〉。林語堂女兒在美國工作，也常與謝來往。

二、不是父女　勝似父女

柳亞子（1887～1958），江蘇吳江人。他是近、現代中國一名名聞四海的傑出詩人，南社發起人。茅盾稱他為「南社巨子」、「當代大詩人」，郭沫若稱他為「今屈原」。在我國現代文學史上，柳亞子是一位敢於振發天下聾聵的詩人：他不畏淫威諷刺慈禧，譏諷國民黨的反動統治；他是最早寫詩對毛澤東加以贊頌與評論的一位詩人，他用詩詞寫出了一部獨具特色的毛澤東論。

謝冰瑩與柳亞子是 1930 年秋天在上海相識的。謝冰瑩在北平期間，與符號在感情上產生矛盾，加之「北方左聯」內部出現思想分歧，心情極不好，1930 年秋天便離開北平南下了。不久，便輾轉來到上海，得到了居住在上海的柳亞子的親切關懷。

據謝冰瑩回憶：「我和亞子先生第一次會面，是在 1930 年的秋天，當高爾柏先生帶我走進他的住所時，我竟有點像鄉下姑娘初次進城似的感到忸怩不安。這並不是我膽小，而是我從來沒有過這樣規規矩矩地去拜訪一個名人的緣故。」

自從見到柳亞子先生後，謝冰瑩便對他產生了深深的敬意。「亞子先生是這樣和藹，誠懇，見到他，真像一個孩子見到了他久別的母親那麼高興！他有口吃的毛病，說起話來，有時要很久才能繼續下去，我小的時候很喜歡學口吃的人說話，以至自己也在不知不覺間染上了那種毛病。長大後，雖然好了，可是一見口吃的人說話，我就要發笑，而且笑得那麼傻，有時個把鐘點還不能停止。但對於亞子先生卻是例外，不但從來沒有過笑的念頭，而且格外增加了對他的景仰和尊敬的情緒。我知道他想要說的是什麼話，有時他只提一個字，我就替他說出下面的句子來。」[21]

柳亞子先生具有識人的才能，他以詩為工具，一生中寫了大量的讚美和評價他人的詩，歷來受到人們的稱頌。1931 年 8 月，柳亞子撰寫了〈新文壇雜詠〉十首，分別贈魯迅、郭沫若、茅盾、田漢、蔣光慈、陽翰笙、葉紹鈞、謝冰瑩、丁玲等。以《從軍日記》一舉成名的謝冰瑩，當時年僅 25 歲。柳亞子在〈雜詠〉中寫道：「謝家弱女勝奇男，一記從軍膽氣憨。誰遣寰中棋局換，哀時庾信滿江南。」[22]表達了對謝冰瑩的讚揚和鼓勵。

謝冰瑩組織的「湖南婦女戰地服務團」得到了柳亞子的大力支持。1937 年 9 月 14 日，服務團從長沙出發，19 日抵達上海附近的安亭，隨即奔赴嘉定前線，投入戰地救護工作。在救護的過程中，最缺少的是藥品。10 月 2 日，為了替前線傷員募集救護藥品，謝冰瑩抽身去上海，來到柳亞子家。聽了謝冰瑩在前線的情況介紹後，柳亞子馬上帶她去拜訪何香凝。何香凝自抗戰以來，一直領導上海婦女慰勞會，積極開展救亡工作。她見到來自前線的謝冰瑩，興奮不已。儘管當時她正重病在身，仍親自佈置身邊的人趕緊準備救護藥品和慰勞品。何香凝深情地對謝冰瑩說：「今天見到你，我連病都忘了，我要寫首詩送你。」於是贈詩曰：「征衣穿上到軍中，巾幗英雄武士風；錦繡江山遭慘禍，深閨娘子去從戎。」[23]

謝冰瑩 10 月 2 日晚便住在柳亞子家，並作〈到上海去〉一文。次日即返回前線。臨行前，柳亞子也寫了一首詩給冰瑩——〈送冰瑩赴前線〉：

---

[21]謝冰瑩，〈我認識的亞子先生〉，《謝冰瑩集》（北京：知識出版社，1997 年 5 月），頁 95。
[22]柳亞子，〈新文壇雜詠〉之九，中國革命博物館編《柳亞子文集——磨劍室詩詞選集（上）》（上海：上海人民出版社，1985 年 1 月），頁 670。
[23]劉加谷，〈何香凝等贈謝冰瑩的詩〉，欽鴻編《永恆的友誼——謝冰瑩致魏中天書信集》（北京：中國三峽出版社，2000 年 12 月），頁 224。

「三載不相親，意氣還如舊。殲敵早歸來，痛飲黃龍酒。」[24]鼓勵她工作。

1937 年 10 月 21 日，謝冰瑩又一次來到柳亞子家，柳亞子又一同與她去看望田漢夫婦。後柳亞子又與田漢、范長江、劉保羅、胡萍同去大場前線訪問宋希濂將軍，並作〈大場之夜〉。謝冰瑩介紹她們在羅店前線服務的情況時，田漢感到「極興奮」，當即口占七絕〈贈冰瑩〉:「謝家才調信縱橫，慣向槍林策杖行，應為江南添壯氣，湖南新到女兒兵。」[25]

柳亞子也同孫伏園等許多作家一樣，積極支持謝冰瑩創辦《黃河》月刊。該刊以文藝創作為主，兼顧理論批評，是西北地區影響較大的文藝刊物。刊物在抗戰時期比較注重抗戰現實問題。曾組織有實際生活經驗的青年作者寫戰地通訊報告，提倡「生產文學」，即「用藝術的手腕來描寫後方的一切生產建設」的作品，發表過一些抗戰題材的小說，編刊過一期「日本反戰同志文藝專號」等。還專門設「文藝通訊」欄，報導全國各地的文藝動態。柳亞子非常支持謝冰瑩創辦這一刊物，他及他的兒子柳無忌都在上面發表過文章。1940 年 3 月 25 日出版第 2 期，柳亞子有詩歌〈海上對雪〉，柳亞子還同孫伏園一起發表〈作家書簡〉。1941 年 2 月 10 日出版《黃河》第 12 期，柳亞子發表〈《海國英雄》序〉(文藝批評)。1943 年 2 月出版第 4 卷第 2 期，亞子有〈元旦試筆〉等。[26]

謝冰瑩一遇到痛苦，總是問柳亞子傾訴，從他那裡得到安慰和鼓勵。兩人書信往來頻繁。僅以 1932 年為例便可知之：1 月 5 日、5 月 1 日、6 月 16 日、10 月 15 日、10 月 21 日、11 月 6 日、11 月 10 日、11 月 15 日、11 月 17 日謝冰瑩寫信給柳亞子；1 月 7 日、5 月 11 日、6 月 17 日、10 月 13 日、10 月 14 日、10 月 16 日、10 月 17 日、10 月 18 日、10 月 19 日柳亞子回信給謝冰瑩。

柳亞子是個熱心腸的人，常救人於危難之中，可稱作「及時雨」。他救

[24]同前註。
[25]同註 23。
[26]唐沅、韓之友等六人編，《中國現代文學期刊目錄匯編》(天津：天津人民出版社，1988 年 9 月)。

助過許多受難的人，他營救謝冰瑩更是文壇皆知。1935 年初，謝冰瑩東渡日本，入早稻田大學研究西洋文學。1936 年 4 月 12 日，因拒絕前往歡迎赴日朝拜的偽滿洲國皇帝溥儀，被日本警察拘捕，並在被捕後的第二天，東京所有各大報紙都用特號紅字標題，說中國女作家謝某某因「國際××主義嫌疑」被捕。謝冰瑩在獄中受盡酷刑，生命危在旦夕。當時，江蘇省黨部時代曾任候補執委的姚爾沉（潛修）亦在日留學，立即致電柳亞子：「冰入獄，請速援救！」柳亞子得訊，心急如焚，立即拍了兩封電報，一封致中國駐日大使許世英，一封致中國留日學生監督周憲文，請許、周兩位迅速設法。兩周後仍無消息，他又請于右任、邵力子共同出面，三人一起簽名，二次致電許、周兩位。三周後，謝終由中國駐日領事館和中國留日學生處保釋出獄。謝冰瑩當時還不知道為什麼突然就出來了，感覺這是「意外的命運」。「出獄以後，見到潛修，才知道完全因為柳亞子先生的兩個電報，救了我這條小命。」謝冰瑩深情地說：「40 多年來，我沒有一天忘記過亞子先生，他是我的救命恩人。」[27]

柳亞子對謝冰瑩婚姻、家庭也給予了極大的關愛。

謝冰瑩一生在婚姻上坎坎坷坷，遭受了不少挫折。最先是與符號的恩恩怨怨。她與符號是 1929 年結合的，並生有小孩「小號兵」。到 1930 年底，由於各方面的原因，兩個便分開了。1931 年初，謝冰瑩來到上海，在《小說月報》上發表〈愛的清算〉，宣布與符號離婚，在當時的文壇上造成了很大影響。

來到上海的謝冰瑩，不久便與顧鳳城結合。柳亞子對謝冰瑩與顧鳳城的結合非常關心，並做了他們的證婚人。現代作家李白英曾這樣回憶他倆當時的婚禮：「顧和謝在當時英租界梅白路長康里租了一間樓房，舉行了頗為別致的結婚儀式，在場五人，除了我和新郎、新娘，尚有主婚人顧的父親，尚有證婚人柳亞子先生。桌上點一對紅燭，顧和謝肅立，由柳讀了結

[27]謝冰瑩，〈憶柳亞子先生〉，民革中央、中國革命博物館編《柳亞子紀念文集》（北京：中國文史出版社，1987 年 5 月），頁 187～195。

婚證書，新郎、新娘、主婚人、證婚人一一蓋章，婚禮便算告成。」[28]

謝冰瑩與顧鳳城結合並沒有給她帶來幸福，仍是很痛苦。為了減輕痛苦，她埋頭創作，並去日本留學。因與同學組織抗日救國會，不久便遭遣送回國。後又輾轉福建。

為了安慰謝冰瑩，1933 年 2 月 1 日，柳亞子在《新時代》月刊 2 月號上發表〈壽冰瑩——浪淘沙〉詞兩首：

其一

絕技擅紅妝，
短筆長槍，
文儒武俠一身當。
青史人才都碌碌，
伏蔡秦梁。

舊夢斷湖湘，
折翅難翔；
中原依舊戰爭場！
雌伏雄飛應有日，
莫漫悲涼。

其二

歲首賦催妝，
今進桃觴；
紅塵游戲盡無傷。
豔福擅郎吾亦妒，
努力扶將。

[28]李白英，〈我所知道的謝冰瑩〉，欽鴻編《永恆的友誼——謝冰瑩致魏中天書信集》，頁 179。

年少俠游場，

兒女情長，

通家交誼鎮難忘。

壽汝恨無雙匕首，

慚愧詩囊。[29]

後來，謝冰瑩終於擺脫了顧鳳城而與黃維特結合了，柳亞子對「特」更是特別關心。

謝冰瑩 1936 年回憶說：「記得前年一月，我同特第一次去拜訪亞子先生時，一見面，他緊緊地握著特的手，高興得幾分鐘還說不出一個字來。我呢，呆呆地像一個傻瓜似的站在一旁，不知如何是好，結果還是特請他坐下，他才放開了特的手。為了要急於返湘，那天沒有談多久就走了。回到船上，特對我說：『我從來沒有遇到一個像亞子先生那麼熱情的老人家，你看他的手多有力，我被他握痛了。』」[30]

謝冰瑩說：「一九三三年的春天，我幾乎苦痛到要自殺的地步。亞子先生是那樣懇誠地勸慰我，鼓勵我拿出理智來戰勝環境，不要白白地犧牲了自己有希望的前途！等到我將和特結合的消息報告他時，他幾乎快樂得發狂了！居然在夢裡做起詩來，半夜裡趕快披衣起床寫好寄給我們。」

「『十日三傳訊，開緘喜欲狂。』這是描寫他知道我的精神有了寄託後的愉快與安慰。『冰瑩今付汝，好為護紅顏。』讀到這兩句詩時，特從心坎裡發出快樂的微笑：

『哈哈，這簡直像丈人公寫給女婿的詩呢！』

這話引起我也笑起來了。[31]

柳亞子為謝冰瑩與符號的女兒小號兵之事也操過不少心。1943 年，謝

[29]閻純德，〈謝冰瑩年表〉，《作家的足迹（續編）》（北京：知識出版社，1988 年 6 月），頁 417～418。

[30]謝冰瑩，〈我認識的亞子先生〉，《謝冰瑩集》，頁 96～98。

[31]同前註。

冰瑩想將在符號身邊的女兒小號兵接去，便通過柳亞子先生出面做工作。符號回憶當時的情況時說：「1943 年，我與冰瑩會見，也是頗堪回首的。冰瑩從成都到桂林，在柳亞子先生處做客。我們的女兒小號兵則在桂林女中讀書。這孩子像她媽媽，絕頂聰明，七歲就能讀《紅樓夢》，對她祖母大講『龍』人的故事。還不到十歲的時候，萬籟天、周偉就要我把她交給他們學電影，這個當然得不到我母親的同意。我在十一年獨身以後，結婚了。冰瑩到桂林來要她的孩子。她在環湖酒店設宴，在座的有我，我母親，我家裡（指夫人），冰瑩，小號兵和她的三舅謝國馨。我的一家都同意她把小號兵帶去。柳亞子先生，並寫了一首七律送給小號兵，開始的幾句是：『可憐嬌小十三齡，雛鳳清於老鳳聲，同學漓江悲郭竹，思親蜀道阻冰瑩……』可惜她們母女當夜談翻了，問題是冰瑩關照小號兵到成都喊她那時的丈夫一聲爸爸，小號兵堅決不答應。」[32]

小號兵在自己的日記中也有記載：「1942 年 3 月，謝冰瑩由成都過桂林，特地通過柳亞子先生約我去見面，她要求把我帶走。我在柳家對謝的態度很不好，不願去。我自己思想上是有矛盾的，想到跟她去可以接近許多作家，更順利地開始我的『文學生活』。但是想到謝已另婚，又生了一兩個孩子，我去是不會有什麼優越地位的：顧慮去了以後姓甚麼？和謝的丈夫、孩子如何相處？也由於捨不得離開祖母，結果是沒有去。內心又覺得有幾分委屈，感到這是一個犧牲。謝走時，託亞子先生多照顧我，我以後就經常去柳家，把寫的作品給他看。」[33]

謝、柳兩家的關係也相當好。柳亞子一家人都在教育界負著重大的使命，都繼承柳亞子的文化事業。謝冰瑩與柳亞子的妻子鄭佩宜，與柳亞子的大兒柳無忌、大女柳無非、小女柳無垢關係都非常密切，親如骨肉，完全是一家人一樣，因而有「柳亞子與謝冰瑩不是父女，而勝似父女」的美

[32]符號，〈我與謝冰瑩及其它〉，欽鴻編《永恆的友誼——謝冰瑩致魏中天書信集》，頁 169。
[33]符號，〈勞燕分飛天海闊・沈園柳老不吹綿——回憶謝冰瑩和我的一段婚姻史〉，欽鴻編《永恆的友誼——謝冰瑩致魏中天書信集》，頁 174。

稱。後柳亞子的兒女都在美國工作，與謝冰瑩的往來便更方便更密切了。謝冰瑩的父親謝玉芝也非常敬佩柳亞子，曾送詩給柳亞子，稱讚柳亞子「用典用得非常聰明」，「讀破線裝書萬卷」。[34]柳亞子對謝冰瑩的家人也非常關心。據冰瑩的三嫂曾憲玲回憶：「我與冰瑩一同生活了半年，她當『紅娘』，鼓勵我同國馨在上海結了婚。婚禮還是柳亞子先生主持的。因為冰瑩與柳亞子的女兒結拜為姊妹，彼此非常親密，柳亞子先生對國馨也很好，因此成了當然的證婚人。」[35]

柳亞子給予的關愛，謝冰瑩是銘記在心的。1936 年 6 月，她作了〈我認識的亞子先生〉，表示對柳亞子的感激。1943 年和 1944 年，桂林文藝界特地先後兩次舉行柳亞子的 57 歲、58 歲祝壽活動，闡明其「敢思、敢罵、敢笑、敢哭」的革命精神，以此作為抗戰勝利的號召。謝冰瑩都是重要的發起者和組織者。

謝冰瑩永遠記著柳亞子的恩情，她在《在日本獄中》中深情地寫道：「亞子先生實在太愛護我，關心我了，他們倆夫婦就好像我的生身父母，我用什麼來報答他們呢？此生存在一天，便記憶著他們一天，如果在學問上，事業上，將來有半點成就的話，我可以說，大半都是他們的賜予。」[36]

——選自《新文學史料》2005 年第 4 期，2005 年 11 月

[34]孔另境編，《現代作家書簡》（廣州：花城出版社，1982 年 2 月），頁 98。
[35]鄒雲峰，〈冰瑩三嫂談冰瑩〉，欽鴻編《永恆的友誼——謝冰瑩致魏中天書信集》，頁 194。
[36]謝冰瑩，〈回到祖國的懷抱來了〉，艾以、曹度主編《謝冰瑩文集（上）》，頁 437。

從自傳到他傳
謝冰瑩傳記研究

◎朱旭晨*

那曲折的流水，從某一地點看去，像在遠處一彎新月

——濟慈

中外文學史上能夠以自傳作品奠定其文學地位的作家少而又少，18 世紀法國平民思想家盧梭以其寫於晚年顛沛流離的逃亡生活中的《懺悔錄》及其續篇《一個孤獨的散步者的夢想》為他贏得了長久受人景仰的崇高的文學地位。這部《懺悔錄》在內容、文學風格、情調等多方面都開闢了一個新的時代，成為法國 19 世紀啟蒙文學靈感的一個源泉。中國的謝冰瑩以一部《女兵自傳》奠定了她「女兵文學」祖母的地位，並將現代中國的新女性推上了與世界同步前進的歷史舞臺。

說起謝冰瑩，人們自然會聯想到 20 世紀中國文壇三位女壽星：蘇雪林（1897～1999），冰心（1900～1999）與謝冰瑩（1906～2000）；20 世紀 20、30 年代湖南作家中的三女傑：丁玲、白薇與謝冰瑩；湖南新化三才子：陳天華、成仿吾與謝冰瑩，……更會想到「女兵作家」、「女叛徒」等專屬性的獨特稱謂。轟轟烈烈的北伐戰爭雖然很快就失敗了，但謝冰瑩卻在這「偉大的時代和社會背景」下寫出了洋溢著濃郁的時代氣息的作品，以「戎馬倥偬」中一部「氣宇軒昂」的《從軍日記》脫穎而出，成為「中國新文學史上『女兵』文學的『祖母』」，「第一個在現代報導文學

---

*發表文章時為復旦大學中國現當代文學專業博士生，現為燕山大學文學與新聞傳播學系教授。

和紀實文學領域建樹卓著的女作家」。此後，謝冰瑩的命運始終與時代緊緊聯在一起，由戰爭而和平，由大陸而臺灣乃至美國，既見證了 20 世紀風雲起伏的歷史，也參與了打破舊制度創建新世紀的歷史，一生著述千餘萬字，「為中國女性在社會和文學上建立性別話語做出了貢獻」[1]，「在現代文學、當代文學、港臺文學、女性文學等不同領域內，她都占據著一席之地」[2]。她是現當代作家中最具傳奇性的人物之一，「雖是女子，男人不及她者不知多少。雖是時代造就的英雄，但時代的閨秀中又有幾人能及？」[3]她正是郁達夫所謂「王綱解紐的時候，個性比平時一定發展得更活潑」[4]的一個。年輕的時候她愛國，中年的時候她愛家愛學生，晚年的時候她又愛禪修。

但是，在「他傳」寫作方面，謝冰瑩卻成了一個被遺忘的存在。直至 2004 年，經湖南學者李夫澤的多年努力，我們才「終於有了第一部謝冰瑩的傳記」[5]，這也是至今唯一一部謝冰瑩傳。

本章旨在回顧謝冰瑩系列自傳性作品的基礎上，分析謝冰瑩傳記創作的艱難與背景，著重闡釋自傳與他傳的異同及其互補性。

一、曾經的女兵

（一）謝冰瑩及其自傳作品

謝冰瑩一直以其經歷、性格及文風的獨特享譽中國現代文壇。這獨特我體會就是她自己所說的「直」、「真」、「誠」，就是「文如其人」。[6]

---

[1]閻純德，〈謝冰瑩：永遠的「女兵」〉，閻純德、李瑞騰編《女兵謝冰瑩》（北京：人民文學出版社，2002 年 1 月），頁 121。

[2]范橋、王才路、夏小飛編，〈序〉，《謝冰瑩散文》（北京：中國廣播電視出版社，1993 年 9 月），頁 6。

[3]閻純德、李瑞騰編，《女兵謝冰瑩》，封面題字。

[4]郁達夫，〈《中國新文學大系・散文二集》導言〉，《郁達夫文集——第六卷・文論》（廣州：花城出版社，1983 年 1 月），頁 262。

[5]閻純德，〈中國現代女性的精神之光——序李夫澤著《從「女兵」到教授》〉，李夫澤《從「女兵」到教授——謝冰瑩傳》（長沙：湖南人民出版社，2004 年 5 月），頁 1。

[6]謝冰瑩，〈平凡的半生〉，艾以、曹度編《謝冰瑩文集（中）》（合肥：安徽文藝出版社，1999 年 8 月），頁 58。

她的作品即便是小說這樣的虛構文體也常是個體生存狀態與心理情緒的寫實，而《從軍日記》、《一個女兵的自傳》、《女兵十年》（兩書合出名《女兵自傳》）、《新從軍日記》（又名《抗戰日記》）、《在日本獄中》等自傳性作品更是她複雜人生歷程及思想情感變化的紀錄。

傳記不是傳奇小說，但讀者選擇閱讀某種傳記時卻無法排除意欲從傳主的人生歷程中尋找傳奇故事的心理暗示。現實生活中，無論中外古今，大凡能在歷史上占有一席之地的人物皆有其異於常人乃至超乎人之處，他們的人生或如自然界的高山大川波瀾起伏搖曳多姿，或如深邃獷遠的海底世界蘊藏豐富莫測艱深，或是一面掙扎在生活的貧困線上，一面徜徉在精神世界的峰巔……對讀者來說，他們傳奇式的人生比之虛構的小說更具有無窮的魅力和啟示。謝冰瑩正是這樣一個人物。

1. 謝冰瑩其人其事

謝冰瑩生於 1906 年，正是中國社會近現代轉型的過渡時期。到 1916 年，隨著新文化運動的推進，北大已開始實行男女同校制。但是，在地處偏遠的湖南省新化縣大同鎮，在謝冰瑩的家鄉謝鐸山，私塾裡還是清一色的童子軍，男女同學完全是不可想像之事。然而，11 歲的謝鳴岡（父親為謝冰瑩取的名字，冰瑩是她的筆名之一）硬是在家鄉的私塾裡和男孩子們一起學習了一年。第二年，12 歲的她以絕食的辦法終於迫得思想封建的母親同意她入大同女校學習。她的求學生涯由此開始，先後就讀於大同女校、新化縣立高等女子小學、益陽信義女中（是一所教會學校）、湖南省立第一女子師範學校。在她越走越遠的求學歷程中，「五四」運動最大的成功「個人」的發見開始影響著她的思想和行為。她不再為君為道為父母而存在，她要為自己而活。在大同女校，她剪斷了做為母親同意她上學的條件給纏上的裹腳布，勇敢地放了天足；在新化，她是大同鎮第一個到縣裡求學的女孩；在信義女中，她因帶頭在「五・七」國恥紀念日呼喊「打倒帝國主義！」、「打倒軍閥！」、「誓雪國恥！」等口號觸犯校規而被學校婉轉「開除」；在第一女師她發表了處女作〈剎那的印象〉，帶著問題小說步入文壇，並在二哥的支持下於 1926 年底即將畢業之際毅然離開長沙，投筆從戎，考入武昌中央政治軍事學校，成為中國歷史上第一代真正意義上的女兵。這時，她的思想又發生了變化，時局、形勢和任務使她意識到要為大眾為國家而存在。1927 年 5 月謝冰瑩隨軍北伐。北伐途中，不管形勢多麼險惡，戰鬥多麼殘酷，她都要充分利用行軍作戰的間隙或他人的休息時間，「靠著膝蓋振筆直書」，「鋒發韻流地寫敘她的感觸」[7]，即《從軍日記》。火線變動不居的性質使得這些日記無法完好保存，加之她有丟失包袱的教訓，於是，她把寫好的帶著硝煙和炮火氣味的戰地日記一篇篇寄給時任武漢《中央日報》主編的孫伏園代為保管。那時，北伐前線沒有隨軍記者，孫伏園收到謝冰瑩的戰地日記如獲至寶。未經作者同意便連續在《中央日報》刊出，林語堂更是對這些戰地日記情有獨鍾，同樣未經作者同意便一篇篇譯了出來，發表在《中央日報》英文版上。當謝冰瑩從前線歸來，她已莫名其妙地成了一個具有國際影響的眾人矚目的傳奇人物。

參加北伐一個多月的時間是謝冰瑩一生最痛快的日子。北伐中謝冰瑩極為迅捷地脫穎而出，獲得獨特的身分定位：女兵作家。

遺憾的是北伐失敗後女生隊亦旋即解散，謝冰瑩不得不回到家鄉謝鐸山去面對雖係書香但仍舊封建的家庭，去設法解脫三歲時父母為其許下的包辦婚姻。她為此做好了充分的思想和心理準備，但被傳統封建思想和倫理道德熏染至深的父母，其愚昧和頑固仍大大超出了她的想像，她被關了禁閉，與外界聯繫的書信幾乎悉數被父母扣壓。在這種情形下，她三次逃奔，三次被抓回，最後不得已聽取符號（謝的第一任丈夫，當時假扮鳴妹與謝通信）的建議虛意遵命嫁到未婚夫蕭家，新婚之夜即與蕭明商討離婚之事，蕭對謝無可奈何，謝蕭姻緣終是空有夫妻之名而無夫妻之實，婚後三日蕭明就被催回長沙上班。此後謝冰瑩假意改變生活方式，極力模仿鄉

[7]林語堂，〈冰瑩《從軍日記》序〉，謝冰瑩《從軍日記》（上海：光明書局，1933 年），頁 2。

下媳婦的做法，很快獲得了蕭家上下的歡喜和信任，最後利用去大同女校當級任的機會成功實施了最後一次逃奔。到長沙徵得蕭明同意後，終於登報解除了婚約。為一紙舊式婚約，四次逃奔，謝冰瑩性格中與生俱來的叛逆色彩在這一事件中得到了充分展示。

1928 年春，謝冰瑩來到位於衡陽的湖南省立第五中學附小，任國文教師。一個學期後被迫辭職，輾轉來到上海，投奔正在主編《當代》月刊的孫伏園。同年秋，《從軍日記》由上海春潮書局出版。冬，考入上海藝術大學中文系二年級，藝大因其進步性質，第二年春即遭封閉。1929 年 5 月底謝冰瑩依三哥的安排來到北平，準備投考北平女師大。在這裡遇到北伐時認識的小鹿（陸晶清），應邀與之同編《民國日報》副刊。暑假後考入北平女師大，與符號結為夫婦共同生活，生女兒符冰。為維持生計，她邊讀書，邊寫文章，邊在兩所中學代課，同時還參加北方左聯的發起活動。生活的艱辛與忙碌、符號的誤會與入獄、政治上的打擊[8]等等接踵而至，終令其於 1930 年底中斷學業離開北平南下武漢。

1931 至 1937 年間，謝冰瑩先後輾轉於上海、日本、龍岩、廈門、桂林、南寧等地。兩度赴日求學均未能修成正果，一次因組織抗日救國會被遣送回國，一次因愛國罪入獄經柳亞子等極力營救方始獲釋回國。在國內，或教書、或寫作、或參加救護隊等，1936 年由上海良友圖書公司出版《一個女兵的自傳》。期間，曾先後與顧鳳城、黃維特共同生活。

1937 年抗日戰爭爆發，謝冰瑩以個人名義組織「湖南婦女戰地服務團」，親任團長，重上征途，過著她最喜歡的有意義、有價值、有趣味的雄壯而痛快的戰地生活。與第一次從軍一樣，她一刻也沒有放下自己手中的筆，隨時隨地都在寫作，幾年間先後出版《軍中隨筆》、《新從軍日

---

[8]「一九三一年初，謝冰瑩參加了非常委員會領導下的北平新市委籌備處，被以籌備處分子開除出黨。」楊纖如〈北方左翼作家聯盟雜憶〉，中共北京市委黨史研究室、中共天津市委黨史資料徵集委員會編《北方左翼文化運動資料彙編》（北京：北京出版社，1991 年 6 月），頁 302。原載《新文學史料》第 4 期（1979 年 8 月）；另收錄於欽鴻，《永恆的友誼——謝冰瑩致魏中天書信集》（北京：中國三峽出版社，2000 年 12 月），頁 185。

記》、《在火線上》、《第五戰區巡禮》、《戰士底手》等紀實與報導文學集。

1940 年初謝冰瑩到西安，創辦純文藝雜誌《黃河》，這是西北國統區僅有的大型文藝月刊。它雖用土紙印製，紙質粗糙，但從作者隊伍來看卻是中國文藝界在西北的一個縮影，既有知名作家記者，又努力培植青年作家。它記錄了一個時代，也留下了謝冰瑩抗戰時期的足跡。本年謝冰瑩與賈伊箴結婚。1943 年 3 月，謝冰瑩離開西安。1944 年 4 月《黃河》雜誌出至第 5 卷第 4 期停刊。1944 至 1945 年 8 月日本無條件投降。謝冰瑩任教於成都製革學校。1946 年秋應聘回到北平女師大中文系。講授新文藝習作課。1948 年 3 月在北平復刊《黃河》雜誌，謝冰瑩繼續擔任主編，期數另起，同年 8 月出至復刊第 6 期終刊。謝冰瑩應臺灣師範學院之聘，赴臺任教，從此告別大陸，終未歸來。

赴臺後，謝冰瑩在臺灣師院（後改為臺灣師大）執教 20 年，家庭生活相對穩定。她仍保持著邊教學邊寫作的狀態，著述甚豐，著作多由臺灣三民書局出版。期間，1957 至 1960 年曾赴馬來西亞太平華聯高中任教三年；1956 年因機緣巧合皈依佛門，法名慈瑩；1971 年在赴美探親的船上不幸跌傷，右腿骨折；1972 年從臺灣師大退休；1974 年同丈夫賈伊箴定居美國舊金山。1979 年底在《世界日報》的「兒童世界」版開闢「賈奶奶信箱」專欄，熱心與小朋友通訊，教他們讀書寫作和做人。1980 年起與大陸作家趙清閣、陸晶清等恢復通信。1988 年 7 月賈伊箴病逝。1990 年 11 月返臺一遊，特去臺南成功大學宿舍看望老友蘇雪林，去臺灣佛教聖地花蓮拜訪證嚴法師，並接受了陸軍軍官學校校長贈送的寫著謝冰瑩名字的黃埔第 6 期同學錄。2000 年 1 月 5 日謝冰瑩走完了她近一個世紀的漫漫長路，病逝舊金山。

做為新文學第二代女作家，謝冰瑩活躍於大陸文壇二十餘年，她清醒執著的奮鬥目標及為此而付出的努力與跋涉曾激勵過無數青年男女走上反封建反軍閥反對包辦婚姻反對舊禮教舊制度爭取男女平等自由解放的道路，鼓舞著無數青年男女勇敢奔赴抗日戰爭的戰場。在中國現代作家群中，當兵成名的男作家不少，但馳騁於沙場又闖入文壇而名滿天下的女作家卻並不多見。她是舊世界的叛逆，是前衛的女兵。取自她親身經歷的系列作品《從軍日記》、《女兵自傳》、《新從軍日記》、《在日本獄中》等廣受讀者歡迎，《從軍日記》和《女兵自傳》至今均已再版二十餘次，並被譯為多種文字，被看作是比傳奇小說還好看的傳奇故事。「書中的主角真像個傳奇人物，她的遭遇的確太複雜，太悲慘，甚至太可怕了！要不是她有堅強的生命力，有奮鬥的勇氣，恐怕早就不在人間了。」[9]的確如此，自殺的念頭在謝冰瑩那曲折艱難滿是窮困與磨難的前半生中不知出現了多少次，只要再多一分一毫的怯懦，她就真的早已不在人間了。然而，每一次使命意識和理智力量都最終戰勝了內心的軟弱，歷經一個個磨難，在送走了 20 世紀後她才「如願以償」地回「老家」。

2. 謝冰瑩自傳作品的魅力

雖然謝冰瑩已告別人間，雖然「謝冰瑩」三個字在大陸文壇銷聲匿跡三十餘年，而一旦「解凍」，無論你是否熟識這個名字，只要你讀到她的這些作品，一個鮮活的女兵定會深深地印入你的腦海，因為她太獨特了。讀她的作品就像親耳聆聽她的講述一樣，語氣、心情、行動、行程、事件、經過、想法、做法、乃至情感與理智的衝突、自我內心的反覆掙扎無不躍然紙上。「在這裡，沒有故事的雕琢、粉飾，更沒有絲毫的虛偽誇張，只是像盧梭的《懺悔錄》一般忠實地把自己的遭遇和反映在各種不同時代，不同環境裡的人物和事件敘述出來，任憑讀者去欣賞，去批評。」[10]

從 1929 年的《從軍日記》、1936 年的《一個女兵的自傳》、1938 年的《新從軍日記》到 1940 年的《在日本獄中》，謝冰瑩的系列自傳均創作出版於中國第一次現代傳記熱潮中，她的自傳既帶有早期現代傳記注重人

[9]謝冰瑩，〈關於《女兵自傳》〉，艾以、曹度編《謝冰瑩文集（上）》（合肥：安徽文藝出版社，1999 年 4 月），頁 3～11。

[10]同前註，頁 8。

物性格形成的線索性和語言表述的文學性，不過多關注事件發生的具體時間等整體特徵，更富於個體的特殊性。這集中表現在下述幾個方面：

（1）女兵的特殊身分及其漸趨明朗的時代意識

儘管 1922 年謝冰瑩就在長沙《大公報》副刊發表了〈剎那的印象〉，但真正走上文壇應該說起步於她的《從軍日記》。《從軍日記》以一個頑皮活潑的女兵口吻興致勃發地敘寫著自己隨救護隊出發鄂西一路上的見聞感想，在當時沒有隨軍記者報告北伐進程的大背景下，她的《從軍日記》自從被孫伏園刊發在《中央日報》副刊又被林語堂同步翻譯為英文發在英文版《中央日報》副刊後，就成了讀者了解前方將士行軍作戰的情形及民眾如火如荼的革命熱情的直接讀本，而她特殊的女兵身分也引起了廣泛的關注與好奇。到 1927 年，新文化運動雖已過去十年，但中國內地絕大多數婦女仍是金蓮蹣跚地生活於蒙昧狹隘的天地間，女兵們每到一地，常常都要「被滿街的人所包圍」，一位老婆婆說「長到八十多歲了，從沒有見過這樣大腳，沒頭髮，穿兵衣的女人」，有人擔心「這樣年紀輕輕活活潑潑的女孩，假使在戰場上打死了，她家裡的父母怎麼辦呢？」我想當時對謝冰瑩作品而言，正是這種好奇心關切心使得「女兵」這一獨特身分勝過了任何形式的廣告，對各層次讀者來說它都是神祕的、新鮮的，這無形中增加了作品的吸引力，對男女青年尤其是廣大婦女更有著巨大的號召性、激勵性和現實的榜樣作用。

謝冰瑩以一個年僅 20 歲的女兵身分見證並再現了現代中國歷史的風雲變幻，潮起潮落，那種強烈的時代感和她個人漸趨明朗的時代意識，亦為同時代的其他女作家所望塵莫及。她坦承從軍的動機起初是個人性的，認為只有參加革命，「婚姻問題」和「未來的出路問題」才有辦法，並進一步寫道「我相信，那時女同學去當兵的動機，十有八九是為了想脫離封建家庭的壓迫，和找尋自己出路的；可是等到穿上軍服，拿著槍桿，思想又不同了，那時候誰不以完成國民革命，建立富強的中國的擔子，放在自己的肩上呢？」[11]後來，包括謝冰瑩在內的女兵們都「把狹義的愛的觀念取消了，代替著的是國家的愛，民族的愛！」、「把自己的前途和幸福，都寄託在革命事業上面」[12]。她不但明確意識到「我雖做了你們（指父母——筆者註）的逆子，禮教的叛徒，但究竟我是舊社會的破壞新社會的創造者。」[13]、「我們來學軍事，是為時代的要求，現在的時代是什麼？是革命的時代，革誰的命呢？革帝國主義與軍閥的命，革土豪劣紳貪官污吏買辦階級的命，革一切封建制度的命！」[14]並覺悟到「婦女問題是社會革命的一部分，欲求婦女解放，非得整個的社會革命成功後不能實現」[15]。為此，她覺得「即便沒人知道我，我也可以驕傲一生！」能夠自覺的把婦女解放和國家命運聯繫在一起，並深切體會到婦女的解放首先應當是觀念的解放，封建勢力的代表往往是自己最親近的人，並且可能就是婦女本身，這些今天看來仍具啟蒙意義的思想尤其難能可貴。觀念解放確是婦女解放的前提。

（2）叛逆性格和複雜曲折的人生及情感經歷

《一個女兵的自傳》1936 年出版後，連印二十幾版，它的暢銷早已遍及大江南北海內海外。為了研究的需要，我一遍遍閱讀著這本出版於 70 年前的傳記，一個叛逆的、勇敢的、獨立的女性真實地出現在我的面前，我看著她長大，看著她從小就在爭取像三個哥哥一樣上學讀書，她不愛穿耳裹腳紡紗，不願意像姐姐那樣從早到晚紡紗繡花，扶著牆壁行走，她像男孩子一樣爬樹下河當司令。長大了，她就要外出求知識、求自由、求獨立，逐漸地她成長為一個大膽、大方、能吃苦不怕累又有火熱的思想和情感的新女性。她要打破舊的制度，創造新的世界，時時激勵自己「不要忘

[11]謝冰瑩，〈當兵去！〉，《謝冰瑩文集（上）》，頁 60。
[12]謝冰瑩，〈「打破戀愛夢」〉，《謝冰瑩文集（上）》，頁 77～78。
[13]謝冰瑩，〈給 KL〉，《從軍日記》，頁 96。
[14]謝冰瑩，〈給女同學〉，《從軍日記》，頁 114。
[15]謝冰瑩，〈出發前給三哥的信〉，《從軍日記》，頁 106。

記了你是個非凡的女性」，要「做個社會上有用的人」[16]。最後「兵」成為她的自傳的核心詞，戰爭、抗爭成為她某一階段的生活主旋律，反封建和反軍閥反日帝成為她的兩個主戰場。她外出讀書謀職尋求自立，致力於擺脫封建家庭與婚姻的壓迫和束縛，在與保守落後的舊勢力鬥爭的過程中，她以屢戰屢敗、屢敗屢戰的毅力終於獲得最後的成功，叛逆性格也因之得到愈加強烈充分的發展。同時她積極參軍上前線，過著悲慘雄壯而痛快的軍旅生活，以精神之樂戰勝物質之苦，成為英姿颯爽不怕犧牲的中國第一代女兵。

在人生之路上，意想不到的風浪總是不斷地襲來。無論國內國外，謝冰瑩幾次求學都未能「修成正果」：湖南省立第一女子師範未及畢業即棄文從軍；考入上海藝術大學剛剛一個學期又因學校被封閉而中斷學業；在北平女師大學習一年多又因政治、生活等原因被迫南下；兩度赴日求學也都半途而廢，終究未能取得任何學校的畢業證書。當兵是她的喜好，但兩度從軍，一次太短一次過長，都不能盡如人意。她的英雄夢與愛國情要麼消失在轉瞬即逝的狂風淫雨與炮火硝煙中，要麼最終消耗在無休止的戰亂與脫韁之馬般飆漲的物價和艱辛的生活中。尚未懂得愛情的時候心中不知不覺便有一個異性的影子揮之不去，雖然她曾說過對以描寫三角戀愛和多角戀愛知名的作家張資平不敢恭維的話，然而「湘女多情」，兩性之間自然生發的難以抑制的愛在她以後的生涯中一再出現，「三角」、「多角」的煩擾令她不時陷入感情與理智的衝突中，矛盾而苦悶。最後與之廝守白頭的丈夫賈伊箴雖是諸般皆好，但卻是個大男子主義者，而且對大陸極端反感，有時甚至當面撕毀大陸朋友寫給謝冰瑩的信件。

但謝冰瑩是生活的強者，每一次消沉或是走投無路之際理智總能戰勝一己之情和懦弱無能的自殺想法。在她的自傳中，無數的事實皆指向「女人不是弱者」這個斬釘截鐵的結論，讓人敬佩促人覺醒使人振奮。

---

[16]范橋、王才路、夏小飛編，《謝冰瑩散文》，頁 69～70。

（3）獨特的寫作風格

在她的幾部自傳性作品中，《從軍日記》寫的最為無拘無束充滿激情。那正是她天不怕地不怕意氣風發的青春歲月浪漫時刻，獻身革命拯救世界，做「開世界婦女革命的先鋒」、「時代的創造者」的意識鼓盪著她的身心，她興奮激越，認定這是「我生命史中最光榮的一頁」。於是從出發這天起她就開始寫日記。打算「一直寫到我們歸來的這天為止。無論是多少日子我總是要繼續寫下去」[17]。因為是日記，她就「想到哪裡就寫到哪裡」，完全沒有計畫，也不去考慮應該怎樣寫，寫完之後也無暇修改或是再看一眼。「只是有了話就寫，寫完就丟了，就什麼都不管了」，所以她說「這些東西是我赤裸裸寫出給我和我朋友看的。」[18]正因如此，寫作時她很放得開，眼見耳聞心裡想的只要有趣她就寫下來。開篇第一句話就是「我真高興，無論跑到什麼地方，看見的都是為主義為民眾戰鬥的革命軍，都是含笑歡迎我們的老百姓。」第二篇又給伏園先生講了「一個可喜而又可笑的故事」。第三篇又變成了「糟糕！真是糟糕！我帶來的毯子、飯盒、水瓶、包袱通通不見了！」第四篇上來就說「伏園先生：我再不騙人了，我永遠不騙人了！我的〈從軍日記〉你看是多麼騙人呀！我從前間斷了幾天，現在又有五天——連今天——沒有寫了！」……這樣一個喜怒形之於色的女孩子跟著隊伍跑前跑後救護傷員還不時地向她結識不久的「老朋友」伏園先生撒著嬌報告行程，眉飛色舞地講述著那些在她眼裡值得一記一說的事項。這樣的風格在當時是多麼與眾不同多麼英武豪爽啊！

現代自傳作家大都是小說家，他們一反古典自傳的舊習，常採用小說筆法，將傳主「外面的起伏事實與內心的變革過程同時抒寫出來，長處短處，公生活與私生活，一顰一笑，一死一生，擇其要者，盡量來寫」，這樣才「見得真，說得像。」[19]「故事性」於是成為現代自傳的重要特徵。胡

---

[17]謝冰瑩，〈寫在後面〉，《從軍日記》，頁 61。
[18]同前註，頁 55。
[19]郁達夫，〈什麼是傳記文學〉，《郁達夫文集——第六卷・文論》，頁 283。

適寫《四十自述》時就是「從這四十年中挑出十來個比較有趣味的題目，用每個題目來寫一篇小說式的文字……這個方法是自傳文學上的一個新路子」[20]到了趙家璧約謝冰瑩寫《一個女兵的自傳》的時候，她已積累了一定的寫作經驗，她的自傳從結構方式到表達方式都有著鮮明的時代性，完全是屬於現代的、1920 至 1930 年代的。像胡適那樣，她「首先擬定了幾十個小題目，準備每一個題目，最少寫一千字以上，最多不超過三千字。」同時還要做到百分之百的真實，否則，她認為就成為傳奇小說了。我們看到《一個女兵的自傳》（上、中）從〈祖母告訴我的故事〉寫起，以幾十個小題目分鏡頭回溯追敘了自己三十多年不平凡的經歷，故事、細節、場面成為整部自傳的結構元素，人（傳主及他人）的性格、行蹤、經歷、思想情感的變化等成為表述的核心對象，風俗、觀念——新舊觀念、城鄉差別及國家種族觀念的衝突等共同構成故事展開及人物性格發展的背景。謝冰瑩以她慣會講故事的風格，時常在簡練的文字中道出情趣盎然或是有驚無險的真實故事。〈被開除了〉是多麼驚險，險些前功盡棄！〈鄉包姥追火車〉雖是在寫自己的愚笨恐懼與懊恨，但今天讀來卻是那樣新鮮有趣又真切傳奇。〈外婆校長〉則是自傳中一個簡短的他傳，幾件小事就寫活了少女眼中「完全用人格感化學生的教育家」徐特立校長，真切傳神，小中見大，當由徐特立講到自己時又回轉得自然天成，並一筆帶出少年時代她就不喜《紅樓夢》而偏愛《水滸傳》，暗示著未來女兵出現的必然性。正由於這種性格、經歷及文風的獨特，書出版不到半年，又再版了，當時的男女青年幾乎是人手一冊，許多女孩子甚至模仿她的方法脫離家庭，她的熱情和勇氣更帶給青年們極大的感動和鼓舞。

1937 年 9 月 14 日，謝冰瑩帶著她的「湖南婦女戰地服務團」重上征途，當天就寫下了《新從軍日記》的第一篇〈重上征途〉，開篇就是「用什麼來形容我的快樂呢？」在現代女作家中，謝冰瑩注定是屬於戰場的，

[20]胡適，〈自序〉，《四十自述》（合肥：安徽教育出版社，1999 年），頁 3。

在她看來「宇宙最殘酷的是戰爭，最悲壯的是戰爭，而最偉大的也是戰爭」[21]。半個月前她還在南嶽肺癆療養院養病，是炮火讓她恢復了北伐時期飽滿的愛國情緒和身為女兵的驕傲，她說「真想不到今天我又實現十年前的美夢了。我不但個人能夠穿上軍裝跑到前線參加殺敵；而且帶了十六個小姐也和我一樣地穿上軍裝，到前線去。」[22]像上次一樣，在前線及野戰醫院工作的間隙，她又開始了新一輪從軍日記的寫作。每當她因為徵求捐贈物品回到上海時，相熟的編輯們見了面就要向她討稿子，這種應接不暇的情形，相信無論何時也只能發生在名作家大作家身上。戰爭成就了「女兵作家」，「女兵作家」又為戰爭留下了最可信賴而又形象逼真的一手資料。「女兵作家」已然成為謝冰瑩的代號，生死關頭就連黃參議都半開玩笑半認真地說「還是讓我們先死吧，留著你還可以替我們的抗日英雄寫文章。」[23]

《在日本獄中》是謝冰瑩 1936 年 4 月在日本的一段噩夢般的坐牢經歷的紀錄。文風的爽直樸實一如往昔，只是調子因為題材內容的限制變得更低了，通篇充滿對日本軍國主義專制暴政的仇視和對所謂日本文明的蔑視，可貴的是她同時也記錄了與日本進步作家和普通百姓的交往與友誼以及對底層市民的同情。

胡適認為一部好的傳記最要能寫出所傳之人的「實在身分，實在神情，實在口吻，要使讀者如見其人，要使讀者感覺真可以尚友其人。」[24]從以上分析中，我們看到謝冰瑩以她那枝純潔、坦白、赤裸裸的筆留下了她值得紀念值得保留的生的痕跡，記述了一個活潑潑的人的生命故事，記述了她的思想與言行，記述了她與時代的關係，為後世讀者留下了追尋那個時代回到「歷史現場」的憑藉與圖驥。當然，由於敘述的主觀、人為、語

---

[21]范橋、王才路、夏小飛編，《謝冰瑩散文》，頁 439。
[22]同前註，頁 429。
[23]范橋、王才路、夏小飛編，《謝冰瑩散文》，頁 440。
[24]胡適，〈《南通張季直先生傳記》序〉，耿雲志、李國彤編《胡適傳記作品全編‧第四卷》（上海：東方出版中心，1999 年 1 月），頁 203。

言等成分的影響，我們有足夠的警醒，知道任何敘述中所反映的歷史客觀性都是有保留的，但在不斷的書寫中，謝冰瑩確實敞開了心靈之門讓自己更了解自己，讓他人結識這個有著健康、叛逆，苦悶、矛盾而偉大的心靈的女性。

（二）他傳的長期空白：政治因素導致的學術阻隔與傳記寫作的艱難

1948 年 8 月，謝冰瑩應臺灣師範學院之聘赴臺任教，從此大陸上消逝了她那風風火火勇創新世界的戰士的身影，她的文學作品也急剎車般溢出了大陸文壇。作家隊伍的整合、新文學史寫作的政治標準等使得各種文學史料、文學史著不再提及謝冰瑩和她的作品，她的名字瞬間即被厚重的歷史塵埃湮沒，一代又一代的新讀者未曾聽過這位曾經的女兵的名字，也沒有讀過她的作品，雖然 1948 年 8 月前她發表在大陸報刊雜誌上和出版的作品並未被焚，雖然此後臺灣一直在出版發表她的新舊作品，但一水之隔卻因政治選擇和立場的差異斷裂了藝術與學術的交流，政黨間的政治對立再次成為難以突圍的封鎖難以跨越的峭壁。

阻隔了 30 年，終於在 1979 年 8 月大陸出版的《新文學史料》第四輯上出現了謝冰瑩的名字，該輯刊出了楊纖如的〈北方左翼作家聯盟雜憶〉提到謝冰瑩是北方左聯發起人之一，此後又有孫席珍、劉尊棋等在他們有關北方左聯的回憶文章中提到謝冰瑩。[25]1988 年上海社科院文學所編輯出版的《三十年代在上海的「左聯」作家》[26]一書中收有花建寫的〈謝冰瑩〉，類似簡傳，內容截止到 1937 年謝冰瑩再次成為抗戰烽火中又一個活躍的女兵。1991 年馬良春、李福田主編的《中國文學大辭典》[27]收錄了嚴景煦撰寫的「謝冰瑩」詞條，僅八百餘字，屬略傳，內容以謝冰瑩在大陸

---

[25]見《左聯回憶錄》（北京：中國社會科學出版社，1982 年 5 月）。《北京黨史資料通訊》（1984 年），頁 21。

[26]上海社會科學院文學研究所編，《三十年代在上海的「左聯」作家》（上海：上海社會科學院出版社，1988 年 4 月）。

[27]天津人民出版部、百川書局出版部編，《中國文學大辭典》（天津：天津人民出版社，1991 年 10 月）。

的活動為主，對其赴臺的經歷只概括提及。其後出版的各種文學辭典中的相關詞條也都大略如此。其間，大陸學者追蹤研究謝冰瑩相對來說最為細緻詳盡的應屬閻純德先生，他於 1983 年、1988 年先後出版了《作家的足跡》及《作家的足跡續編》兩書，分別收錄了他的研究成果〈謝冰瑩及其創作〉、〈謝冰瑩年表〉及〈謝冰瑩書箋〉，這是自謝冰瑩離開大陸後內地學者謝冰瑩研究成果的最初和最集中的體現。但受到資料等方面的限制，在 20 世紀 1990 年代以來的傳記寫作熱潮中卻始終不見謝冰瑩傳。

閱讀現代作家傳記，我們發現作者對傳主的選擇一般都有一定的必然性。這體現在作者與傳主往往有著地緣上的、血緣上的聯繫，或是藝術上的共同追求等等。如同湘西那片神奇的土地養育的兒子凌宇為沈從文立傳、生於河南潢川的黃昌勇心中始終牽掛著那「暗暗的死去」的同鄉——犨河邊長大的有著火暴脾氣的作家王實味，並終於實現了為之立傳的心願一樣，生長於湖南漣源的李夫澤寫作《從「女兵」到教授——謝冰瑩傳》雖有一定的偶然性，但卻又是自然的必然的。從李夫澤近年來的研究興奮點——湘中作家與湘中民俗——來看，湘中女作家中丁玲與白薇均有傳記問世，但離開大陸半個多世紀的謝冰瑩尚無他人為其作傳，聚焦謝冰瑩並為之作傳是他治學思路和研究對象的自然延伸。由同鄉李夫澤首開為謝冰瑩立傳的先河，是再自然不過的事。說它偶然，則完全是我個人從李夫澤的後記中體會出來的。作者先是從網上看到相關論文提及某人向中學生傳授記憶課文作者的方法，說者言之鑿鑿，不想卻是將謝冰瑩誤為謝婉瑩；然後又發現自己的學生也是冰瑩婉瑩合二而一；更有來自謝冰瑩家鄉的大學生同樣沒有聽說過謝冰瑩的名字，如此這般激起了他意欲為謝冰瑩立傳的想法，以期傳遞「女兵」「積極進取」「頑強拚搏」的精神。

有了想法就要付諸實施。作者在後記中提到這樣幾個問題：一是謝冰瑩已有《女兵自傳》，自己如何寫出新意？二是謝冰瑩 1948 年去臺後未再寫自傳，赴臺以後的生活等各方面資料較難搜集，怎樣填補這段空白？三是自己已有研究成果中謝冰瑩研究占了一定比例，如何不重複自己？筆者以為作者所提出的幾個問題都極為典型，是三種不同情況的集中體現。其一，為已有自傳的作家立傳時如何寫出新意？其二，對建國前後離開大陸的作家，在資料不充分的情況下怎樣為他們立傳？其三，傳記作者如何才能不重複自己對該傳主已有的研究成果？

現代作家有些在 1930、1940 年代第一次「傳記熱」中撰寫了個人自傳，有的後來陸續寫作出版了個人回憶錄、自傳、日記、書簡及相關文章。一般說來，確定傳主之前，傳記作者既已知道這些自傳或自傳性資料的存在。對此，筆者認為，傳記作者首先應本著去偽存真的目的，熟悉、分析、考證核實這些自傳材料。有時對同一件事，作家在不同時期的回憶與敘述往往不盡相同，將它們並置來讀，一方面互為補充，一方面也更能呈現作家心境和時代氣息的變遷，看到已無法追尋的「過去」與「現在」之間的互融互生。其次傳記作者不能僅僅滿足於自傳材料，而要多方挖掘，充實自己的傳記資料庫。譬如通過閱讀傳主的作品探究作家隱蔽其中的靈魂；尋找傳主在成為一位作家的道路上所受的影響；搜集閱讀傳主與親朋故舊的往來書信及他人有關傳主的回憶文章；研究與傳主有關的所有次要人物的材料，如果可能，最好能踏尋傳主的遺跡，探訪傳主的親友後裔；到傳主出生及長期工作生活的地方政府史志辦公室查閱地方志，一般都可以找到地方名人小傳；至於傳主生活其中的時代背景性資料既可查閱公開出版的報紙書籍等，亦可參考同時代人的日記書信等文字資料。這樣，傳記作者便可在資料方面超越傳主的自傳了。第三，對自傳的不足和缺點要盡可能彌補糾正。自傳的不足和缺點主要集中於時間上的不完整性及內容上的選擇性兩個方面。一般說來，在作家自傳中，生命歷程中的不同階段並不以同樣的分量浮現於他們的回憶中，這其間的輕重、繁略，是頗可尋味的。通常情況下，「童年」與「故鄉」所占比重最大，因為它們都與生命的原初形態聯繫在一起，是一種先定的存在，個體生命以後一切「發展」的祕密都蘊含其中。作家自傳中的這種傾向在早期自傳中尤其明顯。同時，由於自傳寫作對個人經歷的選擇、組合、賦予意義時的傾向性，使得客觀的事實被包含在主觀的意圖中，這種情形對傳記作者提出了更高的要求。它要求傳記作者在進入歷史的時候「空著雙手」，即處於「無我」的狀態，既不帶特定的意圖，不從特定的意識形態和外來的或者既定的觀念出發，而應像莫洛亞那樣絕不先入為主，當他為某人寫傳前，他只能想到「這是一個常人，我得掌握關於他的大量文獻與實物資料，以便撰寫一部真實的傳記。在動筆之前，我絕不虛構，而是僅僅接受對於這個人物經過長期周密思考方才體會到的東西，並且準備根據新發現的事實來隨時修改它。」[28]而且要盡可能擴展閱讀文獻的範圍，在搜集資料時，最好不借助二手資料，或者斷章取義。要從頭到尾，並且要讀兩遍以上。能夠以時代先後為順序更佳。在這種「無我」而專注的狀態下，傳記作者方能進入無邊無際的歷史的海洋，在其間與自然呈現出來的傳主的本來樣態相遇。並通過二次閱讀，使最初模模糊糊浮現在腦海裡的某些不成輪廓卻無法擺脫的東西，變成某種影像浮現出來。相信經過如此這般努力後，傳記作者便具備了彌補自傳不足與缺陷的條件。

為建國前後離開大陸的現代作家立傳，普遍存在著資料匱乏及政治因素對學術研究的介入問題，實現突破的較為可行的方案，一是海內外學者聯手合作，互通有無，最大限度搜集與傳主相關的文字資料及其他形式的史料和生活佚事。或者退而求其次，充分利用北京國家圖書館港臺閱覽室的藏書。筆者在比較國內幾個主要大學及省市圖書館後，認為國圖的藏書雖也遠未應有盡有，但相對說來，海外及臺港圖書還是能夠解決一些問題的，而且多數圖書既可現場閱讀，亦可複印。單就謝冰瑩資料而言，赴臺後出版的相關自傳性作品也多有收藏。這部分資料如能好好使用，一方面可充實傳記內容，一方面可從中得到新的線索。但或許是限於時間及經費等因素（直至目前，國內高校及科研部門用於一般社科類研究的經費開支所占比例仍極其微弱，這很大程度上限制了專家學者的研究視野及節奏

[28]（法）莫洛亞，〈論當代傳記文學〉，《傳記文學》1987 年第 4 期（1987 年），頁 156。

等），我們在該傳注釋中並未發現對這部分資料的引用。另外，對謝冰瑩等建國前後離開大陸的作家，由於所處環境政治氛圍的影響。後期創作上發生轉變是很自然的，基於此，傳記作者在分析傳主作品時不妨多考慮於藝術上的得失與成就，尋找作品與傳主生存際遇間客觀存在的對應關係，盡量避免政治話語霸權而造成的偏激。

在突破個人以往對該傳主的研究成果方面，筆者以為可以尋求多方解決之策：資料的更新與不斷充實自然會帶來研究視角與觀點的轉移及變化，敘述語調和姿態的調整同樣不可忽視，將以往研究成果融入傳記作品時應著重處理好局部與整體的關係，同時如能打破由生到死的結構模式，嘗試以傳主性格、命運為經，以探索傳主心理發展、變化與成熟為緯等各種現代傳記方法塑造傳主形象，可能會有所突破。

二、自傳與他傳的關係

自傳是作者自己撰寫的以個人真實生活經歷為內容的作品，如日記、書信、隨筆、回憶錄和往事追憶等。它的判斷標準是作品中是否存在著作者、敘述者和主人公的同一。儘管它包括的體裁種類很多很雜，但其含義是明確的統一的，即直接刻畫和描寫自己的作品。他傳即指由他人撰寫的某傳主的傳記，包括標準／一般傳記、評傳、畫傳、小傳、合傳、辭書條目，以及專題傳記等。自傳是強調「自」的反照功能，而他傳是從作者出發，觀照他人，二者由於出發點不同、視角不同，因此對傳主身分的認同也有所不同，同時，傳記整體上亦表現出內容、風格及效果的迥異。當然，他傳總是要取材於自傳的，因此，二者之間又存在著一定的聯繫。

（一）他傳源於自傳

對傳記寫作來說，傳主的選擇確定後，資料的搜集便是擺在首位的重要工作。朱東潤對傳記作者提出的基本要求是「材料不夠必須知道如何搜求；傳說太多必須知道如何辨別，尤其重要的必須知道如何掌握分寸。」[29] 至於怎樣搜集資料、怎樣辨別資料的真偽虛實、入傳時怎樣掌握分寸，卻沒有做出具體的指導。一般說來，傳主的日記、書信、自傳、作品、檔案，同時代來往密切之親朋好友日記中的相關記述，知情人的相關文章與回憶等都是傳記資料的來源，是解讀傳主的線索和據之推論的證物。這些資料為作者進入傳主的內心世界提供了不同的切入口和角度，傳記作者依此便可勾勒出一個立體的傳主。應該強調的是，眾多材料之中，日記和自傳是作者進入傳主內心世界最便捷的直線通道。

從今天的出版物來看，現代女作家不像男作家那樣喜歡寫日記發表日記，但謝冰瑩和蘇雪林這一對文壇老姊妹是個例外。她們都是從少女時代就養成了記日記的習慣，而且終生堅持不懈。在蘇雪林去世前，臺南成功大學為她出版了 15 冊四百多萬字的日記。謝冰瑩的日記除公開發表出版過的《從軍日記》和《新從軍日記》外，其他目前尚未見出版。待整理出版後，這將成為謝冰瑩傳記寫作的最大宗的一手資料。[30]

對於謝冰瑩這樣一位傳主，從資料上講，既存在資料匱乏的量的問題，也存在資料之間出入較大、真偽難辨的質的問題。前者是指有關她後半生的資料大陸很難找到，後者主要指具體事實認定上的出入。就國內資料儲備及作者自身所及而言，我們推測李夫澤教授寫作謝冰瑩傳記的主要資料來源一是謝冰瑩早期的系列自傳，關涉傳主的家世、兒時的生活情形，及思想情感的內在變化和衝突等自傳提供的資料，最多也最為可靠；二是謝冰瑩的其他紀實乃至虛構的作品，這主要是由於從散文到小說謝冰瑩所講述的，無一不是現代新女性在家庭生活和社會生活中所歷所聞、所見所感的真實的故事與情感；三是同時代作家或友人發表的關於謝冰瑩的

[29]朱東潤，〈序〉，《朱東潤傳記作品全集・第二卷・梅堯臣傳》（上海：東方出版中心，1999 年 1 月）。

[30]美國史丹佛大學中文圖書館館長馬大任和曾憲琳先生願為其設法出版。見謝冰瑩，〈我寫日記五三年〉，艾以、曹度編《謝冰瑩文集（下）》（合肥：安徽文藝出版社，1999 年 8 月），頁 452～453。

回憶文章，及公布的與謝冰瑩的往來書信，猶以謝冰瑩老友魏中天及研究者閻純德為主；四是新聞媒體及其他研究者發表的相關報導和文章；最後就是作者的腳下功夫，這集中體現在作者對謝冰瑩家鄉和知情者的多次訪問、地方史志中的相關資料及其對「梅山文化」的研究。

《從「女兵」到教授——謝冰瑩傳》（以下簡稱《從「女兵」到教授》）共設十章，前七章因時間截止於 1948 年，因此，從傳主人生經歷的線索到具體的生活故事，大部分都有自傳的印記。如第一章「蒙童與求學」，除第三節「梅山文化熏陶」外，其他四節中的傳記事實基本與《一個女兵的自傳》中所記相近，或說直接來自傳主的自傳。謝冰瑩的出生、「抓周」、從小養成的男孩子一樣的頑皮的習性、啟蒙、入學、發表第一篇文章等等與自傳中〈祖母告訴我的故事〉、〈黃金的兒童時代〉、〈近視眼先生〉、〈未成功的自殺〉、〈剎那的印象〉及散文〈書的毀滅〉等所述故事存在著一一對應的關係。在〈祖母告訴我的故事〉中，謝冰瑩這樣敘述她兒時頑皮的舉動：「又有一次，你為了去弄屋上的燕子窩，從樓梯上掉下來，臉摔破了，氣也斷了，全身冰冷，完全失掉了知覺。」[31]李著謝傳寫的是：「還有一次，謝冰瑩像男孩子一樣，拿著梯子去戳屋樑上的燕子窩，不小心從梯子上掉下來，臉被摔破了，氣也斷了。全身冰冷，完全失去了知覺。」[32]這裡，不同的只是從祖母講故事的語氣到傳記作者敘述語氣的轉變，傳記事實本身則完全來自自傳。關於家世，除《一個女兵的自傳》中「我的家庭」一節外，謝冰瑩還曾寫過〈祖母的拐杖〉、〈父親的遺囑〉，〈偉大的母親〉、〈兩塊不平凡的刺繡〉、〈姊姊〉、〈平凡的一生〉等文章，詳細敘寫了她的祖母、父母及三個哥哥和姐姐的性情、讀書、工作及他們各自的婚姻生活等，這些為作者撰寫「書香之家」一節準備了足夠的原始資料。在家人中。謝冰瑩對母親的感情是最為複雜的，

---

[31]范橋、王才路、夏小飛編，《謝冰瑩散文》，頁 13。
[32]李夫澤，《從「女兵」到教授——謝冰瑩傳》，頁 3。

十一、二歲天真爛漫的年齡上她就「開始對慈母之愛懷疑了」[33]，可是她並不因此否定母親，在她心裡母親「是個絕頂聰明，而又富有辦事才幹的女子」，只是她的腦筋「充滿了三從四德、男尊女卑的觀念，重視舊禮教，勝於看重自己的生命。她是謝鐸山的莫索理尼，不論在家庭，在社會，她完全處於支配階級的地位。」、「她不但在地方上成了霸王，就是對待兒女，也像君主對待奴隸一般，需要絕對服從她的命令，聽她的指揮。」[34]《從「女兵」到教授》寫到謝冰瑩母親時基本沿用了傳主的說法，只是去掉了「也像君主對待奴隸一般」這樣過度誇張的語句，並客觀分析了為什麼謝母腦子裡充滿舊的觀念，添加了「由於時代的局限」幾個字，這既符合事實，也為謝冰瑩自己所多次提及。她曾明確說過是「一切舊的東西支配了你（指母親——筆者注）整個的人生，整個的命運」、「媽，你是太可憐了，要是遲生幾十年，也許你和我一樣吧！現在也用不著悲傷，時代注定了你們的命運，環境決定了你們的思想。」[35]至於傳記中寫到的謝冰瑩兩次從軍、三度入獄、四次逃婚、國內國外幾次未竟的求學經歷等，其基本素材無不源於傳主的幾部自傳作品。

（二）自傳的文學性與他傳的研究性

作家之間的差異既是題材的，也是思想的，但很多時候又是由風格見出的，我們常以「文如其人」來形容作家與作品之間的風格類同關係。同樣，對於作家傳記來說，也存在著做為傳主的作家與傳記作者、作家作品與傳記之間的風格關係問題。讀李夫澤教授的學術論文與這本《從「女兵」到教授》，能夠感受到他是個誠樸、厚道、並不十分善於言辭的人，在他與傳主謝冰瑩之間應該說存在著較大的經歷與性格的差異，看得出他為謝冰瑩立傳主要是一種學術研究的需要，與肖風寫蕭紅寫廬隱、錢理群寫周作人寫魯迅時那種經歷與情感的巨大共鳴有所不同，從語言文字上看

[33]艾以、曹度編《謝冰瑩文集（上）》，頁 32。
[34]范橋、王才路、夏小飛編，《謝冰瑩散文》，頁 18。
[35]艾以、曹度編，《謝冰瑩文集（上）》，頁 56～59。

其寫作是較為冷靜的研究與梳理，而不是內心情感的噴發與真正的思想撞擊，因此，與謝冰瑩的自傳在風格上存在著明顯的不同。

這種不同我們可歸結為自傳的文學性與他傳的研究性。考察現代作家的自傳寫作，我們發現大體有三種情形：一種是全憑記憶、回憶和一定的想像的參與，如《達夫自傳》、《欽文自傳》，他們完全以散文的或小說的文學性筆法，將記憶中最深刻的人生故事書寫出來；一種是藉助於個人書信、日記、筆記、部分寫實性作品及同一時期的新聞出版物將搜撿出來的人生故事核實後加以較為準確的敘述，如胡適《四十自述》序幕之後的「回到了嚴謹的歷史敘述的老路上去」；一種是在特殊的環境背景下展開的自我剖析，如瞿秋白的《多餘的話》。無論哪種情形，實質上都是直接從傳主自我的個體生命之流中提取那些能夠傳達塑造自我形象的故事。對他們來說，「因為材料是現成的，所以寫起來時非常容易。」[36]謝冰瑩寫作《在日本獄中》只用兩週時間，寫《一個女兵的自傳》時隨興之所至，有時一連寫上三天三夜還不想睡。1934 年許欽文剛從牢裡出來不久，為籌得赴廈門的旅費，11 天就趕寫出了 130 頁的《欽文自傳》。1935 年 5 月 17 至 22 日瞿秋白在獄中僅用了六天時間完成了《多餘的話》，連後面附錄的年表也是「記憶中的日期」……不必再多舉例，至少現代作家的自傳寫作從創作的時間與過程上看，是有些雷同於文學創作的，不同處只在於主角換成了自己，所記故事的素材是作者尋著自己的「今生今世」而拾取的見聞經歷感想等，至於組織結構、表達潤色等藝術處理環節同樣是不可減免的。這些自傳自然帶上了較強的文學色彩，這顯然與提倡者和響應者的身分有關。謝冰瑩自傳亦是如此。她的自傳既注重故事本身的趣味性新鮮感，也不忽略描寫手法的生動性現場感，她的自傳有的可作散文讀，有的可作報導文學看，有的就是日記和書信的風格，而那些離奇曲折的故事則有了些小說的味道。與此相應，我們搜索各大圖書館的藏書時發現，她的

[36]謝冰瑩，〈關於《女兵自傳》〉，范橋、王才路、夏小飛編《謝冰瑩散文》，頁 5。

幾部自傳作品有的分在小說類，有的歸入散文或是報導文學類，有的研究者也將《女兵自傳》視為小說。雖然分類只是一種形式，但它背後的寓意卻不可小覷：一方面說明傳記作品自身文類的曖昧與模糊，一方面表明在各體文學研究中傳記文學的弱勢處境。

具體說來，謝冰瑩自傳作品的文學性集中體現在結構方式與語言風格上。謝冰瑩自傳除《一個女兵的自傳》記述了相對較長的人生經歷外，其他作品都是階段性或稱事件性的，所涉時間較短，適合以小標題方式結構，每個題目記錄一段躍動著的生命的痕跡，個體的或是群體的。呈現一種自由靈動的風格，即便是寫戰爭，戰場和監獄，也並不總是緊張、沉悶、恐怖的，硝煙與炮火、流血與犧牲、威逼與殘暴在強烈的愛國情緒下，在穿插其間的風趣傳奇的故事和自然景色的描寫中，在你來我往富有現場效果的對話展開中緩解了緊張的力度和危險的等級。在語言表達上，謝冰瑩自傳更彰顯出一種巾幗鬚眉的本色，豪爽、粗獷、頑皮，與當時多數女作家深曲婉轉的閨秀風格大不相同。讀到她寫的「YS 狗婆養的軍隊」，「有了無數萬的民眾擁護我們，幫助我們，YS 他們不愁不能捉來煮湯吃了。哈哈！」完全能夠感受到她在行軍間隙匆匆寫日記時的痛快心情。看到「伏園先生，你能用探投的法子，寫幾個字給我嗎？或者寄一份最近的報給我看看嗎？我近來消瘦多了，臉和手曬得不成樣子……」這樣的話，你會感到剛剛還痛快淋漓的小兵轉眼就成寂寞可憐的小女孩了。如此栩栩如生的表達俯拾即是。謝冰瑩非常善於調動文字的表達效果，將情感、遭際、心理、思想的細微變化及故事中最富趣味的細節傳達得惟妙惟肖，擬聲詞、形容詞、動詞在她猶如鳥兒婉轉的鳴啼，亦如狂風暴雨的席捲而過。

與之相比，李著謝傳在文學性上要遜色得多，它整體呈現的是一種學術研究的風格。其研究性風格及其成因可概括為以下幾點：

第一，對傳主作品的分析與欣賞。檢索期刊網，我們發現傳記作者李夫澤自 1999 年發表第一篇謝冰瑩研究論文到 2004 年《從「女兵」到教授》的出版，五、六年間他先後在各類學術期刊上發表相關研究論文十餘篇，這些論文比較全面地涉及了傳主的生平、情感和創作經歷，傳主思想的逐漸成熟及前後期的轉變，傳主與「左聯」的關係，傳主在文學創作上的成就及對其具體作品的分析等。論文發表後很快引起了學術界的關注，學界同行肯定了李夫澤的謝冰瑩研究，認為它是全方位多形態的，較好地融會了社會歷史批評、心理批評與審美批評，從剖析研究對象的人格與心路歷程入手，既把捉到了謝冰瑩作品的靈魂又對其創作進行了恰當的價值定位。[37]作者對傳主的前期研究可以說是較為充分的，顯示了他扎實沉穩、鉅細不躅、由人而文、又由文到人的研究路向，堅實地推進了關於謝冰瑩的整體研究，是值得肯定的。當這些研究成果轉移到傳記中來時，便形成了傳記寫作風格上的研究性品質。譬如，寫到傳主的《從軍日記》引起極大的反響，作者便提出「為什麼《從軍日記》會產生如此大的反響呢？」接下來就自然的從作品反映的「時代風雲」、「婦女解放意識」、英豪之「氣骨」及「醇真自然的藝術追求」等四個維度進行分析。對於《一個女兵的自傳》也採取了同樣的處理辦法。這些與作者發表於 2001 年 2 月《理論與創作》上的〈論謝冰瑩的《從軍日記》〉和 2003 年 1 月發表《湖南社會科學》上的〈論謝冰瑩的《女兵自傳》〉等論文，從觀點到文字表述幾乎是完全相同的。此外，傳記中對傳主單篇作品如〈愛晚亭〉等的分析，則又是名作賞析式的筆法。由於這些研究性與賞析式的文字在入傳時未能進行必要的調整和轉化，因此傳記整體上也呈現出一種研究性風格特徵。

第二，對傳主與其他作家關係的介紹分析。謝冰瑩開朗豪爽的性格，在人際交往方面顯示了極大的優勢，文壇內外、軍界政界、上上下下，她頗結識了些名人要人。《冰瑩憶往》和《作家印象記》保存了一些這方面的資料。《從「女兵」到教授》以第七章「作家的關愛」收束謝冰瑩在大陸的生活，重點描寫了三位作家：引導幫助她走進文壇的孫伏園、林語

[37]宇劍，〈富有成效的全方位、多批評形態的「謝冰瑩研究」〉，《婁底師專學報》2002 年第 1 期（2002 年 1 月），頁 57～58。

堂，既像父輩又像朋友一樣關心謝冰瑩，並與之結成通家之好的柳亞子。謝冰瑩與他們的友誼均已成為文壇佳話，但對柳亞子與謝冰瑩，有人認為他們之間有一種情人關係，在許道明、杜榮根主編的《現代作家情書欣賞》中，就收錄了幾封他們的往來書信並做為情書來賞析。對這些事情總難免見仁見智，傳記作者李夫澤認為柳謝之間是一種類似父女的情感，是長輩對晚輩、文壇前輩對後來者的關愛與幫助。就寫作風格而言，這部分內容也是條分縷析的研究式寫法。

第三，對於與傳主有聯繫的其他人物的介紹方式。人既是一種社會的存在，就無可逃避的要置身於各種關係網絡之中，因此，無論傳主是誰，其傳記勢必涉及到對與之有聯繫的其他人物的介紹。一般說來，關係密切者可反映在正文中，對那些雖有聯繫、做為背景材料不能不提到，但這種聯繫畢竟又不是十分突出的，可用注釋的形式作簡介。[38]或者採取韓石山寫《徐志摩傳》的方法以單列「家庭」與「交遊」的方式加以介紹。這方面，《從「女兵」到教授》的處理方式看上去多少有幾分生硬，每提及一個與傳主相關的人物，便停下筆來為之做個略傳，而且這些略傳從行文上看極少變化。涉及作家時，幾乎一律以馬良春、李福田主編的《中國文學大辭典》中的辭條為準；如係地方人物，則採用《冷水江市文史資料》及《婁底地區志》等的說法，文字風格大都是說明性的。李夫澤的治學態度與研究精神是值得尊重的，因為無論就中國大陸目前的資源共享程度，還是從交通、通訊及學術交流而言，作者偏居婁底一隅，根本談不上什麼研究優勢，但他卻能夠以持之以恆的啃骨頭精神從局部到整體，又由整體回到局部夯實他的湘中作家研究。雖然如此，具體到這部傳記的閱讀感受，我卻無法掩飾內心的失望，也許是期望太高或是我太挑剔，總覺得這部傳記缺乏整體的協調，在敘述勾勒傳主生平脈絡和人生際遇中具體場景與故事的文字中，不時摻入辭條式的人物介紹和學報論文式的研究分析，這種

[38]朱文華，《傳記通論》（上海：復旦大學出版社，1993年8月），頁237。

板塊式的風格斷裂，讓原本鮮活的傳主帶上了幾分呆板枯燥的標本味道。這也是部分他傳拘泥於史實或研究性闡釋，而在文學性上不及自傳的原因。

由此我猛然想起閱讀傳記大師茨威格作品時的感受，他那激情澎湃、才華橫溢、洞穿時空的表達，常令我心折不已。捧讀他的傳記，你可以從第一頁到最後始終保持高潮，一口氣讀完。諸如此類成功的傳記告訴我們，作家傳記應該有自己的文體特徵，即文學審美特徵，在注重史實和邏輯的同時，還應具有文學作品的魅力，即莫洛亞所說的「史實性」和「史詩性」的統一。[39]只有這樣，才能描寫出有血有肉、栩栩如生的立體的人。李著謝傳顯然在文學性發現和創作方面，在生命與生命的對話方面還有較大的展開空間，這些閒置的空間滋生出的是傳記作者與傳主之間的「隔」。由於性別、生活背景、人生經歷及個人性格等諸多方面的差異，傳記作者與傳主之間一般說來是很難達到完全打通此呼彼應的境界的，但有經驗的成功的傳記作者是不會讓讀者發覺他／她與傳主之間的絲毫阻隔的。有學者指出「只有優秀的文學研究者才能寫出成功的作家傳記。作者的才、學、識舉足輕重。作家傳記的寫作是一種綜合，作家傳記的誕生是關於這個作家各方面的研究接近成熟的標誌。」[40]這確是見智之論。20 世紀 1980 年代以來，雖有部分學者在研究謝冰瑩，但從謝冰瑩研究所匯集的研究力量及已取得的研究成果來看，離成熟尚有很大的差距，至少現階段在大陸還不易搜集謝冰瑩在臺灣及海外發表出版的作品，而國家圖書館這方面的藏書也並不完善的，這使得謝冰瑩後半生的創作與人生經歷，僅處於目錄式研究水準上。同時，作者李夫澤雖十分用心用力，也有明確的研究目標，但由於各種主客觀因素的限制，加之作者個人所身處時代的觀念、感受和心理等有意無意中總會深深切入到歷史的敘述中去，致使他在

---

[39]（蘇）費・納爾基里耶爾，《傳記大師莫洛亞》（北京：新華出版社，1988 年），頁 38。

[40]董炳月，〈從幾部現代作家傳記談「作家傳記」觀念〉，《文學評論》1992 年第 1 期（1992 年），頁 142。

後記所提出的意欲實現的突破未能完全達成，一些地方難免要重複傳主的自傳和自己已有的研究成果，同時空白的填補也無法一蹴而就，對此我們既要積極發掘也要耐心等待大批資料的「出土」。

（三）自傳與他傳對傳主身分認同的差異

從經驗角度上講，我們生平所經歷的例行的或是特殊的事物，事實上是無間歇地連續而來的，故此，我們常說「生命之河」、「記憶之流」。記憶中，這些連續而來、依次而逝的時光，猶如水滴，有的晶瑩透明，有的則面目渾濁。當我們要把它們轉述給另一個人聽的時候，這些時光才脫去外殼露出內在的故事性紋理。換句話說，在一種強烈的訴說欲望中自傳敘事產生了。如果我們進而追問是誰產生了這訴說的衝動？他／她是怎樣訴說的？她為什麼選擇講述這些而不是另外一些故事？等等，我們就會發現每一次的訴說，甚而一連串的訴說從來就不是漫無目的即興發揮式的，它總有一個顯在的或是潛藏的目標，這就是自傳作者對個體身分的尋找與言說：我是哪樣一種人？我在社會上的身分如何定位？成為這樣一個人，我走過了怎樣的人生之路？我做了些什麼？……如果說欲望即身分的建立，那麼言說者所選取並以之營造這一身分的故事及其表達，便是自傳敘事的形成。身分決定著自我經歷的理性梳理和真實的人生故事的此取彼捨。

在謝冰瑩的系列自傳作品中，她意欲向國內外讀者展示的是中國，還有不裹腳的新女性、勇敢的女戰士，以及她們是如何從小腳時代進步到天足時代，又如何在戰爭時代和日本獄中，表現出不畏犧牲、不畏酷刑的女兵風采。如果說謝冰瑩由於天性和習慣，無意中以《從軍日記》初出茅廬即一舉成名，「女兵」是其最恰切而自然的身分；1936 年寫作自傳時期的她已經是名副其實的作家了，但無論出版者還是謝冰瑩自己仍抱定這一「女兵」身分，則不能不說是有意為之了，因為當時應良友圖書出版公司編輯趙家璧之約，寫作自傳的幾乎都是作家。當趙家璧看到謝冰瑩發表在《宇宙風》、《人間世》上描寫自身遭遇的幾篇稿子後，就寫信給謝冰瑩，要求她趕快寫一部書交良友出版，書名已定好，就是《一個女兵的自傳》。那麼，他們為什麼如此重視「女兵」身分呢？我想這其中既有「女兵」一詞實際的表面的含義——在部隊服役的女性，然而，更重要的是一種內在的精神氣質，這意味著自《從軍日記》發表十年來，謝冰瑩始終以征戰的精神面對生活和一切困難（包括情感和思想問題），像士兵一樣戰鬥在人生的前沿陣地，為創造多數人幸福的新世界勇往直前，從不退縮，與柳亞子夫人為她取的名字「無畏」正好相配。因此，她的自傳理所當然的名曰《一個女兵的自傳》，次年重上征途又續作《新從軍日記》，《在日本獄中》也始終以戰士般不屈的精神迎擊法官的逼供。不難看出，在謝冰瑩的系列自傳作品中，其言說目標首先是「女兵」，其次才是作家，而且作家的身影總是若隱若現淡而又淡。謝冰瑩寫於 1938 年 4 月 18 日的《新從軍日記》〈自序〉結尾處的話最能代表她真實的心聲：「我們加倍地努力吧！不論在前線或者後方，我們要像在戰壕裡的戰士那麼英勇和敵人拼命，以促成最後勝利的快快來到！」[41]這裡的核心詞便是「戰士」。當時與她共同生活的黃維特在強調《新從軍日記》真實性的時候，也同時描繪了謝冰瑩的「戰士」身影，他說：「冰瑩這一部作品，是不避炮火，深入槍林彈雨中去，得來最真確的材料，運用最真實的筆尖，暴露了敵人的猙獰面孔，描繪著我軍的英勇精神……」。[42]對於寫作，她甚至坦率地說，主要是為了興趣，有時也為宣傳，還有很多時候是為了生活。前半生她是女兵兼作家，二者相較，她更偏愛那些當兵的日子。後半生她是教授兼作家，教學是主業，寫作是副業。皈依佛門後，她又以手中的筆創作了一些佛教故事和宣傳佛教思想的散文。總之，「作家」的頭銜雖然跟了她一生，但我理解它是輔助性的、工具性的，是一種興趣，謝冰瑩既以作品與社會和讀者交流溝通，更以行動證實自身的存在和力量，因此，在她的心目中「女兵」是比作家更具現實力度的身分。應該說，她的這種身分建立

---

[41]謝冰瑩，〈自序〉，《新從軍日記》（漢口：天馬書店，1938 年 7 月），頁 2。
[42]黃維特，〈寫在前面〉，謝冰瑩《新從軍日記》，頁 9。

是成功的，提起謝冰瑩，人們首先想到的就是「女兵」。2002 年人民文學出版社出版了一套較有影響的「漫憶女作家叢書」，其中閻純德、李瑞騰編選的懷念追憶謝冰瑩的那本，便名之曰《女兵謝冰瑩》。書中以「女兵」冠名的文章不止一篇，如趙清閣的〈女兵謝冰瑩〉、徐小玉的〈「女兵」阿姨〉、李又寧的〈從「女兵」到賈奶奶〉、閻純德的〈謝冰瑩：永遠的「女兵」〉、柴扉的〈女兵不死，精神常在〉、秦嶽的〈女兵迴響曲〉等，可見，「女兵」已是深入人心。

提到對傳主的身分界定，有一個看似簡單實則至關緊要的問題，即「作家傳記的寫作是為了研究『作家』，還是為了研究『人』？是側重於寫傳主『作家』的層面，還是側重於寫傳主『人』的層面？」[43]這是任何一部作家傳記都會遇到的問題，是作家傳記寫作的邏輯起點，因為它涉及到兩個生命對話時的角度與內容。謝冰瑩自傳應該說是在寫「人」，一個特殊的女人——「女兵」。那麼他傳研究的是「人」還是「作家」？它的側重點是哪一個？如果是前者，注定是「各種社會關係的總和」，她將是時代政治、經濟、文化、歷史及家庭環境、地域文化、自身天賦稟性等多種因素聯合鍛造成的複雜生命，這個生命是多層次、多側面的。無論女兵還是教授抑或作家都只是其近百年人生歷程的一個面影、一個階段的重心。如果是後者，重心勢必就要放在她是怎樣走上創作之路的？其作品對當時和後世讀者有著什麼樣的影響？其文學史地位如何？等等。

通過分析，我們發現《從「女兵」到教授》採用的是縱式結構，從出生寫起，以時間為經，以事件為緯，一波三折地推進下去，直到傳主壽終正寢。在這樣一種分階段描敘傳主人生經歷的架構中，呈現出的自然是變動著的身分：由頑皮的孩童到渴望知識與自由的少女，由學生到「女兵」，由「女兵」而作家而編輯而教授，最後皈依佛門，成為在家的居士。可以說這部他傳研究的是「人」，追蹤著傳主一生身分與人生觀的演

[43]董炳月，〈從幾部現代作家傳記談「作家傳記」觀念〉，《文學評論》1992 年第1期，頁 136。

變。他不執著於將傳主的身分定位於一尊，而是如實反映出個體生命的複雜與斑斕。正因如此，作品結構起來要比單一身分言說的自傳複雜得多，小標題的容涵就顯得水窄河淺了。於是，作者在考慮傳主人生歷程的同時，還要兼顧著身分的變化、情感及家庭生活的處理等，並分析促成每一次轉變的主要原因，其結果是傳主的身分定位在傳記中並未占據醒目的位置，也沒有起到提綱挈領的貫穿作用，雖然名之曰從「女兵」到教授。

三、自傳與他傳的互補性

就閱讀習慣來說，當自傳與他傳同時出現時，讀者自然更傾向於選擇先讀自傳，尤其當傳主是作家的時候。這既源於自傳所描述經歷的生動性和經驗的直接性，又源於作家自傳的文學性表達所呈現的藝術魅力。但遺憾的是幾乎所有的自傳都不可能是對傳主完整人生的記述。此其一。其二是自傳的選擇與「詮釋」原則。我們清楚的知道自傳不可能是一連串歷史事件的集結，作者在其中所「追憶」的「過去」是有相當選擇性、重建性與現實取向的。一般說來，自傳作者都願意而且必定從「最好的角度」來描述自己。他們在漫長的歲月中選擇某一時刻，在無數的事件中凸顯某些情景，都不是無緣無故的。即使是那些最具自我反省意識的自傳作者，當他追溯過去之際，總要受制於今日的生存處境與文化追求，更何況「敘述」中包含「詮釋」，而詮釋的框架只能屬於當下的「今日之我」。「今日之我」的處境，必定影響「今日之我」的心情與自我評價。作者與社會間的互動，鮮明的投射到自傳寫作過程中，致使自傳有時甚至不是為傳主保留「過去」，而更像是為「讀者」解釋「現實」。因此，自傳所記錄下來的「事實」可能是真的；但被其有意無意篩選掉的，同樣也是真的。閱讀瞿秋白《多餘的話》和《廬隱自傳》時這種感覺尤為突出而強烈。瞿秋白的自傳寫於臨刑前，廬隱在完成自傳後不久則因生產而意外喪生。他們的生命軌跡在自傳寫作之時均已接近終點，因此，他們的自傳可以說是基本完整的個人自傳（此外，情形相同的還有林語堂的《八十自述》和李金髮的《浮生總記》等）。然而即便如此，我們也不能不遺憾的說，無論是《多餘的話》還是《廬隱自傳》，它們或由於處境特殊，雖然是「最後的最坦白的話」，卻因無法暢所欲言而將一個歷經曲折、忠於革命，但弱點尚存的革命者[44]的自傳寫成「一部不折不扣的非我篇」[45]；或由於過於強烈而鮮明的身分（作家）論證而犧牲真實的性別特徵，使自傳染上過於濃烈的自評性質。[46]加之莫洛亞所提及的六種「促使自傳的敘述不準確，或者產生謬誤」的情形，[47]他傳的寫作與閱讀就變得十分重要。就本章所及傳主謝冰瑩而言，由於她的自傳只寫到 1940 年代，其後半個多世紀的生涯仍吸引著讀者的目光：「女兵作家」後來命運如何？赴臺後做了些什麼？思想是否有所轉變？晚年是否幸福？有沒有重返大陸？等等。這些自傳中的空白只有靠他傳來填補。這是自傳與他傳內容上互補的首要方面。

其次，做為時代女兵，謝冰瑩自傳極少涉筆於自身的女性特徵，這既是現代中國早期投身於民族解放運動的女性的共同特徵，是時代的需要；同時，也與謝冰瑩個人性格有關。謝冰瑩不止一次強調說自己「完全像個男孩，一點也沒有女孩的習氣」、「我喜歡混在男孩子裡面一塊玩」、「爬樹掏鳥窩，下田捉泥鰍；在月明之夜練操兵，我當總司令；和小朋友辦家家酒，結婚時，我一定扮新郎……」。雖然如此，但她畢竟是個女孩是女性，是女作家，只要用心總能發現她那天性流露的一刻。他傳在這方面做了些有益的彌補。《從「女兵」到教授》讓我們看到了謝冰瑩身上的女性特徵，如害羞靦腆、遇事想不開愛鬧自殺、感情細膩纏綿、愛家愛孩

[44]王鐵仙，《瞿秋白論稿》（上海：華東師範大學出版社，1984 年 2 月），頁 42。

[45]趙白生，《傳記文學理論》（北京：北京大學出版社，2003 年）頁 149。

[46]廬隱在自傳中幾近全面評述了個人的思想轉變、宗教信仰情況、創作習慣，嗜好、對於教育的意見，對於戀愛的主張等·當然其中不乏準確的自評，如像思想發展的三個階段、自身人格的概括等。

[47]莫洛亞詳細例舉了使自傳不準確或產生謬誤的六種情形，即「對於事實的遺忘」、「由於審美原因而產生的有意的忽略」、「完全自然的潛意識的壓抑力」、「由羞恥感所引起的」、「幾乎沒有男子有勇氣說出他們性生活的事實真相」、「記憶不僅疏忽遺忘，更有甚者，它還加以理想化」、「保護那些已成為我們同事的人」。莫洛亞，〈論自傳〉，《傳記文學》1987 年第 3 期（1987 年），頁 152～159。

子等等。作者寫她和其他女孩子一樣知道害羞，逢年過節「未婚夫」蕭明來家裡拜年送禮的時候，她總是千呼萬喚不出來，一直躲在閨房裡讀書；在從長沙到武漢的火車上竟不敢向別人打聽廁所的事。遇到逆境或是貧病交加光陰黯淡她就想自殺，第一次逃婚被母親抓回去面對輿論的巨大壓力時她想不開了，小號兵被祖母搶走時她也感到生活的沒有希望等等，每逢這樣的時刻她最先想到的就是自殺。如果不是理智的自我說服，謝冰瑩一生不知要自殺過多少次！當然，在其他人的生命歷程中也可能會產生這樣的想法，只是謝冰瑩坦誠地把自己的內心苦悶與掙扎搏鬥寫了出來。從十幾歲開始就時常陷入感情的糾纏中，初涉社會時也像其他年輕女子一樣步步小心，1943 年還特地從成都飛到桂林與女兒小號兵團聚，欲接小號兵去成都。這些都是一個正常的女性所擁有的想法和做法。此外，她的女性特點還體現在她強烈的婦女解放意識上，她由祖母、母親和姐姐看到裹腳是女子的大不幸，深切體會到社會經濟制度是摧殘婦女，逼她們到墮落的路上、到黑暗的墳墓中去的魔掌。覺醒的她更以行動——從軍和創作——表達自己爭取婦女解放和個性自由的意識。

謝冰瑩說過她很慶幸，因為是作家，幾十年來她結識了無數的朋友。謝冰瑩不僅是作家，而且是非常勤奮的作家，一生創作千餘萬字。出版作品七十餘部，尚有以百萬計數的日記，可謂著作等身了。在塑造傳主的作家身分這一點上，作者主要採取下面幾種方法；一是多次引用傳主作品。這樣說似乎有失準確，統觀全書，前七章的內容大體是以傳主自傳為基礎的，這就意味著無論傳主人生經歷的線索脈絡，還是具體的生活故事，傳記的素材多來自自傳。但是，這裡我們所強調是的對自傳原文的引述。譬如寫到傳主的兩性情感生活，在與符號戀愛、結婚前後，徐名鴻、谷萬川也是深愛著謝冰瑩的。在自傳中，謝冰瑩常用化名或簡稱稱呼她的男友，李夫澤根據他人回憶文章中的蛛絲馬跡，對比檢索謝冰瑩的自傳，逐一落實了這些異性的真實姓名與身分。這些地方，為增強傳記的可信度，作者往往以引用傳主原文的方式寫出。提到谷萬川時引用〈亭子間的悲劇〉和

〈偷飯吃〉中的相關敘述；提及徐名鴻則引述〈愛與恨的鬥爭〉及〈閩西之行〉中的部分事實。二是強調創作常常是傳主用以謀生的手段。無論在上海藝大還是北平女師大讀書，謝冰瑩生活的主要來源都是創作。在北平，小號兵出生後，情形更加艱難。符號在天津，收支相抵只能解決一個人的生活，產後不久的謝冰瑩創作之外還要到中學去代課，方能勉強維持母女倆的生活。符號入獄後，謝冰瑩帶小號兵南下回到符號的老家，仍是靠著寫作賺點稿費貼補符母的家用。現代文壇上許多作家也都是靠作品吃飯的，對謝冰瑩來說這也是很自然的選擇。三是抗戰期間創作熱情激昂澎湃，先後出版八部作品：《在火線上》、《第五戰區巡禮》、《戰士底手》、《梅子姑娘》、《寫給青年作家的信》、《抗戰文選集》、《姊姊》、《新從軍日記》等。四是 1931 年赴日前後創作的變化：以往只有《從軍日記》中表現了一種「少不更事，氣宇軒昂，抱著一手改造宇宙決心」的朦朧激情，其他作品則大多寫青年男女的戀情。回國後，作品由自我的痛苦延伸到了深受壓迫的弱小者的痛苦，表現出一種知識分子的內疚和反省。五是與日本作家林芙美子及中國文學研究者竹內好、武田泰淳、岡崎俊夫等的交往。最後也是最富有個性的舉措是離婚不訴諸法律，而是以文學形式在《小說月報》上發表愛的〈清算〉，之後將全副精神投入到創作中，很快發表出版《拋棄》、《青年王國材》、《青年書信》等。

1950 年代她的皈依佛門，既是因創作而產生的機緣，也是解脫內心苦悶的方式，這一方面關聯她的作家身分，一方面也是其女性容忍性格的表現。這些是他傳與自傳互補性的另一種體現。

此外，他傳對自傳中出現的形形色色問題也做出了新的闡釋與糾正。譬如，對傳主情感世界及家庭生活的描寫。比較複雜的兩性情感世界的內容在自傳作品裡雖有所提及，但線索並不十分明朗，有的甚至是略而不記，或是以代號出現的。這方面，《從「女兵」到教授》的作者用了繡花針式的細密功夫，撥開雲霧見月明，將傳主一生的情感波折梳理得井然有序，矯正了一些相關文章對此不盡翔實也有失完備的「演繹」。從父母包辦的婚姻中一朝逃奔成功便與之登報離婚的蕭明，影子似的少女神祕的初戀，武漢軍校同學谷萬川，「苦心孤詣稱鳴妹，敘罷離情敘愛情」卻終致以愛的〈清算〉的哀的美敦書畫上句號的符號，深愛著傳主也曾被傳主愛過的徐名鴻，愛憎夾雜、既感激又討厭、又沒有勇氣躲避的、促成謝冰瑩編輯出版《麓山集》的顧鳳城，中國數一數二的美男子而又與謝冰瑩兩情繾綣在《湖南的風》、《第五戰區巡禮》及日本獄中留下深刻印痕，卻被戰爭最後中斷了聯繫的黃維特，到相守近半個世紀，大男子主義思想嚴重的、出生於基督教家庭的賈伊箴，作者做出了首次細緻嚴謹的考證梳理和分析。同時對謝冰瑩的愛情觀也有初步的剖析，指出謝冰瑩並非朝三暮四、朝秦暮楚之人，她有自己獨特的愛情觀，她需要愛情，更需要自由，認為現代婚姻是與改造社會有直接關係的，時時告誡自己不要因愛而誤了遠大的前程。作者認為謝冰瑩對婚姻愛情的考慮和多次選擇是其叛逆性格的真實寫照。[48]再如，對傳主晚年否定自己的革命歷史一事所做的解釋。謝冰瑩晚年生活在美國，起初許多老朋友都不詳她的生死情況，1980 年 11 月間，她與闊別已久的老友魏中天在舊金山不期而遇，此後聯繫頻繁，書信不斷。一些留存下來的書信後輯為《永恆的友誼——謝冰瑩致魏中天書信集》出版，成為學者研究謝冰瑩後期思想變化的主要依據之一。在這裡我們能比較清晰地看到謝冰瑩晚年思想上的變化。在與老友書信往來中，她一再否認自己早年的革命歷史，如與左聯的關係，與福建人民政府的關係，關於《女兵自傳》再版時的「更改」情況。1981 年 7 月 24 日謝冰瑩在給魏中天的信中指出梁兆斌發表在《文學報》上的〈遙念謝冰瑩〉一文中的十個錯誤，其中第一條就是「我不是左聯發起人，因為教書、上課太忙，所以沒有功夫參加工作。」第三條是「1934 年我從來沒有參加過人民政府活動，也沒有被通緝過，更沒受流亡之苦。」[49]同年 11 月 1 日魏中天

[48]李夫澤，《從「女兵」到教授——謝冰瑩傳》，頁 97～99。
[49]謝冰瑩，〈第十六封信（1981 年 7 月 24 日）〉，欽鴻編《永恆的友誼——謝冰瑩致魏中天書信集》，頁 33。

在香港《文匯報》發表散文〈記謝冰瑩〉，提到他們一同參加了 19 路軍在福建發動的反蔣「閩變」。謝冰瑩在 1981 年 12 月 7 日和 1982 年 1 月 3 日給魏中天的信中兩次申明自己沒有參加「閩變」。1983 年 11 月 14 日後在給魏中天及楊纖如的信中更是幾次提到福建人民出版社 1982 年 3 月出版的《臺港和海外華人女作家作品選》（閻純德等編選）「編者擅自改動」她的〈當兵去〉之事。她說「最豈有此理的是我們在火車上唱歌，他們改為唱共產國際歌『起來……』」、「還有，二哥介紹我看文藝、社會科學方面的書，他們改為『看 XX 主義 A、B、C』、『社會主義淺說……』」、「原書根本沒有的，實在太不像話了！」[50]、「平心而論，各人有各人的思想立場，如果任意刪改別人的文章是不對的，不道德的！」[51]並請求魏中天「請去一信，託四川出版社先用航空寄我一本（指四川文藝出版社 1985 年 3 月出版的《女兵自傳》一書——原注）」，「我急於要知道他們是否改動了原文。」[52]如果作者相信傳主書信的真實性，而不加考證，寫起來也許更容易，但我想那樣做恐怕失去的是對傳主性格複雜性的展示。

對傳主是否參與發起左聯一事，作家尊重了多數同時代人的回憶，認為傳主 1930 至 1931 年在北京時確曾參與其事，比較難得的是作者還具體分析了謝冰瑩疏遠左聯及左聯疏遠謝冰瑩的原因。[53]對事情的來龍去脈和前後因果的分析，都足以成一家之言。對傳主是否參加「福建人民政府」及「閩變」事，作者的答案也是否定的，傳中作者將 19 路軍在福建的善後委員會和後來發動的「反蔣抗日」的「閩變」做了梳理，謝冰瑩參與其中的是善後委員會，任宣傳科長。至於「人民政府」中的「婦女部長」之說則因找不到證據而不能擅自坐實，相反，依據傳主寫於 1936 年思想並未轉變

[50]謝冰瑩，〈第二十六封信（1985 年 2 月 22 日）〉，欽鴻編《永恆的友誼——謝冰瑩致魏中天書信集》，頁 50。
[51]謝冰瑩，〈第二十四封信（1984 年 4 月 2 日）〉，欽鴻編《永恆的友誼——謝冰瑩致魏中天書信集》，頁 48。
[52]謝冰瑩，〈第三十封信（1985 年 11 月 6 日）〉，欽鴻編《永恆的友誼——謝冰瑩致魏中天書信集》，頁 58。
[53]李夫澤，《從「女兵」到教授——謝冰瑩傳》，頁 120～122。

時期的《一個女兵的自傳》〈再渡扶桑〉中所寫「意想不到的風浪」、「負著莫須有的罪名」認為傳主的否認是合乎事實的。對於大陸編選的〈當兵去〉是否修改一事，作者沒有偏信傳主的一家之言，而是採取了最好的辦法，即核對傳主發表此文時的初版本文字。為此，我也曾到圖書館借閱 1936 年的《宇宙風》雜誌，事實證明閻純德等人並未改動傳主的作品，原文的確是「『看 XX 主義 A、B、C』、『社會主義淺說……』」，唱的歌曲就是國際歌。作者晚年認為的修改是相對於 1980 年臺灣東大圖書出版公司的《女兵自傳》版本而言的。對此雙方是各有所執。綜合這三件事，我們可以初步體會到對於入傳材料進行真偽辨別的重要性及其難度。傳主的書信、日記一般說來是比較可信的，但有時也需要旁證，此時它與作家作品所流露出來的內心隱情，其真實性與可信度應在伯仲之間。謝冰瑩書信中表現出的憤慨情緒我們既不能斷為不實，也不能說是空穴來風，但若依此做出有關事實的真偽判斷，恐怕又非治史之法。謝冰瑩給魏中天信中有兩句話是非常重要的「你寫文章，固然是你的自由，但不可抹殺事實，更不可造謠，妨礙對方的安全。」、「我從來沒有參加人民政府工作（你參加，我完全不知），更沒有反蔣，我是始終擁護三民主義，擁護孫總理和蔣總統的；否則我為什麼要跑去臺灣？」[54]其中「妨礙對方安全」和「我沒有反蔣」是問題的重心，是解開謝冰瑩前後思想轉變及晚年否定自己的革命歷史的鑰匙。雖然謝冰瑩晚年定居美國，但她畢竟在臺灣生活了二十餘年，對臺灣政府是滿意的，而且現實點分析，她拿的還是臺灣的退休金呢。謝冰瑩自 1931 年初離開北平、離開左聯後，便不喜歡談政治、也不加入任何黨派，她的愛國就是愛國，不是某一個政黨手中的國家，而是中國人自己的國家，這其實是自然而又入情入理的。但政治立場卻往往聯繫著個體生命的安危，或許是為自身「安全」著想，她才申明「沒有反蔣，始終擁護三民主義，擁護孫總理和蔣總統」。事實也許不是這樣，那

[54]謝冰瑩，〈第十九封信（1981 年 12 月 7 日）〉，欽鴻編《永恆的友誼——謝冰瑩致魏中天書信集》，頁 38。

就意味著謝冰瑩晚年思想的真正轉變。這也是非常可能的，女兒小號兵死於大陸「文革」，使其對大陸的政治運動多少有些反感，在信中她甚至說「十年的紅衛兵太可惡，真該殺！」、「我們要活得自由，平等，快樂，民主，大陸有嗎？」[55]這些發自肺腑的情感取向表達了謝冰瑩對大陸的積怨之深。傳記作者在這些方面對傳主的分析，在我看來是比較客觀的，既有對傳主的理解，也做出了自己的理性分析，認為謝冰瑩的思想發生了根本性的轉變。同時李夫澤還對謝冰瑩放棄圓「故鄉夢」的心理進行了分析。謝冰瑩本是個感情豐富的人，她愛家鄉愛父母愛親人愛朋友，對他們常常是思念不息。她的許多回憶文章和書信都流露了這種對故鄉故土故人的思念之情。有一段時間，她天天盼著能回到大陸回到家鄉，可是，後來當中國文聯及家鄉冷水江市要落實她回鄉之事時，她卻又避而不談了。對此中情結，作者在傳記中做出了較為詳細的剖析。認為生活環境和家庭內部環境左右了謝冰瑩對大陸的看法和態度，而謝家老宅「守園」的被廢、父親藏書的丟失及謝冰瑩的身體狀況等，也阻礙了她故鄉夢的實現。

寫到這裡，我忽然設想如果謝冰瑩晚年身體狀態比較好，沒有失憶症、眼睛也不流淚，她能夠再寫一部自傳的話，那時她將怎樣定位自己呢？她會再展女兵風姿，還是要給讀者送去佛門的清涼世界？是以作家現身，還是要做個蘇雪林那樣的研究者？這樣想著，我更為深刻的領悟了自傳的真諦：作者並不只是天真無邪地以文字重新捕捉那些逝去的歲月，對他／她的過去而言，自傳作者不是功能簡單的攝影機，而是操縱攝影機的主體。他／她時時刻刻都以現在的「我」的立場審視過去的「我」，於是，自傳的寫作過程便成為現在的我與過去的我對話或對抗的互動過程。自傳所描述的生平完全出於現在的視角，自傳撰寫什麼、如何撰寫完全取決於何時撰寫。羅蘭・巴特有云：「窗框創造場景」，表現在自傳寫作中，我們再次感到：現在，只有現在，才是自傳唯一真正的立足點，它就

---

[55]謝冰瑩，〈第十一封信（1981 年 4 月 17 日）〉，欽鴻編《永恆的友誼——謝冰瑩致魏中天書信集》，頁27。

是那個圈定風景的「窗框」。無論從理論上還是實踐上看，自傳都是富於選擇性的。因此，對於自傳，我們不必心存幻想，以為它能夠完全呈現傳主的生平。縱然作者在自傳中一再強調其所寫內容的真實可信，「必求其自衷心所發出」、「但知說老實話」[56]，許多方面，他傳之於自傳的互補仍是可資參考的。

——選自朱旭晨〈秋水斜陽芳菲度——中國現代女作家傳記研究〉
上海：復旦大學中國現當代文學研究所博士論文，2006 年 4 月

[56]陳衡哲，〈自傳〉，《當代作家自傳集》（出版界月刊社，1945 年）。轉引自倪墨炎，《現代文壇隨錄》（上海：上海人民出版社，1989 年 10 月），頁 144。

謝冰瑩的《女兵自傳》
封建叛女與傳統母親的長久鬥爭

◎張建秒*

謝冰瑩出生於湖南新化一個地主家庭，母親是位思想保守的傳統女性，謝冰瑩從小就有一種反抗的性格，為了追求戀愛和自由，她與母親與舊勢力進行了不妥協的鬥爭。1926 年，在哥哥的鼓勵下，她以第一名的成績考入中央軍事政治學校女生隊，後從軍北伐，寫下轟動文壇的《從軍日記》。1936 年，她的代表作《女兵自傳》付梓出版。《女兵自傳》是一部作家個人的自傳，「主要是表現在那個時代的女性，如何地從封建的家庭裡衝出來，走進這五光十色的社會，吃過多少苦，受過多少刺激，始終不灰心，不墮落，仍然在努力奮鬥，再接再厲……」[1]閱讀她的作品，總會為她那種敢於反抗、敢於鬥爭的勇氣所鼓舞，她的作品給我們展現的是一個在舊中國的層層黑暗之中奮然前行的新女性形象。

在《女兵自傳》裡，謝冰瑩追求自由的行為更多表現在與封建傳統母親的鬥爭中。在這場鬥爭中，我們看到的是一個封建叛女與整個封建禮教的鬥爭。母親是舊禮教、舊傳統的維護者，是封建家長的代言人，她性格潑辣，熱心公益，是全家乃至全村的一方之主，「她的腦筋不用說是充滿了三從四德、男尊女卑的觀念，重視舊禮教，勝於看重自己的生命。」[2]謝冰瑩借助與母親的抗爭，毫不留情地批判了封建家長制度：「……媽媽早

*發表文章時為福建師範大學中國現當代文學專業碩士生，現為上饒師範學院人文與新聞傳播學院教授。

[1]謝冰瑩，〈關於《女兵自傳》〉，《謝冰瑩文集（上）》（合肥：安徽文藝出版社，1999 年 8 月），頁 3。

[2]謝冰瑩，〈我的家庭〉，《謝冰瑩文集（上）》，頁 14。

上替我裹腳，我可以在晚上的被窩裡解開，到我哭鬧著要上小學時，便把所有的裹腳布一寸寸地撕掉了。那是我與封建社會作戰的第一聲。」[3]

謝冰瑩不受舊禮教的束縛，逃婚是一場封建叛女與傳統母親之間的長久鬥爭，以女兒的勝利而告終。她很小時，母親便給她定了婚，謝冰瑩的堅決解除婚約使她與母親之間矛盾重重。在二哥的支持下，她瞞著家人考入了中央軍事政治學校女生部，後隨軍北伐，寫下了轟動文壇的〈從軍日記〉，北伐失敗後，中央軍事政治學校被解散了，謝冰瑩無奈之下回到家鄉。母親為免「惹出更大的禍」，強迫她出嫁，她想說服母親，母親也勸她，三次出逃她都被母親抓回，第四次進了洞房，她還不放過最後一點希望，說服未婚夫放過她，並「以退為守」，做了幾天「好媳婦」，終於伺機逃脫，再次出走，隻身離開家鄉。勝利來之不易，在與母親為代表的封建禮教作鬥爭的過程中充滿著艱難。但是，當謝冰瑩經歷過人生種種磨難，走投無路再次回到家鄉面對母親時，夜裡母親點燃小小的煤油燈來看女兒，眼淚落在了女兒的嘴角上，「我實在太受感動了，很想一骨碌地爬了起來跪在母親床前，求她寬恕我的罪過。……」[4]她以情深意濃的筆調，把母愛作為一種具體而實在的感情加以頌揚：「可是母親給予我的熱愛，（這愛是藏在她心坎深處的最高無上之愛，偉大的天性之母愛。）使我感動只想流淚。」[5]於是，前嫌盡釋，她感悟到了「偉大的天性之母愛」。甚至於有了矛盾的心理：「一方面我非常驕傲，處處對他們表示我是個勝利者；另一方面回憶起坐花轎做新娘，幾次化裝逃奔的事來，我又感到無限的憤恨和羞恥。」[6]現實矛盾與內心衝突的撞擊中，追求女性人格的獨立和自由的她也渴望回歸母親懷抱，但最終她放棄了這最後的訴說，以毅然而果敢的姿態走出去了。在母愛、情愛的衝突中，不同於「五四」女兒雋

[3]閻純德，〈謝冰瑩：永遠的「女兵」〉，《二十世紀中國女作家研究》（北京：北京語言文化大學出版社，2000 年 1 月），頁 171。
[4]謝冰瑩，〈慈母心〉，《謝冰瑩文集（上）》，頁 224。
[5]同前註，頁 225。
[6]謝冰瑩，〈慈母心〉，《謝冰瑩文集（上）》，頁 224。

華、醒秋們的猶豫，謝冰瑩更體現出了那份「毅然與傳統戰鬥」的陽剛之氣。謝冰瑩筆下的母愛是一個矛盾的複雜體，在「五四」女作家的集體母愛大合唱中，她以其自己的音符匯進了時代合奏的樂章，發出獨特而異樣的母愛之聲。

——選自張建秒〈中國現代文學女作家的母愛話語研究〉
福建師範大學中國現當代文學研究所碩士論文，2006 年 9 月

謝冰瑩
馳騁沙場與文壇的不老女兵

◎應鳳凰*

謝冰瑩是一文壇奇女子，自小便與傳統桎梏對抗，就學期間毅然從軍參與北伐，她的作品《抗戰日記》、《女兵自傳》感動了多少時代青年，從她的作品中，我們看到了女性的堅毅以及歷史的悲劇。

與眾不同的小鳴岡

謝冰瑩，1906 年的陰曆 9 月 5 日出生於湖南省新化縣，原名謝鳴岡。父親是清朝的舉人，因記憶力好，在鄉里間人稱「康熙字典」，謝冰瑩承其父的優點，五歲就開始閱讀《唐詩三百首》、《隨園女弟子詩》、《史記》等書，能背誦大半篇章。謝母是個傳統的女性，她要謝冰瑩少讀書、學女紅、纏小腳、穿耳洞，甚至幫她定了一門親事，但謝冰瑩不願意聽從母親的安排，總是半夜裡將纏腳解開，十歲時為了要上小學念書，絕食三天，母親才答應讓她進私塾，足見其性格之剛烈。

在私塾一年後她便轉到女校，隨後又報考湖南省立第一女子師範學校，在這裡念了五年書。由於父親常教她讀古文，二哥教她閱讀世界文學名著，三哥編輯報紙副刊，總是鼓勵她投稿並為她修改稿子，奠定她走上文學之路的基礎和信心。15 歲時，使用筆名「閒事」於長沙李抱一先生辦的《大公報》上，發表生平第一篇短篇小說〈剎那的印象〉，描寫一位女性如何勇敢地向封建社會進行無畏的鬥爭，年紀雖輕卻已看到封建社會對女

---

* 發表文章時為成功大學臺灣文學系副教授，現為臺北教育大學臺灣文化研究所教授。

性的束縛。

1926 年二哥看了報紙徵兵的消息，因自己也深受封建婚姻之苦，不願見到妹妹痛苦，急忙跑到學校告訴謝冰瑩：「如果你不參加革命，你的婚姻痛苦解決不了，你的文學天才也無從發展，為了你將來的前途，從軍是目前唯一的出路！」受了這個鼓舞，謝冰瑩毅然決然投筆從戎，她考進中央軍事學校女生隊，次年參加北伐。因為謝冰瑩從小就有寫日記的習慣，所以她的從軍生涯，自然成了她特殊的文學經驗，1928 年《從軍日記》出版，林語堂先生譯為英文發表，在國家危難之際，這類鼓舞人心的戰鬥文藝，深受國內外讀者的歡迎，國際作家如美之高爾德、法之羅曼・羅蘭，讀之皆為欣賞，來信表示敬意，日本藤枝大夫更取之為教材，後又有法、日、韓、俄等國譯文。

向傳統宣戰，為理念而活

綜觀中國現代文壇中，馳騁於沙場又於文學創作上有一番成績的女作家，似乎只有謝冰瑩一人，她以梅花耐寒報春的品格自勉，取筆名「冰瑩」。關於從軍，她自言：「在這個偉大的時代裏，我忘記了自己是女人，從不想到個人的事，我只希望把生命貢獻給革命，只要把軍閥打倒了，全國民眾的痛苦都可以解除，我只希望跑到戰場上去流血，再也不願為著自身的什麼婚姻而流淚歎息了。」北伐結束後，謝冰瑩回到家鄉，母親對於她從軍相當不諒解，於是逼著她快點成親，謝冰瑩對於包辦婚姻十分反彈，且她心中已經有一個抗戰伙伴——符號，於是她想到了「逃」，但母親以死相逼，最後謝冰瑩勉強上了花轎，在自傳中她自言，到了夫家，她三天三夜不睡，與丈夫講道理，最後丈夫終於因為無法說服這位雄辯多才的妻子而答應離婚。旋即她趕到武昌與符號見面，兩人以賣文為生，過著相當艱苦的生活，後來轉到北平，謝冰瑩好不容易在《民國日報》找到一個編副刊的工作，兩個月後，因她編的副刊「言辭激烈」，又積極參加左翼活動被國民黨視為異端，報刊被查禁，生活陷入困頓，偏偏此時符號被捕入獄，謝冰瑩便自行到上海謀生，多年後因誤傳符號已死，謝冰瑩另嫁。1942 年出版《姊姊》一書，其中〈姊姊〉一文便是批評包辦婚姻對女子造成不幸及痛苦，可見謝冰瑩對弱勢女性的關懷。

1931 年及 1935 年謝冰瑩兩次赴日，進早稻田大學研究，1936 年 4 月因拒絕歡迎偽滿皇帝溥儀朝日，而遭到日本警察逮捕，在獄中受盡各種酷刑，1940 年將這段經歷寫成《在日本獄中》出版。抗戰期間，謝冰瑩多次組織婦女戰地服務團，帶領女性到前線為負傷將士服務，她的行為及文章感動了時代青年，她剛毅的個性及強烈的愛國心，鼓舞許多人投入抗戰行列，日後她將抗戰的所見所聞寫成《軍中隨筆》、《第五戰區巡禮》等書。她也時常在副刊上發表文章、時論，這些都是謝冰瑩的親身經歷，也是她對國家的期望，由於言論過於激烈，以及批評當局，所以引起政府的不滿，愛國的她竟也面臨被列入黑名單的命運，於是她為躲特務，開始一段躲躲藏藏的日子，並於此時完成《女兵自傳》，將自己戲劇性的前半生訴諸文字。她一次次的上戰場，全因她的理想：「我沒有一天停止過我的工作，雖然我個人是勝利了，一步步接近了光明、幸福。但回顧整個的國家仍然在被敵人侵略著，全中國的婦女還在過著被壓迫、被輕視、被歧視的生活，我不能放棄我的責任，仍然要向著人類的公敵進攻；總之一句話，我的生命存在一天，就要和惡勢力奮鬥一天。」

謝冰瑩在抗戰期間主編過副刊「血潮」、《廣西婦女》周刊、《黃河》月刊等。1945 年於漢口創辦幼稚園，開啟日後創作兒童文學的契機，1948 年她受聘到臺灣省立師範學院任教，其間也到菲律賓、馬來西亞教學，將旅遊的異國經驗寫成《菲島遊記》、《冰瑩遊記》、《馬來亞遊記》、《海天漫遊》等書。1955 年任臺灣省婦女寫作協會監事，在寫長篇小說《紅豆》時遇到瓶頸，她突發奇想搬到廟裡住，結果文思泉湧順利完成小說，1956 年她便皈依佛門，法名瑩慈，並曾改寫佛經故事出版《仁慈的鹿王》和《善光公主》。1971 年在往美國探視兒子的油輪上摔斷腿，後便退休移民美國，1984 年獲中國文藝協會榮譽文藝獎章，並被譽為中華民國最傑出的女作家之一。

精神與作品合一的女兵文學

謝冰瑩正直、正義的個性在她的文章中隨處可見，生於清末的她從不受傳統的束縛，她努力衝破桎梏，也勸女性同胞要活出自我，可說是思想十分進步的時代新女性，然而她在 1960 年代與蘇雪林聯手抨擊郭良蕙的小說《心鎖》，批評內容荒淫有損社會風氣，導致《心鎖》被禁，郭良蕙被三個文學社團退社，是為文學史上著名的「心鎖事件」，這卻又與她的作風背道而行，令人費解。

整體而言，謝冰瑩的文學是真實不作假的，就像日記一樣，對於文學創作，她說：「我的作品主要是紀實的。日記、傳記文學當然必須完全真，就是小說也都有真實的模子。」她從不創作虛假的故事，沒有經歷過的她絕對寫不出來，她認為這樣「沒有感情」，因此文壇上常用「文如其人」形容謝冰瑩，而她的文章也確實「直、真、誠」。林雙不曾在《青少年書房》一書說：「謝女士的文字樸實無華，但是自然流暢。從《女兵自傳》的字句看來，幾乎沒有一個字不通俗，卻幾乎沒有一個地方不順暢。一方面緊張有趣的故事當然會使讀者急於往下看，而稍微忽略文字的轉折，但主要的，還是要歸功於作者精純的鍊字功夫。」

謝冰瑩的創作量驚人，共計出版七十多本書，她的文學與精神合而為一，表現了當時轟轟烈烈的偉大時代，毫不掩飾自己的愛國熱忱，也表現了自己身為新時代女性的思想、感情及其艱苦的生活，閱讀她的作品，就像走進歷史一樣，她為後代留下了歷史的見證。謝女士於 2000 年 1 月 5 日病逝，享年 94 歲。

——選自應鳳凰《文學風華——戰後初期 13 著名女作家》
臺北：秀威資訊科技公司，2007 年 5 月

謝冰瑩
中國婦女新生的領航人（節錄）

◎黃麗貞

謝冰瑩的著作

謝冰瑩從 15 歲開始寫作，直到 94 歲去世，一直堅持著「只要存在一天，絕不放下我的筆。」（見愷青〈不老的女兵謝冰瑩教授〉——民國 71 年 7 月 10 日，美國《世界日報》）她本名「鳴岡」，筆名很多，除世人所熟知的冰瑩外，還有紫英、鄉巴老、英子、格雷、林娜、閒事、微波等等。她是民國 15、16 年時，崛起新文學文壇的著作名家，在俟後終身勤奮的寫作下，不但文名揚名中國，也馳名於國際，在文壇學術界，一直備受矚目，成為學術界的研究對象。收集謝冰瑩的著作，有大陸安徽文藝出版社在 1998 年 8 月出版的《謝冰瑩文集》，由艾以、曹度主編，全書共分上、中、下三冊：上冊收集自傳體文學，包括自傳、日記；中冊收集憶往、文壇懷舊及記遊文章；下冊收集小說與散文。在臺灣，《文訊》雜誌社在民國 79 年 11 月所編印的《謝冰瑩先生研究資料》中，以表列方式編列了〈謝冰瑩著作目錄〉，共編列了她的著作共有 70 個序號（70 個序號中，有因版本不同而重複的。），表內編號下是「書名」、文體「類別」、「出版地」、「出版者」、「出版年」、「備註」等欄，主要是按出版時間的先後排列，第一本是民國 17 年在上海春潮書局出版的《從軍日記》，70 號的是民國 73 年由臺北東大圖書公司出版的《我在日本》；但 69 號的是民國 74 年，由侯芷明譯法國 Rochebrune 出版社出版，Marie Holzman 所著的《一個女性的奮鬥》。14 號是《女兵自傳》的美國版直譯本，英文書名叫做 *Girl Rebel*，

15 號是倫敦書局民國 29 年出版的 *A Chinese Amazon*，是《女兵自傳》的英國版；第 16 號是香港出版的《一個女性的奮鬥》的英漢對譯本；還有第 44 號是金光洲譯的韓文《女兵自傳》。據彭歌在〈溫故知新〉文中說，根據他當日所見的版本：「此書不僅國內和海外，曾有許多版本，且亦譯為英、法、德文等版本。韓文譯本有三種、日文譯本有四種。可見謝冰瑩就《女兵自傳》一書就受到國際文壇的矚目，她的著作，除了影響了中國的社會和文壇，也受到世界文壇的愛重。

謝冰瑩在民國 15 年 11 月到中央軍事政治學校入學之後，成為中華民族有史以來的第一女兵，雖然考取的女生隊有 200 人，但在入伍以後，就把婦女從軍的實際生活情況寫記下來，成為當時政治上、文學上、歷史上的珍貴資料的，就只有謝冰瑩在從軍時所寫的《從軍日記》了。

《從軍日記》的寫成和內容，謝冰瑩有很清楚的說明：

> 《從軍日記》，是我出版的第一本書，以一個不滿二十歲的女孩子，又沒有文學天才，更不懂得寫作的方法，只是忠實地把我當時的所見、所聞所想的寫出來，寄給《中央日報》的副刊主編孫伏園先生；我絕對不敢奢望發表；但他卻把每一篇都刊登了出來，最難得的是林語堂先生還把它譯成英文發表，引起了國外作家的注意。……感謝這一年不平凡的從軍生活，使我的意志鍛鍊得更堅強，養成我吃苦耐勞的習慣。《從軍日記》裡的文章，大半是靠著膝蓋寫成的。這本不成熟的小冊子，以後又被譯成英文、日文、法文和其他幾種文字。

也許我們今天對於一個 20 歲的女孩子去從軍，已經是很稀鬆平常的事了，但在她所處的那個時代社會，「大門不出，二門不邁」、「女孩子不宜隨便拋頭露面」，仍是家家女兒的教養閨範，她敢於去投考軍校，去做女兵，已經是冒天下之大不韙了，還要把她在軍隊裡的生活寫出來，縱然有孫伏園林語堂這少數的先進分子站在支持和鼓勵她的立場，把她的日記刊登出來，社會上的成年婦女，對她投以大不以為然的眼光，自可想見。對於謝冰瑩用一種無畏的態度，坦然面對別人異樣眼光的勇氣，實在令人感動和佩服。

在我大學畢業前後，老一輩的人，就是和謝冰瑩相同年輩的人，排斥白話文的仍大有人在，但對於那些無理的、甚至於當面的指斥話語，她總是不予理睬，完全不陷入當日「文白之爭」的戰陣裡，只是默默地努力寫、寫、寫！我每次讀到她在民國 15、16 年時，就寫出那樣流利如口語的文章，就想見得到她在當時新文藝文壇的努力，讓白話文漸漸蔚成時代的新潮流，她也作出了貢獻。

以下我參取「文訊雜誌社」所編的〈謝冰瑩的著作目錄〉，略加整理，列為本文的資料。謝冰瑩一生所始終堅持不懈，到老不休的，就是她的寫作，所結晶出的文學作品，數量也相當傲人。但因為作品的類別的多元多樣，限於篇幅，無法一一介述。

	書名	類別	出版地	出版者	出版年[1]
1	從軍日記	散文	上海	春潮書局	17
2	前路	小說	上海	光明書局	19
3	麓山集	散文	上海	光明書局	19
4	青年書信	書信	上海	北新書局	19
5	青年王國材	小說	上海	開華書局	19
6	一個女兵的自傳[2]	傳記	臺北	力行書局	25
7	軍中隨筆	散文	廣州	廣州日報	26
8	湖南的風	散文	上海	北新書局	26
9	在火線上	報導文學	上海	生活書局	27
10	戰士底手	報導文學	重慶	獨立出版社	27
11	第五戰區巡禮	報導文學	廣西	廣西日報社	27
12	新從軍日記	報導文學	上海	天馬書局	27
13	在日本獄中	報導文學	上海	遠東圖書公司	29

[1]所記為民國的紀年。
[2]現改名為《女兵自傳》。

14	Girl Rebel	傳記		Da Capo Pressine	29
15	A Chinese Amazon	傳記	英國	倫敦書局	29
16	一個女性的奮鬥[3]	傳記	香港	世界文化出版社[4]	30
17	梅子姑娘	小說	西安	新中國文化出版社	30
18	抗戰文選集	散文	西安	建國出版社	30
19	姊姊	小說	西安	建國出版社	31
20	寫給青年作家的信	書信集	西安	大東書局	31
21	生日	散文	上海	北新書局	35
22	離婚	小說	上海	光明書局	35
23	冰瑩創作選	小說散文合集	上海	新象	23
24	女兵十年	傳記	北平	紅藍	36
25	一個女性的自白[5]	傳記	東京	岩波書局	37
26	愛晚亭	散文	臺北	三民書局	43
27	紅豆	小說	臺北	虹橋出版社	43
28	聖潔的靈魂	小說	香港	亞洲出版社	43
29	霧	小說	臺南	大方書局	44
30	愛的故事	兒童文學	臺北	正中書局	44
31	動物的故事	兒童文學	臺北	正中書局	44
32	太子歷險記	兒童文學	臺北	正中書局	44
33	我的少年時代	傳記	臺北	正中書局	44
34	綠窗寄語	散文	臺北	三民書局	44
35	冰瑩遊記	遊記	臺北	上海書局	45
36	菲島記遊	遊記	臺北	力行書局	45
37	碧瑤之戀	小說	臺北	力行書局	45
38	故鄉	散文	臺北	力行書局	46
39	馬來亞遊記	遊記	臺北	力行書局	50
40	我怎樣寫作	論文	臺北	學生出版社	50
41	仁慈的鹿王	兒童文學	臺中	慈明月刊出版社	52
42	給小讀者	兒童文學	臺北	蘭臺書局	52

[3]英漢對譯，林如斯、林無雙英譯，林語堂校閱。
[4]我所見的譯本。是香港南洋圖書公司印行。
[5]《女兵自傳》日譯本。

43	空谷幽蘭	小說	臺北	廣文書局	52
44	韓文《女兵自傳》[6]	傳記	韓國	乙酉文化社	53
45	文學欣賞	論文	臺北	三民書局	53
46	南京與北平	兒童文學	臺北	華國出版社	53
47	小冬流浪記	兒童文學	臺北	國語日報社	53
48	林琳	兒童文學	臺北	教育廳	55
49	秦良玉	通俗小說	臺北	正中書局	55
50	夢裡的微笑	散文	臺南	光啟出版社	56
51	我的回憶	散文	臺北	三民書局	56
52	作家印象記	散文	臺北	三民書局	56
53	海天漫遊	遊記	臺北	三民書局	57
54	在烽火中	小說	臺北	中華文化復興出版社	57
55	善光公主	兒童文學	臺北	慈航雜誌社	57
56	生命的光輝	散文	臺北	三民書局	60
57	舊金山的霧	散文	臺北	三民書局	63
58	觀音蓮[7]	散文		玄奘寺	64
59	冰瑩書柬[8]	書信集	臺北	力行書局	64
60	謝冰瑩自選集	小說	臺北	黎明文化公司	69
61	女兵自傳增訂本	傳記	臺北	東大圖書公司	69
62	給青年朋友的信（上）	書信集	臺北	東大圖書公司	70
63	給青年朋友的信（下）	書信集	臺北	東大圖書公司	70
64	抗戰日記[9]	傳記	臺北	東大圖書公司	70
65	舊金山的四寶	兒童文學	臺北	國語日報社	70
66	新生集	小說、散文	臺北	北投普濟寺	70
67	我在日本	報導文學	臺北	東大圖書公司	73
68	小讀者與我	兒童文學	香港	文化互助出版社	73

[6]金光洲譯。
[7]佛教書籍。
[8]《冰瑩書柬》是本文作者受師命所編，還寫了一篇〈寫在書後〉在末頁。
[9]共上、中、下三冊。

69	一個女性的奮鬥[10]	傳記	法國	Rochebrune 出版社	74

謝冰瑩生平大事紀年

以下從謝冰瑩的著作和各種介紹她的文章中，摘取她生平的重要經歷，以呈現她整個人生的概略。

1906 年（清光緒 32 年，民國前 5 年）——1 歲

在湖南新化縣誕生。

1911 年（民國前 1 年）——5 歲

開始識字。

1914（民國 2 年）——8 歲

已能背《隨園女弟子詩》和《唐詩三百首》；母親教她讀《教女遺規》、《列女傳》和《女兒經》。

1916 年（民國 4 年）——10 歲

裹足；在熟睡時兩耳被刺洞。母親允許她入私塾，是四十多個男生中唯一的女生，讀完《女子國文》八本，半冊《幼學》和《論語》。

1918 年（民國 6 年）——12 歲

入大同女校讀書。看到很多同學都是天足，也就讓同學幫她解放了裹足。

1926 年（民國 15 年）——20 歲

在二哥的鼓勵支持下，考上中央軍校第六期，離開女子師範，投筆從戎，參加北伐工作。這是中國有史以來，首次招收女生，名額是 200 名，入伍訓練，和男生完全一樣嚴格：穿軍鞋、打裹腿，一身灰布軍服，腰間束著一根小皮帶，和男生一樣雄赳赳氣昂昂。又接觸到政治課程，三民主義思想和國際形勢知識，讓她真正看到時代、世界和國家的新面貌，她因此生活在革命的歡聲裡。在軍中，她很幸運地被選

[10]侯芷明譯（Marie Holzman）。

中為 20 名女生隨軍北伐組織宣傳隊中的一人，先到了河南，親眼看到先一天出發的男生隊，已在汀泗橋和敵人開火，女生隊的火車經過時，屍體遍野的慘象；加上軍中生活清苦，6 月酷暑教人難耐，對於一直生活在家庭和學校的謝冰瑩，感受到無比的衝激，便用膝頭當桌子，犧牲行軍中的休息時間，開始記下她每天所看到的種種見聞和感想，寫成「從軍日記」，寄給《中央日報》的孫伏園先生；沒想到出發後十天，突然看到她的日記在《中央日報》的英文版裡刊出，原來是林語堂先生給翻譯了出來。這些「從軍日記」，後來結集成書出版，這是她的第一本著作，也奠定了她走上寫作之路的基礎。一個月零四天的戰爭結束，女子軍解散回家。母親對於女兒瞞著她去從軍，十分不高興；但父親卻嘉許她是「花木蘭第二」，喜歡聽她說前方的故事；又認為她有這些生活經驗作題材去寫作，可以成為「班昭第二」。

謝冰瑩在女生隊解散後之所以回家，明知一定不見諒於母親，也會成為鄉親們側目和議論紛紛的對象。但她想到，她必須解決了和父母給她從小訂下的婚姻問題，她以後才會有真正的人生自由，否則永遠成為社會的逃婚犯人，所以除了不顧雙親的暴怒辱罵，和親人的苦勸外，更以實際行動來表明決心，經過四次奔逃，終於擺脫了封建婚姻的枷鎖，獲得自由，便隻身前往上海謀求獨立，靠稿費維持生活。

1929 年（民國 17 年）——23 歲

進入上海藝術大學，在艱困的環境中努力讀書、寫作。因為辦活動，影響法租界的電車罷工，藝大學生被巡捕房認為是「反動分子」，遭到逮捕和搜查，最後學校被封閉。藝大封閉後，她的三哥到北平教書，把她接到北平，送她進入女師大；一年後，她的三哥回南方教書，她的經濟來源斷絕，生活陷入窮困。為了生存，她一方面讀書，一方面在中學教國文，一方面努力寫作賺取微薄的稿費，維持生活。

1931 年（民國 20 年）——25 歲

4 月，完成了《青年王國材》、《青年書信》兩本書，賺到 650 元稿費，決定去日本留學，完成她讀書的意願。但在赴日本的船上，已聽到日本帝國主義侵占東北，發生「九一八事變」的消息。抵達日本後，得知東北已淪亡，中國留日學生，到處受侮辱，一千多留日學生，集會追悼東北死難同胞，遭到逮捕，她因為是學生會的幹事之一，也和其他同學被限在三日內驅逐回國。回到上海，她又參加文藝界的慰勞和抗日工作。

1935 年（民國 24 年）——29 歲

春天，離開廈門中學，決心再去日本留學，進入早稻田大學文學研究院，第一次用謝冰瑩這個筆名。她認識了日本文藝界的作家和記者等，這些朋友為她舉行歡迎會，要她報告從軍經過，並把她的《從軍日記》翻譯為日文，刊登出她的照片，引起各方的注意。

1936 年（民國 25 年）——30 歲

4 月 12 日，滿州國皇帝溥儀朝日，日本政府下令中、韓留學生去歡迎，她因為不去歡迎，被逮捕囚禁在非常汙濁的監獄裡。日本人搜集到有關她的各種資料，如從軍、交友、抗日等等，多次審問她，並對她用酷刑，用大木柱一再重打她的腦袋至於暈倒，又用方形竹條糾夾她的手指，她受刑後大病不能起來。後來因為中國發電報來營救，中國留學生監督處派人來保釋，才被放出來，但受到監視，幸得日本友人的幫忙，才能離開日本回到上海。她對在日本因為愛國而受了三週的酷刑和侮辱，仍在心底感到光榮。

不久，接受南寧高中的聘書，擔任教職，師生融洽，因為玩鞦韆跌傷，回到長沙進行《女兵自傳》的撰寫工作。

1937 年（民國 26 年）——31 歲

「七七盧溝橋」事變，全國沸騰，在全民抗戰的氛圍下，也由於在日本的牢獄之痛，讓她要赴前線的心十分堅決。告別了病中的父親，前往長沙，立即發動婦女到前線為傷兵服務，四天之內，就組成了「湖南婦女服務團」，並自備軍服等一切裝備，9 月中旬開始在野戰醫院工作，越來越多的傷兵，在血泊中工作，有時一天只能進食一頓，生活緊張而艱苦。從 11 月以後，她一方面在戰場做救護工作，也在長沙為兒童保育會募款，並且替教育部寫了五萬多字的通俗小說。她的戰地工作範圍，跑遍了鄂水豫西，也跑遍黃河和襄樊前線及大別山麓。

1944 年（民國 33 年）——38 歲　到

1945 年（民國 34 年）——39 歲

在四川成都教書，生活艱苦，但仍努力寫作。

1946 年（民國 35 年）——40 歲

從這年冬天到民國 37 年的夏天，謝冰瑩應聘在北平師大，教授「新文藝習作」課程，給選課的學生在寫作上奠立穩固的基礎。

1948 年（民國 37 年）—— 42 歲

國民政府已遷到臺灣，這年 9 月，應臺灣師範大學國文系高鴻縉主任之邀，來臺灣擔任「新文藝習作」、「文學批評」等課程。

1957 年（民國 46 年）——51 歲

應丁淼先生之邀，前往馬來西亞華聯高中教國文。後來又回到臺灣師大執教。

1971 年（民國 60 年）——65 歲

因在旅遊的船上跌斷了右腿，傷癒後退休，定居在美國舊金山，仍繼續寫作。

2000 年（民國 89 年）——94 歲

病逝美國舊金山。

結語

謝冰瑩在世時的思想、作為，在她心中，其實只為要實踐她的理想而奮鬥，她沒有說過要做「女權運動」，要「改造社會」，她的「革命思想」，完全是對「國家」而言的。但無論在婚姻、在文學、在人生裡的種種作為，她都在無形中帶給時代社會一些啟發、一些改變，她解放了纏足的布，艱苦的走出她人生的步履，也在不著痕跡中帶領著中國的婦女，航向人生的新里程。

本文完成所參考有關的文籍資料很多，有一部分是老師在世時所交予，囑咐我要為她收藏的，其中包括了她珍貴的雙親遺照，和她從軍時的照片，限於篇幅，無法詳列參考文籍，敬請讀者見諒！

——選自《中國語文》第 101 卷第 2～3 期，2007 年 8～9 月

戰爭體驗與謝冰瑩的戰地小說

◎丁金花*

第一章　謝冰瑩小說的戰爭體驗

1.1 戰爭體驗

現實主義強調客觀性和真實性原則，強調如實地反映現實人生，提倡客觀、冷靜的觀察社會生活，按照生活本來的樣式，真實地再現典型環境中的典型人物。社會生活是文學創作的源泉，現實主義藝術創作離不開對生活的親身體驗，文學作品是人生體驗的描寫。現實主義作家只有通過對現實的親身體驗，在體驗的基礎上，再經過藝術積累、構思和藝術表現，才能實現人物和環境的典型化，創作出具有較高藝術價值的作品。

關於體驗，有兩層含義，一是實行、實踐；一是領悟、體察，設身處地。它們之間既有聯繫又有區別，後者主要指主體的內部心理體悟，前者主要指主體的外部親身經歷。體驗是一種情感和思想觀念的生成過程，不是一瞬間的簡單合成，這種生成過程及其結果長久積累並沉澱在作者記憶中，經過不斷的意象合成和主觀發揮，最後才能形成具有審美意味的文學作品。前蘇聯著名戲劇家聶米羅維奇曾說過，任何一種才能——無論是寫作的，無論是表演的——都在於能夠以自己的體驗去感染別人。因此，採取什麼樣的體驗方式對於生成什麼樣的情感和思想觀念，以及意象的積累至關重要。

---

*發表文章時為湖南師範大學文學院中國現當代文學專業碩士生，現為湖南師範大學生命科學學院辦公室主任。

1928 年文壇上開始倡導革命文學，至「普羅文學」的繁榮，一些年輕的「普羅」作家，憑著對革命的高度熱情和對背叛了革命的反動階級無比痛恨，要創建一種表現工農革命鬥爭的「新興的文學」。但是這派小說由於作者生活和藝術準備不足，並沒有這種直接的階級鬥爭的經歷和經驗，對工農和革命都缺乏真正的了解。於是，一些作家採取了憑間接體驗提煉題材，創造作品的方法，既創作者自身對要表達的客體沒有直接的體驗，僅憑對他人體驗的借鑑、領悟或者乾脆直接憑對觀念的推導、演化而創作。例如蔣光慈《衝出雲圍的月亮》裡的曼英和《女兵自傳》裡的冰瑩一樣，她曾參加大革命時代的女兵隊，曼英從軍日記的內容，多來自於謝冰瑩寫的《從軍日記》，顯然蔣光慈當時創作時，由於自己沒有親身經歷這段生活，他是從當時謝冰瑩發表在《大公報》上的〈從軍日記〉中得到啟發而進行創作的。此類作品繁多，如陽翰笙的《地泉》、〈躉船上的一夜〉，洪靈菲的〈路上〉、《前線》，李守章的〈秋之汐〉等等。作品大多用「革命」加「戀愛」兩個部分拼湊成故事線索和內容。由於缺乏直接體驗，他們作品中的戀愛有些具有反封建的意義，但大多是塗在革命上面的油彩，二者並未得到有機結合，存在概念化、公式化的缺點。如洪靈菲的《流亡》和〈路上〉，《流亡》寫革命青年沈之菲在革命失敗後的流亡生活，但寫得最多的還是他與黃蔓蔓纏綿悱惻的愛情生活，作者對革命的描寫相形見絀。〈路上〉寫「我」一再表示鄙夷楚蘭和其他小資產階級分子，因為他們不能吃苦，小資產階級根性未除，他們不配革命，他們不過是抱著享樂的心理來參加革命的。但作者缺乏對此生活的實感，沒有創作材料，所以並無具體描寫，「我」的指責只不過是空泛而錯誤的議論。由於作家崇高政治理想與所要表達的相對陌生的生活內容的矛盾，此類作品常有圖解政治觀念之嫌，慣用標語口號式的抽象說教去代替文藝作品中應有的生動，人物成了作家思想單純的傳聲筒。

現實主義創作還有一種常見的體驗生活的方式，即常態體驗，就是作家從日常生活中得到的直接體驗，例如五四時期湧現的「問題小說」、「鄉土小說」等系列作家，大都有這種常態的生活經驗和積累。張天翼〈華威先生〉中「華威先生」形象的成功塑造，得益於這個形象是從現實生活中體驗、提煉出來的，「有實在的模特兒的」。最先讀到小說手稿的作者的摯友——與他並肩從事抗日文化工作、朝夕相處、了解小說創作全過程的潘開茨、魏猛克二先生，事隔 40 年之後，仍能親切地回憶起初見「華威先生」時的第一印象：這不就是xxx的畫像麼！小說發表不久，應張天翼之邀同在湖南參加抗日文化工作的作家王西彥也說是寫xxx的，並以此為題面詢作者，得到的回答是：「是真的，也不是真的。」張還說：「他寫『華威』，學的是魯迅不專用一個人而是『雜取』種種人的典型化的方法，所以，既是『xxx』，又『不完全是xxx』。」這也正是其後不久作者在談寫作的論文裡明確地回答的：「做了模特兒的並不是哪『一個』人，而是哪『一類』人」。[1]的確，沒有抗戰以來特別是到長沙以後的對xxx一類人的觀察、體驗和分析，沒有對於抗戰現實的全面認識和深刻理解，是不可能「凝神結想」，僅用一天的工夫「一揮而就」的。作者形象地抓住了華威先生到處宣揚的口頭禪：時間緊（他「總是沒有時間」，總是「不夠支配」，「恨不得取消晚上睡覺的制度」）；集會多（一天到晚坐著全城「跑得頂快的」黃包車四處開會）；爭領導（全部言行都是為了要別人「認定一個領導中心」——他在抗敵文化界的「領導中心」）。稍為隱蔽點兒的中心詞（潛臺詞）是：地位高。——劉主任「硬」叫他修改縣長公餘工作方案，王委員「硬」要請他到漢口去（當然是相商「國事」），至於全省文化界抗敵總會，更離不開他的「領導」。華威先生「反覆地說明了領導中心的重要」。他是那樣地害怕群眾，那樣急迫地要去「領導」一切，當時已經是國共合作抗日了，可他的思想和行動實際上與抗戰前當權者奉行的那種「限制異黨活動」的政策並無二致，要不然，他怎麼會那樣賣力地「執行」片面抗日路線，而且還特地「聲明」這一點？結合當時的社會現實來考察，不能不佩服作者

[1]邵陽，〈論缺點〉，《力報》，1936 年，頁 26。

塑造的這一藝術形象所概括的深廣的歷史內涵和達到的歷史深度。國共合作建立起抗日統一戰線後，國民黨當局對待抗日群眾團體仍然加以限制和破壞，他們對待群眾團體的做法是，能操縱的就打進去，控制不成的就乾脆把它們解散，同時也不忘記官辦一些「抗敵後援會」之類的組織——空掛招牌，包而不辦。張天翼以「敏銳的眼睛，在人們正面對社會生活的混亂狀態感到惶惑時，就看到這醜惡的一群」，及時地予以暴露和諷刺。如同〈阿 Q 正傳〉曾經使一些小官僚小政客感到惶恐那樣，〈華威先生〉則使一些「抗戰官僚」和「救亡專家」感到不安。

謝冰瑩的體驗卻是一種有著不可重複的個體本身的戰爭體驗。1926 年，北伐戰爭爆發，20 歲的謝冰瑩為了擺脫封建家庭的束縛和舊式婚姻的桎梏，同時也出於對大革命的嚮往，毅然報考武漢中央政治軍事學校第六期，編入女生部，接受嚴格的軍事訓練，1927 年隨國民革命軍北伐，從事政治宣傳工作，從事政治宣傳工作，1930 年代，她曾兩次赴日本求學，第一次因參加反日活動被遣送回國，第二次入獄後在柳亞子先生等的營救下才逃離虎口，回到國內。1937 年抗日戰爭爆發，謝冰瑩在母故父病之際，毅然趕赴長沙，四天內發起並組織了「湖南婦女戰地服務團」重赴前線，再次當起了女兵。從事救死扶傷和抗日宣傳工作。武漢會戰大軍撤退後，她本擬重組舊部，再上前線，遭到軍部拒絕後，她被迫離開了部隊。但不久以後，「為了後方的文人太多，而到前方去的太少」，(〈文人也上前線〉)在戀兵情節的作用下，她又獨自去徐州前線，在李宗仁部第五戰區司令部任祕書，再次穿上了戎裝。她轉戰各地，足跡遍及第一、三、五、六、十各大戰區。幾乎跑遍了大江南北和黃河流域。從 1927 年至 1945 年期間，謝冰瑩一直在戰場或是緊密關注戰場。這種從戎而不投筆的經歷使她對戰爭文學有著超乎尋常的戰爭體驗，這種體驗是全方位的和女性獨有的，它包括對戰地的情景體驗，情感的真實體驗，女性特有的戰爭生活體驗等等。

謝冰瑩的戰地小說總有一個不屈不撓的女兵形象，她總在為民族復興、祖國命運擔憂，作品字裡行間湧動著「紅色浪潮」，但謝冰瑩從來不是一個政治的作家，她只從屬於她的內心，她說：「我是個愛好自由的人，我不願意參加任何黨派，也不願意捲入任何政治漩渦，更看不起那些掛羊頭賣狗肉的官僚政治家和那些今天擁護甲派，明天打倒乙派的投機革命家。」[2]經過幾年的政治動亂和生活的磨難，使她逐漸形成了只是憑著正義感和良心去生活去寫作的人生觀。她曾講：「在上海時，曾為了左翼的問題，鬧得天花亂墜。報紙雜誌上只看到一些我打倒你，你打倒我的內戰文字，而沒有看到他們放棄共同為國家為民族前途努力的文章，我悲哀，我痛苦，我只有低下頭來悄悄地嘆息，我始終沒有加入過他們的陣線，沒有被任何人利用寫過一個字的幫閑文章。」[3]正因為這樣，她的戰地小說真實地再現了戰爭原貌。

1.2 戰爭體驗的表達

因為戰爭體驗，使謝冰瑩的戰地小說比同時代相近的作品顯得更為鮮明、生動，她所展現的人物就是戰場上的「你」、「我」、「他」。

1.2.1 對真實戰爭的情景體驗

對於體驗者來說，戰爭是一種殘酷的生存考驗，前線的艱苦患難，戰場的血肉橫飛，從軍的謝冰瑩都親歷過，因此她的戰爭體驗首先表現在對真實戰爭的情景體驗。謝冰瑩直接或間接轉戰戰場 18 年，或是宣傳、組織民眾，或是穿梭戰場救助傷兵的救護隊員，或是戰場上捕獲漢奸的戰士，她全方位的體驗了戰爭。

謝冰瑩轉戰戰場 18 年，她按戰爭經歷，寫了〈重上征途〉、〈戰地中秋〉、〈戰士的血染紅了我們的手〉、〈恐怖的一日〉、〈到上海去〉、〈蘇州的警報〉、〈瀏河的警報〉、〈瀏河的彈痕〉、〈再渡瀏河〉、〈三渡瀏河〉等等。她的戰地小說系列，代表了那一時代風雲中的真實體驗：〈寄自嘉魚〉表現

---

[2]謝冰瑩，〈第三十一封信（1985 年 12 月 22 日）〉，欽鴻編《永恆的友誼——謝冰瑩致魏中天書信集》（北京：中國三峽出版社，2000 年 12 月），頁 59。
[3]謝冰瑩，〈第三十封信（1985 年 11 月 6 日）〉，欽鴻編《永恆的友誼——謝冰瑩致魏中天書信集》，頁 56。

的是大革命時代的氛圍；〈板壁上的標語〉表現的是抗日戰爭時期；《在日本獄中》表現的是 1936 年時期的日本監獄；〈在野戰醫院〉、〈戰區巡禮〉寫女兵在第五戰區的活動以及武漢第二次北伐誓師的場面；在〈從峰口到新堤〉等系列中，寫了裹了腳的車水姑娘和老婆婆，還寫了當時一些最能體現五四巨變的場景，如抵制日貨、剪髮運動、街頭話劇等。戰爭殘酷無情，作者親歷戰場，戰爭觸目驚心，家園滿目瘡痍，這種體驗尤為深刻。〈踏進了偉大的戰場——臺兒莊〉裡通過對這一戰役直接參加者的採訪，錄下了悲壯的戰史。「這裡原先是一座炮樓，在四月五日的黃昏，被敵人的大炮打壞了。敵軍曾一度衝進缺口來，我軍下命令要弟兄們分班去堵塞缺口，冒著炮火去狙擊敵軍！第一班剛上去，正當敵人的大炮打來，於是頃刻間全被消滅；然而第二班第三班，都自動地踴躍跳去，不久他們血肉橫飛⋯⋯終於在我們巨量的犧牲之下，把這塊焦土守住了。」〈蘇州城的火焰〉路上「有被機關槍掃射死了的士兵、老百姓，橫一個直一個地躺在血泊裡：有的雖然死了，眼睛睜得很大」，「在一具屍體沒有埋好地牆角邊我站住了，一隻手掌和腳板現在土堆外面，只剩下幾根枯柴般地骨頭。」（〈地獄中的天堂〉）「姚家宅一位婦人被大炮聲音嚇死，一歲半的孩子在床上哭。」（〈往哪裡逃〉）其次，謝冰瑩轉戰南北，體驗著被蹂躪、被欺凌的痛苦，她的戰地小說中用大量的筆墨揭露軍閥、漢奸和日本帝國主義的凶殘和卑劣行徑。他們胡作非為，奸淫、槍殺、勒捐、欺侮百姓，無惡不作。如《從軍日記》中提到了農協常委的妻子，「有個 S 城的土匪想強奸她，她兩手緊抱著兒子，那萬惡的土匪就把小孩子撕成兩塊。」一個從 18 歲守寡的中年婦女，因為遭受凌辱吃鴉片死去⋯⋯。謝冰瑩曾四次入獄，對牢獄生活的體驗尤為真實。在她的戰地小說中獄中生活占了不少篇幅，不僅突出了做為一名戰士的堅毅和不屈，更揭示了日本帝國主義的凶殘和卑劣。「我」在潮濕、黑暗的牢房裡關了兩天兩夜，沒有人來送飯，也不提出審問，「我」簡直如墮五里霧中，在過著被苦痛熬煎的日子⋯⋯到了第三天，「我」飢渴得實在不能忍受了，向著正在用橡皮管洗走廊的獄卒說：

「請可憐我，給我一口水喝吧！」「打開嘴巴來，豬玀！」「我」真的張開嘴，誰知上了一個大當，他把橡皮管一鬆，像瀑布似的水噴在「我」的臉上，連眼睛都打不開，但從頭髮上滴下來的水也勉強可以解渴……那三個女人也餓得骨瘦如柴，眼睛凸出，蜷縮在角落裡呻吟。無緣無故被抓，還要忍受非人的折磨，〈入獄〉中這樣描寫：「中年婦人的丈夫提出去過堂了，他們明天就可釋放，男的托看守買了個糯米做成的飯糰來，從鐵窗外丟給他的妻子；那飯糰剛剛落在孩子的大便上，女人拾起來連忙分了三分之一給我……可是飢餓之手，已經從喉管裡伸出來了，我本能地接了過來，忙往嘴裡送。」謝冰瑩曾因在日本留學期間因不歡迎溥儀朝日而遭日警逮捕。1936 年 4 月 12 日晚，她剛補習日文回來，就被偵探抓到目黑區警察署去了。被捕的原因是：當日本偵探三次問她去不去歡迎朝日的溥儀時，她不但不去，而且反對。謝冰瑩說：「溥儀，是什麼東西，不過是個遭到全中國人唾罵的漢奸而已，根本不承認有什麼『滿洲國』。」為了愛國，她蹲了三個星期的日本監獄，受盡非人的折磨。〈受刑〉中寫道：「一陣碗口大的圓棍又打在『我』的前腦上，好像腦袋裂開，腦漿流出來了一般痛得『我』又倒下去了，這回『我』足足暈過去有十多分鐘，醒來時滿臉都是水，頭部異常沉重，而且好像有什麼東西凸出似的……『還不說實話嗎？用指刑！』用兩根四方形的竹杠夾在食指與中指的縫裡，然後把指頭使勁地壓住，讓骨節發出清脆的響聲，『我』顧不到他們是否許可，就像砍倒的樹一樣直挺挺的躺在地板上，腦髓裡痛得不住跳動，『我」閉著眼睛，彷彿看到許多血淋淋的影子在眼前晃動……『用電刑，打腦袋！……』法官又命令那兩個魔鬼來施毒刑了，這是他們最有名的刑法之一，據說思想犯是誰都要受這種刑的，因為他們認為腦子犯了罪，應該處罰腦子，『我』平時最愛惜的是腦子，如今完了，『我』已經成了不能思想的廢人。」從此，謝冰瑩留下了永遠無法治癒的頭疼症。

1.2.2 對真實戰爭的情感體驗

從情感化的角度出發，戰爭文學應該起到潛移默化，感染人、教育人、鼓舞人的作用。作家必須有真實的感情及鮮明的個性，作品既要寫出生活的客觀真實，也要寫出主觀情感的真實，客觀事物的描寫，必須先有深厚真摯的感情，很自然的表現出來，才能深入人心。

抗日戰爭震撼著中國的文化界，民族熱情的高漲導致文學的變化。同時代相呼應，抗日救亡小說隨著抗日的隆隆炮火躍然於烽火硝煙之中，形成了抗戰之初小說創作的主流。從政治上講，這類小說首先是在民族危亡關頭形成抗日統一戰線，不同派別、不同思想傾向的作家團結在抗日救亡的旗幟下共同奮鬥。作家們紛紛追求投入到抗日救亡中去。作家們追求共同的表現題材，揭露侵略者的殘酷暴行，呼喊著民族的覺醒和奮起，謳歌民族英雄。因此強烈的社會參與意識是這類小說的特徵。

謝冰瑩的戰地小說中，自始自終貫穿著富有時代共性的愛國主義激情的自我體驗。在《從軍日記》裡有捨棄自我的女兵形象：「在這個偉大的時代裡，我忘了自己是女人，從不想到個人的事，我只希望把生命貢獻給革命，只要把軍閥打倒了，全國民眾的痛苦都可以解除，我只希望跑到戰場上去流血。」在〈血的五月〉中，描繪了「僅僅在一點多鐘內，居然把英租界收回了」的事實之後，接著寫道：「沒有消耗一顆子彈，沒有流過一滴血，就這樣輕易地由萬萬千千的勞動者、學生、軍人、革命的老百姓，用團結的力量把緊緊地被握在帝國主義手中的一塊地盤奪過來了！真威風啊」。「只要不是冷血動物，只要不是反革命者，無論老的少的，小腳婦人，誰都舉起打倒軍閥、打倒帝國主義的拳頭，站到飄蕩在空中的革命旗幟之下來了！誰的腦海裡都深刻地藏著一個堅強的信念，明天是我們的世界，明天是新社會產生的日子，明天是我們脫離奴隸的枷鎖，開始做人的一天！」對於老百姓，也從內心深刻感受到老百姓的熱情，「他們的誠懇，他們的殷勤，真是形容不出，他們見了我們的快樂，是從心坎深處發出來的快樂。」（《從軍日記》）在敵人的審訊室裡，義正辭言的呵斥對方：「放屁！這是中國的光榮，她有四萬萬二千五百萬熱愛她的兒女，他們不願做亡國奴，願意反對日本帝國主義到底！」謝冰瑩的戰地小說向國人和世界傳達了覺醒了的中國的時代信息，它們形象地告知世人中國北伐戰爭的必要性和中國抗日戰爭的正義性，展示了國人禦侮抗敵的必勝信念和民族氣節。

「我」被現實生活所感動，激起強烈的情感體驗，同時又從現實現象那裡體驗美或醜、崇高或卑下、悲和喜的感情時，對它們做出自己的審美判決。而這種理性思考又必然會深化作家、藝術家的情感體驗。楊朔寫《三千里江山》前，對自己的情感進行了理性判斷，終於得出結論，對於這支由鐵路工人組成的志願軍的可歌可泣的事跡的愛是值得而且必須歌頌的；茅盾寫《子夜》之前，關於中國當時社會性質及創作動機的思考，則是帶有政治性、歷史性質的理智判斷。謝冰瑩戰爭文學用一個個生動形象的事跡來表達著自己對於戰爭的情感體驗。〈從軍日記三節〉裡，作者著重突出了一個年僅 12 歲的女孩張青雲的事跡，這位少年英雄被人誣告為婦女協會幹事而被捕，但她毫無懼色，很勇敢的對親人說：「母親！不要哭吧！即使槍斃我，我也要呼幾個口號才死的。」；〈怪醫生〉中刻畫了一位為抗議日軍入侵而八年不理髮，不刮鬍鬚的為遭受深重苦難的中華民族帶孝的愛國醫生；〈漢奸的兒子〉是為了紀念一個英勇少年李海泉的犧牲而作。海泉的父親在敵人卵翼下偷生喪盡天良，助紂為虐，甚至將自己的妻子送上門去供日寇享用。13 歲的海泉目睹日寇及父親的罪行，生發出強烈的仇恨，為了民族大義，他在一個夜晚用計將正在作惡的日本鬼子同父親一起葬送在火焰中，最後自己高呼抗日口號從容就義。〈重上征途〉、〈瀏河的彈痕〉、〈第五戰區巡禮〉等作品直接反映了廣大軍民同仇敵愾與日寇決戰到底的戰鬥情景。其中〈戰士的手〉裡有一個戰士的形象，他的右手被敵人的槍炮打斷了，手掌只有一根筋連著，古醫官問他：「小同志，怕不怕痛？不打麻藥，我可以動手術嗎？」「我才不怕痛呢，用剪刀把它一下剪掉就行了！」果然，古醫官用剪刀一下剪斷，手掌掉在地上，他吩咐勤務兵把這隻手掌好好地埋著，洞要深挖一點。「他媽的，右手沒了，我還有左手，可以丟手榴彈，怕什麼呢？」，更令人心痛的是，由於戰時倉促，又要迅速轉移，埋手掌的洞來不及深挖，一條狗尋腥而來，刨開土叼走了戰士的手掌。當時在現場的作者「默默的聽著，對於這位為國犧牲，為民族奮鬥到底的英雄，真不知要用什麼比『崇高』、『偉大』更好的形容詞來加在他的身上才好。」軍旅生活十分艱苦，「我們」出發以來要算今天住的地方最苦，同時也算最快樂；「我們」雖然是睡在地上，睡在草堆上如豬欄裡的小豬一般，雖然蚊子咬出了「我們」的鮮血，雖然雞屎牛糞染髒了「我們」的衣服，雖然有種聞所未聞的臭氣塞住「我們」的鼻孔，有些見所未見的汙物擺在「我們」的面前，然而「我們」精神之樂，竟戰勝了物質之苦。（《從軍日記》）在〈戰地中秋〉一文中，為了給愛人留下遺書和遺照，在一座長滿了馬鞭草的墳堆上，「莫」替「我」拍了一個不戴帽子，綁腿散開了的吊兒啷噹的相，她們都大笑起來，「喂，要不得，要不得，這準備給做遺像的，你怎麼連嘴都笑歪了，另拍一張吧。」「笑話，為參加偉大的民族解放鬥爭而犧牲，是最光榮的，安得不笑！」「我」以大道理拒絕了「莫」的要求。以滿臉璀璨的笑容去面對死亡，這是將士樂觀主義精神的最好寫照。

其次，人性化的戰爭情感體驗。戰爭是殘酷的。人們對美好生活的嚮往與追求在戰爭中更顯得尤為珍貴。謝冰瑩的戰地小說在時間上是無限延伸的，它多次切入對美好生活的描寫，人們對幸福生活的渴望，摘取典型意義的生活場景。〈大場之夜〉中，描寫了一對抗戰期間的婚禮。一對不起眼的婚禮，驚動了柳亞子、田漢、郭沫若等。田老大是慣愛開玩笑的，他不管你著急不著急，總是那麼用無數的哈哈來把你留住，婚禮舉行了，田老大說：「在抗戰期間結婚，自然是為了要增加抗戰力量，如果有誰發現對方有對於抗戰不努力的行為，盡可向介紹人提出訴訟，要求解除婚約。」於是又是一陣笑聲和掌聲，結束了他的演說。「田大哥真殺風景，人家剛結婚，他就說解除婚約。」在〈戰地情書〉中，炸彈圍著屋前屋後一連丟了十多顆，空氣愈來愈緊張了，「我」首先提議：「各位長官趕快把遺書寫好吧，我們的生命也許在五分鐘內就要完結了。」他們真的實行了。軍長寫給他的夫人龍文娛女士……歐師長提議把情書公開。「這是戰地情書，公開也沒關係。」，「我」第一個贊成，軍長臉紅紅地也居然答應了。公開的結果，三個人的信大同小異，總括起來不外乎說：「飛機大炮在轟炸，我們立刻要上火線了，犧牲的時候大概即刻要到來。希望你不要為我的死而悲哀，敵人一天不消滅，你就要踏著我的血跡前進……」「韓師長，你為什麼不寫？」「我」發現他只顧一封一封讀他們的信，就這樣問他。「在長沙，我已把遺書寫給她了。」謝冰瑩不是戰地記者，她沒有事先設定的寫作任務，做為一個長期征戰上前線的士兵，她能夠體驗戰爭中硝煙彌漫的人情、人性美。

1.2.3 真實戰爭體驗的女性視角

戰爭本來應該讓女人走開，但在特定歷史時期，女性參與了戰爭，與男人共同協作與承擔了歷史使命。1937 年創刊的《婦女知識》寫道：「鐵的事實擺在我們面前，目前的中國正過度著一種空前的困難，整個中華民族的生命已陷於千鈞一髮的最後關頭。婦女問題是與整個中國問題不能分離的；婦女解放鬥爭，與中國民族解放鬥爭原是統一的。」在這種思想意識的支配下，做為已經從封建蒙昧中覺醒、具有社會責任感和使命感的現代女性，通過文學創作表現對民族的關懷和對國家命運的關注是十分自然的。在戰爭題材中，多以男性作家為主，以男人為中心，即使出現一些女性形象，也因為所處的社會地位不同，視角不同，感受力也就不一樣，男子多以旁觀者的態度描摹女子情態，「男子作閨音」，總不免有隔靴搔癢之感。謝冰瑩的戰地小說中，女性形象不再是作者對獨立於自身之外的客體的主觀描摹和表現，而是在很大程度上成為作者自身形象、自身情感的直接外化。

首先是以女性為文本創造者和文本中心的情感體驗

「一部小說作為一部作品的整體性，並非源於其故事的戲劇性語境，而是源於一種高於字面上的統一性……它圍繞一個精神上的中心點建立起概念上的聯繫，借此而成為一部作品。」[4]謝冰瑩的戰地小說突破了以往女性文學作品中女主人公敘述聲音的微弱性，自始自終，貫穿著一個敢說敢道，敢於反抗男性權威的女性敘述聲音，《女兵自傳》中，「我」絕食三天，堅決要讀書；〈南歸〉中，「我」是不忍拋妻棄子的絕望的母親；《在日本獄中》「我」是不屈不撓的鋼鐵戰士；〈文人也上前線〉中，「我」是走筆從戎的戰士。謝冰瑩戰地小說的「統一性」就是源於這一女性的聲音，而聲音的建立，由小說第一人稱的自傳體敘事來完成。英姿颯爽的女兵的身影出現在小說的每一頁。1937 年，抗戰的熱情渲染了每一個人。謝冰瑩不顧自己在日本入獄受刑後的體虛多病，毅然組建戰地服務團來到前線，又先後在第五戰區司令部擔任祕書和十戰區工作。〈在野戰醫院〉中，為了適應軍隊生活和戰地環境，湘雅救護隊完全實行嚴格的軍事管理，遵守鐵的紀律，犧牲個人自由，絕對服從團體：

1.犧牲一切，抗戰到底！

2.本著實幹，苦幹的精神切實工作。

3.與士兵共甘苦，同生死。

在戰場上，謝冰瑩和女兵們始終抱著「救一傷兵，就是殺一敵人」的信念。在謝冰瑩的戰地小說中，穿梭於戰場上的多是從事救護工作的戰地服務團的女學生……經過一年的訓練，兩百多個女兵中，只有一個人因為受不了苦，開小差跑了，其餘都有鋼鐵一般的意志，吃苦耐勞的精神。為此，田漢先生感慨萬千，曾賦詩一首：「謝家才調信縱橫，慣向槍林策杖行。應為江南添壯氣，湖南新到女兒兵。」[5]女兵們為「受傷的戰士洗傷口、敷藥、繃紮、倒開水、餵飯、用溫柔的語言安慰他們，用激昂慷慨的話鼓勵他們，為他們寫家書，尋找舊衣服給他們禦寒，送書報給他們看，講述時事給他們聽……」女兵帶有母性柔情的話語使受傷的戰士暫時得到安撫。〈在野戰醫院〉，她們不分晝夜地工作著，戰鬥著，她們睡的是潮濕

[4]（美）希利斯・米勒著；申丹譯，《解讀敘事》（北京：北京大學出版社，2002 年），頁 65。
[5]劉加谷，〈謝冰瑩研究札記〉，《中國文學研究》1987 年第 1 期（1987 年），頁 111。

的地鋪，喝的是泥溝裡的汙水……生活是苦的，但誰也不說苦，誰也不怕苦。四川重慶曾經遭受三天三夜的大轟炸，被炸死的與埋在防空洞裡的，以萬以千計，到處是死屍，到處充滿了哭聲，醫生護士忙得團團轉，〈戰士的血染紅了我們的手〉裡描寫：「血！血！戰士們鮮紅的血，從戰壕流到原野，從原野流到馬路，如今又從馬路流到野戰醫院來了！我們就這樣不分晝夜地，一天二十四小時，在血泊裡生活著，工作著。起初，我們的手上染著血時，心裡非常難過。吃飯的時候，還要洗洗手；後來傷兵越來越多，戰士的血滴在我們的鞋上，衣上，塗滿了我們的兩手，這時對於血，我們不但不害怕，反而感到這是無上的光榮。有時一雙血淋淋的手，只用一點棉花蘸酒精，馬馬虎虎地擦一下，就端起碗來吃飯。在那時候，我們吃的飯，喝的水，都好像帶著血腥氣似的；可是誰也不因此而減少食量，相反地，我們更吃得多了。為了工作的加緊，為了在敵機整天轟炸之下，白天是不敢燒火煮飯的，在清早吃了一頓後，要餓著肚子到晚上七、八點，才有第二頓飯進口，也有時一天只吃一頓飯。」戰爭是殘酷的，而影響戰爭勝負的制勝法寶是發動群眾。〈民眾工作〉中提到，軍隊休息時，老百姓都跑光了，連鹽也找不到一顆，油是更不用說了，只能啖南瓜充飢後，感慨的說：「怎麼北伐的時候，我們每到一個地方，就有成千成萬的群眾放起鞭炮來歡迎，現在是和倭奴作戰，民眾的情緒應該更熱烈，為什麼到處呈現著淒涼，他們大都到哪裡去了？」抗戰初期宣傳與發動民眾嚴重滯後，於是戰地服務團的女兵們有組織的做起了民眾工作，「除了派十二位團員經常參加軍部和三個師部政訓處的工作外，還在救護之暇，全體動員宣傳民眾……每天工作回來，要開一個工作檢討會議，一面把本日遭遇的困難問題提出來討論，把宣傳的效果，作個別報告，一面決定明天的工作地點及方法。」(〈民眾工作〉)

其次，女性特質的情感流露。

女性敏感、易動情、崇尚美。女性的性別決定了情感的體驗更多的觀照母愛、觀照周圍女性的目光上。女人的細膩心理描寫與戰爭的驚心動魄的背景又形成鮮明的對比。在《女兵日記》裡，兵軍在開往臺兒莊的沿路，雄壯的救亡歌曲，由每個英勇的戰士嘴裡唱出，特別有一種力量和勇氣傳達到每個人的耳鼓裡。他們一個個漲紅了臉，放開嗓子怒吼著，車站上的小販和我們也都唱和著：「犧牲已到了最後關頭，犧牲已到了最後關頭！」「你瞧，連駱駝也開來打仗了，真了不得！」在幾車廂馬和驢子開過後，忽然看到了一群黃毛的駱駝伸長著脖子一動一動的，好像也想要發出幾聲怒吼似的，「我」不覺驚訝得大叫起來。「為了抗戰，一切動物都動員了！」「連植物也動員了，可不是嗎？那些做偽裝的柳條、竹葉，整天都要上火線哩。」柳條、竹葉、駱駝，戰爭中女兵的獨特視角使這些可感的形象得到再現。

在謝冰瑩的戰地小說中，她多次以柔情的女性書寫，觀照個性化的女性形象。女性是堅韌的，在〈女苦力〉中，在要翻三座山、共四十餘里的山路行程中，女苦力身負重擔，健步如飛。「這樣大腳、身體強健、精神抖擻的女子我的確很少見到，尤其是在上海住了一年，看慣了那些忸忸捏捏、弱不禁風的摩登女兒，初來遇到這樣強有力的女性，我簡直懷疑自己走進了另一個世界，另一個國家。」在〈多情的米子〉中，女性是柔美的：「她們的頭髮都沒有剪，而且梳了一個很高很奇怪的髻，梳得亮光光的，連蒼蠅都爬不上，上面插著白晃晃的簪子，簪子上面又有無數小小的鈴子響動著。」即使在硝煙彌漫的戰場，女性的生命裡也從來都會有美麗的夢想：「偷閑的時光一起去看海，海灘上，細沙上是這般軟得可愛，好像坐在天鵝絨般的地毯上一般，涼透入骨的滋味，又像走進了水晶宮。躺在沙灘上，各人在享受各人的快樂，各人都在幻想著各人的未來……假若有一個機會我能建築一座小房子在海濱，每天晚上我同二三好友出來散步，看月光和海水擁抱，聽海潮和柔風蜜語，清晨在海邊吸收新鮮的空氣，看美麗的太陽上升……」。「我」追求太陽一般的生活，因而在看到了「紅日初升，萬道金光射在整個宇宙上面的時候」，忘卻了個人的憂愁和痛苦，感到「整個的宇宙充滿了美，充滿了活潑的朝氣，充滿了無限的希望和光明。」情不自禁的發出了心底的讚美：「你看，這珍珠似的稻穗、錦繡似的彩霞，這清脆的鳥聲，潺潺的流水，這清朗的空氣，裊裊的晨風，一切都象徵著美的人生，和諧的世界！」

總之，戰爭體驗是謝冰瑩有別於其他軍旅題材作家的生活體驗形式。戰爭體驗使謝冰瑩用女性獨特的體驗方式體驗真實的戰場，體驗戰場上感人又獨特的情感，這種直接而獨特的體驗方式使她的戰地小說能更貼近、更忠實地還原戰爭的本質，表達最真切的情感。

第二章　戰爭體驗與謝冰瑩戰地小說的真善美

2.1 戰爭體驗使真善美的表達成為可能

從現代文學表現戰爭題材的作品來看，謝冰瑩的戰爭體驗區別於當時高漲的「普羅文學」。以蔣光慈為例，他是「革命文學」最早的開拓者和探索者之一，他早期的小說追求「宣傳」的效果和「武器」的作用。1925 年「五卅」運動前後，寫出書信體中篇《少年漂泊者》，自稱是「在唯美派小說盛行的文學界」，「人們方沉醉於什麼花呀，月呀，好哥哥，甜妹妹們軟香巢中」太不識趣的跳出來做粗暴叫喊。他的中篇小說《短褲黨》是最早描寫工人運動的作品，及時地反映了上海工人第二次武裝起義的經過和失敗，並勾勒出第三次起義勝利的情景，在眾多工人和革命家群像描寫時，塑造了黨的重要領導者、中央委員楊直夫的形象。作者由於缺乏具體生活的經驗，缺乏對新生活的實感，沒有新的創作材料，人物形象顯得乾癟。所以茅盾對蔣光慈的作品「不能滿意」。究其原因，一是缺乏社會現象全面的非片面的認識，二是缺乏感情地去影響讀者的藝術手腕。所以作品的人物「臉譜主義」，是帶著「革命」頭像的一張白紙。

在左翼文學作家群裡，以茅盾為代表的社會分析派小說的作家也有他們獨有的生活體驗，社會分析型生活體驗是指帶著主觀目的性（一般是某種政治理念）而進行的廣泛多樣性的生活體驗，體驗者帶有某種先在的創作目的和主觀意圖，便有意識的生活到某種情景和狀態中去，體驗並截取創作所需要的素材。這種帶有目的性的體驗生活使作者在題材的處理上具有一定的深度和廣度。如巴金在 1932、1933 年連續寫出了兩部反映舊中國礦工悲慘生活的作品——〈砂丁〉和〈萌芽〉。作家自己說：「長興煤礦工人的生活，背景是真實的，人物和故事卻是編造的。我在 1931 年初冬同一位朋友坐小火車到過那個礦山，在那裡住了一個星期……還跟著一個機工下窯去待了兩個多鐘點。」從這裡我們可以看出，作家對這一時期工人的生活狀況不僅有濃厚的興趣，而且還特意作了調查研究，有一定的生活體驗。〈砂丁〉裡的每一個砂丁都失去了人身自由，他們或是被騙，或是被逼，來到這「活著進來死了出去」的活地獄。礦工們戴著鐵鏈下礦，在極簡陋的條件下幹活，他們毫無人身自由，也無生命保障，他們的生產方式也極為落後，「悶得要死人的地洞，陰暗的爐房，凶臉的礦警，灰黃色的糙米飯，和著鹽煮的黃豆，這些構成了他們的全部生活。」在這裡，礦工們想要逃脫這人間地獄是不可能的，逃跑的被打死，熬不過的自殺了，受不住這些殘忍的折磨的發瘋了，因為礦井坍塌，大批人都死了。作品正是通過作者曾親身體驗的一幕幕殘忍的生活畫面，深刻而又真實的揭露了資本家血淋淋的罪行。

謝冰瑩的戰爭體驗是一個戰士、一名女兵的真實體驗，她首先是個女兵，然後是個作家。是一種不帶目的性、任務性的生活體驗，她體驗的是真實時代氛圍中的真情實感，雖然其作品的成熟性不及當時的社會分析型作家，在題材的處理上也缺乏歷史的深度和廣度，但她的戰地小說以一個女兵、一名戰士的戰爭體驗真實還原了戰爭原貌，使她的戰地小說真善美的表達成為可能，在中國戰爭題材小說中具有獨特的價值。那麼是什麼原因使她寫起了戰地小說呢？原因是多方面的。突出的是她為民族獨立和國家富強奮鬥的人生抱負，在歡樂與痛苦、光榮和侮辱、血淚與火交織的戰時生活裡，她憑著自己的勇氣，「衝破了黑暗」，「斬斷了枷鎖」，做了一次「叛逆的女性」。她回憶說：「我沒有一天停止過我的工作，雖然我個人是勝利了，一步步接近了光明、幸福。但回顧整個的國家仍然在被敵人侵略著，全中國的婦女還在過著被壓迫、被輕視、被歧視的生活，我不能放棄我的責任，仍然要向著人類的公敵進攻；總之一句話，我的生命存在一天，就要和惡勢力奮鬥一天。」而她也一再堅持這種寫作態度。將她所見所聞所感的親身體驗真實再現，不加粉飾的藝術提煉，讓人產生在現場的感覺。她一向認為，創作的源泉在於生活，藝術的價值在於真實。謝冰瑩的作品沒有高遠玄妙的幻想世界，全是現實社會的真實反映，大部分是她個複雜的人生經歷和思想感情變化的真實紀錄，敘述的是真實的故事，抒發的是真摯的感情。謝冰瑩刻意追求作品創作中的「真」，把作品的真實美看得高於一切，甚至表現出一種唯真主義的傾向。她說：「只要是我生活之寫真，絲毫假都沒有的寫真，那我也不顧一切了，不管它好不好了。」她在《新從軍日記》〈自序〉中記載這樣一件事：「本書的第一個讀者是維特，他對於我描寫東戰場退卻的那十幾天生活，有點認為不妥，原因是怕讀者看後有『淒涼』、『失望』之感。然而我覺得藝術的價值貴在真實，何況東戰場退卻是事實，而且是一段很值得紀念的事實，為什麼不可以寫咧？」可以這麼說，她的戰地小說真實地反映了一個動盪時代歷史風雲的某些片斷。

謝冰瑩對戰場真善美的真實表達的實現還源於她對戰地小說寫作的態度和處理方式的選擇。首先在於小說的取材，「大多數是在許多典型人物身上找到的真實故事」，《女兵自傳》就是一個真實的故事。一個天真單純、不安分守紀的鄉下姑娘，經過千辛萬苦外出求學、尋求自由婚姻和自我獨立，其中〈第一次逃奔〉、〈第二次逃奔〉、〈第三次逃奔〉、〈第四次逃奔〉裡「我」的形象就是謝冰瑩數次反叛家庭的影子。〈入獄〉、〈開始和貧困奮鬥〉、〈一個壯烈的集會〉等細節都出自於作家自己，謝冰瑩曾兩次日本求學、四次坐牢，曾三天三夜喝自來水充飢。因為情真意切，寫作時，又總是把書中人物當做自己，往往寫到不幸的遭遇，眼淚不知不覺地流下來。當謝冰瑩的三哥看完原稿後「眼淚像雨點一樣滴在紙上」。皮靜英女士站在書店看了那本《在日本獄中》受刑的那一段，竟然流下淚來。其次，她的作品情節很少戲劇性、巧合、懸念和故作驚人之筆，只服從於現實事實的邏輯發展。《女兵自傳》按照「我」成長與經歷共 81 個章節，書中伴隨著一則則不經意中安排的矛盾衝突：與封建禮教的，與世俗偏見的，與黑暗社會的，與兒女私情的，與窮困飢餓的等等，在這種大大小小的衝突中，很自然的演繹出情節，從讀書、逃婚到當女兵，按時間順序縱向地展開。第三，主要情節的展開真實自然。如〈恐怖的一日〉中抓「漢奸」的情節，就並非像某些作者通常寫戰鬥場面那樣傳奇神聖，那樣井井有條。「傷兵」和「我們」（傷兵救護隊的女兵）蜂擁而上，死死的把身強力壯的漢奸壓倒在地。戰鬥是激烈的，是生與死的拼搏，軍民在戰鬥中都表現了崇高的革命英雄主義精神，但戰鬥沒有理想化、模式化，保持了戰鬥的原色和雜色。最後從人物塑造來看，她筆下的人物，也「是我們親切的兄弟姐妹，而不是沒有生氣的、不相干的美人勇士」。她戰地小說中有田漢、郭沫若、林語堂等文化名人，但在她的筆下卻都是一個個富有自己個性的平樸之人，在婚禮現場開著哈哈的玩笑。

2.2 真善美的表達

謝冰瑩在談怎樣寫作《女兵自傳》時說：「當我動筆寫這本書的時候，我就下了一個決心，我要百分之百地忠實，一句假話也不寫，完全根據事實，不渲染，不誇張，只有絕對忠實，才有價值，才不騙取讀者的熱情。」[6]她一生把「真實」做為自己的人生準則和創作準則。她曾不只一次地闡述了這一準則。謝冰瑩不僅將「真實」做為自己的創作準則，也將它做為評價文學作品的標準。她認為，那種「躺在床上，眼睛盯著天花板幻想出來的故事，像空中樓閣似的不可靠，而且也沒有價值」。她批評 1930 年代那些躲進書齋裡的作家，說他們的作品脫離實際，無病呻吟，表現出唯美主義的傾向。謝冰瑩的作品正是通過她的真情實感來打動讀者。正因為作者對時代的真實體驗，她的戰地小說才還原了富有時代氣息的戰爭原

[6]謝冰瑩，〈關於《女兵自傳》〉，《謝冰瑩文集（上）》（合肥：安徽文藝出版社，1999 年 8 月），頁 4。

貌，中國現代文壇上才有了一個凝結了真善美的「時代女性」。

2.2.1 戰地小說「真」的表達

五四新文化運動中，「真」的現代涵義顯然依托於「寫實文學」的興起。「寫實文學」的語義表明了「真」的指向改變。陳獨秀曾經按照進化論的邏輯看待文學，他強調文章以記事為重，繪畫以寫生為重，在這裡，「寫實」不僅僅是一種文學類型的選擇，「寫實」同時代表了歷史進步勢力對於腐朽文化的衝擊。在謝冰瑩的戰地小說中，真實地再現戰爭的畫面。作品中許多場面，如夜間行軍、搶渡大河、挖掘戰壕、衝鋒陷陣以及種種活動間隙中戰地上各種日常生活畫面，都富有現實主義的特色。在血與火的戰場上，謝冰瑩體驗了戰爭的殘酷與恐怖，在她的戰地小說中，她從不避諱戰爭與死亡的描寫，而是用她親身所見、所感向我們展開了血淋淋的真戰場，揭示了戰爭殘酷的本質。

首先真實表達以流血和生命作為代價的殘酷本質。謝冰瑩的戰地小說通過大量直接或間接的戰爭場面來描寫血與火的戰場。在〈瀏河的彈痕〉中，高射炮團團部的李團長就向我們揭示了隨時到來的死亡，他在對士兵訓話時慷慨激昂：「要時時刻刻想到打落敵人的飛機，夢中都應該不忘記和敵人拼命。來報所消耗的子彈時，要同時報告打落敵機的數目。否則，國家為什麼要設高射炮這門戰術？為什麼用老百姓的血汗來養活我們這班人？……記著，如果不打下敵機，徒然耗費子彈，不但是你們的恥辱，而且是中華民族的罪人。如果有怕死的，首先就槍斃他，聽到了嗎？」，蘇州一場戰役中，X 團長親自帶了許多手榴彈來投擲，弟兄們一陣旋風般衝上去，眼看著一排排弟兄都倒下，後來者忘記了這是在死亡線上，只顧踏著死著的屍體衝上去，一陣肉搏。是軍人就要保家衛國、做好犧牲的準備。戰爭不可避免傷亡，戰爭體驗使作者能客觀甚至自然主義的描寫死亡的這種殘酷。〈地獄中的天堂〉中的蘇州，飽受敵機蹂躪，整整八十多天，受夠了敵機的轟炸，受夠了機關槍的掃射，已經成為千瘡百孔、奄奄一息的死城了。原來天堂般的城市，如今變成了一堆堆的瓦礫，一片片的焦土，血肉橫飛的戰場，鬼哭神號的地獄。士兵上戰場，就意味著犧牲，「我」彷彿親眼看到成千上萬的戰士在和敵人肉搏衝鋒，聽到他們「前進，殺呀」的吶喊！心裡充滿著一種說不出的淒愴和悲壯。當暮色蒼茫，「我們」一行人準備離開臺兒莊，特地從鄭州來前方視察軍郵的「康先生」提議早點回去，將要上車的時候，猛然聽到「趴」的一聲，「康先生」輕輕的叫著「哎喲！」「怪愚」忙往後倒退了兩步，大家都呆住了。他們兩人捲起褲管一看，只見鮮血淋漓，原來「怪愚」把撿來的那個小信管輕輕往地下一丟就爆炸了，拿了敵人的武器來打自己，「怪愚」十分惱怒，我們也很難受。在戰區，「我們」對於敵機，簡直像看一群烏鴉在天空翱翔那麼平常。整天有敵機圍著你飛，不但沒有人放警報，而且有時敵機在你的頭上用機關槍掃射了，你才「啊」的一聲蹲到樹下去，或躺在稻田裡，自然防不勝防，頃刻間就命喪黃泉，戰爭與死亡時刻威脅著人們。

謝冰瑩首先是一個戰士，然後才是一個作家。她的戰爭體驗完全是無目的、無預設的。她一再聲稱：「我從來不是一個政治的作家」，她只從屬於她的內心。在抗戰時期出現較多以正面表現抗日戰爭為題材的文學作品，如《三江好》、《最後一計》、《放下你的鞭子》)、夏衍的《咱們要反攻》、荒煤的《打鬼子去》等，描寫軍民的英勇抗戰，對日本帝國主義的侵略造成人們家破人亡、流離失所的悲慘境況，對國民黨政府的不抵抗政策，發出了強烈的控訴。他們只是作者為了適應客觀現實的要求所做的輕型文學戰鬥武器，所以題材比較單一，主題開掘不深，神化英雄人物，甚至圖解戰鬥方案等，這些作品回避部隊內部的複雜矛盾，漠視軍人豐富的內心世界，同時不敢正視戰爭的苦難和犧牲。謝冰瑩用沒有帶有某種任務和先驗性的東西來體驗戰爭，所以她的戰場沒有所謂高、大、全的政治性的人物圖解，她的戰地小說無所謂正面形象、反面人物。她只是用一個戰士的眼光來描寫殘酷戰爭的真實。

在〈蘇州城的火焰〉中，「我」清早從觀前街走過，高大的洋樓還是那麼整齊地排列在馬路的兩邊，雖然店門緊閉，但來往的士兵，逃難的老百姓，還是那麼絡繹不絕，「我」想蘇州到底還有福氣，最熱鬧的街道，能夠不被敵機轟炸。誰知僅僅相隔兩個小時，當「我」從原路歸來時，觀前街、護龍街已經炸得一塌糊塗了。路上被機關槍射死的士兵、老百姓，橫一個直一個地躺在血泊裡：有的正在流血，有的雖然死了，眼睛卻睜得很大。他們沒有消滅敵人，卻被敵人先消滅了。從玻璃、瓦片、屋樑、泥土、血肉混在一起的血路上走過，「我」的心不知不覺的沉重起來，眼睛裡藏著的不是水汪汪的淚珠，而是像烈火似的怒焰。在這裡，環境不容許你停留，不容許你憑弔那些犧牲者的幽靈，細認那些被轟炸的區域；因為敵機並沒有離開蘇州，而且還在周圍繼續轟炸，「我」明明看到一個受傷的在對面血淚裡呻吟，想去找副擔架床來抬他，但不到五分鐘，還沒有找到需要的東西時，那個傷兵卻第二次被炸成了兩段。然而在作者的眼中，這還不是最慘的，最慘的是當「我們」走過馬路時，聽到無數的呼救聲，發自那些已經倒塌了或者正在燃燒的瓦堆下：「先生，救救我呀！做做好事！」「先生，我還沒有死啊，救一救！」「我們活埋在底下，爬不出啊，救一救！」聲音慘極了，悲極了，「誰聽了不痛心呢？」，只看到濃黑的青煙冒上天，鮮紅的火焰燒得劈劈啪啪作響，找不出那些悲慘的聲音發自何處，立定腳跟靜靜的聽著，忽然聲音由大變小，有急促變成緩慢，有緩慢而變成斷斷續續的聽不清楚了，「哎呀！救命啊！」有時，一聲大的慘叫後便沒有再聽到聲音了，只是從鼻子裡鑽進了一股人肉燒焦異味和血腥味。在另一個角落裡，救命的呼聲仍然在繼續著，但一聲比一聲微弱，一聲比一聲更沉痛了，「我」想跑去尋找活埋他們的所在嗎？敵機又嗚嗚的來到你的頭上了。

作者發出怒吼：「天，這還是人間嗎？」到處是死屍，到處是血跡，到處是慘叫悲號的聲音，到處是火焰！為什麼沒有人去撲滅火，為什麼沒有人去拯救那些遇難的人群呢？是自己的生命要緊嗎？是救火的人逃走了嗎？還是因為看到死的人太多了，腦筋麻木，心腸變硬了呢？不，大家都是和他們一樣的命運，誰知道在五分鐘之內，自己的生命會不會被敵機的炸彈、機關槍毀傷呢？在敵人的大屠殺政策下，我們的生命是特別的寶貴的，因為我們要消滅敵人，保衛祖國，保衛廣大的中華民族。——死的就讓他死去吧，活著的要加緊殺敵的工作才行！這麼一想，於是挺起胸膛來走上自己的路。路愈走愈遠，發現的死屍愈來愈多，英勇的戰士在前方受了傷回到後方來，不但找不到醫院，而且反被敵機送掉了性命。「他們如有知，在九泉之下，也會含恨吧！」戰場上並不都是英勇和頑強，有的只是殘酷，謝冰瑩以她真實的體驗展示給人們一個客觀而近乎自然的殘忍戰場。

其次，謝冰瑩和她的女兵們雖然也走在戰場上，但他們從事的主要是傷兵救護，戰爭留下了大量傷兵，謝冰瑩把目光放在對傷兵、對流血的體驗。蘇州戰役中，X 師剛接火兩天，就到了七百多傷兵，天井裡，階檐下，過道……什麼地方都躺滿了！公路上塞滿了成千上萬的退下來的隊伍，有許多傷兵，就那樣躺在公路上等敵機來轟炸，因為他們已經找不到醫院，找不到自己的軍醫處了。炸死的傷兵，和老百姓的屍體，到處都是，所有的鋪子都關閉著，什麼東西都買不到了，吃飯成了大問題。「周衡」說，軍醫處的藥品很感缺乏，四五人共一把剪刀，非常不方便，紗布、棉花發生恐慌了，因為誰也想不到死傷的人數是這麼多，有些藥品都在後方趕不及運過來。「我」跑去軍部和吳參謀商量：「一面快點派專人去蘇州或者上海買，一面打電報給後方的救亡團體捐助。」

在謝冰瑩的戰地小說中，她不惜筆墨的詳細記敘戰場上被打死的各種畸形和傷殘來揭露戰爭的殘酷與真實。在野戰醫院的最初幾天，來的傷兵並不十分多……不料到了第三天，第四天，由前線抬下來的傷兵就一天比一天多了，他們躺滿了每個房間，甚至連階沿上，天井裡邊都擠滿了。他們每個人，都把身子縮攏來，有時輕傷兵的腿上，躺著重傷兵的頭。「我們」去換藥裹傷時，要小心從他們的身上一個一個地跨過，他們有的炸斷了一條腿，或者一隻手臂，有的炸破了半邊腦袋，有的被機關槍打穿了肚子，小腸都流在外面，有的子彈陷在肉裡沒有取出來，痛得他們整天整夜地喊叫，有的大腿上，有三分之二的皮肉都不見了，有的傷口生了許多蛆蟲，有的一隻手掌只剩下一根筋連著……一個腦袋被機關槍打破的傷兵，他完全就像「我」母親臨終時一樣可憐，不能說話也不能動，喉間的響聲，越來越急促。「我」要求軍醫給他開安眠藥吃，使他早點脫離苦海，但對方只是把頭搖了搖，命兩個擔架兵把他抬走了。〈臺兒莊巡禮〉中，「我」踏著一堆堆的瓦礫，一片片的焦土，走過了大街又穿過小巷，除了郵局一間房子還好好地存在著外，其餘幾乎成了一片平原，滿目盡是淒涼的碎瓦頹垣。在一具屍體沒有埋好的牆角邊，一隻手掌和腳板現在土堆外面，肉被狗咬去了，只剩下幾根枯柴般的骨頭。

戰場就是與血腥緊密相連。止也止不住戰士的「血」，殘垣斷臂的「血書」。在武昌黃鶴樓附近一塊大紅的布上，用白粉寫了九個觸目驚心的字「革命者，不流淚，只流血。」「血」在謝冰瑩的戰地小說中是運用頻率最多的詞，一路上都有戰士滴下的血跡，「我」到如今才深刻地了解踏著先烈的血跡前進那句話的意味。因血跡而聯想到他們那種勇敢殺敵的精神，和受傷後呻吟於血泊裡的痛苦。在快乾涸的塘水裡，浮著許多雞和一顆牛頭，還有許多手臂腳板之類的腐骨，也像浮萍似的現在水上。炮彈的破片和信管到處都有……如今一片片和那些血衣掃在一堆了。〈戰士的手染紅了我們的手〉，「我」回到團部來，只見滿地躺滿了鮮血淋漓的傷兵，「我」趕快加入工作，一個屁股被大炮炸去了半邊的士兵，正斜窩在凳子上哎喲哎喲地叫個不停，「我」的心裡一酸，眼淚幾乎要掉下來了，好不容易三個人把他的傷口裹好了，一雙手像浸在血泊裡似的染得通紅。〈撤退〉後，軍隊換防，有陸續從火線上抬下來許多傷兵，五個是喝了小河裡的血水才病的。弟兄們口渴了找不到水喝，只好喝同志們的血，如果光只是血他們絕不會病的，可恨的是敵人撒了毒藥在河裡。他們一次就中了毒，有些厲害的在三、四個鐘頭以內，便一命嗚呼了；有些抬到醫院來要兩三天才死，一般的病象都是這樣：上嘔下瀉，全身浮腫，不能說話，不能飲食，無論用什麼解毒藥治療都沒有用。據說這三四天內，中毒死的就有三、四十人之多。

2.2.2 戰地小說「善」的追求

文學應該有「善」的功能，即教化的功用。從情感的角度出發，文學應該起到潛移默化、塑造人們靈魂的作用和宣傳作用。作家要有所作為而作，不要無病呻吟，寫虛假的感情，欺騙讀者，韋勒克・活倫說，「文學是一種社會實踐……文學作品的出現，是由各種廣闊的社會進程所決定的，其中兩個重要因素是社會的善及作家對此的反映。」[7]優美的藝術形象歷經歲月的淘洗而不失其美，很大程度上取決於她不僅是真，而且還是善。這裡所說的善，在藝術美學的範疇裡指對於社會前進有益的功利價值。

首先表現的是為國捐軀的崇高理想。在謝冰瑩的戰地小說中，人人爭上戰場，個個要上前線。在楊家樓，一個叫王平山的老頭說「我家共有九口人，一個都沒死，三個兒子加入了軍隊作戰，那個小兒子也在替 A 師長當勤務兵。」說這話時，他的眼睛笑得沒縫了。抗戰風暴席捲全國，山東各界第二期抗戰擴大宣傳大會上，南門外的操場裡站滿了手持各種不同顏色的山東好漢，在李品仙將軍和各界的代表演講完後，一個身穿藍布大褂的「老鄉」跑上去了，黑黃的皮膚，粗大的膀子，個子又高又大，真不愧為一個山東好漢，一登臺，他就申明：「俺是老粗，本地人，素來不會說話，俺只曉得凡是中國人都應該愛護中國，保衛中國，不能讓任何人來侵略，來壓迫，如今日本鬼子在咱們中國橫行霸道，無法無天，殺人放火，奸淫搶劫，這成什麼話？咱們全國民眾難道還不趕快團結起來把他消滅嗎？」一位鬍鬚頭髮發白的六十多歲的老人說：「『對付』日本鬼子很容易，只要每個中國人都不怕死，就可消滅他，俺今年六十八了，如果不殺一個鬼子，死也不甘心，咱們山東人，不但要組織起來保護山東，收回山東的失地，而且要保護中國，收回中國的失地……」在謝冰瑩的戰地小說中，爭當「花木蘭」從軍的婦女十分踴躍。〈好女要當兵〉中，民國 15 年

[7]韋勒克・活倫，〈文學原理〉，《文學的本質》（香港：三聯書店，1984 年），頁 47。

（1926 年）的秋天，中央軍校招考女兵，迫切想當兵的女子把當時社會上流行的「好鐵不打釘，好男不當兵」的口頭禪改為「好鐵才打釘，好女要當兵」的口號，衝破阻力，毅然從軍，後來在「一・二八」、「七・七」、「八・一三」幾次抗日戰爭接連發生之後，不知有多少婦女請纓殺敵。她們都心甘情願地拋棄舒適的家庭生活、學校生活，跑去前線參加各種戰地服務、軍中工作。婦女們認清了想要與男子平等，並不是爭權利，而是應該在義務上平等。在〈重上征途〉中，「周南」和「自治」的四名女生，剛剛從學校散學回來，手裡還拿著書，流著淚要求去前線，從下午 6 點一直到晚上 1 點半，始終不肯回去，車子開了，她們還想跳上來。在〈聾子李惠君〉中，聾子李惠君上戰場的故事特別感人。李惠君找到我的住所，向「我」苦苦哀求，要「我」許可她去前線服務，「我」無論如何不答應，因為她兩耳聾得很厲害，說話聲再大，也聽不見，「因為我是聾子，飛機大炮聽不見，我不怕，正好上前線。」說得「我」啼笑皆非，只好又在紙上寫道：「不害怕，這是每個上前線的人，應該具備的起碼條件，你的勇敢，我很欽佩，但上前線，每句話，都要寫，太不方便了，你在後方工作，也一樣報國的」。她看了，立刻流下淚來，握著「我」的兩手說：「我是下了必死的決心上前線，你如果真的不讓我去，我就去跳江了。」說完，她頭也不回的向外跑，「我」害怕她真的去跳江，連忙追上前去，一把抓她回來，她還在流眼淚，「我」在紙上寫：「帶你去前方！」她馬上破涕為笑問：「幾時動身？」「今天晚上」「我回去拿換洗衣服，立刻就來」。到了宜昌訓練團，敵機天天來轟炸，一聽到機聲，總要心生恨意，雖然都不願躲，但又不能不跑，這時我們都羨慕聾子，每次遇到有人拉她走，她就笑一笑：「沒關係，我要寫日記。」「還是聾子好，耳不聞，心不亂，以後多找些聾啞學生來前方服務吧。」大家哄笑起來。「唉，連聾子都上前線了，我們這些好人，更應該努力殺敵，才對得住她！」想不到聾子上前線，還鼓勵了士氣呢。

其次，視死如歸、大義凜然的英雄氣概。凡是在前線工作的人，無論軍人或從事政工、救護工作的人員，沒有一個不是視死如歸的。一群群雄赳赳、氣昂昂的戰士開上前線，有些當晚或者第二天，不是被敵人的大炮埋在戰壕裡，便是一個個被機關槍掃射成鮮血淋漓的抬回來，起初「我們」看到這種情形，都會傷心流淚，後來看多了，把傷心化成了悲憤：假如弟兄們都死光了，「我們」也要以身殉國，絕不在侵略者的面前屈服。1920、1930 年代反映北伐和抗日戰爭時期的小說都把民族意識的弘揚作為主旋律。作家們視民族利益高於一切，把自己的生命和創作同全民族的生死存亡聯結起來，作品中表現了強烈的民族之愛，鮮明的體現出強烈悲壯的民族再生之力和民族自豪感。在謝冰瑩的筆下，塑造了一批感人至深的英雄群像和眾多個性鮮明的英雄形象。作者自己親歷戰場，體驗英雄的人、英雄的事，情不自禁的感慨：我軍那種勇敢犧牲的精神，實在太偉大了。有個叫張玉清的副連長，在肉搏的時候，被敵人俘虜過去了，但他絕對不甘就縛，拼命掙扎走到牆邊，把頭猛擊而死。「兩天來，我們犧牲的官兵，簡直多得嚇人，光就×××團來說，團長陣亡，營長連長都死了。但誰也不覺得可怕，死的越多，衝上去的越勇敢。」有兩個連長都帶了「花」，但他們都不願下來，仍然在那裡流著血指揮作戰。做為戰地服務的謝冰瑩，她既為這種英勇所感動，同時做為女性，一個母親，她本能地也為自己的戰友擔心。「應該下來的，如果給敵人打中，豈不太糟糕！」「我」自動的發表意見，軍長點了點頭：「是啊，應該下來的，我們的官兵，就因為太勇敢，老是帶傷作戰，所以這次犧牲的特別多。」「不過這種犧牲是壯烈的，光榮的，有價值的！他們的精神將與中華民族同在，與天地日月同長。」口裡雖然這樣說著，但總有一種說不出的傷感壓在心頭，敵人的殘忍凶暴，犧牲了我們不少的勇敢將士，恐怕誰都有一種矛盾的感情吧，一面覺得這偉大的犧牲是光榮的，一面又覺得傷心，太殘酷！在軍醫處遇到某團迫擊炮連的宋連長，右手腕被機槍打斷了。但他好像絲毫也不感到痛苦，很有精神地和「我」談到了作戰時的壯烈：死的越多，衝上去的越勇敢。談到了他的家，他把頭搖了搖：「我離家已經有八年了，從沒有回去過。這回老婆帶著兩個孩子從廣東趕來，剛見面，我就出發了，如今還住在長沙飛湖旅館，想要寫封信去也不可能」。說時舉起了他的右手，鮮血又湧了出來，染在剛換好的繃帶上。「我替你寫吧，請將尊夫人的名字告訴我。」「她叫雷惠方。還是不告訴她吧，免得她又急得要命。其實受傷在我們軍人實在太平常了，有什麼關係呢！右手雖然打斷了，我還有左手呀！」他微笑的說著，「我們」聽了都感動得說不出話來。

第三，個性與本真的張揚。戰爭是殘酷的，但衝殺在硝煙中的戰士並沒有因此而消失做為人的本真，即便是戰爭，周圍的生活也生意盎然。作者筆下的戰士、軍官、民眾都是富有個性特色的人物，人物被作者關心，尊重和欣賞。〈酒與炸彈〉中的朱科長，他每餐飯，要等到所有的人都放下碗筷，菜也吃了個精光，才不慌不忙的放下酒杯，把每個盤子的殘羹剩菜，倒在小鍋裡煮著，「喂，來點青菜」他大聲喊著，臉紅紅的像五月的榴花。「朱科長你吃虧了，我們都把菜吃光了哩」「有什麼吃虧，我不是和你們一樣地在吃著嗎？」他喜歡把胡椒和在酒裡吃。「因為酒是醇性，它是水蒸氣煮成的，不是嗎？吃下去於胃不利。胡椒是熱的，吃了可以調劑調劑」他嚴肅的回答，引得大家都笑了。正在吃得津津有味時，突然一架敵機低飛在屋頂上，「朱科長，到後面去躲一下吧，敵機下蛋了」「有什麼關係，他炸他的，我吃我的，在我感覺最快樂最舒服的時候死了，那才是最痛快」他仍然從從容容地用筷子夾著青菜煮粉條，拚命地往嘴裡送。轟隆一聲，玻璃窗破了，桌子上的熱水瓶也滾下來打碎了，但朱科長的酒杯，仍然握得緊緊的。他就是這樣一個有趣的人，工作緊張的時候，常常通夜不眠，無論什麼瑣碎麻煩的事件，他都一件一件不辭勞苦去做，兩個兒子已經在軍隊中服務了，但他還常常給他的太太寫很長的情書。

在戰爭中，戰士們是保家衛國的勇士，戰爭使人的意志高度統一，人的心靈得到淨化，人們在戰爭中，變得更樸直、更純潔、更聰慧了。在快到常州的一個郵局裡，有一個士兵拿了一包衣服去寄，郵務員問他：「裡面是什麼東西？」「衣服。」「衣服？你不要穿嗎？為什麼要寄走？」「穿不了這麼多。」郵務員知道其中的祕密了，他很誠懇的說：「同志，我知道你們的軍裝頂多兩套，沒有多餘的寄回去的。何況這回又是從前線下來，很多連毯子都丟了，同志，你如果是拿了老百姓的，還是退還他，或者送給那些沒有衣服的傷兵和難民也好。萬一要郵寄的話，最好請你打開給我看看，「也許是那位郵務員的態度太真誠，感動了士兵，他終於默默的不做一聲，抱著包裹走了。「我」也和他走著同一方向的路，順便問起他是哪一師，哪一團的，他都老老實實的告訴「我」。走過一處難民很多的地方，這位忠實的武裝同志，真的用小刀把包裹打開，取出裡面的衣服發給他們，可憐，裡面盡是些女人的舊衣衫，並沒有什麼值錢的東西。幾個女人感激得忙向他作揖，他卻頭也不回地只顧走他的路：「我的老婆和娘實在太苦了，她們在落雪天都只有單衣穿，前天在常州一家沒有人住的房子裡，拿了這幾件舊衣服，想要寄回去，經郵務這麼一說，我覺得他說的對，何必麻煩呢？自己的生命都要送到前線去犧牲的，還管她們什麼冷不冷，不如索性送給這些我親眼看到的可憐人。」人是有感情的動物，誰不記念著自己的親人呢，他能夠覺悟，把他要寄給母親和妻子的東西，慷慨地送給難民，這種同情心，是最難得可貴的。當然謝冰瑩的戰地小說中不避諱披露一些虛假的面目。〈文人也上前線〉中，上海的文人成立了「上海著作家抗日救國會」，除了擔任主要的宣傳工作，還常常隨著慰勞車到前線去搜集材料。有一次，他們隨謝冰瑩上前線，忽然一陣子彈從我們的頭上飛過，結果同來的人不知逃到哪裡去了，可是第二天、第三天，在文藝新聞上，仍可以陸續看到他們這些所謂的大作家從前線歸來的文章，真不怕難為情。從此我才知道，文人並不一定要上前線，同樣可以寫出「動人」的文章。在烽火中，認識了各種各樣的文人，有真愛國，他們不聲不響的在埋頭苦幹；也有整天寫宣言，擬標語口號，開會當主席的；更有一種人，唯恐別人說他不勇敢，於是開口到前線去，閉口文章入伍；結果，一聽到大炮聲，便嚇得屁滾尿流，抱頭鼠竄了。在〈九個遣散兵〉中，一個民國初年入伍，整整 22 年沒有離開過槍杆的士兵津津有味的向別人炫耀：「那時真勇敢，手裡拿了三個炸彈一直衝向裡面去，趴啦一丟，炸死了十幾個作官的，我們一齊衝進裡面去，那些說不出名目的寶貝真多極了，滿眼都是，哪裡拿得完呢，那時我們的心都亂了，眼也花了，真不知要拿些什麼好，說老實話，那次打仗，我們的弟兄有許多都發了財，不過當兵的生來就是窮骨頭，無論拿多少，一到手就完。」謝冰瑩從不避諱醜惡與陰險，在她的戰地小說中她有著強烈的愛與憎。

2.2.3 崇高美的凝結

謝冰瑩的創作，自覺地拋棄了一般女性作品的陰柔婉約格調，頑強執著的追求崇高。她的作品格調粗獷、雄渾，散發出英氣、豪氣。她與丁玲、白薇、蕭紅等共同努力，拓寬了女性文學的審美範疇，使女性文學的審美範疇從和諧美走向崇高美。然而，她的作品表現的崇高美比其他女性作家更鮮明、更突出，使得當時一些讀者和批評家「偏愛著她」。

首先，選擇重大的題材和主題的崇高美。

中國知識分子自古以來就有「國家興亡，匹夫有責」和「天將降大任於斯人」的歷史使命感和責任感。謝冰瑩生活在一個風雲多變的年代，因此，滿腔熱情地反映那個時代，既是時代對文學提出的要求，也是謝冰瑩創作的自覺追求。謝冰瑩的創作題材海闊天空。從家庭到社會，從學校到監獄，從國內到國外，人生的林林總總，世相的形形色色，無不涉及。她以自己的人生經歷為線索，但所寫的絕非個人的遭際，一己之悲歡。她的作品閃射出時代的光芒，躍動著歷史的脈搏。反對封建勢力，爭取婚姻自主，婦女解放；反對帝國主義、封建軍閥，爭取國家獨立、民族解放，是她的作品中奏出的兩大主旋律。革命戰爭、民族戰爭的硝煙烈火，流血犧牲；封建勢力的凶險殘酷，人生的悲涼淒楚，再現在謝冰瑩的筆下，使作品具有崇高美。

北伐戰爭爆發，謝冰瑩欣然從軍，隨軍北上，或犧牲睡眠，或於休息的幾分鐘裡，用膝頭當桌子，寫下了《從軍日記》。《從軍日記》等從女性的獨特角度觀察著大革命時期的某些場面，讓我們清晰地看到了歷史舞臺上的那一齣轟轟烈烈的某些片斷。作品表現了革命軍人的高昂士氣和勇於犧牲精神，反映了農民的覺悟與反抗，暴露了反動軍閥的罪惡行徑，同時對社會各階層人物的心理狀態、精神世界也有所點觸。特別是表現了時代新女性的思想和感情，她們經過掙扎和奮鬥，從封建家庭裡逃出，「和男子站在一條戰線上共同獻身革命」，充滿著投入大革命風暴的女性解放感、自豪感和樂觀精神。謝冰瑩帶著女兵的自豪，帶著時代的熱情，帶著「初生牛犢不畏虎」的氣質因而成為「時代文學的驕子，革命文學的明星。」[8]有人說，《從軍日記》等戰地小說的成功不是因文學的價值，而是因了政治機緣，不是沒有道理的。因為「對於前線的生活和當時的民眾，那種如火如荼的革命熱情，很少有報導的，除了我十幾篇短短的文字外，很難找到當時的材料。」[9]

抗戰爆發後，歷史使命感又一次把謝冰瑩喚出了書齋，民族責任感使她忘記了個人的身心痛苦，再度從軍，投身時代革命的大潮。她發起組織「湖南婦女戰地服務團」，親任團長，在前線做了不少工作，也創作了反映戰地生活的紀實性作品。這些作品憤怒地揭露了日本帝國主義的罪行，表現了中華民族的英雄氣概。維特在《新從軍日記》〈寫在前面〉中說：「這一部作品，是不避炮火，深入槍林彈雨中去，得來最真確的材料，運用最忠實的筆尖，暴露了敵人的猙獰面孔，描繪著我軍的英雄精神，尤其是關於戰地民眾組織的重要，服務團工作努力的方針，都有相當的發揮。」這是對此書內容的精確概括。

總之，謝冰瑩的戰地小說洋溢著濃郁的時代氣息，我們可以從中清晰地看到從北伐戰爭到抗戰勝利的中國社會的歷史變遷，以及在這動盪的社會背景下知識分子與普通民眾的命運。

其次，通過人物與命運抗爭體現的崇高性。

[8]荔荔，〈讀了《從軍日記》後的閑話〉，《當代中國女作家論》（上海：上海書局，1985 年 5 月），頁 79。

[9]謝冰瑩，〈關於《從軍日記》〉，《謝冰瑩散文・上集》（北京：中國廣播電視出版社，1993 年 9 月），頁 29。

謝冰瑩的戰地小說裡總有一個在現場的英勇頑強的「女兵」形象。這是一個飽受苦難的「女兵」，也是一個頑強拚搏的戰士。

「我」最初參軍的目的是為了逃婚，但自從進入軍校後，甦醒的靈魂自然而然地促使「我」不再僅僅為個人命運而歌哭。正如〈當兵去〉中所說，當時女同學去當兵的動機，十有八九是為了想脫離封建家庭的壓迫，和找尋自己出路的；可是等到穿上了軍服，拿著槍杆子，思想又不同了，那時誰不以完成國民革命，建立富強的中國的擔子，放在自己的肩上呢？北伐革命失敗後，中央軍事政治學校被解散了，這樣開世界各國先鋒的女兵隊也在無形之中解散了，「我」無奈地回到了自己的家鄉，當初既然是瞞著家裡去參軍的，一到家就不可避免地受到訓斥，家裡人認為她破壞了家聲，有損名聲，母親一定強迫她出嫁，「我」被關了起來，過著「地獄似的生活」。歷經四次逃奔的折磨終於掙脫了婚姻，逃到了上海，常常是「四個小小的燒餅，來代替著三餐飯」，有時連小燒餅也吃不起，只好喝自來水，「站在自來水管的龍頭下，一扭開來，就讓水灌進嘴裡，喝得肚子脹得飽飽的，又涼又痛，那滋味真是說不出的難受。」「我」在母親逝世後，父親病重，愬她守護床頭，雖然對父親懷著深深的依戀，可是抗日的使命促使「我」帶著無法釋懷的歉疚毅然離開病榻上的父親。來到長沙發動婦女到前線為傷兵服務，四天內便成立了一切都是自備的湖南婦女戰地服務團，她們上前線，奔波於戰爭的槍林彈雨中。在謝冰瑩的戰地小說中，做為女兵的「我」是生活的強者，在窮困面前，在戰爭的槍林彈雨中，在敵人面前，她都沒有倒下，沒有屈服。苦難沒有消磨她的意志，反而使她更加堅強，更加清醒。她這樣表白：「我這副硬骨頭始終不屈服，不向有錢人低頭，更不像別人認為女人的出路是找個有錢的丈夫。飢餓只有加深我對現實社會的認識，只有加強我生的勇氣。」「女兵」的反抗精神之所以能充分發揮出來，是因為她自覺主動地投身於社會，將個人奮鬥與社會解放有機地結合起來，找到了一條唯一正確的道路。

苦難的遭遇、不幸的命運與不屈不撓、頑強反抗的性格相結合，顯示出這位「女兵」「歷經坎坷路，奮鬥永不息」的崇高美。謝冰瑩自傳性質的「女兵」形象與茅盾在小說《虹》、《蝕》中塑造的靜女士和章秋柳以及蔣光慈小說《衝出雲圍的月亮》中的新女性王蔓英，都是經歷了大革命洗禮的女子，但是她們既有追求解放、嚮往光明的共同之處，又有各自獨特的性格特徵。茅盾和蔣光慈作品中的幾位女性較多幻滅的悲哀，真實反映了處於革命低潮時期一部分青年思想迷惘的精神面貌。而謝冰瑩筆下經歷過戰火考驗與封建勢力進行反覆較量的女兵，鬥爭的勇氣要大得多，她倔強的心靈始終不曾屈服於黑暗，她朝氣蓬勃的姿態，對美好未來的熱烈追求，帶給人以奮發向上的力量。這是對中國現代文學特別是女性文學人物畫廊的一個突出貢獻。這位「女兵」形象即作者自我形象，不僅在當時就鼓舞了許多青年女性脫離封建家庭，走上反帝反封建的道路，而且在以後不同時期都為年輕人的奮鬥和成長提供了精神力量，具有永恆的魅力。

第三，樸實自然的文風凝集的崇高美。

林語堂曾評論過：「冰瑩說她的東西不成文章，伏園先生與我私議所生怕她專做文章。一身戎裝的冰瑩，看來不成閨淑，我們也揑著一把汗守著看她在卸裝歸里後變成一位閨淑⋯⋯。」[10]巴金說藝術的最高境界是真實、自然、無技巧。文學是建立重建一種與時俱進的、符合現時代人性健全發展的精神向度。謝冰瑩所崇尚的藝術風格特點便是「樸實」和「自然」，她通過「樸實」、「自然」的文風來體現出作品的崇高美。謝冰瑩在作品中擺脫各種理論和風格的限制，甚至從來沒有想到過這些，她只是有感而發，不加節制的在作品中抒發自己真摯的情感，對生活的愛憎，對人類的愛憎。她的文章通常以生動的形象來報導，運用肖像、語言、行動和心理活動的描寫，注意選擇呼之欲出的意向進行形象化表達。讀者看她的作品，往往會被她的真誠所打動。

謝冰瑩一生把「樸實」做為自己的人生準則和創作準則。她曾不止一

[10]林語堂，〈冰瑩《從軍日記》序〉，《林語堂名著全集・第十三卷——翦拂集・大荒集》（長春：東北師範大學出版社，1994 年 11 月），頁 21。

次地闡述了這一準則。她說:「『文如其人』這句話，我想大概是對的。我為人處世只有三個字:『直』、『真』、『誠』，寫文章也是如此。」[11]「我一生無論做事，說話，寫文章，都是純潔，坦白，赤裸裸的。」謝冰瑩在文學語言方面的努力，也和她的藝術追求一致，她對抒情、幻想、渲染等十分有限，多用軍民樂於接受的質樸方式交流。字簡而情深，文盡而意遠，用最少的字，使筆下的人物和生活，情意和狀態，與現實生活相差無異，給人以天然的感覺。如〈從軍去〉一節，「我」與二哥有一段對話。「二哥，我要去當兵！」，「有這勇氣？」，「有！有！」，「不怕死嗎？」，「不怕！不怕！」口裡答應著，眼睛在看廣告上的考試科目。一些讀者和批評家「愛她新鮮活潑而且勇敢的文格」，認為她不是憑個人的天才和感覺在創作，而是憑著豐富曲折的人生經歷和真誠的態度來表現崇高。

「自然」而不受任何形式的限制，是謝冰瑩創作風格的又一特徵。謝冰瑩的戰地小說無刻意求工之痕跡，筆到意隨，興之所至，直接暢快，通俗自然。她的創作不受形式的限制，信手拈來，「沒有組織」、「沒有結構」，「談不上技巧」，如樹葉長在樹枝上一樣自然，像一匹是在高山頂上的瀑布，它根本無所顧忌，無所作態，永遠的，活潑的，隨意的狂瀉。以本色的自然，具有一種健康生動的活力，正因為這樣，她的創作才顯出崇高。談到《從軍日記》的創作時，她說:「我寫《從軍日記》，腦子裡根本沒有任何希望，並不想拿來發表，只覺得眼前所看見的這些可歌可泣的現實題材，假如不寫出來，未免太可惜了。」[12]她所有在北伐時期寫的文章，幾乎篇篇都是靠著膝蓋寫成的。她自已也坦誠地認為:「論文字，寫得太幼稚了，一點也不談結構、修辭和技巧」。雖然她自己一直認為「那些東西不成文學」。謝冰瑩在〈夜夜吐心聲〉裡表露:「抗戰八年多的日記，是最珍貴的！有三年多我在前線擔任救護傷兵和戰地記者的工作，因為便於攜帶，沒有用那種一年一本的大日記，而是用三寸長，兩寸寬的那種小日記

[11]謝冰瑩，〈平凡的半生〉，《謝冰瑩文集(中)》(合肥:安徽文藝出版社，1999年8月)，頁58。
[12]謝冰瑩，〈關於《從軍日記》〉，《謝冰瑩散文・上集》，頁30。

本，日夜塞在我的軍服口袋裡，有什麼新的材料，隨時記上。」這種急就章形式，決定了她的創作不以行文技巧取勝，而是以真實見長。正是這種創作的自由隨意，幼稚無技巧，使作品具有一種樸素、自然之美。有意的修飾加工往往會使作品喪失這種自然美。正如林語堂在序裡說：「自然，這些《從軍日記》裡找不出『起承轉合』的文章體例，也沒有吮筆濡墨，慘澹經營的痕跡；我讀這些文章時，只看見一位青年女子，身穿軍裝，足著草鞋，在晨光熹微的沙場上……戎馬倥傯，束裝待發的情景……或是聽見洞庭湖上，笑聲與河流相和應，在遠地軍歌及近旁鼾睡的聲中，一位蓬頭垢面的女子，手不停筆，風發韻流的寫敘她的感觸。」[13]

文學裡有兩種歷史：一種是政治的，一種是文學和藝術的。前者是意志的歷史，後者是睿智的歷史。我們也可以說，文學裡有兩種時代性，一種政治的，一種是文學藝術的，前者在作品中積澱為社會價值，後者在小說裡結晶為藝術價值。而謝冰瑩就是這社會價值和藝術價值的較為完善的結合，她的作品也必然在中國現代文學史上留下自己不可動搖的獨特的藝術魅力。

結語

綜上所述，謝冰瑩北伐戰爭和抗日戰爭兩次從軍的經歷，使她獲得了女性獨特的戰爭體驗與極為寶貴的創作素材，做為一名戰士，謝冰瑩體驗著將士們保家衛國的壯烈與英勇，體驗著戰場血肉橫飛的殘酷；做為一名作家，她常常被現實激勵和感動著，所以她的戰地小說自始至終貫穿著富有時代共性的愛國主義的自我情感體驗。這種不帶任何目的、沒有任何預設的生活體驗與女性特有的人性化的柔美體驗完美結合，使作品能更好的實現戰爭真善美的情感表達，實現崇高美的藝術追求。從謝冰瑩的戰地小說中，我們可以清晰地看到從北伐戰爭到抗戰勝利的中國社會的歷史變

---

[13]林語堂，〈冰瑩《從軍日記》序〉，《林語堂名著全集・第十三卷——翦拂集・大荒集》，頁56。

遷，謝冰瑩的作品格調粗獷、雄渾，拓寬了女性文學的審美範疇。從此，中國現代文壇上有了一個足登草鞋，颯爽英姿的「女兵」形象，她倔強的心靈始終不曾屈服於黑暗，她朝氣蓬勃的姿態，對美好未來的熱烈追求，帶給人以奮發向上的力量。這是對中國現代文學特別是女性文學人物畫廊的一個突出貢獻。

誠然，謝冰瑩的戰地小說作品的成熟性不及茅盾、張天翼等大家，論文字，寫得太幼稚了，談不上結構、修辭和技巧。她的戰地小說也存在一般女作家常有的結構鬆散的通病，存在著散文化的傾向。雖然她自己一直認為「那些東西不成文學」。但獨特的從軍經歷，獨特的戰爭體驗的女性視角，使謝冰瑩無意識地實現了一次對創作而言極為寶貴的生活體驗。文學裡有兩種時代，一種是政治的，一種是文學藝術的，謝冰瑩的戰地小說就是這社會價值和藝術價值的較為完善的結合。她的作品也給中國現代文學史上留下了不可動搖的獨特的藝術魅力。

參考文獻：

- 艾以、曹度編，《謝冰瑩文集（上）、（中）、（下）》（合肥：安徽文藝出版社，1999 年 8 月）。
- 花建，〈謝冰瑩〉，《三十年代在上海的「左聯」作家》，（上海：上海社會科學院出版社，1988 年 4 月）。
- （澳大利亞）孟華玲，〈謝冰瑩訪問記〉，《新文學史料》1995 年第 4 期（1995 年 11 月）。
- 閻純德，《作家的足迹》（北京：知識出版社，1983 年 10 月）。
- 謝冰瑩，〈關於《麓山集》的話〉，《麓山集》（上海：光明書局，1932 年 10 月），頁 160。
- 楊纖如，〈北方左翼作家聯盟雜憶〉，《左聯回憶錄》（北京：中國社會科學出版社，1982 年 5 月），頁 85。
- 閻純德，《作家的足跡（續集）》（北京：知識出版社，1988 年 6 月）。

‧欽鴻編，《永恆的友誼——謝冰瑩致魏中天書信集》（北京：中國三峽出版社，2000年12月）。

‧盛英編，《二十世紀中國女性文學史》（天津：天津人民出版社，1995年6月）。

‧茘茘，〈讀了《從軍日記》閑話〉，《當代中國女作家論》（上海：上海書局，1985年5月）。

‧黃人影編，《當代中國女作家論》（上海：上海書局，1985年5月）。

‧魯迅，《魯迅雜文全集》（河南：人民出版社，1994年12月）。

‧范橋、王才路、夏小飛編，《謝冰瑩散文》（北京：中國廣播電視出版社，1993年9月）。

‧林語堂，《林語堂名著全集》（長春：東北師範大學出版社，1994年11月）。

‧閻純德，《二十世紀中國女作家研究》（北京：北京語言文化大學出版社，2000年1月）。

‧古繼堂，〈中國第一位女兵作家——謝冰瑩〉，《新文學史料》2000年第4期（2000年11月）。

‧杜重石，〈記謝冰瑩〉，艾以、曹度編，《謝冰瑩文集（上）》（合肥：安徽文藝出版社，1999年8月）。

‧李夫澤，〈謝冰瑩與「左聯」〉，《婁底師專學報》1999年第3期（1999年9月），頁44。

‧楊秀怡，〈北方左翼作家聯盟雜記〉，《左聯回憶錄》（北京：中國社會科學出版社，1982年5月）。

‧孫席珍，〈關於北方左聯的事情〉，《左聯回憶錄》（北京：中國社會科學出版社，1982年5月）。

‧謝冰瑩，〈探監〉，《女兵自傳》（北京：中國華僑出版社，1994年9月）。

‧謝冰瑩，〈南歸〉，《女兵自傳》（北京：中國華僑出版社，1994年9月）。

‧吳立液，〈憶謝冰瑩老師〉，《廈門日報》，1984年1月27日。

‧謝冰瑩，〈一九三四年的前奏曲〉，《申報》「自由談」，1934年2月7日， 7版。

‧謝冰瑩，《從軍日記》（上海：光明書局，1932年4月）。

- 徐小玉，〈「女兵」阿姨——女作家謝冰瑩印象〉，《新文學史料》1995 年第 4 期（1995 年 11 月）。
- 趙園，《艱難的抉擇》（上海：上海文藝出版社，1986 年）。
- 陳建華編，《茅盾思想小品》（上海：上海社會科學院出版社，1997 年 1 月）。
- 謝冰瑩，〈《從軍日記》和《女兵自傳》〉，劉加谷編《謝冰瑩作品選》（長沙：湖南人民出版社，1985 年 9 月）。
- 丁爾綱，〈編者的話〉，張愛玲著；丁爾綱編《私語》（天津：百花文藝出版社，1986 年 9 月）。
- 萬直純，〈女性尋找：自我世界、男性世界、整個世界〉，《山東師範大學學報》1992 年第 2 期（1992 年）。
- 李夫澤，〈崇高美的藝術追求——論謝冰瑩的散文創作〉，《求索》1999 年第 6 期（1999 年），頁 99。
- 以鋼，〈論謝冰瑩及其「女兵文學」〉，《河南教育學院學報》1997 年第 1 期（1997 年），頁 46。
- 李夫澤，〈一個「女兵」的消沉：謝冰瑩前後期思想變化及其成因〉，《安慶師範學院學報》，第 22 卷第 2 期（2003 年 3 月），頁 77。
- 朱堯耿，〈俏也不爭春，只有香如故——謝冰瑩創作漫評〉，《世界華文文學論壇》，1999 年第 2 期（1999 年），頁 74。
- 王榮國，〈為自由而歌——評謝冰瑩的《女兵自傳》〉，《徐州師範大學學報》2002 年第 3 期（2002 年 9 月），頁 98。
- 李夫澤，〈論謝冰瑩前期散文的特色〉，《中國文化研究》2001 年第 2 期（2001 年 5 月），頁 123。
- 繆起昆，〈被歷史塵封了的時代「女兵」——謝冰瑩的戰地創作及其他〉，包頭《職大學報》2002 年第 1 期（2002 年），頁 23。

——選自丁金花〈戰爭體驗與謝冰瑩的戰地小說〉

長沙：湖南師範大學文學院中國現當代文學專業碩士論文，2007 年 9 月

謝冰瑩研究綜述

◎李夫澤

謝冰瑩（1906～2000），我國現代著名的女作家，湖南冷水江市鐸山鎮人。1921 年進入湖南省立第一女子師範，學習期間發表處女作〈剎那的印象〉。1926 年冬考入武漢中央軍事政治學校（黃埔軍校武漢分校）第 6 期，當了女兵。1927 年隨國民革命軍北伐，途中寫出了蜚聲中外的《從軍日記》。1928 年冬，進入上海藝術大學中文系學習。1929 年進入北平女子師範大學學習，是「北方左聯」的發起者和領導人之一。1930 年代前期，曾兩度去日本求學。1937 年抗戰爆發時，組織「湖南婦女戰地服務團」奔赴抗日前線。1940 年在西安主辦大型的《黃河》月刊。1948 年應聘去臺灣師大任教，1972 年退休，不久後僑居美國。曾任美國國際孔子基金會顧問、美國華文作家協會名譽會長。2000 年 1 月 5 日在舊金山逝世，享年 94 歲。謝冰瑩一生著作等身，到了晚年，仍孜孜不倦，人稱「不老的女兵」，被譽為「中國新文學史上『女兵』文學的祖母」。主要著作有《從軍日記》、《女兵自傳》、《新從軍日記》、《在日本獄中》等。

一

謝冰瑩的研究是與謝冰瑩創作同時進行的。1927 年孫伏園先生將〈從軍日記〉單篇在《中央日報》副刊發表時，林語堂便在此報的英文版上連載。1928 年林語堂又將這些日記編成單行本出版，並作序。在序中，林語堂是如此評價的：「冰瑩以為她的文章，無出單行本的價值，因為她『那些東西不成文學』（這是冰瑩的信中語）。自然，這些《從軍日記》裡頭，找不出『起承轉合』的文章體例，也沒有吮筆濡墨，慘淡經營的痕跡；我們讀這些文章時，只看見一位年輕女子，身穿軍裝，足著草鞋，在晨光熹微的沙場上，拿一支自來水筆，靠著膝上振筆直書，不暇改竄，戎馬倥傯，束裝待發的情景；或是聽見在洞庭湖上，笑聲與河流相和應，在遠地軍歌及近旁鼾睡聲中，一位蓬頭垢面的女兵，手不停筆，鋒發韻流地寫敘她的感觸。這種少不更事，氣宇軒昂，抱著一手改造宇宙決心的女子所寫的，自然也值得一讀……這些文章，雖然寥寥幾篇，也有個歷史，這也可以說明，我們想把它集成一書的理由。」[1]這可以說是最早的對謝冰瑩創作的評價。

之後，由於謝冰瑩奇特的經歷和極富「女兵」個性的創作，評論文章便接連不斷，並且其影響迅速擴展到了國外。著名的生物學家、廈門大學教授汪德耀先生看了《從軍日記》後非常興奮，馬上將其譯成法文。1930年初，汪先生將譯文寄給羅曼・羅蘭先生，羅曼・羅蘭先生馬上將《從軍日記》在法國出版。1930 年 8 月初，著名的《小巴黎人日報》在頭版顯著位置發表了題為〈參加中國革命軍的一個女孩子〉的評論文章，隨後，其他多家報紙也對此書作了報導。汪先生說：「當時的法國人對中國了解很少，對中國婦女就了解得更少了，他們認為中國婦女都是些裹著小腳的逆來順受者，自此始知，中國還有不裹腳的新女性，勇敢的女戰士！」[2]之後，羅曼・羅蘭又親自給謝冰瑩寫信，對她的精神表示欽佩，鼓勵她繼續奮鬥。

1931 年 8 月，柳亞子撰寫了〈新文壇雜詠〉十首，分別贈給魯迅、郭沫若、茅盾、田漢、陽翰笙、葉紹鈞、謝冰瑩、丁玲等人，肯定他們的文學貢獻。柳亞子先生在〈雜詠〉中為謝冰瑩寫道：「謝家弱女勝奇男，一記從軍膽氣憨。誰遺寰中棋局換，哀時庾信滿江南。」[3]表達了對謝冰瑩的讚

---

[1]艾以，曹度主編，《謝冰瑩文集（上）》（合肥：安徽文藝出版社，1999 年 8 月），頁 290。
[2]徐小玉，〈《從軍日記》、汪德耀、羅曼・羅蘭〉，《新文學史料》1995 年第 4 期（1995 年 11 月），頁 93。
[3]中國革命博物館編，《柳亞子文集——磨劍室詩詞選集（上）》（上海：上海人民出版社，1985 年 1

揚和鼓勵。

1936 年，上海良友圖書印刷公司出版了謝冰瑩的自傳體散文《一個女兵的自傳》（後改為《女兵自傳》）。此書一出版就成了暢銷書，並被譯成英、日、德、法、西、萄、義等多種文字，先後再版二十多次。就當時中國文壇上女性文學所產生的廣泛的國際影響而言，鮮有超過此作的。

1937 年抗日戰爭爆發以後，謝冰瑩帶著有病的身體，重上戰場，發表了許多表現抗日題材的作品。如《在日本獄中》、《新從軍日記》、《戰士底手》等。謝冰瑩親臨前線的壯舉得到了人們的高度讚揚。田漢、何香凝、柳亞子、黃炎培、陳銘樞、劉述周等紛紛贈詩給她表示稱讚。田漢在詩中寫道：「謝家才調信縱橫，慣向槍林策杖行。應為江南添壯氣，湖南新到女兒兵。」謝冰瑩的《新從軍日記》出版之際，維特在《新從軍日記・寫在前面》中說：「這一部作品，是不避炮火，深入槍林彈雨中去，得來最真確的材料，運用最忠實的筆尖，暴露了敵人的猙獰面孔，描繪著我軍的英勇精神；尤其是關於戰地民眾組織的重要，服務團工作努力的方針，都有相當的發揮。」充分地肯定《新從軍日記》的價值。

1940 年，謝冰瑩在西安創辦《黃河》月刊，產生了很大的社會影響。1940 年 1 月，江南才子盧冀野來到西安，有感於謝冰瑩的辦刊精神，迅速寫了一首詩贈給謝冰瑩。詩寫道：「長安倦旅雪中行，香米園西遇女兵。號角詩筒同一吼，黃河從此怒濤生。」

1948 年 8 月，謝冰瑩應臺灣師範大學之聘赴臺任教，一直到 1972 年退休。1974 年定居美國。由於大陸與臺灣的長時間的封閉狀態，使得很長一段時間幾乎被大陸的人們所遺忘，1980 年開始，才又引起文壇的關注。

二

20 世紀 80 年代，消沉了 30 年的謝冰瑩作品開始在大陸重新出現，使

月），頁 670。

廣大讀者特別是年輕讀者能夠有機會接觸到謝冰瑩的文章。1985 年 3 月四川文藝出版社出版了《女兵自傳》，1985 年 9 月湖南人民出版社出版了《謝冰瑩作品選》。之後，天津百花出版社、中國廣播電視大學出版社、中國華僑出版社、北京知識出版社、北京燕山出版社、北京華夏出版社、安徽文藝出版社、香港文學出版社等十來家出版社相繼出版了謝冰瑩的作品。香港文學研究社在出版《謝冰瑩選集》前言中如此說：「現代中國作家群中，當兵成名的男作家為數不少，可是馳騁於沙場，後闖入文壇而名滿天下的女作家，至今似乎只有一位謝冰瑩。」這些作品的出版為謝冰瑩研究提供了很好的文本基礎。當然，最初出版謝冰瑩作品時也引起了一些風波。1985 年當四川文藝出版社準備出版謝冰瑩的《女兵自傳》時，遭到了她本人的激烈反對。原因是謝冰瑩認為重版「任意刪改」了原文。事實上根本沒有刪改，而是謝冰瑩後期思想發生了很大的變化，尤其是自從離開祖國大陸以後，昔日的革命意志已逐漸消淡，更可歎的是，她對自己過去參加左聯和「閩變」的革命經歷諱莫如深，唯恐被別人知道。欽鴻在〈謝冰瑩《女兵自傳》的重版風波〉一文中指出：「為謝冰瑩激烈反對並成為《女兵自傳》重版最大障礙的所謂『任意刪改』，其責任者不是別人，正是謝冰瑩本人。」[4]

20 世紀 80 年代初，謝冰瑩的朋友開始寫懷念文章，謝冰瑩也開始與大陸的親朋好友接觸。梁兆斌的〈遙念謝冰瑩〉[5]、魏中天的〈記謝冰瑩〉[6]、李白英的〈我所知道的謝冰瑩〉[7]、楊纖如的〈我說謝冰瑩〉[8]是最早懷念謝冰瑩的文章。北京語言大學的閻純德教授是最早關注謝冰瑩的一位學者。閻教授 1982 年在《新文學史料》上發表了〈謝冰瑩及其創作〉，後來與謝冰瑩長達數十年的通信；1987 年又發表了〈謝冰瑩年表〉，1993 年 7 月，

---

[4]欽鴻，〈謝冰瑩《女兵自傳》的重版風波〉，《中華讀書報》，2002 年 10 月 16 日。
[5]梁兆斌，〈遙念謝冰瑩〉，上海《文學報》，1981 年 6 月 25 日。
[6]魏中天，〈記謝冰瑩〉，香港《文匯報》，1981 年 11 月 1 日。
[7]李白英，〈我所知道的謝冰瑩〉，《藝譚》1982 年第 1 期（1982 年 3 月），頁 116～117。
[8]楊纖如，〈我說謝冰瑩〉，《團結報》，1982 年 2 月 14 日。

又親自到美國舊金山訪問了謝冰瑩；1994 年發表了〈謝冰瑩：永遠的「女兵」〉[9]；2000 年 4 月，又來到心儀已久的謝冰瑩故鄉——湖南冷水江鐸山鎮參觀。在謝冰瑩的故鄉，閻教授留下了這樣的字句：「謝冰瑩不僅是湘西山中之玉水中之珠，她也是中國女性命運的典型代表，是國民革命的先驅之一，是一部教科書……」[10]。2002 年，閻教授同李瑞騰先生一起編著了《女兵謝冰瑩》一書，[11]書中編選了關於紀念謝冰瑩的 22 篇文章，寫這些文章的有的是謝冰瑩的朋友，有的是作家，有的是記者，都同謝有過或多或少的交往。這本集子記載了謝冰瑩在 20 世紀的一些生活和創作情況，是研究者不可缺少的資料。

1985 年，謝冰瑩的家鄉——冷水江市委編寫了《冷水江市文史資料》，通過與謝冰瑩的聯繫，推出了謝冰瑩的部分作品及多篇介紹謝冰瑩的文章，冷水江市委還舉行了慶賀謝冰瑩生日的座談會。

魏中天與謝冰瑩是多年的同學，相交甚深，後來謝冰瑩去了臺灣，兩人便天各一方。1980 年相見後，從此書信往來不斷。欽鴻先生編了《永恆的友誼——謝冰瑩致魏中天書信集》一書。[12]此書收集了謝冰瑩從 1980 年 11 月 28 日開始至 1994 年止致魏中天的信 56 封；魏中天筆下的謝冰瑩的回憶文章 12 篇；其它大陸朋友懷念謝冰瑩的文章 22 篇。這些書信和文章，既反映了朋友間的友誼，又在一定程度上折射出時代和社會的豐富色彩，是研究謝冰瑩的寶貴資料。

澳大利亞孟華玲 1991 年兩次訪問謝冰瑩，交談了數小時，根據錄音談話整理成〈謝冰瑩訪問記〉發表，[13]這對研究謝冰瑩的人生經歷和創作風格有一定的幫助。

研究謝冰瑩不能不談到她的婚姻，而符號是謝冰瑩最早的對象，他倆

---

[9]閻純德，〈謝冰瑩：永遠的「女兵」〉，《傳記文學》1994 年第 12 期（1994 年），頁 62～65。
[10]閻純德，〈謝鐸山之春——謝冰瑩家鄉行〉，《聯合報》，2000 年 12 月 21 日，37 版。
[11]閻純德、李瑞騰，《女兵謝冰瑩》（北京：人民文學出版社，2002 年 1 月）。
[12]欽鴻編，《永恆的友誼——謝冰瑩致魏中天書信集》（北京：中國三峽出版社，2000 年 12 月）。
[13]孟華玲，〈謝冰瑩訪問記〉，《新文學史料》1995 年第 4 期（1995 年 11 月），頁 99～109。

的悲歡離合的故事自然引起人們的關注。符號的〈勞燕分飛天海闊，沈園柳老不吹綿——回憶謝冰瑩和我的一段婚姻史〉[14]、汪烈九的〈月有陰晴圓缺——謝冰瑩與符號的戀史〉[15]是兩篇很值得一讀的文章。

孫曉婭發表了〈謝冰瑩與《黃河》月刊〉[16]：文章論述了活躍在《黃河》上的作者隊伍、《黃河》形式與內容的和諧統一、《黃河》的欄目設置與主要體裁、《黃河》的特色等方面，是研究作家兼編輯的謝冰瑩思想與創作的不可多得的材料。

黎躍進的〈謝冰瑩與外國文學〉[17]將研究的視野拓寬，主要論述謝冰瑩的創作受到日本文學的明顯影響，日本無產階級文學，宮本百合子以及林芙美子的創作因素深深滲入謝冰瑩的創作之中。

李子慧的〈論謝冰瑩的創作個性〉[18]較為準確地把握住了謝冰瑩創作特色。文章認為謝冰瑩的創作個性表現在：一是始終與時代與社會同呼吸共命運，追求在「象牙塔」之外；二是體現著男性化、浪漫性和自然風的美學特徵。

游友基的〈女性文學美學形態上的突破——論謝冰瑩創作的崇高美〉[19]也是一篇很重要的研究文章。論文認為謝冰瑩的創作具有崇高美，崇高美的表現在兩個方面：從內容看表現為題材與主題的重大性；從形式看，表現為「直」、「真」、「誠」。

劉潔的〈文壇「武將」謝冰瑩新論〉[20]中指出：「謝冰瑩與五四以來的中國現代女作家群有著較大的區別，應屬『別樣的女性寫作』」。「她通過個

---

[14]符號，〈勞燕分飛天海闊，沈園柳老不吹綿——回憶謝冰瑩和我的一段婚姻史〉，《黃埔月刊》1988年第2期（1998年），頁101～105。

[15]汪烈九，〈月有陰晴圓缺——謝冰瑩與符號的戀史〉，《傳記文學》1994年第10、11、12期（1994年），頁65～75、80～86、49～56。

[16]孫曉婭，〈謝冰瑩與《黃河》月刊〉，《中國現代文學研究叢刊》2001第3期（2001年），頁216～233。

[17]黎躍進，〈謝冰瑩與外國文學〉，《湖南大學學報》2002年第6期（2002年9月），頁69～74。

[18]李子慧，〈論謝冰瑩的創作個性〉，《中國文學研究》1994年第4期（1994年12月），頁70～76。

[19]游友基，〈女性文學美學型態上的突破——論謝冰瑩創作的崇高美〉，《河北師院學報》1996年第4期（1996年10月），頁75～78。

[20]劉潔，〈文壇「武將」謝冰瑩新論〉，《求索》2004年第9期（2004年9月），頁216～218。

人的視角，寫社會、時代的歷史變遷，寫國家、民族坎坷的發展道路，說謝冰瑩是一位與祖國同呼吸共命運的人亦不為過。」

此外，陸文采、宋子泉的〈論謝冰瑩的《一個女兵的自傳》〉[21]，王榮國的〈為自由而歌——評謝冰瑩的《女兵自傳》〉[22]也值得一讀。

值得可喜的是，一批年輕學者開始重視謝冰瑩的研究。復旦大學中文系博士朱旭晨即將出版的《秋水斜陽芳菲度——中國現代女作家傳記研究》〔按：由北京人民日報出版社於 2006 年 12 月出版〕一書，便有一章是寫謝冰瑩的傳記，廣西師範學院中文學院 04 級研究生胡芳也正從事謝冰瑩研究工作，臺北市崔家瑜女士對謝冰瑩研究也正在進行之中。

綜觀這一時期這些評論，我們可以看出，謝冰瑩研究已經取得了一些成就，這些評論基本上把握了謝冰瑩本人及作品的特點。但研究的問題也是明顯的，主要是以回憶性的散文為主，對作家創作的研究並不多，也欠系統和深入，同時內容重複現象也較為嚴重。

三

較為全面而系統地研究謝冰瑩的還有筆者本人。

1997 至 1998 年，本人在北京大學做訪問學者，師從錢理群教授。在導師的精心指導下，確立了研究湘中現代作家的科研方向，其中謝冰瑩研究是重點。之後，又通過走訪謝冰瑩的親友，獲得了一些有搶救意義的研究資料。近幾年來，一直從事這項研究，已取得了一些成績：發表了論文，完成課題研究，出版了專著。

首先是對謝冰瑩生平及其思想的研究。先介紹謝冰瑩的基本情況，讓人們認識這位傳奇作家，寫出了論文：〈歷經坎坷路，奮鬥永不息——謝冰

[21]陸文采、宋子泉，〈論謝冰瑩的《一個女兵的自傳》〉，《遼寧師範大學學報》1985 年第 6 期（1985 年），頁 50～53。

[22]王榮國，〈為自由而歌：評謝冰瑩的《女兵自傳》〉，《徐州師範大學學報》2002 年第 3 期（2002 年 9 月），頁 98～101。

瑩生平及創作經歷〉[23]、〈魂歸故里——紀念謝冰瑩逝世一周年〉[24]、〈「女兵」多坎坷・文壇鑄輝煌〉[25]。對謝冰瑩的革命思想及其變化進行系統分析，寫出了論文：〈謝冰瑩與「左聯」〉[26]、〈一個「女兵」的消沉——謝冰瑩前後期思想變化及其成因〉[27]。這些論文把謝冰瑩前期思想和後期思想結合起來進行研究，整體把握作者一生的生活經歷和心路歷程。

對謝冰瑩的婚姻進行了系統的研究，寫出了〈月有陰晴圓缺——謝冰瑩的坎坷愛情〉[28]、〈男權意識下的女性追求——謝冰瑩愛情悲劇探析〉[29]。前者以翔實的材料展示謝冰瑩的感情生活；後者論述了謝冰瑩愛情悲劇產生的主客觀原因並得出結論：在男權中心主義沒有澈底消除的時代，一個還缺少真正現代人格的女性，不管她如何追求，其愛情婚姻只能是悲劇性的。

對謝冰瑩的女性解放思想進行了深入的探討，發表了論文：〈從「女人」到「人」的覺醒——論謝冰瑩的女性意識〉[30]、〈一條扁擔撐一片天——論謝冰瑩的女權思想〉[31]。前一篇文章認為，謝冰瑩的女性意識體現在兩個方面：一方面是以投身社會實踐，以自身的行為來體現，另一方面則是通過寫文章、辦刊物，用文學來喚醒女性的覺醒。後一篇文章則是對謝冰

[23]李夫澤，〈歷經坎坷路奮鬥永不息——謝冰瑩生平及創作經歷〉，《婁底師專學報》1999 年第 1 期（1999 年 3 月），頁 47～49。

[24]李夫澤，〈魂歸故里——紀念謝冰瑩逝世一周年〉，《婁底師專學報》2001 年第 1 期（2001 年 1 月），頁 88～89。

[25]李夫澤，〈「女兵」多坎坷・文壇鑄輝煌〉，《歷代名人與婁底（下）》（北京：中國文史出版社，2003 年），頁 455～469。

[26]李夫澤，〈謝冰瑩與「左聯」〉，《婁底師專學報》1999 年第 3 期（1999 年 9 月），頁 44～47。

[27]李夫澤，〈一個「女兵」的消沉——謝冰瑩前後期思想的變化及其成因〉，《安慶師範學院學報》2003 年第 2 期（2003 年），頁 77～84。

[28]李夫澤，〈月有陰晴圓缺——謝冰瑩的坎坷愛情〉，《船山學刊》2002 年第 3 期（2002 年 6 月），頁 96～103。

[29]李夫澤，〈男權意識下的女性追求——謝冰瑩愛情悲劇探析〉，《西南民族大學學報》2004 年第 10 期（2004 年 10 月），頁 266～269。

[30]李夫澤，〈從「女人」到「人」的覺醒——論謝冰瑩的女性意識〉，《山東社會科學》2002 年第 5 期（2002 年 9 月），頁 109～111。

[31]李夫澤，〈一條扁擔撐一片天——論謝冰瑩的女權思想〉，《湖南社會科學》2004 年第 4 期（2004 年），頁 107～109。

瑩的婦女只有在勞動中才能解放自身的觀點進行反思，指出這種觀點自有其巨大的時代進步意義，但也反映出謝冰瑩當時思想的簡單和狹隘。

謝冰瑩成為享譽中外的「女兵」作家，得到了文壇上許多著名作家的關懷幫助。在關心幫助她的人群中，孫伏園、林語堂、柳亞子是非常重要的三位，於是便寫出〈紅花還須綠葉扶——孫伏園、林語堂、柳亞子對謝冰瑩的關愛〉的文章。[32]

對謝冰瑩創作特色的研究體現在〈崇高美的藝術追求——論謝冰瑩的散文創作〉[33]，〈論謝冰瑩前期散文的特色〉[34]這兩篇文章中。前者論述謝冰瑩的創作崇高美的體現：通過重大的題材和主題來體現崇高、通過人物的悲劇命運及與這種命運作鬥爭體現崇高、通過「真實」、「自然」的散文風格來體現崇高；後者主要是論述謝冰瑩的散文為我們提供了一些獨特的東西，那就是真實地反映時代的某些側面，體現出鮮明的個性色彩，具有醇真自然的藝術風格。

對謝冰瑩具體作品的分析有兩篇論文。〈論謝冰瑩的《從軍日記》〉[35]，在敘述《從軍日記》發表後產生的影響基礎上，著重分析了產生如此巨大影響的三大原因：真實地反映時代，表現了強烈的婦女解放意識，蘊含著奇特的「氣骨」。〈論謝冰瑩的《女兵自傳》〉[36]，論文分析了作品所體現出的三大特色：具有鮮明的時代感，塑造了鮮活的「女兵」形象，具有真實感人的藝術魅力。

探討謝冰瑩的成才之路，將會給人們帶來許多創作上啟示，於是發表

[32]李夫澤，〈紅花還須綠葉扶——孫伏園、林語堂、柳亞子對謝冰瑩的關愛〉，《新文學史料》2005年第4期（2005年11月），頁172～179。

[33]李夫澤，〈崇高美的藝術追求——論謝冰瑩的散文創作〉，《求索》1999年第6期（1999年），頁99～101。

[34]李夫澤，〈論謝冰瑩前期散文的特色〉，《中國文化研究》2001年夏之卷（2001年5月），頁123～127。

[35]李夫澤，〈論謝冰瑩的《從軍日記》〉，《理論與創作》2001年第2期（2001年），頁39～42。

[36]李夫澤，〈論謝冰瑩的《女兵自傳》〉，《湖南社會科學》2003年第1期（2003年），頁64，125～127。

了論文〈謝冰瑩創作啟示錄〉[37]論文主要分析了謝冰瑩成為享譽中外的著名作家的四大原因：生活是她創作的源泉，學習是她創作的基礎，勤奮是她成才的關鍵，多人相助是促使她成才的外因。

除發表論文外，我完成學校課題「謝冰瑩研究」和省級課題「謝冰瑩研究」，出版專著《從「女兵」到教授——謝冰瑩傳》[38]、《湘中現代作家研究》[39]。閻純德教授在《從「女兵」到教授——謝冰瑩傳》序言中說「我們終於有了第一部謝冰瑩的傳記。這是一部人們期盼多年的傳記，它使我們感性而又理性地深入認識這位曾經叱吒風雲於中國現代史上的先驅，傾聽她的慷慨悲歌，感受她一生的偉大精神。」

對謝冰瑩的研究產生了較大的社會反響。成果被評為婁底市社科成果一等獎，婁底市「五個一」工程一等獎，湖南省社科成果三等獎。《文藝報》發表了〈《從「女兵」到教授——謝冰瑩傳》四人談〉的專版評論[40]。《中國圖書評論》發表書評〈女中豪傑・文壇奇葩〉[41]，《書屋》發表〈心靈史的展示——讀《從「女兵」到教授——謝冰瑩傳》〉[42]，此外，《澳門日報》、《湖南日報》等十家報紙發表書評文章，充分肯定其研究成果。

四

當然，無論是本人還是評論界對謝冰瑩研究，都還存在著一些不足之處。

由於受到條件的制約，謝冰瑩後期在臺灣及美國的生活及創作的研究不多，甚至可以說仍是一個空白。只對她前期在大陸的思想與創作特點進

[37]李夫澤，〈謝冰瑩創作啟示錄〉，《臨沂師範學院學報》2003 年第 2 期（2003 年 4 月），頁 103～106。

[38]李夫澤，《從「女兵」到教授——謝冰瑩》（長沙：湖南人民出版社，2004 年 5 月）。

[39]李夫澤，《湘中現代作家研究》（長沙：湖南人民出版社，2003 年 3 月）。

[40]1.王保生，〈記住文壇「女兵」謝冰瑩〉；2.閻純德，〈中國女性的精神之光〉；3.李道新，〈傳記的史學維度〉；4 朱輝軍，〈歡快與哀慟交織的傳奇〉，《文藝報》第 2 期（2004 年 11 月 30 日）。

[41]胡如虹，〈女中豪傑文壇奇葩〉，《中國圖書評論》2005 年第 2 期（2005 年），頁 49～50。

[42]呂漢東，〈心靈史的展示——讀《從「女兵」到教授——謝冰瑩傳》〉，《書屋》2004 年第 12 期（2004 年），頁 71～72。

行探析，不對她後期在臺灣及美國的思想與創作進行分析，便難以全面地了解她的思想發展軌跡，便難以探討出他個人命運的浮沉與風雲變幻的歷史背景之間的關聯。

謝冰瑩無論在大陸期間，還是在臺灣期間，在文學上都取得了巨大成就，把謝冰瑩研究納入女性文學研究的框架，使 20 世紀初的女性文學研究與 20 世紀 90 年代大陸的女性文學研究聯繫起來進行思考，從而從宏觀的史的角度拓展女性文學研究的視野，提高研究的理論水平，這一點還有待於加強。

謝冰瑩與同時代作家尤其是女性作家的比較研究還很欠缺。如謝冰瑩與丁玲、謝冰瑩與冰心的比較。通過比較，才更能使人們認識到謝冰瑩為人和為文的特色。

謝冰瑩的一生是追求探索的一生，經歷了不少的坎坷。而她的創作與她的經歷是緊密相連的。謝冰瑩的生活經歷對其創作的影響需要進一步的探討和研究。謝冰瑩做為一個女性知識分子，對她的研究可以加深理解中國女性思想解放運動的發展歷程，同時，謝冰瑩從早期的參加北伐到後期參加「左聯」到最後投奔臺灣，這樣一個具有複雜背景的現代作家，對於認識中國現代知識分子對革命、前途、命運的心路歷程有著深刻的個案價值。直到目前為止，社會上仍沒有出現一本擁有學術品格的「謝冰瑩評傳」出現，這不能不說是種遺憾，也是我近年想努力的方向。

此外，對謝冰瑩的作品研究較少，特別是她所寫作品的成就、影響、特點等；研究力量比較分散，往往單打獨鬥，沒有形成群體優勢，難以出現高質量的系統的研究成果；在謝冰瑩家鄉建立謝冰瑩紀念館的問題已經籌備了多年，但由於經費的不足還一時難以實現。

以上不足，還有待於在以後的研究中加以解決。

——選自《湖南人文科技學院學報》2007 年第 5 期，2007 年 10 月

時會之趨
謝冰瑩的足跡以及遊記

◎陳昱蓉*

一、從一個女兵說起

謝冰瑩一向被文學史定位為與傳統桎梏堅決對抗的女作家，她投筆從戎、獻身軍旅的決心與行動，形塑了她早期的工作視野以及文學風格，從軍的體驗可說是決定她一生思想與活動最重要的關鍵。

崔家瑜在〈謝冰瑩及其作品研究〉中，將謝冰瑩一生經歷做了簡單扼要的分界：第一階段是 1906 年至 1929 年的童年時期；第二階段是 1920 年至 1930 年，是備嘗艱辛的青少女時期；接著的 1930 年至 1970 年則是她人生的黃金階段，[1]除了赴日本留學，也到臺灣工作，在 1948 年這一年，謝冰瑩帶著女兒莉莉，因應師範學院國文系主任高鴻縉的邀約赴臺任教，其夫婿達明也隨後來臺；1971 年始，便客居美國，直至 2000 年身歿舊金山。

《從軍日記》是謝冰瑩成名的首作，然而其背後支持她理念的便是這種挑戰傳統的意識與決心。她曾自言：「**在這個偉大的時代裡，我忘記了自己是女人……我只想跑到戰場上去流血，再也不願為著自身的什麼婚姻而流淚歎息了。**」[2]踏上保家衛國之路是謝冰瑩的自我選擇，除了大時代環境

*發表文章時為中央大學中國文學系碩士生，現為新北市板橋高中國文科教師。

[1]崔家瑜，〈謝冰瑩及其作品研究〉（東吳大學中國文學系在職專班碩士論文，2005 年 7 月），頁 29～46。

[2]應鳳凰、鄭秀婷，〈馳騁沙場與文學創作的不老女兵——謝冰瑩〉，見「五○年代文藝雜誌及作家影像資料庫」，取自 http://tlm50.twl.ncku.edu.tw/wwxby1.html。

的因素之外，她心中有一股強烈的反傳統意志，這一份意志讓她走出閨閣的藩籬，擁抱自主與獨立，也深深影響她對旅行的看法。

女性的「旅行」在中國傳統中是不尋常的行為，胡錦媛曾提出男性、女性與家庭、旅行的關係：

> 在家中缺席的是男人，在旅行中缺席的是女人，女性從來不被鼓勵向外發展，旅行的歷史清楚呈現一個事實：女性從未和男性一般擁有途徑上路。不論是裹著小腳的中國女人或是穿鋼架束腹的西方女人，她們都受到社會與文化的雙重束縛，鮮少得以出外旅行。女人的缺席反襯出旅行的世界是一個男人追尋新奇殊異事物（the foreign）的領域。[3]

謝冰瑩在渡海來臺之前，便曾經以情報員的身分，遠渡重洋乘船至日本，因工作需要走出家庭的她，早已用親身經歷挑戰傳統女性的生活經驗。

女兵的工作經驗原本就較一般女性特殊，兩度日本的遷徙歷程也提供給她不少書寫的材料，然而，她的日本經驗是相當負面、慘痛的回憶。1948 年謝冰瑩來到臺灣之前，她前半生的歲月都是在兵荒馬亂的歲月中度過，但是她卻沒有停止遷徙，反而一次又一次地投入域外旅行，也因此謝冰瑩可說是一位積極昂揚的女遊者，而這一份精神來自於女兵精神的自勵與奮發。

二、傳統遊記的賡續與發展

第一批渡海來臺的女作家中，蘇雪林固然早已卓然成家、享名文壇，甚至以記遊詩受到關注與肯定，然而在遷臺之前，最擅寫遊記的女作家則非謝冰瑩莫屬，梅新林、俞樟華主編的《中國遊記文學史》中即肯定了謝冰瑩是傳統式中國遊記的書寫大家，作品多樣，且文風鮮明，代表作有：

---

[3]胡錦媛，〈繞著地球跑（下）——當代臺灣旅行文學〉，《幼獅文藝》第 516 期（1996 年 12 月），頁 51～52。

〈黃昏〉、〈愛晚亭〉、〈秋之晨〉、〈獨秀峰〉、〈龍隱岩〉、〈乳花洞〉、〈華山遊記〉、〈珞珈之遊〉、〈濟南散記〉等，都是在執著的愛的信念、愛的追求中顯示了優美和諧的風格。[4]這些作品質量並重，是故謝冰瑩早年遊歷山水、書寫中國的經驗，培養了她壯闊的胸襟與氣度，讓她能夠在時代變局之下，依舊保有積極的人生態度。

中國遊記的發展自酈道元《水經注》以降，歷經不同時代的書寫，作家筆下的名山勝水各具千秋、風貌萬種，余光中〈杖底煙霞〉一文對傳統遊記書寫進行點評。大體而言，自五四以降，文言書寫轉變為白話體式，文句邏輯與修辭美感的審美標準亦隨之改變，遊記的創作有了巨大的變動，余光中斷言：「清人不如明人，民國初年的作家更不如清。」[5]除了對徐志摩〈我所知道的康橋〉一文略為稱許外，其餘皆不予置評，也因此對於女作家的評論更是付之闕如。

其實女性面對山水之際，必然有自己觀看的方式以及思考架構，蘇雪林的遊記作品附麗於宗教情懷上，對於旅行書寫的自覺略為模糊，但是謝冰瑩對於自己的旅行意識就相當明朗，她曾自言：

> 我的性情好動，生平喜歡旅行，青年時代曾有周遊世界的幻想，如今知道這是經濟力量不能達到的事情；但願打回大陸之後，周遊全國的名山大川，學徐霞客、老殘他們的榜樣，寄情於山水之間。[6]

她以徐霞客、老殘作為效法的對象，以傳統山水作為遊覽觀看的客體。徐霞客豪邁名世、縱情山水，而老殘雖為劉鶚託寓之人物，但是老殘一角個性鮮明，對於遊覽名山大川亦頗有知性率真之姿態與見解，因此謝冰瑩的遊記可說是「呈露出突破感情壓抑和女性固有的陰柔之美的傾向，體現出

---

[4]梅新林、俞樟華主編，《中國遊記文學史》（上海：學林出版社，2004年12月），頁465。
[5]余光中，《從徐霞客到梵谷》（臺北：九歌出版社，2006年7月），頁54。
[6]謝冰瑩，《我的回憶》（臺北：三民書局，1967年9月），頁14。

一定的觀照人生、高揚主體的現代性。」[7]她承繼中國文人傳統遊覽意識的豪壯情懷，在女性旅行書寫史上增添一抹昂揚快意。

張瑞芬認為 1949 年隨著右派文人傳承到臺灣來的散文，的的確確承繼了五四文學「言志的」、「個人性」的主要潮流，這也說明臺灣當代散文與中國新文學源頭有著不容切割的關係；[8]鹿憶鹿也認為：「中國的文人遊記，不管到任何地方都會提醒著蒼生的苦難、民族的興衰。」[9]因此，謝冰瑩的女兵生涯使她懷抱著反抗傳統的女性意志，五四運動的洗禮使她服膺自由主義，並帶來堅定的自信，她與男性作家共同承擔歷史責任，懷抱憂國憂民的情懷、經世致用的關切；因此，女性透過旅行而得以觀看世界各地的風光，旅行成為一種接觸社會、了解社會的工具與目的，旅行更構築了女性身分與當代社會對話的可能性。

旅行的姿態有多種形式，女作家的書寫使得臺灣遊記呈現出兼容並蓄的多元性，余光中曾稱許「智、仁、勇」合一的旅人典範：

> 樂山樂水的人應該是仁者兼智者，有時更是徐霞客式的勇者。[10]

謝冰瑩的典範來自徐霞客精神，對她而言，探索遠方的未知是人生一大樂事，登山臨水不只是觀覽風光，更是傳遞旅人心中對「出發」的嚮往與熱切。徐霞客正是謝冰瑩心目中所崇尚的遊人典範，因此，謝冰瑩以自身對傳統的挑戰，延續了中國遊人的歷史價值，也建立臺灣女作家出遊的典範。

三、教育文化之眼：南洋、美國去來

臺灣在 1990 年代以降，探討女性旅行意義以及分享女性出走的書籍如

---

[7]梅新林、俞樟華主編，《中國遊記文學史》，頁 466。
[8]張瑞芬，《臺灣當代女性散文史論》（臺北：麥田出版，2007 年 4 月），頁 23。
[9]鹿憶鹿，《走看九〇年代臺灣的散文》（臺北：臺灣學生書局，1998 年 4 月），頁 140。
[10]余光中，《從徐霞客到梵谷》，頁 55。

雨後春筍開展，探渠訪源，謝冰瑩是臺灣文學史上第一位出版遊記的女作家。《菲島記遊》（1957 年）是謝冰瑩第一本遊記，形式上是本輕薄簡便的手札。原來 1946 年是菲律賓獨立之年，謝冰瑩搭著軍艦前往菲律賓，目的是「蒐集寫作材料」與「迎接僑胞」。全書採用時間順敘法，從出發描寫至歸國為止，內容包含：船行風光、街頭即景、參訪經歷等，甚至連出入海關的過程都鉅細靡遺加以描述，或許是在早期出國不易的年代中，辦理各項出國手續也是種特別的經驗。

此趟旅程只有短短四天，謝冰瑩只能寫出當地較表層的文化現象，並運用對話形式、問答的語氣來描摹當地的狀況。接觸異文化時，她往往流露出主觀的中國意識，認為中國文化優於當地，並體認到菲島居民亟需中華文化之灌注，因此在〈參觀學校〉、〈憑弔義山〉、〈王彬街巡禮〉等文章中，都可見到她志於改善華人生活環境、推廣孔教文化的抱負。

對謝冰瑩而言，能夠四處旅行是人生一大願望，只要能夠有機會離開原有的生活圈，她就會盡力尋求、主動爭取，因此在字裡行間，總掩蓋不了其奮發的精神氣概：

> 我真想將來有一天能參加一個探險隊，周遊那些世界未曾到過的地方，明知自己到了知命之年，加以三十年來終日勞碌，沒有休息的日子，生命不會留給我很多的時間，然而我這顆童心始終和青年時代一樣：我有很多幻想，更有無窮的希望；我愛旅行，也喜歡冒險。[11]

也因此謝冰瑩在 1948 年擔任師範學院教授時，便得以藉著教育交流的機會前往新加坡以及馬來西亞教學、旅行，當時她並沒有立刻將出訪心得結集出版，延至 1950、1960 年代時，《冰瑩遊記》（1955 年）、《馬來亞遊記》（1961 年）、《海天漫遊》（1968 年）才一一問世。

---

[11]謝冰瑩，《菲島記遊》（臺北：力行書局，1957 年 4 月），頁 19。

中國與南洋國家的交流歷史源遠流長，在政治、文化、商旅上的互動都相當頻繁，謝冰瑩本著教育的目的前往該國遊歷，推廣華文教學之餘，也拓增了女性的生活空間。然而在追求夢想之餘，或許是半生奔波，謝冰瑩既渴望向外飛翔探索，潛意識中也希望有安身立命之所，因此，當置身於充滿異國風情的環境中，她也坦承自己的思鄉：

> 三年零一個月的日子其實很短；然而在我看來，它卻比三十年、四十年還長。我永遠忘不了初抵馬來亞那時的生活，每當我聽到那些馬來歌聲、印度音樂時，我便特別想念台灣。[12]

謝在該文中，她不但想念臺灣，也呼喚「祖國」不下十數次。臺灣是溫暖的家庭所在，中國則是記憶中的生根之處，謝冰瑩除了展現大時代裡中國人對於文化歸屬的嚮往，也暗示她對國家不變而迂迴的關懷。

除了南洋之行，她也曾前往 21 世紀的世界強國——美國。歲月的積累與體力的衰退，讓謝冰瑩晚年的書寫風格不同於青壯年期的豪邁瀟灑，如果說她在旅居南洋時，是帶著奮鬥精神的出征，那麼美國舊金山的歲月便是遠距的欣賞與生活的體驗。

謝冰瑩的美國之旅共有兩次，分別在 1968 年和 1971 年，在她赴美之際，謝冰瑩已年近桑榆，當時她的生活重心主要在於述作與教學，兩度舊金山之行乃是為了與親人團聚。不同於南洋遊記的書寫形式及人文關懷，《舊金山的霧》一書中呈現了謝冰瑩深入當地的旅行生活及觀察視野，書中多為親情生活與日常瑣事的紀錄。

她的南洋與美國遊記中呈現了不一樣的異地風情以及旅人見聞，這些亞洲與美洲的旅行對她而言是截然不同的生命記憶。無論從南洋或美國遊記來看，「教育」與「文化」一向是她關注的焦點。謝冰瑩慣於考察當地的

---

[12]謝冰瑩，《生命的光輝》（臺北：三民書局，1971 年 12 月），頁 1。

學校教育，從小學到大學，從教室內學生的學習態度、到教室外學生的表現，都是她書寫的範圍；她還進一步探索教育與國力之間的關係，並認為唯有推廣教育，才能夠國富民強，這樣的思想和憂患出身的背景不無關係。

然而，謝冰瑩並未一味地讚歎西方文明，她嘗試客觀呈現中、西文化差異之處，並以中國儒家文化的背景來思考當代強權大國的制度，如〈美國的大學生〉中，謝冰瑩列出了美國教育的優缺，〈美國的小學教育〉關注了在美華文教育的必要性，〈安全島上的老人和鴿子〉則感歎美國小家庭制度欠缺我國的敬老尊賢文化，其他諸如婚姻制度、環保題材、嬉皮現象等次文化內容，都在她的作品中具體呈現。

值得一提的是謝冰瑩對於女性的關注，如：美國女學生的穿著、美國家庭主婦的生活等，中、西女性各自浸染在不同文化背景之下，在思想及行為上差異頗多，藉由謝冰瑩的觀察與記錄，不僅彰顯了國家民情的差異，女作家書寫其他女性的生活，也暗示著女性意識的覺醒。

Sverre Lysgaard（1923～1994）提出一種 U 型的「跨文化適應模式」，以呈現旅者客居異國時面對文化落差的適應過程：旅者初至異地時是較膚淺的階段，過了一段時間，當旅者尋求與東道國的居民建立更深層的人際關係的時候，開始出現語言問題以及隨之而來的挫敗、迷惑、誤解與孤獨；再過一段時間，旅居者開始學會交朋友，逐漸熟悉當地文化環境。[13]不同於早年的山水之作，謝冰瑩在遷臺以降書寫的域外遊記是帶著豐富的時空移動經驗，再與多種異文化碰撞，她勢必經過適應的階段，才能真正深入對方的生活，而藉由這種觀察的視角，除了理解異域文化外，也有助於更好地理解自己的位置。

藉由謝冰瑩的南洋與美國經驗，可以觀看到這一位從中國帶著憂患意識前來的女性勇者，如何與不同文化的國家進行觀念的交涉與溝通，從中

[13]安然等著，《跨文化傳播與適應研究》（北京：中國社會科學出版社，2011 年 8 月），頁 44～45。

國山水中走出來關懷世界，她要面對的並不只是大自然的異動，而是整個文化背景的差異，使自己全然置身於兩種生活模式中，再運用原有的知識來客觀評論，這也是女性在新時代必須面對的新課題。

從反抗傳統的女兵、到關懷教育文化的研究者，從中國輾轉來到臺灣、再遠赴南洋與美國，無論是教育的傳播，或是文明的吸收，她的足跡所指，透過遊記留下了女性跨足多地、互動對話的過程，也樹立了一種因時之會、反映當代的文明高度。

——選自陳昱蓉〈遷臺女作家域外遊記研究（1949～1979）〉
桃園：中央大學中國文學系碩士論文，2013年6月

輯五◎
研究評論資料目錄

作家生平、作品評論專書與學位論文

專書

1. 謝冰瑩　　女兵自傳　臺北　臺灣力行書局　1956年　278頁

本書為謝冰瑩自傳，收錄其回憶文章 81 篇：1.〈祖母告訴我的故事〉；2.〈我的家庭〉；3.〈黃金的兒童時代〉；4.〈採花女〉；5.〈紡紗的姑娘〉；6.〈痛苦的第一聲〉；7.〈我進了私塾〉；8.〈近視眼先生〉；9.〈未成功的自殺〉；10.〈小學時代的生活〉；11.〈第一次鬧風潮〉；12.〈開始與小說發生關係〉；13.〈在樓上示威〉；14.〈中學時代的生活〉；15.〈外婆校長〉；16.〈剎那的印像〉；17.〈作文打零分〉；18.〈初戀〉；19.〈當兵去〉；20.〈鄉包佬追火車〉；21.〈被開除了〉；22.〈入伍〉；23.〈打破戀愛夢〉；24.〈出發〉；25.〈從軍日記〉；26.〈這該不是夢吧〉；27.〈夜間行軍〉；28.〈解散的前夜〉；29.〈歸來〉；30.〈被母親關起來了〉；31.〈沒收信件〉；32.〈慘痛的惡耗〉；33.〈秘密會議〉；34.〈第一次逃奔〉；35.〈第二次逃奔〉；36.〈第三次逃奔〉；37.〈第四次逃奔〉；38.〈解除婚約〉；39.〈小學教員〉；10.〈恐怖之夜〉；41.〈奇遇〉；42.〈來到了上海〉；43.〈入獄〉；44.〈開始和窮困奮鬥〉；45.〈亭子間的悲劇〉；46.〈破棉襖〉；47.〈飢餓〉；48.〈學校被封了〉；49.〈偷飯吃〉；50.〈我愛作文〉；51.〈愛與恨的爭鬥〉；52.〈做了母親〉；53.〈探監〉；54.〈慘苦生涯的一斷片〉；55.〈南歸〉；56.〈青楓峽裡憶當年〉；57.〈慈母心〉；58.〈黑宮之夏〉；59.〈驚人的新聞〉；60.〈多情的米子〉；61.〈不自由的淚〉；62.〈一個壯烈的集會〉；63.〈歸國〉；64.〈「一二八」的前夕〉；65.〈文人也上了前線〉；66.〈閩西之行〉；67.〈跛子校長〉；68.〈海戀〉；69.〈粉筆生涯〉；70.〈海濱故人〉；71.〈再渡扶桑〉；72.〈在日本獄中〉；73.〈脫逃〉；74.〈暈倒〉；75.〈開始寫自傳〉；76.〈母親的死〉；77.〈忠孝不能兩全〉；78.〈在野戰醫院〉；79.〈民眾工作〉；80.〈我們的生活〉；81.〈戰區巡禮〉。正文前有謝冰瑩〈《女兵自傳》臺版序〉。

2. 謝冰瑩　　女兵自傳　臺北　臺灣力行書局　1978年5月　278頁

本書為謝冰瑩自傳，收錄其回憶文章 81 篇：1.〈祖母告訴我的故事〉；2.〈我的家庭〉；3.〈黃金的兒童時代〉；4.〈採花女〉；5.〈紡紗的姑娘〉；6.〈痛苦的第一聲〉；7.〈我進了私塾〉；8.〈近視眼先生〉；9.〈未成功的自殺〉；10.〈小學時代的生活〉；11.〈第一次鬧風潮〉；12.〈開始與小說發生關係〉；13.〈在樓上示威〉；14.〈中學時代的生活〉；15.〈外婆校長〉；16.〈剎那的印像〉；17.〈作文打零分〉；18.〈初戀〉；19.〈當兵去〉；20.〈鄉包佬追火車〉；21.〈被開除了〉；22.〈入伍〉；23.〈打破戀愛夢〉；24.〈出發〉；25.〈從軍日記〉；26.〈這該不是夢吧〉；27.〈夜間行軍〉；28.〈解散的前夜〉；29.〈歸來〉；30.〈被母親關起來了〉；31.〈沒收信件〉；32.〈慘痛的惡耗〉；33.〈秘密會議〉；34.〈第一次逃奔〉；35.〈第二次逃奔〉；36.〈第三次逃奔〉；37.〈第四次逃奔〉；38.〈解除婚約〉；39.〈小學教員〉；10.〈恐怖之夜〉；41.〈奇遇〉；42.〈來到了上海〉；43.〈入獄〉；44.〈開始和窮困奮鬥〉；45.〈亭子間的悲劇〉；46.〈破棉襖〉；47.〈飢餓〉；48.〈學校被封了〉；49.〈偷飯吃〉；50.〈我愛作文〉；51.〈愛與恨的爭鬥〉；52.〈做了母親〉；53.〈探監〉；54.〈慘苦生涯的一斷片〉；55.〈南歸〉；56.〈青楓峽裡憶當年〉；57.〈慈母心〉；58.〈黑宮之夏〉；59.〈驚人的新聞〉；60.〈多情的米子〉；61.〈不自由的淚〉；62.〈一個壯烈的集會〉；63.〈歸國〉；64.〈「一二八」的前夕〉；65.〈文人也上了前線〉；66.〈閩西之行〉；67.〈跛子校長〉；68.〈海戀〉；69.〈粉筆生涯〉；70.〈海濱故人〉；71.〈再渡扶桑〉；72.〈在日本獄中〉；73.〈脫逃〉；74.〈暈倒〉；75.〈開始寫自傳〉；76.〈母親的死〉；77.〈忠孝不能兩全〉；78.〈在野戰醫院〉；79.〈民眾工作〉；80.〈我們的生活〉；81.〈戰區巡禮〉。正文前有謝冰瑩〈關於《女兵自傳》與《女兵日記》〉、〈《女兵自傳》臺版序〉。

3. 謝冰瑩　　女兵自傳　臺北　東大圖書公司　1985 年 9 月　396 頁

本書為謝冰瑩自傳，收錄篇章同於 1974 年臺灣力行書局版，唯正文前新增謝冰瑩〈《女兵自傳》新序〉，正文後附錄〈我的青年時代〉、〈女兵生活〉、〈大學生活〉。

4. 謝冰瑩　　抗戰日記　臺北　東大圖書公司　1981 年 6 月　453 頁

本書為謝冰瑩日記，分為上、中、下 3 部分：1.抗戰日記，原名《新從軍日記》，收錄〈重上征途〉、〈在車廂裡〉、〈舊地重臨〉、〈南京一瞥〉、〈恐怖的「九一八」〉、〈戰地中秋〉、〈「你們是哪一國的人？」〉、〈橋上的傷兵〉、〈美麗的村姑〉等 86 篇日記；2.在火線上，為謝冰瑩第 3 次上前線的日記，收錄〈前方的漢奸〉、〈偉大的戰士〉、〈血的故事〉、〈絕對不做俘虜的戰士〉、〈往哪裡逃〉、〈中國人不打中國人〉、〈戰地遺書〉、〈血戰三日記〉、〈戰地之夜〉、〈肚子打川了的傷兵〉10 篇文章，正文後附錄〈代表前方受傷將士呼籲〉；3.第五戰區巡禮，包括臺兒莊勝利前後的報導作品，收錄〈來到了潢川〉、〈廣西健兒在淮上〉、〈李宗仁將軍會見記〉、〈白崇禧將軍印象記〉等 26 篇文章。正文後附錄〈抗戰期中的婦女訓練問題〉、〈怎樣發動廣大的婦女參加抗戰〉。

5. 閻純德，李瑞騰主編　　女兵謝冰瑩　北京　人民文學出版社　2002 年 1

月　221頁

本書為謝冰瑩親友、學生的回憶、懷念文章的集結，藉以呈現謝冰瑩深邃而豐富的人生。全書共收錄：柳亞子〈壽冰瑩——浪淘沙〉、趙清閣〈女兵謝冰瑩〉；趙清閣〈賀謝冰瑩九十誕辰〉、梁兆斌〈不能忘卻的謝冰瑩〉、符號〈謝冰瑩和我的一段婚姻〉、楊纖如，孫席珍〈謝冰瑩與北方左聯〉、嚴怪愚〈蹉跎歲月記冰瑩〉、徐小玉〈「女兵」阿姨——女作家謝冰瑩印象〉、魏中天〈記謝冰瑩〉、魏中天〈會見女作家謝冰瑩〉、李又寧〈從女兵到賈奶奶〉、邱七七〈相見歡——記冰瑩先生返臺〉、吳一虹〈淒清——追憶與作家謝冰瑩的一次會晤〉、閻純德〈謝冰瑩：永遠的「女兵」〉、柴扉〈女兵不死，精神常在——敬悼謝冰瑩先生〉、喻麗清〈風浪中來，遺忘中去——敬悼謝冰瑩老師〉、秦嶽〈徽音彤管永流芳〉、閻純德〈謝鐸山之春〉18 篇。正文中附錄汪烈九〈月有陰晴圓缺——謝冰瑩和符號戀史〉；正文後附錄魏中天〈謝冰瑩談祖國和平統一問題及其他〉、秦嶽〈女兵回響記——作家謝冰瑩訪問記〉、孟華玲〈謝冰瑩訪問記〉、閻純德〈編後記〉。

6. 李夫澤　從「女兵」到教授——謝冰瑩傳　長沙　湖南人民出版社　2004年5月　354頁

本書借鑑謝冰瑩《女兵自傳》中的材料，並大量搜集謝冰瑩於 1948 年以後至臺灣，後定居美國時期的相關史料；為中國大陸第一本有關謝冰瑩的傳記。全書共 10 章：1.蒙童與求學；2.從軍與漂泊；3.北上與南下；4.兩度東瀛求學；5.重上征途；6.從主編到教授；7.作家的關愛；8.去臺灣；9.海外漂零；10.有家難歸。正文前有閻純德〈中國現代女性的精神之光——序李夫澤著《從「女兵」到教授——謝冰瑩傳》〉，正文後附錄〈謝冰瑩年譜〉、〈謝冰瑩研究主要參考文獻〉。

7. 崔家瑜　謝冰瑩及其作品研究　臺北　文史哲出版社　2008年3月　177頁

本書由碩士論文改編出版，透過對作品的分析，給予謝冰瑩在現代文學應有的評價與地位。全文共 8 章：1.緒論；2.謝冰瑩所處的時代背景；3.謝冰瑩的生平事蹟；4.謝冰瑩的交遊；5.謝冰瑩的作品分期介紹；6.謝冰瑩作品的思想特色；7.謝冰瑩作品的寫作技法；8.結論。正文後附錄〈謝冰瑩年表暨其生平大事記〉。

8. 石　楠　中國第一女兵——謝冰瑩全傳　南京　江蘇文藝出版社　2008年5月　485頁

本書完整敘述謝冰瑩傳奇的一生，書中詳細描寫作家的家庭背景、求學歲月、從軍時期、戀愛故事等，並將作家作品與其生平結合統述，有助了解作家其人其事。全書共 83 篇文章：1.傳奇從脫車開始；2.不安分的壞東西；3.野小子；4.絕食；5.學潮；6.就是殺了我，我也不怕；7.我若考不上，就跳湘江；8.《剎那印象》；9.初戀之痛；10.《愛晚亭》；11.我要去當兵；12.祝賀我們吧；13.她們的臉羞紅了；14.反對複試；15.從軍第一天；16.初識林語堂、孫伏園、陸晶清；17.出發西征；18.西征路上；19.軍校解散；20.王克勤；21.逼婚；22.三次逃跑，三次抓回；23.新婚之夜；24.別了，故鄉；25.登報離婚；26.逃出藩籬；27.漂泊上海；28.飛來橫禍；29.愛的兩難；30.《從軍日記》出版；31.藝大關閉；32.愛果初嚐；33.別樣婚禮；34.激情北平；35.愛恨之痛；36.煉獄初歷；37.前路何方；38.燈光的熱度；39.《青年王國才》；40.驅逐出境；41.「一・二八」隆隆砲聲中；42.閩西行；43.廈門屢痕；44.上海也不安全；45.在日本獄中；46.偷逃回國；47.組織湖南婦女戰地服務團；48.奔赴抗日前線；49.上海求捐；50.戰地生日；51.再到上海；52.蘇州治病；53.撤退；54.戰地記者；55.我的愛情觀是很新的；56.視察傷兵招待所；57.人民萬歲；58.《黃河》月刊和拉風箱；59.女兒不跟她走；60.媽媽是英雄；61.我要吃中國蛋；62.中國勝利萬歲；63.江漢關的鐘聲；64.告別北平；65.初到臺灣；66.一臺鋼琴；67.佛門弟子；68.暫別臺灣；69.南洋歸來；70.兒子帶她度蜜月；71.從臺灣師大退休；72.定居舊金山；73.鄉戀；74.恰同學少年；75.會晤武田泰淳夫人；76.又會魏中天；77.老伴走了；78.我希望獨自生活；79.慘痛的金婚；80.再會蘇雪林；81.不虛此行；82.魂隨夢歸；83.後記。正文前有閻純德〈序〉、石楠〈題序：中國第一個女兵作家〉。

學位論文

9. 崔家瑜　謝冰瑩及其作品研究　東吳大學中國文學系　碩士論文　王更生教授指導　2005 年 7 月　236 頁

本論文透過對作品的分析，給予謝冰瑩在現代文學應有的評價與地位。全文共 8 章：1.緒論；2.謝冰瑩所處的時代背景；3.謝冰瑩的生平事蹟；4.謝冰瑩的交遊；5.謝冰瑩的作品分期介紹；6.謝冰瑩作品的思想特色；7.謝冰瑩作品的寫作技法；8.結論。正文後附錄〈謝冰瑩年表暨其生平大事記〉。

10. 劉明麗　湖湘文化視閾中的女性意識——論丁玲、白薇、謝冰瑩等湖南現代女作家的創作　廣西師範大學中國現當代文學所　碩士論文　劉鐵群教授指導　2006 年 4 月　37 頁

本論文在湖湘文化視閾中，運用女性主義研究方法來重新解讀湖南現代女作家及其作品，挖掘其作品中深受湖湘文化影響的獨特的女性意識。全文共 4 章：1.湖湘文化概述；2.濃重的政治情結——經世致用思想的濡染；3.潑辣堅韌的風格——湖南人個性氣質的典型體現；4.偏激的女性意識——湖湘文化缺陷的影響。

11. 丁金花　　**戰爭體驗與謝冰瑩的戰地小說　湖南師範大學中國現當代文學研究所　碩士論文　周仁政教授指導　2007年9月　44頁**

本論文以謝冰瑩北伐戰爭和抗日戰爭兩次從軍的戰爭體驗及她的戰地小說為研究對象，解讀文本並分析歸納，探討作品中戰爭體驗的作用與真善美的真實。全文共 4 章：1.引言；2.謝冰瑩小說的戰爭體驗；3.戰爭體驗與謝冰瑩戰地小說的真善美；4.結語。

12. 蔣永國　　**論謝冰瑩前期創作與西方浪漫主義　湘潭大學比較文學與世界文學研究所　碩士論文　羅婷教授指導　2008年4月　46頁**

本論文從西方浪漫主義文學影響謝冰瑩前期創作的事實出發，解讀兩部西方文學作品對她前期代表作品的影響，在此基礎上進一步探討西方浪漫主義文學思想和謝冰瑩前期創作中文學思想的相似性。全文共 4 章：1.導論；2.西方浪漫主義文學作品對謝冰瑩前期創作的浸染；3.西方浪漫主義文學的基本思想在謝冰瑩前期創作的回音；4.結語。

13. 陳芷菱　　**謝冰瑩在臺時期散文研究　銘傳大學應用中文學系　碩士論文　陳溫菊教授指導　2009年　281頁**

本論文研究謝冰瑩來臺之後著作出版的散文集，先剖析作家生平對其創作產生的影響，再從散文作品中歸納其中的主題思想及藝術技巧，揭示作家於文壇中的評價及地位。全文共 5 章：1.緒論；2.謝冰瑩的生平及作品；3.謝冰瑩散文的主題思想；4.謝冰瑩散文的風格特色；5.結論。

14. 白書玦　　**謝冰瑩散文研究　臺北市立教育大學中國語文學系　碩士論文　江惜美教授指導　2010年6月　249頁**

本論文以謝冰瑩在 1920 年至 2000 年間所出版的散文為研究的對象，針對其經歷、文學理念，以及散文創作情形進行客觀的認識，掌握作品的面貌，進而爬梳謝冰瑩散文的全貌，歸納作品的內涵。全文共 6 章：1.緒論；2.謝冰瑩的生平經歷；3.謝冰瑩散文的創作；4.謝冰瑩散文的題材；5.謝冰瑩散文的藝術；6.結論。正文後附錄〈謝冰瑩大事紀年表〉。

15. 周玉連　　**謝冰瑩作品主題研究　中央大學中國文學系在職專班　碩士論文　李瑞騰教授指導　2010年　155頁**

本論文探討謝冰瑩的作品主題，透過作家作品與作家所處時代背景相互參照，逐步分析出愛國與婦女兩個面向，並深入剖析作家作品中對此兩大主題的觀照。全文共

6 章：1.緒論；2.文學歷程及其寫作理念；3.反映時代，批判現實；4.愛國主題；5.對女性命運的關切與思考；6.結論。正文後附錄〈謝冰瑩作品目錄〉。

16. 王　磊　　論「女兵作家」謝冰瑩　河北師範大學中國現當代文學研究所碩士論文　胡景敏教授指導　2012年6月　39頁

本論文探討「女兵」作家謝冰瑩前往臺灣以前的文學創作歷程，再從謝冰瑩的散文和小說創作入手，對她的文學創作特點進行分析研究，最後評價作家在女性文學及抗戰文學的成就以及在文壇的地位。全文共 6 章：1.引言；2.第一「女兵作家」謝冰瑩；3.謝冰瑩的小說創作；4.謝冰瑩的散文創作；5.「女兵作家」謝冰瑩的文學史地位；6.結語。

17. 羅文政　　謝冰瑩散文美感經驗研究　銘傳大學應用中國文學系　碩士論文　江惜美教授指導　2012年　204頁

本論文側重於美感經驗的研究，以美學角度探究謝冰瑩的散文創作中的真善美，除揭示作家散文中的美感來源外，亦剖析散文中的美感價值，更進一步探究其創作的哲理思想。全文共 6 章：1.緒論；2.生平背景與創作歷程；3.散文題材內容的美感；4.謝冰瑩散文的體例風格；5.謝冰瑩散文美感經驗研究；6.結論。

18. 林孟君　　論謝冰瑩的性別主體與文學創作　政治大學臺灣文學研究所碩士論文　范銘如教授指導　2014年9月　177頁

本論文以五四女作家謝冰瑩性別主體的成長歷程為研究核心，分期分析謝冰瑩的性別成長與文學創作軌跡。全文共 5 章：1.緒論；2.北伐經歷與性別書寫；3.中日戰爭時期的婦運經歷與文學書寫；4.戰後婦女解放觀點與作品；5.結論。

作家生平資料篇目

自述

19. 冰　瑩　　幾句關於封面的話　從軍日記　上海　春潮書局　1929年9月　頁5—8

20. 謝冰瑩　　再版的幾句話　從軍日記　上海　春潮書局　1929年9月　頁13—15

21. 謝冰瑩　　再版的幾句話　從軍日記　上海　光明書局　1931年9月　頁1—3

22. 謝冰瑩　寫在後面　從軍日記　上海　春潮書局　1929年9月　頁69—95
23. 謝冰瑩　寫在後面　從軍日記　上海　光明書局　1931年9月　頁53—76
24. 謝冰瑩　《從軍日記》的自我批判　從軍日記　上海　光明書局　1931年9月　頁131—139
25. 謝冰瑩　寫在《前路》的後面　前路　上海　光明書局　1932年9月　頁239—244
26. 謝冰瑩　寫在《前路》的後面　前路　臺中　文听閣圖書公司　2010年5月　頁239—244
27. 謝冰瑩　關於《麓山集》的話　麓山集　上海　光明書局　1932年10月　頁1—16
28. 謝冰瑩　關於《麓山集》的話　謝冰瑩作品選　長沙　湖南人民出版社　1985年9月　頁708—716
29. 謝冰瑩　關於《麓山集》的話　謝冰瑩散文（上）　北京　中國廣播電視出版社　1993年9月　頁39—48
30. 謝冰瑩　被母親關起來了——自傳之一章（1—3）　人間世　第20—22期　1935年1，2月　頁38—42，32—35，29—31
31. 謝冰瑩　第二次逃奔　人間世　第27期　1935年5月　頁38—40
32. 謝冰瑩　寫在前面　一個女兵的自傳　上海　上海良友圖書印刷公司　1936年7月　頁1—5
33. 謝冰瑩著；諸星あきこ譯　まへがき　女兵士の自傳　東京　青年書房　1939年6月　頁1—6
34. 謝冰瑩　寫在前面　一個女兵的自傳　北京　中國國際廣播出版社　2013年1月　頁1—4
35. 謝冰瑩　自序　新從軍日記[1]　漢口　天馬書店　1938年7月　頁1—2
36. 謝冰瑩著；中山樵夫譯　自序　女兵　東京　三省堂　1940年2月　頁5—6

[1]本書後由中山樵夫日譯為《女兵》。

37. 謝冰瑩　《新從軍日記》原序　抗戰日記　臺北　東大圖書公司　1981 年 6 月　頁 1—2
38. 黃維特，謝冰瑩　後記　第五戰區巡禮　桂林　生路書店　1938 年 9 月　頁 135—136
39. 謝冰瑩　寫在《戰士底手》後　戰士底手　重慶　獨立出版社　1941 年 4 月　頁 58—59
40. 謝冰瑩　序言　梅子姑娘　西安　新中國文化出版社　1941 年 6 月　頁 1—5
41. 冰　瑩　《梅子姑娘》序言　中央日報　1941 年 8 月 2 日　4 版
42. 謝冰瑩　後記　在日本獄中　西安　華北新聞社出版部　1943 年 1 月　頁 89—90
43. 謝冰瑩　後記　在日本獄中　上海　遠東圖書公司　1948 年 6 月　頁 153—154
44. 謝冰瑩　後記　在日本獄中　臺北　遠東圖書公司　1953 年 4 月　頁 153—154
45. 謝冰瑩　序[2]　生日　上海　北新書局　1946 年 6 月　頁 1—3
46. 謝冰瑩　原序　謝冰瑩散文集　臺北　金文圖書公司　1982 年 8 月　頁 11—12
47. 謝冰瑩　我是怎樣寫《女兵自傳》的　生日　上海　北新書局　1946 年 6 月　頁 179—186
48. 謝冰瑩　我是怎樣寫《女兵自傳》的　謝冰瑩散文集　臺北　金文圖書公司　1982 年 8 月　頁 261—265
49. 謝冰瑩　《女兵自傳》新序　女兵自傳　上海　晨光出版公司　1948 年　頁 1
50. 謝冰瑩　《女兵自傳》新序　女兵自傳　臺北　東大圖書公司　1980 年 10 月　頁 1—2

[2]本文後為《謝冰瑩散文集》之〈原序〉。

51. 謝冰瑩　《女兵自傳》新序　女兵自傳　臺北　東大圖書公司　1985 年 9 月　頁 1—2
52. 謝冰瑩　《女兵十年》再版自序　女兵十年　東京　河出書房　1954 年 2 月　頁 1—2
53. 謝冰瑩　後記　聖潔的靈魂　香港　亞洲出版社　1954 年 2 月　頁 225—226
54. 謝冰瑩　後記　聖潔的靈魂　香港　亞洲出版社　1955 年 12 月　頁 225—226
55. 謝冰瑩　寫在前面　愛晚亭　臺北　暢流月刊社　1954 年 4 月　〔2〕頁
56. 謝冰瑩　我是怎樣寫作的？　愛晚亭　臺北　暢流月刊社　1954 年 4 月　頁 145—155
57. 謝冰瑩　櫻花開的時候——用生命換來的《在日本獄中》　愛晚亭　臺北　暢流月刊社　1954 年 4 月　頁 156—161
58. 謝冰瑩　櫻花開的時候——用生命換來的《在日本獄中》　愛晚亭　臺北　三民書局　1971 年 7 月　頁 211—218
59. 謝冰瑩　櫻花開的時候——用生命換來的《在日本獄中》　愛晚亭　臺北　三民書局　1977 年 2 月　頁 211—218
60. 謝冰瑩　《在日本獄中》　給青年朋友的信（上）　臺北　東大圖書公司　1981 年 12 月　頁 273—280
61. 謝冰瑩　《在日本獄中》　謝冰瑩作品選　長沙　湖南人民出版社　1985 年 9 月　頁 731—737
62. 謝冰瑩　櫻花開的時候——用生命換來的《在日本獄中》　愛晚亭　臺北　三民書局　2006 年 6 月　頁 202—208
63. 謝冰瑩　關於《女兵自傳》　愛晚亭　臺北　暢流月刊社　1954 年 4 月　頁 162—164
64. 謝冰瑩　關於《女兵日記》　婦友月刊　第 244 期　1965 年 1 月　頁 23
65. 謝冰瑩　關於《女兵自傳》　愛晚亭　臺北　三民書局　1971 年 7 月　頁 219—223

66. 謝冰瑩　關於《女兵自傳》　愛晚亭　臺北　三民書局　1977 年 2 月　頁 219—223

67. 謝冰瑩　關於《女兵自傳》　謝冰瑩散文（下）　北京　中國廣播電視出版社　1993 年 9 月　頁 3—11

68. 謝冰瑩　關於《女兵自傳》　愛晚亭　臺北　三民書局　2006 年 6 月　頁 209—212

69. 謝冰瑩　三十年前話「女兵」　軍中文藝　第 8 期　1954 年 8 月　頁 27—28

70. 謝冰瑩　錦繡江山憶舊遊　冰瑩遊記　臺北　勝利出版社　1954 年　頁 1—3

71. 謝冰瑩　錦繡江山憶舊遊　冰瑩遊記　臺北　神州出版社　1959 年 5 月　頁 1—3

72. 謝冰瑩　錦繡江山憶舊遊　冰瑩遊記　臺北　新陸書局　1961 年 1 月　頁 1—3

73. 謝冰瑩　錦繡江山憶舊遊　冰瑩遊記　臺北　新陸書局　1966 年 5 月　頁 1—3

74. 謝冰瑩　錦繡江山憶舊遊　冰瑩遊記　臺北　雲天出版社　1971 年 7 月　頁 1—4

75. 謝冰瑩　後記　霧　臺南　大方書局　1955 年 4 月　〔1〕頁

76. 謝冰瑩　後記　霧　臺北　力行書局　1959 年 10 月　〔1〕頁

77. 謝冰瑩　寫在前面[3]　綠窗寄語　臺北　力行書局　1955 年 10 月　頁 1—2

78. 謝冰瑩　序一　綠窗寄語　臺北　三民書局　1973 年 1 月　頁 1—2

79. 謝冰瑩　序一　綠窗寄語　臺北　三民書局　1979 年 12 月　頁 1—2

80. 謝冰瑩　原序一　給青年朋友的信（上）　臺北　東大圖書公司　1981 年 12 月　頁 3—4

81. 謝冰瑩　原序　綠窗寄語　臺北　三民書局　2008 年 3 月　頁 5—6

[3]本文後改篇名為〈序一〉、〈原序〉、〈原序一〉。

82. 謝冰瑩　後記　我的少年時代　臺北　正中書局　1955 年 11 月　頁 103—104
83. 謝冰瑩　寫在《女兵自傳》的前面　聯合報　1956 年 4 月 28 日　6 版
84. 謝冰瑩　《女兵自傳》臺版序　女兵自傳　臺北　臺灣力行書局　1956 年〔1〕頁
85. 謝冰瑩　《女兵自傳》臺版序　女兵自傳　臺北　臺灣力行書局　1978 年 5 月　〔1〕頁
86. 謝冰瑩　《女兵自傳》臺版序　女兵自傳　臺北　東大圖書公司　1980 年 10 月　頁 3—4
87. 謝冰瑩　《女兵自傳》臺版序　女兵自傳　臺北　東大圖書公司　1985 年 9 月　頁 1—2
88. 謝冰瑩　我的生活：寫作・教書・家事　自由青年　第 5 卷第 4 期　1957 年 2 月　頁 21—22
89. 謝冰瑩　我怎樣整理《女兵自傳》　筆匯　第 1 期　1957 年 3 月 16 日　2 版
90. 謝冰瑩　我是怎樣整理《女兵自傳》　故鄉　臺北　力行書局　1963 年 12 月　頁 159—162
91. 謝冰瑩　我怎樣整理《女兵自傳》？　故鄉　臺北　力行書局　1973 年 4 月　頁 159—162
92. 謝冰瑩　自序　紅豆　臺北　虹橋書店　1959 年 3 月　頁 1—2
93. 謝冰瑩　自序　紅豆　臺北　臺灣時代書局　1976 年 9 月　頁 1—2
94. 謝冰瑩　自序　紅豆　臺南　信宏出版社　1981 年 7 月　頁 1—2
95. 謝冰瑩　再版序　冰瑩遊記　臺北　神州出版社　1959 年 5 月　〔1〕頁
96. 謝冰瑩　再版序　冰瑩遊記　臺北　新陸書局　1961 年 1 月　〔1〕頁
97. 謝冰瑩　再版序　冰瑩遊記　臺北　新陸書局　1966 年 5 月　〔1〕頁
98. 謝冰瑩　自序　馬來亞遊記（上）　臺北　海潮音月刊社　1961 年 1 月　頁 1—3

99. 謝冰瑩　自序[4]　我怎樣寫作　臺北　〔自行出版〕　1961年10月　頁1—2
100. 謝冰瑩　自序　我怎樣寫作　臺北　〔自行出版〕　1962年3月　頁1—2
101. 謝冰瑩　自序　我怎樣寫作　臺北　〔自行出版〕　1963年8月　頁1—2
102. 謝冰瑩　自序　我怎樣寫作　臺北　學生出版社　1974年10月　頁1—2
103. 謝冰瑩　原序　給青年朋友的信（下）　臺北　東大圖書公司　1981年12月　頁305—306
104. 謝冰瑩　後記　我怎樣寫作　臺北　〔自行出版〕　1961年10月　頁206—208
105. 謝冰瑩　後記　我怎樣寫作　臺北　〔自行出版〕　1962年3月　頁206—208
106. 謝冰瑩　後記　我怎樣寫作　臺北　〔自行出版〕　1963年8月　頁206—208
107. 謝冰瑩　後記　我怎樣寫作　臺北　學生出版社　1974年10月　頁206—208
108. 謝冰瑩　再版贅言　我怎樣寫作　臺北　〔自行出版〕　1962年3月　頁1—2
109. 謝冰瑩　再版贅言　我怎樣寫作　臺北　〔自行出版〕　1963年8月　頁1—2
110. 謝冰瑩　再版贅言　我怎樣寫作　臺北　學生出版社　1974年10月　頁1—2
111. 謝冰瑩　我怎樣寫《從軍日記》和《女兵自傳》[5]　中華日報　1963年2月18—23日　7版
112. 謝冰瑩　怎樣寫《從軍日記》和《女兵自傳》　我的回憶　臺北　三民書局　1967年9月　頁144—159
113. 謝冰瑩　怎樣寫《從軍日記》和《女兵自傳》　我的回憶　臺北　三民書

[4]本文後為《給青年朋友的信》（下）之原序。
[5]本文後改篇名為〈怎樣寫《從軍日記》和《女兵自傳》〉、〈《從軍日記》和《女兵自傳》〉。

局　1972年11月　頁144—159

114. 謝冰瑩　怎樣寫《從軍日記》和《女兵自傳》　謝冰瑩選集　香港　香港文學研究社　1978年4月　頁138—151

115. 謝冰瑩　《從軍日記》和《女兵自傳》　給青年朋友的信（上）　臺北　東大圖書公司　1981年12月　頁241—255

116. 謝冰瑩　《從軍日記》與《女兵自傳》　謝冰瑩作品選　長沙　湖南人民出版社　1985年9月　頁717—730

117. 謝冰瑩　怎樣寫《從軍日記》和《女兵自傳》　我的回憶　臺北　三民書局　2004年9月　頁157—175

118. 謝冰瑩　三版的話　我怎樣寫作　臺北　〔自行出版〕　1963年8月　頁2

119. 謝冰瑩　三版的話　我怎樣寫作　臺北　學生出版社　1974年10月　頁2

120. 謝冰瑩　序　空谷幽蘭　臺北　廣文書局　1963年9月　頁1—2

121. 謝冰瑩　自序　仁慈的鹿王　臺中　慈明雜誌社　1963年11月　〔1〕頁

122. 謝冰瑩　寫在前面　故鄉　臺北　力行書局　1963年12月　頁1—2

123. 謝冰瑩　寫在前面　故鄉　臺北　力行書局　1973年4月　頁1—2

124. 謝冰瑩　我是怎樣寫《紅豆》的[6]　故鄉　臺北　力行書局　1963年12月　頁152—158

125. 謝冰瑩　我是怎樣寫《紅豆》的？　故鄉　臺北　力行書局　1973年4月　頁152—158

126. 謝冰瑩　關於《紅豆》　給青年朋友的信（上）　臺北　東大圖書公司　1981年12月　頁264—272

127. 謝冰瑩　平凡的半生　書和人　第42期　1966年10月8日　頁1—6

128. 謝冰瑩　平凡的半生　我的回憶　臺北　三民書局　1967年9月　頁1—14

129. 謝冰瑩　平凡的半生　我的回憶　臺北　三民書局　1972年11月　頁1—

[6]本文後改篇名為〈關於《紅豆》〉。

14
130. 謝冰瑩　平凡的半生　現代中國文學家傳記　臺北　大人出版社　1978 年 10 月　頁 139—152
131. 謝冰瑩　平凡的半生　冰瑩憶往　臺北　三民書局　1991 年 5 月　頁 75—89
132. 謝冰瑩　平凡的半生　我的回憶　臺北　三民書局　2004 年 9 月　頁 1—16
133. 謝冰瑩　關於《小冬流浪記》　小冬流浪記　臺北　國語日報社　1966 年 11 月　頁 3—6
134. 謝冰瑩　關於《小冬流浪記》　小冬流浪記　臺北　國語日報附設出版部 1981 年 5 月　頁 3—6
135. 謝冰瑩　關於《小冬流浪記》　國語日報　2000 年 3 月 6 日　6 版
136. 謝冰瑩　我為什麼寫《作家印象記》　中央日報　1967 年 1 月 5 日　6 版
137. 謝冰瑩　前言　作家印象記　臺北　三民書局　1967 年 1 月　頁 1—4
138. 謝冰瑩　前言　作家印象記　臺北　三民書局　1969 年 10 月　頁 1—4
139. 謝冰瑩　我的青年時代　中外雜誌　第 2 期　1967 年 4 月　頁 21—24
140. 謝冰瑩　我的青年時代　我的回憶　臺北　三民書局　1967 年 9 月　頁 15—26
141. 謝冰瑩　我的青年時代　我的回憶　臺北　三民書局　1972 年 11 月　頁 15—26
142. 謝冰瑩　我的青年時代　獅子吼　第 6 卷第 1 期　1979 年 1 月　頁 19—23
143. 謝冰瑩　我的青年時代　今生之旅（二）——閃亮日子　臺北　故鄉出版社　1983 年 9 月　頁 24—34
144. 謝冰瑩　我的青年時代　百年國士 4　北京　中國文聯出版公司　1999 年 2 月　頁 419—428
145. 謝冰瑩　我的青年時代　我的回憶　臺北　三民書局　2004 年 9 月　頁 17—29

146. 謝冰瑩　我的青年時代　百年國士之四——千秋付與如椽筆　北京　商務印書館　2010年12月　頁374—382
147. 謝冰瑩　自序　海天漫遊　臺北　〔自行出版〕　1968年1月　頁1—3
148. 謝冰瑩　自序　在烽火中　臺北　中華文化復興出版社　1968年7月　頁1—3
149. 謝冰瑩　自序　善光公主　臺北　慈航雜誌社　1968年12月　頁1—3
150. 謝冰瑩　文壇回顧：四十年前我的暑期生活　幼獅文藝　第188期　1969年8月　頁63—65
151. 謝冰瑩　四十餘年前女兵暑假生活瑣憶——略記我的中學生活與軍校暑假生活片段　湖南文獻　第5期　1969年10月　頁65—69
152. 謝冰瑩　美麗的回憶——新歲憶舊　中國時報　1971年1月31日　3版
153. 謝冰瑩　九版序[7]　愛晚亭　臺北　三民書局　1971年7月　頁1—2
154. 謝冰瑩　九版序　愛晚亭　臺北　三民書局　1977年2月　頁1—2
155. 謝冰瑩　二版序　愛晚亭　臺北　三民書局　2006年6月　頁1
156. 謝冰瑩　我是怎樣寫作的？　愛晚亭　臺北　三民書局　1971年7月　頁196—210
157. 謝冰瑩　我是怎樣寫作的？　愛晚亭　臺北　三民書局　1977年2月　頁196—210
158. 謝冰瑩　我是怎樣寫作的？　謝冰瑩選集　香港　香港文學研究社　1978年4月　頁118—130
159. 謝冰瑩　卅年代文學對我國的影響——謝冰瑩先生的意見　現代中國文學史話　臺北　正中書局　1971年8月　頁469—472
160. 謝冰瑩　序　生命的光輝　臺北　三民書局　1971年12月　頁1—2
161. 謝冰瑩　自序　生命的光輝　臺北　三民書局　1978年4月　頁1—2
162. 謝冰瑩　夜夜吐心聲　生命的光輝　臺北　三民書局　1971年12月　頁193—196

---

[7]本文後為三民書局新版之〈二版序〉。

163. 謝冰瑩　夜夜吐心聲　生命的光輝　臺北　三民書局　1978 年 4 月　頁 193—196
164. 謝冰瑩　夜夜吐心聲　冰瑩憶往　臺北　三民書局　1991 年 5 月　頁 147—150
165. 謝冰瑩　我的寫作生活　女作家自傳　臺北　中美文化出版社　1972 年 5 月　頁 211—224
166. 謝冰瑩　我的寫作生活　女作家寫作生活與書簡　臺南　慈暉出版社　1974 年 10 月　頁 1—13
167. 謝冰瑩　序二[8]　綠窗寄語　臺北　三民書局　1973 年 1 月　頁 3—4
168. 謝冰瑩　序二　綠窗寄語　臺北　三民書局　1979 年 12 月　頁 3—4
169. 謝冰瑩　原序二　給青年朋友的信（上）　臺北　東大圖書公司　1981 年 12 月　頁 5—6
170. 謝冰瑩　新版序　綠窗寄語　臺北　三民書局　2008 年 3 月　頁 3—4
171. 謝冰瑩　自序　舊金山的霧　臺北　三民書局　1974 年 4 月　頁 1—3
172. 謝冰瑩　自序　舊金山的霧　臺北　三民書局　1982 年 1 月　頁 1—3
173. 謝冰瑩　五版訂正序言　我怎樣寫作　臺北　學生出版社　1974 年 10 月〔1〕頁
174. 謝冰瑩　五版訂正序言　作家與作品　臺北　三民書局　1991 年 5 月　頁 199—200
175. 謝冰瑩　自序　冰瑩書柬　臺北　力行書局　1975 年 9 月　頁 1—2
176. 謝冰瑩　自序　觀音蓮　南投　玄奘寺　1976 年 6 月　頁 1—2
177. 謝冰瑩　關於《女兵自傳》與《女兵日記》　女兵自傳　臺北　臺灣力行書局　1978 年 5 月　頁 1—3
178. 謝冰瑩　千秋付與如椽筆　抗戰時期文學回憶錄　臺北　文訊月刊雜誌社　1978 年 7 月　頁 73—87
179. 謝冰瑩　千秋付與如椽筆　百年國士 4　北京　中國文聯出版公司　1999

[8]本文後為《給青年朋友的信（上）》〈原序二〉以及三民書局新版的〈新版序〉。

年 2 月　頁 429—440

180. 謝冰瑩　千秋付與如椽筆　百年國士之四——千秋付與如椽筆　北京　商務印書館　2010 年 12 月　頁 383—393

181. 謝冰瑩　自序　夢裡的微笑　臺中　光啟出版社　1980 年 3 月　頁 11—12

182. 謝冰瑩　我與日記　夢裡的微笑　臺中　光啟出版社　1980 年 3 月　頁 141—143

183. 謝冰瑩　編輯《新文藝集刊》的感想　夢裡的微笑　臺中　光啟出版社　1980 年 3 月　頁 229—232

184. 謝冰瑩　編輯《新文藝集刊》的感想　給青年朋友的信（上）　臺北　東大圖書公司　1981 年 12 月　頁 210—213

185. 謝冰瑩　作者略傳　謝冰瑩自選集　臺北　黎明文化公司　1980 年 5 月　頁 1—2

186. 謝冰瑩　自序　謝冰瑩自選集　臺北　黎明文化公司　1980 年 5 月　頁 1—2

187. 謝冰瑩　關於《舊金山的四寶》（代序）　舊金山的四寶　臺北　國語日報附設出版部　1981 年 4 月　頁 1—4

188. 謝冰瑩　《抗戰日記》新序　抗戰日記　臺北　東大圖書公司　1981 年 6 月　頁 1—6

189. 謝冰瑩　後記　抗戰日記　臺北　東大圖書公司　1981 年 6 月　頁 452—453

190. 謝冰瑩　血肉鋪成勝利路——抗戰時的我　聯合報　1981 年 7 月 7 日　8 版

191. 謝冰瑩　我愛作文　歲月長青（聯副三十年文學大系散文卷 1）　臺北　聯經出版公司　1981 年 10 月　頁 69—73

192. 謝冰瑩　新序　給青年朋友的信（上）　臺北　東大圖書公司　1981 年 12 月　頁 1—2

193. 謝冰瑩　寫《碧瑤之戀》的動機　給青年朋友的信（上）　臺北　東大圖

書公司　1981年12月　頁256—263

194. 謝冰瑩　焚稿記　給青年朋友的信（上）　臺北　東大圖書公司　1981年12月　頁281—285

195. 謝冰瑩　焚稿記　謝冰瑩作品選　長沙　湖南人民出版社　1985年9月　頁738—741

196. 謝冰瑩　後記　給青年朋友的信（上）　臺北　東大圖書公司　1981年12月　頁300—301

197. 謝冰瑩　新序　給青年朋友的信（下）　臺北　東大圖書公司　1981年12月　頁303—304

198. 謝冰瑩　自序　新生集　臺北　臺灣北投普濟寺　1983年3月　頁1—3

199. 謝冰瑩　〈新生〉後記　新生集　臺北　臺灣北投普濟寺　1983年3月　頁89—92

200. 謝冰瑩　我戰時的文藝生活及其他　文訊雜誌　第7、8期合刊　1984年2月　頁213—223

201. 謝冰瑩　我戰時的文藝生活及其他　中國語文　第55卷第2期　1984年8月　頁4—16

202. 謝冰瑩　自序　我在日本　臺北　東大圖書公司　1984年9月　頁1—3

203. 謝冰瑩　後記　我在日本　臺北　東大圖書公司　1984年9月　頁216—217

204. 謝冰瑩　關於《女兵日記》[9]　女兵自傳　成都　四川文藝出版社　1985年3月　頁1—10

205. 謝冰瑩　關於《女兵日記》　謝冰瑩文集（上）　合肥　安徽文藝出版社　1999年8月　頁3—9

206. 謝冰瑩　《觀音蓮》再版序　觀音蓮　臺北　大乘精舍印經會　1985年6月　〔1〕頁

207. 謝冰瑩　《觀音蓮》再版序　觀音蓮　臺北　慈心佛經流通處　1989年6

[9]本文節選自〈《從軍日記》和《女兵自傳》〉一文，僅摘錄與《女兵自傳》相關段落。

月 〔1〕頁

208. 謝冰瑩 《觀音蓮》再版序 觀音蓮 臺北 大乘精舍印經會 2002 年 8 月 頁 1—2

209. 謝冰瑩 再版序 冰瑩書柬 臺北 東大圖書公司 1987 年 2 月 頁 1—2

210. 謝冰瑩 我為什麼要再版《冰瑩書柬》？ 作家與作品 臺北 三民書局 1991 年 5 月 頁 179—182

211. 謝冰瑩 我為什麼要寫作 聯合報 1987 年 4 月 27 日 8 版

212. 謝冰瑩 我為什麼要寫作 冰瑩憶往 臺北 三民書局 1991 年 5 月 頁 163

213. 謝冰瑩 投考軍校的回憶 冷水市文史資料（二） 湖南 中國人民政協會議湖南省冷水江市委員會文史資料研究委員會 1987 年 10 月 頁 1—8

214. 謝冰瑩 六十年前的往事——當兵的回憶 冷水市文史資料（二） 湖南 中國人民政協會議湖南省冷水江市委員會文史資料研究委員會 1987 年 10 月 頁 9—10

215. 謝冰瑩 關於《從軍日記》 謝冰瑩散文（上） 北京 中國廣播電視出版社 1993 年 9 月 頁 29—37

216. 謝冰瑩 關於《從軍日記》 謝冰瑩文集（上） 合肥 安徽文藝出版社 1999 年 8 月 頁 287—291

217. Xie Bingying（謝冰瑩） Preface to the New Traslation of My Autobiography A Woman Soldier's Own Story:THE AUTOBIOGRAPHY OF XIE BINGYING New York Columbia University Press 2001 年 9 月 〔2〕頁

作品評論篇目

綜論

218. 讀賣新聞社 支那の閨秀作家「話す日本語」卒業，念願の早大へ（謝冰

瑩） 讀賣新聞 1935年4月14日 7版

219. 朝日新聞社 早大文科の異彩，支那の女流作家——大學院へて大喜び（謝冰瑩） 東京朝日新聞 1935年4月14日 13版

220. 新居格 誤傳を正す——中國文學研究會と謝女史 都新聞 1935年4月28日 1版

221. 黃維特 編後 湖南的風 上海 北新書局 1936年5月 頁193—194

222. 黃維特 編後 謝冰瑩散文集 臺北 金文圖書公司 1982年8月 頁266—267

223. 維 特 寫在前面 新從軍日記 漢口 天馬書店 1938年7月 頁3—9

224. 中山樵夫 譯者の言葉 女兵 東京 三省堂 1940年2月 頁2—4

225. 〔巴雷，朱紹之〕 謝冰瑩小傳 謝冰瑩佳作選 上海 新象書店 1947年2月 頁1—2

226. 武田泰淳 謝冰瑩事件 中國文學月報 第101期 1947年11月 頁22—29

227. 蒲 軍 女兵作家謝冰瑩 成都晚報 1948年9月10日 3版

228. 易君左 為暢流作家畫像——謝冰瑩 暢流 第2卷第8期 1950年12月1日 頁17

229. 柳綠蔭 老將・女兵——謝冰瑩 中國一周 第243期 1954年12月20日 頁22

230. 〔聯合報〕 藝文壇趣事錄・謝冰瑩跑小菜場 聯合報 1955年7月18日 6版

231. 方強原 文壇鬥士謝冰瑩 中國一周 第329期 1956年8月 頁7

232. 雪 茵 我所認識的謝冰瑩 婦友月刊 第56期 1959年5月10日 頁18—19

233. 劉心皇 記謝冰瑩先生 亞洲文學 第13期 1960年10月 頁53—56

234. 鳳 兮 謝冰瑩：好玩好玩 創作 第2期 1962年9月 頁28—29

235. 綠 蒂 長青不老的愛國文學家——謝冰瑩 野風 第177期 1963年8

月1日　頁40—42

236. 姜　穆　謝冰瑩獻身文藝　青年戰士報　1968年11月4—12日　7版

237. 陳敬之　謝冰瑩（上、中、下）　暢流　第42卷第3—5期　1970年9月16日，10月1，16日　頁16—17，9—11，21—24

238. 陳敬之　謝冰瑩　現代文學早期的女作家　臺北　成文出版公司　1980年6月　頁169—194

239. 宋晶宜　名作家謝冰瑩退而不休　大華晚報　1973年11月24日　8版

240. 雪　茵　女兵作家的平實生活　暢流　第50卷第3期　1974年9月16日　頁3—4

241. 〔聯合報〕　《女兵日記》劇本‧寄謝冰瑩過目　聯合報　1974年11月13日　9版

242. 〔臺灣日報〕　《女兵日記》作者謝冰瑩，將回國參加首映禮　臺灣日報　1975年1月13日　3版

243. 〔臺灣日報〕　謝冰瑩談《女兵日記》　臺灣日報　1975年1月14日　5版

244. 徐公超　謝冰瑩先生的貝殼　漆園之歌　臺北　國家出版社　1975年8月　頁211—214

245. 黃麗貞　寫在書後　冰瑩書柬　臺北　力行書局　1975年9月　頁175—176

246. 黃麗貞　寫在書後　冰瑩書柬　臺北　東大圖書公司　1987年2月　頁255—257

247. 季　季　當代八位女作家——謝冰瑩　文藝月刊　第105期　1978年3月　頁21—24

248. 梅　子　《謝冰瑩選集》前言　謝冰瑩選集　香港　香港文學研究社　1978年4月　頁1—5

249. 黃寤蘭　謝冰瑩去國四年——無一日不念臺灣　聯合報　1978年8月29日　9版

250. 周安儀　謝冰瑩文藝界老兵話當年　青年戰士報　1978 年 12 月 6 日　11 版
251. 楊纖如　北方左翼作家聯盟雜憶〔謝冰瑩部分〕　新文學史料　1979 年第 4 期　1979 年　頁 218—221
252. 楊纖如　北方左翼作家聯盟雜憶〔謝冰瑩部分〕　永恆的友誼——謝冰瑩致魏中天書信集　北京　中國三峽出版社　2000 年 12 月　頁 181—185
253. 趙　聰　謝冰瑩　新文學作家列傳　臺北　時報文化出版公司　1980 年 6 月　頁 369—375
254. 陳敬之　謝冰瑩成名於《從軍日記》　現代文學早期的女作家　臺北　成文出版社　1980 年 6 月　頁 25—27
255. 符　號　我在天津做過些文字工作〔謝冰瑩部分〕　新文學史料　1980 年第 1 期　1980 年　頁 64
256. 　晶　謝冰瑩・豪情勝當年　民生報　1981 年 5 月 7 日　10 版
257. 魏中天　記謝冰瑩　文匯報　1981 年 11 月 1 日　10 版
258. 魏中天　記謝冰瑩　女兵自傳　成都　四川文藝出版社　1985 年 3 月　頁 349—353
259. 魏中天　記女作家謝冰瑩　晚晴拾拙　香港　中國文化館　1989 年 6 月　頁 366—378
260. 魏中天　記謝冰瑩　永恆的友誼——謝冰瑩致魏中天書信集　北京　中國三峽出版社　2000 年 12 月　頁 95—98
261. 魏中天　記謝冰瑩　女兵謝冰瑩　北京　人民文學出版社　2002 年 1 月　頁 96—99
262. 閻純德　「女兵」謝冰瑩　中國現代文學研究叢刊　1981 年第 3 期　1981 年　頁 340—349
263. 李白英　我所知道的謝冰瑩　藝譚　1982 年第 1 期　1982 年 3 月　頁 116—117

264. 李白英　我所知道的謝冰瑩　永恆的友誼——謝冰瑩致魏中天書信集　北京　中國三峽出版社　2000年12月　頁178—180
265. 任君實　女兵謝冰瑩　臺灣日報　1982年6月7日　8版
266. 梁兆斌　冰瑩小傳　文教資料簡報　1982年第6期　1982年6月　頁16—17
267. 梁兆斌　我與冰瑩　文教資料簡報　1982年第6期　1982年6月　頁40—45
268. 李德安　名作家謝冰瑩教授坎坷的半生　當代名人風範　臺北　金文圖書公司　1982年8月　頁1403—1410
269. 李德安　新序　謝冰瑩散文集　臺北　金文圖書公司　1982年8月　頁3—10
270. 牧　原　謝冰瑩的女兵豪情　婦友月刊　第338期　1982年11月　頁15—16
271. 墨　人　談旅居海外的作家〔謝冰瑩部分〕　山中人語　臺北　臺灣商務印書館　1983年2月　頁305—309
272. 林海音　女兵在舊金山　聯合報　1983年5月6日　8版
273. 林海音　女兵在舊金山　剪影話文壇　臺北　純文學出版社　1984年8月　頁13—15
274. 林海音　女兵在舊金山　剪影話文壇　臺北　遊目族文化公司　2000年5月　頁12—14
275. 王晉民，鄺白曼　謝冰瑩　臺灣與海外華人作家小傳　福州　福建人民出版社　1983年9月　頁107—109
276. 嚴怪愚　蹉跎歲月記冰瑩　湘江文學　1983年第9期　1983年9月　頁61—63
277. 嚴怪愚　蹉跎歲月記冰瑩　永恆的友誼——謝冰瑩致魏中天書信集　北京　中國三峽出版社　2000年12月　頁217—222
278. 嚴怪愚　蹉跎歲月記冰瑩　女兵謝冰瑩　北京　人民文學出版社　2002年

1月　頁84—89

279. 嚴怪愚　　蹉跎歲月記冰瑩　文學界　2008年第12期　2008年　頁42—43

280. 黃章明　　永遠的女兵謝冰瑩　文訊雜誌　第5期　1983年11月　頁69—86

281. 黃章明　　永遠的女兵——具有無比韌性及勇氣的謝冰瑩女士　筆墨長青——十六位文壇耆宿　臺北　文訊雜誌社　1989年4月　頁16—28

282. 何容口述；李宗慈整稿　　寫下抗戰舊事憶過往〔謝冰瑩部分〕　文訊雜誌　第7、8期合刊　1984年2月　頁62

283. 梁兆斌　　水是故鄉甜——憶冰瑩　人民政協報　1984年11月14日　4版

284. 柴　扉　　謝冰瑩先生的著作與生平　文訊雜誌　第18期　1985年6月　頁309—314

285. 徐公超　　冰瑩與冰心　青年日報　1985年8月12日　15版

286. 陶思浩　　傷心人應憐傷心人——符號與謝冰瑩　中央日報　1985年8月15日　18版

287. 張才希　　著名作家謝冰瑩女士簡介　冷水市文史資料（一）　湖南　中國人民政協會議湖南省冷水江市委員會文史資料研究委員會　1985年12月　頁19—34

288. 謝素芳　　我的姑母謝冰瑩　冷水市文史資料（一）　湖南　中國人民政協會議湖南省冷水江市委員會文史資料研究委員會　1985年12月　頁43—45

289. 謝翔霄　　我與謝冰瑩　冷水市文史資料（一）　湖南　中國人民政協會議湖南省冷水江市委員會文史資料研究委員會　1985年12月　頁35—42

290. 劉夫參，張才希　　「女兵」自美國的來信　冷水市文史資料（一）　湖南　中國人民政協會議湖南省冷水江市委員會文史資料研究委員會　1985年12月　頁46—49

291. 劉夫參，張才希　　「女兵」自美國的來信　永恆的友誼——謝冰瑩致魏中

天書信集　北京　中國三峽出版社　2000 年 12 月　頁 196—199

292. 趙家欣　女兵謝冰瑩　福建日報　1986 年 3 月 23 日　4 版

293. 趙家欣　女兵謝冰瑩　永恆的友誼——謝冰瑩致魏中天書信集　北京　中國三峽出版社　2000 年 12 月　頁 208—210

294. 李華飛　女兵作家謝冰瑩　文史雜誌　第 5 期　1986 年 7 月　頁 4—5，59

295. 劉大年　謝冰瑩的女兵日記與婚姻波折　藝文誌　第 241 期　1986 年 8 月 1 日　頁 66—70

296. 鄒雲峰　冰瑩三嫂談冰瑩　團結報　1987 年 8 月 29 日　7 版

297. 鄒雲峰　冰瑩三嫂談冰瑩　永恆的友誼——謝冰瑩致魏中天書信集　北京　中國三峽出版社　2000 年 12 月　頁 193—195

298. 劉嘉谷　謝冰瑩研究札記　中國現代文學研究叢刊　1988 年第 1 期　1988 年 1 月　頁 289—290

299. 舒　蘭　女詩人群像〔謝冰瑩部分〕　文訊雜誌　第 35 期　1988 年 4 月　頁 21—24

300. 花　建　謝冰瑩　三十年代在上海的「左聯」作家（下）　上海　上海社會科學出版社　1988 年 4 月　頁 78—92

301. 　美　謝冰瑩每天有小型朝會　民生報　1988 年 5 月 24 日　9 版

302. 呂　器　女兵情懷　團結報　1989 年 10 月 24 日　4 版

303. 魏彥才　一個女兵的晚景——記著名作家謝冰瑩近況　黃埔　1989 年第 5 期　1989 年 10 月　頁 29—31

304. 王憲俊　康濯思念臺灣作家　中國建設　1986 年第 11 期　1989 年 11 月　頁 28

305. 李銘愛　謝冰瑩地震受傷　聯合報　1989 年 12 月 3 日　23 版

306. 魯　迅　謝冰瑩　人物評估　臺北　天元出版社　1990 年 4 月　頁 140

307. 吳嘉苓　謝冰瑩筆耕七十一年毅力堅　中國時報　1990 年 10 月 25 日　21 版

308. 弘　農　息影金山的謝冰瑩　中央日報　1990 年 10 月 31 日　16 版

309. 李　愛　謝冰瑩返臺整理日記　聯合報　1990 年 11 月 15 日　29 版

310. 徐開塵　整理資料寫新書——謝冰瑩今晚和繁露返國　民生報　1990 年 11 月 21 日　14 版

311. 徐開塵　謝冰瑩回國第一天・養精蓄銳・先看牙醫　民生報　1990 年 11 月 23 日　14 版

312. 曹　怡　文藝女兵埋首整理日記　聯合報　1990 年 11 月 25 日　8 版

313. 張夢瑞　歡迎茶會・文友盛情擋不住——謝冰瑩・見熱況・淚盈盈　民生報　1990 年 11 月 28 日　14 版

314. 〔民生報〕　探望蘇雪林、訪證嚴法師・謝冰瑩今南下　民生報　1990 年 12 月 2 日　14 版

315. 〔中央日報〕　暌違十二年・兩心常相繫——謝冰瑩、蘇雪林歡聚　中央日報　1990 年 12 月 3 日　11 版

316. 吳站福　闊別十二年・筆鋒帶感情・重聽不礙事・謝冰瑩、蘇雪林・老友筆談心語　聯合報　1990 年 12 月 3 日　6 版

317. 林　英　寒流天・情誼濃・暖意鬧——謝冰瑩訪蘇雪林・臺南見・千言萬語道不盡　民生報　1999 年 12 月 3 日　14 版

318. 張信宏　謝冰瑩・高雄會文友　民生報　1990 年 12 月 5 日　14 版

319. 陸震廷　女兵謝冰瑩回到黃埔軍校　中華日報　1990 年 12 月 10 日　14 版

320. 陸震廷　女兵謝冰瑩回到軍校　奮鬥人生　高雄　高雄縣立文化中心　1998 年 3 月　頁 25—28

321. 嚴　農　謝冰瑩與家父嚴怪愚的深情厚誼　冷水市文史資料（三）　湖南　中國人民政協會議湖南省冷水江市委員會文史資料研究委員會　1990 年 12 月　頁 1—12

322. 江　兒　旅美「女兵」謝冰瑩返國　文訊雜誌　第 63 期　1991 年 1 月　頁 53

323. 邱七七　相見歡——記冰瑩先生返國　文訊雜誌　第 63 期　1991 年 1 月　頁 99—101

324. 邱七七　　相見歡——記冰瑩先生返臺　女兵謝冰瑩　北京　人民文學出版社　2002 年 1 月　頁 109—111

325. 翠　園　　摒除粉黛上雕鞍——記謝冰瑩教授　緣在山中　馬來西亞　心鏡出版社　1991 年 4 月　頁 47—55

326. 王晉民主編　　謝冰瑩　臺灣文學家辭典　南寧　廣西教育出版社　1991 年 7 月　頁 579—582

327. 嚴景煦　　謝冰瑩　中國文學大辭典　天津　天津人民出版社　1991 年 10 月　頁 5883

328. 黃和英　　勇敢的女兵——謝冰瑩大姊　狡兔歲月　臺北　東大圖書公司　1992 年 6 月　頁 57—60

329. 荻　宜　　永遠的女兵　臺灣日報　1992 年 10 月 4 日　9 版

330. 荻　宜　　永遠的女兵　風範——文壇前輩素描　臺北　正中書局　1996 年 10 月　頁 124—125

331. 陳吾南，張芷庭　　硝煙中殺出來的女作家——謝冰瑩　湘潮　1992 年第 1 期　1992 年　頁 28—30

332. 倪墨炎　　謝冰瑩的坐牢自傳　現代文壇散記　上海　上海三聯書店　1992 年　頁 115—118

333. 古繼堂　　臺灣女性小說理論批評——臺灣女性小說理論批評概況〔謝冰瑩部分〕　臺灣新文學理論批評史　遼寧　春風文藝出版社　1993 年 6 月　頁 271—281

334. 古繼堂　　臺灣女性小說理論批評——臺灣女性小說理論批評概況〔謝冰瑩部分〕　臺灣新文學理論批評史　臺北　秀威資訊科技公司　2009 年 3 月　頁 289—290

335. 穆　欣　　謝冰瑩走過一條曲折的道路　臺灣新聞報　1993 年 8 月 12 日　14 版

336. 柯文溥　　女兵作家的足跡（上）——謝冰瑩在閩西　現代作家與閩中鄉土　福州　福建教育出版社　1993 年 8 月　頁 52—55

337. 柯文溥　女兵作家的足跡（下）——謝冰瑩在廈門　現代作家與閩中鄉土　福州　福建教育出版社　1993 年 8 月　頁 55—58

338. 柯文溥　謝冰瑩的悲歡小曲　現代作家與閩中鄉土　福州　福建教育出版社　1993 年 8 月　頁 58—67

339. 劉思謙　一個女兵的故事——記旅美前輩作家謝冰瑩　「娜拉」言說——中國現代女作家心路紀程　上海　上海文藝出版社　1993 年 12 月　頁 332—342

340. 姜　穆　謝冰瑩被共黨開除　三〇年代作家臉譜　臺北　九歌出版社　1994 年 4 月　頁 232—236

341. 汪烈九　幸福與悲酸交織的一頁婚史——記曾為夫婦的符號與冰瑩兩作家　文史春秋　1994 年第 2 期　1994 年　頁 32—41

342. 魏中天　我們在冰瑩家裡作客[10]　統一論壇　1994 年第 3 期　1994 年　頁 44—45

343. 魏中天　在冰瑩家裡作客　黃埔　1998 年第 3 期　1998 年　頁 46—48

344. 魏中天　我們在冰瑩家裡作客　永恆的友誼——謝冰瑩致魏中天書信集　北京　中國三峽出版社　2000 年 12 月　頁 122—128

345. 魏彥才　文章憎命達——記謝冰瑩大姐　世界論壇報　1995 年 1 月 27 日　9 版

346. 唐　潮　女兵作家謝冰瑩婚戀傳奇　海內與海外　1995 年第 5 期　1995 年 5 月　頁 10—11

347. 林海音　敬老四題（上、下）〔謝冰瑩部分〕　中央日報　1995 年 8 月 10—11 日　18 版

348. 林海音　敬老四題〔謝冰瑩部分〕　靜靜的聽　臺北　爾雅出版社　1996 年 6 月　頁 33—38

349. 林海音　敬老四題〔謝冰瑩部分〕　林海音作品集・春聲已遠　臺北　遊目族文化公司　2000 年 5 月　頁 1—6

[10] 本文後改篇名為〈在冰瑩家裡作客〉，內容略有增刪。

350. 徐小玉　「女兵」阿姨——女作家謝冰瑩印象　新文學史料　1995 年第 4 期　1995 年 11 月　頁 110—112
351. 徐小玉　「女兵」阿姨——女作家謝冰瑩印象　女兵謝冰瑩　北京　人民文學出版社　2002 年 1 月　頁 90—95
352. 張　放　謝冰瑩的寂寞　中央日報　1995 年 12 月 4 日　18 版
353. 張　放　謝冰瑩的寂寞　浮生隨筆　臺北　文史哲出版社　1996 年 1 月　頁 127—130
354. 張　放　謝冰瑩的寂寞　放齋書話　臺北　臺北縣文化局　2005 年 12 月　頁 168—172
355. 王奇生　「九・一八」以後的中國留日學生〔謝冰瑩部分〕　民國春秋　1995 年 4 期　1995 年　頁 21
356. 舒　云　叱咤風雲的黃埔女兵〔謝冰瑩部分〕　炎黃春秋　1995 年第 7 期　1995 年　頁 14—16
357. 王琰如　革命女性謝冰瑩教授　文友畫像及其他　臺北　大地出版社　1996 年 7 月　頁 21—26
358. 唐紹華　二十年代女作家群〔謝冰瑩部分〕　文壇往事見證　臺北　傳記文學社　1996 年 8 月　頁 69
359. 弘　農　謝冰瑩念念要回臺北老家　中央日報　1996 年 10 月 20 日　18 版
360. 盛禹九　晚年情愫　讀書　1996 年第 9 期　1996 年　頁 90—91
361. 倪　鋒　遙念謝冰瑩　炎黃春秋　1996 年第 12 期　1996 年　頁 62—63
362. 倪　鋒　遙念謝冰瑩　新文學史料　2000 年第 4 期　2000 年 11 月　頁 163—164
363. 倪　鋒　遙念謝冰瑩　永恆的友誼——謝冰瑩致魏中天書信集　北京　中國三峽出版社　2000 年 12 月　頁 200—204
364. 符　號　謝冰瑩和我的一段婚姻　世紀行　1997 年第 7 期　1997 年 7 月　頁 30—31
365. 符　號　勞燕分飛天海闊・沈園柳老不吹綿——回憶謝冰瑩和我的一段婚

姻史　永恆的友誼——謝冰瑩致魏中天書信集　北京　中國三峽出版社　2000 年 12 月　頁 171—175

366. 符　號　謝冰瑩和我的一段婚姻　女兵謝冰瑩　北京　人民文學出版社　2002 年 1 月　頁 16—20

367. 梁兆斌　不能忘卻的謝冰瑩　山東畫報　1997 年 10 月號　1997 年 10 月　頁 26—27

368. 梁兆斌　不能忘記的謝冰瑩　文教資料　1999 年第 4 期　1999 年　頁 3—7

369. 梁兆斌　不能忘卻的謝冰瑩　女兵謝冰瑩　北京　人民文學出版社　2002 年 1 月　頁 10—15

370. 梁兆斌　不能忘記的謝冰瑩　永恆的友誼——謝冰瑩致魏中天書信集　北京　中國三峽出版社　2000 年 12 月　頁 211—216

371. 杜重石　在美國安度晚年的謝冰瑩　世紀　1997 年第 2 期　1997 年　頁 26—27

372. 陳浩望　謝冰瑩和嚴氏父子　文史春秋　1997 年第 6 期　1997 年　頁 72—75

373. 陳浩望　謝冰瑩和嚴氏父子　海內與海外　1998 年第 9 期　1998 年 9 月　頁 32—34

374. 魏中天　忘不了那個謝冰瑩　華人世界　1988 年第 2 期　1998 年 2 月　頁 94—95

375. 魏中天　忘不了那個謝冰瑩　永恆的友誼——謝冰瑩致魏中天書信集　北京　中國三峽出版社　2000 年 12 月　頁 112—116

376. 舒　蘭　格律派時期・其他詩人——謝冰瑩　中國新詩史話（一）　臺北　渤海堂文化公司　1998 年 10 月　頁 557—560

377. 唐立群　謝冰瑩　中國文學通典・小說通典　北京　解放軍文藝出版社　1999 年 1 月　頁 808

378. 李夫澤　歷經坎坷路，奮鬥永不息——謝冰瑩生平及創作經歷　婁底師專學報　1999 年第 1 期　1999 年 3 月　頁 47—49

379. 杜重石　記謝冰瑩　謝冰瑩文集（上）　合肥　安徽文藝出版社　1999 年 8 月　頁 1—6

380. 蔡登山　更是情場如戰場——謝冰瑩的愛情故事（1—4）　臺灣日報　1999 年 9 月 15—18 日　35 版

381. 蔡登山　更是情場如戰場——謝冰瑩的愛情故事　人間花草太匆匆——卅年代女作家美麗的愛情故事　臺北　里仁書局　2000 年 5 月　頁 101—115

382. 李夫澤　謝冰瑩與「左聯」　婁底師專學報　1999 年第 3 期　1999 年 9 月　頁 44—47

383. 〔中國現代文學館編〕　謝冰瑩小傳　謝冰瑩代表作　北京　華夏出版社　1999 年 10 月　頁 383—384

384. 〔中國現代文學館編〕　謝冰瑩小傳　謝冰瑩代表作——一個女兵的自傳　北京　華夏出版社　2010 年 1 月　頁 1—2

385. 梁兆斌　老照片引出的回憶　春秋　1999 年第 1 期　1999 年　頁 33

386. 梁兆斌　謝冰瑩在山東　文教資料　1999 年第 4 期　1999 年　頁 8—10

387. 李　瑞　文學女兵謝冰瑩逝世舊金山　中國時報　2000 年 1 月 8 日　11 版

388. 〔聯合報〕　作家謝冰瑩五日病逝舊金山　聯合報　2000 年 1 月 8 日　14 版

389. 賴素鈴　謝冰瑩．文壇女兵終凋零　民生報　2000 年 1 月 8 日　6 版

390. 賴素鈴　謝冰瑩實為大時代中新女性典型　民生報　2000 年 1 月 8 日　6 版

391. 弘　農　海外喜逢一女兵——懷念謝冰瑩姊　中央日報　2000 年 1 月 30 日　18 版

392. 葉莉莉　名作家謝冰瑩教授仙逝．藝文界等百餘人前往祭奠　中山報　2000 年 1 月 31 日　1 版

393. 黃盈雰　謝冰瑩享壽九十四歲　文訊雜誌　第 172 期　2000 年 2 月　頁 77

394. 喻麗清　風浪中來，遺忘中去——敬悼謝冰瑩老師　文訊雜誌　第 172 期

2000 年 2 月　頁 102—104

395. 喻麗清　風浪中來，遺忘中去——敬悼謝冰瑩老師　女兵謝冰瑩　北京　人民文學出版社　2002 年 1 月　頁 161—164

396. 本刊輯　謝冰瑩教授與《明道文藝》之緣　明道文藝　第 287 期　2000 年 2 月　頁 40—41

397. 秦　嶽　徽音彤管永流芳　明道文藝　第 287 期　2000 年 2 月　頁 42—49

398. 秦　嶽　徽音彤管永流芳　山水浩歌　臺中　文學街出版社　2005 年 5 月　頁 47—57

399. 秦　嶽　徽音彤管永流芳　女兵謝冰瑩　北京　人民文學出版社　2002 年 1 月　頁 165—172

400. 釋廣元　悼念謝冰瑩教授　普門雜誌　第 246 期　2000 年 3 月　頁 20—22

401. 柴　扉　女兵不死，精神常在——敬悼謝冰瑩先生　文訊雜誌　第 173 期　2000 年 3 月　頁 115—117

402. 柴　扉　女兵不死・精神常在——敬悼謝冰瑩先生　聖誕紅又盛開　臺中　文學街出版社　2001 年 10 月　頁 52—58

403. 柴　扉　女兵不死，精神常在——敬悼謝冰瑩先生　女兵謝冰瑩　北京　人民文學出版社　2002 年 1 月　頁 156—160

404. 朝　陽　把興趣當成寶物　中華日報　2000 年 4 月 17 日　19 版

405. 耕　雨　謝冰瑩曾加入北平左聯　臺灣新聞報　2000 年 4 月 30 日　B7 版

406. 古繼堂　女兵作家謝冰瑩　光明日報　2000 年 5 月 4 日　A4 版

407. 古繼堂　女兵作家謝冰瑩　古繼堂論著集　臺北　文史哲出版社　2013 年 7 月　頁 244—247

408. 古繼堂　中國第一位女兵作家——謝冰瑩　新文學史料　2000 年第 4 期　2000 年 11 月　頁 165—171

409. 李　翔　感恩的回溯——悼謝冰瑩老師　中國語文　第 87 卷第 2 期　2000 年 8 月　頁 52—59

410. 甘和媛　憶女作家謝冰瑩與戰地服務隊　武漢文史資料　2000 年第 11 期

（總第 97 期） 2000 年 11 月 頁 15—21

411. 閻純德 謝鐸山之春——謝冰瑩家鄉行 聯合報 2000 年 12 月 21 日 37 版

412. 閻純德 謝鐸山之春——謝冰瑩家鄉行 女兵謝冰瑩 北京 人民文學出版社 2002 年 1 月 頁 173—179

413. 艾 以 文壇女傑謝冰瑩——充滿傳奇的文學生涯 世紀 2000 年第 2 期 2000 年 頁 22—24

414. 艾 以 趙清閣和謝冰瑩暮年的情誼 世紀 2000 年第 4 期 2000 年 頁 56

415. 欽 鴻 否認加入左聯的背後 世紀 2000 年第 2 期 2000 年 頁 24—26

416. 欽 鴻 編後記 永恆的友誼——謝冰瑩致魏中天書信集 北京 中國三峽出版社 2000 年 12 月 頁 249—250

417. 姜 穆 謝冰瑩枉坐黑牢 作家花邊 臺北 大地出版社 2000 年 12 月 頁 19—21

418. 欽 鴻 謝冰瑩與魏中天的深厚友誼（代前言） 永恆的友誼——謝冰瑩致魏中天書信集 北京 中國三峽出版社 2000 年 12 月 頁 1—8

419. 欽 鴻 謝冰瑩與魏中天的深厚友誼 同舟共進 2001 年第 6 期 2001 年 頁 39—42

420. 欽 鴻 謝冰瑩與魏中天的深厚友誼 文壇話舊 上海 上海遠東出版社 2008 年 1 月 頁 46—54

421. 魏中天 別時容易見時難——遙念謝冰瑩 永恆的友誼——謝冰瑩致魏中天書信集 北京 中國三峽出版社 2000 年 12 月 頁 99—101

422. 魏中天 「月亮也是故鄉圓」——懷冰瑩 永恆的友誼——謝冰瑩致魏中天書信集 北京 中國三峽出版社 2000 年 12 月 頁 102—104

423. 魏中天 想到冰瑩 永恆的友誼——謝冰瑩致魏中天書信集 北京 中國三峽出版社 2000 年 12 月 頁 108—111

424. 魏中天　萬里他鄉遇故知　永恆的友誼——謝冰瑩致魏中天書信集　北京　中國三峽出版社　2000 年 12 月　頁 117—119

425. 魏中天　會見女作家謝冰瑩　永恆的友誼——謝冰瑩致魏中天書信集　北京　中國三峽出版社　2000 年 12 月　頁 120—121

426. 魏中天　會見女作家謝冰瑩　女兵謝冰瑩　北京　人民文學出版社　2002 年 1 月　頁 100—102

427. 魏中天　留日時與冰瑩同學和鄰居　永恆的友誼——謝冰瑩致魏中天書信集　北京　中國三峽出版社　2000 年 12 月　頁 133—136

428. 楊纖如　我說謝冰瑩　永恆的友誼——謝冰瑩致魏中天書信集　北京　中國三峽出版社　2000 年 12 月　頁 159—166

429. 符　號　我與謝冰瑩及其他　永恆的友誼——謝冰瑩致魏中天書信集　北京　中國三峽出版社　2000 年 12 月　頁 167—170

430. 裴曼娜　致冰瑩　永恆的友誼——謝冰瑩致魏中天書信集　北京　中國三峽出版社　2000 年 12 月　頁 176—177

431. 欽　鴻　謝冰瑩與左聯及其他　永恆的友誼——謝冰瑩致魏中天書信集　北京　中國三峽出版社　2000 年 12 月　頁 186—192

432. 欽　鴻　謝冰瑩與「左聯」及其他　文壇話舊　上海　上海遠東出版社　2008 年 1 月　頁 166—171

433. 黃　凱　黃震與謝冰瑩　永恆的友誼——謝冰瑩致魏中天書信集　北京　中國三峽出版社　2000 年 12 月　頁 205—207

434. 趙清閣　黃白薇與謝冰瑩　永恆的友誼——謝冰瑩致魏中天書信集　北京　中國三峽出版社　2000 年 12 月　頁 226—229

435. 趙清閣　遙寄謝冰瑩　永恆的友誼——謝冰瑩致魏中天書信集　北京　中國三峽出版社　2000 年 12 月　頁 230—232

436. 李望如　我與謝冰瑩　永恆的友誼——謝冰瑩致魏中天書信集　北京　中國三峽出版社　2000 年 12 月　頁 233—237

437. 莽東鴻　懷念謝冰瑩　永恆的友誼——謝冰瑩致魏中天書信集　北京　中

國三峽出版社　2000年12月　頁238—240

438. 楊　越　謝冰瑩在舊金山的日子　永恆的友誼——謝冰瑩致魏中天書信集　北京　中國三峽出版社　2000年12月　頁241—243

439. 白　樺　晚境——在舊金山看望謝冰瑩　永恆的友誼——謝冰瑩致魏中天書信集　北京　中國三峽出版社　2000年12月　頁244—246

440. 周志芳　謝冰瑩回黃埔重溫女兵夢　永恆的友誼——謝冰瑩致魏中天書信集　北京　中國三峽出版社　2000年12月　頁247—248

441. 蔣　術　黃埔女兵謝冰瑩　民國春秋　2000年第3期　2000年　頁37—39，36

442. 李瑞騰　女兵作家謝冰瑩辭世——不凋零的文字勳章　聯合報　2001年1月10日　41版

443. 徐公超　一代文星入夜臺——敬悼謝冰瑩先生　青年日報　2001年1月14日　15版

444. 王琰如　女兵凋謝　青年日報　2001年1月14日　15版

445. 王琰如　女兵凋謝　手足情深　臺北　詩藝文出版社　2001年6月　頁145—147

446. 謝輝煌　永遠的女兵——悼謝冰瑩先生　青年日報　2001年1月18日　15版

447. 姜　穆　悼念謝冰瑩先生——她心中埋藏多少文藝史料（上、下）　青年日報　2000年1月29—30日　15版

448. 李夫澤，朱晶　魂歸故里——紀念謝冰瑩逝世一周年　婁底師專學報　2001年第1期　2001年1月　頁88—89

449. 徐公超　血肉鋪成勝利路——記謝冰瑩與七七抗戰　中央日報　2001年10月6日　19版

450. 南　鵬　我所知道的謝冰瑩　文史博覽　2001年第2期　2001年　頁20—22

451. 孫曉婭　謝冰瑩與《黃河》月刊　中國現代文學研究叢刊　2001年第3期

2001 年　頁 216—233

452. 趙清閣　女兵謝冰瑩　女兵謝冰瑩　北京　人民文學出版社　2002 年 1 月　頁 3—6

453. 趙清閣　賀謝冰瑩九十誕辰　女兵謝冰瑩　北京　人民文學出版社　2002 年 1 月　頁 7—9

454. 汪烈九　月有陰晴圓缺——謝冰瑩和符號戀史　女兵謝冰瑩　北京　人民文學出版社　2002 年 1 月　頁 21—73

455. 楊纖如，孫席珍　謝冰瑩與北方左聯　女兵謝冰瑩　北京　人民文學出版社　2002 年 1 月　頁 74—82

456. 李又寧　從女兵到賈奶奶　女兵謝冰瑩　北京　人民文學出版社　2002 年 1 月　頁 103—108

457. 吳一虹　淒清——追憶與作家謝冰瑩的一次會晤　女兵謝冰瑩　北京　人民文學出版社　2002 年 1 月　頁 112—120

458. 閻純德　編後記　女兵謝冰瑩　北京　人民文學出版社　2002 年 1 月　頁 220—221

459. 張瑋儀　辭世文學人小傳——謝冰瑩（1906—2000）　2000 臺灣文學年鑑　臺北　行政院文建會　2002 年 4 月　頁 156—159

460. 李夫澤　月有陰晴圓缺——謝冰瑩的坎坷愛情　船山學刊　2002 年第 3 期　2002 年 6 月　頁 96—103

461. 楊弘農　謝冰瑩傳　國史館館刊　第 32 期　2002 年 6 月　頁 238—261

462. 古遠清　永遠的女兵謝冰瑩　武漢文史資料　2002 年第 8 期　2002 年 8 月　頁 42—45

463. 古遠清　永遠的女兵謝冰瑩　閱讀與寫作　2003 年第 9 期　2003 年　頁 7—9

464. 古遠清　永遠的女兵謝冰瑩　海鷗詩刊　第 34 期　2006 年 6 月　頁 133—143

465. 古遠清　永遠的女兵謝冰瑩　名人傳記　2007 年第 4 期　2007 年　頁 68—

71

466. 蕭關鴻　一個女兵的自傳　百年追問　臺北　聯合文學出版社　2002 年 9 月　頁 109—112

467. 欽　鴻　關於謝冰瑩（二篇）　新文學史料　2002 年第 4 期　2002 年 11 月　頁 131—137

468. 劉傳功　一代女傑謝冰瑩　湖南文史　2002 年第 2 期　2002 年　頁 40—43

469. 關國煊　謝冰瑩（1906—2000）　傳記文學　第 490 期　2003 年 3 月　頁 140—152

470. 朱嘉雯　推開一座牢固的城門——林海音及同時代女作家的五四傳承〔謝冰瑩部分〕　霜後的燦爛——林海音及其同輩女作家學術研討會論文集　臺南　國立文化資產保存研究中心籌備處　2003 年 5 月　頁 213—215

471. 嚴　農　著名女作家謝冰瑩的三次婚姻　文史春秋　2003 年第 11 期　2003 年 11 月　頁 49—54

472. 嚴　農　謝冰瑩的三次婚姻　歷史月刊　第 191 期　2003 年 12 月　頁 58—66

473. 蔣　術　謝冰瑩與符號的短暫婚姻　世紀　2003 年第 3 期　2003 年　頁 42—43

474. 閻純德　中國現代女性的精神之光——序李夫澤著《從「女兵」到教授——謝冰瑩傳》　從「女兵」到教授——謝冰瑩傳　長沙　湖南人民出版社　2004 年 5 月　〔4〕頁

475. 符　號　回憶軍校女生隊十一位同學〔謝冰瑩部分〕　武漢文史資料　2004 年第 6 期　2004 年 6 月　頁 34

476. 季　季　謝冰瑩逛四馬路　中國時報　2004 年 9 月 1 日　E7 版

477. 三民書局編輯委員會　新版說明　我的回憶　臺北　三民書局　2004 年 9 月　頁 1—2

478. 欽　鴻　謝冰瑩何以沒有返回祖國大陸　黃埔　2004 年第 5 期　2004 年 10

月　頁 36—37

479. 欽　鴻　　謝冰瑩何以沒有返回祖國大陸　文壇話舊　上海　上海遠東出版社　2008 年 1 月　頁 172—175

480. 汪烈九　　符號及「北方書店」一案始末　文史春秋　2004 年第 11 期　2004 年　頁 26—33

481. 嚴　農　　冰心、冰瑩喜「相逢」　世紀　2004 年第 5 期　2004 年　頁 57—58

482. 張雪媃　　無盡追尋：女作家壁下的自我彰顯——丁玲・謝冰瑩　天地之女——二十世紀華文女作家心靈圖像　臺北　正中書局　2005 年 2 月　頁 21—23

483. 應鳳凰，鄭秀婷　　戰後臺灣文學風華——五〇年代女作家系列（六）——馳騁沙場與文學創作的不老女兵——謝冰瑩　明道文藝　第 350 期　2005 年 5 月　頁 56—61

484. 應鳳凰　　謝冰瑩——馳騁沙場與文壇的不老女兵　文學風華——戰後初期 13 著名女作家　臺北　秀威資訊科技公司　2007 年 5 月　頁 57—63

485. 李夫澤　　紅花還須綠葉扶——孫伏園、林語堂、柳亞子對謝冰瑩的關愛　新文學史料　2005 年第 4 期　2005 年 11 月　頁 172—179

486. 喬　石　　謝冰瑩、符號和他們的鐵大姐　縱橫　2005 年第 5 期　2005 年　頁 30—34

487. 黎躍進　　湖南現代作家留日群及其特點〔謝冰瑩部分〕　中國文學研究　2005 年第 4 期　2005 年　頁 68—69

488. 黃麗貞　　我所親炙的謝冰瑩老師　中國語文　第 98 卷第 3 期　2006 年 3 月　頁 8—11

489. 鄧　政　　群體形成：地域背景與文化精神聚合——現實因素：湖南革命運動背景下的聚合〔謝冰瑩部分〕　湖湘文化精神孕育的左翼文學話語——湖南左翼作家群論　浙江師範大學　碩士論文　王嘉良

教授指導　2006年5月　頁10—11

490. 呂芳上　「好女要當兵」：中央軍事政治學校武漢分校女生隊的創立（1927）——女兵——謝冰瑩的故事　中華軍史學會會刊　第10期　2006年10月　頁184—188

491. 嚴怪愚　憶著名抗日隨軍記者謝冰瑩　鐘山風雨　2006年第6期　2006年　頁27—28

492. 欽　鴻　謝冰瑩寫日記　出版史料　2006年第2期　2006年　頁19—21

493. 欽　鴻　謝冰瑩寫日記　文壇話舊　上海　上海遠東出版社　2008年1月　頁176—179

494. 黃麗貞　謝冰瑩——中國婦女新生的領航人（1—7）　中國語文　第100卷第3—6期，第101卷第1—3期　2007年3—9月　頁9—14，7—11，11—16，8—11，7—13，8—12，9—14

495. 張　莉　從「女學生」到「女作家」——第一代女作家教育背景考述〔謝冰瑩部分〕　中國現代文學研究叢刊　2007年第2期　2007年　頁97—103，106—108

496. 欽　鴻　謝冰瑩《女兵自傳》的重版風波　文壇話舊　上海　上海遠東出版社　2008年1月　頁331—337

497. 閻純德　序　中國第一女兵——謝冰瑩全傳　南京　江蘇文藝出版社　2008年5月　頁1—3

498. 石　楠　題序：中國第一個女作家　中國第一女兵——謝冰瑩全傳　南京　江蘇文藝出版社　2008年5月　頁1—2

499. 〔封德屏主編〕　謝冰瑩　2007臺灣作家作品目錄　臺南　國立臺灣文學館　2008年7月　頁1345

500. 朱雙一　臺灣文學中的中國南方各區域文化色彩——謝冰瑩與湖湘文化　臺灣文學與中華地域文化　廈門　鷺江出版社　2008年9月　頁282，284—293

501. 王稼句　記謝冰瑩　文學界　2008年第12期　2008年12月　頁44

502. 甘和媛　　隨謝冰瑩在五戰區參加抗日救亡活動　湖北文史　2008 年第 1 期　2008 年　頁 175—184

503. 曾大興　　胡雲翼——與謝冰瑩的一段戀情　詞學的星空——20 世紀詞學名家傳　石家莊　河北人民出版社　2009 年 1 月　頁 54—58

504. 欽　鴻　　謝冰瑩為馬華青年作家寫序　文壇話舊續集　上海　上海遠東出版社　2009 年 2 月　頁 358—361

505. 趙朕，王一心　　身陷囹圄，夫妻離散——謝冰瑩與符號　文化人的人情脈絡　北京　團結出版社　2009 年 2 月　頁 61—62

506. 趙朕，王一心　　婚禮上咬破手指寫血書——謝冰瑩與賈伊箴　文化人的人情脈絡　北京　團結出版社　2009 年 2 月　頁 62—63

507. 趙朕，王一心　　提攜與感恩——林語堂與謝冰瑩　文化人的人情脈絡　北京　團結出版社　2009 年 2 月　頁 127

508. 董　軒　　情感傾訴型：作家心頭熱情的充分釋放〔謝冰瑩部分〕　歷史、藝術與作家主體的心靈共振　浙江師範大學中國現當代文學研究所　碩士論文　王嘉良教授指導　2009 年 4 月　頁 30，33—35，37—38

509. 石　楠　　謝冰瑩終生感激林語堂和孫伏園　江淮文史　2009 年第 5 期　2009 年　頁 136—145

510. 穆安慶　　謝冰瑩為何被稱為中國第一女兵　名人傳記　2009 年第 1 期　2009 年　頁 71—73

511. 黃平麗編　　大陸赴臺文人沉浮錄〔謝冰瑩部分〕　時代文學　2010 年第 8 期　2010 年　頁 9—11

512. 文　彥　　「女兵作家」謝冰瑩的婚姻　新天地　2010 年第 11 期　2010 年　頁 33

513. 唐正杰　　魯迅與謝冰瑩——女兵的欽敬　魯迅與中國現代女作家——匕首與玫瑰　石家莊　河北人民出版社　2011 年 9 月　頁 152—160

514. 凌　水　　歷久彌新的女兵——謝冰瑩　誰領風騷一百年——女作家　臺北

天下遠見出版公司 2011年9月 頁43—46

515. 周 軍 1927年謝冰瑩成名與報紙之關係 三峽論壇 第234期 2011年 頁118—122

516. 〔新華航空〕 黃埔・珍藏〔謝冰瑩部分〕 新華航空 2011年第3期 2011年 頁66—67

517. 古遠清 神往故國的「女兵」謝冰瑩 消逝的文學風華 臺北 九歌出版社 2011年12月 頁127—140

518. 譚安利 銘記歷史，見證友情——黃浦女兵書信拾零（一—二） 黃埔 2011年第4—5期 2011年 頁40—42，42—44

519. 星雲大師口述；佛光山書記室記錄 我和學者的互動——謝冰瑩 百年佛緣（二）——文教之間 2012年9月 頁14—16

520. 星雲大師 謝冰瑩 人間福報 2012年12月25日 15版

521. 應鳳凰 從郭良蕙「《心鎖》事件」探討文學史敘事模式〔謝冰瑩部分〕 文學史敘事語文學生態——戒嚴時期臺灣作家的文學位置 臺北 前衛出版社 2012年11月 頁14—18

522. 鄧丹萍 女兵謝冰瑩在鄂南 湖北文史 2012年第2期 2012年 頁149—156

523. 郭 俊 不徹底的思想追求——論謝冰瑩的女性解放意識 民風 2013年第4期 2013年4月 頁415—416

524. 劉曉娜 獨樹一幟的革命書寫——關於革命的效用問題——其他作家的革命有效論〔謝冰瑩部分〕 革命華彩與頹廢之魂——重評石評梅及其創作 河北大學中國現當代文學 碩士論文 熊權教授指導 2013年5月 頁33—34

525. 桑品載 我在「人間」走一回——與「人間」有關的九封信——第一封，民國60年，謝冰瑩給我寫了封信 經眼・辨析・苦行——臺灣文學史料集刊（三） 臺南 國立臺灣文學館 2013年7月 頁256—258

526. 李　靈　學林人瑞燦若花——蘇雪林與冰心、謝冰瑩關係研究　阜陽師範學院學報　2013 年第 5 期　2013 年 9 月　頁 76—79
527. 汪烈九　勞燕分飛天海闊——符號與謝冰瑩的如煙往事　檔案春秋　2013 年第 8 期　2013 年　頁 42—45
528. 徐續紅　謝冰瑩與「左聯」——從魯迅致王志之的兩封信談起　新文學史料　2013 年第 3 期　2013 年　頁 92—101
529. 李明武　我們怎樣寫作——偶然觸發的靈感　中國一周　第 793 期　1965 年 7 月 5 日　頁 20
530. 〔聯合報〕　謝冰瑩教授平論：作家與作品——昔日是女兵・今日非枯藤　聯合報・聯合周刊　1965 年 12 月 18 日　5 版
531. 李德安　訪名女著作家謝冰瑩先生　學林見聞　臺北　環宇出版社　1968 年 6 月　頁 28—32
532. 李德安　訪名女作家謝冰瑩先生　訪問學林風雲人物　臺北　大明王氏出版公司　1970 年 11 月　頁 89—92
533. 羅心德　我的青少年時代　青年戰士報　1970 年 8 月 15 日　5 版
534. 吳鈴嬌　訪謝冰瑩談「女兵」　臺灣新聞報　1974 年 5 月 21 日　3 版
535. 夏祖麗　謝冰瑩訪問記——不老的女兵　握筆的人　臺北　純文學出版社　1977 年 12 月　頁 201—211
536. 夏祖麗　不老的女兵謝冰瑩　百年國士 4　北京　中國文聯出版公司　1999 年 2 月　頁 441—447
537. 夏祖麗　不老的女兵謝冰瑩　百年國士之四——千秋付與如椽筆　北京　商務印書館　2010 年 12 月　頁 394—399
538. 秦　嶽　女兵迴響曲——作家謝冰瑩訪問記　明道文藝　第 34 期　1979 年 1 月　頁 127—138
539. 秦　嶽　女兵迴響曲——作家謝冰瑩訪問記　影子的重量　臺北　采風出版社　1987 年 6 月 31 日　頁 177—193
540. 秦　嶽　女兵迴響曲——作家謝冰瑩訪問記　女兵謝冰瑩　北京　人民文

學出版社　2002年1月　頁184—198

541. 宋晶宜　舊金山夜訪謝冰瑩　總是翰墨香　臺北　文化大學出版部　1981年1月　頁30—35

542. 宋晶宜　客夜客來酒當茶・促膝西窗共剪燭——舊金山夜訪謝冰瑩　民生報　1981年3月24日　10版

543. 徐公超　女兵不老——訪謝冰瑩先生談寫作　柳絲絲　臺北　黎明文化　1981年10月　頁65—70

544. 黃武忠　訪文壇老兵謝冰瑩　文藝的滋味　臺北　自立晚報社文化出版部　1983年11月　頁211—213

545. 曹　怡　謝冰瑩接受越洋採訪——異地生活雖能自足・故舊好友最是想念　聯合報　1990年11月20日　8版

546. 張夢瑞　謝冰瑩收拾心情・握筆桿憶舊・往事歷歷在眼前・談新・列出老友名單來　民生報　1990年11月25日　14版

547. 孟華玲　謝冰瑩訪問記　新文學史料　1995年第4期　1995年11月　頁99—109

548. 孟華玲　謝冰瑩訪問記　女兵謝冰瑩　北京　人民文學出版社　2002年1月　頁199—219

549. 魏中天　謝冰瑩談祖國和平統一問題及其他　永恆的友誼——謝冰瑩致魏中天書信集　北京　中國三峽出版社　2000年12月　頁129—132

550. 魏中天　謝冰瑩談祖國和平統一問題及其他　女兵謝冰瑩　北京　人民文學出版社　2002年1月　頁180—183

551. 閻純德　畫一個美麗的句號——舊金山訪問謝冰瑩　百年國士之四——千秋付與如椽筆　北京　商務印書館　2010年12月　頁400—412

552. 閻純德　謝冰瑩年表（1906—）　作家的足跡（續編）　北京　知識出版社　1988年6月　頁409—449

553. 李夫澤　謝冰瑩年譜　從「女兵」到教授——謝冰瑩傳　長沙　湖南人民

出版社　2004年5月　頁286—320

554. 崔家瑜　謝冰瑩年表暨其生平大事記　謝冰瑩及其作品研究　東吳大學中國文學　碩士論文　王更生教授指導　2005年　頁201—236

555. 崔家瑜　謝冰瑩年表暨其生平大事記　謝冰瑩及其作品研究　臺北　文史哲出版社　2008年3月　頁149—165

556. 應鳳凰　謝冰瑩年表　文學風華——戰後初期13著名女作家　臺北　秀威資訊科技公司　2007年5月　頁64—67

557. 〔文學界〕　謝冰瑩著作目錄　文學界　2008年第12期　2008年　頁49

558. 白書玦　謝冰瑩大事紀年表　謝冰瑩散文研究　臺北市立教育大學中國語文學系　碩士論文　江惜美教授指導　2010年6月　頁243—249

559. 周玉連　謝冰瑩作品目錄　謝冰瑩作品主題研究　中央大學中國文學系在職專班　碩士論文　李瑞騰教授指導　2010年　頁147—155

560. 柴　扉　謝冰瑩先生的生年　上天堂差一步　臺北　偉霖文化公司　2013年10月　頁142—148

561. 〔聯合報〕　《女兵自傳》再版出版　聯合報　1956年6月17日　6版

562. 謝冰瑩　作家書簡[11]　亞洲文學　第18期　1961年4月　頁56

563. 謝冰瑩　作家書簡　亞洲文學　第27期　1962年5月　頁42

564. 謝冰瑩　作家書簡　亞洲文學　第32期　1962年11月　頁30—31

565. 謝冰瑩　作家書簡　亞洲文學　第58期　1965年4月16日　頁42—43

566. 謝冰瑩　作家書簡——謝冰瑩訪問成功嶺　亞洲文學　第74期　1966年12月1日　頁10—11

567. 謝冰瑩　作家書簡　亞洲文學　第100、101期合刊　1969年6月　頁34—35

568. 程榕寧　謝冰瑩從事古書新譯　大華晚報　1971年6月14日　6版

569. 〔聯合報〕　《女兵日記》原作者謝冰瑩將返國參加該片首映　聯合報　1975年1月13日　9版

[11]本文為亞洲文學刊登作家的書信，故每期內容都不同。

570. 欽鴻，徐迺翔　謝冰瑩　中國現代文學作者筆名錄　長沙　湖南文藝出版社　1988 年 12 月　頁 660

571. 徐小玉　《從軍日記》、汪德耀、羅曼・羅蘭　新文學史料　1995 年第 4 期　1995 年 11 月　頁 88—98

572. 余　寧　作家謝冰瑩公祭——在她篤信的佛教儀式中走完紅塵中最後一段路　聯合報　2000 年 1 月 14 日　14 版

573. 編輯部　謝冰瑩教授追思會　中央日報　2001 年 1 月 26 日　22 版

574. 后希鎧　題材與材料——答謝冰瑩的公開信　青年戰士報　1970 年 9 月 30 日　7 版

575. 楊昌年　謝冰瑩　近代小說研究　臺北　蘭臺書局　1976 年 1 月　頁 578—579

576. 蘇雪林　幾個女作家的作品〔謝冰瑩部分〕　二三十年代作家與作品　臺北　廣東出版社　1980 年 6 月　頁 240

577. 周麗麗　現代散文的成長——謝冰瑩　中國現代散文的發展　臺北　成文出版社　1980 年 7 月　頁 122—123

578. 秋　菊　有血有肉酣暢淋漓：讀謝冰瑩先生的文章　國語日報　1981 年 11 月 5 日　7 版

579. 閻純德　謝冰瑩及其創作　新文學史料　1982 年第 1 期　1982 年　頁 115，116—125

580. 閻純德　謝冰瑩及其創作　作家的足跡　北京　知識出版社　1983 年 10 月　頁 230—259

581. 〔何紫主編〕　作家與作品介紹　謝冰瑩散文選　香港　山邊社　1983 年 5 月　頁 1—2

582. 閻純德　謝冰瑩[12]　中國現代女作家（上）　哈爾濱　黑龍江人民出版社　1983 年 6 月　頁 479—503

583. 閻純德　謝冰瑩　20 世紀中國著名女作家傳（上）　北京　中國文聯出版

[12]本文後改篇名為〈謝冰瑩：永遠的「女兵」〉。

公司　1995 年 8 月　頁 260—288
584. 閻純德　謝冰瑩：永遠的「女兵」　二十世紀中國女作家研究　北京　北京語言文化大學出版社　2000 年 1 月　頁 166—194
585. 閻純德　謝冰瑩：永遠的「女兵」　女兵謝冰瑩　北京　人民文學出版社　2002 年 1 月　頁 121—155
586. 劉加谷　編後小記　謝冰瑩作品選　長沙　湖南人民出版社　1985 年 9 月　頁 742—750
587. 孫日融　謝冰瑩和她自傳體作品中的女兵形象　上海師範大學學報　1986 年第 4 期　1986 年　頁 142—143
588. 劉嘉谷　心靈的軌跡——謝冰瑩前期創作簡論　中國文學研究　1986 年第 1 期　1986 年　頁 87，100—108
589. 劉嘉谷　謝冰瑩研究札記　中國文學研究　1987 年第 1 期　1987 年 1 月　頁 108—113
590. 楊　義　北方「左聯」作家——謝冰瑩（1906—）　中國現代小說史（第二卷）　北京　人民文學出版社　1988 年 10 月　頁 409—414
591. 王耀輝　謝冰瑩　中國現代文學詞典・散文卷　南寧　廣西人民出版社　1989 年 5 月　頁 130—131
592. 古繼堂　臺灣女性作家群的形成〔謝冰瑩部分〕　臺灣小說發展史　臺北　文史哲出版社　1989 年 7 月　頁 181—186
593. 邱各容　關心兒童文學的女兵——謝冰瑩　兒童文學史料初稿 1945—1989　臺北　富春文化公司　1990 年 8 月　頁 179—181
594. 徐永齡　熱情擁抱時代生活——論冰瑩創作的藝術個性（1—2）　安徽教育學院學報　1990 年第 4 期，1991 年第 1 期　1990 年 12 月，1991 年 3 月　頁 38—44，51，79—86
595. 李默芸　謝冰瑩小說散文創作漫評　福建論壇　1991 年第 2 期　1991 年 4 月　頁 45—47
596. 張默蕓　謝冰瑩小說散文創作漫評　福建論壇　1991 年第 2 期　1991 年

頁 45—47

597. 王家倫　略論謝冰瑩的前期創作　中國現代女作家論稿　北京　中國婦女出版社　1992 年 1 月　頁 178—191

598. 傅德岷　序言　謝冰瑩散文選集　天津　百花文藝出版社　1992 年 1 月　頁 1—24

599. 傅德岷　序言　謝冰瑩散文選集　天津　百花文藝出版社　2004 年 9 月　頁 1—34

600. 徐　學　散文創作（上）——梁實秋、張秀亞與 50 年代的散文創作〔謝冰瑩部分〕　臺灣文學史（下）　福州　海峽文藝出版社　1993 年 1 月　頁 444

601. 〔范橋，王才路，夏小飛〕　序　謝冰瑩散文（上）　北京　中國廣播電視出版社　1993 年 9 月　頁 1—7

602. 榮挺進　前言　愛晚亭　北京　北京廣播學院出版社　1994 年 5 月　頁 1—7

603. 張超主編　謝冰瑩　臺港澳及海外華人作家辭典　江蘇　南京大學出版社　1994 年 12 月　頁 536—537

604. 李子慧　論謝冰瑩的創作個性　中國文學研究　1994 年第 4 期　1994 年 12 月　頁 70—76

605. 劉　維　謝冰瑩創作的風格特色：女的超越、兵的豪壯　中央日報　1995 年 4 月 12 日　19 版

606. 盛英主編　左翼文學陣營裡的女性創作（上）——謝冰瑩　二十世紀中國女性文學史　天津　天津人民出版社　1995 年 6 月　頁 227—236

607. 游友基　崇高美：走向崇高美的謝冰瑩　中國現代女性文學審美論　福州　福建出版社　1995 年 6 月　頁 356—374

608. 游友基　女性文學美學型態上的突破——論謝冰瑩創作的崇高美　河北師院學報　1996 年第 4 期　1996 年 10 月　頁 75—78

609. 盛禹九　晚年情愫　讀書　1996 年第 9 期　1996 年 6 月　頁 90—91

610. 陳玉玲　女性童年的烏托邦——童年的烏托邦〔謝冰瑩部分〕　中外文學　第25卷第4期　1996年9月　頁107—113
611. 脩龍恩　「女兵」作家謝冰瑩及其散文創作　齊魯學刊　1996年第2期　1996年　頁98—102
612. 皮述民　除舊佈新（1919—1936）——新小說的成長〔謝冰瑩部分〕　二十世紀中國新文學史　臺北　駱駝出版社　1997年10月　頁175—177
613. 以　鋼　論謝冰瑩及其「女兵文學」　河南教育學院學報　1997年第1期　1997年　頁46—50
614. 趙彥寧　時代創造性別新認同　自立早報　1998年2月20日　29版
615. 艾　以　編後記　謝冰瑩文集（下）　合肥　安徽文藝出版社　1999年8月　頁458—463
616. 蔣明玳　一個女兵的心靈之路——謝冰瑩創作簡論　南京廣播電視大學學報　1999年第3期　1999年　頁44—50
617. 朱堯耿　俏也不爭春，只有香如故——謝冰瑩創作漫評　世界華文文學論壇　1999年第2期　1999年　頁74—78
618. 李夫澤　崇高美的藝術追求——論謝冰瑩的散文創作　求索　1999年第6期　1999年　頁99—101
619. 李夫澤　論謝冰瑩前期散文的特色　中國文化研究　2001年第2期　2001年5月　頁123—127
620. 宇　劍　富有成效的全方位、多批評形態的「謝冰瑩研究」　婁底師專學報　2002年第1期　2002年1月　頁57—58
621. 范銘如　從強種到雜種——女性小說一世紀〔謝冰瑩部分〕　眾裡尋她——臺灣女性小說縱論　臺北　麥田出版　2002年3月　頁215—219
622. 范銘如　從強種到雜種——女性小說一世紀〔謝冰瑩部分〕　20世紀臺灣文學專題2——創作類型與主題　臺北　萬卷樓圖書公司　2006

年 9 月　頁 293—296

623. 范銘如　從強種到雜種——女性小說一世紀〔謝冰瑩部分〕　中華現代文學大系（臺灣 1970—1989）評論卷（貳）　臺北　九歌出版社　2003 年 10 月　頁 1219—1223

624. 范銘如　從強種到雜種——女性小說一世紀〔謝冰瑩部分〕　眾裡尋她——臺灣女性小說縱論　臺北　麥田・城邦文化出版　2008 年 9 月　頁 215—219

625. 朱嘉雯　沙場女兵——謝冰瑩（1906—2000）　亂離中的自由——五四自由傳統與臺灣女性渡海書寫　中央大學中國文學系　博士論文　康來新，李瑞騰教授指導　2002 年 7 月　頁 67—77

626. 朱嘉雯　沙場女兵——謝冰瑩　追尋，漂泊的靈魂——女作家的離散文學　臺北　秀威資訊科技公司　2009 年 2 月　頁 23—39

627. 李夫澤　從「女人」到「人」的覺醒——論謝冰瑩的女性意識　山東社會科學　2002 年第 5 期　2002 年 9 月　頁 109—111

628. 黎躍進　謝冰瑩與外國文學　湖南大學學報　2002 年第 6 期　2002 年 9 月　頁 69—74

629. 繆起昆　被歷史塵封了的時代「女兵」——謝冰瑩的戰地創作及其他　職大學報　2002 年第 1 期　2002 年　頁 23—26，74

630. 李夫澤　一個「女兵」的消沉：謝冰瑩前後期思想變化及其成因　安慶師範學院學報　第 22 卷第 2 期　2003 年 3 月　頁 77—84

631. 李夫澤　謝冰瑩創作啟示錄　臨沂師範學院學報　第 25 卷第 2 期　2003 年 4 月　頁 103—106

632. 王宗法　謝冰瑩　20 世紀中國文學通史　上海　東方出版中心　2003 年 9 月　頁 584—586

633. 吳　寒　謝冰瑩「女兵文學」論析　許昌學院學報　2004 年第 3 期　2004 年 5 月　頁 72—73

634. 劉　潔　文壇「武將」謝冰瑩新論　求索　2004 年第 9 期　2004 年 9 月

頁 216—218

635. 李夫澤　男權意識下的女性追求——謝冰瑩愛情悲劇探析　西南民族大學學報　2004 年第 10 期　2004 年 10 月　頁 266—269

636. 李夫澤　一條扁擔撐一片天——論謝冰瑩的女權思想　湖南社會科學　2004 年第 4 期　2004 年　頁 107—109

637. 楊敏敏　女兵作家謝冰瑩的文學創作　廣西社會科學　2004 年第 5 期　2004 年　頁 102—104

638. 朱小平　謝冰瑩・蜚聲中外的文學女兵　現代湖南女性文學史　長沙　湖南師範大學出版社　2005 年 10 月　頁 79—86

639. 封德屏　遷臺初期文學女性的聲音——以武月卿主編《中央日報・婦女與家庭週刊》為研究場域——謝冰瑩（1907—2000）　琦君及其同輩女作家學術研討會　桃園　中央大學中文系琦君研究中心　2005 年 12 月 15—16 日

640. 封德屏　遷臺初期文學女性的聲音——以武月卿主編《中央日報・婦女與家庭週刊》為研究場域——謝冰瑩（1907—2000）　永恆的溫柔——琦君及其同輩女作家學術研討會論文集　桃園　中央大學中文系琦君研究中心　2006 年 7 月　頁 14—15

641. 胡　芳　同曲異工：論謝冰瑩和白薇的婚戀及其創作影響　湖北教育學院學報　第 23 卷第 4 期　2006 年 4 月　頁 13—14

642. 朱旭晨　從自傳到他傳：謝冰瑩傳記研究[13]　秋水斜陽芳菲度——中國現代女作家傳記研究　復旦大學中國現當代文學研究所　博士論文　朱文華教授指導　2006 年 4 月　頁 126—153

643. 鄧　政　左翼文本：體現地域特色的左翼話語——女性關注：蘊涵時代色彩的女性話語〔謝冰瑩部分〕　湖湘文化精神孕育的左翼文學話語——湖南左翼作家群論　浙江師範大學　碩士論文　王嘉良教

[13]本文在回顧謝冰瑩系列自傳性作品的基礎上，分析作家傳記創作的艱難與背景，並著重闡釋自傳與他傳的異同及其互補性。全文共 3 小節：1.曾經的女兵；2.自傳與他傳的關係；3.自傳與他傳的互補性。

授指導　2006年5月　頁27—30

644. 朱旭晨　中國早期女作家自傳寫作及其文類意識的自覺〔謝冰瑩部分〕　廣播電視大學學報　2007年第1期　2007年2月　頁14—16

645. 王　萌　自由戀愛與拒絕婚姻——20世紀20至40年代女性筆下的婚戀主題研究之一〔謝冰瑩部分〕　中州學刊　2007年第3期　2007年5月　頁216

646. 蔣永國　對謝冰瑩女性意識的反思　世界華文文學論壇　2007年第3期　2007年9月　頁33—37

647. 張永國　對謝冰瑩女性意識的反思　世界華文文學論壇　2007年第3期　2007年9月　頁33—37

648. 楊聯芬　女性與革命——以1927年國民革命及其文學為背景〔謝冰瑩部分〕　貴州社會科學　2007年第10期　2007年10月　頁93—94

649. 楊聯芬　女性與革命——以1927年國民革命及其文學為背景〔謝冰瑩部分〕　政大中文學報　第8期　2007年12月　頁121—150

650. 鄭明麗　論湖湘文化影響下的湖南現代女作家的政治情結——以丁玲、白薇、謝冰瑩三位女作家為代表　成都大學學報　2007年第11期　2007年11月　頁104—106，125

651. 常　彬　忘記自己是女性——從謝冰瑩、馮鏗創作看1930年代左翼女性的從軍想像　吉林大學社會科學學報　第48卷第2期　2008年3月　頁59—64

652. 袁啟君　沈從文與蕭軍、謝冰瑩軍旅創作之比較　牡丹江大學學報　第17卷第5期　2008年5月　頁55—59

653. 王鈺婷　語言政策與女性主體之想像——解讀《中央日報・婦女與家庭週刊》中女性散文家之美學策略〔謝冰瑩部分〕　臺灣文學研究學報　第7期　2008年10月　頁56—58

654. 鄧政，王嘉良　地域背景與文化精神的聚合——湖南左翼作家群形成原因探析〔謝冰瑩部分〕　求索　2008年第7期　2008年　頁200

655. 顧廣梅　中國現代成長小說的發生——主體意圖：中國現代成長小說發生的個體動機——小說家講述自己的成長故事〔謝冰瑩部分〕　中國現代成長小說研究　山東師範大學中國現當代文學研究所　博士論文　朱德發教授指導　2009年4月　頁49—51

656. 柯文溥　謝冰瑩三次婚戀對其創作的影響　南京師範大學文學院學報　2009年第2期　2009年6月　頁45—50

657. 朱旭晨，晁曉筠　淺析自傳與他傳對傳主身分認同的差異——以謝冰瑩傳記為例　黑龍江社會科學　第114期　2009年　頁105—108

658. 古遠清　謝冰瑩：落葉歸根的「中國第一女兵」　幾度飄零——大陸赴臺文人浮沉錄　桂林　廣西師範大學出版社　2010年2月　頁179—188

659. 蔣永國　論外國文學思潮對謝冰瑩創作的影響　樂山師範學院學報　第25卷第10期　2010年10月　頁1—4，9

660. 羅婷，蔣永國　謝冰瑩對西方浪漫主義文學的接受和超越　中國文學研究　2010年第4期　2010年　頁66—68，8

661. 欽　鴻　謝冰瑩一九三八年抗戰日記片斷[14]　新文學史料　2010年第4期　2010年　頁169—180

662. 潘秋君　《文藝時代》中各類風格作品解析——《文藝時代》對歌頌英雄作品的收錄——《文藝時代》中歌頌英雄女性的作家——謝冰瑩　禁錮與自由——《文藝時代》（1946）雜誌研究　河南大學中國現當代文學研究所　碩士論文　魏春吉教授指導　2011年4月　頁24—25

663. 朱旭晨　謝冰瑩自傳作品魅力探析　荊楚理工學院學報　第26卷第6期　2011年6月　頁13—16

664. 歐陽琦　在世界文化視野中審讀謝冰瑩　名作欣賞　2011年第32期　2011

[14]本文整理謝冰瑩的日記去向及內容，從中探索作家不為人知的一面。正文後附錄謝冰瑩〈謝冰瑩一九三八年日記〉。

年 頁52—54

665. 賴雅琴 女性戰爭敘事話語——論謝冰瑩戰地創作 青年文學家 2012年第6期 2012年4月 頁202

666. 邱玉貴 異質文化中的雙向闡發——謝冰瑩作品研究 文學界 2012年第10期 2012年 頁130

667. 劉瑞琳 優秀的報告文學源自社會實踐——簡論中國新民主主義革命時期報告文學的創作〔謝冰瑩部分〕 廣播電視大學學報 2012年第3期 2012年 頁88，98

668. 肖 泳 身體與命運——謝冰瑩、楊剛、丁玲為例論現代女作家筆下女性的革命選擇 溫州大學學報 第26卷第1期 2013年1月 頁25—30

669. 陳昱蓉 亂離中的女性先行者——時會之趨：謝冰瑩的足跡以及遊記 遷臺女作家域外遊記研究（1949—1979） 中央大學中國文學系碩士論文 李瑞騰教授指導 2013年6月 頁23—29

670. 許文榮 文學跨界與會通：蘇雪林、謝冰瑩及鍾梅音的南洋經歷與書寫的再思 「臺灣文學研究的界線、視線與戰線」國際研討會 臺南 成功大學臺灣文學系，成功大學文學院主辦；成功大學閩南文化研究中心協辦 2013年10月18—19日

671. 張堂錡 論謝冰瑩的左翼思想及其轉變 蘇雪林及其同代作家國際學術研討會 臺南 成功大學文學院主辦；財團法人蘇雪林教授學術文化基金會，成功大學邁向頂尖大學計畫推動總中心協辦 2014年10月31日—11月1日

分論

◆單行本作品

論述

《我怎樣寫作》

672. 蘇雪林 謝冰瑩《我怎樣寫作》簡介 中國時報 1961年12月5日 7版

《作家與作品》

673. 吳月蕙　　有意思的那些人那些事——評介《作家與作品》　在閱讀與書寫之間——評好書300種　臺北　三民書局　2005年2月　頁26

散文

《從軍日記》

674. 〔春潮書局〕　　編印者的話　從軍日記　上海　春潮書局　1929年9月　頁1—3

675. 〔春潮書局〕　　編印者的話　從軍日記　上海　光明書局　1931年9月　頁1—3

676. 林語堂　　冰瑩《從軍日記》序　從軍日記　上海　春潮書局　1929年9月　頁9—12

677. 林語堂　　冰瑩《從軍日記》序　從軍日記　上海　光明書局　1931年9月　頁1—4

678. 林語堂；甲坂德子譯　　冰瑩「女兵の告白」中の《從軍日記》序　女兵の告白　東京　大東出版社　1941年2月　頁1—3

679. 林語堂　　冰瑩《從軍日記》序　林語堂文選　臺北　平平出版社　1967年10月　頁1—2

680. 林語堂　　冰瑩《從軍日記》序　林語堂序跋書信選　臺北　南京出版公司　1981年6月　頁27—30

681. 林語堂　　冰瑩《從軍日記》序　幽默大師——名人筆下的林語堂，林語堂筆下的名人　上海　東方出版中心　1998年11月　頁360—361

682. 荔　荔　　讀了《從軍日記》後的閒話　當代中國女作家論　上海　光華書局　1933年1月　頁79—87

683. 荔　荔　　讀了《從軍日記》後的閒話　當代中國女作家論　上海　上海書店　1985年5月　頁79—87

684. 衣　萍　　論冰瑩和她的《從軍日記》　當代中國女作家論　上海　光華書局　1933年1月　頁88—96

685. 衣 萍　論冰瑩和她的《從軍日記》　當代中國女作家論　上海　上海書店　1985年5月　頁88—96

686. 李白英　借著春潮給《從軍日記》著者　當代中國女作家論　上海　光華書局　1933年1月　頁97—106

687. 李白英　借著春潮給《從軍日記》著者　當代中國女作家論　上海　上海書店　1985年5月　頁97—106

688. 見 深　讀冰瑩女士《從軍日記》　當代中國女作家論　上海　光華書局　1933年1月　頁107—118

689. 見 深　讀冰瑩女士《從軍日記》　當代中國女作家論　上海　上海書店　1985年5月　頁107—118

690. 甲坂德子　譯者のことば　女兵の告白　東京　大東出版社　1941年2月　頁281—283

691. 〔臺灣日報〕　慧美的女人必得尊貴——巾幗女兵不讓鬚眉——《女兵日記》‧故事感人　臺灣日報　1975年1月29日　5版

692. 季 昇　《女兵日記》觀後　臺灣新聞報　1975年2月24日　9版

693. 舒傳世　關於《女兵日記》　臺灣日報　1982年1月8日　8版

694. 中央社　謝冰瑩《女兵日記》‧譯成法文西歐發行　民生報　1985年6月19日　9版

695. 丁曉原　「社會天使」：現代女報告文學家論〔《從軍日記》部分〕　中國文化研究　1998年第2期　1998年　頁72—74

696. 中央社　謝冰瑩《女兵日記》英譯本出版　人間福報　2001年12月19日　7版

697. 李夫澤　論謝冰瑩的《從軍日記》　理論與創作　2001年第2期　2001年　頁39—42

698. 梁惠娟　20世紀中葉女性散文中女性主體意識的缺失〔《從軍日記》部分〕　社會科學論壇　2001年第4期　2001年　頁90—91

699. 范培松　散文的蛻變和雜文的興盛——謝冰瑩的《從軍日記》　中國散文

史（上） 南京 江蘇教育出版社 2008年8月 頁285—288

700. 陳紅旗 論20世紀20年代革命文學的蘊釀〔《從軍日記》部分〕 中國現代文學研究叢刊 2008年第3期 2008年 頁114—117

701. 蔣永國 《從軍日記》與《少年維特之煩惱》的精神聯繫和差異 長春師範學院學報 第30卷第3期 2011年5月 頁94—97

《一個女兵的自傳》

702. 諸星あきこ あとがき（譯者から） 女兵士の自傳 東京 青年書房 1939年6月 頁445—447

703. Lin Yutang（林語堂） Introduction GIRL REBEL New York John Day Company 1940年 〔6〕頁

704. Lin Yutang Introduction GIRL REBEL New York Da Capo Press 1975年 〔6〕頁

705. Tsui Chi Introduction AUTOBIOGRAPHY OF A CHINESE GIRL：A genuine autobiography London George Allen&Unwin Ltd 1943年 頁11—24

706. 〔共田晏平，竹中伸〕 前編——《女兵自傳》——梗概 女兵十年 東京 河出書房 1954年2月 頁3—4

707. 蘇雪林 謝冰瑩與她的《女兵自傳》 聯合報 1955年12月1日 6版

708. 蘇雪林 謝冰瑩與她的《女兵自傳》 讀與寫 臺中 光啟出版社 1959年5月 頁145—148

709. 蘇雪林 謝冰瑩與她的《女兵自傳》 現代文學論（聯副30年文學大系・評論卷） 臺北 聯經出版公司 1981年12月 頁581—584

710. 蘇雪林 謝冰瑩與她的《女兵自傳》 蘇雪林作品集・短篇文章卷1 臺南 成功大學中國文學系 2006年10月 頁15—18

711. 楊海宴 評謝冰瑩《女兵自傳》——一闋時代的戰歌 自由報 第596期 1956年11月 頁3

712. 金光州 解說 女兵自傳・紅豆・離婚 首爾 乙酉文化社 1964年5月

頁 1—4
713. 蕭 英　冰瑩女士《女兵自傳》的精神　中興評論　第 12 卷第 8 期　1968 年 8 月　頁 12—13
714. 姜 穆　謝冰瑩與《女兵自傳》　中華文藝　第 3 期　1971 年 5 月　頁 203—215
715. 李益成　解說　女兵自傳・回顧，其他　首爾　學園社　1971 年 12 月　頁 372—373
716. 柴 扉　《女兵自傳》讀後　青溪　第 94 期　1975 年 4 月　頁 111—119
717. 柴 扉　我讀《女兵自傳》　靈感與寫作　臺南　鳳凰圖書公司　1983 年 2 月　頁 83—90
718. 思 棻　我讀《女兵自傳》　嘉義青年　1979 年 3 月號　1979 年 3 月　頁 12—13
719. 林雙不　《女兵自傳》　青少年書房　臺北　爾雅出版社　1981 年 10 月　頁 123—128
720. 熊 融　小引　女兵自傳　天津　百花文藝出版社　1985 年 6 月　頁 1—3
721. 陸文采，宋子泉　論謝冰瑩的《一個女兵的自傳》　遼寧師範大學學報　1985 年第 6 期　1985 年　頁 55—59
722. 張樹華，湯本　《一個女兵的自傳》　中國現代百部中長篇小說論評　長春　吉林大學出版社　1986 年 1 月　頁 483—491
723. 王翠玲　大革命時代一個勇敢的女性——介紹謝冰瑩和她的《女兵自傳》　文科教學　第 3 卷第 4 期　1986 年　頁 11
724. Elisabeth　Introduction　AUTOBIOGRAPHY OF A CHINESE GIRL：A genuine autobiography　New York　Pandora Press　1986 年　頁 9—22
725. 黃麗貞　她塑出「女權運動者」造型　中央日報　1988 年 3 月 8 日　19 版
726. 林少雯　重溫《藍與黑》及《女兵自傳》　青年日報　1988 年 3 月 25 日　21 版

727. 彭　歌　　溫故知新——從《女兵自傳》看五四精神（上、下）　中華日報　1988 年 4 月 1—2 日　17 版

728. 彭　歌　　溫故知新——從《女兵自傳》看五四精神　一夜鄉心　臺北　九歌出版社　1988 年 7 月　頁 191—212

729. 彭　歌　　溫故知新——從《女兵自傳》看五四精神　在心集　臺北　三民書局　2003 年 5 月　頁 129—150

730. 游淑靜　　不出世之奇女子：謝冰瑩與《女兵自傳》　出版之友　第 45 期　1988 年 10 月　頁 42—48

731. 孫育群　　《女兵自傳》的精神風采與藝術魅力　蘇州大學學報　1995 年第 3 期　1995 年　頁 90—92

732. 馬殿超，陸文采　　艱難的跋涉・女兵的心聲——論謝冰瑩的小說《一個女兵的自傳》　遼寧稅務高等專科學校學報　1997 年第 2 期　1997 年 4 月　頁 40—43

733. 秦貴修　　《女兵自傳》　翰海觀潮　臺北　行政院文建會　1997 年 5 月　頁 115—117

734. 唐立群　　《女兵自傳》作品解析　中國文學通典・小說通典　北京　解放軍文藝出版社　1999 年 1 月　頁 808—809

735. 秦　嶽　　衝破陰霾見月明——評介謝冰瑩的《女兵自傳》　書香處處聞　臺中　臺中市立文化中心　1999 年 6 月　頁 21—22

736. 秦　嶽　　衝破陰霾見月明——評介謝冰瑩的《女兵自傳》　書海微波　臺北　文史哲出版社　2008 年 2 月　頁 187—189

737. 馬殿超　　《女兵自傳》與《蝕》、《衝出雲圍的月亮》的比較研究　大連大學學報　2000 年第 3 期　2000 年 6 月　頁 105—107

738. Barry Brissman，Lily Chia Brissman　　Introduction　A Woman Soldier's Own Story:THE AUTOBIOGRAPHY OF XIE BINGYING　New York　Columbia University Press　2001 年 9 月　〔6〕頁

739. 王兆勝　　論中國現代憶舊散文的流變〔《女兵自傳》部分〕　江漢論壇

2001 年第 2 期　2001 年　頁 70—71

740. 王榮國　為自由而歌——評謝冰瑩的《女兵自傳》　徐州師範大學學報　2002 年第 3 期　2002 年 9 月　頁 98—101

741. 李夫澤　論謝冰瑩的《女兵自傳》　湖南社會科學　2003 年第 1 期　2003 年　頁 64，125—127

742. 符　號　謝冰瑩和《一個女兵的自傳》　武漢文史資料　2004 年第 3 期　2004 年 3 月　頁 22—25

743. 王寰鵬　抗戰時期文字英雄序事的個案剖析——「女兵」：女性自覺與英雄主義的合體——《女兵自傳》的當代闡釋　左翼至抗戰——文學英雄敘事的當代闡釋　山東師範大學中國現當代文學研究所博士論文　朱德發教授指導　2005 年 4 月　頁 143—148

744. 張建秒　「母愛」話語的發展與變異——母愛的社會性〔《女兵自傳》部分〕　中國現代文學女作家的母愛話語研究　福建師範大學中國現當代文學研究所　碩士論文　汪文頂教授指導　2006 年 9 月　頁 20—21

745. 曾頌勇　永恆的女性，引領我們上升——《女兵自傳》一說　文教資料　2006 年第 31 期　2006 年 11 月　頁 49—50

746. 徐　瓊　自由主義作家的自傳——「知識女兵」謝冰瑩的自傳　自傳研究——新文學第二個十年　寧波大學中國現當代文學研究所　碩士論文　戴光中教授指導　2007 年 1 月　頁 20—22

747. 蔣永國　試析《懺悔錄》對《女兵自傳》的影響　樂山師範學院學報　第 24 卷第 2 期　2009 年 2 月　頁 47—50

748. 顧廣梅　精神成長：中國現代成長小說的詩學維度之三——精神成長的加數一：領受新知識與新教育——成長主人公知識建構的方式〔《女兵自傳》部分〕　中國現代成長小說研究　山東師範大學中國現當代文學研究所　博士論文　朱德發教授指導　2009 年 4 月　頁 269—270

749. 雷瑩，辜也平　論《女兵自傳》的英雄敘事　荊楚理工學院學報　第24卷第12期　2009年12月　頁7—11
750. 陳思廣　認同與觸發——《女兵自傳》的接受研究　解放軍藝術學院學報　2011年第4期　2011年　頁18—23
751. 陳思廣　認同與觸發——《女兵自傳》的傳播接受研究　2012海峽兩岸華文文學學術研討會　桃園　中國現代文學學會，中原大學通識教育中心，東華大學華文文學系主辦　2012年4月28—29日

《愛晚亭》

752. 梁雲波　讀謝冰瑩《愛晚亭》　聯合報　1954年6月1日　6版
753. 司徒衛　十部散文簡介——《愛晚亭》　書評續集　臺北　幼獅書店　1960年6月　頁124
754. 王少雄　評謝冰瑩的《愛晚亭》　新知識雜誌　第110期　1976年10月　頁27—28
755. 萬天石　謝冰瑩與《愛晚亭》　團結報　1983年11月12日　8版
756. 詹宇霈　樸實中見真情——謝冰瑩的《愛晚亭》　文訊雜誌　第262期　2007年8月　頁57

《綠窗寄語》

757. 歸　人　讀謝冰瑩《綠窗寄語》　聯合報　1955年11月22日　6版
758. 糜文開　謝冰瑩的《綠窗寄語》　文開隨筆續編　臺北　東大圖書公司　1995年10月　頁123—124
759. 三民書局編輯委員會　再版說明　綠窗寄語　臺北　三民書局　2008年3月　頁1—2

《故鄉》

760. 李燕瓊　簡介謝冰瑩散文集《故鄉》　臺灣新聞報　1950年10月18日　9版
761. 駱　菲　《故鄉》讀後　暢流　第19卷第8期　1959年6月1日　頁9

《馬來亞遊記》

762. 蕭傳文　《馬來亞遊記》讀後　文壇　第56期　1965年2月　頁53

《冰瑩遊記》

763. 衣若芬　新奇的眼睛——評介《冰瑩遊記》　在閱讀與書寫之間——評好書300種　臺北　三民書局　2005年2月　頁28

《作家印象記》

764. 陳澄之　謝冰瑩著《作家印象記》評介　青年戰士報　1967年8月3日　6版

765. 陳宗敏　謝冰瑩著《作家印象記》介紹　中華日報　1971年3月8日　5版

766. 徐公超　我讀《作家印象記》　柳絲絲　臺北　黎明文化　1981年10月　頁231—233

《我的回憶》

767. 羅文政　析論謝冰瑩《我的回憶》的剛性美與柔性美　第三屆銘傳大學應用中國文學所研究生學術研討會　桃園　銘傳大學應用中國文學所　2010年5月20日

《海天漫遊》

768. 疏影　謝冰瑩《海天漫遊》　小說創作　第52期　1968年10月　頁189—192

《舊金山的霧》

769. 蘇雪林　評介謝冰瑩《舊金山的霧》　青年戰士報　1974年6月6日　8版

770. 蘇雪林　《舊金山的霧》評介　蘇雪林作品集·短篇文章卷6　臺南　成功大學　2011年12月　頁257—259

771. 季　薇　江上數松青：謝冰瑩《舊金山的霧》　婦友月刊　第287期　1978年8月　頁11

《抗戰日記》

772. 蘇雪林　鐵的生活·火的情感：讀謝冰瑩《抗戰日記》　中央日報　1981

年11月16日　10版

773. 蘇雪林　鐵的生活・火的情感——讀謝冰瑩《抗戰日記》　蘇雪林作品集・短篇文章卷4　臺南　財團法人蘇雪林教授學術文化基金會　2010年3月　頁38—41

774. 柴　扉　我讀《抗戰日記》書感　一縷新綠　臺北　東大圖書公司　1987年5月　頁226—230

775. 尹均生　巾幗從戎不讓鬚眉——謝冰瑩的《抗戰日記》　鄖陽師範高等專科學校學報　第30卷第2期　2010年4月　頁44—47

776. 吳興文　《女兵》日譯本開天窗　中國時報　2012年4月5日　E4版

《冰瑩書信》

777. 衣若芬　寄給從前——《冰瑩書信》　在閱讀與書寫之間——評好書300種　臺北　三民書局　2005年2月　頁27

《冰瑩懷舊》

778. 卓清芬　塵緣——評介《冰瑩懷舊》　在閱讀與書寫之間——評好書300種　臺北　三民書局　2005年2月　頁30

《冰瑩憶往》

779. 吳月蕙　留住永恆的當下——評介《冰瑩憶往》　在閱讀與書寫之間——評好書300種　臺北　三民書局　2005年2月　頁29

小說

《紅豆》

780. 司徒衛　謝冰瑩的《紅豆》　書評集　臺北　中央文物供應社　1954年9月　頁73—75

781. 司徒衛　謝冰瑩的《紅豆》　五十年代文學論評　臺北　成文出版社　1979年7月　頁119—121

782. 范銘如　臺灣新故鄉——五十年代女性小說——雞兔同籠——世代面臨的代數難題〔《紅豆》部分〕　中外文學　第28卷第7期　1999年9月　頁119—121

783. 范銘如　臺灣新故鄉——五〇年代女性小說〔《紅豆》部分〕　性別論述與臺灣小說　臺北　麥田出版公司　2000年10月　頁56—57

784. 范銘如　臺灣新故鄉——五〇年代女性小說〔《紅豆》部分〕　眾裡尋她——臺灣女性小說縱論　臺北　麥田出版公司　2002年3月　頁37—40

785. 范銘如　臺灣新故鄉——五〇年代女性小說〔《紅豆》部分〕　眾裡尋她——臺灣女性小說縱論　臺北　麥田‧城邦文化出版　2008年8月　頁37—40

《聖潔的靈魂》

786. 司徒衛　《聖潔的靈魂》　文藝春秋　第3期　1954年6月　頁85—88

787. 司徒衛　謝冰瑩的《聖潔的靈魂》　書評集　臺北　中央文物供應社　1954年9月　頁35—42

788. 司徒衛　謝冰瑩的《聖潔的靈魂》　五十年代文學論評　臺北　成文出版社　1979年7月　頁103—110

789. 陳栢青　靈魂的女兵——謝冰瑩的《聖潔的靈魂》　文訊雜誌　第262期　2007年8月　頁47

《霧》

790. 應鳳凰　謝冰瑩短篇小說——《霧》　文訊雜誌　第341期　2014年3月　頁3

《碧瑤之戀》

791. 楊海宴　謝冰瑩及其《碧瑤之戀》　自由報　第632期　1957年　頁3

兒童文學

《小冬流浪記》

792. 何　容　《小冬流浪記》序　小冬流浪記　臺北　國語日報社　1962年11月　頁1—2

793. 何　容　《小冬流浪記》序　小冬流浪記　臺北　國語日報附設出版部　1981年5月　頁1—2

794. 張媛媛　我讀《小冬流浪記》　國語日報　1975年11月2日　3版

795. 趙天儀　少年小說的現實性與鄉土性——以戰後早期臺灣少年小說創作為例——少年小說欣賞舉隅——謝冰瑩作品：《小冬流浪記》　兒童文學學術研討會論文集——少年小說　臺東　臺東師院語文教育學系，臺東師院兒童讀物研究中心　1992年6月　頁102—103

796. 趙天儀　少年小說的現實性與鄉土性——以戰後早期臺灣少年小說創作為例——少年小說欣賞舉隅——謝冰瑩作品：《小冬流浪記》　兒童文學與美感教育　臺北　富春文化公司　1999年1月　頁119—120

797. 黃玉蘭　緬懷冬陽——謝冰瑩《小冬流浪記》簡介　國文天地　第177期　2000年2月　頁58

798. 黃玉蘭　《小冬流浪記》　臺灣兒童文學100（1945—1998）　臺北　行政院文建會　2000年3月　頁66—67

799. 張子樟　傳統寫實的再現——《小冬流浪記》　青春記憶的書寫——少兒文學賞析　臺北　幼獅文化公司　2000年10月　頁82—83

800. 邱各容　六〇年代的臺灣兒童文學——兒童文學創作及譯作代表作〔《小冬流浪記》部分〕　臺灣兒童文學史　臺北　五南圖書出版公司　2005年6月　頁87—90

801. 吳玫瑛　言說「好孩子」與男童氣質建構——以林鍾隆著《阿輝的心》和謝冰瑩著《小冬流浪記》為例　中國現代文學　第13期　2008年6月　頁63—80

802. 王宇清　臺灣青少年小說巡禮（2）——《小冬流浪記》　全國新書資訊月刊　第150期　2011年6月　頁15—19

文集

《謝冰瑩自選集》

803. 馮　馮　光明的火炬——《謝冰瑩自選集》讀後感　青年戰士報　1981年3月6日　11版

多部作品

《從軍日記》、《一個女兵的自傳》

804. 唐利群　二、三十年代女性文學與革命意識形態〔《從軍日記》、《一個女兵的自傳》部分〕　婦女研究論叢　2001 年第 3 期　2001 年　頁 56—57

《女兵自傳》、〈梅子姑娘〉

805. 凌云嵐　五四時期湖南女性作家的生存空間〔〈梅子姑娘〉、《女兵自傳》部分〕　中國現代文學研究叢刊　2005 年第 5 期　2005 年 9 月　頁 205—206

單篇作品

806. 王漢倬　讀〈景山憶遊〉　中央日報　1949 年 6 月 27 日　6 版
807. 季　薇　我是中國人：謝冰瑩的〈西雅圖之夜〉　自由青年　第 1 卷第 1 期　1969 年 2 月　頁 56—62
808. 季　薇　我是中國人——謝冰瑩〈西雅圖之夜〉　劍橋秋色——精選散文欣賞　臺北　自由青年社　1973 年 4 月　頁 1—10
809. 桑　千　謝冰瑩〈故鄉〉的商榷　中華日報　1976 年 7 月 1 日　9 版
810. 施英美　從漂浪之旅到落地生根的女作家〔〈故鄉〉部分〕　《聯合報》副刊時期（1953—1963）的林海音研究　靜宜大學中國文學系碩士論文　陳芳明，胡森永教授指導　2003 年 6 月　頁 158—159
811. 秦　童　〈盧溝橋的獅子〉欣賞與作法分析　散文欣賞　臺中　普天出版社　1977 年 1 月　頁 142—143
812. 〔鄭明娳，林燿德主編〕　〈哀思——記〈兩塊不平凡的刺繡〉〉賞析　給你一份愛——親情之書　臺北　正中書局　1989 年 10 月　頁 100—101
813. 〔鄭明娳，林燿德主編〕　〈兩塊不平凡的刺繡〉　有情四卷——親情　臺北　正中書局　1989 年 12 月　頁 44
814. 王　越　令人神往的雨中情——謝冰瑩〈雨港基隆〉賞析　希望　1989 年

第6期 1989年12月 頁55—56

815. 張星寰 在雨絲滋潤下的花朵——兼談幾篇雨港有關的詩文〔〈雨港基隆〉部分〕 鄉土與文學——臺灣地區區域文學會議實錄 臺北 文訊雜誌社 1994年3月 頁418—420

816. 王宗法 令人神往的雨中情——讀〈雨港基隆〉 臺港文學觀察 合肥 安徽教育出版社 2000年8月 頁112—115

817. 唐立群 〈梅子姑娘〉作品解析 中國文學通典‧小說通典 北京 解放軍文藝出版社 1999年1月 頁809

818. 陳碧月 從謝冰瑩〈離婚〉看婦女解放 小說選讀 臺北 五南圖書出版公司 1999年4月 頁105—118

819. 魏中天 祖國沒有破‧山河更壯麗——讀謝冰瑩〈國破山河在〉有感 永恆的友誼——謝冰瑩致魏中天書信集 北京 中國三峽出版社 2000年12月 頁105—107

820. 孫桂芬 尖銳、直抒、熾烈與含蓄、旁征、冷靜——謝冰瑩與郁達夫同題散文〈雨〉較讀 齊齊哈爾大學學報 2003年第2期 2003年3月 頁83—85

821. 桑逢康 郭沫若的兩次婚外情愫〔〈于立忱之死〉部分〕 報刊薈萃 2006年第2期 2006年 頁4—7

822. 桑逢康 郭沫若的兩次婚外情愫〔〈于立忱之死〉部分〕 讀書文摘 2011年第3期 2011年 頁65—66

823. 賴斯捷 重建與融合——《力報》副刊——新文學的重建〔〈毛知事從軍〉部分〕 近現代湖南報刊與現代文學——以《湘報》、《大公報》、《力報》為例 湖南師範大學中國現當代文學研究所博士論文 譚桂林教授指導 2009年4月 頁104—105

824. 王鈺婷 代言、協商與認同——五〇年代女性文學中臺籍家務勞動者的文本再現〔〈下女〉部分〕 成大中文學報 第46期 2014年9月 頁253—258

多篇作品

825. 王鈺婷　主婦文學與家敘事——主婦文學及其性別政治——主婦文學與女性寫作〔〈「潛齋書簡」一之九〉部分〕　女聲合唱——戰後臺灣女性作家群的崛起　臺南　國立臺灣文學館　2012年12月　頁112—114

作品評論目錄、索引

826. 李夫澤　謝冰瑩研究主要參考文獻　從「女兵」到教授——謝冰瑩傳　長沙　湖南人民出版社　2004年5月　頁321—350
827. 李夫澤　謝冰瑩研究綜述　湖南人文科技學院學報　2007年第5期　2007年10月　頁12—16
828. 〔封德屏主編〕　謝冰瑩　臺灣現當代作家評論資料目錄（七）　臺南　國立臺灣文學館　2010年11月　頁4551—4572

國家圖書館出版品預行編目資料

臺灣現當代作家研究資料彙編. 54, 謝冰瑩 / 周芬伶編
選. -- 初版. -- 臺南市 : 臺灣文學館, 2014.12
面 ; 公分
ISBN 978-986-04-3258-9(平裝)

1.謝冰瑩 2.傳記 3.文學評論

863.4 103024268

【臺灣現當代作家研究資料彙編】54
謝冰瑩

發 行 人 翁誌聰
指導單位 行政院文化部
出版單位 國立臺灣文學館
地 址／70041 臺南市中西區中正路 1 號
電 話／06-2217201 傳 真／06-2218952
網 址／www.nmtl.gov.tw 電子信箱／pba@nmtl.gov.tw

總 策 畫 封德屏
顧 問 林淇瀁 張恆豪 許俊雅 陳信元 陳義芝 須文蔚 應鳳凰
工作小組 汪黛妏 陳欣怡 陳鈺翔 張傳欣 莊雅晴 黃寁婷 詹宇霈 蘇琬鈞
編 選 周芬伶
責任編輯 張傳欣
校 對 杜秀卿 張傳欣 莊雅晴 黃寁婷 蘇琬鈞
計畫團隊 財團法人台灣文學發展基金會
美術設計 翁國鈞・不倒翁視覺創意
印 刷 松霖彩色印刷事業有限公司

經銷展售 國家書店松江門市（02-25180207）
國立臺灣文學館－雪芙瑞文學咖啡坊（06-2214632）
三民書局（02-23617511） 五南文化廣場（04-22260330）
台灣的店（02-23625799） 府城舊冊店（06-2763093）
南天書局（02-23620190） 唐山出版社（02-23633072）
草祭二手書店（06-2216872）

初版一刷 2014 年 12 月
定 價 新臺幣 430 元整
第一階段 15 冊新臺幣 5500 元整 第二階段 12 冊新臺幣 4500 元整
第三階段 23 冊新臺幣 8500 元整 全套 50 冊新臺幣 18500 元整
全套 50 冊合購特惠新臺幣 16500 元整
第四階段 14 冊新臺幣 5000 元整

GPN 1010303057（單本） ISBN 978-986-04-3258-9（單本）
1010000407（套） 978-986-02-7266-6（套）

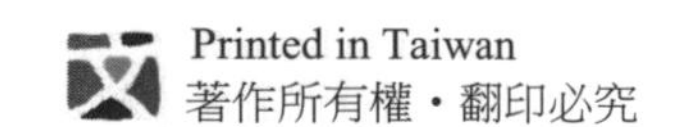